U0534829

本书为国家社会科学基金项目"社会主义国家现代化进程中的城乡想象——1942-1976年的中国文学研究"（项目批准号：08XZW015）结项成果

乡村中国的
社会主义想象

20世纪40-70年代小说研究

郭文元◎著

中国社会科学出版社

图书在版编目(CIP)数据

乡村中国的社会主义想象：20世纪40—70年代小说研究 / 郭文元著 . —北京：中国社会科学出版社，2021.8

ISBN 978-7-5203-7975-5

Ⅰ.①乡… Ⅱ.①郭… Ⅲ.①小说研究—中国—20世纪 Ⅳ.①I207.42

中国版本图书馆 CIP 数据核字（2021）第 038268 号

出 版 人	赵剑英
责任编辑	慈明亮
责任校对	季 静
责任印制	戴 宽
出 版	中国社会科学出版社
社 址	北京鼓楼西大街甲 158 号
邮 编	100720
网 址	http：//www.csspw.cn
发 行 部	010-84083685
门 市 部	010-84029450
经 销	新华书店及其他书店
印 刷	北京君升印刷有限公司
装 订	廊坊市广阳区广增装订厂
版 次	2021 年 8 月第 1 版
印 次	2021 年 8 月第 1 次印刷
开 本	710×1000 1/16
印 张	30
插 页	2
字 数	493 千字
定 价	168.00 元

凡购买中国社会科学出版社图书，如有质量问题请与本社营销中心联系调换
电话：010-84083683
版权所有 侵权必究

目 录

绪论 想象中国现代化的方法 ……………………………………（1）

1942—1949：乡村/革命与现代想象

第一章 赵树理的乡村想象方法 ………………………………（15）
  第一节 赵树理的本土性现代想象 ………………………（15）
    一 多元的文学现代性 ………………………………………（15）
    二 晚清到五四：中国小说叙事的转变 ……………………（18）
    三 《讲话》之前的赵树理小说 ……………………………（20）
    四 传统小说艺术资源的现代择取和转化 …………………（23）
    五 "谁"的现代 ……………………………………………（26）
  第二节 一株原野里的大树子 ……………………………（29）
    一 郭沫若的另一种解读 ……………………………………（29）
    二 《盘龙峪》：小说艺术民族化的初步尝试 ……………（36）
    三 自在民间：小说创作中的戏曲元素 ……………………（43）
    四 "细节""小故事"：乡村世界的叙事构成 ……………（48）
  第三节 1946—1947年赵树理小说在解放区外的传播与回响 ……（52）
    一 1946—1947年赵树理小说在解放区外的传播 …………（53）
    二 郭沫若：创作精神与环境的"自由"及其他 …………（54）
    三 茅盾："斗争"主题与"民族形式"认识的错位 ……（57）
    四 邵荃麟、朱自清等人的赞扬与批评 ……………………（60）
    五 胡风的沉默与沈从文的只言片语 ………………………（63）

第二章 土地改革叙述中的乡村/革命 ………………………（66）
  第一节 《太阳照在桑干河上》：个人体验与革命意识 ……（66）

一　个人体验的乡村叙述 …………………………………… (66)
　　二　"发现"地主钱文贵 …………………………………… (70)
　　三　乡村革命意识的建构 …………………………………… (77)
　第二节　《暴风骤雨》：阶级意识与乡村现代 ………………… (85)
　　一　复仇除恶与阶级意识 …………………………………… (86)
　　二　村权更迭与财物占有 …………………………………… (91)
　　三　革命后隐现的小家 ……………………………………… (95)
　　四　乡村会议与现代想象 …………………………………… (99)

第三章　合作化书写中的乡村/现代 …………………………… (105)
　第一节　《种谷记》：合作生产与乡村现代 …………………… (105)
　　一　"村官"王克俭的苦恼 ………………………………… (105)
　　二　集体化与新生活理想 …………………………………… (108)
　　三　合作化中的现代象征 …………………………………… (113)
　　四　乡村现代中的问题 ……………………………………… (118)
　第二节　《高干大》：干部革命主体意识与合作经济 ………… (121)
　　一　"抗旨"村干部的主体意识 …………………………… (121)
　　二　合作社的经济革命 ……………………………………… (124)
　　三　为民与唯上的干部革命意识 …………………………… (126)

第四章　"识字""讲卫生""改造"：乡村日常生活的现代
　　　　想象 ……………………………………………………… (132)
　第一节　"识字"与集体化 ……………………………………… (132)
　　一　识字学习与新生活想望 ………………………………… (132)
　　二　集体化与女性解放的错位 ……………………………… (136)
　第二节　"讲卫生"与乡村新生活 ……………………………… (141)
　　一　孙犁对"卫生"问题的两种叙述 ……………………… (141)
　　二　葛洛《卫生组长》：城乡叙事的三种话语 …………… (146)
　第三节　谁改造谁：乡村日常生活的改造叙事 ……………… (152)
　　一　乡村经验叙述 …………………………………………… (152)
　　二　知识分子的改造 ………………………………………… (157)
　　三　《我的师傅》：究竟谁改造了谁 ……………………… (166)

1949—1962：在乡/望城与社会主义想象

第五章 赵树理：乡村内的城乡想象 ……………………（171）
 第一节 赵树理眼中的城乡 ……………………………（172）
  一 消费性的城市 ……………………………………（172）
  二 批评信带出的城乡思考 …………………………（173）
  三 农村分化的警惕 …………………………………（177）
 第二节 三里湾内的社会主义和人情伦理 ……………（181）
  一 三里湾内的"社会主义"想象 …………………（181）
  二 三里湾内的人情伦理 ……………………………（189）
 第三节 想望城市的文学青年 …………………………（194）
  一 热爱文学的乡村文学青年 ………………………（194）
  二 逃离劳动，想望城市 ……………………………（196）
  三 谎话连篇 …………………………………………（197）

第六章 周立波：乡村内外的想象 ……………………（199）
 第一节 国家意识与乡村情感 …………………………（200）
  一 下乡/返乡者眼中的风景 ………………………（200）
  二 乡村会议与娱乐 …………………………………（203）
  三 姑娘们的宣传工作 ………………………………（209）
 第二节 乡村干部的婚姻 ………………………………（212）
  一 两种叙述中的刘雨生婚姻 ………………………（213）
  二 普通村民与乡村干部的婚姻叙述 ………………（220）
 第三节 乡村内的被改造者 ……………………………（225）
  一 盛佑亭：感恩式的入社 …………………………（225）
  二 王菊生：单干户的理由 …………………………（226）
  三 张桂秋与陈先晋：勤俭者的入社 ………………（228）
  四 胡冬生：懒汉贫农的叙述 ………………………（229）

第七章 柳青：乡村革命与城市想望 …………………（233）
 第一节 想象乡村可能的现代 …………………………（233）
  一 革命/作家与社会主义想象 ……………………（233）

二　想象乡村可能的现代 …………………………………… (239)
　第二节　家史与阶级意识 ………………………………………… (243)
　　一　梁家家史叙述 …………………………………………… (243)
　　二　乡村三大能人的阶级属性 ……………………………… (247)
　　三　梁三老汉的梦 …………………………………………… (252)
　第三节　乡村社会主义革命者 …………………………………… (255)
　　一　二流子白占魁的乡村革命积极性 ……………………… (255)
　　二　干部郭振山革命意识的"退坡" ……………………… (260)
　　三　新人梁生宝的想象及其不彻底性 ……………………… (264)
　第四节　乡村女性对城市的想望 ………………………………… (276)
　　一　乡村女性的自主婚事 …………………………………… (276)
　　二　乡村女性的城市想望 …………………………………… (279)
　　三　对望城女性的暧昧态度 ………………………………… (283)
　　四　望城中生出的女性主体性 ……………………………… (288)

第八章　日常生活与城乡关系的现代想象 ………………………… (293)
　第一节　在乡：日常生活中的心灵集体化 ……………………… (293)
　　一　恋爱与入社 ……………………………………………… (293)
　　二　老与少的冲突 …………………………………………… (298)
　　三　乡村劳动改造 …………………………………………… (302)
　　四　劳动中的时间 …………………………………………… (307)
　　五　小集体与大集体 ………………………………………… (310)
　第二节　望城：城乡关系的现代想象 …………………………… (313)
　　一　多重城乡关系 …………………………………………… (314)
　　二　望城与返乡 ……………………………………………… (319)
　　三　下乡与改造 ……………………………………………… (327)

第九章　别样的现代化叙述 ………………………………………… (334)
　第一节　新与旧的暧昧 …………………………………………… (334)
　　一　身入社，心茫然 ………………………………………… (334)
　　二　传统德性与现代技术 …………………………………… (342)
　　三　生产积累与生活消费 …………………………………… (346)
　第二节　乡村现代与人情伦理 …………………………………… (349)

  一　乡村新制与人情伦理 …………………………………… (349)
  二　合作化与亲情 ………………………………………… (356)
  三　父辈的乡村世界 ……………………………………… (363)
 第三节　对现代化的犹疑 ……………………………………… (367)
  一　科学与人情 …………………………………………… (367)
  二　时间和速度 …………………………………………… (371)
  三　劳动与生活 …………………………………………… (373)
  四　进城还是留乡 ………………………………………… (377)

1962—1976：德性/斗争与继续革命的想象

第十章　浩然：继续革命的想象 ……………………………… (385)
 第一节　乡村革命想象的继续 ………………………………… (385)
  一　想象乡村革命的文学 ………………………………… (386)
  二　革命想象的继续 ……………………………………… (389)
  三　乌托邦情结 …………………………………………… (392)
 第二节　《金光大道》：新人德性与新社会想象 ……………… (394)
  一　阶级意识的涣散 ……………………………………… (396)
  二　新人德性的神化 ……………………………………… (399)
  三　未来社会的想象 ……………………………………… (402)
  四　进城学习 ……………………………………………… (404)
 第三节　《艳阳天》：落后人物谱系及斗争 …………………… (407)
  一　落后人物的谱系 ……………………………………… (407)
  二　程序与权力的斗争 …………………………………… (422)
 第四节　知识青年的乡村内外 ………………………………… (435)
  一　乡村爱情与革命 ……………………………………… (435)
  二　上学返乡与乡村建设 ………………………………… (442)
  三　学习外来文化的三种方式 …………………………… (447)

尾声　40—70年代社会主义城乡想象的经验记忆与表述方法 …… (456)

参考文献 ……………………………………………………………… (463)

后记 …………………………………………………………………… (469)

绪论　想象中国现代化的方法

一

20世纪80年代以来，对40—70年代具有社会主义性质的中国文学的评价大体有一个从解构到"了解之同情"的过程。80年代，虽然延安文艺和"十七年文学"在主流文学中仍居不可动摇的地位，然而多有学者在批判"文革"文学时把问题根源追溯到"十七年文学"、解放区文学，直到左翼文学。这一解构潮流在20世纪90年代语境中又有变化，有些论者在"重构"包括40—70年代文学在内的20世纪中国文学的"历史叙述"时，通过重新发掘左翼文学、延安文艺、社会主义文学"遗产"中某些可靠的资源来滋养新世纪中国文学，借此来表达对现实重大问题的关切。王瑶先生早在钱理群等学者提出"二十世纪中国文学"观点后就提出重写文学史"为什么不提左翼文学，第三世界文学，社会主义的文学"[1]的问题，后来钱理群在《中国现代文学三十年》中对左翼文学和解放区文学也有意加以肯定。程光炜认为："能否冷静地认识20世纪50—70年代文学，不仅关系到如何看待中国革命，也关系到如何看待百年中国现代化选择的问题。"[2] 如何从被80年代解构的左翼文学、延安文艺、社会主义文艺中寻找到有益的精神资源滋养新世纪文学，是90年代中期以后一些研究者再解读40—70年代文学的一个潜在背景。

90年代初对40—70年代文学经典最具解构效应的是后来影响巨大的

---

[1]　钱理群、杨庆祥：《"二十世纪中国文学"和80年代的现代文学研究》，《上海文学》2009年第1期。

[2]　程光炜：《我们是如何"革命"的？——文学阅读对一代人精神成长的影响》，《南方文坛》2000年第6期。

唐小兵等人著的《再解读：大众文艺与意识形态》①，不过该著在2007年再版时，唐小兵重新审视90年代"再解读"所采用的解构视角②，在后记中他说自己在对《暴风骤雨》解读时"并没有对土改这场'革命'作宏观或者说是远景式的把握，而对文学家作为参入者直接投身这样一次旷古未有、激扬惨烈的社会大裂变时所怀抱的热情，也没有给予足够的正视"。更重要的是，他认为"'再解读'作为一种批评策略，实际上是希望通过对社会主义现实主义经典作品的解读，来使我们更好地进入对当代日益发达，并开始无微不至地渗入我们的文化、精神生活的资本主义现实主义进行批判，并由此而'着手新的开放型文化的建设工作'"。③这种反思针对之前的单纯解构立场，透露出其对40—70年代中国文学的一种新态度。新世纪，汪晖在观察20世纪80年代和90年代社会思潮关系时认为，"尽管两个年代之间存在着千丝万缕的联系，但后者绝不是前者的自然延续"，"'80年代'是以社会主义自我改革的形式展开的革命世纪的尾声"，"而'90年代'却是以革命世纪的终结为前提展开的新的戏剧，经济、政治、文化以至军事的含义在这个时代发生了根本性的转变"，"90年代"这一时代看起来与"漫长的19世纪"有着更多的亲缘关系，而与"20世纪"相距更加遥远，"'90年代'与其说是'历史的终结'，毋宁更像是'历史的重新开始'"。④ 同样，蔡翔在他的著作《革命/叙述：中国社会主义文学—文化想象（1949—1966）》中援引阿兰·巴丢的看法，也认为"从许多方面看，我们今天更贴近于19世纪的

---

① 唐小兵编：《再解读：大众文艺与意识形态》，香港牛津大学出版社1993年版。
② "再解读"策略："一是重新进入文本，二是重构围绕文本的语境和体制，并由此进一步梳理和解释文本与泛文本之间的间隙、共谋、不对称和互相弥补。"这些文章都带有"对正统意识形态的挑战和批判，是一种'送瘟神'式的拆解和摈弃。所谓正统意识形态，指的是20世纪中期社会主义国家体制下的文艺政策和制度，这不光是指政治对文艺的控制和裁剪，也包括政治赋予文艺的显赫和特权。"唐小兵编：《再解读：大众文艺与意识形态》，北京大学出版社2007年版，第282—283页。
③ 唐小兵编：《再解读：大众文艺与意识形态》，北京大学出版社2007年版，第283—284页。
④ 汪晖：《去政治化的政治：短20世纪的终结与90年代》，生活·读书·新知三联书店2008年版，"序言"第1—3页。

问题而不是 20 世纪的革命历史。众多而丰富的 19 世纪现象正在重新搬演……"① 如果认同上述学者的立场，21 世纪重新发掘 20 世纪左翼文学、延安文艺、社会主义文艺的有益精神资源就具有重要的现实性。在 21 世纪，我们需要重新解读叙述 20 世纪这段最具革命性历史的文学以及其对未来社会的书写方式。

　　作为一种建构新社会秩序、具有未来性的文学，单纯以"真实性"标准评价这一时期的文学并不恰切。王德威说："小说之类的虚构模式，往往是我们想象、叙述'中国'的开端……谈到国魂的召唤、国体的凝聚、国格的塑造，乃至国史的编纂，我们不能不说叙述之必要，想象之必要，小说（虚构！）之必要。"② 国际著名学者莫里斯·迈斯纳认为当今世界是一个缺少对未来社会想象的时代："我们的时代，是共产主义国家和资本主义国家同样经历着可怜的目标贫乏和令人震撼的缺少幻想的时代。"③ "人民拥有想象一个美好未来的能力，这对于做出有意义的努力去改变今日之现状却是至关重要的。因为人们必须先有希望然后才行动，如果人们的行动要想不盲目，不失其目的，那么其希望就必然寓于对更美好的未来的幻想中。"④ 40—70 年代文学无论是采用阶级话语、民族国家话语，还是城乡冲突中的现代、日常生活中的人情伦理话语，其都是这一时期对中国社会现代性的一种"想象"，具有少年中国的青春气息。八九十年代"去革命""去政治"的"新时期叙述"，在很大程度上遮蔽了左翼文学、延安文艺、社会主义文学中的革命性、政治性因素，使得文学审美的现代性与社会进步的现代性出现了分裂。如果我们将启蒙、革命、阶级、城乡、人情伦理等话语视为特定历史语境中有关中国现代性的不同书写方式，我们面对 40—70 年代文学的将是一个时代对乡村中国未来社会主义的文学想象。

---

① 蔡翔：《革命/叙述：中国社会主义文学—文化想象（1949—1966）》，北京大学出版社 2010 年版，第 3 页。

② 王德威：《想像中国的方法——历史·小说·叙事》，生活·读书·新知三联书店 1998 年版，第 1 页。

③ [美] 莫里斯·迈斯纳：《马克思主义、毛泽东主义与乌托邦主义》，张宁、陈铭康等译，中国人民大学出版社 2005 年版，"序"第 2 页。

④ [美] 莫里斯·迈斯纳：《马克思主义、毛泽东主义与乌托邦主义》，张宁、陈铭康等译，中国人民大学出版社 2005 年版，第 19 页。

重新阅读 20 世纪这段对社会主义中国现代化进程想象的小说，城乡关系是这段文学中一个潜在的主题。19 世纪末，中国现代意义上的城市开始兴起，文学的主题和书写空间也因此出现新变。城市和乡村，成为具有鲜明价值判断的文化空间，并非单纯的不同生活空间或生活方式。五四作家多认同都市文明，他们笔下的"乡村"代表着思想的落后与愚昧，城乡对立成为现代文学发轫后相当长时期内一种常见的叙事模式。《在延安文艺座谈会上的讲话》（以下简称《讲话》）发表后，这一模式遭到颠覆，农村主题因其"政治性"更受青睐，城市主题在政治和农村文化的制约中变得模糊，但模糊并不意味着城乡问题在这段文学中不存在，城市想象更多是隐藏在乡村现代的想象中。重新解读在 20 世纪中国文学研究中被认为是解释政治的这段文学城乡想象，发掘文学想象中对社会主义中国现代化建设重大使命的担当方式、文学城乡想象中的现代性及非现代性，仍是这段文学研究中可开拓的重要研究空间。

另外，80 年代以来中国社会主义现代化发展道路经历两种不同实践，前期是以西方发达国家现代化路径为依据，快速推动中国乡村的城镇化转变，让大量农民变成了工人，中国经济飞速崛起，认为乡村城市化完成，乡村社会将不复存在；但是中国社会在快速发展的同时也带来环境生态的严重问题，中国社会的现代化发展调整路向提出中国特色社会主义现代化道路，让乡村向城市的单向流动变为双向的城乡互动，在城市继续高速发展的同时，城市经济反哺乡村，新农村建设，乡村振兴和生态社会主义成为中国城乡建设新规划。而进入 21 世纪，中国乡村在时间、空间、价值观等方面正发生着纵横交错的复杂转型。一方面在全球化资本流通的背景中，乡村治理风险增加，东中西部、城乡之间的区域性、结构性问题凸显；另一方面随着农业的结构化调整、社会主义新农村国家战略启动、城乡一体化进程加速，小康社会建设进入决胜阶段，与之相关的乡村政治、农业经济、乡土文化以及伦理秩序也将进一步调整和完善，社会转型期必然面临的价值断裂、社会认同、精神重构等问题成为重大的时代命题。新世纪文学立足于文学对社会生活的反映、想象与建构功能积极介入现实，展现中国社会转型相关的时代命题，40—70 年代的社会主义文学仍具有重要的重新认识价值。

21世纪初,社会学研究领域学者(如温铁军、徐勇、吴毅、贺雪峰等)认为中国乡村研究普遍存在脱离乡村实际特别是中国现代化建设实践的问题;文学研究领域学者(如丁帆、雷达、郜元宝、贺仲明、孟繁华、王光东、吴义勤、王尧、谢有顺等)认为21世纪第一个十年的乡土文学书写普遍存在疏离中国乡村新经验、深陷城乡对立矛盾冲突的严重问题,无论给乡村唱挽歌,还是批判乡村文化,静态的审美眼光让作家难以看到乡村发生的转型和农民主体性的孕育,出现乡土书写的苦难依赖、权力崇拜、城市恐惧等病症。在认同乡村向城市的单向转变变为双向的城乡互动的社会发展,部分作者发掘城乡"缝隙空间"叙事对城乡对立空间书写的超越。王光东、孟繁华、贺仲明等学者,注意到莫言、贾平凹、王安忆、迟子建、关仁山、范小青等作家,用日常生活审美、空间交往叙事对"城乡冲突"的化解。贺仲明、邵宁宁等学者认为在新城乡关系中,乡土不仅仅是一个地域性、空间性概念,更是一个精神概念。在这样的认识中,有作者开始进行"类新农村"与生态文化书写,社会主义新农村建设和乡村生态治理反映在乡土文学书写中,引起部分学者重视。吴秉杰、金炳华、何平、王兆胜、周景雷等学者认为新世纪乡土文学的书写应有前瞻性,不光着力反映乡村现代转型中的裂变,也要表达对未来美好生活的想象,认为新世纪乡土文学已经呈现了楚王庄、麦河、上塘等"类新农村"表现形态。丁帆、王光东、杨剑龙、黄轶、李丹梦等学者,注意到新世纪乡土叙事中生态意识的凸显,认为新世纪"生态小说"由原来对人类为中心的环境危机的关注,转向了以人与自然相互依存整体性生态的思考,乡土文学写作充满新活力。在部分"70后""80后"的乡土书写与批评中,他们以"新的乡土经验",积极处理新时代与新乡村的关系,如杨庆祥、郭艳、彭维锋、禹建湘、刘阳扬等,在评论叶炜、梁鸿、徐则臣、刘玉栋、付秀莹、王新军、魏微、马金莲、颜歌、郑小驴等同代人的乡土文学作品时,认同乡村的世俗性存在,乡村在转型中融入城市的主动性,个人自由意志的选择和乡土的新伦理。"70后""80后"的乡土叙事和评论,让乡村呈现出一种不卑不亢的态度,乡村具有了新的精神气质。在这样的对乡村文化的自信的建构与想象中,40—70年代文学中乡村书写中的内蕴文化的自信具有了重要的启示意义,这种呼应让中国现代文学中40—70年代文学与新世纪以来的文学具有了深层的连贯性。

二

  中国社会对现代化的追求和对"现代性"的探索，是贯穿中国近现代史的一条主线，城乡关系是这一现代性主题的显性体现。亨廷顿认为："现代化是一个多层面的过程，它涉及人类思想和行为所有领域里的变革。"① 而城乡对立是亨廷顿描述现代化的一个重要现象："现代化带来的一个至关重要的政治后果便是城乡差距。这一差距确实是正经历着迅速的社会和经济变革的国家所具有的一个极为突出的政治特点……城乡区别就是社会最现代部分和最传统部分的区别。"② 吉尔伯特·罗兹曼强调中国城乡关系在现代化过程中的重要地位时指出："（中国的现代化是）一个以农业为基础的人均收入很低的社会，走向着重用科学和技术的都市化和工业化社会的巨大转变。"③ "随着中国日趋现代化，城乡差异并没有呈现出缩小的苗头……城乡差别似乎变得更为显著了。"④ 而在《共产党宣言》中，马克思、恩格斯早就勾勒了资本主义社会中的城乡关系面貌："资产阶级使农村屈服于城市的统治。它创立了巨大的城市，使城市人口比农村人口大大增加起来，因而使很大一部分居民脱离了农村生活的愚昧状态。"⑤ 因此，马克思和恩格斯认为无产阶级革命的任务之一就是"把农业和工业结合起来，促使城乡对立逐步消灭"⑥。从上述论述意义来看，实现农村自身的现代，消除社会发展中形成的"城乡对立"，也就应该是40年代乡村革命和新中国建设初期中国无产阶级革命和建设一直想要达到的主要目标之一。

---

  ① ［美］亨廷顿：《变化社会中的政治秩序》，王冠华等译，上海人民出版社2008年版，第25页。
  ② ［美］亨廷顿：《变化社会中的政治秩序》，王冠华等译，上海人民出版社2008年版，第55—56页。
  ③ ［美］吉尔伯特·罗兹曼主编：《中国的现代化》，国家社会科学基金"比较现代化"课题组译，江苏人民出版社2005年版，第1页。
  ④ ［美］吉尔伯特·罗兹曼主编：《中国的现代化》，国家社会科学基金"比较现代化"课题组译，江苏人民出版社2005年版，第449页。
  ⑤ 《共产党宣言》，人民出版社1997年版，第32页。
  ⑥ 《共产党宣言》，人民出版社1997年版，第49页。

20世纪中国社会现代化进程促使城乡问题出现，促生文学对其自觉书写及思考。没有社会现代变革，文学中的乡村不过是山水风姿和田园风情，是作家们寄托个人情趣的所在，文学中的城市不过是消遣娱乐游玩的场所。五四新文化运动之前，具有现代性关照的乡村并没进入文学书写。五四新文化运动开始，接受外来现代文明的知识分子首先发现了现代意义上的乡土世界，作为"走异路，逃异地，去寻找别样的人们"，在逃离后对乡土社会的回望将一种现代意义上的城乡视野带入了文学，城市和乡村开始成为具有鲜明价值判断的文化空间。① 不过，20世纪初期文学中的乡村，在城市现代文明之光烛照下尽显衰败与病容，乡民尽显生活的艰辛与精神的病苦，乡村文化成为落后与愚昧的体现。鲁迅及现代乡土小说作家，在文学视野中发现现代意义上的乡村，对其保持了一种远距离的精神观望；30年代左翼作家用抽象的革命意识想象血肉横飞的乡村，京派文人笔下的乡村又充满士大夫的诗情画意。直至40年代，中国共产党领导的土地革命和合作化运动，从社会现实层面使得乡村社会秩序发生结构性改变，大量城市知识分子也因此被吸引到革命圣地延安，毛泽东的《在延安文艺座谈会上的讲话》（以下简称《讲话》）明确要求文艺工作者把20世纪最具现代性的社会革命理想传播到中国乡村世界，解放区文学中的乡村在革命思想的涤荡下才一扫感时伤世的情调。亲身投身于社会革命的文艺工作者，对现代文明的渴望、对革命理想的坚信、对新生政权的认同、对未来生活的憧憬，让他们的创作洋溢着青春气息，文学对乡村世界的想象呈现出前所未有的新景象。城市想象隐藏在乡村想象中，乡村自身的现代想象成为消除城乡差异的主要方式。至此，五四以来新文学中城乡关系的文学想象模式得到重建，乡村主题因其政治性受到青睐，城市主题开始模糊，城乡关系成了这一时段文学中一个潜在主题。赵树理小说叙述中的乡村伦理变革，丁玲、周立波土地革命叙述中的民主想象，柳青《种谷记》中想象的集体劳动，欧阳山《高干大》中探索乡村经济的自由，孙犁、康濯等对乡村中"讲卫生""识字""改造"等新鲜生活场景的描述等，让解放区文学中的乡村呈现出现代变革气象。中华人民共和国

---

① 参见邵宁宁《城市化与社会文明秩序的重建——中国现当代文学中的"进城"问题》，《兰州大学学报》2008年第1期。

成立后社会主义乡村想象成为文学的主要内容,赵树理、周立波、柳青等作家在进京后重返乡村,在亲身参加农业生产劳动中对乡村现代建设有更深入的思考和想象,《三里湾》《山乡巨变》《创业史》以及《艳阳天》《金光大道》等作品成为社会主义乡村想象的典型文本。

仔细阅读40—70年代文学的叙述,文学在对新生活新社会进行充满创世纪的激情想象时,文学也注意到新社会初期更复杂的"革命的第二天"问题。虽然小说中城乡世界中"革命"如何发生是此时段小说叙述的重心,但"真正的问题都出现在'革命的第二天'。那时,世俗世界将重新侵犯人的意识,人们将发现道德理想无法革除倔强的物质欲望和特权的遗传。人们将发现革命的社会本身日趋官僚化,或被不断革命的动乱搅得一塌糊涂"①。新生基层政权组织不纯,革命者革命激情消退,革命积极分子蜕变,农民的物欲被挑拨,干部特权遗传,乡村人情、社会关系复杂,革命工作中出现官僚作风等,单纯依靠新人德性的标榜并不能解决这些历史问题,社会现代化的问题在"革命第二天"才真正开始。40—70年代小说在为建构社会主义新社会而书写革命中国时,部分作者开始注意到革命过程中的这些深层问题。不过这样的思考随着文学规范的要求逐渐在60—70年代的文学中消失,中华人民共和国成立后的社会主义文学,本应深层触及40年代解放区文学既已触及的"革命的第二天"问题,并用"新的世界、新的人物"来建构未来生活秩序,解决社会现代化中出现的更多复杂问题,这需要作家更大的想象气魄与勇气。

不过,20世纪80年代改革开放后,城市经济、文化对乡村青年产生巨大吸引力,城乡问题、城乡关系开始向不同层面展开,城乡想象的方式随着社会语境的变迁发生改变。《哦,香雪》中开进乡村的火车对山村女孩产生巨大吸引力,《人生》中"进城"梦成了高加林最大的人生欲望,当所有悲欢都与他们对城市生活的向往有关时,乡村文化一方面在小说叙述中重回五四文学的模样;另一方面又成为城乡对立中作家判断现实的一种表述方式。90年代以来中国经济高速发展,城市发展在让更多乡村廉价劳动力在全球化工厂中生产制造现代生活的必需品时,给乡村来城市的

---

① [美]丹尼尔·贝尔:《资本主义文化矛盾》,赵一凡等译,生活·读书·新知三联书店1989年版,第75页。

寻梦者呈现出现代化"幻象"。数以亿计的青年农民离开乡土，看到现代城市文明却难能分享，在经历维权、讨薪、伤残、久别的身心痛苦后迷失在城市文化中，在游荡中失去了乡村人情伦理，成了回不去的无家者。"在这样的历史情境下，如何重构稳定的社会秩序和道德理想，已是一个严重而紧迫的问题。"[1] 我们开始意识到乡村现代化并不等于完全的城市化，更重要的是自身的现代化。在这样的语境中，20世纪思想资源中的左翼文学、延安文艺、社会主义文学重新进入部分作家和读者眼中，新世纪文学想象再一次敞开底层声音，想象中寄寓的公平、平等、正义等社会理想，具有了重新赋予新世纪"底层"社会一种保护性的力量，"不忘初心"成为新世纪对当代中国政治理性的迫切要求。

三

40—70年代这段文学中，对乡村中国的社会主义想象，粗略地说，赵树理、柳青和浩然的小说书写分别代表了三种不同的想象方式和价值取向。

城乡问题，是社会发展到现代之后才出现的问题，五四新文化运动者在意识到城乡问题后，对乡村的书写采用城市视角，赵树理等小说的出现对这种乡村的现代想象进行了反拨，始呈现出一种乡村视角。站在乡村内价值立场上想象乡村的现代，赵树理的小说不光转化传统小说叙述的资源，如文体、语言、描写对象等，更注重对新乡村人情伦理和社会秩序的建设，乡村的日常生活、风俗人情、家长里短、农事农活等出现在赵树理的乡村世界中，成为他想象乡村的主要对象。在这一系列日常生活叙述中，乡村外来现代思想逐渐进入乡村，村民以地方的眼光看待外来的现代思想是否给民众生活带来实利，也自觉抵御外来文化对乡村文化的侵害，显现出接受外来文化时的主体性。在表现乡村世界时，赵树理的重心并不在表现外来新思想如何强制性地介入乡村生活、改变乡村生活上，而是在乡村内的人们如何接受或抵制外来思想的过程，以及在这一过程中的常与

---

[1] 邵宁宁：《城市化与社会文明秩序的重建——中国现当代文学中的"进城"问题》，《兰州大学学报》2008年第1期。

变。审视20世纪中国现代化过程，中国乡村世界需要的究竟是一种怎样的现代，现代化中国乡村的主体想象和共同意识应该建立在怎样的文化基础之上，该怎样叙述中国乡村的现代的问题，在这样的层面上，赵树理想象乡村现代的立场仍需要重新思考。

与赵树理小说相近，40—70年代的部分小说对乡村现代的书写与赵树理有相似的乡村内立场。如40年代菡子《纠纷》中对寡妇改嫁的民间看法，马烽《金宝娘》中对乡村"破鞋"女性的同情等，50年代周立波《山乡巨变》中流露出的对乡村日常生活、人情伦理的认同，师陀《前进曲》、秦兆阳《亲家》《刘老济》、蔡天心《初春的日子》等文中老农迫于家庭或乡村人情而入社的恓惶，秦兆阳《改造》中范老梗改造地主王有德过程中的朴素乡村情谊，马烽《一架弹花机》对乡村中单纯追求现代技术的思考，吉学霈《两个队长》、西戎《赖大嫂》中对恶姑女性的同情，刘澍德《瓜客》中对父辈乡村世界的回忆，马烽《四访孙玉厚》中孙玉厚对官僚体制的批评，西戎《行医事件》中用人情话语对强行进入乡村的"科学"话语的抵抗，康濯《过生日》、胡正《七月古庙会》对乡村日常生活的认同，等等，都是站在乡村内看取外来的现代文化，形成对乡村现代的另一种想象方式。

柳青的《创业史》为中国现代文学想象性地塑造了梁生宝、徐改霞这样健康、明朗、朝气蓬勃的崭新农民形象，在完成对新中国农民的本质性建构时，柳青也以理想主义的方式实现了书写"新的世界"的目的。想象"新的人物新的世界"，想象乡村社会主义现代的可能性，这种书写姿态中明确带有用乡村外来现代价值改造乡村传统的意识。在对乡村现代的想象中，合作化新生产方式强势地进入乡村，时间被赋予指向未来的意义，乡村社会组织方式和生产方式发生巨大变化，静态乡村生活开始变得喧嚣，"勤俭创业""劳动光荣"等崭新的伦理价值被确立。在国家社会主义理想引导下，原来如同马铃薯一样散落的农民在合作社中被强有力地组织起来，开始共同想象未来可能的乡村现代生活。与《创业史》相类似，明确地用乡村外来的现代价值来实现对乡村的重新想象和改造，40年代就有丁玲《太阳照在桑干河上》、周立波《暴风骤雨》对乡村会议议事方式、斗争民主程序的看重，柳青《种谷记》中对集体生产方式的想象，而乡村日生活中的"识字""讲卫生""改造"等话语更是外来话语对乡村价值的重构。不过五六十年代小说中，外来话语改造乡村时，少有社会秩序层面的具体建设，多有人物阶级德性对乡村世界的改造，如《山乡巨变》中刘雨生、《创业史》中梁生宝身上多凸显无私奉献的德性，"新的人物新的世界"的想象开始疏离"革命的第二天"带来的问题。

六七十年代以浩然为代表的小说创作，是对社会革命想象的继续，对未来生活的想象中，阶级话语是其重要资源，《艳阳天》《金光大道》是对《创业史》主题的进一步续写。这种书写姿态本具有现代意味，然而作者未能将萧长春、高大泉这样人物的牺牲奉献上升到历史意识高度，新人在派性斗争中消解了乡村的民主意识，群众失去思考革命的主体性，思想分歧的解决方式开始完全依赖于权力体制，英雄人物德性的无限标榜让乡村社会失去了对社会历史的理性认识，乡村中的经济、生活秩序建设变成了展开斗争的背景而失去了独立意义，小说对乡村未来社会的想象失却了深广度和现代性。比较60年代前后小说中"新的世界新的人"的想象，可以看到新人逐渐被造成了"神"，在不断突出政治觉悟、无私品质、强健体魄、坚定社会主义道路信念时，也不断削弱了人物的未来性。透过英雄人物的日常生活，如爱情、劳动、返乡、学习、话语权等方面，我们看到的更多是其对革命意识的涣散，和对外来现代思想、乡村内人情物理的排拒。

20世纪40—70年代文学对乡村中国的社会主义想象是不同于20世纪二三十年代和八九十年代文学启蒙、审美立场的另一种现代性追求。对现代文明的渴望、对革命理想的信念、对新生政权的认同、对未来生活的憧憬，让这一时段小说中的乡村充满生机，城市想象隐藏在乡村想象中，乡村自身的现代想象成为消除城乡差异的主要方式。本书发掘40—70年代社会主义中国现代化进程中乡村社会主义文学想象，关注文本想象、塑造、生产社会主义现代化历史的方式，通过对文本显性、隐性叙述方式的解读，发现文本话语运作中的裂缝、延宕、喧哗、无意识遗漏等，挖掘文本中被压抑的声音和视角，阐述文本想象内容和方式的复杂性、丰富性、多样可能性。40年代解放区小说对乡村现代的初想，或努力建构讲人情伦理的乡土社会秩序，或强调乡村外来现代思想对乡村革命的意义，注意"革命的第二天"问题，对乡村社会秩序未来想象扎根于乡村历史和现实，想象乡村现代的内容和方式多样。中华人民共和国成立之初的

1949—1962年的小说叙述中,想象新社会秩序是小说主要内容,多数作家游移在城乡两种话语中间,叙述中留有大量裂隙,呈现了城乡现代的多种可能性。1962年后浩然为代表的小说创作,把新人新社会想象放置在派性斗争话语中,单纯的德性标榜让小说想象的未来社会失去可实现的可能性,乡村现代的想象未能继续和深入,城乡想象的审美现代性和社会现代化及其互动关系被搁置。

1942—1949：乡村/革命与现代想象

第一章　赵树理的乡村想象方法

第一节　赵树理的本土性现代想象

在中国现代文学史上，赵树理小说显得很是异样，陈思和先生说"赵树理是'五四'以来新文学传统的异端"[①]。从20世纪40年代开始，对赵树理小说的评价就极为不同，80年代以来一些批评者认为赵树理小说是毛泽东时代的典范作品，缺乏现代品性[②]，一些批评者认为赵树理小说具有"民间"的、"反现代的现代"特点[③]。到21世纪，有学者以赵树理小说为对象来反思"十七年"文学研究、现代文学的现代性。[④] 本节试图在中国小说现代转变的框架中对赵树理小说的"现代性"做一讨论。

一　多元的文学现代性

无论是40—70年代还是80年代至今，对赵树理小说评价的差异主要

[①] 陈思和：《50年代民间立场的曲折表达：重读赵树理的名篇〈"锻炼锻炼"〉》，李伟国主编《辞海新知》（第5辑），上海辞书出版社2000年版，第81页。

[②] 司马长风认为赵树理的作品"在内容上受政治操纵""远离文学的轨道"，参见司马长风《中国新文学史》（下），昭明出版社1978年版，第123页；夏志清认为"赵树理的蠢笨及小丑式的文笔根本不能用来叙述，只能嘻嘻哈哈地为共产党作宣传"，参见夏志清《中国现代小说史》，香港友联出版社1979年版，第411页；戴光中《关于"赵树理方向"的再认识》（《上海文论》1988年第4期）、张颐武《中国农民文化的兴盛与危机——对二十世纪中国文学一个侧面的思考》（《山西文学》1985年第11期）等文也有论述。

[③] 参见陈思和、王光东、贺桂梅等人有关赵树理小说的论述。

[④] 参见董之林《关于"十七年"文学研究的历史反思——以赵树理小说为例》，《中国社会科学》2006年第4期；贺桂梅《赵树理文学的现代性问题》，唐小兵编《再解读：大众文艺与意识形态》，北京大学出版社2007年版，第86—110页。

源自于对文学"现代性"的不同理解。对此问题，贺桂梅在《赵树理文学的现代性问题》中，考察了50年代日本学者洲之内彻与竹内好有关赵树理文学现代性内涵的争辩，提醒批评者要注意文学现代性的评判标准及其内涵的歧义。洲之内彻认为文学的西化是世界文学现代化的"宿命"，竹内好认为东方的反抗有可能超越这种"宿命"并产生出非西方的东西。在这样不同的文学现代性观念下，洲之内彻认为赵树理小说缺乏现代小说创作的基本方法——心理主义；而竹内好认为赵树理的小说正是"自觉从现代文学中摆脱出来"的人民文学。贺桂梅注意到"相较于洲之内彻从单一维度理解的现代性，竹内好的'现代'是具有不同层次的，或者说，他关注的是'现代性'的内部差异"[①]。赵树理小说在中国现当代文学中经历了多种现代性话语的批评，最先主要是40年代开始的以毛泽东《讲话》精神为主导的现代革命话语体系对赵树理小说的评论；其后主要是80年代在"回到五四"的口号中以五四启蒙话语体系对赵树理小说的评论；到90年代，力图发掘赵树理小说另外的现代性意义成了研究者的主要方向。赵树理小说在不同时期被评论时所面对的问题是不一样的，有关赵树理小说的评论也随时代的变化而变化，这说明了赵树理小说本身的丰富性。在多元的文学现代性观念中，重新面对赵树理小说，摆脱40年代和80年代这两种看似不言自明的现代性话语体系对赵树理小说评论的束缚，可以使探寻赵树理小说另类现代性价值的研究成为可能。

我们通常认可的现代文学源于五四新文学，其主旨是要借鉴西方近现代启蒙思想、文学艺术来批判传统文学，创造出中国新文学，这是五四新文学现代性发生的主要路向。与这种强调西化性因素的路向不同，五四新文学还有另一条现代性发生路向，即强调本土文学现代转化的路向。从1918年春刘半农、沈尹默等在北大发起征集整理近世民间歌谣的运动，1922年12月创办《歌谣》周刊，到30年代文学大众化大讨论，再到1939—1941年在抗战背景下激起的文学"民族形式"的讨论，这一文学的发展过程构成了文学现代性发展的本土转化路向。在20世纪的中国文学中，强调西化的文学现代性观念和强调本土转化的文学现代性观念就一

[①] 贺桂梅：《赵树理文学的现代性问题》，唐小兵编《再解读：大众文艺与意识形态》，北京大学出版社2007年版，第90页。

直此起彼伏，赵树理小说在不同时期的被认可和被批评，也部分是基于这种文学现代性路向认识的不同。这样，赵树理小说在五四以来新文学传统中的另类性、暧昧性就具有了"烛照"中国现代文学现代性观念的重要意义。贺桂梅说："重新面对赵树理文学内涵的复杂性并不是要在此判断其'现代'与否，而是反省我们的现代观和那些定型化的关于现代的想象方式。也就是，将我们一直视为价值评判标准的'现代性'本身作为一个问题来讨论。赵树理小说创作及其文本正提供了展开类似讨论的可能性。"① 以这种视角来讨论文学的"现代性"、赵树理文学的现代性，研究者的眼光就不光是在五四以来的现代文学中，而是会投向晚清文学，如李欧梵、王德威等学者的研究。

李欧梵在《晚清文化、文学与现代性》中首先介绍了加拿大学者查尔斯·泰勒（Charles Taylor）概括的两种现代性模式，一种是从韦伯的思路发展出来的"科技的传统"的现代性，认为所谓现代性的发展是一种不可避免的现象。另外一种是查尔斯·泰勒所作的模式，认为西方的这一套现代性文化模式并不是放之四海而皆准的，世界上本来就存在着多种现代性。李欧梵认为，中国文学的现代性首先起源于一种"新的时间观念"的确立，即一种"直线前进"的时间观念，而"这种新的时间观念其始作俑者是梁启超"，正是他在很大程度上改变了"中国上层知识分子对于时间观念的看法"，从而发展出一种新的历史观，即"进化的观念和进步的观念"。针对这种西来的、一元的现代性观，李欧梵提出了"中国的现代性"的说法。王德威依据马泰·卡林内斯库《现代性的五种面相》中的理论——"现代为一种自觉地求新求变意识，一种贵今薄古的创造策略"，认为"中国作家将文学现代化的努力，未尝较西方为迟。这股跃跃欲试的冲动不始自五四，而发端于晚清"，晚清那种"新旧杂陈，多声复义"的现象中，其实隐含着多种现代性的可能。② 王德威研究的出发点是"志在搅乱（文学）史线性发展的迷思，从不现代中发掘现代，而同时揭露表面的前卫中的保守成分，从

---

① 贺桂梅：《赵树理文学的现代性问题》，唐小兵编《再解读：大众文艺与意识形态》，北京大学出版社 2007 年版，第 109 页。

② 参见王德威《被压抑的现代性——没有晚清，何来"五四"?》，《想像中国的方法 历史·小说·叙事》，生活·读书·新知三联书店 1998 年版。

而打破当前有关现代的论述中视为当然的单一性与不可逆向性"①。李杨认为王德威是"通过解构'晚清'与'五四'的二元对立来进一步解构'传统'与'现代'的二元对立,并进而质疑历史的进化论、发展论和方向感"②。赵树理小说的出现实际上产生的效果正是在中国小说由传统向现代的转变中对"晚清"与"五四"、"传统"与"现代"二元对立价值观念的解构,因为赵树理小说给中国小说转变带来的不是断裂式、否定式的转变,而是在继承、吸纳基础上的转变、创新,不是西化式的,而是本土化的现代转变。

二 晚清到五四:中国小说叙事的转变

晚清小说在品格、趣味上就有现代转变的因子,梁启超以小说"有不可思议之力量"、足以影响社会人心而提倡"新小说","新小说"强烈的启蒙色彩极大地提升了小说的现代品格,但也付出了因失掉小说娱乐性而失掉读者的代价。在小说叙事方面看,晚清小说仍是传统的,不同于西方小说家对小说情节、性格、背景等标准的强调,晚清小说家、批评家谈及小说的仍是"章法""部法"。刘鹗自为《老残游记》作评时说:"疏密相间,大小杂出,此定法也。历来文章家每序一大事,必夹序数小事,点缀其间,以歇目力,而纾文气。此卷序贾、魏事一大案,热闹极矣,中间应插序一段冷淡事,方合成法。"③吴趼人自为《二十年目睹之怪现状》作评:"有一段极冷淡处,便接一段极亲热处;有一段极狠恶处,便接一段极融乐处。两两相形,神情毕现。"④韩子云自为《海上花列传·例言》:

> 全书笔法自谓从《儒林外史》脱化出来,惟穿插藏闪之法,则

---

① 王德威:《被压抑的现代性——晚清小说的重新评价》,王晓明主编《批评空间的开创——二十世纪中国文学研究》,东方出版中心1998年版,第126页。

② 李杨:《没有晚清,何来"五四"的两种读法》,《中国现代文学研究丛刊》2006年第1期。

③ 刘鹗:《老残游记》"自评第十五回",刘德隆编《刘鹗及老残游记资料》,四川人民出版社1985年版,第77页。

④ 吴趼人:《吴趼人全集》(第1卷),北方文艺出版社1998年版,第180页。

为从来说部所未有。一波未平,一波又起,或竟接连起十馀波,忽东忽西,忽南忽北,随手叙来并无一事完,全部并无一丝挂漏;阅之觉其背面无文字处尚有许多文字,虽未明明叙出,而可以意会得之。此穿插之法也。劈空而来,使阅者茫然不解其如何缘故,急欲观后文,而后文又舍而叙他事矣;及他事叙毕,再叙明其缘故,而其缘故仍未尽明,直至全体尽露,乃知前文所叙并无半个闲字。此藏闪之法也。①

同时,晚清小说翻译家在翻译外来小说时也是仅注重西洋小说的"故事",致使译作大都有点故事梗概的味道,原作中不为中国读者熟悉和喜欢的场景描写和人物心理分析都被删掉了。以上这些原因,使晚清小说创作在叙事方面没有发生根本性的变化。

而到五四新文化运动时期,作家、批评家迎头痛击鸳鸯蝴蝶派、黑幕派,认为"将文艺当作高兴时的游戏或失意时的消遣的时候,现在已经过去了",不管是"为人生"派还是"为艺术"派,都相信文学是一种神圣的事业。他们在小说品格、趣味上延续梁启超等人提倡的启蒙价值,把小说对社会政治的关注转向了"人的文学",而在小说的叙事方式方面开始发生重大变化。五四新文学作家、批评家接受了外来文学理论、文学作品,撇开了"章法""部法"等传统小说观念,开始从人物性格、心理分析、背景描写等角度来创作、品评小说,小说开始淡化情节,突出抒情。这种转变,跟五四小说翻译重心的转变也有关系。晚清小说翻译家重意译,而五四小说翻译家重直译,强调小说的原貌,晚清小说翻译中被删掉的心理描写、景物描写在五四翻译小说中被还原了回来,这给求新求变的五四新文学带来了"心理化"和"诗化"的小说叙事风尚。② 五四小说在小说趣味、叙事等方面的变化使中国小说获得了现代转化的一条重要途径——西化转变路向。

但五四小说同样要面对晚清小说现代转化中面向读者大众时要通俗化的问题。五四小说家在注重小说的"抒情化""诗化"时,他们的小说又

---

① 朱一玄编:《明清小说资料选编》(下),南开大学出版社2006年版,第700页。
② 参见陈平原《中国小说叙事模式的转变》第四章第四节,北京大学出版社2003年版。

不能不是布局比较单调、人物比较单薄的，以致难以表现较为广阔的社会人生，其读者只能是青年学生和新文学圈内的人。这种问题在三四十年代，随社会思潮的变化而显得越来越突出，一些受五四小说影响的小说作家逐渐开始重新喜欢传统叙事模式。三四十年代张恨水、赵树理、张爱玲等人的小说创作在一定程度上就是对这一问题在创作实践上的回应。其中，赵树理小说是在对中国小说艺术传统资源的现代择取和转化中，在对五四启蒙价值的继承和在对农民现实生存问题的关注、对乡村本位价值立场的坚守中，实现了中国小说的现代性本土转化。这种对中国小说艺术传统资源的现代择取、转化是在自觉反思了五四小说局限后的主动择取和转化，同样对五四启蒙价值的承续也是在与传统文化价值的参照、比对中的承续。赵树理小说的这种承续、转化尝试，开辟出了中国小说现代转化的另一重要途径——本土性转化路向。因此赵树理小说的现代性问题，应是中国小说现代转变中的现代性问题，而不仅仅是其在现代文学中是否具有现代性的问题。

三　《讲话》之前的赵树理小说

同样，在谈论赵树理小说的现代性问题时还有一重要问题需要分辨，就是赵树理小说和毛泽东《讲话》的关系。因为20世纪40年代赵树理能够在全国文坛获得极高声誉，是和解放区、国统区批评家对他的高度赞扬分不开的。1946年周扬发表《论赵树理的创作》，认为赵树理的创作是"毛泽东文艺思想在创作上实践的一个胜利"，此后的多数批评是沿此路向展开的，赵树理1944年后的创作也明显受到了《讲话》的影响①。赵树理小说和《讲话》的这种关系也确立了赵树理小说在解放区文学、50—60年代当代文学中的现代性地位。但是，一个重要的

---

① 在赵树理看到《讲话》前创作的《小二黑结婚》（1943年5月写成）、《李有才板话》（1943年10月写成）中，赵树理在表现人与人关系时注重的是传统伦理道德，而在看到《讲话》后创作的《李家庄的变迁》（1945年冬写成）中，赵树理在表现人与人关系时注重的是阶级斗争意识。茅盾在《关于〈李有才板话〉》中说："《李有才板话》让我们看见了解放区的农民生活改善的斗争过程和真相，使我们知道此所谓'斗争'实在温和得很"，而在《谈〈李家庄的变迁〉》中说："赵树理先生是在血淋淋的斗争生活中经验过来的，而这经验的告白就是小说《李家庄的变迁》。"这种变化可以显示出《讲话》对赵树理小说创作的明显影响。

细节是，奠定了赵树理在解放区文学和当代文学史上地位的作品、也是赵树理的成名作《小二黑结婚》《李有才板话》，事实是发表在赵树理看到毛泽东的《讲话》之前，① 也就是说，赵树理小说的特色在他看到《讲话》之前就已经形成了。周扬也说："赵树理，他是一个新人，但是一个在创作、思想、生活各方面都有准备的作者，一位在成名之前已经相当成熟了的作家，一位具有新颖独创的大众风格的人民艺术家。"② 因此，仅依据赵树理小说与《讲话》的关系来谈论赵树理小说，把赵树理小说的现代性价值仅仅放在现代革命话语体系中，也会把赵树理小说显示的问题简单化。那么在《讲话》之前，赵树理的创作情况到底怎样呢？

赵树理最早发表的小说有《悔》《白马的故事》（1929年）和《到任的第一天》（1934年）。《悔》描写了一个被学校开除的学生从学校返回家里时的各种心理变化，他不知如何是好，只是麻木地往家走，怕见街上的人，更不知如何去见辛劳的父母。小说用大量的景物描写来衬托主人公内心的狂乱、惶惑。《白马的故事》更像是一篇寓言，一匹在山谷中吃草的白马突然遭到一场暴风雨的侵袭，它在山谷中狂乱奔跑，后来终于回到了主人的怀抱，如同迷路的孤儿遇到了母亲。整篇小说采用了大段的景物描写和细腻的心理描写。《到任的第一天》，在一幅美丽的田园风光描写中，主人公流露出淡淡的忧伤。如果联系1928年赵树理被迫离开山西省立第四师范学校、四处躲避国民党追捕、后又被抓进"自新院"的经历，可以说这三篇作品中的情境正是赵树理当时心境的表现。这三篇小说的叙事明显走的是五四小说"诗化""抒情化"的路向，小说没有曲折的故事，只有一段情感、一个印象，大量的景物描绘和心理描写使小说带有浓郁的抒情氛围与忧伤情调。

---

① 《小二黑结婚》写成于1943年5月，9月出版，《李有才板话》写成于1943年10月，12月出版，而毛泽东的《讲话》是1943年10月19日在延安《解放日报》首次公开发表的，其后各解放区报纸才进行了转载，赵树理也说《讲话》是1944年传到太行山的。详见董大中《你所不知道的赵树理》，北岳文艺出版社2006年版，第32—33页。王瑶在《赵树理的文学成就》中曾回忆说"赵树理说他写小说时根本没有看到毛主席的《讲话》"，陈荒煤等：《赵树理研究文集》（上集），中国文联出版公司1998年版，第46页。

② 周扬：《论赵树理的创作》，《长城》创刊号，1946年7月。

到1934年前后，赵树理的文学趣味发生重大转变。① 30年代初，针对五四以来"欧化"的文学倾向，文坛上正在热烈讨论着文学的"大众化"问题。鲁迅在《文艺的大众化》中提出："应该多有为大众设想的作家，竭力来作浅显易解的作品，使大家能懂，爱看，以挤掉一些陈腐的劳什子。"② 对五四新文学远离大众的事实有着更贴身体会的赵树理，深深感到中国当时的"文坛太高了，群众攀不上去"，因此"立志要把自己的作品先挤进《笑林广记》《七侠五义》里边去"③，要做一个地摊文学家。1934年前后，赵树理一边在参与文艺大众化的讨论，一边开始了自己的创作实践，《盘龙峪》《打倒汉奸》就创作于此期间。到1943年《小二黑结婚》《李有才板话》发表，赵树理已经创作了大量通俗化、大众化并且风格一致的作品。

而在1946年、1947年赵树理小说在解放区、国统区文坛突然受到高度重视，并和毛泽东的《讲话》联系在一起时，在国统区的郭沫若所写的三篇介绍、评论赵树理小说的文章显得与众不同。郭沫若并没注重赵树理小说中的政治功利意识，也没有提及赵树理小说和《讲话》有何关系，而是从文艺批评的角度出发，强调的是赵树理小说对中国小说艺术传统的借鉴和转变，以及这种转变中创作主体的"自由"精神，认为赵树理"是处在自由的环境里，得到了自由的开展"。④ 郭沫若在对解放区重要作品《白毛女》有些微失望时，却对赵树理小说"非常满意"，说赵树理小说"是一株在原野里""不动声色地自然自在"地、"不受拘束地成长了起来"的"大树子"。这种"不受拘束"是既摆脱了五四以来欧化体小说的束缚，也"扬弃"了"章回体的旧形式"，并在作家立场上改变了新旧小说家都不愿通俗情状后的一种"自由"状态。"旧式的通俗文作者，虽然用白话在写，却要卖弄风雅，插进一些诗词文赞，以表明其本身不俗，

---

① 赵树理在1966年写的《回忆历史 认识自己》中说："我有意识地使通俗化为革命服务萌芽于一九三四年，其后一直坚持下来。"见《赵树理文集》第4卷，中国工人出版社2000年版，第2117页。

② 鲁迅：《文艺的大众化》，《大众文艺》第2卷第3期，1930年3月。

③ 陈荒煤：《向赵树理方向迈进》，《人民日报》1947年8月10日。

④ 郭沫若的三篇文章分别是《〈板话〉及其他》，发表于1946年8月16日《文汇报》；《谈解放区文艺》，发表于1946年8月24日《晋察冀日报》；《读了〈李家庄的变迁〉》，发表于《北方杂志》第1、2期，1946年9月。

和读者的老百姓究竟有距离，五四以来的文艺作家虽然推翻了文言，然而欧化到比文言还要难懂。特别是写理论文字的人，这种毛病尤其深沉，装腔作势，矫揉造作，瞎缠了半天，你竟可以不知道他在说些什么。"① 由此可以看出，郭沫若推重赵树理的小说，针对的既是五四新文学的问题，也是旧文学的问题。五四以后的新小说在对西方小说的借鉴中、在强调抒情、诗化中摆脱了传统旧小说的束缚，但在后来逐渐发展成为现代小说唯一固定的标准时，也就变成了一种新的约束，为自己限定了一个框框。② 而赵树理不屑于混迹在五四后形成的新文学"文坛"中，扎在"长袍马褂"的文人堆里讨生活，也不满足于旧小说作家骨子里的假通俗，而是在对新旧小说资源的借鉴中、对乡土自足文化的自信中自觉地摆脱了新旧文学的框框，在20世纪中国小说的现代转变中"不受拘束地成长了起来"。这种"在自由的环境中，得到了自由的展开"的创作状态，让国统区的郭沫若极大惊喜，让他非常"羡慕"。

从以上的分析可以看出，赵树理小说的独特性在毛泽东的《讲话》之前就已经形成，赵树理小说反映出来的问题同样不仅仅是现代革命话语体系中的现代性问题，而应是中国小说现代转变中的现代性问题。

四 传统小说艺术资源的现代择取和转化

把赵树理小说放在中国小说现代转变中来发掘它所具有的现代性价值时，如何确认赵树理对传统小说艺术资源择取的现代性便是首先面临的问题。1917年，胡适在《再寄陈独秀答钱玄同》中批评《孽海花》为"合之可至无穷之长，分之可成无数短篇写生小说"，"布局太牵强，材料太多，但适于札记之体（如近人《春冰室野乘》之类），而不得为佳小说也"。③ 十年后，曾朴出版修改本《孽海花》时辩护说：

> 他说我的结构和《儒林外史》等一样，这句话，我却不敢承认，只为虽然同是联缀多数短篇成长篇的方式，然组织法彼此截然不同。

---

① 郭沫若：《读了〈李家庄的变迁〉》，《北方杂志》第1、2期，1946年9月。
② 参阅［日］竹内好《新颖的赵树理文学》，黄修己编《赵树理研究资料》，北岳文艺出版社1985年版，第491—492页。
③ 胡适：《再寄陈独秀答钱玄同》，《新青年》第3卷第4期，1917年6月。

譬如穿珠，《儒林外史》等是直穿的，拿着一根线，穿一颗算一颗，一直穿到底，是一根珠练；我是蟠曲回旋着穿的，时收时放，东西交错，不离中心，是一朵珠花。①

这种"珠花式结构类型"正是中国传统小说的结构，其历史久远。晚清小说多数仍以传统的珠花式结构为主，小说家对外来的单一情节结构、一人一事为主的结构往往不以为然，"西人小说所言者举一人一事，而吾国小说所言者率数人数事，此吾国小说界之足以自豪者也"②。胡适在《〈海上花列传〉序》中也承认传统小说结构的意义："作者大概先有一个全局在脑中，所以能从容布置，把几个小故事都折叠在一块，东穿一段，西插一段，或藏或露，指挥自如。"胡适并把这种布局结构的渊源追溯到《史记》的"和传"体例，这让"看惯了西洋那种格局单一的小说的人，也许要嫌这种'折叠式'的格局有点牵强，有点不自然。反过来说，看惯了《官场现形记》和《九尾龟》那一类毫无格局的小说的人，也许能赏识《海上花》是一部很有组织的书"③。张爱玲在《国语本〈海上花〉译后记》也为五四读者不能欣赏这篇小说的结构而惋惜，因为这样结构的小说让五四"爱好文艺的人拿它跟西方名著一比，南辕北辙，《海上花》把传统发展到极端，比任何古典小说都更不像西方长篇小说——更散漫，更简略，只有个姓名的人物更多"④。米列娜在《晚清小说情节结构的类型研究》中说："中国小说的情节远没有人们相信的那么飘忽不定，毫无规则；像在西方小说中一样，中国小说情节从属于某些使小说具有统一性的组织原则。"⑤李欧梵在谈这些晚清小说叙事模式时用了一个词叫"社会史诗"，又说："有些现代小说包罗万象，比如《尤利西斯》，是19世纪的小说无法容纳的，不能用传统的小说概念来指称"，

---

① 曾朴：《修改后要说的几句话》，《孽海花》（修改本），真美善书店1928年版。
② 王钟麒：《中国历代小说史论》，《月月小说》第1卷第11期，1907年。
③ 胡适：《〈海上花列传〉序》，韩子云原著，张爱玲注译《海上花开》，上海古籍出版社1995年版，第6页。
④ 张爱玲：《国语本〈海上花〉译后记》，韩子云原著，张爱玲注译《海上花开》，上海古籍出版社1995年版，第648页。
⑤ ［捷］米列娜：《从传统到现代——19至20世纪转折时期的中国小说》，伍晓明译，北京大学出版社1991年版，第34页。

"晚清小说也是如此，试图用一种叙述模式包罗万象，这种方式就使得晚清小说呈现出多样性。"① 赵树理小说对传统小说艺术资源的现代择取就是对这种"珠花式结构"小说传统的继承，以此达到对乡村社会万象的表现。在赵树理小说中，大故事套小故事，无数小故事仿佛是作者信笔所至，又似作者细细道来的乡村琐事，若即若离，枝枝蔓蔓，而这些东西构成了赵树理小说的血肉，浓郁的乡村生活气息，当地的风土人情，乡村社会的方方面面便立体式地展现了出来。竹内好认为赵树理的这种写作是"以中世纪文学为媒介，但并未返回到现代之前，只是利用了中世纪从西欧的现代中超脱出来"的一种写作，"他的文学观本身是新颖的"②。

我们可以看到，在《小二黑结婚》中作者直接描写小二黑和小芹恋爱的地方并不多，两人的恋爱主要起到了推动并串联整个小说的功能，小说的血肉却是由小二黑和小芹恋爱中牵出的村里那些大大小小的事件构成的，这些事件使小说具有了非常丰富的内容。乡村生活的气息、万象就在作家无意识中逸出的、体现着风土人情的碎碎的细节中和大大小小的事件中体现出来。也正是这种独特的乡村气象，把赵树理和其他作家区别了开来，因为这种乡村气象是那些不熟悉乡村生活的作家难以表现出来的。《李有才板话》中，李有才的故事是结构小说的一根绳子③，小说的十节内容中，真正集中笔墨写李有才的地方并不多，整篇小说借李有才把阎家山的矛盾展开后，李有才就退到了背景中，别的人物不断出场又不断地被另外的人物换掉，这样小说就实现了由多个人物的故事来展示整个阎家山变迁的目的。在《李家庄的变迁》中，小常和铁锁也不是小说的中心人物，铁锁最先有打官司、出逃、太原见闻等故事，"牺盟会"成立后就迅速背景化，作者把笔墨转向了对新兴起的青年冷元、白狗和妇女们的描写。因此赵树理小说并不是以某个人物为中心，也不是以某一矛盾事件为

---

① 李欧梵：《晚清小说与中国现代性想像的确立》，周桂发、周筱赟编《复旦大讲堂》（第1辑），复旦大学出版社2004年版，第36页。

② 参见［日］竹内好《新颖的赵树理文学》，黄修己编《赵树理研究资料》，北岳文艺出版社1985年版，第491—492页。

③ 赵树理在《关于〈邪不压正〉》中提到软英和小宝的恋爱故事是结构小说的一条绳子，"把我要说明的事情都挂在它身上，可又不把它当成主要部分。我在写《李有才板话》的时候，曾以这样的态度来用李有才，这次又用了一下软英和小宝。"《赵树理文集》第4卷，中国工人出版社2000年版，第1650页。

中心，而是以多个人的多种故事来表现庞杂的整个社会时空或群体，达到对社会万象的表现。

除过这种现代择取，赵树理还对中国小说传统艺术资源进行了现代转化，这主要体现在文体、语言、描写对象等方面。首先是对传统小说文体的扬弃。郭沫若说赵树理在小说中去除了章回小说"和老百姓的嗜好是白不相干的""且听下回分解""章回节目的对仗的文句""'有诗为证'式四六体的文赞"等旧习气，"创出了新的通俗文体"。其次是小说语言的文言一致。郭沫若、周扬、茅盾等人都提到了赵树理小说中人物语言和叙事语言的口语化，针对新旧小说中常见的言文分裂现象，赵树理小说实现了作品中的人物语言和小说叙事语言的统一。赵树理要把"知识分子的话""翻译成"农民大众可以接受的话，创造出了一种适合广大民众需要的普泛性语言，使得那些农民原本可能很难或根本无法理解的知识分子话语，通过文学的中介变得能够理解了。最后是对底层农民日常生活的表现。小说中的人物不再是传统小说中的"勇将策士，侠盗赃官，妖怪神仙，才子佳人，妓女嫖客，无赖奴才"①，也不是五四小说中的"新的智识者"，描写的事件也不再是社会重大事件，赵树理注重的只是生活在社会最底层农民们的喜怒哀乐，是他们说不完、道不尽的"张家长，李家短"，或是关系他们切身利益的事。在赵树理这儿，只有那些适合做大家谈资的小事、够得上世俗生活中少不了的飞短流长和那些与农民日常生活密切相关的农事、农活、农具等才能进入赵树理的法眼，变成他的描写对象。如在打谷场上、大槐树下、李有才的窑洞里人们的自在闲谈，如农村里的丈地、算账、洗场碾、活柳篱笆挡沙等。赵树理小说对中国小说传统艺术资源的这种现代择取及转化，在深层涉及的是"文学现代化的主体"是"谁"或者说文学现代化到底是"'谁'的现代"的问题。②

五 "谁"的现代

五四新文学提出"人的文学""平民文学"的价值取向，赵树理是在

---

① 鲁迅：《〈总退却〉序》，《鲁迅全集》（第 4 卷），人民文学出版社 2005 年版，第 638 页。

② 这一问题是贺桂梅在《赵树理文学的现代性问题》中提出的，参见唐小兵编《再解读：大众文艺与意识形态》，北京大学出版社 2007 年版，第 94 页。

坚持这种价值取向、感触到这种取向与大众的距离后，才把这种价值取向具体化为"为农民"创作和上"文摊"，在具体创作中又不断参照、比对传统价值观念，对五四价值取向进行了修订。

五四新文化运动的倡导者，在接受了外来现代思想后活跃在各个城市，但他们对乡村世界却是陌生的，这不可避免地要出现鲁迅深深感受到的启蒙者与被启蒙者之间的隔膜，甚至是启蒙者的高蹈。乡村出身和有着十年社会底层飘荡经历的赵树理，切身感受到五四新文化在乡村世界难以传播、接受的情况，他试着要去沟通五四新文化的价值世界和乡村传统的价值世界。在这种沟通中，赵树理并不是单纯地把这种外来的现代思想传递给需要启蒙的农民，而是对这种启蒙思想还有一种站在乡村传统文化内的自觉反思意识，在这种传递中他强调的是农民主体的接受性，强调的是以农民——社会现代化的主体——为服务对象的文学实践。因此在赵树理小说中既有五四新文学的现代价值观念，也有对传统价值观念的重新发现，以两者的融和来缩小五四现代价值观念面对中国乡村世界的距离。

在面对乡村世界时，赵树理首先关注的是农民的现实生存问题。在近现代中国社会变迁中，农民首要解决的问题是维持生存的物质问题，他们只有在一定程度上先使自身摆脱物质贫困的拘束和羁绊后才能真正走向新生，这种追求是乡村革命得以发生的原始土壤。这种土壤孕育了中国现代历史上丰富的启蒙和革命话语，但这种价值取向在启蒙和革命话语中并未被重视。当鲁迅等五四一代启蒙者感觉到现代知识分子并不能真正进入乡村世界而认为民众的启蒙只有"以俟将来"时，赵树理选择了对农民现实生存问题的表现。在参与中国共产党领导的社会革命时，赵树理坚信这场伟大的革命会给广大民众的生存状况带来变化，因此他是自觉地用自己的创作真诚地讴歌这场革命给乡村世界带来的变化，毛泽东的《讲话》更是坚定了他这种"为农民"创作的价值追求。在中华人民共和国成立前夕赵树理更是把自己创作的中心问题归结为"中国农民在中国共产党领导的社会变革中，是否得到真实的利益"，也即"中国共产党的政策是否实际地（而不仅仅是理论上）给中国农民带来好处"，[1] 这种对农民"实"利的注重使他自觉地与党的政治意识形态保持一致，因此，他的小说有很强的功

---

[1] 钱理群：《1948：天地玄黄》，山东教育出版社1998年版，第236页。

利意识，多有对新政权的歌颂意识。在《做生活的主人》中他说：

> 十九世纪批判的现实主义作家，与当时的社会是对立的，他们可以不顾一切地刻绘，但我们今天不同，我们的作家要对向上的、向幸福方向发展的社会负责，对党负责，对人民负责。"咱的江山，咱的社稷"，遇上了尚未达到理想的事物，只许打积极改进的主意，不许乱踢摊子！①

但是，赵树理对农民现实生存问题的重视，也使他具有了独立思考和判断的基点。我们也看到赵树理这种"对党负责、对人民负责"，与当时极少数干部或作家只对党负责而并不顾及农民实利的意识有着本质的区别，而当党的政策或党的干部作为违背了农民的利益时，赵树理又据理力争，从而显示出他独立的批判锋芒。从深层来讲，无论是赵树理小说中的这种建设、歌颂意识，还是批判意识，与五四时期强烈关注现实的新文学作家作品中的批判意识是一脉相承的，是一破一立的。

其次是赵树理对乡村本位价值立场的坚守。历史的复杂性往往在于，一种新文化秩序开始重新建设时，当初所批判的旧文化又会以新面目渗透进来，同样新文化也可能对原有文化秩序中健康的基因造成戕害。五四新文化的影响让赵树理对乡村原有旧文化进行了批判，但他对外来新文化对乡村原有健康文化的戕害也抱有一定的警惕。因此在表现乡村时，赵树理小说中的价值世界并不像当时大部分解放区作家笔下的世界那样明朗单纯。赵树理在表现乡村世界时，其重心并不放在表现外来新思想意识如何强制性地介入乡村生活、改变乡村生活上，而是放在了乡村内的人们在如何接受或抵制外来思想的过程中产生的变化或不变的层面上。我们看到《小二黑结婚》中小二黑和小芹的自由恋爱观念，《李有才板话》中农民与阎恒元之间的斗争意识，《李家庄的变迁》中铁锁懂得的"革命"等，这些新的价值观念的确是外来的，并最终引发了乡村内部"革命"的产生，但"革命"最终仍是在乡村内部自己完成的，这不同于《太阳照在

---

① 赵树理：《做生活的主人》，《赵树理文集》（第4卷），中国工人出版社2000年版，第1988页。

桑干河上》《暴风骤雨》《红旗谱》《创业史》等小说中所表现的那样，是由外在的现代思想——党的直接领导——来完成的。受外来新文化影响而产生的乡村革命在打碎旧世界后要建设的新世界仍是农民心目中的世界。在这个社会中我们看到的是《小二黑结婚》中金旺、兴旺这样的恶霸被判刑，是《李有才板话》中坏干部下了台，是《李家庄的变迁》中好人王安福老人受人尊重而汉奸李如珍被村人打死，是《套不住的手》《老定额》《实干家潘永富》等文章中人们从内心中赞美劳动，是多篇小说中都在表现的人们对自由自在的生活状态的渴望等。在这里，这个新建的农民心目中的世界，并不是一个全新的世界，而是新中有旧，旧中有新，从传统社会中转化过来的现代社会，是一个有理有情有秩序的、为广大农民所能理解并渴望的世界。

　　中国文学的现代转变经历了多元的现代性话语体系，赵树理小说体现出的现代性本土转化是这多元文学现代性话语中的独特一元，是一种在继承、吸纳新旧文学营养又能自觉摆脱其束缚的、自由自在的现代创作。当中国社会由封建王权社会向现代人权社会转变时，当旧文学"载道"、游戏消遣的文学观转变为新文学"人的文学"，进而转变为无产阶级文学的文学观时，"为农民"的小说创作在中国文学现代化进程中就有它出现的历史合理性。站在现代思想的平台上，自觉、主动地选择适合农民大众的中国传统艺术资源并进行现代性转化，从而使中国小说真正实现小说创作与现实大众思想情感的一致和交流，是中国小说现代转变的必然要求，也是农业人口占绝对多数的中国社会在现代化进程中的客观需要。这样，赵树理小说的出现就具有历史的必然性，也部分地满足了中国文学现代转变的必然要求和中国社会现代化进程的客观需要。而当我们在 21 世纪重新面对赵树理小说时，中国乡村世界需要的究竟是一种怎样的现代，现代化中国乡村的主体想象和共同意识应该建立在怎样的文化基础之上，该怎样叙述中国乡村的现代，也许仍是需要思考的问题。

第二节　一株原野里的大树子

一　郭沫若的另一种解读

1946 年 6 月 26 日—7 月 15 日，在中国共产党建党 25 周年前后，延安《解放日报》用9天时间在第四版连载了赵树理小说《李有才板话》,并在小说首次连载的《解放日报》上发表了冯牧的《人民文艺的杰出成果——推荐〈李有才板话〉》。自此到1947年,赵树理小说受到解放区、国统区文坛的密集评论和高度重视,一颗耀眼的新星在中国现代文坛升起。1947年7月25日,在中共晋冀鲁豫中央局宣传部指示下,边区文联召开专门讨论赵树理创作的文艺座谈会,8月10日《人民日报》发表了陈荒煤的总结性文章《向赵树理方向迈进》,正式提出了解放区文艺创作的"赵树理方向"。从1946年到1947年,在有关赵树理小说的评论文章中,影响最大的要算周扬的《论赵树理的创作》和陈荒煤的《向赵树理方向迈进》。周扬既是一位马克思主义文艺理论家,又是一位中国共产党的文艺领导者——延安大学校长兼延安大学鲁迅文艺学院院长,这种双重身份,使他在评价赵树理小说时既能高屋建瓴地看到它的大众化价值,又对赵树理小说中某些不合《讲话》精神的内容有所规避,他论定赵树理的小说"是毛泽东文艺思想在创作上实践的一个胜利"[1]。陈荒煤《向赵树理方向迈进》的主要内容是对周扬思想的进一步完善,使其更加系统化、理论化。1946年、1947年,对赵树理小说的评价几乎不出周扬、陈荒煤这种强调赵树理小说与《讲话》关系的评价。但是,在如此众多的评论文章中,郭沫若的三篇介绍、评论性文章却显得很是独特,郭沫若说赵树理小说是"一株在原野里成长起来的大树子","是处在自由的环境里,得到了自由的开展"[2]。作为五四新文学运动的先驱,革命文学最早的倡导者,又是一名党的文艺工作者,40年代身处国统区的郭沫若对赵树理小说的评价别有意味。

1946年7月底,时任晋察冀中央局宣传部长的周扬前往上海,带着刚编印好的赵树理小说集《李有才板话》和《解放区短篇创作选》,以此作为送给上海文化界朋友的礼物。当时上海的郭沫若读到周扬带来的赵树理小说后,在8、9月间曾写有三篇介绍、评论赵树理小说的文章。第一篇是8月9日写的《〈板话〉及其他》[3],这是一篇600多字的短文,主要是对周扬带来的两本小说集的介绍。郭沫若简单地谈到了自己对两本小说

---

[1] 周扬:《论赵树理的创作》,《长城》创刊号,1946年7月。
[2] 郭沫若:《读了〈李家庄的变迁〉》,《文萃》第49期,1946年9月。
[3] 郭沫若:《〈板话〉及其他》,《文汇报》1946年8月16日。

集的喜爱,"费了一天工夫,一口气读了两本书,这在我是好些年辰以来所没有的事",其中"一本是赵树理著《李有才板话》","我是完全被陶醉了,被那新颖、健康、朴素的内容与手法。这儿有新的天地,新的人物,新的感情,新的作风,新的文化,谁读了,我相信都会感着兴趣的"。一连五个"新的"一词在表达郭沫若对赵树理小说强烈的赞誉之词时,也显现出赵树理小说对郭沫若的极大触动,《小二黑结婚》和《李有才板话》"两篇都可以说是杰出的短篇",是郭沫若意外感到满意的"好书",他"愿意把这两本书推荐为抗战以来文艺作品的杰出者"。

也许考虑到这篇文章要公开发表,郭沫若在介绍中可能有有意识地对解放区作品夸饰的成分,如果真是这样的话,那么郭沫若在私下写给朋友的信件中谈到赵树理的作品时,他的评价相对来说就应该是真实可信的。这是两封信,一封题为《向北方的朋友们致敬》,一封题为《致陆定一同志的信》。8月14日,郭沫若托即将由上海返回解放区的周扬把这两封信捎给"北方的朋友"。《向北方的朋友们致敬》是一篇不到300字的短文,表达的意思和《〈板话〉及其他》一样,因为这篇短文的对象是一个群体,并不是某一个具体的人,文中的感情并不如《〈板话〉及其他》那样细腻强烈,主要是一种姿态的表示。而《致陆定一同志的信》是一封私人信件,作者因面对的是一个具体的人,并且是自己的朋友,文字就显得很细腻,充溢着真挚的感情,也写得较长,全文有1100多字。在这封信中,郭沫若谈及赵树理小说时的感受是个人化的,是真实的。郭沫若说自己是"一口气"把赵树理的《李有才板话》读完了,对这部书"非常满意",赵树理的小说是"抗战文艺的杰作",赵树理是一位"值得夸耀的新作家",他的新作《李家庄的变迁》"我很希望能够谋到机会读它"。郭沫若在用"非常满意""杰作""值得夸耀"等词语时把话都说得很满,强烈地表达出他对赵树理小说的极力赞誉。我们知道,此时的赵树理无论是在解放区文坛还是在国统区文坛都是一个名不见经传的小作家,他的小说除彭德怀题过字外并没有大人物或大批评家注意,而郭沫若在这样一封私人信件中,对其作大加赞赏,表明郭沫若在赵树理小说中的确感受到了某些非常独特且非常重要的东西。但是,郭沫若在给赵树理小说这样很高评价时,却在这两篇文章中都没有对赵树理小说进行详细的论述,这是为什么呢?我们想这可能正显示了郭沫若对赵树理小说的重视,突然看到这样一位独特的、自己喜欢的作家,郭沫若不想轻易地、简单地去作解读,而是想经过深思熟虑后找一个合适的时机再来表达自己对赵树理小说的看法。

事实也是如此,一个多月后,郭沫若的确在深思熟虑后把自己对赵树理小说的强烈感受理论化、系统化了。9月17日,郭沫若写了一篇专门解读赵树理小说的文章——《读了〈李家庄的变迁〉》[①],全文约1400字,赵树理小说给他的强烈冲击感在这篇文章中得到了详细论述,至此我们清晰地看到了与别人不大一样的、郭沫若对赵树理小说的另一种解读。

在这篇文章中,郭沫若首先用两段形象化的描述来说明赵树理小说的特点:"这是一株在原野里成长起来的大树子,它根扎得很深,抽长得那么条畅,吐纳着大气和养料,那么不动声色地自然自在。""当然,大,也还并不敢说就怎样伟大,而这树子也并不是豪华高贵的珍奇种属,而是很常见的杉树桧树乃至可以劈来当柴烧的青杠树之类,但它不受拘束地成长了起来,确是一点也不矜持,一点也不衒异,大大方方地,十足地,表现了'实事求是'的精神。"这两段话中突出的正是赵树理小说给郭沫若的"新"的感觉,"新"在它的"原野"气息,它的"自然自在""不受拘束地成长了起来"的状态。

郭沫若认为,赵树理小说的这种"不受拘束"是既摆脱了五四以来欧化体小说的束缚,也"扬弃"了"章回体的旧形式",并在作家立场上改变了新旧小说家在创作中假通俗化情状后的一种"自由"状态。在赵树理小说中,"不仅每一个人物的口白适如其分,便是全体的叙述文都是平明简洁的口头话,脱尽了五四以来欧化体的新文言臭味。然而文法却是谨严的,不像旧式的通俗文字,不成章节,而且不容易断句"。赵树理小说的形式也不再有旧式文人"搔首弄姿""和老百姓的嗜好是白不相干的"章回节目。在作家立场上,"旧式的通俗文作者,虽然用白话在写,却要卖弄风雅,插进一些诗词文赞,以表明其本身不俗,和读者的老百姓究竟有距离,五四以来的文艺作家虽然推翻了文言,然而欧化到比文言还要难懂。特别是写理论文字的人,这种毛病尤其深沉,装腔作势,矫揉造作,瞎缠了半天,你竟可以不知道他在说些什么"。而赵树理破除了这些

---

① 郭沫若:《读了〈李家庄的变迁〉》,《文萃》第49期,1946年9月。

新旧文学的习气,"创出了新的通俗文体,是值得颂扬的事。"由此可以看出,郭沫若推崇赵树理的小说,针对的既是五四新文学的问题,也是中国旧文学的问题。五四以后的新小说在对西方小说的借鉴中、在强调抒情、诗化中摆脱了传统旧小说的束缚,但在后来又逐渐发展成为现代小说唯一固定的标准时,也就变成了一种新的约束,为自己限定了一个框框。①赵树理不屑于混迹在五四后形成的新文学"文坛"中,扎在"长袍马褂"的文人堆里讨生活,也不满足于旧小说作家骨子里的假通俗,而是在对中国新旧小说资源的自由借鉴中、对民间传统文化的自信中自觉地摆脱了中国新旧文学的框框,在20世纪中国小说的现代转变中使其创作精神"不受拘束地成长了起来"。这种"处在自由的环境里,得到了自由的开展"的创作状态,让郭沫若——曾经身经五四新文学运动和革命文学的核心人物——感觉到极大惊喜,让他非常"羡慕",以至于郭沫若说,"或许有人会说我在夸大其辞,我不愿直辩",态度之坚决可见一斑。

上文我们考察了郭沫若三篇文章对赵树理小说的评价,然而令人不解的是,作为在国统区的党的代表性文艺工作者,郭沫若在三篇文章中并没有直接提及赵树理小说和毛泽东《讲话》的关系,也没有明确地用文艺要为无产阶级政治服务的标准来评价赵树理小说。在解放区、国统区的评论者几乎都认为赵树理的小说是毛泽东《讲话》精神在创作实践上的一个胜利时,郭沫若对赵树理小说的解读依据的却是毛泽东另外的文艺思想资源。

郭沫若对赵树理小说有极高评价,并且论定"是处在自由的环境里,得到了自由的开展",但郭沫若对这一话题并未细说,而我们可以从赵树理的小说中感觉到一位经历过乡村社会底层的飘荡又在进行着革命斗争的解放区自由创作的文艺工作者的自由创作精神以及这种创作精神与民间传统文化的内在联系。赵树理早期写作也是模仿五四新文学"欧化"路向的,但那样的作品无法在乡村培活,立志要为农民创作的他在1934年后决定要做一个"文摊文学家",其文学观念发生重大转变。从1935年发表《盘龙峪》到1943年发表《小二黑结婚》《李有才板话》,赵树理已经

---

① 参见[日]竹内好《新颖的赵树理文学》,黄修己编《赵树理研究资料》,北岳文艺出版社1985年版,第491页。

创作了大量通俗化、大众化并且风格一致的作品。这些作品,既摆脱了五四新文学的束缚,又自由地汲取了传统文学资源,显现出赵树理创作精神的自由自在,而这种自由创作精神的资源应该来自赵树理在农村自由自在生活方式的影响,以及民间传统文化的熏陶。赵树理在 60 岁时仍念念不忘儿时在农村八音会的生活:

> 那时"八音会"的领导人是个老贫农,五个儿子都没有娶过媳妇,都能打能唱,乐器就在他们家,每年冬季的夜里,和农忙的雨天,我们就常到他家里凑热闹。在不打不唱的时候,就没头没尾地漫谈。往往是俏皮话联成串,随时引起哄堂大笑,这便是我初级的语言学校。①

这种"没头没尾"的、快乐随意的"漫谈"场景我们常能在赵树理小说中见到,如《盘龙峪》中十二个农村青年结拜唱戏时的情景,《李有才板话》中村西的大槐树下、李有才的窑洞里、打谷场上大家闲谈的情景,《刘二和与王继圣》中六个放牛娃在山坡上纵情演戏的情景,等等。这些场景实际上就是乡村中的公共自由空间,在这样的空间中,普通的乡民才有完全属于他们自己的、自由自在的话语空间、活动空间、文化空间,而赵树理"自由"的创作精神也就来源于这种文化空间的培育。席扬在谈到这点时说:

> (赵树理)正是在这一"自由""自为"的审美氛围中,在不知不觉中培植了自己的审美情趣并激起审美创造能力的。怡人性情的地方戏曲、游走四方的说书艺人、流行于田间炕头的板书及出现在人们调侃之间的"顺口溜"式的诗的创作,给予赵树理的是一种极自然的陶冶,是对他在趣味牵导下审美创造冲动的自然诱发。审美创造和接受的自由氛围,创造者与接受者的非功利性的对应契合以及在此基础上对每一个有志于审美的后来者自由的诱惑,形成了赵树理既不同

---

① 赵树理:《回忆历史 认识自己》,《赵树理文集》(第 4 卷),中国工人出版社 2000 年版,第 2117 页。

于五四"理性自由"又不同于延安时代"共性自由"的审美创造的自由意念。①

赵树理曾经与杰克·贝尔登交谈时也说:

> 有人会觉得我的书没啥意思。抗战前,作家们写的是小资产阶级的爱情故事。这种作家对于描写在我们的农民中所进行的革命是不感兴趣的。我若请这种人写政治性的书,他们就很不高兴,觉得受了拘束。可是我是在农村长大的,我在这里一点也不感到拘束。我想写什么就写什么。而从前我却办不到。②

因此我们可以说,赵树理的创作正是脱出了五四新文学、传统旧文学的束缚后"自得其乐"地展示出的一个自由自在的艺术世界,也是郭沫若盛赞的"这是一株在原野里成长起来的大树子",它根深叶茂,"自然自在"地成长。而这个被郭沫若一再盛赞的艺术世界,正是毛泽东文艺思想倡导的"新鲜活泼的,为中国老百姓所喜闻乐见的中国作风和中国气派"的艺术世界,这种"最浓厚的中国气派,正被保留、发展在中国多数的老百姓中"③,更保留、发展在赵树理这样作家的文艺创作中。

赵树理在1934年前后文学观念的转变在深层触及的是中国现代文学发展过程中一次非常重要的自我调整,是对五四新文化运动西化偏颇纠偏中的民族化努力。郭沫若对赵树理小说的解读,针对中国新旧文学的问题,看重赵树理身上体现出的"自由"创作精神,以及这种创作精神和民间传统文化的内在联系,在深层文艺思想上触及的正是赵树理小说在现代文学史上出现的这种特殊价值,这种思考也正是毛泽东文艺思想中有关"民族形式"的思考。由此可以看到,郭沫若对赵树理小说的解读与周扬等人的解读不同,从另外一个方面显示出赵树理小说在40年代文艺界的

---

① 席扬:《面对现代的审察——赵树理创作的一个侧视》,《多维整合与雅俗同构——赵树理和"山药蛋派"新论》,中国社会科学出版社2004年版,第47页。

② [美]杰克·贝尔登:《赵树理》,黄修己编《赵树理研究资料》,北岳文艺出版社1985年版,第39页。

③ 柯仲平:《谈"中国气派"》,延安《新中华报》1939年2月7日。

独特地位。

当然，在更宏观的层面看，无论是周扬，还是郭沫若，对赵树理小说的解读，都受到了毛泽东文艺思想的影响，虽然有不同的侧重，但共同丰富了赵树理小说在中国现代文学史中的独特价值。只是，在郭沫若对赵树理小说独特解读中显现出来的，有关现代文学发展过程中这一自我调整与毛泽东文艺思想中有关"民族形式"的这种内在、深层的复杂关系，在今天也许更值得我们进一步思考，因为在全球化的21世纪文学中，探究"中国作风和中国气派"仍是文艺界的重要命题之一。

二 《盘龙峪》：小说艺术民族化的初步尝试

赵树理小说艺术风格的成熟一般以他1943年发表《小二黑结婚》和《李有才板话》为标志，周扬的评论确定了赵树理小说和毛泽东《讲话》的关系。20世纪80年代后，赵树理早期小说逐渐被整理出来，我们看到，在20世纪30年代上海进行大众化问题论争而没有产生出真正大众化作品的时候，远在太行山区的赵树理不光在理论上进行着大众化的思考，更在创作中实践着这种主张，我们现在能看到的主要实绩就是赵树理在1935年发表的《盘龙峪》（第一章）[①]。30年代初，赵树理文学观念和创作实践的调整，牵涉的是中国现代文学发展中对五四以来小说西化偏颇的一次重要调整，这种调整是中国小说在现代转型中对本土化——民族化方向的尝试，《盘龙峪》（第一章）的出现体现了赵树理的这种努力。同时，对《盘龙峪》（第一章）这种价值的发掘将起到重新划分赵树理研究时段的重要作用。但除过董大中、李国涛、李锐等人的论述，《盘龙峪》（第一章）一直少被人注意。

《盘龙峪》（第一章）最先被董大中发现并载于《汾水》1981年第5期，后李国涛认为赵树理《盘龙峪》（第一章）同《小二黑结婚》等在

[①] 董大中说："据作家一些老朋友回忆和作家自己在一些自述性的材料中所说，三十年代前半期，他（赵树理）总共写过四部中、长篇小说，即《铁牛的复职》《有个人》《白的雪》和《盘龙峪》。前三部现已无存，《盘龙峪》可以看到很少部分。"（中国作家协会山西分会编：《赵树理学术讨论会纪念文集》，中国作家协会山西分会1982年版，第93页）

艺术风格上是一致的①，董大中也认为《盘龙峪》的小说特点"正是作家此后多年小说创作中所表现出来的主要之点"②，后来李锐也说："赵树理所有的创作，无论是《小二黑结婚》《李有才板话》，还是《李家庄的变迁》《灵泉洞》等等，都是以《盘龙峪》为出发点的。"③在确认赵树理的成名作《小二黑结婚》《李有才板话》中的艺术特点源于1935年发表的《盘龙峪》后，李国涛和李锐都认为赵树理在写《盘龙峪》的时候创作风格已经成熟，李锐甚至认为《盘龙峪》（第一章）的"艺术境界远在赵树理其他的作品之上"。鉴于《盘龙峪》（第一章）本身的艺术特点还没有被充分发掘出来，本书将具体分析小说体现出的赵树理对小说艺术本土化——民族化方向的可贵尝试。

董大中说《盘龙峪》在小说叙事方面，"没有跳跃，没有突然的'蒙太奇式'的镜头转换"，兴旺"这个人物就跟《三里湾》开头玉梅一样，起着把各个场景连接起来的作用"；小说描写方面，"作家写人物，不借助景物和心理，而是纯用白描"；小说语言方面，作家所用的语言是经过提炼的"群众口语"，"易懂，又具有艺术魅力"。④《盘龙峪》中没有的这些特点正是五四以来小说的突出特点。五四以来小说受西来翻译小说的影响，强调小说的诗化、抒情性，注重作家内心情感的表达，以对单个人物内心世界发掘之深和描写之广为目的，小说结构心理化，时空情绪化，在突破传统小说叙事形式时，又失掉了小说通俗娱乐等特性，造成了现代小说与大众读者的分离。30年代，面对这样的情状，赵树理创作的《盘龙峪》，是对五四以来小说西化偏颇进行的一种自觉反拨，具体实践就是对小说艺术民族化的尝试。

《盘龙峪》中这种民族化的初步尝试，首先，表现在类似"珠练式""珠花式"的小说结构上。所谓"珠练式"结构是相对"珠花式"结构

---

① 李国涛：《赵树理艺术成熟的标志——读〈盘龙峪〉（第一章）札记》，《汾水》1981年第11期。
② 董大中：《在文艺民族化、大众化的道路上——介绍赵树理的一批佚文》，中国作家协会山西分会编《赵树理学术讨论会纪念文集》，中国作家协会山西分会1982年版。
③ 李锐：《谁看秋月春风》，《读书》2002年第11期。
④ 董大中：《在文艺民族化、大众化的道路上——介绍赵树理的一批佚文》，中国作家协会山西分会编《赵树理学术讨论会纪念文集》，中国作家协会山西分会1982年版，第94页。

而言，这个比喻是曾朴在回答胡适对《孽海花》的责难时提出的。《盘龙峪》（第一章）开始，在叙述兴旺和有法的对话时采用的就是类似"珠练式"的结构，而到叙述十二个青年的结拜时采用的又是类似"珠花式"的结构，从第一章整体来看小说采用的也是类似"珠花式"的结构。小说开头，西坪上的兴旺冒雨到北岩来打酒，跑进一家院子里躲雨，与有法闲聊天，有法想知道结拜干弟兄的都有谁，兴旺就给他一个一个介绍。但在介绍的过程中，有法总是插话打断兴旺的介绍，总是添进去许多别的人和事，如兴旺介绍窑上院的小软，有法却牵出窑上院俩寡妇，牵出另户人家一个名叫珠的女孩，还牵出同院子的碰成，还对院子里的人事闲扯两句。两人对窑上院的人事谈论一番后，兴旺打住话把介绍的对象转到了下一个结拜青年喜顺身上，结果有法又是插话，扯到喜顺的爹——"瞎话篓"发贵，刚牵回来谈青年小松，有法又问他爹还抽不抽大烟，还说起同样抽大烟的起富。两人谈着谈着就扯远了，谈东方、润年两家的境况，感叹生活的艰辛，谈话就没头没尾，使两人不得不又重新提及最初的话题来，这样的跑题谈话后面一次又一次。不过最终两人的谈话还是围绕在了介绍十二个结拜青年这一中心话题上，但由于有法不断的插话，本来不长的一段对话，变成了包含有许多互不相干的一个又一个话语包的很长的对话，对话中这些话语包或大或小，旁逸斜出，摇曳多姿，点缀在对十二个青年的介绍上，使这段话有很大的容量。对有法来讲，他并不是直接想知道这十二个结拜青年是谁，而是只想和兴旺闲聊天，感兴趣于闲扯中扯进来的大量日常生活细节。这种通过对话来介绍人物的结构类似于传统小说中"珠练式"结构。

而兴旺打酒回到十二个青年结拜的"老院"后，小说结构就由类似"珠练式"的结构变成了类似"珠花式"的结构。打酒中的中心人物兴旺，回来后马上就融入了小说背景中，不再是赵树理叙述的主要对象，在大家准备菜肴、邀神、唱戏的场景中，兴旺只是作为整体中的一员偶尔露一下面。小说中出现大量随意的对话，这些对话一会儿一个话题，话题随意转变。最初大伙的对话是对兴旺受木头刀的气而表现愤愤不平之情，后来就转移到互相的斗嘴取乐上，见小软来马上拿小软和女孩珠的事开玩笑，又和得水老婆开玩笑，邀神、唱戏，又喝酒，再唱戏，很快就鸡叫了。这些对话和事件中间没有一个中心人物，也没有一个中心事件，小说叙述的方式看似随意散漫，叙述的一个话题和一个话题之间也没有什么直接的联系，但在这样的叙述中，西坪村中这一群小伙的性格特点、精神面貌却整体式地展现在读者面前了。同样，我们再把前面兴旺和有法之间对话时对这些青年的介绍，和对村中其他人的介绍融合在一起，有关西坪村的人事景象也是隐约显现出来。如果作家没有一种小说全局观念在脑中，这么多的人物和事件，彼此之间又缺乏紧密的联系，很容易导致小说结构的凌乱不堪，前后衔接不一，甚至矛盾冲突，但《盘龙峪》（第一章）给我们的感觉却是平实、从容而又大气。因此《盘龙峪》（第一章）从整体结构上看是非常类似于中国传统小说"珠花式"结构的，这样的小说结构方式，会让看惯了五四西化小说——强调单一结构、塑造中心人物——的读者感到不习惯，但也会让看惯了传统旧小说如《三国演义》《红楼梦》《金瓶梅》《海上花列传》等的读者感到亲切熟悉。而这样的结构方式在《小二黑结婚》《李有才板话》《李家庄的变迁》等中也有明显痕迹。①

其次，类似"包罗万象"式的小说描写。《盘龙峪》（第一章）中几乎没有人物的心理描写、外貌描写，但西坪村青年的直爽、憨厚、诙谐、自在状态等却隐约显示了出来，小说也没有对西坪村的景物、风俗、人事等进行专门、具体地描写，西坪村的整体状况也是隐约显现。《盘龙峪》（第一章）中人与人之间的对话并没有一个十分确定的主题，话题都是信手拈来，想到哪里就说到哪里，但正是在这看似漫无目的、想到什么就说什么的对话中，西坪村人物之间的关系，有关西坪村的一些事件就在不经意中被介绍了出来。如兴旺和有法的一段闲聊，牵出来的不光是十二个要结拜的西坪村小伙，另外还有十二个人，如木头刀、窑上院的寡妇、女孩珠、碰成、碰成老婆、发贵、老来宝、起富、东方老汉、东方、润年、黑旦，赵树理对这后面十二人的笔墨或浓或淡，整体上并不比前十二人少。这样，小说并不以某个人物为中心来展开故事，而是达到了对多个人物及人物之间多层关系的整体展示，通过对多位人物的展现牵出多个事件，达到对西坪村整体面貌的表现。《盘龙峪》（第一章）首先一个叙述事件是兴旺到北岩打酒买调料，与有法聊天，后到木头刀铺子受气而回。但小说

---

① 参见本节后文"'细节''小故事'：乡村世界的叙事构成"中的有关论述。

叙事的重心在兴旺与有法闲聊天中牵出来的大量有关西坪村的人事。后来兴旺回村融入小说背景，小说叙述的第二个事件是十二个青年的结拜。但小说重心也不在结拜本身，而在结拜前准备菜肴时大家的嬉戏玩笑，在众声喧哗的斗嘴聊天中，一群充满生命活力、自由自在的农家小伙形象凸显在读者面前。第三个事件是结拜后的唱戏，赵树理并不具体写怎么唱、唱了些什么，却写戏唱了半本，邀神的人来，大家就停下来喝酒，喝了酒又开始唱，这一唱就唱到公鸡叫了，重在他们生命个体的自由自在状态。再从小说整体上看，这三个事件在表层上有联系，买酒、结拜、唱戏，但明显三个事件之间缺乏彼此的推动性，没有一个事件应有的起伏变化，而且如我们刚才的分析，实际上每个事件作者所要表现的重心与表层的事件并不一致，这更冲淡了表层小说事件之间的联系，三个表层事件之间没有统一的中心人物，没有中心事件。但我们把作者表现的三事件中的重心——买酒聊天是在关注西坪村的人事和日常生活、结拜是体现十二个青年的性格特点、唱戏是在彰显这群青年生活的自由自在状态——放到一起，则可以看到作家是把三者统一在对西坪村立体、多方位的整体表现中，这种表现是力图包罗万象。赵树理也简单地提及过《盘龙峪》的结构："我曾写了个长篇《盘龙峪》，十几二十万字，在一个朋友办的小报上发表了，不全发，也不按顺序发，因为我写的每一章都可以独立，连起来可以成为一本。那个朋友需要就拿一章去。"[①] 我们阅读40年代赵树理的《小二黑结婚》《李有才板话》《李家庄的变迁》，可以明显看到这些小说的结构和表现对象，在包含着众多人物的一个又一个的故事片段中，在对村庄中各种人事随意散漫的表现中实际上展现出的是刘家峧、闫家山、李家庄等这样村庄的整体面貌。这种对村庄社会做整体性的表现，正是对传统小说要"包罗万象"观念的一种现代传承。李欧梵在谈晚清小说的叙事模式时用了一个词叫"社会史诗"，说晚清小说"试图用一种叙述模式包罗万象，这种方式就使得晚清小说呈现出多样性"。同时也认为"有些现代小说包罗万象，比如《尤利西斯》，是19世纪的小说无法容纳的，不能用传统

[①] 赵树理：《生活·主题·人物·语言》，《赵树理文集》（第4卷），中国工人出版社2000年版，第1975页。

的小说概念来指称"①。因此我们可以说，赵树理《盘龙峪》（第一章）中体现出来的这种"包罗万象"的特点使赵树理小说既旧且新。

再次，对民间传统文化中自在生命气息的表现。小说中兴旺和有法的对话，众小伙在邀神前的斗嘴、唱戏，内容全是琐碎的日常生活，再加上民间口语，小说中人物的自在情态，人物所处的自在、从容的民间文化生态也尽显出来，在这样的氛围中展现出来的是生命个体的自由自在。大伙在邀神前的斗嘴取乐，由于年龄相仿，兴趣相投，互相之间没有任何隔阂，自是无拘无束，妙趣横生，尽显乡村小伙健康淳朴、生气勃勃的景象。大伙在关羽画像前结拜敬神，虽是一种迷信的仪式，但几乎没有迷信的内容，场面也不庄严，不但彼此谈笑，而且调侃关老爷。而就结拜来讲，他们要"有福同享，有难同当"，在显现"小字辈"肝胆相照的纯真友谊时，也是在显现这些农家子弟内心深处潜藏的一种属于民间文化中的强烈自由意念。邀神后的唱戏，更是这群无拘无束、自由自在的青年感受生命愉悦的重要方式。歃血盟誓后，有人等不及"邀神"的人来就急着要唱戏，安泰说"要不是图唱戏的话，我磕了头就走了"，大家要唱戏，饭吃得很快，不等大家吃完，小松早就把乐器安排好了，马上分配好角色，一出戏就铛铛锵锵打起来，唱起来了。唱了《精忠传》，又唱《吕布戏貂蝉》，一直唱到鸡叫才一哄而散，"出到院子里，看见已偏了西的月亮"。在一个农家小院中，一群"自乐会"的小伙，不是靠什么外在的约束，而是自发地聚在一起自弹自唱一整夜，这是一种多么热闹、快乐、自由的状态！他们不是为某种高远的理想，而只是感到了生命的愉悦，由于生命中不需要承载过重的东西，他们在一起才更能本真地呈现出生命的快乐，在这样的氛围中他们的精神是自足的，其文化是自足的。赵树理后来在好多小说中都写到唱戏这一乡间文化活动形态，唱戏一面满足着乡民们自娱自乐的需要，一面也给乡民们构建了一种类似于"公共空间"的乡村自由空间，在这个类似的公共空间中，演戏的人和看戏的人也在实现着自我身份的确认。在共同的唱戏、演戏、交流、编排、观看中，大家被联系到了一起，也寻找到了精神归依和精神休憩的一方天地，获得自由自适的归

---

① 李欧梵：《晚清小说与中国现代性想像的确立》，周桂发、周筱赟编《复旦大讲堂》（第1辑），复旦大学出版社2004年版，第36页。

依感。《盘龙峪》中体现出的这样一种自足的文化背景，会让人很容易想起沈从文《边城》、废名《桥》、汪曾祺《受戒》中那些充满生机、气象的乡村自足世界，这样一种自由自在又自足的文化世界实际上也是他们这样的知识分子的精神家园。在经历过各种时代风暴带给他的荣辱悲喜后，60岁的赵树理对《盘龙峪》当中那样的生活场景仍念念不忘，在1966年冬写的交代材料《回忆历史 认识自己》中他深情地回忆自己儿时在"八音会"的热闹生活，没头没尾的漫谈。与现实境遇相对比，他这样的回忆中一定饱含着比别人更多的生命感触。

虽然《盘龙峪》仅存一章，虽然它是赵树理小说艺术民族化的初步尝试，但它"叙述的从容大气，文字的干净简朴，老道的传神的白描，无微不至、生动丰富的乡土气息，纷纷跃然纸上"①，显示出了赵树理深厚的传统小说艺术素养，也印证了1946年周扬发现赵树理后对其的评价，赵树理"是一个新人，但是一个在创作、思想、生活各方面都有准备的作者"②。《盘龙峪》（第一章）呈现出了一个充满生机、气象的乡村世界和文学世界，这样的乡村世界和文学世界在赵树理看到《讲话》之前创作的《小二黑结婚》《李有才板话》中也有呈现，可以说在看到《讲话》前后，赵树理小说的创作风格是一致的。郭沫若在1946年第一次读到赵树理小说时盛赞说"这是一株在原野里成长起来的大树子，它根扎得很深，抽长得那么条畅，吐纳着大气和养料，那么不动声色地自然自在"，"他是处在自由的环境里，得到了自由的开展"，③ 后来竹内好50年代也说赵树理小说是"以中世纪文学为媒介，但并未返回到现代之前，只是利用了中世纪从西欧的现代中超脱出来"的一种写作，"他的文学观本身是新颖的"④。从这个意义上说，赵树理在受到毛泽东《讲话》精神的影响之前就已经形成了自己成熟的小说艺术风格，而赵树理在20世纪30年代初《盘龙峪》中对五四以来小说过于西化的纠偏和对中国小说艺术民族化路向的初步尝试，提前开启了毛泽东文艺思想倡导的要创作"新鲜

---

① 李锐：《谁看秋月春风》，《读书》2002年第11期。
② 周扬：《论赵树理的创作》，《长城》创刊号，1946年7月。
③ 郭沫若：《读了〈李家庄的变迁〉》，《文萃》第49期，1946年9月。
④ 参见［日］竹内好《新颖的赵树理文学》，黄修己编《赵树理研究资料》，北岳文艺出版社1985年版，第491—492页。

活泼的，为中国老百姓所喜闻乐见的中国作风和中国气派"艺术作品的创作路向，提前开启了有关毛泽东"民族形式"文艺的创作实践，开启了中国现代文学发展的自我调整路向。

三 自在民间：小说创作中的戏曲元素

赵树理一生喜欢民间戏曲，尤其是上党干梆戏，他对戏曲的导演、音乐设计、舞美设计都做过研究，同时还是个热情的剧作家、评论家。据《赵树理全集》，从1939年至1966年，赵树理创作改编的大小剧本有13个，写作的戏曲评论有25篇，这在中国现代小说作家中是很少见的。作为一位独树一帜的作家，地方戏曲给了赵树理小说创作的艺术营养，极大地影响了他的小说创作思想。在乡村，地方戏曲演唱的主要功能有三：一是敬神娱神，祈求人身平安和风调雨顺等；二是道德教化，通过戏曲人物、故事来传承乡村传统伦理道德；三是自娱自乐，通过唱戏、看戏行为达到自己精神的愉悦，以此消解生活之苦。赵树理在小说创作中看重戏曲内容的道德教化功能，强调戏曲潜移默化的"劝人"功效，而在戏曲创作、表演、观看过程中，参与者自由自在活动的氛围又潜移默化地影响了赵树理小说创作思想，培植了赵树理小说创作中自由自在的审美情趣和审美创造能力。戏曲活动在赵树理小说中体现出乡民生命个体对自由存在的强烈需要，也给乡村世界构建了一个公共自由空间。本节欲探究戏曲活动怎样表现在赵树理小说中，戏曲活动中自由自在的精神怎样体现在赵树理的小说创作思想中，怎样深层影响了赵树理的小说创作。

演戏、唱戏是乡村乡民日常生活的重要一部分，赵树理在小说创作中对这一活动多有描写。在1934年写的《盘龙峪》（第一章）中有这样一个场景，十二个二十岁左右的农家小伙歃血盟誓后，等不及"邀神"的人来就急着要唱戏，安泰说"要不是图唱戏的话，我磕了头就走了"，大家要唱戏，饭吃得很快，不等大家吃完，小松早就把乐器安排好了，接着就马上进入各自的角色，唱了《精忠传》，又唱吕布戏貂蝉，一直唱到鸡叫才一哄而散，"出到院子里，看见已偏了西的月亮"。在一个农家小院中，一群"自乐会"的小伙自弹自唱一整夜，多么热闹而又自由，这个乡村聚会体现了农家小伙对民间戏曲的强烈喜爱。在1943年创作的《李有才板话》中,李有才扮演焦光普的演唱吸引得邻村小伙正月里上门请教,"有才见他说起唱戏,劲上来了,就不客气地讲起来。他讲:'这焦光普,虽说是个丑,可是个大角色,唱就得唱出劲来!'说着就举起他的旱烟袋算马鞭子,下边虽然坐着,上边就抡打起来,一边抡着一边道:'一出场:当当当当当令×令当令×令……当令×各拉打打当!'"五十多岁的人,坐在炕上,一说起唱戏就按捺不住,连打带唱加比画。一位是毛头小伙,一位是年长老头,如果不是对戏曲的痴迷,这一老一少在一起怎会变得如此青春有活力。1947年创作的《刘二和与王继圣》一开始就是对一群小孩唱戏场景的描写。村里给关老爷唱戏,别的孩子都去看戏了,只有七个给别人放牛的孩子还得放牛去,把牛赶到山坡上后,小囤提议说:"兔子们都在家里等看戏啦。咱们看不上,咱们也会自己唱!"七个孩子立刻一致赞同,就开始唱打仗的戏了。"他们各人都去找自己的打扮和家伙,大家都找了些有蔓的草,这些草上面有的长着黄花花,有的长着红蛋蛋,盘起来戴在头上,连起来披在身上当盔甲;又在坡上削了些野桃条,在老刘地里也削了些被牛吃了穗的高粱秆当枪刀。二和管分拨人:自己算罗成,叫小囤算张飞,小胖、小管算罗成的兵,铁则、鱼则算张飞的兵。"在各自化好妆、找好兵器、分配各自扮演的角色后,满囤用两根放牛棍在地上乱打,嘴念着"冬仓冬仓",这戏就在山坡上开始了。"六个人在一腿深的青草上打开了。他们起先还画个方圈子算戏台,后来乱打起来,就占了二三亩大一块,把脚底下的草踏得横三竖四满地乱倒。"这是多么自由自在而又快乐的游戏啊!

举上面这三篇小说中的唱戏情景是想说明在赵树理笔下的农村中,几乎所有年龄阶段的人都痴迷于看戏、唱戏,赵树理也是如此,无论在童年生活中,还是在飘荡社会底层的青年时期,还是困居北京的中老年时期,戏曲一直是赵树理内心世界最喜爱的自娱自乐的形式。那些不熟悉民间戏曲的人,很难理解赵树理终身对民间戏曲的喜爱,究竟是什么东西能让这样一群人如此痴迷呢?

赵树理小说中乡民对戏曲的痴迷身姿体现出个体生命对自由存在的强烈需要。现实社会中的每个个体,都有生命自由的需要,但现实社会的各种规约限制使其没法去完全实现生命的自由冲动,我们只有在游戏模仿中才有可能实现生命短暂的自由状态。游戏产生于个体对事物外在形式的兴趣和爱好，并不关涉事物的内在性质或利害关系，在游戏中，个体将努力摆脱外在世界对自己的束缚，而对乡村世界来说，最适宜的游戏状态就是对戏曲的迷醉。赵树理小说《刘二和与王继圣》中孩子们在野地里唱戏的游戏最能体现出个体生命对自由存在的强烈需要。由于无法去看自己喜爱的戏，还被迫要去山坡放牛，孩子们的自由需要受到强烈压制，正是在这种极端不满意中，孩子们一致提议来玩唱戏的游戏，以此来满足自己的心愿。孩子们的唱戏游戏最先开始时也分配了各自喜好扮演的角色，"还划了个方圈子算戏台"，但是唱戏开始后他们很快就进入了随心所欲的境界，进入了忘我的境界，他们"乱打起来，就占了二三亩大一块，把脚底下的草踏得横三竖四满地乱倒"，"小胖打了鱼则一桃条，回头就跑，鱼则挺着一根高粱秆随后追赶，张飞和罗成两个主将也叫不住，他们一直跑往坪后的林里去了"。原来划定的戏台不管了，打的乐器也不管了，原先的角色早已不记得，剧情也顾不得，几个人只是自顾自地打玩起来，戏唱的完全没了戏的样子，但正是在这种状态下这群孩子们短暂地实现了自己生命的自在自由状态，在这一片刻中他们不受任何约束，没有现实中放牛的责任约束，也没有原本戏剧内容的束缚，他们完全属于他们自己了，孩子们的天性自然地呈现了出来。在这一情景中可以看到，在唱戏游戏中，孩子们唱演戏剧并不是他们的真正目标，而仅仅是开始游戏的一种形式，一旦唱戏游戏开始，这种形式也不再重要了，这场游戏的真正目标是孩子们对生命个体自由存在的无意识的强烈追求。孩子们在自由自在的游戏中才可摆脱、超越现实的各种束缚，而在对这种唱戏形式的游戏模仿中对生命自由自在状态的无意识追求，更能够体现出艺术创作最原初的审美意义。在赵树理的生命中，小说中这一童年唱戏的游戏是他最自得其乐的一段回忆，如鲁迅对自己童年时与闰土生活的回忆，对夜里看社戏划船晚归偷吃罗汉豆的回忆，对百草园中捉蟋蟀的回忆一样，我们都能深感到这些作家对童年无拘无束、自由自在的生命个体存在状态的强烈怀念。而这种童年时生命的自由自在状态随着我们年龄的增长永远也不可再获得了，对这种生命悲哀的排遣方式之一就是艺术模仿，如同小孩的唱戏游戏一样，在虚拟的艺术世界中重温生命的自在状态。50年代傅雷特别提到赵树理对儿童形象的表现，说："赵树理同志还是一个描写儿童的能手。他的《刘二和与王继圣》，以及在《三里湾》中略一露面的大胜、十成和玲玲三个孩子,都是最优美最动人的儿童画像。"① 傅雷并不熟悉赵树理,而且写赵树理创作的评论文章只有这一篇,这里毫不吝惜地给予"最优美最动人"的赞词,连用两个"最"字,可见赵树理小说中的儿童形象给傅雷留下了很深的印象和感触。"最优美最动人的儿童画像"在《刘二和与王继圣》中具体指什么呢?我想就是每个人对童年生活中自由自在生命状态的怀念,就是赵树理、鲁迅等体验到的个体生命状态。不同的人追求这种生命自由自在状态时所借用的方式是不一样的,赵树理和乡民们借用的是戏曲。对乡民们来说,他们便是用看戏唱戏的方式去追求短暂的生命自在状态,他们喜欢唱戏、听曲,主要并不是为戏曲"艺术"本身,而是为了在参与这种形式的活动中得到生命愉悦的宣泄,追求短暂的忘我状态,在集体的狂欢中让漫长时间煎熬的身心得到片刻的舒缓,在戏的氛围里,解除各种现实约束,自由地展开想象,获得短暂的无羁和瞬间的自由自在。由此,我们才可理解《盘龙峪》中十二个青年通宵唱戏玩乐,才能理解五十多岁的李有才对唱戏的痴迷,也才能理解赵树理给别人"送戏上门"②,不顾别人的笑话一次次地给别人演唱"起霸"③ 的情景,理解他一生对上党梆子的痴迷。

　　看戏、唱戏在满足着乡民们自娱自乐的需要时,也给乡民们构建了一种所谓的类似于"公共空间"的乡村自由空间,在这个类似的公共空间中,表演者和观看者也在实现着自我身份的确认。如同旧中国城市的茶馆一样,在农村也有许多这样的大众活动空间,而参与人数最多的便要算戏场了。一般大一些的村庄都有自己的戏班子,喜欢的人都可以参加,在共同的唱戏、演戏、交流、编排、观看中,大家被联系到了一起,进入这个公共空间,戏曲创作者、表演者、观看者、批评者都可以在这一空间中自由存在。他们在参与这个空间的活动中寻找到和自己有共同文化喜好的人,他们不再是单独存在者,而是寻找到了精神归依和精神休憩的一方天地。在唱戏所营构的这个类似的"公共空间"里,戏曲带给人们一种置

---

　　① 傅雷:《评〈三里湾〉》,《文艺月报》1956年第7期。
　　② 详见严文井《赵树理在北京胡同里》,《严文井》,人民文学出版社1995年版,第363页。
　　③ 详见汪曾祺《赵树理同志二三事》,《汪曾祺全集》第5卷,北京师范大学出版社1998年版,第27—28页。

身于传统"家园"的感觉,让他们获得自由自适的皈依感。在此基础上,我们也才可理解村民们听、传李有才快板时产生的快乐效应,小说中的那些快板就如同戏剧中的念白唱词,村民在李有才窑洞中以说板话、唱戏等娱乐方式形成自己的公共空间,也在这个空间中用快板或唱戏的方式表达了他们对村庄权威者的不满乃至抗争,当阎恒元垮台后,阎家山的村民们更是满村高唱"干梆戏",以此种方式来宣泄他们内心的喜悦。

戏曲活动中的游戏性质体现出生命个体对自由存在状态的追求,对终生喜好戏曲的赵树理来说,他的小说创作就不能不深受戏曲活动中对生命自由存在追求的影响。戏曲活动极大地影响艺术创作者的自由意念,赵树理正是在这一自由自在的戏曲活动氛围中,在不知不觉中培植了自己小说创作中自由自在的审美情趣和审美创造能力。除过怡人性情的地方戏曲,还有游走四方的艺人说书,流行于田间炕头的板话,出现在人们调侃之间的"顺口溜"等创作,这些都给予了赵树理一种极自然的陶冶,在自由自在的接受氛围和审美创造中,赵树理逐渐把自己感觉到和要追求的这种自由愉悦渗进了自己的小说创作中,按照自己的意愿建构他眼中的乡村世界,摆脱了现代小说所规范的各种条条框框,最终在中国现代小说史上形成了与众不同的创作意识和小说风格。[①] 汪曾祺说:"赵树理最可赞处,是他脱出了所有人给他规范的赵树理模式,而自得其乐地活出了一份好情趣。"[②] 同样也可以说,赵树理的小说创作最可赞处,也是"他脱出了所有人给他规范的赵树理模式",而"自得其乐"地写出了一个自由自在的艺术世界。三四十年代的赵树理感觉到了自己写作的自由,这不光包括题材选择的自由,驾驭材料、结构小说的自由,更应包括创作精神的自由,这些让其在一定时期内实现了他自由自在创作的理想。也许这就是郭沫若最初读到赵树理小说时感到非常"新颖"的主要原因,赵树理的小说"是一株在原野里成长起来的大树子,它根扎得很深,抽长得那么条畅,吐纳着大气和养料,那么不动声色地自然自在"[③]。

[①] 参见席扬《面对现代的审察——赵树理创作的一个侧视》,《多维整合与雅俗同构——赵树理和"山药蛋派"新论》,中国社会科学出版社2004年版,第47页。

[②] 红药:《话说赵树理和沈从文——记汪曾祺先生一席谈》,《文学报》1990年10月18日。

[③] 郭沫若:《读了〈李家庄的变迁〉》,《文萃》第49期,1946年9月26日。

四 "细节""小故事":乡村世界的叙事构成

在赵树理小说中,我们常能看到大量乡村日常生活的细节和各种各样的乡村小故事,这些细节、小故事的存在大大扩充了小说的容量,真实展现了乡村的自在状态,散逸出浓厚的"原野"气息。[①] 对那些不熟悉乡村生活的作家来说,由于他们无法在小说中呈现这么多乡村日常生活细节和乡村小故事,他们只能以一个外来的"他者"眼光观察、书写乡村世界,他们小说中的乡民、乡村也只能是"外人"眼中的乡民和乡村。赵树理对乡村生活和乡村文化了如指掌,充满感情,他小说中的故事如同村民们自己讲的故事,那些看似啰啰唆唆的乡村日常生活细节、那些乡村中发生的琐碎小事,在让小说叙事显得亲切、随意、自由、活跃、营造出类似于乡村谈闲天的、率意而作的气氛时,又展现了乡村世界中最新鲜、最有活力的乡土气息。同时,赵树理小说中的革命思想在乡村读者面前不再威严、高远,而是有一种更明朗的诚意与亲近,使乡村读者在接受异质的革命政治文化时没有太大的压力。本节就赵树理的《小二黑结婚》《李有才板话》《李家庄的变迁》三篇小说来谈谈赵树理小说用"细节""小故事"构建乡村世界的叙事特点。

按照五四以来西化的现代小说理论,小说应在一定的环境中以某个中心人物展开故事情节,因此《小二黑结婚》应该主要讲小二黑和小芹的婚恋。仔细阅读《小二黑结婚》,小说虽然以二人的恋爱故事串联了整篇小说,但小说直接描写两人恋爱的情节却很少。小说共十二节,前五节是人物出场介绍,分别写"神仙的忌讳""三仙姑的来历""小芹""金旺兄弟""小二黑",全是乡村趣事,几乎占小说一半,小二黑和小芹的恋爱到第五节才出现,也只有两句话:"小二黑跟小芹相好已经二三年了。那时候他才十六七,原不过在冬天夜长时候,跟着些闲人到三仙姑那里凑热闹,后来跟小芹混熟了,好像是一天不见面也不能行。"到第六节又荡开笔墨,写金旺等对二人婚恋的干涉,第七节详写三仙姑许亲和二人反抗,却被金旺等以捉奸的罪名抓到了区上。第九节是"二诸葛的神课",

---

[①] 郭沫若在《读了〈李家庄的变迁〉》中说赵树理小说"是一株在原野里成长起来的大树子"。

写两家父母的着急和吵闹,第十节是二诸葛在区上的"恩典",十一节写三仙姑在区上遭受嘲讽,最后一节是乡民变化,只在小说结尾说两人成了村里的第一对好夫妻。可以看出,小说是以小二黑和小芹的婚恋故事带出了各个故事的发展,但整篇小说的重心并不在小二黑和小芹的爱恋上,而在各种各样的人对小二黑和小芹恋爱的态度以及自身的变化上,因此乡村中大大小小的有趣故事、事件、日常生活、风土人情便成了小说的重要内容。后来赵树理谈《邪不压正》的小说结构时说自己为了在"行文上讨一点巧","套进去个恋爱故事","小宝和软英这两个人,不论客观上起的什么作用,在主观上我是没有把他两个当作主人翁的……这个故事是套进去的,但并不是一种穿插,而是把它当作一条绳子来用——把我要说明的事情都挂在它身上,可又不把它当成主要部分"①。这些话也同样适合于对《小二黑结婚》叙事的理解。当然,这并不是说小二黑和小芹的恋爱就不是小说的重要内容,而是说赵树理并不以他们的婚恋本身为目标来展开小说,并不以五四以来西化的——以某个人物为中心,通过曲折复杂的情节塑造性格丰满的人物形象——现代小说规范、标准进行小说叙事,而是通过无数的乡村小故事、无数的乡村日常生活细节去构建整个村民眼中的真实的乡村世界,这些看似若即若离的、甚至具有相对独立性的细节、小故事构成了赵树理小说的血肉,体现了乡村风土人情,显示了乡村生活中深层的"常"与"变",散逸出浓厚的乡村"原野"气息。对这一区别,冯建男曾用"定点透视"与"散点透视"的比喻进行过说明。②贝尔登也说:"赵树理在谈到自己的写作技巧时说,他不喜欢在作品里只写一个中心人物,他喜欢描写整个村子、整个时代。"③ 因此,我们在《小二黑结婚》中看到的不光是青年男女对自由恋爱的追求、对传统婚姻观念的反抗,也看到了作者对老一代农民迷信思想的善意批判,对其懦弱性格的批判,对不合理婚姻导致人性变态的嘲讽,更有对"农村

---

① 赵树理:《关于〈邪不压正〉》,《赵树理文集》第 4 卷,中国工人出版社 2000 年版,第 1650 页。

② 参见冯健男《赵树理创作的民族风格》,《文艺报》1964 年第 1 期。

③ [美] 杰克·贝尔登:《赵树理》,黄修己编《赵树理研究资料》,北岳文艺出版社 1985 年版,第 40 页。

基层党组织的严重不纯"①的揭露,有对新政权给人们生活观念带来变化的表现,还有乡村世界的自在状态、乡村的"原野"气息,这些内容和气息把赵树理和其他的作家真正区别了开来。

同样,《李有才板话》中的中心人物应是"板人"李有才,这无论从小说的标题,还是从小说第一节"书名的来历"的交代中都可以看出来。但在小说中,李有才实际上是结构小说的一根绳子,并不是小说的主人公。②小说十节内容中,真正集中笔墨写李有才的地方并不多,第一节用墨最多,介绍他的幽默风趣和洞察能力,第二节虽然介绍他的居处及对戏剧的喜好,但重心是通过给外村来的小福表兄介绍李有才的"板话"描绘出了阎家山的权力关系。第三节写村中重选村长的斗争,李有才只被提及。第四节写阎恒元丈地,把戏被李有才揭破,重心明显在揭露丈地中的问题。第五节写阎恒元对小元的报复,只是简单地提及李有才被赶出了阎家山。此后三节李有才没有出现,直到第九节老杨带领大家对阎恒元等进行了斗争后才提到了李有才的一首板话。第十节写对小元的批评,李有才只是做板话为小说结尾。从以上的分析看,整篇小说借李有才把阎家山的矛盾展开后,李有才就退到了小说背景中,新人不断出场,即又退入背景中。这样小说中除过李有才,我们还会记住一系列人物,如小元、章工作员、老杨同志、阎恒元、阎家祥、富喜、广聚等,这许多人的活动便产生了阎家山大大小小的许多故事。如果我们再注意小说叙事者眼光还会发现,叙事者一直就没有离开过阎家山,老杨同志在县里面的事、本村小元到县里受训的情况、李有才被赶出阎家山之后的生活状况叙事者一概不叙,而阎家山发生的各种各样事件叙事者尽收眼底,那一段接一段的乡村小事,那说不完、道不尽的张家长李家短的生活琐事,正构成了阎家山生活的本真面貌。赵树理选择这些鸡零狗碎的、适合做村民谈资的、够得上日常生活中飞短流长的小故事、小细节,通过目不旁视的叙事,让一个真实、自在、有生气的阎家山浮现在读者面前,如此说来,《李有才板话》的叙事一点也不显松散,反倒是十分严谨了。

---

① 周扬:《〈赵树理文集〉序》,《赵树理文集》第1卷,中国工人出版社2000年版,第2页。

② 参见赵树理《关于〈邪不压正〉》,《赵树理文集》第4卷,中国工人出版社2000年版,第1650页。

《小二黑结婚》和《李有才板话》是赵树理在看到毛泽东《讲话》之前创作的作品，1946年发表的《李家庄的变迁》明显受到《讲话》的影响。这种影响不光表现在小说内容由多表现乡村日常生活转变为表现阶级斗争，也表现在小说叙事由对乡村整体状况的表现转变为企图以某个人（铁锁）为中心来表现社会变迁。但在这种变化中我们仍能感觉到小说中大量的乡村故事、日常细节，不自觉溢出的"原野"气息以及乡村叙事的复杂性。

茅盾在《关于〈李有才板话〉》[①]和《谈〈李家庄的变迁〉》[②]中对赵树理小说的评价是不一样的，前文强调解放区生活的民主气息，"《李有才板话》让我们看见了解放区的农民生活改善的斗争过程和真相，使我们知道此所谓'斗争'实在温和得很"，而后文强调的是阶级斗争的残酷性，"赵树理先生是在血淋淋的斗争生活中经验过来的，而这经验的告白就是小说《李家庄的变迁》"。这种强烈的反差说明了赵树理小说前后的确有了变化。与《小二黑结婚》《李有才板话》相比，《李家庄的变迁》的前半部第一至第七节完全是以中心人物铁锁的经历展开的，这种写法吻合于五四式的现代小说范式。铁锁因一棵桑树的归属问题被春喜等逼得倾家荡产、背井离乡，漂泊到太原，真正明白了阶级斗争的道理，回村后团结穷苦的农民兄弟准备反抗。小说写到这儿已经是一个很完整的故事，这是一个讲革命意识如何起源、发生的故事，这种叙事正是后来五六十年代"红色经典"中固定的叙事模式，如《红旗谱》《苦菜花》《红色娘子军》等。但到小说第八节后，铁锁这位主人公就隐入了小说背景中，小说中出现了大量新的人物和故事，小说阶级斗争的主题掺杂进民族抗日的主题，小说叙事者的价值判断标准由阶级斗争标准逐渐转向传统的、村民自身的伦理道德标准，五四以来西化的现代叙事范式遭到赵树理自身写作模式的解构，小说前后两部分有了一定裂隙。在后一部分中，小说的叙事方式又回到了赵树理创作《小二黑结婚》《李有才板话》等小说的方式，小说仿佛是作者的信笔所至，乡村中经历的各种各样的困苦日子，由作者细细道来，密密麻麻织成一片，"长卷似地平铺展示群体的农民故事，逼真地写出日常生活细节的过程，仿佛是听一个民间说书人在乡场上

[①] 原载《群众》第12卷第10期，1946年9月。
[②] 原载《文萃》第2卷第10期，1946年12月。

讲村里的故事，讲得圆熟、琐碎，说到哪个人物，哪个人物就成为故事的中心，细细节节的过程很真实地被描述出来"①。在这样的叙事中，革命的、阶级的斗争观念隐退，而传统道德观念去伪存真，作为民族精神象征，构成了赵树理小说的底蕴。②

竹内好认为赵树理的写作是"以中世纪文学为媒介""自觉从现代文学中摆脱出来"的创作，"他的文学观本身是新颖的"。③ 如果"我们暂且放弃一下'五四'以来政治与艺术逐渐结合而成的'深刻'、'史诗'、'阶级性'等一系列新文学批评标准"④，我们会发现赵树理小说用细节、小故事来构建小说世界的方式与中国传统小说——宋元话本、明清小说是一脉相连的。如果说五四以来中国西化的现代小说实现了中国小说现代转化的一条路向，赵树理努力实现中国小说本土性现代转化，则是体现了中国小说现代转化的另一条路向。

第三节　1946—1947年赵树理小说在解放区外的传播与回响

1946年6月26日—7月5日，在中国共产党建党25周年前后，延安《解放日报》文艺副刊连载了赵树理小说《李有才板话》，1947年8月10日《人民日报》发表陈荒煤的《向赵树理方向迈进》一文。至此，解放区对赵树理小说的推重开始达到一个新的高度；同时，赵树理小说在解放区之外的传播与评论，也开始进入一个更有意识的阶段。由于不同的环境和思想背景，赵树理小说在国统区的评论相较解放区的同类论述，更具一种历史的复杂性，对其的分析也更有助于我们深入认识赵树理小说在中国现代文学多元现代性中的意义。

---

① 陈思和主编：《中国当代文学史教程》，复旦大学出版社1999年版，第42—43页。
② 董之林：《关于"十七年"文学研究的历史反思——以赵树理小说为例》，《中国社会科学》2006年第4期。
③ 竹内好：《新颖的赵树理文学》，黄修己编《赵树理研究资料》，北岳文艺出版社1985年版，第491—492页。
④ 陈思和主编：《中国当代文学史教程》，复旦大学出版社1999年版，第41页。

一 1946—1947年赵树理小说在解放区外的传播

赵树理小说40年代在解放区之外的传播①，最早可追溯至1943年10月《李有才板话》在重庆《群众》第7卷第13期开始的连载。之后，1945年10月20日《小二黑结婚》曾在上海创刊的《新文化》上全文刊出。但在当时，这一代表了解放区文学新动向的创作，却还没有引起评论者太多的注意。到1946年7月，时任晋察冀中央局宣传部长的周扬将刚编印好的赵树理小说集《李有才板话》带到上海文艺界后，赵树理小说开始被有意识地向解放区外传播。10月，该小说集由上海希望书店出版，其中收入《李有才板话》《小二黑结婚》《地板》三篇小说，并附有周扬的评论《论赵树理的创作》；12月，上海知识出版社再度出版《李有才板话》，其中除《小二黑结婚》《李有才板话》及周扬的《论赵树理的创作》外，又收录了郭沫若的《读了〈李家庄的变迁〉》、茅盾的《关于〈李家庄的变迁〉》两篇评论。同月，《李家庄的变迁》随之出版。1947年，这两部书又分别由上海新知出版社、重庆新知书店再版。同时，香港的新民主出版社、华夏出版社也在这一年分别推出了单行本的《小二黑结婚》《李有才板话》《李家庄的变迁》和小说集《李有才板话》。而在解放区与国统区的交错地带，1946年后半年更有大量赵树理小说出版。包括华北新华书店、晋绥日报社、冀南书店、胶东大众报社、大连大众书店、东北画报社、东北书店、辽东建国社在内的一批出版机构，都将赵树理小说当作了其出版的重点。到1947年之后，除上述诸书，包括《传家宝》《富贵》《邪不压正》在内的一些赵树理新作也相继出现在国统区。可以看出，由于有意识地推动，在1946—1947年的一年多时间中，赵树理的影响，开始遍及以上海、重庆及香港为中心的许多地区。

与之相应，解放区之外对赵树理小说的评论也在这一年多的时间中达到了高潮。据初步统计，仅在上海，包括《文汇报》《文艺复兴》《文萃》《群众》《文艺知识》等重要报刊发表的评论文章就有七篇，此外，

---

① 本文中有关赵树理小说传播和评论的资料整理，主要依据于钱理群编《二十世纪中国小说理论资料》（第4卷）、黄修己编《赵树理研究资料》、於可训、叶立文编《中国文学编年史现代卷》，唐沅、韩之友、封世辉等编《中国现代文学期刊目录汇编》（第5卷）、《中国文学史资料全编·现代卷》。

重庆的《新华日报》（三篇）、香港的《文艺生活》（二篇）以及其他一些地方报刊，也都刊出有关文章，这一时期出现在国统区的赵树理评论总数已达近二十篇。其中郭沫若《〈板话〉及其他》《谈解放区文艺》《读了〈李家庄的变迁〉》，茅盾《关于〈李有才板话〉》《论赵树理的小说》，邵荃麟《评〈李家庄的变迁〉》，杨文耕《〈李有才板话〉》，在当时文坛均产生了不小影响。1946年8月29日，《解放日报》发表的一篇以《沪文化界热烈欢迎解放区作品》为题的文章称，《李有才板话》"在沪连出三版都已销售一空，买不到的人们到处借阅，青年群众中争相传诵，并给文艺界注射进了新的血清，大家对于解放区生活的幸福和写作的自由也更加向往"①。

不过，在呼应着解放区对赵树理创作的推重同时，国统区对赵树理小说的最初评论，在具体认识上却并未完全与解放区同步，不同论者对赵树理小说的评价，着眼点不同，具体肯定的内容也存在着明显的差异。

二 郭沫若：创作精神与环境的"自由"及其他

在国统区评论赵树理小说的人中，出手最早也最重要的首先是郭沫若。1946年7月底，周扬将《李有才板话》和《解放区短篇创作选》带到上海，8至9月，郭沫若就连续写了三篇评论赵树理的文章。文章对当时在解放区还没有太多影响的赵树理小说做出了高度评价，赞美其是"一株在原野里成长起来的大树子，它根扎得很深，抽长得那么条畅，吐纳着大气和养料，那么不动声色地自然自在"②。让郭沫若特别感觉亲切的，首先是赵树理小说的"原野"气息，是赵树理创作在自由的环境中自由的展开。这一点在今天看来，的确有着颇为深长的意味。众所周知，赵树理小说在解放区的被推重，与毛泽东的《讲话》有着紧密的关系。譬如周扬的著名文章《论赵树理的创作》就认为，赵树理小说的突出意义，在其标志着"毛泽东《讲话》精神在创作实践上的一个胜利"。赵树理小说集由周扬带来，早在7月20日，周扬的文章就发表在了晋察冀边区印行的大型文艺刊物《长城》创刊号上，8月26日又由《解放日报》

---

① 《沪文化界热烈欢迎解放区作品》，《解放日报》1946年8月29日。
② 郭沫若：《读了〈李家庄的变迁〉》，《文萃》第49期，1946年9月。

转载，但在郭沫若的三篇文章中却都没有提及赵树理小说和《讲话》的关系，也没有提以为政治服务的标准来衡量文艺，这颇与同期茅盾文章明显受到周扬影响形成一种对照。我们在看到别一种眼光中的赵树理小说同时，也感觉到郭沫若思想及现代文艺思想史本身的一种复杂性。

周扬评价赵树理小说，依据的是典型的解放区文艺标准。其认为赵树理小说反映的是农民与地主之间的剧烈斗争，《小二黑结婚》是在"讴歌新社会的胜利"，《李有才板话》是在展开"农民与地主之间的斗争"，《李家庄的变迁》同样是在描写"农民与豪绅地主之间的斗争"。就是对赵树理小说语言大众化特点的揭示，也是围绕论定赵树理小说的成功是"实践了毛泽东同志文艺方向的结果"。与周扬不同的是，身处国统区的郭沫若，这一时期还是从自身对于生活及文艺使命的感受和理解出发去看待问题，因而，他所看重赵树理的，首先是作家创作精神和创作环境的自由。

在他看来，赵树理是在对新旧小说资源的自由批判借鉴中"不受拘束地成长了起来"的，无论是小说的叙述语言、结构形式、审美趣味，还是作家的价值立场，都既摆脱了五四以来欧化小说的束缚，也改变了新旧小说家不愿通俗或假通俗的情状——这已然达到了一种从前难于达到的创作自由。在这里，在对这种创作主体精神自由的强调中，我们似乎还能依稀辨认出其"女神"式浪漫主义气质。

不过，郭沫若此时的评论，也非完全无政治功利的目的。他对赵树理创作精神自由的赞誉，也含有明显地宣传解放区文艺创作环境自由的目的。解放区文艺环境对身处国统区言论受限制的作家、读者来说，充满了极大吸引力，赞美赵树理创作的自由，客观上是在展示"解放区的天是明朗的天"。由于解放区和国统区政治环境的差异，面对不同读者，周扬与郭沫若对赵树理小说阅读效果的预期并不相同。在解放区，革命的首要任务是与日寇和国民党进行斗争，在此基础上要求文艺要为革命服务，《讲话》强调文艺与政治的关系，强调对作家主体性的改造，因此周扬强调赵树理小说创作是对毛泽东《讲话》精神的实践，将其树立为解放区作家学习的榜样，以此来改造解放区作家创作时的个人化。而在国统区，郭沫若面对的首要问题还不是改造知识分子主体性的问题，而是如何向不满意于国统区的创作环境、不"自由"的知识分子、读者宣传解放区如何"光明""自由"的问题,因此在赞誉赵树理小说时也潜在地向国统区读者展示解放区文艺环境的自由以吸引、争取更多的知识分子。

不过,细究赵树理小说创作以及《讲话》后解放区的文艺环境,赵树理所处的"自由的环境"和创作的"自由的展开",与郭沫若的想象又显然有着不同,郭沫若实际上是把赵树理所处的乡村民间文化空间置换成了解放区自由的文化空间。从内容上说,赵树理小说确实如周扬评价的是在表现"被解放了的广大农村中,经历了而且正经历着巨大的变化",但从小说艺术上说,赵树理究竟处在怎样"自由的环境"中得到"自由的展开"呢?对赵树理多有研究的席扬说:"怡人性情的地方戏曲、游走四方的说书艺人、流行于田间炕头的板书及出现在人们调侃之间的'顺口溜'式的诗的创作,给予赵树理的是一种极自然的陶冶,是对他在趣味牵导下审美创造冲动的自然诱发。审美创造和接受的自由氛围,创造者与接受者的非功利性的对应契合以及在此基础上对每一个有志于审美的后来者自由的诱惑,形成了赵树理既不同于五四'理性自由'又不同于延安时代'共性自由'的审美创造的自由意念。"[①] 这一看法并不认同赵树理的自由创作精神源于解放区自由的创作环境,而认为是源于乡村自足文化对他的陶冶和赵树理对乡土自足文化的自信。其实被当作赵树理经典之作的《小二黑结婚》和《李有才板话》都创作于《讲话》公开发表之前[②],有论者也认为这些作品的艺术特点都源于赵树理1935年发表的长篇小说《盘龙峪》。在"文化大革命"初期,晚年的赵树理在被迫检讨自己创作道路时,还特别回忆到儿时在农村八音会的自由生活情景。我们也多在赵树理小说中看到相类似的场景,如《盘龙峪》中十二个农家小伙的结拜唱戏,《李有才板话》中村西大槐树下、李有才窑洞里、打谷场上大家的闲谈,《刘二和与王继圣》中六个放牛娃在山坡上的纵情演戏等。在这样的普通乡民享有的属于他们自己的、自由自在的话语、文化空间中,赵树理培植了自己"自由"的创作精神。这也许正是曾与赵树理共事五年之

---

① 席扬:《面对现代的审察——赵树理创作的一个侧视》,《多维整合与雅俗同构——赵树理和"山药蛋派"新论》,中国社会科学出版社2004年版,第47页。
② 参见王瑶《赵树理的文学成就》(陈荒煤等:《赵树理研究文集》,中国文联出版公司1998年版)和董大中《〈讲话〉与赵树理》(董大中:《你不知道的赵树理》,北岳文艺出版社2006年版)。

久的汪曾祺在晚年说的,"赵树理最可赞处,是他脱出了所有人给他规范的赵树理模式,而自得其乐地活出了一份好情趣"①。郭沫若正是深深羡慕于赵树理这种自由自在的创作精神,而将其小说比作是"原野中的一株大树子"。但同样是"自由"这个词,其所意指的对象却实在有很大的不同。

三　茅盾:"斗争"主题与"民族形式"认识的错位

茅盾是在国统区评论赵树理小说的第二位重要人物。在看到周扬带来的赵树理小说后,茅盾在 1946 年 9 月 29 日上海刊行的《群众》第 12 卷第 10 期上发表评论赵树理小说的第一篇文章《关于〈李有才板话〉》,与郭沫若的热情夸赞不同,茅盾对赵树理小说的最初感觉要平淡得多。茅盾认同周扬说的《李有才板话》是在描写"农民与地主的斗争"的看法,但与周扬强调阶级斗争的激烈、残酷不同,茅盾强调的却是解放区斗争的"温和"、民主:"《李有才板话》让我们看见了解放区的农民生活改善的斗争过程和真相,使我们知道此所谓'斗争'实在温和得很,不但开大会由群众举出土劣地主的不法行为与侵占他人财产的证据,同时也许地主自己辩护。近来有些人一听到'斗争'两字便联想到杀人流血,凄惨恐慌(这都是听惯了反动派的宣传之故),遂以为'改善农民生活'乃理所当然,而用'斗争'手段则未免'不温和';哪里知道解放区的'斗争'实在比普通的非解放区的地主老爷下乡讨租所取的手段要'温和'了千百倍呀!"对国统区读者强调解放区"斗争"的"温和"性、民主性,这当然也是想达到"解放区的天是明朗的天"的宣传效果。不过,茅盾的这种评论也显现出其当初并没有完全领会毛泽东《讲话》的真正意义。毛泽东在《讲话》中明确强调革命的文艺应当把日常中人们受压迫、受剥削的事实、现象集中起来:"把其中的矛盾和斗争典型化,造成文学作品或艺术作品,就能使人民群众惊醒起来,感奋起来,推动人民群众走向团结和斗争,实行改造自己的环境。"② 然而在茅盾眼里,《小二黑结婚》

---

① 红药:《话说赵树理和沈从文——记汪曾祺先生一席谈》,《文学报》1990 年 10 月 18 日。

② 毛泽东:《在延安文艺座谈会上的讲话》,《毛泽东选集》(第 3 卷),人民出版社 1990 年版,第 818 页。

《李有才板话》中的农村虽发生着思想的变化，但仍旧是乡村田园式的，而不是周扬眼中进行着阶级斗争的世界。

不过，到12月《文萃》第2卷第10期发表《论赵树理的小说》时，茅盾的论调却发生了巨大转变，文章劈头一句"赵树理先生是在血淋淋的斗争生活中经验过来的，而这经验的告白就是小说《李家庄的变迁》"，就将赵树理小说完全带入一种残酷的阶级斗争和政治视野中。茅盾认为李家庄是"中国北方广大农村的缩影"，代表了"受欺诈与压迫最深重的山西农村"，"待八路军开展了民众运动……斗争开始了"。在把李家庄的故事放置到革命起源的叙述话语中后，茅盾指出，农民与地主之间的斗争是"长期的，多变化的，艰苦的；有挫折、有牺牲"的，赵树理的意义，就在于"不讳饰农民的落后性"，明确"站在人民的立场"，写出了"农民之坚强的民族意识及其恩仇分明的斗争精神"。至此，茅盾开始用非常明确的阶级意识评论赵树理小说，并如周扬一样把它与延安的政治和文艺运动相联系，认为《李家庄的变迁》"不但是表现解放区生活的一部成功的小说，并且也是'整风'以后文艺作品所达到的高度水准之例证。……表示了'整风'运动对于一个文艺工作者在思想和技巧的修养上会有怎样深厚的影响"。

在看到《讲话》之前与之后，赵树理小说无论在内容上还是在艺术上确实都有些变化。《小二黑结婚》《李有才板话》中的乡村世界仍是一个遵守传统道德伦理秩序的世界，《李家庄的变迁》却明显突出了阶级斗争主题。金旺和兴旺想霸占小芹，阎恒元想多占村中土地，使他们都成了村人眼中破坏乡村道德伦理秩序的恶人、坏人，但村民与他们的矛盾并没被提升到你死我活的阶级斗争程度。《李家庄的变迁》前半部分，铁锁因一棵小树苗被李如珍等逼得家破人亡后背井离乡，其后在太原遇到共产党员小常，获得阶级意识启蒙，是一个典型的农村革命意识如何起源、革命如何发生的故事，明显地标示出《讲话》对赵树理小说创作的影响。但小说后半部分讲述抗战时期李家庄不同人物的遭遇，却又让民族矛盾冲淡了阶级斗争意识，小说叙述的价值评判又退回到了传统的乡村道德伦理秩序中。抗战的爆发，使铁锁再度退入乡村生活背景中，小说的阶级意识被冲淡，在民族矛盾的背景中，乡村传统价值再度凸显。小说中的人物也不再以贫富、阶级标准划分，而以美丑、善恶、好坏分成了不同的种类，生意人福顺昌掌柜王安福并没有变成土豪劣绅,却成了与李如珍形成鲜明对照的爱国绅士;穷人社首小毛却当了李如珍欺压村民的帮凶。赵树理"对这些人物的评价并不是来自于阶级理论,来自于政治标准,而是来自于普通农民所有的道德标准"①,这一标准其实也就是《小二黑结婚》《李有才板话》中原有的价值标准。

  茅盾是五四文学研究会的主要理论家,30年代创作了大量"社会剖析小说",强调客观、理性地反映时代和社会生活是他小说创作、批评观念的核心。因而,最初看到赵树理小说《小二黑结婚》《李有才板话》时,首先引起他注意的是小说对解放区生活的真实反映,因此并没有特别强调其中的阶级斗争内容。但当面对《李家庄的变迁》这部前后意识有着明显变化的小说,他却没有强调它对社会生活的理性、客观,而突出小说叙述中预设的阶级意识,强调阶级斗争的残酷性,有意无意地忽视小说后半部反映社会历史的复杂内容。在这样的话语方式中,可以看出,茅盾向解放区文艺思想界所要求的阶级斗争理论的靠拢。

  茅盾对赵树理小说前后评价的转变,也表现在他对赵树理小说"民族形式"的颇显错位的评论上。由于忽略掉了对赵树理小说前后变化以及《李家庄的变迁》文本复杂性的注意,茅盾在有关赵树理小说"民族形式"问题上的看法跟其实际就出现了不小的错位。茅盾在《关于〈李有才板话〉》中说赵树理小说创造了"进向民族形式的""新"形式,在《论赵树理的小说》中说《李家庄的变迁》"是走向民族形式的一个里程碑",比较前后两文,在"民族形式"这一问题上其对《李家庄的变迁》的定调明显高过《李有才板话》。

  但实际的情况是,《李家庄的变迁》前半部完全以中心人物铁锁的遭遇展开,单线条的结构、典型化的手法、心理描写运用,这些叙述形式上的特点表明,赵树理在其中尝试的,正是较为典型的五四以来现实主义小说的手法。这与之前写作《盘龙峪》《小二黑结婚》《李有才板话》时,他所采用的,串联多个小故事成一整体,最终实现对西坪村、刘家峤、闫家山等村庄"包罗万象"式反映的传统"珠花式"结构,明显地大异其

---

① 董之林:《关于"十七年"文学研究的历史反思——以赵树理小说为例》,《中国社会科学》2006年第4期。

趣。虽然《李家庄的变迁》后半部又回到了传统的小说写法，铁锁回村后融入整个村庄生活背景，小说没了中心人物，叙事方式又重新变成由多个人物故事构成的村庄整体变迁，但要说这部小说比之前的创作更"走向民族形式"，却显然显得有些证据不足。赵树理看到《讲话》前的小说，多借鉴民间传统文学形式，并因之曾被解放区持五四文学标准的作家、批评家瞧不起，看到《讲话》之后创作的《李家庄的变迁》，前半部的写法开始有意无意地表露出向五四以来现实主义靠拢的迹象，但在实际创作中，他在采用这种新的结构手法上，又多少显得有些力不从心，这就决定了在小说的后半部，他又不得不回到自己娴熟的传统小说结构。

应该说赵树理在 1934 年《盘龙峪》的创作中就开始了自己的"民族形式"创造尝试①，其可以看作对五四以来新文学过于西化所进行的自觉纠偏，但却和茅盾所代表的那种现实主义实践存在着明显的冲突。

四　邵荃麟、朱自清等人的赞扬与批评

在解放区外，除过郭沫若和茅盾，其他评论者也依据各自的文艺观念对赵树理小说进行了评论，赞扬中也有批评，进一步体现了对赵树理评论的复杂性。

1947 年 4 月邵荃麟在《文艺生活》（光复版）第 13 期上发表《评〈李家庄的变迁〉》，首先关注的是作者与书写对象之间的关系，认为赵树理之前的小说作者对农民都带有"垂怜他们，同情他们，或是过分夸大他们的精神性格，不然就是取笑他们的愚蠢"的小资产阶级情感，而赵树理"完全是从农民的生活与实践中去取得人民的思想感情，而以这种有血有肉的思想感情作为他创作的出发点的"；这种思想情感立场，让赵树理小说具有一种"朴素的真实""清新、朴素和健康"的艺术风格。周作人在 20 年代谈新文学时曾认为作者面对书写对象，"既不坐在上面，自命为才子佳人，又不立在下风，颂扬英雄豪杰，只自认是人类中的一个单体"，明确反对浅薄的人道主义同情②；鲁迅在 30 年代谈大众化时也认

---

① 有关论述参见马超、郭文元《〈盘龙峪〉：赵树理小说艺术民族化的初步尝试》，《当代文坛》2012 年第 3 期。

② 周作人：《平民的文学》，钟叔河编订《周作人散文全集》第 2 卷，广西师范大学出版社 2009 年版，第 104 页。

为作家要"不看轻自己,以为是大家的戏子,也不看轻别人,当作自己的喽啰。他只是大众中的一个人……"①。赵树理30年代起就立志要做"文摊文学家",作者与对象的这种平等相融关系在这里为邵荃麟所首肯。不过邵荃麟又从现实主义文学的角度,认为《李家庄的变迁》在艺术上还有一些缺憾,如铁锁的典型性还不够,作者对人物内在精神的刻画还不够深刻,小说结构前紧后松,全书叙述多于描写等。虽然他赞扬这是"一本值得推荐的人民文艺作品,至少在文艺大众化上,它是向前跨了一步",但并不是一味说好,而是把握了严格的文学评论尺度。

与邵荃麟的批评相类似,1947年杨文耕在上海《文艺复兴》《群众》两刊上发表《〈李有才板话〉》和《〈李有才板话〉的测评》,在肯定赵树理小说的泥土气息时,也依据现实主义文学标准认为《小二黑结婚》《李有才板话》很少提及"农民所受的更多的痛苦压迫",小说艺术方面"没有一个完整的艺术形象的造塑",人物形象的刻画不够细腻,在创作的艺术技巧表现方面"不能把它当小说来读",只能当其是"两篇风趣格调新颖的散文罢了"。

国统区中,朱自清从文学大众化角度也对赵树理小说有过评论。查看朱自清日记,他是在1947年2月15日读完《李有才板话》、3月28日读完《李家庄的变迁》的,认为赵树理小说"是一种新题材的小说"。②4月28日朱自清发表《论通俗化》③,在新文学通俗化、大众化的思潮史框架中论及赵树理,认为"民众的生活大大改变,他们自己先在旧瓶里装上新酒,那么用起旧形式来意义才会不同……有些地方的民众究竟大变了,他们先在旧瓶里装上了新酒",赵树理《李有才板话》中"快板"语言的出现,就是因为先"有了那种生活,才有那种农民,才有那种快板,才有快板里那种新的语言",赵树理小说中"快板和那些故事的语言或文体都尽量扬弃了民族形式的封建气氛,而采取了改变中的农民的活的口语",最后他提出了赵树理小说"是在结束通俗化而开始了大众化"的独特看法。后来,朱自清特意区分了"通俗化"和"大众化"文艺:"'通俗化'还分别雅俗,还是'雅俗共赏'的路,大众化却更进一步要达到

---

① 鲁迅:《门外文谈》,《鲁迅全集》(第6卷),人民文学出版社2005年版,第104—105页。
② 朱自清:《朱自清全集》(第10卷),江苏教育出版社1998年版,第449页。
③ 朱自清:《论通俗化》,《燕京新闻·副刊》1947年4月28日。

那没有雅俗之分,只有'共赏'的局面。"① 可见,朱自清对赵树理小说从文学层面给予了很高的评价。不过,针对有人提出"《李有才板话》虽好可是不想重读"的观点,他虽发表《论百读不厌》② 一文,从小说与诗文阅读审美的不同,说"《李家庄的变迁》即使没有人想重读一遍,也不会减少它的价值,它的好",然而在这种辩护中又举鲁迅、茅盾小说的耐读和趣味,委婉地表达了对于通俗易懂、较为透明作品的单一价值评判的批评。

两年后,邵荃麟再写评论文章《〈李家庄的变迁〉》③,与前文强调赵树理小说的文学性不同,明显转向了对小说政治意义的强调。文章首先提及1942年在延安召开的文艺座谈会,把赵树理小说放在《讲话》要求的文艺框架内,从小说写作的历史背景、反映的社会现实、采用的阶级观点三方面来论述小说特点,认为"作者是站在阶级的观点上去认识现实和处理其题材的","深刻地反映出现实的历史与社会的内容",在论及小说艺术时,去掉了前文中提及的铁锁形象不够典型、人物内在精神不深刻等问题。前后两文比较,对赵树理小说的评论,前文主要是在小说艺术性方面展开,后文明显受解放区文艺评论思想的影响而突出了政治性。

1946—1947年,还有一些评论文章,如渥丹《从李有才板话说起》④、陈亚民《说〈李有才板话〉》⑤、沙鸥《诗的一个趋向——试论〈李有才板话〉中的诗》⑥、晓歌《赵树理的风格及其他》⑦、劳辛《略谈北方的新型文艺》⑧、南京大学北极星社《〈李有才板话〉座谈总结》⑨,

---

① 朱自清:《论雅俗共赏》,《观察》第3卷第11期,1947年11月18日。
② 朱自清:《论百读不厌》,《文讯》1947年第5期。
③ 荃麟、葛琴编:《文学作品选读》,生活·读书·新知三联书店1949年版,第304—310页。
④ 渥丹:《从〈李有才板话〉说起》,《新华日报》1946年11月2日。
⑤ 陈亚民:《说〈李有才板话〉》,《新华日报》1947年1月28日。
⑥ 沙鸥:《诗的一个趋向——试论〈李有才板话〉中的诗》,《新华日报》1947年2月8日。
⑦ 晓歌:《赵树理的风格及其他》,《文汇报》1947年4月3日。
⑧ 劳辛:《略谈北方的新型文艺》,《文艺知识连丛》(第1集),1947年7月1日。
⑨ 南京大学北极星社:《〈李有才板话〉座谈总结》,《文艺知识连丛》(第1集),1947年7月1日。

文生中环组《〈李有才板话〉讨论总结》①等，这类文章明显受解放区对赵树理评价的影响，在评论赵树理小说时，将政治性和艺术性糅合在一起，先肯定赵树理对农民斗争生活真实描写和小说中阶级斗争的政治主题，然后肯定小说的通俗化语言以及艺术的民族形式，评价最终或隐或显地印证着毛泽东《讲话》的正确性，其与解放区对赵树理小说的评价相去不远。

五 胡风的沉默与沈从文的只言片语

值得深思的还有，在这一时期赵树理小说在解放区之外的传播中，作为重要的左翼理论家，胡风对其却保持了意味深长的沉默。1946年7月底周扬到达上海后专程去会见过胡风，并谈及赵树理小说。②然而胡风却对这一周扬论定是"实践了毛泽东同志文艺方向"的解放区代表作家始终不置一词，恐怕既与他和赵树理看待文学与生活关系的态度，也与他们对于"民族形式"实践的不同态度有关。一方面，作为一位有着自己思想的理论家，胡风对作为新文学传统主流的现实主义有着独到的理解，从深化"五四传统的现实主义方法"出发，胡风认为作家应把"丰富的现实"化为"自己的血肉"，提出"主观战斗精神"说，强调作家在创作过程中的主观能动作用，这一点显然和赵树理务实农民式的现实主义大异其趣；另一方面，"民族形式"的提倡对于传统文艺形式的看重，也与一向坚持新文学"五四"传统及学习外国文学的胡风的文艺思想，存在着深层的分歧。正因如此，早在1944年的重庆，胡风的思想就和刚刚传播到国统区的《讲话》精神发生了激烈的冲突。明白这一点，或许也就明白了为什么在赵树理小说在国统区引起广泛注意的时刻，一向对新文学发展趋势给予密切关注的胡风，对此却保持了奇怪的沉默。

同样值得注意的还有，也就是在这一时期，赵树理小说也进入了京派

---

① 文生中环组：《〈李有才板话〉讨论总结》，《文艺生活》（光复版）第18期，1947年10月。

② 《胡风回忆录》中提及过1946年7月周扬到上海后与胡风的会面："周扬来访……他和我谈到延安的一些老朋友和作家们的情况，如对赵树理作品的推崇等。"胡风：《胡风回忆录》，人民文学出版社2005年版，第379页。

作家沈从文的视野。沈从文在 1947 年 9 月 10 日写的一封信中偶尔提及赵树理，认为其小说题材与芦焚、废名、沙汀、艾芜等人作品"同属一型"又"稍近变革"。① 有论者据此推断，沈从文此前一定读过赵树理的《李有才板话》，并且深察其特征。② 中华人民共和国成立初期，沈从文在私人信件中多次谈及赵树理小说，不过评论并不高，他说赵树理的《李家庄的变迁》"叙事朴质，写事好，写人也好，惟过程不大透，有些如从《老残游记》章回出来的。背景略于表现，南方读者恐不容易得正确印象。是美中不足。"③ 在肯定中委婉地批评了赵树理在写人叙事时对背景描写和心理描写的忽视。可见，受五四文学滋养的沈从文，内心并不喜欢这种"只写故事，不写背景"的作品。30 年代开始，沈从文构建他的"湘西世界"，把小说艺术中文字、语言的表现当成一种"抒情"，认为文学是"情绪的体操""情绪的散步"，这种因要描绘"自己的心和梦的历史"的文学理想迥异于解放区强调政治斗争的文学。胡风和沈从文是顺着鲁迅、周作人等开辟的"人的文学"的发展道路，分别在深化现实主义中提出了"主观战斗精神"，在继承浪漫主义文学传统中提出了"抽象的抒情"，对中国文学有自己的想象，其文学思想均异于赵树理，也相异于《讲话》精神。

在 1946—1947 年有组织、有规模地在解放区内外出版发行赵树理小说，并于 1947 年 8 月明确提出"赵树理方向"，论定赵树理小说是"最具体的实践了毛主席的文艺方针"之后不久，赵树理却又很快遭到解放区内部的批评。在从 1948 年末到 1949 年初约一个月时间内，《人民日报》连续发表有关《邪不压正》的六篇争鸣文章，对它的批评总体上多于肯定。解放区文学内部对赵树理小说评价的这种变化，已然再一次触及新的中国文学如何规范化的问题。随着政治革命的胜利，一种要求更加鲜明地服务于政治的文学新规范呼之欲出，赵树理小说中存留的"原野"气息，逐渐显得不合时宜，在这样的背景下，先前解放区之外赵树理评论中的那些意义不同的声音，也就自然而然地不再引起人们的注意。然而，回看

---

① 沈从文：《一首诗的讨论》，《沈从文全集》（第 17 卷），北岳文艺出版社 2009 年版，第 461 页。

② 参见任葆华《沈从文与赵树理》，《新文学史料》2008 年第 3 期。

③ 沈从文：《沈从文全集》（第 19 卷），北岳文艺出版社 2009 年版，第 296 页。

1946—1947年赵树理小说在解放区外传播与引起回响的这段经历，在看到不同人、不同阶段对当时政治文化环境对文学召唤的不同理解和对中国文学"现代性"想象的差异时，也使我们对中国现当代文学演进中复杂的思想交流、错位、融为一体过程有更加深入的了解。

第二章　土地改革叙述中的乡村/革命

第一节　《太阳照在桑干河上》：个人体验与革命意识

1942年5月毛泽东在《在延安文艺座谈会上的讲话》中提出文艺"首先是为工农兵的，为工农兵而创作，为工农兵所利用"。经历过对《野百合花》的批判斗争，丁玲有惊无险后，在悔罪心态中开始了文学创作上的脱胎换骨。在沉寂五年之久后，丁玲终于拿出新作《太阳照在桑干河上》，抛弃之前的性别立场和思想批判，运用阶级话语书写中国共产党领导的土地改革，尝试想象一个全新的历史起点和一个崭新的社会秩序，努力建构一种全新的文化秩序。

一　个人体验的乡村叙述

20世纪中国现代化进程中，国家权力及意识不断向乡村社会渗透，中国共产党在革命过程中发动的土地改革是要用新的政党意识来改变传统千年的乡村社会秩序，阶级意识作为一种全新的社会价值进入乡村。此时期有关土地改革的文学叙述也分担了这一重要任务，在记录、反映着中国乡村发生的历史巨变时，也在用文学方式参与对这段历史的建构。如何在文本世界中用阶级话语颠覆乡村宗法社会秩序的不合理性，揭示宗法伦理社会秩序背后的不平等，并在此基础上想象新的社会文化秩序，成为党的文艺工作者的使命。

在《太阳照在桑干河上》中，用阶级话语发掘暖水屯掩盖在温情面纱下宗法社会的不合理性，是小说叙述的基本立场。小说中，土地改革前的暖水屯村民生活在以宗法关系为主要特征的社会秩序中，"大家都是一个村子长大的，不是亲戚，就是邻居"，"村上就这么二百多户人，不是大伯子就是小叔子",和中国成千上万的村庄一样,暖水屯以地缘血缘交织的经济关系、人际关系、亲属关系、依从关系、政治关系等组成了一个社会关系网络。以钱文贵为例,他的亲哥哥钱文富是村子里种二亩菜园地的地道穷人,儿子钱义是八路军战士,儿媳妇是富裕中农顾涌的女儿,女婿张正典是村治安员,侄女黑妮是村农会主任程仁的情人。富裕中农顾涌,一个儿子当兵,一个儿子是青联会副主任,大女儿嫁给八里桥的富户胡家,二女儿成了钱文贵的儿媳妇。乡村社会就是在这样的相互联系中建立了一个宗法社会,在这样的社会中如何把人物按照阶级属性区别开来,土地斗争考验着人物的阶级意识,土地斗争要让人们明确认识到地主的阶级属性。在《太阳照在桑干河上》中,丁玲依托自己对传统乡村社会的体验和自己所理解的阶级意识两种话语来塑造不同的地主形象,来建构地主身上所体现的阶级意识,不过丁玲并没有简单地用政策和阶级话语去图解地主属性,而是在多个地主的塑造中探寻地主阶级的本质属性。小说中塑造的多位地主形象,如江世荣、侯殿魁、李子俊及其老婆,都是为最终揪出要斗争的地主钱文贵而做的一种铺垫,在塑造前面这些地主时,丁玲个人对传统乡村社会的体验占据了上风,阶级意识是淡化的。

小说中首先揪出来并被斗争的地主是江世荣,这是一个完全被斗倒、没了危害的人。江世荣原是村里出名的"八大尖"之一,靠当甲长白手起家,借日本人压榨村民,又打着八路军的旗号去勒索民众,"挣到了一份不错的家私",曾是一个带有恶霸性质的地主,因此在清算中人们很容易就揪出了他,斗争得他不敢动弹。由于有家底,在为农会跑路办事中能够耽误得起工,因此他在农会中不再是被斗争对象。第二位地主是侯殿魁,他的罪恶并不在对佃户的剥削上,而在于他父亲霸占过同族佃户侯忠全土地,欺辱其妻、气死其父,造成侯忠全对其父的仇恨。不过这些都是父辈积攒的罪恶,侯殿魁与侯忠全仍讲叔伯叔侄关系。为了让侯忠全能养活母子俩,侯殿魁让侯忠全继续种他原来的土地,不论租子多少;侯殿魁看在同姓同族的情分上,还让侯忠全搬到自家两间屋子去,平日里也总让他欠着点租子,还给他们几件破烂衣服。从这种关系看,侯殿魁的罪恶不在他自己,而在其父辈。在村子上,除过多占有土地,侯殿魁吃斋念佛劝人为善,并没有太多恶行。清算后,他还主动表示自己"只有四五十亩地了,要是村上地不够均,他还可以献点地"。斗争钱文贵后的第二天,他主动去找侯忠全,再次忏悔,磕头请他宽大,哭着求他收下地契。他到佃户家一家一家地走,一家一家地求,以"求得平安地渡过这个难关"。这是一个没有作恶的人,土地斗争前他还"坐在墙角落里像个老乞丐"出来晒太阳,斗争了钱文贵后他"就像土拨鼠"一样,再也不敢坐在墙根去晒太阳了。江世荣、侯殿魁这样的地主已经在土地斗争中被斗争暴力所威慑得失去了普通人的尊严和权利,能够苟活下去就是他们最大的期望了,丁玲对这类人物的如此设计和描写,让人感觉到"在丁玲的无意识深处流露出对他这样一个悲剧人物的一丝怜悯之意"①。

暖水屯占有土地最多的要算李子俊了,他可算一位名副其实的地主,但小说并没从阶级属性上来写他对佃户的剥削,他对村民的欺压,在乡村内人们的偶然言语中可以感觉到,村民对他是宽容接纳的。这是一位懦弱无能的人,虽读过书,却又不谙人情世故和生存之道,更不是一个会算计的人,受钱文贵撺掇当甲长,两头受气,村民出不起粮款就骂他,不给村上大头送,人家又拿住他要向大乡里告。"一伙伙的人拉着他要钱,大家串通了赢他",为了奉承乡里下来的警察、流氓,他"把钱赔光了,又卖房子又卖地",只能当"大头"。李子俊没有阶级话语中的恶行,反而在村里有些人缘,区工会主任老董觉得如果要斗争他"会使人觉得对他太过了",合作社主任任天华担忧"要把李子俊的地拿了,他准得讨饭",乡村工作人员李昌也认为老百姓不恨李子俊,斗争难以斗起来。这位胆小怕事的地主听到土地革命的风声,在果园中担惊受怕地躲了些日子后最终逃跑了。把李子俊作为清算对象,不是因为他平日有什么恶行,也不是民愤,而是因为他地多。秦林芳认为在李子俊和李子俊老婆的身上有丁玲父母的影子在晃动,因此在对人物的塑造上丁玲明显寄予了恻隐怜悯之情。②

小说对李子俊老婆的描绘上就流露了作者更多的同情。在突如其来的土地改革大潮中,感到大厦将倾的危机,男人懦弱地出逃,她惊惶不安。她对内不雇长工,亲自下厨,还常常下地帮着干活,对外则笑脸迎

---

① 秦林芳:《在"传达意识形态的说教"之外——〈太阳照在桑干河上〉中的人文精神》,《文学评论》2010年第1期。
② 秦林芳:《在"传达意识形态的说教"之外——〈太阳照在桑干河上〉中的人文精神》,《文学评论》2010年第1期。

人，向"受苦的傻子献殷勤"，给他们"一些小恩小惠"，以改善跟村人的关系。最动人心魄的是面对来势汹汹、索要地契的佃户群，柔弱无助的李子俊老婆一场哭诉使九位佃户落荒而走，这位柔弱女性的可怜激起了人们朴素善良的恻隐之心。侯忠全、郭柏仁等种李子俊的地，交了十几年的租子，工作组发动斗争，土地改革要把谁种的地给谁，他们也老早等着干部给他们分地。但从价值观念上来说，他们认为自己生活过得不好的原因是自己没能力买到地，自己租种人家的地，理应给人家交租子。虽然农会鼓动大家去李子俊家索要地契，但作为李子俊的佃户，种人家的地，现在要直接占为己有，这在乡村道德伦理中怎么也说不过去。因此，虽然李子俊害怕被清算逃跑了，家里就剩下一个李子俊老婆，一个妇道人家，大家仍感觉自己没有说话的理。上了年纪的人，更感觉自己没有脸面去要地，是年轻孩子们的簇拥和农会的要求让他们硬着头皮来到了李子俊家，在老人们看来这纯粹是仗着人多势众来强抢人家的地，而李子俊女人的哀求哭诉让这些善良的人感到无地自容。当李子俊女人跪在地上，泪流满面，一声声地叫着"大爷们"、说着"乡里乡亲"、哀求着放过她们娘俩时，有谁不会动了恻隐之心，当李子俊女人高举着装着那些地契的匣子时，谁也没有脸去接那些地契。深厚的乡村伦理道德感让他们不知怎样开口，不敢去接装有地契的红匣子，他们在女人的哭诉中一句话也没说就都悄悄地退了出来。这不是害怕，而是感觉自己没有脸再站在哪里，是自己的良心让自己感觉羞愧，他们最后都悄悄逃到地里干活去了。这一场景动人心魄，无助者哀告的可怜，贫穷者内心的善良，在这样场景中显现出来。对这一次失败的斗争，张裕民认为是大家害怕这位女人，对这样一位女人害怕什么呢？与之相似，侯忠魁是一个已经没了势力的地主，大家也分了他的地，大家该不怕他了，可分了人家地的人连侯家大门外都不敢走。是乡村道德伦理让他们感觉到自己心里有愧，是这种朴素的愧疚感让他们再无法理直气壮。

在丁玲对个人乡村经验的书写中，这些所谓的地主身上并没有表现出地主所应有的阶级属性，在以宗法伦理为根基的乡村秩序中，如何启发出村民的阶级斗争意识，小说深入发掘建构的是钱文贵这样一个村人都害怕又仇恨的阶级形象。丁玲在小说中并不是一开始就采用阶级话语来指出钱文贵的阶级属性，而是在对不同地主的区别中，一直到小说最后人们的诉苦中才确定了他的阶级属性。如何发现地主钱文贵的地主身份，便也是对地主阶级属性建构的过程。

二 "发现"地主钱文贵

暖水屯斗争清算了地主许有武、侯殿魁、江世荣、李子俊等后，剩下将要斗争的人物中，有地多的顾涌和地少的钱文贵。顾涌家的地是兄弟俩四十八年辛苦积攒来的，对他们的斗争不合人们的价值伦理，而钱文贵土地并不多，最初人们也难把他和地主联系起来，但他是暖水屯的富户，人人都害怕这位钱二叔。丁玲认为这才是一个隐藏的、狡猾阴险的地主，钱文贵身上才具有地主阶级属性。

钱文贵具体是一个怎样的人呢？要比占有的土地、家产，钱文贵还不如李子俊，在村子中，他并不掌握权力，不像许有武当过乡长干过许多坏事，他连甲长都没有当过，原本也是庄户出身，他大哥钱文富还是村中贫农。然而村子上的人都似乎不大明白钱文贵出身，村子里的人不仅贫农、中农而且连其他地主都怕他、恨他。"钱文贵好像是个天外飞来的富户，他不像庄稼人"，他读过两年私塾，说话办事有心眼，跑过码头，去过张家口，上过北京，同保长们有来往，认识县里的人，日本人来了又跟其有关系，"不知怎么搞的，后来连暖水屯的人谁该做甲长，谁该出钱，出伕，都得听他的话"。钱文贵的家族势力本身并不大，钱文贵为什么就有这么大的权力呢？钱文贵为什么就给村民心理造成了一种威慑呢？钱文贵这种威势"根植于传统乡村社会关系的土壤中，属于传统社会里联系官方和基层民众之间的一种权力形态，即乡绅或精英权力"①。传统农业社会中，国家权力系统到县一级为止，乡村作为自治的区域其秩序的维持依赖于乡村中德高望重并有一定财产的乡绅，但在近现代社会变迁中，原来维系乡村社会秩序的传统乡绅逐渐演变为劣绅，他们出入公门，鱼肉乡里，"终朝不脱鞋袜，身披长发，逍遥乡井，以期博得一般无知农民新的推重"②，其在农村之最大工作是挑拨是非，包揽诉讼，欺凌农民，四处

---

① 袁红涛：《"一部关于中国变化的小说"——重读〈太阳照在桑干河上〉》，《中国现代文学研究丛刊》2008 年第 2 期。

② 周谷城：《农村社会之新观察》，《周谷城史学论文集》，人民出版社 1983 年版，第 403 页。

敲诈。因此，钱文贵拥有权势所依靠的最重要资源是他与外界尤其是当权者建立的联系。作为与乡村外在世界联系的中介，他无形之中就是乡村内部权力的象征，因此"他不做官，也不做乡长、甲长，也不做买卖，可是人人都得恭维他，给他送东西，送钱。大家都说他是一个摇鹅毛扇的，是一个唱傀儡戏的提线线的人。他就有这么一份势力"。中国共产党领导的革命斗争逐渐斩断了这些劣绅与旧政权的联系，但钱文贵又在新政权中建立了自己的权力网络。打跑了日本鬼子，暖水屯成了共产党的世界，钱文贵让儿子钱义参军当八路，又找村治安员张正典做女婿，迫于这种威势，村干部中也有人向着他，土地改革初钱文贵在村子中的权力地位和影响力并没有受到任何削弱。

丁玲曾说：

> 《桑干河上》是一本写土改的书，其中就要有地主。但是要写个什么样的地主呢？最初，我想写一个恶霸官僚地主，这样在书里还会更突出，更热闹些。但后来一考虑，就又作罢了，认为还是写一个虽然不声不响的，但仍是一个最坏的地主吧。因为我的家庭就是一个地主，我接触的地主也很多，在我的经验中，知道最普遍存在的地主，是在政治上统治一个村。看看我们土改的几个村，和华北这一带的地主，也多是这类的情况。①

因此，单纯从占有土地的多少来区分地主，仅仅从地主那里通过暴力拿回土地，并不能认清地主权势产生的根源，不能认清地主的阶级属性，也难以深入发掘土地改革的革命意义。钱文贵的地并不多，土地剥削的罪恶也不大，然而斗争他、打倒他是对地主权势的斗争，让土地改革的意识在村民心中生根，因此《太阳照在桑干河上》的高潮是以钱文贵最终被揪出来，人们敢于斗争他、并真正斗争他来表现的。清除压在人们心头上对权势的畏惧感，彻底击垮钱文贵所依赖的传统社会关系网，让传统社会秩序在这样的斗争中发生转变，这才是土地改革中阶级斗争的深刻内涵。

---

① 丁玲：《关于〈太阳照在桑干河上〉的写作》，文章写于 1952 年 4 月 24 日，首次发表于《人民日报》2004 年 10 月 9 日。

中国共产党领导的乡村土地革命，不光让穷苦人民翻身获得土地，更要依靠共产党新政权，改变依靠地方乡绅地方精英的乡村村治秩序、依靠血缘关系和地缘关系的宗法社会秩序，改变控制着农民权利的乡村原有权利网络体系，建构一个以大众利益为主的社会秩序。

因此，发掘钱文贵所代表地主阶级属性的不合理性，发掘宗法社会的权力关系，就成了丁玲小说叙述的重点，而这一发掘在小说中是通过表现钱文贵对土地改革工作的反动和启发农民自己的诉苦的方式来进行的。

社会阶级分层源于物质生产中占有财产的不平等以及由此产生的社会地位的不平等，但在乡村社会中，社会成员的阶层意识又在地缘、血缘关系基础上杂糅了儒教伦理，并非依据单一的经济标准。乡土社会中，阶级意识在村乡成员的观念中非常淡薄："不同于法国和俄国的农民（农奴），中国农村不具备诸如法国的农民领地和俄国的农庄这类可以作为农民集体阶级行动固定单位的公共组织。在中国乡村，跨阶级的社区单位如相互合作的血缘亲族团体、宗教派别组织、社区自卫机构和有债务关系的邻居以及地域组织非常普遍。这些单位把地主和农民置于纵向依附关系当中。"[1] 在这种依附关系中，农民渴望有一个强有力的首领来庇护自己，因此首领和农民之间又充满温情。依附于土地，依附于强权者，在乡土文化网络中，农民自己无法产生阶级意识。在这样的文化经济环境中启发民众的阶级意识，建构钱文贵的地主阶级属性，小说首先叙述的是钱文贵在村中的恶行和政治上的反动。钱文贵在村上为非作歹，欺压村人，自己的一棵柳树被风吹倒压折了顾涌家的半棵梨树，还强要顾涌家赔偿，迫于钱文贵权势，顾涌家二姑娘嫁给了钱文贵二儿子钱义，生活不幸福。黑妮无依无靠被钱文贵收养成一个丫鬟，成年后钱文贵想借她施美人计来拉拢干部。在政治上，钱文贵撺掇任国忠散布"共产党不一定能站长"的谣言、编造国民党军队打胜仗的消息引起人们的恐慌，借此反对中国共产党在村中的土地改革工作。不过在这样的叙述中，钱文贵只是一个在道德伦理上为乡村所不容的恶霸，并

---

[1] Odoric Y. K. Wou, *Mobilizing the Masses: Building Revolution in Henan*, Stanford and California: Stanford University Press, 1994, p. 379. 转引自王先明《变动时代的乡绅——乡绅与乡村社会结构变迁（1901—1945）》，人民出版社 2009 年版，第 317 页。

不能揭示其地主身份的阶级属性。

钱文贵隐藏的阶级属性是通过村民诉苦的方式建构出来的，回忆性诉苦在宣泄村民的仇恨感中建构了钱文贵狠毒的阶级属性。小说中，农会把地契送到农民手中，农民还是会把地契送回给地主，直到把钱文贵抓起来，农会发动农民诉苦，农民才敢于面对钱文贵并控诉他的罪恶，才真正有了翻身意识。在《太阳照在桑干河上》中，诉苦具有深刻的社会历史变革内涵：诉苦"不仅仅是为了发动群众重分土地，更重要的是为了在传统乡村社会内部造成阶级分化，从而根本上颠覆既有乡村秩序，将广大农民从'乡里共同体'中解放出来，组织到现代国家这个更高级的'共同体'中"①。

小说动员起的诉苦首先是对地主江世荣阶级属性的建构，不过这一最初的建构并不成功。由于土地改革初期，农民要地契的斗争性整体上不够坚决，于是工作队发动农民"诉说了许多种地人的苦痛，给了许多诺言"，之后农民才向地主要来了地契。而工作队并不是让他们直接把地分了，而是再次发动大家"诉苦"，九个佃户一时不知道从哪里说起，一个年纪大的说：

> 唉，前天农会叫咱说说咱这一生的苦处，咱想，几十年过来了，有过一件痛快的事么？别人高兴的事，临到咱头上都成了不高兴的事。那年孩子他娘坐月子，人家看见咱，说恭喜你做了上人呵！咱心里想，唉，有什么说场，他娘躺在炕上，等咱借点小米回去熬米汤呢。咱跑了一整天也没借着，第二天才拿了一床被子去押了三升米回来……又一年，咱欠江世荣一石八斗租，江世荣逼着要。咱家连糠也没有了，可是咱怕他，他要恼了，就派你出伕。咱没法，把咱那大闺女卖了。唉，管她呢，她总有了一条活路吧。咱没哭，心里倒替她喜欢呢。——横竖咱没有说的，咱已经不是人啦，咱的心同别人的心不一样了。咱就什么也没说。农会叫咱一块儿去拿红契，咱不敢去，老也老了，还给下辈人闯些祸害做啥呢。可是咱也不敢说不去，咱就跟

---

① 袁红涛：《"一部关于中国变化的小说"——重读〈太阳照在桑干河上〉》，《中国现代文学研究丛刊》2008年第2期。

着走一趟吧。唉！谁知今天世界真的变了样，好，他江世荣一百二十七亩地在咱们手里啦！印把子换了主啦！穷人也坐了江山，咱真没想到！唉，这回总该高兴了，说来也怪，咱倒伤心起来啦！一桩一桩的事儿都想起来哪！

这段话中首先透露出的是，诉苦是工作队启发的。每个人的一生中或多或少都有各样的痛苦，为了启发农民的斗争意识，工作队让这些老人只回忆自己生命中痛苦的经历，当无数的痛苦汇聚在一起，这种回忆导向的是对自己生活的否定，而在这种否定中寻找，建构造成自己苦痛的原因，农民的仇恨意识就会被激发，斗争的愤怒就会被点燃。不过这位老人虽然回忆的主要内容是自己生活的不幸，回忆中只是偶尔提到了地主江世荣对自己的欺压，并未能明确指出自己生活的不幸是地主造成的，也没有指出地主江世荣的罪恶，这样的诉苦并不能达到确认地主阶级属性的作用。不过，这样的诉苦勾起了他人的人生痛苦，并逐渐把痛苦的根源指向了地主江世荣。第二位老人诉苦，内容就发生了这种变化：

以前咱总以为咱欠江世荣的，前生欠了他的债，今世也欠他的债，老还不清。可是昨天大家那么一算，可不是，咱给他种了六年地，一年八石租，他一动也没动，光拨拉算盘。六八四十八石，再加上利滚利，莫说十五亩地，五十亩地咱也置下了！咱们穷，穷得一辈子翻不了身，子子孙孙都得做牛马，就是因为他们吃了咱们的租子。咱们越养活他们，他们就越骑到咱脖子上不下来。咱们又不真是牲口，到底还是人呀！咱们做啥像一只上了笼头的马，哼也不哼的做到头发白！如今咱总算明白了，唉，咱子孙总不像咱这辈子受治了啦！

这位老人并没有诉说自己生活中具体的苦处，而是直接指认江世荣剥削大家才是大家受苦的根源，需要注意的是他的算账方式，他并没有采用算具体账的方式，而是用一辈一辈算总账的方式来说明江世荣收地租的剥削性、不合理性。实际上，农民并不具备这样算总账来和地主斗争的意识，乡村中把自己的土地租给他人收地租是很正常的现象，不光是地主把自己的地租给别人种,村庄内也有贫困的农民把自己的地也租给别人种。① 这里的阶级话语实际上是工作队的,或是丁玲理解的,这样在诉苦的方式中阶级意识被嵌入了进去。第三个老头说:

> 江世荣的地,咱们是拿到手了。只是他还是村长,还有人怕他,得听他话,咱们这回还得把他村长闹掉! 再说有钱人,压迫咱们的也不光他一个,不把他们统统斗倒也是不成。咱说,这事还没完啦!

这位老人把阶级斗争的对象由江世荣一人扩大到了其他地主身上,斗争真正变成了一个阶级对另一个阶级的斗争,这样这里的诉苦会就成了后文斗争地主钱文贵的铺垫。从这三位老人的诉苦方式中可以看出诉苦过程,首先是回忆个人不幸的生活经历,其次把个人的遭遇跟某个恶霸地主相联系,再次寻找到恶霸地主的非道德性、非法性,最后归结出这一类人作为阶级斗争对象的属性。在这样的诉苦过程中,农民逐渐明确阶级意识,彼此之间也逐渐建立起坚固的认同体,"人们越想自己的苦处,就越恨那些坏人,自己就越团结",农民开始将地主归类,乡村社会的宗法关系开始变成阶级划分的社会关系,人们终于把斗争的矛头指向了地主钱文贵。王新田的诉苦直接点燃了人们对钱文贵的阶级仇恨:

---

① 河南北部"出租土地者绝大部分是贫穷的农户,如'鳏寡孤独',这些户主由于缺乏劳动力被迫将他们的土地出租。缺乏劳动力的原因是由于佣工都流向附近能提供更诱人的佣工机会的城市,所以这个县的出租土地者是贫穷或少地者,而不是中农或富裕的农民。剥削者是穷人,被剥削者是富人"。Odoric Y. K. Wou, *Mobilizing the Mass: Building Revolution in Henan*, Stanford and California: Stanford University Press, 1994, p. 302. 类似的现象也出现在华东、华中的农村:"毋庸置疑,乡村社会存在剥削的事实是农民困苦的根源之一,但作为一个佃户也有一定优势,一些佃户的生活要高于乡村平均生活水平。部分占有土地的农民由于拥有耕畜、农具,可以不必将资金用在雇用牲畜和工具以及购买土地、偿付土地税上,而可以用来另外租用土地,增加收入。租佃和高利贷对于穷人来说可能是他们求生存和致富的手段。乡村中由于缺乏劳力而经常迫使鳏、寡、孤、独将其土地出租,他们这些人还是乡村中非常节俭与勤劳的穷人,也总是将其微薄的资金积攒起来放贷"。Yuang-fa Chen, *Making Revolution: The Communist Movement in Eastern and Central China, 1937—1945*, Stanford and California: Stanford University Press, 1986, p. 175. 以上资料转引自王先明《变动时代的乡绅:乡绅与乡村社会结构变迁(1901—1945)》,人民出版社 2009 年版,第 318—319 页。

咱明天就要告同志们去,把你们的话全告给他们,咱们要不起来闹斗争,不好好把钱文贵斗一斗,咱可不心甘。那年咱才十四岁,把咱派到广安据点去修工事,说咱偷懒,要把咱送到涿鹿城里当青年团员去。咱爹急得要死,当青年团员就是当兵当伪军嘛!咱爹就找刘乾,那会儿是刘乾当甲长。咱爹也是火性子,把刘乾骂了一顿,骂他没良心;刘乾没响,第二天同两个甲丁来绑咱,甲丁还打了咱爹,咱爹就要同刘乾拼命。刘乾倒给咱爹跪了下来,说:"你打死咱,咱也是个没办法。你不找阎王找小鬼,生死簿上就能勾掉你儿子的名字了?"后来还是别人叫咱爹找钱文贵,钱文贵推三阻四,后来还是咱们卖了房子,典了六石粮食,送到甲公所才算完事。咱爹还怨刘乾霸了咱们六石粮食;直到刘乾卖地还账,后来他又疯了,咱爹才明白是谁吃了冤枉啦!爹不敢再说什么了,惹不起人家呀!哼!要是斗他呀,只要大伙干,咱爹就能同他算账,要咱那房子!

在王新田诉苦中,钱文贵变成了一个只为个人利益不顾人伦的乡村恶霸,人们对其的仇恨不光在经济层面,开始有了血仇。而后来刘满的诉苦完全揭开了钱文贵凶残杀人的阶级面目,阶级斗争开始你死我活。刘满与钱文贵有着不共戴天之仇,钱文贵使得他家破人亡,欠下累累血债。第一桩,钱文贵引诱刘满爹开磨坊,又让一伙计卷走了骡子麦子,后拉着刘满爹到县里打官司赔钱,最终气死了刘满爹;第二桩,钱文贵暗中使诡计把刘满大哥绑去当兵,让大哥妻离子散;第三桩,欺骗威逼刘满二哥当甲长,在日本人手下应付不了大乡里派的款、粮,刘满二哥被折磨成了疯子。有研究者说这三桩事都是刘满的一面之词,因为钱文贵都不在场,因此无法看出钱文贵对刘家的蓄意谋害。[①] 但作为暖水屯不事农业生产、也无生意经营、原来也是庄户人家、祖上并无家产的钱文贵,他凭什么成了暖水屯"天外飞来的富户"?正如学者周谷城研究指出,这些终朝逍遥乡井的"劣绅""其在农村中之最大工作,厥为(一)挑拨是非;(二)包

---

① 张海英:《思想中来的人物——〈太阳照在桑干河上〉的钱文贵形象分析》,《中南大学学报》2007年第2期。

揽词讼;(三)为地主保镖;(四)欺凌无知农民;(五)四处敲诈"[1]。钱文贵借诉讼、征兵、赋税等巧立名目,鱼肉百姓,欺压百姓,成了乡村中人人惧怕的人,而这些手段又不为一般普通农民所知晓。因此在所有的诉苦讨伐中,刘满的控诉最具有斗争力,是他揭开了钱文贵伪装的真面目,这是乡村社会中一个十足的恶霸地主。有了这样的认识后,在众人心里恨极钱文贵却不敢当面斗争时,昔日钱文贵的佃户、喜欢钱文贵侄女黑妮的程仁,在斗争会上跳上台怒骂钱文贵:"你这个害人贼!你把咱村子糟践的不成。你谋财害命不见血,今天是咱们同你算总账的日子,算个你死我活,你听见没有,你怎么着啦!你还想吓唬人!不行!这台上没有你站的份!你跪下!给全村父老跪下!"当钱文贵这个全村人的仇敌,给全村父老跪下时,暖水屯社会秩序才开始真正发生变化。

三 乡村革命意识的建构

《讲话》确定解放区文艺首先"为工农兵"服务,改造知识分子思想,这种情况下丁玲的文学空间放弃了其熟悉的城市世界而选择了乡村世界,带着与农民亲近、在实际生活中改造自己的思想情感,丁玲来到元茂屯参加土地改革,创作《太阳照在桑干河上》,不过在创作中,她仍有着城与乡、知识分子与农民思想的碰撞。在塑造知识分子形象时,丁玲有着极高的警惕性,但是土地革命的发生又需要外来革命知识分子传播现代革命思想,因此作者的情感态度又显得有些游移。

《太阳照在桑干河上》中具有知识分子属性的人物可分为两类,一类是乡村中原有的读过书的人;另一类是外来工作组中的知识分子。前者有任国忠,乡村师范毕业,暖水屯小学教员,跟钱文贵站在一起,听信其挑唆,编造共产党站不久、中央军要来的假消息,写反动黑板报,告密李子俊,挑拨是非,招摇撞骗,是丁玲所否定的对象。再者有李子俊,师范毕业,是一个懦弱无能的地主。还有张正典,读过几年书,成了维护岳父钱文贵破坏土地改革的人物。除去这一类在阶级立场上就属于反动阶级的知识分子,小说中主要塑造的知识分子是外来的土地改革工作组组长文采。

---

[1] 周谷城:《农村社会之新观察》,《周谷城史学论文集》,人民出版社1983年版,第403页。

土地改革工作组是县上派来的，其中组员杨亮虽是国家干部，但他是一个地道的工农干部，来自农村，另一工作员胡立功出身不清楚。在对文采与杨亮的对比描写中，作者褒贬态度明显：文采爱慕虚荣、夸夸其谈、多空头理论而少实际调查工作，瞧不起暖水屯的基层干部，而杨亮作为农民出身的干部，多走访农户做实际调查，了解村民实际想法。然而，中国共产党领导的土地改革是要史无前例地改变乡村传统价值观念，极具现代革命意识，这种意识在乡村内部并不能自己产生，因此要靠外来输入，小说中对这种革命思想最有解释话语权的就是工作组长文采，而不是执行土地改革工作的杨亮。从小说开始，张裕民这些乡村干部也想按照上级的要求开展自己村的土地改革运动，然而作为基层干部，他们对土地改革的认识无法达到应有水平，定谁为地主，又怎样开展工作，更重要的如何让群众在思想上认同土地改革的革命意义并发动他们，张裕民等并不清楚，他们在土地改革开始前就盼望着县里能够赶紧派工作组来开展工作。在暖水屯土地改革工作开展过程中，是工作组给了暖水屯斗争地主发掘地主属性的思想武器，文采在这一工作中起了关键作用。但在小说叙述中，由于文采的知识分子身份，作者又尽量将这种外来的力量化解为乡村内自发的斗争，有意淡化外来思想价值，淡化知识分子在思想启蒙方面的作用，这样的价值取向让小说有了显性和隐性的两种叙述话语。

在显性叙述中，丁玲首先突出的是文采的偏见。工作组三人初到暖水屯，与村干部初次见面，知识分子文采对乡村干部张裕民没有留下好印象，文采感觉张裕民有点鬼鬼祟祟，他厌恶张裕民："文采看见他敞开的胸口和胸口上的毛，一股汗气扑过来，好像还混合得有酒味。他记起区委书记说过的，暖水屯的支部书记，在过去曾有一个短时期染有流氓习气，这话又在他脑子中轻轻漾起，但他似乎有意地忽略了区委书记的另外一句更肯定的话：这是一个雇工出身诚实可靠而能干的干部。"文采不放心张裕民的工作，不顾张裕民先了解村情的建议而先召开村干部会议。会议中，话语权完全掌握在外来工作组手中，乡村干部"八个人都没有什么准备，心里很欢喜，一时却不知怎么说，加上这几个人都还陌生，也怕说错话"，会议成了乡村干部思想学习会。会上爱说话过瘾的老董传达起土地改革的意义，文采把自己背得非常熟练的条文给大家做了解释，而基层干部们听得稀里糊涂。会场上没有说话权的乡村干部在会后齐聚自己的合作社，热火朝天地谈论土地改革问题，但谈论的内容并不是刚从会议上听来的东西，而是具体先斗争谁的问题。由于牵扯人际关系，大家意见并不统一，争吵非常厉害，两处会议气氛和内容完全不同。初次见面和会议的召开，丁玲明显在批评文采的偏见和知识分子的虚谈习气。

其后，小说又通过杨亮在村里的实际调查工作来反衬文采工作的务虚。文采批评副村长赵德禄让地主江世荣做村长的做法，认为这是机会主义的表现，这让赵德禄心里很不服气，因为自己还要照顾家里生产，不能耽误太多功夫，江世荣有家底能耽误得起，多叫他跑跑腿有利于实际工作开展。对赵德禄这样问题的理解，杨亮是在实际走访中了解到的。在村中走访时他就亲眼见到过这位干部老婆和孩子的生活模样，"有一个妇女正站在一家门口，赤着上身，前后两个全裸的孩子牵着她，孩子满脸都是眼屎鼻涕，又沾了好些苍蝇"，"她头发蓬乱，膀子上有一条一条的黑泥，孩子们更像是打泥塘里钻出来的"。杨亮看到这样的情景，"从心里涌出一层抱歉的感情，好似自己有什么对不起他们母子似的"。赵德禄忙于村里土地改革工作而无暇顾及家庭，而文采还批评赵德禄的工作。把文采和杨亮相对比，小说叙述认为文采虚有外表，是一个很像学者、有修养、地位高的党员干部，实际上是一个扯虎皮拉大旗、用皮毛理论吓唬群众、没有专业的机会主义者，他蒙蔽区委，被委派为土地改革组长负责暖水屯土地改革，工作中充满偏见，自以为是，根本不配领导土地革命工作。

在工作组入乡的第二次会议上，作者对文采的发言方式和发言内容特给以微讽：

> 开始的时候，文采同志的确是很注意自己的词汇，这些曾经花过功夫去学习的现代名词，一些在修辞学上被赞赏过的美丽的描写，在这个场合全无用了。因为没有人懂得。文采同志努力去找老百姓常用的话，却懂得这样的少。

当讲到土地改革中的有些条款时，

> 他自己也就忘记注意他的语言，甚至还自我陶醉在自己的"详尽透辟"的讲演中了。底下的人都吃力的听着，他们都希望听几个

比较简短的问题,喜欢一两句话,就可以解决他们的某些疑问。他们喜欢听肯定的话。他们对粮食,负担,向地主算账,都是很会计算,可是对这些什么历史,什么阶段,就不愿意去了解了,也没有兴趣听下去。他们还不能明了那与自己生活有什么联系。他们大半听不懂,有些人却只好说:"人家有才学,讲得多好呀!"不过,慢慢的也感觉得无力支持他们疲乏的身体了。

由于不愿意听下去,顾长生的娘要出去,别人又不准她出去,会场中有了争吵,干部们又维护会场,民兵队长张正国干脆到街上查哨去了,借哨兵的话"庄稼户都瞌睡得不行了,谁也听不懂,主任们讲的太长,太文……太文化了。队长!你记下他讲的是些啥么?"会议结束,这些干部们都听得迷迷糊糊,甚至有人说怪话,作者借这一会议再次说明文采工作的脱离实际。

不过再读这一细节,会发现作者对会议过程具有的革命意义的认识并不充足,相比于周立波《暴风骤雨》中对这类场景的表现,丁玲在强调小说对土地改革真实性的表现时,忽略了土地改革过程本身所带有的思想改造价值。土地改革一方面是要重新分配土地,同时土地改革过程也是现代意识进入乡村的过程,而这些新的思想价值是要靠土地改革工作者带进乡村,要文采这样的新人带进乡村,由于丁玲把价值立场首先放在了农民出身的张裕民等身上,在突出农民思想价值立场时,遮蔽了土地改革过程在乡村中的革命意义。如文采所认为的,在革命思想面前,农民还是落后的,他们除了一点眼前的利益,不会对别的东西感兴趣,他们理解的中国共产党领导的"清算"和"土地革命",就是要分有钱人家的财产,将其据为己有,因此不断地分他们的财产是他们最关心的也是唯一关心的事件,他们并不理解这一运动过程具有的革命意义。小说后来的叙述正好证明这一点,大家关心的只是分他人的土地,或者在斗争钱文贵的过程中宣泄自己的仇恨,为了自己的利益在分地过程中还闹矛盾,斗争钱文贵怕其报复就想直接打死钱文贵。这样的土地改革,只是重新分配了土地,根本无法把这场运动理解为改变农村宗法社会秩序,建构新社会的起点。因此有许多当初分过人家财产的穷人,在中华人民共和国成立后要走社会主义道路时,并不能理解合作化、人民公社的革命意义,这些干部和农民后来成了赵树理《三里湾》中的范登高、柳青《创业史》中的郭振山,分享了革命胜利果实却最终走向个人发家致富道路。如果中国革命仅限于这一步,过不了多久,社会财富重新再分配,新的富贵者、新的权贵者重新出现,社会贫富差距重新拉大和社会不公再次显现,社会暴动将循环出现。从这一角度看,中国共产党领导的革命必须在思想价值上创造一个全新的、避免这种暴力循环出现的社会秩序,这种新质的思想价值在乡村社会不可能自己产生,必须依靠现代知识分子来对未来社会进行构想。因此我们在《种谷记》《暴风骤雨》《创业史》《艳阳天》等小说中看到作者努力对未来新社会的构想,想象一种新的价值思想,而不单纯反映现实生活,或单纯依靠传统伦理道德塑造新人形象。即使《种谷记》《暴风骤雨》《创业史》《艳阳天》中的王加扶、郭全海、梁生宝、萧长春等被有些人批评为形象不够鲜活生动,但他们却是走向新生活的,是新人。从这样角度看,文采重视的并不是农民们如何分谁的财产的问题,而关心的是在这一清算土地改革中农民思想如何现代的意义。这一点并不为农民理解,不为乡村中干部理解。

　　文采在会议中,到底讲了什么?有几个关键点:一、八路军和老百姓是一家人;二、土地改革要种地的农民有土地;三、为什么要土地改革,是劳动者创造了历史。第一点,两者利益的一致性与否是时刻检验一个政党革命纯洁性、合法性的标准,每个政党或当权者都会讲这一点,但落到实处并不一样,或是一个幌子,或是后来走了样,只有坚持住这一点才能算是一个现代合法政党。第二点,土地改革具体要实现"耕者有其田",保证这一点才能让政权利益与老百姓利益相一致。第三句才是最具革命思想意义的,土地改革要建立一个现代社会,这个社会确认劳动者的主体性地位。只有认识了第三点,才能区分土地革命与以往政权暴力更迭时分土地的区别,每个参与土地改革的成员应该认识到自己是这个社会中当家做主的成员。遗憾的是,作家迫于对知识分子的有意改造批评,用书写权力有意去掉了文采自认为重要的会议内容。当文采被描绘成一个不务实的知识分子时,文采成了村民的一个笑料,文采工作的启蒙意义被消解,文采成了没有直接斗争钱文贵的被蒙蔽的干部。

　　土地改革工作组组长文采,在讲土地革命意义时怎么会不明白钱文贵才是村子中最应该被斗争的劣绅恶霸呢?他为什么不直接斗争钱文贵,而让斗争钱文贵的工作一再拖延呢？张裕民等村干部和村民对钱文贵有着惧怕心理，但并不明白土地改革深层的革命意义就是要革掉宗法社会秩序中的权利关系网和文化霸权，建立新型乡村社会秩序。乡村不可能自己产生阶级意识，乡村革命意识必须依靠外来革命知识分子的启蒙建构，因此在小说的隐性书写中，丁玲又不自觉地流露出对文采对土地革命深刻认识的认同。

首先，文采看重对群众的思想启蒙。文采认为顾涌是自己劳动的人，就是富有也不能分他的地。这种看法与被激发起斗争意识的普通村民的认识不一样了，斗争中的普通村民现在只看重谁家地多财多，不管怎么来的，只想分了据为己有。而文采强调剥削，因此即使钱文贵等地主地不多，但他们不是通过自己劳动生产来创造价值，而是通过剥削来占有他人劳动果实，这是阶级斗争中的核心问题。最初大家提斗争对象，好多被提的人感觉都不够条件，难成典型，难以燃烧起群众的怒火，文采因此让大家先到老百姓里面再打听，暂不做决定，并认为"假如真的没有，也就不一定要斗争"。文采看重土地革命对农民的思想教育，因此他认真准备在群众会议上的发言，"农民什么也不知道，你不讲给他听，他不明白，他如何肯起来呀！胡立功只希望有一个热热闹闹的斗争大会，这不是小资产阶级架空的想法吗？"文采也"承认他们（村干部）比他会接近群众，一天到晚他们都不在家，可是这并不就等于承认他们正确。指导一个运动，是要善于引导群众思想，掌握群众情绪，满足群众要求，而并非成天同几个老百姓一道就可以了事的"。这里文采就要比村内干部站得高看得远，乡村斗争后更重要的是建设，没有意识的转变就无法建设新社会秩序。

其次，文采自觉警惕土地改革中的极"左"暴力。在九个佃户斗争江世荣交出自己全部土地一百二十多亩后，别的村民也想找江世荣算账，他们要求没收其全部家产，要分了他的房子、粮食、衣物。这种农民斗争要把他人所有财产全占为己有才算满意，实际上是仗着多数人的名义强抢他人财产，比地主暗中剥削农民更加残酷。就算江世荣是该清算的地主，但如果没有人命案件，江世荣也应该在把多占有的家产分给他人之后保留有和普通村民一样的权利，在新生活中他也应该成为村民中的一员，而不应该不顾他的死活。正是如此认识，文采担心群众分地主家产的做法很容易"左"倾,因此他让大家罢手,不同意村民完全占有江世荣所有财产的提法。但这样的提法不为村民满意,也不为村干部同意,结果江世荣家连日用的油盐罐都被贴上封条成了公有财产。小说的这些细节体现了文采对土地改革、阶级斗争较准确的认识与把握。对江世荣家产的瓜分显出土地改革运动的复杂性,土地改革的革命意义、阶级意义逐渐被对地主的仇恨、对物质利益的占有欲所置换。而对这一问题,只有文采隐隐感觉到,文采担心"当一个运动来的时候,必然会走到左的方面去。因此他觉得在这种时候,领导者就更要善于掌握,更要审慎地听从群众那里来的,各式各样的声音,这时最怕是自己也跳到浪潮里去,让水沫模糊了自己的眼睛,认不出方向"。由后来的社会历史重新反观 40 年代土地改革过程中文采的认识,不能不说知识分子意识让其保持了一定的历史清醒意识。小说中后来斗争钱文贵还是发生殴打事件,虽然钱文贵没有被打死,但是作家认为只有如此才能宣泄村人怒火,然而在理想的现代社会中不应出现在情绪激动下对罪人采取如此的暴力行为。革命历史呈现出另一种幽暗性,革命理性在革命暴力面前显得非常软弱,但却昭示后人,革命思想的启蒙是多么重要。

再次,文采注意到了"革命的第二天"问题。应该说用暴力将地主斗倒,农民们在获得物质实利、经济地位得到提高时,相应的政治思想认识也应提高,尤其是村干部们应继续思考土地革命、阶级斗争对未来生活意义的提升。小说中村民们的认识不在这里,而在如何分地主财产。"人们都不到地里去了,一伙两伙的闲串",人们眼中只剩下地主家的财产。"翻身乐"一章中有如此描写:

> 人们像蚂蚁搬家一样,把很多家具,从好几条路,搬运到好几家院子里,分类集中。他们扛着,抬着,吆喝着,笑骂着,他们像孩子们那样互相打闹,有的嘴里还嚼着从别人院子里拿的果干,女人们站在街头看热闹,小孩们跟着跑。东西集中好了,就让人去参观。一家一家的都走去看。女人跟在男人后边,媳妇跟在婆婆后边,女儿跟着娘,娘抱着孩子。他们指点着,娘儿们都指点着那崭新的立柜,那红漆箱子,那对高大瓷花瓶,这要给闺女做陪送多好。她们见了桌子想桌子,见了椅子想椅子,啊!那座钟多好!放一座在家里,一天响他

几十回。她们又想衣服，那些红红绿绿一辈子也没穿过，买一件给媳妇，买一件给闺女，公公平平多好。媳妇们果然也爱这个，要是给分一件多好，今年过年就不发愁了。有的老婆就只想有个大瓮，有个罐，再有个坛子，筛子筹子，怎么得有个全套。男人们对这些全没兴致，他们就去看大犁，木犁，合子，穗顿，耙。这些人走了这个院子看了这一类，又走那个院子去看那一类。中等人家也来看热闹。民兵们四周监视着，不让他们动手。

面对斗争来的财物和土地，"革命的第二天"问题开始出现。新成立的评地委员虽然由大家公选出来的、德行最高的人担任，但在面对村干部们时他们马上就显出宗法社会的旧态，迫于情面不由自主地想挑一些好地给干部们。在这一点上，无论是干部张裕民还是别的村干部，都碍于乡邻情面难以秉公办事。斗争完地主，面对土地和别的胜利果实，掌权的村干部极有可能利用权力之便为自己谋私利而变为新的权贵者，如果革命结果如此，这场土地革命就没有实质性的革命意义。小说中部分村干部变成了《三里湾》中"翻得高"的范登高和《创业史》中的郭振山，革命胜利后他们很快成了村里富户，不再关心社会群体的共同富裕。是文采首先注意到了这个问题，他提请评地委员别做人情，别因为给干部多点，影响了分地的政治意义，甚至坐在分地委员会。但"斗争大会的胜利使每个干部的腰都挺直了，俨然全村之主，因此也不大注意文采的劝告"，新的权贵重新出现。后来甚至发生了支部组织赵全功为了多占好地要与村工会主任钱文虎打架的事件，斗争钱文贵的统一阶级阵线在钱文贵被斗倒后立即就要瓦解，干部们的阶级意识不见了，只剩下对财产的占有欲。文采召集所有干部和评地委员开会，批评了他们，并提议分地结果要在农会上重新通过，才刹住了这股歪风。

丁玲想在《太阳照在桑干河上》塑造钱文贵来发掘地主的阶级属性，而阶级属性作为一种现代意识是要靠知识者、革命者带入乡村，在显性叙述中丁玲批评了知识分子身份的工作组长文采，而在隐性叙述中又认同了文采对乡村的思想启蒙和对新社会意识的想象，这也是时代的需要。丁玲在关于《太阳照在桑干河上》写作的自述中说："我想写一部关于中国变化的小说。要写中国的变化，写农民的变化与农村的变化，是很重要的一方面。在当时我就有这样一个明确的思想。"① 在这样的创作意图中作家要叙述出一个新的社会秩序,一个新的国家,一个新的"想象共同体",究其核心来说就是用中国共产党所认同的阶级意识来建立一个现代国家。是工作组进驻暖水屯才让村干部和村民熟悉了"地主""富农""中农""贫农"这些名词,让现代阶级话语进入了宗法社会,"诉苦""斗争"引导、培育了暖水屯个人们的阶级意识,并让小说人物把乡村秩序分为传统乡村社会和现代阶级社会,从而让暖水屯发生现代转变。作为作家的丁玲,本身也是外来知识分子、革命者,创作《太阳照在桑干河上》也就是将现代意识和话语带入乡村书写,建构乡村叙述的转变。"土地改革是一个伟大的事件,叙述这一事件也是一项重大的使命,小说不但具有'记录''历史'的性质,本身也参与了对于'历史'的建构:在文本世界里阶级话语颠覆了宗法秩序,展示了阶级性才是乡村社会的'本质'关系,基于宗法秩序上的旧社会就此被打倒,新的国家形态呼之欲出。"② 这个中国共产党革命要建立的"新社会和新国家"是中国历史上从未出现过的,是要被想象、被创造的,对它的想象从丁玲们这里才刚刚开始。

第二节 《暴风骤雨》:阶级意识与乡村现代

《暴风骤雨》和《太阳照在桑干河上》都是从一挂大车进村开始小说叙述的,进村景象带有强烈象征色彩,不过两者叙述视角不同,象征色彩也大有区别。《太阳照在桑干河上》的开头是乡村内的顾涌驾着亲家的大车回到村里,带来了外部变动的信息,给村庄带来了不安、惶恐的气氛,小说叙述视角在村庄内部,这样的不安喻示了后来乡村内的变革;而《暴风骤雨》的开头是工作队十五人全带着枪、坐着马车浩浩荡荡地进入元茂屯,他们带着改变乡村历史的坚定决心、带着强烈的使命感,姿态强硬、毫不迟疑,这种乡村外来的小说叙述视角昭示乡村的土地改革将带有强烈的革命意识和阶级斗争意识。

---

① 丁玲:《生活、思想和人物》,《人民文学》1952 年第 3 期。
② 袁红涛:《"一部关于中国变化的小说"——重读〈太阳照在桑干河上〉》,《中国现代文学研究丛刊》2008 年第 2 期。

小说叙述一开始，工作队就和地主韩老六拉开斗争架势，阶级阵线分明，韩老六阶级属性不像钱文贵那样再需发掘建构。在韩世才报告了工作队的进村后，韩老六立马拉拢李振江，威胁田万顺，与土地大户杜善发、唐田密谋，制造各种谣言，夜间转移财产，元茂屯气氛紧张，小说叙述一开始就直奔土地革命和阶级斗争主题。中国共产党领导的土地革命，使乡村经济形势和社会关系发生了巨大变化，"不仅颠覆了传统的农村权力结构，而且颠覆了农村的传统，古老的乡土文化从形式到内容都发生了根本的变化"[①]。但要实现乡村社会权力结构和价值秩序的重构，使历史脱出"杀富济贫"的历史暴力循环，让土地革命成为现代政党建设现代民族国家的重要手段，是革命文艺工作者周立波等人共同的文学叙述理想。按照毛泽东《讲话》精神创作的《暴风骤雨》，"之所以获得'轰动'效应，并不在于艺术性方面，而在于小说体现出来的思想价值和示范性意义，实现了参与建构中共主流意识形态和现代民族国家叙事话语的重要职责"[②]。废除封建土地所有制的土地改革运动，从经济上来说是要让农民拥有自己的土地，从政治上来说是要打碎他们身上的精神枷锁，移入新的政治认同和打造新社会秩序的文化认同，而农村自己不会发生土地革命，更不会自己产生这种现代价值，因此要借助外来力量来输入现代思想。《暴风骤雨》怎样叙述现代思想的乡村输入，怎样叙述这种思想在乡村的转化，是本部分主要探讨的内容。

一 复仇除恶与阶级意识

工作队进入元茂屯首先展开斗争韩老六的工作，这种斗争的合法性源于共产党的阶级理论，阶级话语不光是瓦解建立在宗法关系基础上的乡村社会秩序和文化的重要武器，同时也是建设新社会秩序的话语基础，但这种阶级理论必须为乡村接受认同后才能成为建设乡村新秩序的话语，若不为乡村接受，土地革命会随着这种外来力量的强势进入而发生强制性的暴力斗争，而在这种外来强制力量退出后让乡村又会恢复原貌。《暴风骤

[①] 张鸣：《乡村社会权力和文化结构的变迁 1903—1953》，广西人民出版社 2001 年版，第 254 页。

[②] 黄科安：《重构新的社会秩序与意识形态的修辞立场——关于周立波〈暴风骤雨〉的一种解读》，《福建师范大学学报》（哲学社会科学版）2008 年第 6 期。

雨》第二部中，萧祥工作队离开乡村，农会政权就被张富英为首的地主所攫取，元茂屯又恢复为权势者统治下的秩序中。在刚进入元茂屯斗争韩老六时，萧祥就说："不放过他是容易的，赏他一颗匣枪子弹，也不犯难。问题是群众没起来，由我们包办，是不是合适？如果我们不耐心地好好把群众发动起来，由群众来把封建堡垒干净全部彻底地摧毁，封建势力决不会垮的，杀掉这个韩老六，还有别的韩老六。"这是萧祥对土地改革工作的清醒认识，因此如何把这种阶级斗争话语及意识融入农民的认识中，才是保障土地改革中经济斗争和政治斗争取得彻底胜利的根基，这才发生了小说中三斗韩老六，后来又斗杜善人等的叙述，[①] 以显示乡村现代思想意识的萌芽和建构。不过，《暴风骤雨》中现代革命意识的起源叙述又是嫁接在乡村传统的复仇伦理上的，这两者的关系如何是下文首要探讨的重要问题。

在小说叙述中，元茂屯普通民众物质贫乏、生活窘迫，受到恶霸地主韩老六的欺压，人们怀恨在心敢怒不敢言。赵玉林母亲、老田头闺女裙子、白玉山孩子扣子、郭全海父亲等人的死都跟韩老六有直接的关系，经整理韩老六罪行中直接牵涉人命二十七条，被他和儿子霸占、强奸、卖掉的女性有四十三人。韩老六是乡村中一个恶贯满盈的恶霸，元茂屯村民与其有不共戴天之仇。正是这样的仇恨，乡村中只要有一强大的力量带领他们去复仇，他们的仇恨就被点燃，就会自然跟上去，最后仇人韩老六被正法，正义得到伸张。因此斗争韩老六首先是一个复仇的旧故事，这种以复仇为小说叙述力量的叙述方式在传统小说中并不鲜见，如果《暴风骤雨》叙述仅仅如此，其不过是一部通俗小说而已，乏善可陈。但周立波要在小说叙述中体现乡村现代思想的产生，单纯叙述一个乡村复仇故事并不能起到思想启蒙的作用，韩老六被枪毙，还会有新的恶霸地主出现，第二部中就出现了更加隐蔽的地主李桂荣、张富英等，他们能掌握村政，就是因为第一部斗争中群众的阶级意识并没有完全建构起来，工作队离开，元茂屯还原为原来模样，新权贵代替韩老六。从这种角度看，小说第二部中萧祥重回元茂屯，恶霸已除，然从阶级属性上与地主阶级的深层斗争才刚刚开

[①] 有些批评家认为这样的书写让小说显得拖沓、沉闷，本书认为现代意识的建构就在这样的日常生活中。

始，土地改革阶级斗争才正式开始。因此周立波在小说第一部中叙述三斗韩老六的故事，重心是在书写在这一斗争过程中现代意识是如何进入乡村的，元茂屯要革命的不是某一个地主，而是要革掉地主所代表的阶级权势，要让村民真正具备阶级斗争的革命意识，以此为基础去建设新社会秩序。

但村民的仇恨意识并不能自动转变成阶级意识，《暴风骤雨》第一部激发起来的仇恨意识和农民的阶级意识关系如何呢？《暴风骤雨》第一部中，仇恨意识被渲染为革命的原动力，仇恨意识通过集体忆苦与集体诉苦的方式得到建构。整个小说第一部就是对仇恨的回忆与对罪恶的控诉，工作组最先发动的斗争韩老六的三个积极分子都与韩老六有血海深仇，在走访中工作组让他们回忆并诉说了自己的仇和苦：赵玉林女儿被饿死，郭全海爹被冻死，白玉山儿子被摔，都与韩老六有关，工作队通过忆苦方式唤起他们对现存权力体制的反抗和对新的意识形态的拥护。韩老六毒打小猪倌事件终于把群众复仇的大火点燃，作者也忍不住评论"报仇的火焰燃烧起来了，烧得冲天似的高，烧毁几千年来阻碍中国进步的封建，新的社会将从这火里产生，农民们成年溜辈的冤屈，是这场大火的柴火"，这里看似人民的阶级意识自然而然地觉醒了。但是，纵观《暴风骤雨》，农民对外来的阶级意识并不是多么清楚，他们清楚的是共产党打倒了地主豪绅，让他们分地主的土地财产，他们怀着感恩的心情感谢共产党和党的领袖毛泽东，但对阶级意识他们并不自觉。阶级意识是一种非常现代的对现存社会秩序重新认同的话语，产生于大规模现代工业生产社会中，是一种政治意识，在小说中农民所具有的仇恨意识是一种道德伦理意识，其本身并不具备现代性，作者在把农民对地主豪绅的仇恨意识转变为阶级意识过程中，并未深究这种阶级意识内涵，因此小说结尾在人们感谢中国共产党、感谢领袖毛泽东时，乡村世界新的思想意识还未自觉成长起来，乡村在看似新颖的叙述话语中走向了新社会，而新社会的新质并不明晰，叙述话语中对新社会认同的仍是传统民间社会中的道德伦理。

小说中的贫农赵玉林是工作队的小王首先发现的积极分子，在小王与赵玉林的唠嗑中，小王用自己的身世来说明自己所代表的工作队是与赵玉林这样的穷人是一家的。不过，他们叙述身世时提到的仇恨是有差别的，小王的父亲是被日本人所害，小王母亲病死，母亲临死的遗言是要小王别忘记他爹是怎么死的，这里小王的仇恨对象是入侵的日本人，这是小王革命的动力，在这种叙述中小王的革命具有在国家民族层面上的意义。而赵玉林仇恨的对象却是本村的地主韩老六，虽然在小说叙述中地主韩老六和日本人勾结也残害了老百姓，赵玉林给韩老六当长工被抓成劳工才致家破人亡，但赵玉林仇恨的仍只是韩老六，他的仇恨让其具有斗争韩老六的原始动力，这种斗争动力和小王的并不一样，不在民族层面，也还不具备阶级意识。在赵树理小说《李家庄的变迁》中，铁锁受地主李如珍欺压，在太原看到社会黑暗后才主动接触共产党员，逐渐有了模糊的阶级意识，铁锁没有变成一个共产党员，但其意识有了转变。与其不同，周立波先发掘了赵玉林等的仇恨意识，但在开始斗争后就让这些积极分子变成了共产党员，直接就具有了阶级意识，这一转变过程是空白的。赵玉林参加斗争中，有两个细节说明最初参加斗争的赵玉林并没有掌握阶级斗争话语，一是斗争初小王勾起赵玉林要向韩老六报仇的意识后赵玉林有一句表态的话，"叫我把命搭上，也要跟他干到底"，小王马上纠正他的话为"革命到底"，这两种说法具有完全不同的意思。在赵玉林这里，他的仇恨是他个人和韩老六之间的事，而在小王这里认为这是农民群体对地主阶级的仇恨，因此他要将赵玉林的个人斗争及其话语拉入到有组织的阶级斗争中。另一个细节是唠嗑会上萧祥直接把斗争对象指向韩老六，被激发起来的赵玉林去抓韩老六，两人碰面场面中的话语。赵玉林有失女之仇，有辱妻之恨，他拿着枪和绳子，但面对韩老六的质问，赵玉林并不能用阶级话语斗争韩老六。韩老六把他和大伙的矛盾冲突化解为他与赵玉林的个人冲突，把自己与赵玉林的矛盾冲突放置到乡村邻里纠纷上，赵玉林依旧用乡村伦理话语与韩老六论争时自然就败下阵来：

> 赵玉林旁边，光剩几个年轻人。韩老六往前迈一步，对赵玉林说道："你咋不说话呢？你背后的绳子是干啥的？来捕我的？你是谁封的官？我犯了啥事？要抓人，也得说个理呀，我姓韩的，守着祖先传下的几垧地，几间房，一没劫人家，二没偷人家，我犯了你姓赵的哪一条律条，要启动你拿捕绳来捕我？走，走，咱们一起去，去找工作队同志说说。"

"咱们一个屯子的人，抬头不见低头见，平日都是你兄我弟的，日子长远了，彼此有些言语不周，照应不到的地方，也是有的，那也是咱哥俩自己家里的事，你这么吵吵，看外人笑话。常言道：'远亲不如近邻'哩……"

因为在乡村伦理话语中韩老六掌握着话语权，因此他敢于一个人来面对赵玉林等一帮人来抓自己。在第一次斗争大会上，赵玉林首先斗争韩老六，由于缺乏阶级话语，也难以击中韩老六的要害：

"你这大汉奸，你压迫人比日本子还邪乎，伪满'康德'七年，仗着日本子森田的势力，我劳工号没到，你摊我劳工，回来的时候，地扔了，丫头也死了，家里的带着小嘎，上外屯要饭。庄稼瞎了，你还要我缴租子，我说没有，你叫我跪碗碴子，跪得我血流一地，你还记得吗？"讲到这儿，他的脸转向大家："这老汉奸，我要跟他算细账，大伙说，可以的不？"

在这一段话中，赵玉林控诉的只是韩老六让他多出了劳工、跪了碗碴，并没有算出什么细账，更重要的是没有把自己女儿的死直接跟地主阶级联系在一起，虽然小说中赵玉林的控诉也获得人们的认同，但只这样的控诉并不能伤了韩老六的皮毛。小说叙述中是小猪倌事件点燃的仇恨让人们怒不可遏，一定要韩老六死，但在公审大会上对韩老六的控诉仍是无力的，作为阶级敌人，对韩老六的暴力并没有催生出阶级意识，对韩老六的公审大会只是村民愤怒情绪的宣泄，当情绪失控时暴力发生，反而失去了阶级斗争的教育意义。小说中写道：

一个穿一件千补万衲的蓝布大衫的中年妇女，走到韩老六跟前。她举起棒子说："你，你杀了我的儿子。"榆木棒子落到韩老六的肩膀上，待要再打，她的手没有力量了，她撂下棒子，扑到韩老六身上，用牙齿去咬他的肩膀和胳膊，她不知道用什么法子才解恨。……挡也挡不住的暴怒的群众，高举着棒子，纷纷往前挤。乱棒子纷纷落下来。

"榆木棒了""她的手"和张寡妇的"牙齿"成了村民斗争韩老六的方式,他们却无法用话语来表述他们的仇恨和悲伤的根源:"语言的匮乏在这个历史时刻只能征兆出新的主体的不存在;所谓'解放'并没有释放出新的、摆脱既定循环的意义。只有通过一个物化的仇恨对象,通过施用暴力语言,叙述者才得以营造出行为主体这样一个幻觉,才得以推动故事情节的发展。"① 工作队统计出来韩老六身负二十七人的命案和四十三人的其他惨案,令人发指,在肉体上消灭这样罪大恶极的恶霸,是传统伦理话语的胜利。当复仇和除掉恶霸地主成为小说叙述的主要推动力量时,乡村革命的合法性会有被架空的危险,现代革命的目的并不是通过消灭民间伦理话语中的恶人来维护既有乡村传统秩序,而是要推翻旧的乡村经济秩序与权力结构。作者显然意识到现代革命的敌人不能等同于民间伦理中的恶人,因此试图借助斗争杜善人来建立革命正义的另一个逻辑基点,小说第二部才重新开始叙述对这种地主属性的革命。

二 村权更迭与财物占有

《暴风骤雨》第一部中,恶霸地主韩老六被消灭,以韩老七为首的胡子也被消灭,但元茂屯并不为这样恶霸的消除而发生真正深层的本质变化,斗争韩老六,人们的阶级意识还没有完全建立起来,村民只能依靠暴力如工作队的武力来实现他们的复仇,当这种力量离开乡村,日常生活中新的不公出现,他们并没有能力斗争,因此元茂屯在工作队离去后旧秩序恢复。小说第二部正是从这里开始,萧祥重新回元茂屯,需要重新开始革命,这次革命不是除恶,而是土地改革,经济层面的建设。中国共产党领导的土地改革,不光是要让农民实现经济地位的变革,也是要实现其政治地位的翻身,并最终认同共产党领导的政治革命。就农民而言,他们参加土地改革的目标是经济性的,即获取粮食、房屋、土地等财产,以解决饥寒交迫的生存危机,而共产党的最终目标却是政治性的,摧毁农村中的传统权力结构,重建乡村政治秩序,为新政权的巩固构筑坚实的基础。因此元茂屯的土地革命就不再是要革掉某一个地主恶霸,而是要革掉地主所代

---

① 唐小兵编:《再解读:大众文艺与意识形态》(增订版),北京大学出版社2007年版,第123页。

表阶级的权势，要让村民具备阶级斗争意识，去建设新的社会秩序。

从《暴风骤雨》第二部开始，元茂屯在新政权名义下重回原来模样，村政权旁落到地主张富英一帮人手中。张富英是个小地主，萧队长走后，他参加斗争会，因能打能骂，敢作敢为，斗争积极，当了农会副主任，后呼朋唤友把他的一帮人提拔做了小组长，他们勾搭连环，拧成一根绳，反对农会主任郭全海。郭全海在工作中红脸粗脖说不出有分量的话，缺乏运用阶级理论工作的能力。张富英仿用萧祥带领工作队开展工作的方式，也在屯子里联络一帮人，采用开大会的方式，用看似民主的方式轻轻巧巧地把郭全海撵出了农会。缺乏阶级意识的大多数村民被蒙在鼓里，明白事理的人又惧怕张富英人多势重，也不敢随便多嘴。在这样名义上是新政权下的乡村社会中，新权贵们借助合法权力为自己谋私利，张富英雇五个亲信民兵给他放哨，推举他的磕头兄弟唐士元做元茂屯屯长，让李桂荣当农会文书。唐士元是地主唐抓子的侄子，李桂荣是韩老六狗腿子李振江的侄子。这三个不认同共产党土地革命的人结合在一起，让元茂屯成了张、唐、李三人的天下。张富英跟东门里老杨家女人小糜子鬼混，推其当妇女会会长，她尽找她那一号子不务正业的女人十来多个，到各家说要"改变妇女旧习惯"，强剪人家头发，妇女们敢怒不敢言。从文学叙述的生动性上，《暴风骤雨》第二部的确不如第一部，但从反映土地革命历史的复杂性上来说，第二部又比第一部要深刻得多。这里显示出来的问题在小说叙述中被认为是地主势力蒙蔽了上级领导导致了乡村政权的复辟，实际上显示的是乡村革命的不彻底性，呈现出的是"革命的第二天"问题。因此从乡村现代的角度出发，乡村需要继续革命，不是单纯革这些新贵的命，而是要改变乡村传统经济、文化。

萧祥重回元茂屯，大家一股脑儿地来找他说事，"萧队长来了，有人撑腰，往后也不怕张富英、李桂荣再折磨人了，大家心里都敞亮了"，这样的元茂屯农民的阶级意识还没有自觉，他们并没有被组织起来，他们的这种"敞亮"不过仍是把希望寄托在某个有权力的人身上的一种表现。萧队长斗争倒了韩老六那样有势力的恶霸地主，靠的是什么，在农民看来不是某种社会思想，而是萧队长手中的枪，是他们手中的武器抵御住了韩老七胡子的进攻。但是一旦萧队长撤走，他们手中没了武器，更没阶级思想，农会组织就被他人所占，村子又回老样。当萧祥再回元茂屯，如果不能让村内农民在思想上有真正觉悟，当其离开，就难保证村政权不会再次被他人所占。因此，作为外面重新来的工作队，不单是要解决新贵们的问题，更要让村民从意识上自觉意识到阶级属性，团结起来，组织起来，保护自己斗争得来的村政权，建设社会新秩序。

村政权被张富英等把持，元茂屯重回旧秩序，村民看到这种变化，感觉之前斗争韩老六及后来郭全海被撵出农会，只不过是"一朝天子一朝臣"罢了，这样的斗争跟老百姓没什么关系，都是"官家的事，咱们还能管得着？咱们老百姓，反正是谁当皇上，给谁纳粮呗"，显出了对乡村革命极大的冷漠。如何让元茂屯夹生的革命重新走上革命道路，是重回元茂屯的萧祥首要思考的问题。萧祥首先要夺回村政权，斗争韩老六时萧祥依靠穷苦人组建农会组织，依靠人多和工作队武力支持，夺回村政权。然而现在面对的是张富英，他的农会主任从程序上来说也是通过选举程序选出来的，在程序上是合法的，萧祥明知道张富英有恶行也不能直接用武力否定。萧祥重访农户，另建贫雇农团，让队伍更加纯洁，再次依靠人数众多斗倒了张富英把持的农会组织。不过，这里需要辨析萧祥组建贫雇农团斗争张富英农会组织的合法性。从乡村政权体系上来说，萧祥建立的贫雇农团，并不是上级部门认定的，但是它却吸引了大多数处在元茂屯乡村秩序底层的贫雇农，是大多数人组建的机构最终斗争倒了虽为新政权认可但不为大多数村民认可的张富英把持的村政权。这样的斗争形式中包含了两层意义，一是对乡村内部权益的认同。当一个村政权不符合大多数人利益时，乡村自主建立的权力机构可以取消掉原来机构的合法性另组机构，体现的是对乡村自主权力的认同。但是另一方面，这样的斗争形式，也就有可能对现行基层权力的合法性构成质疑，进而削弱新政权在乡村内部的权威性。因此萧祥后来还是恢复了元茂屯原来新政权认同的农会组织，在叙述话语中把乡村政权还给占人口多数的人们，维护了上级新政权对下级乡村政权领导的合法性，然而这样就去掉了乡村内部村民自己组建为大多数人服务村政权的现代意义。萧祥并没有过多肯定自己组建贫雇农团斗争张富英代表的合法村政权的现代性意义，小说叙述重心放在对张富英个人的斗争上，斗争是对张富英个人道德的批判，这一斗争过程的叙述其实是对韩老六斗争过程的重复，是除恶的故事，而不是对启蒙民众现代意识的叙述。无论是取消张富英村政权还是扶持郭全海重掌村政权，如果不能让村民团结起来实行村子自治,这种把问题解决寄托在乡村外来权力的模式不过是清官意识的体现。40年代乡土小说中,作家们在努力启蒙乡村民众阶级意识时,又在有意识表达着对党、领袖伟人的感激和崇拜,这一矛盾在很大程度上消解了革命文艺工作启蒙民众阶级斗争意识的努力,如何避免乡村革命历史的反复,这才是革命文学要探讨的深层问题。

  作为土地改革工作领导者的萧祥,夺回村权,他要宣传土地改革的政治意义,而对农民来说斗争地主夺回村权,吸引他们的是对地主财物的占有欲望,斗争并没能转变为阶级意识。第二部中,在斗争地主前,村中连开五天会,小说没有叙述会议情况,而是指出长时间会议让农民终于忍受不住,他们要直接清算地主。《太阳照在桑干河上》中,知识分子出身的文采给大家讲实行《土地法大纲》的意义,要让大家在明白土地革命的意义后再去土地改革,虽然丁玲批评文采的知识分子习气,但也显露出文采对土地改革政治意义的重视。在《暴风骤雨》第二部中,小说并没有交代萧祥在乡村宣传《土地法大纲》的效果,村民也不是在启蒙之后要斗争韩老六,而是想不开会直接斗争韩老六。作为农民来说,他们没有明确的阶级意识,他们只关心财物,只会在经济层面关心土地改革能给自己带来多少利益,因此小说重心很快转向直接对杜善人的斗争,这种转移淡化了对土地改革意义的说明,也削弱了斗争的阶级属性和政治意义。当人们的激情再次被点燃,跟着各个小组长去地主家分他们财产时,农民对经济利益的关注完全压制了对土地改革本身的政治意义的关注。小说第二部总共三十节,从第六节到第十七节都是在写人们如何挖出地主的财产,从十七节一直到结束小说都是写人们如何分配这些财产,充满离奇色彩。小说花大量笔墨来写地主如何隐藏财物,农民又是如何用各种手段来发现这些财物,当地主成窖的衣物粮食被发现,各种金银首饰珠宝被搜出,各样的枪在不同地方被起出时,人们沉浸在发现财物分胜利果实的喜悦中,人物在只关注地主财物时没了思想认识的变化,小说叙述也被这些财物所吸引,土地革命的政治意义被冲淡。如果说《暴风骤雨》第一部是将复仇除恶作为故事叙述动力的话,第二部可以说是以寻财分物为故事的叙述动力了。

  在分财产的过程中,叙述者也对部分农民的小贪欲给予批评,不过对这一看似小却实际重要的问题作者发掘并不深刻。在搜查合作社一幕中,有个老太想把一束香揣在怀里,有人发现后制止了她,但斗争积极分子老孙头却借搜查之机白喝了合作社好多烧酒。如何避免这些革命斗争积极分子在革命过程中及之后私占便宜?这些占便宜的革命农民一旦掌有农村政权,怎么避免他们不变成下一个张富英,下一个韩老六呢?对这一问题小说并没有深究[①],也许在作者看来首要的问题是发动农民起来斗争地主,这样问题的提出,会削弱农民斗争地主的合法性,因而有意纯洁化了小说叙述。因此在土地改革叙述中作者突出积极革命者如郭全海、赵玉林夫妇、白玉山夫妇的大公无私,在赢得村人认同时让他们成为乡村新人,不过这样叙述中突出的仍不是他们的阶级认识,而是他们的德性。努力突出他们的道德伦理,小说的书写就回到了传统乡村社会文化秩序中,新乡村的建设要依靠外来现代思想价值观念,小说叙述在这里显得语焉不详。这里需要一个清晰的有关未来理想社会价值的话语表达,否则革命后并不能建立有效民主的社会制度,革命之后的社会极有可能会进入一个循环往复的暴力运动之中,这一暴力最终会毁掉最初的革命目标,走向革命目标的反面,革命后的时代变成革命掌权者为所欲为的时代。如果乡村革命仅凭借着激情、仇恨夺取政权,权力没有被关进制度的笼子,群众仍是被物质所诱惑的群氓,当其旧有镣铐被打开,虽有人振臂一呼便云者响应,但是这个社会也无法成为现代民主社会。

三 革命后隐现的小家

家庭仍是40年代乡村小说注意的对象,虽然这已不是小说主要的书写空间,然而也是作为表现先进与落后人物思想冲突的场所。丁玲的《太阳照在桑干河上》首先就是从顾涌家里的惊慌开始的,来表现人们对这场史无前例的土地改革运动的不知所措,写出了历史变动中小人物的心理动荡。《暴风骤雨》很少写到家庭内部,人物多活动在群体话语中,裹挟在土地改革运动中,在这样叙述话语中阶级阵线分明。不过小说第二部中有几处细微的家庭生活书写,透露出乡村革命历史的复杂信息。

---

① 这样的问题早引起赵树理、丁玲的注意,如赵树理在《李有才板话》中塑造过小元,在《邪不压正》中塑造过小旦、小昌形象,丁玲在《太阳照在桑干河上》中对分地时干部多占便宜的情状也有描述,见前文论述。

1. 进城后的夫妻关系

贫农白玉山斗争韩老六勇敢积极，后进城当了县里公安局局长，一年后回来与老婆聊天，话语不再是乡村夫妻间模样，明显有了城乡差别。这种城乡差别的外在表现是，白玉山回来穿着青布棉制服，在炕上拿出小本写字，这让农村老婆感觉他是一个为公家办事的人，这种变化让老婆对白玉山高看一等。内在差异表现在两人的说话内容中，夫妻恩爱感情不见了，只剩下从城里来的白玉山教育乡下老婆思想问题的话题。对话中，老婆首先用埋怨的方式表达自己对丈夫的思念，"一迈出门，就把人忘了，整整一年，才捎来一回信"，人之常情，情真意切。但城里来的公家人白玉山的回话明显没有这种个人情感，"人家不工作，光写信的？你还是那么落后？"用革命工作的宏大语言压制住老婆的个人语言后，白玉山用进步与落后的思想评判老婆，引起两人论争。在进步与落后思想的争论中，白玉山代表着城里进步的思想，开始瞧不上代表着落后的乡村妻子。从革命思想来说，城里来的干部的确代表着先进思想，乡村内的人们代表着落后思想。但在白玉山这里，他不光在思想上认同城里的思想价值，实际上在情感上也开始用城里人眼光看乡村老婆，把自己乡村老婆与城里女性相对比：

> 你真不怕把人气炸了，双城县里的公家妇女，哪个不能干？都能说会唠，又会做工作，你这个脑瓜，要是跟我上双城去呀，要不把人的脸都丢到裤裆里去，才算怪呢。你这落后分子，叫我咋办？

白玉山眼中的老婆要"能说会唠，又会做工作"，最关键的是这样的老婆带出去才体面。这里，乡村老婆不能带出去让他感觉到丢脸，在白玉山这里自己的脸面比原来的夫妻感情重要多了，这一细微变化体现了乡下进城干部的内心转变。虽然叙述话语中白玉山对老婆的批评是放在思想层面上，但实际上白玉山对老婆的不满意是放在了情感态度上。在思想层面上老婆自然知道自己不如丈夫进步，但在情感态度上，老婆非常敏感丈夫这种城里人态度，她感到城里回来的丈夫在情感上对自己的变化，因此她强烈反抗，赌气说"我是落后分子，你爱咋的咋的，你去找那能说会唠，会做工作的人去"。白玉山夫妻之间的矛盾冲突并不单是思想落后与否的冲突，深层是城乡生活方式和思想观念的冲突。在白玉山夫妇眼中，城里的公家人自然要比乡村人高人一等，曾经的乡村人白玉山进了城自然就感觉自己比老婆高人一等，同样老婆其实也是这样看待自己丈夫的，但是白玉山毕竟是自己的丈夫，曾经的乡村人，因此她又不愿意丈夫如此低看自己，才产生了埋怨。白玉山虽然意识到自己说话刺痛了老婆，但把这个城乡问题转变成思想进步与落后的问题，用从城里学来的革命思想教育老婆。在这种革命话语中老婆自然要败下阵来，认同丈夫教育。在老婆的质疑和白玉山的解释中，城市话语完全战胜了乡村话语，城里带来的革命话语代替了乡村中夫妻个人情感。在白玉山把城乡问题置换成进步与落后的问题后，乡村在叙述中处于一种"散漫"、认天命状态，城市是被组织起来讲"剥削"话语的，把城里新思想带入乡村，乡村革命就具有思想理论上的合法性。不过要让老婆理解"剥削"并非易事，白玉山虽然通过"组织""剥削""算账""劳动"等革命词语来启蒙白大嫂子，然而最后两人在贴毛主席像时白玉山对老婆说"咱们的翻身都靠毛主席，毛主席是咱们的神明，咱们的亲人"，以上这种革命话语在白玉山那里也不过是一套新词汇罢了，这些话语成了一种强制性植入乡村的话语。当白玉山重新把社会新秩序的建立寄托在某个人身上时，他和乡村普通民众也就没有多少区别了。这样城里来的白玉山和乡下的老婆白大嫂子之间，所差异的不过是城乡外在的衣物、生活方式和时新话语，并没有思想上的本质差异。

2. 革命后话语中的小家

《暴风骤雨》中有两处对思想落后贫农家庭生活的描绘，虽然在思想上是批评他们的不热心集体工作，但叙述中隐现的农家生活却是普通村民心中向往的。一个是贫农侯长寿，他受地主压迫，穷怕了，四十六岁扛了二十六年大活，论成分和历史没人比，但分胜利果实排队站号时由于最初斗争地主不积极，并不能站到前列。侯长寿也恨地主，由于穷一直没能娶上老婆，没饭吃没衣穿，"跑腿子一个人，下地回来，累得直不起腰来，还得烧火，要不，饭是凉的，炕是凉的，连心都凉透"，好不容易娶了唐抓子侄媳李兰英，就特别珍惜这个来之不易的家庭，顺从老婆，对土地改革工作不积极。工作队长萧祥认为这是李兰英的缘故，特别强调要对李兰英抱有警惕。不过去到侯长寿家看到的是另一景象，李兰英在家劳动，穿着朴素，炕上放着一件正在补的破棉袄,屋子里收拾得干干净净,两床被子叠在炕梢,窗户上还贴着红纸窗花。虽然依旧贫困,然能把农家小院收拾得这样整洁的妇女又是符合乡村道德伦理的,因此这个女人在萧祥的眼中成了老实可改造的女性,在这里传统道德伦理战胜了壁垒森严的阶级分化。

另一个是贫农花永喜,在阶级话语中他被叙述成革命后只顾小家不热心集体的"忘本"形象。花永喜是赵玉林邻居,当初出官差老婆病死,孤身一人,斗争韩老六积极,参加抵抗韩老七胡子围村战斗非常勇敢。但斗了韩老六娶了张寡妇后,小说叙述说花永喜就开始光忙自己地里的活,不愿意参加屯里集体活动了,小说叙述认为主要原因是老婆张寡妇的威胁、挑唆。老婆因花永喜参加农会活动与其吵架、"你倒是要家,还是要农会?要农会,就叫农会养活你家口,要不咱们就分开。嫁汉嫁汉,穿衣吃饭,你不干活,光串门子,叫我招野汉子养活你不成?"没老婆、没人做饭的苦日子过怕了的花永喜没办法,四十岁的他怕老婆走,同时也认为老婆说的话有理,因此就常待在家里干活,不干民兵队长了,也不大上农会去,由于担心出官车,卖了分的马买了一头牛,屯里斗争就不再往前站,凡事先想家里。为此,萧祥没有批准他的党员转正,认为花永喜是"忘本"典型。不过,萧祥在花永喜家中看到的殷实景象也是普通农户的理想生活景象:

> 萧队长从侯长腿马架里出来,到花家去了。老花住的是一座小小巧巧的围着柳树障子的院子。萧祥推开柴门,两只白鹅惊飞着跑开,雄鹅伸着长脖子,一面叫着,一面迈方步,老爷似地不慌不忙地走开,看样子,你要撵它,它要迎战似的。院子里的雪都铲净了,露出干净的地面。屋角通别家院子的走道,垛着高达房檐的柈子。马圈里拴着一个黄骟马,胖得溜圆,正在嚼草。院心放着一张大爬犁。上屋房檐下,摆个猪食槽,一个老母猪和五个小壳囊,在争吃猪食。一只秃尾巴雄鸡,飞上草垛子,啼叫一声,又飞下来,带领着一小群母鸡,咕咕啾啾的,在草垛子边沿的积雪里、泥土里、干草里,用爪子扒拉,寻找着食物。萧队长进屋的时候,张寡妇站在锅台的旁边,盖着锅盖的锅里,冒出白烟似的热气,灌满一屋子。张寡妇带理不理地,跟萧队长淡淡地打一个招呼,没有再说啥,拿起水瓢舀水去了。老花迎出

来，请客人上炕。张寡妇前夫的小子，一个十来多岁的小猴巴崽子坐在炕上梳猪毛。老花比早先更没有话说，光笑着，吧嗒吧嗒地抽烟。

这是一幅有着浓郁乡村生活气息的农家小院，院子不光收拾得整洁，而且有大小牲畜家禽，高达房檐的劈柴都显示出这家主人的勤劳，但在作者叙述中这样的家庭却被当成了不热心集体、只顾个人小家的对象。这样殷实的农家院子应是所有贫雇农都向往羡慕的生活场景，然而由于小说强调的是阶级斗争性，小说叙述非常警惕普通农民自发地对物质的强烈欲望，这里的劳动并不是作为创造物质财富的手段被认同，因此对花永喜和老婆操持的这个殷实的家，无论是萧祥还是作者都不认同："萧队长走了。他从头到尾，没有提起老花转正的事。"需要思考的是，革命中分了地主的财产，革命后如何不分大家在斗争中建立的集体意识，在萧祥这里是一个重要问题，然而革命后如何带领大家改善物质生活，建设新的美好秩序，这一问题却并没有引起革命者的重视。

四 乡村会议与现代想象

对大量会议场景的描写是土地改革文学中的特有现象，会议既是作政策宣讲的舞台，也是政治工作民主的体现。《暴风骤雨》中会议共有四十九场[1]，会议承担着宣讲政策、进行自我批评或评判别人、解决评等级分浮财等具体工作，但更重要的是让村民在一次次参加会议的过程中培养起他们积极参加公共事务、行使自己民主权利的主体意识，因此小说中叙述会议是乡村现代想象的一个重要方式。

1. 三斗韩老六的民主

工作队进屯第一天先召开了一个工作队内部小会，商议事情是"先开大会呢，还是先交朋友"，知识分子形象的刘胜等人主张先召集大会，虽然队长萧祥赞成先摸清情况再工作，但在举手表决中刘胜的意见得到多数人响应。这里我们首先看到的是共产党工作队把现代会议制度带进了乡村，开始打破乡村权力集中在少数人手中的宗法社会秩序。第一次集体大

---

[1] 参见佘丹青《农民·会议·政治——周立波书写的农村世界再解读》，《长沙理工大学学报》（社会科学版）2012年第2期。

会的效果并没有如刘东等人预料的理想，农民们更多是敷衍了事，并不热心工作队工作。在认识到屯子里的思想状况后，工作队转变工作方式，全体队员去找穷苦农民唠嗑，收集材料以确定斗争对象，后来组织召开唠嗑会。这里需要特别注意的是唠嗑会的会议形式及过程。会议开始萧祥有意说这次会议不算开会，要让大伙唠唠嗑，强调了会议的自由状态。但即使如此，会场中韩老六的狗腿子李振江在场，威胁着来参会的人们不敢说话，萧祥引导大家诉说日伪统治下的劳工之苦，把矛头逐渐引向韩老六，然而人们仍是不敢说话，工作队刘东和小王发现问题后直接要揍李振江，萧祥及时制止了会议过程中的这种暴力行为。其实刘东和小王对李振江动武的方式，和李振江威胁村民的方式是相似的，他们都利用的是手中的权力，而萧祥重视的是这一会议过程的民主性，并以此教育民众认识这一现代议事方式。这样的唠嗑会方式让人们逐渐敢说话，在让韩老六狗腿子显露出来时，也出现了斗争积极分子赵玉林、郭全海、白玉山等人。

萧祥斗争韩老六并不是要直接处理一个恶霸地主，而是要在斗争中让民众认识到地主阶级的属性，动员人们参加土地改革运动，虽然地主属性的认识在小说第一部中还不甚清楚，但周立波在小说叙述中特别注意斗争过程的合法合理性，对韩老六萧祥采用的完全是一种依法办事方式，并没有直接捆绑打人。按说赵玉林并不具有直接抓捕韩老六的权力，他不能代表工作队，更重要的是他对韩老六的指控并不有力，加上韩老六狡辩，赵玉林与韩老六的第一次交锋并不占上风，韩老六反而到萧祥面前讨说法，这是萧祥和韩老六的第一次正面交锋。韩老六要扣押他的说法，小王等面对韩老六的嚣张气焰气得直拍桌子，认为可以不讲道理直接揍他，这种暴力解决问题的方式其实显示了小王他们斗争理论的软弱，并不能在心理上真正打击韩老六。而萧祥要把现代理性的革命斗争方式带入乡村土地革命中，面对韩老六亲属三十多人的质问，面对杜善人和唐抓子的保书，萧祥首先揭出韩老六所犯罪行，让韩氏族人无话可说。萧祥要采用大会公审方式，一面教育民众；另一面体现现代民主。

第一次大会斗争韩老六，会场被韩老六心腹和拜把子搅浑，大家心理忌惮，并不敢公开控诉韩老六，韩老六拿出一些财物后竟得以释放，"清算"变成闹剧，民主斗争形式没斗倒韩老六。因此要想穷人闹翻身，萧祥认为首先要在会议中把这些敌对势力清理出去，他组织成立只有贫农参加的农工联合会,由三十来个贫而又苦的小户、无地与少地的庄稼人和耍手艺的艺人构成。重组农会,纯洁队伍,萧祥再次阶级启蒙,农民力量壮大,再斗韩老六。第二次大会斗争韩老六,会上郭全海、老田头再揭其罪行,激起群众愤怒,但韩老六死党李振江猛扇韩老六脸致其出鼻血,转移群众视线,韩被罚款后再次释放。两次会议并没斗倒韩老六,不过要注意的是会议过程由郭全海主持,并没有暴力,受害者一个一个控诉韩老六罪恶,也让韩老六进行了辩护,虽然没能斗倒韩老六,但这种会议方式防止了可能的独断专行、包办代替的简单作风,更防止了农民寻私仇式的报复。

后来,萧祥再发动农会扩大唠嗑对象,多形式鼓动大家齐心斗韩老六,韩老六暴打小猪倌吴家富,全屯人的仇恨被点燃,人们从四面八方拿着各种武器奔向韩家大院,韩老六出逃被抓回,虽然人们更加仇恨韩老六,但在萧祥的指示下韩老六当时并没有挨打,工作队鼓励群众清理韩老六罪恶,并一一笔录在案。出逃被抓回后,韩老六完全失去威风,看到其完全失势,带了家伙的大家都想一有机会就暴打韩老六以泄心中仇恨。为避免这种混乱暴力,公审前萧祥先安排选出主席团,维持会场秩序,以显示公审合法性。公审不光是要审判韩老六罪恶,更重要的是要给农村元茂屯带去现代法治秩序。第三次召开公审大会,大会由被选出的赵玉林主持,流程还是先控诉再判罪,张景祥的控诉引发民众仇恨暴力,虽然愤怒的人们直接冲到台上,无数棒子举起来乱揍韩老六,然这一场景还是很快被控制住了。最后查清韩老六背负二十七人命案、四十三人的其他惨案,被判死刑,赵玉林宣布韩老六要杀人偿命,执行死刑。小说详细叙述了这一审判过程,韩老六并没有被严重暴打,对他的审判是公开的,证据确凿,最后正法时不光审判结果合法,审判过程也是民主的。①

周立波在这里连写三次斗争韩老六的会议过程,不光是在展示工作组和农民共同斗争地主恶霸的过程,表现农民思想的认识变化,更是在构建一种理想的、民主的斗争过程。联系三次斗争韩老六的过程,萧祥都没有直接采用武力解决问题的方式,而是采用调查来坐实韩老六所犯罪行,在公开会议上让元茂屯村民自己审判了韩老六,在审判过程中避免暴力殴

---

① 实际上,元茂屯原型元宝镇的土地改革暴力,并不小像小说中这样民主温和。参见张均《小说〈暴风骤雨〉的史实考释》,《文学评论》2012年第5期。

打、打击报复、寻私仇，或是民间的斩草除根式的血腥斗争，在这种想象的斗争形式中，贯穿的是作者对一种现代、文明、民主社会秩序的建构。革命暴力并不是革命目的，如果革命不是建立一个有效的民主制度，社会就会陷入一个循环往复的暴力运动之中，仅凭借着激情、仇恨夺取政权，建设不了现代民主社会。因此，《暴风骤雨》第一部中虽然农民的复仇除恶意识超过了阶级意识的建构，但在斗争韩老六的会议形式中，小说又是在努力给农村世界建构一种初级公正、公平的理想社会秩序。

2. 现代想象的不彻底性

前面说萧祥重视会议形式的现代意义，但在第二部中，张富英攫取乡村权力也采用的是萧祥的会议形式，这让我们重新思考这一会议制度的现代性问题。就张富英个人来说，他并不具有韩老六或钱文贵那样的权势可以直接指派谁为村政干部，但张富英把郭全海撵出农会的方式却是从萧祥那里学来的，看似合理现代的。他首先联络自己的一帮人，提拔做各个小组长，勾搭连环，再采用开大会的方式，共同反对农会主任郭全海，普通村民惧怕张富英人多势重，不敢支持郭全海，这样用看似民主的方式攫取了乡村政权。当了主任后，张富英就不开大会了，尽干些不为外人所知的事。私下花钱雇五个亲信民兵给他瞭哨，私下让唐士元做屯长、李桂荣做文书，三人把持村政，斗争地主隔靴搔痒，中农财产反被斗走不少，斗争的果实也不分给大家，而是私开合作社给自己赚钱，农会门房贴上"闲人免进""主任训话处"的字条，原来农民议事开会的农会重变成为衙门式权力机构，不再是老百姓说话的地方。

萧祥重回屯里，引来大家看望他，屋里唠嗑又回原来自由说话状态，在重新成立贫雇农团排挤出地主阶级、地富及狗腿子后斗争地主。由于斗争目标杜善人和唐抓子并没有人命在身，他们只是地主并非恶霸，因此农民并不能直接抓押他们。对他们的斗争是通过成立的清算委员会进行的，郭全海、老孙头、老初等贫苦农民做委员，决定分地主家产土地，在看到斗争中郭全海完全能够控制住会场秩序，没有暴力发生后萧祥才安心去做其他工作。后来杜善人的财产被一点一点挖出来，乡村斗争地主的方式终于改变，农民斗争地主的行为变得文明起来。乡村斗争不再宣扬暴力复仇，看似走上新的秩序，农会分发地主财物，《太阳照在桑干河上》中的"革命的第二天"问题在此处并没有出现。无论是分发缴获的衣物家具，还是后来分土地，人们对胜利果实分得心甘情愿，"革命的第二天"没有矛盾。不过这样的结尾是一种美好想象，由于没有对丁玲看到的新的复杂问题的思考，以致这种对社会秩序的想象显得单薄，对历史的认识显得简单化，反而让小说缺乏了想象力。这种单薄的想象遮蔽了新问题——为何是萧祥来了后斗争就胜利了，如何保证这次萧祥退场后元茂屯不再上演张富英的历史，小说并没有给出一个有力的答案。现代意识在乡村的生根发芽不是在短时期内能够完全实现的，要避免郭全海领导的村政权不再被部分牟私利者所攫取，更重要的是防止干部们的以权谋私，靠的不是外面来的某一个清官，也不单纯是郭全海个人的道德，而主要是乡村民众对自己集体利益的自觉维护，以及在此基础上建立的权力体系，而这样的意识和权力体系在乡村想象中还没有建立起来。

小说最后让郭全海在和刘桂兰结婚三天后参加共产党的队伍，并带动元茂屯青年积极参军来结束小说，在试图把土地革命和打倒国民党、建设中华人民共和国的宏大主题联系在一起时，小说叙述留下严重裂隙，那些参军的青年并没把自己的参军和国家意识联系在一起。小说明确说，这个样样工作都积极的屯子在参军问题上工作落后，后来动员积极分子开会，动员大会、小会和家庭会议黑天白日地进行了三天，报名参军者竟只有三人，这一细节透露出当时农村参军非常不积极的实情，也说明农村土地改革在让农民获得经济利益的同时，并没培育起他们建设新社会的政治意识，元茂屯的土地改革并未能跟建设未来社会联系在一起，反而是在有了衣物房子和土地后农民更加恋家顾家，不愿去参军，这种心理正和前面落后贫农侯长寿、花永喜的心理一致。村子中只有郭全海等少数农村共产党员，意识到保护元茂屯的胜利局面是需要彻底打倒蒋介石部队的，因此郭全海不顾自己新婚才三天的情状，说服刘桂兰让自己参军。虽然元茂屯最后一下子有一百二十八名村民报名参军，然而小说叙述把这一现象的出现归结为郭全海个人的带头模范作用，这一抢着去参军的热闹景象完全成了作者个人的一种想象。即使大家去积极参军真是郭全海带头起的作用，那同样也说明村民阶级意识并不清楚，因为他们的参军行为并不具有政治意识，他们也没有国家意识，只是信任郭全海而把自己的命运和郭全海绑在了一起，等于把自己命运再次寄托给了某个道德化的英雄人物。

《暴风骤雨》与其说是在讲述革命历史，不如说是在解释、建构新社会秩序的意识形态，这部按毛泽东《讲话》精神创作的作品，"之所以获得'轰动'效应，并不在于艺术性方面，而在于小说体现出来的思想价值和示范性意义，实现了参与建构中共主流意识形态和现代民族国家叙事话语的重要职责"[①]。废除封建土地所有制的土地改革运动，从经济上来说是要让农民拥有自己的土地，从政治上来说是要让他们打碎身上的枷锁，实现对新秩序的建构和对新政权的认同。而乡村自己不会发生土地革命，必须借助外来力量，如何让中国共产党领导的土地革命意识在乡村生根发芽，小说想象起到重要的建构意义。从对未来理想社会的想象来说，周立波这种对乡村现代的想象极具革命性，然而从想象的乡村现代来说，又显得极不彻底。在萧祥这样的乡村革命干部的启蒙下，分了土地的普通农民如何认同萧祥对未来社会的现代想象，并把自己人生价值的实现投入到建设这样一个社会理想中去，需要文学对民众的未来日常生活和社会秩序作更多想象。赵玉林、郭全海、白玉山等农民在革命来到村庄之前并没有把自己看作是为了共同利益而反抗村社中地主的阶级力量，斗争让他们从宗族束缚中解放出来加入现代政党组织中，在理论上这一过程是极富现代性的，因为他们是现代政党政治的产物，赵玉林、郭全海等人在阶级意识的引导下组建了一个新的政治/经济共同体，然而问题是他们的政治、经济认同并非建立在市民社会和公民国家基础上，而是"建立在感激和敬畏双重基础上"[②]，这仍是一种并不彻底的现代性表现。

[①] 黄科安：《重构新的社会秩序与意识形态的修辞立场：关于周立波〈暴风骤雨〉的一种解读》，《福建师范大学学报》（哲学社会科学版）2008 年第 6 期。

[②] 郭于华、孙立平：《诉苦：一种农民国家观念形成的中介机制》，《新史学》（下），中国人民大学出版社 2003 年版，第 505—526 页。

第三章 合作化书写中的乡村/现代

20世纪40年代解放区文学中展现乡村生活生产变化的小说题材主要有土地改革和合作化两大类，土地改革小说重在书写乡村的阶级斗争，而合作化小说开始对解放区新生活、生产展开想象，在这类小说中社会主义话语、中华人民共和国形象呼之欲出。柳青的《种谷记》和欧阳山的《高干大》是20世纪40年代书写合作化小说的代表，对集体化生产方式给乡村生活带来价值观念变革的书写，为读者开拓了对未来新生活的美好想象。

第一节 《种谷记》：合作生产与乡村现代

1947年柳青写的《种谷记》，以1942年延安王家沟农民组织变工队实行合作生产、集体种谷为背景，开始了对革命后新生活、生产方式的建构和想象。虽然囿于当时意识形态的束缚，作者以思想的落后与先进来塑造人物，不过柳青并未把人物类型化，在构想解放区新生活时融入了作者对现实乡村生活的体验，与意识形态话语明显的《创业史》相比，《种谷记》对乡村的最初想象倒保留了更多乡土气息，写出了处于变动时期人物的复杂性。

一 "村官"王克俭的苦恼

王克俭是一位老实勤劳的庄稼汉，有着乡村传统的朴素美德，心中最大理想不过是想把自己的生活过得好一点，面对乡村合作化生产，他个人的发家道路受到了打击和孤立。然而作为一名村社干部，他被迫要执行合作化工作，但他怀疑合作化的生产方式，无法解决内心的矛盾。《种谷记》就是在农业生产合作化的背景上，书写王克俭式苦恼的解决过程，这一苦恼的解决过程也就是合作化在乡村社会合法化的过程，小说写出了这一过程的复杂性。

　　王克俭的苦恼，一是自己并不富裕却要被定为富裕中农。《种谷记》一开始展现的是受苦人王克俭一家的艰辛生活，虽然他和儿子把血汗全洒到了土地里，家里花销也非常节俭，然而王克俭感觉自己的生活还是非常拮据。小说开头，从老婆多次到门口眺望等待王克俭和儿子回来吃晚饭、同时不断埋怨家中缺柴火的描写中，就已经展现了这家人的勤俭和拮据。虽然新社会有减租法，王克俭已有二十六垧土地，养着一头好驴，驴又下了个骡子，王克俭感觉腰里越来越有劲，可种这么多庄稼，家里花用还是很紧张，别说穿的，光烧火的柴火都不够。更让王克俭烦心的是，自己拼老命才有这点家产，区乡干部竟把自己当成了富裕中农典型，既是这样，他反问自己家里却为什么积存很少呢？"粮食一驮一驮到桃花镇卖了。除过买炭、棉花和其他少数日用品外，还有什么用项呢？在这家里，他可以武断地说，没有一颗粮食或者一张小票不经过他的手出入。老婆的确够节省，给她一盒洋火，她几乎会用到一年，恨不得一根一根抽给儿媳妇，两个小子赶庙会要几个零钱，都得换了衣裳要走时才向他伸手讨。眼下只有一个儿媳妇，那是外人的老婆养的，更沾不到边儿。他没有理由怀疑家里有什么秘密的漏洞，也不可能伸进来第三只手，但他却无论如何想不透这个奥妙。"生活并不宽裕，辛苦劳动和生活节俭换不来富裕，土地稍多点就被确定成富裕中农。富裕中农在阶级话语中被认为是带有剥削和占有贫农劳动成果属性的一个阶级群体，王克俭这样的生活处境和对阶级属性的理解让他怎么也想不通乡村革命的道理。

　　二是被迫干村务。王克俭和儿子都是种庄稼的好手，三四年以前区上还给王克俭发过一张劳动奖状，家中大驴每年春天都要生一个骡驹子，有这样的劳力王克俭不愿意参加村里的变工队（当时互助组的另一种叫法），更不愿意干村里行政委员的公务，几次都没辞掉，因而别的村干部认为他思想落后。乡里开会，多次打发孩子叫他，头天晚上又特意通知他，然而一到地里一捉住耩把他就不会想起任何事情，盯着翻滚的湿土，差不多在他的脑子里全世界都不存在了，这是一个在有了土地之后一心想种好庄稼的典型老农民。因为在土地改革前多次迫于地主权势当过甲长，他深知干乡村公务实际上就是为乡村有权势者干活，会无法顾及自己家事。虽然后来减租算账斗倒地主,从前不问村事的受苦人握了大权,不过在王克俭看来,新村委既要抓生产,又要搞文教,工作更加繁多,他更加不愿干这种工作。"白地的税,红地的会",保甲时代赋税虽多,事后不再忙碌,而现在三天两头开会,甚至连隔日子的时候也没有,行政主任的头衔早变成他的一顶"愁帽"。

三是被认为不正派。王克俭看不上自己好兄弟村干部王加扶的生活,忙村里的公事连自己的家都照顾不了,婆姨过度操劳,娃娃们衣着褴褛,像讨吃的一样,开起会还口口声声说要丰衣足食,王加扶这样的忙碌很让王克俭想不通。不过王克俭也不愿接受失势奸商王国雄对他的主动示好,这是个穷家出身却贩牲口捎鸦片闹黑货发家的人,老实巴交的王克俭对王国雄的造谣生事深恶痛绝。但在变工事件中,看到大局已定后王克俭想与村民合作却被拒绝,他吃惊、奇怪于人们对他的无情,感到自己名声的败坏。

王克俭的提前种谷影响了好些人,也动摇了集体种谷计划,村干部王加扶等人在乡村内自己无法解决这一问题,只好把这一乡村内的冲突问题转托给上级领导,小说最后安排区长来解决这一问题。外来区长代表着新政权,来解决问题的发言是一个复杂的文本。区长并没能做通王克俭等人不愿意变工的思想,也就是有好大一部分人并没有真正了解变工或说集体生产的好处和意义。由于村干部的宣传动员都只强调集体生产的方式,上级、外来力量的干预也没说明集体生产的直接效益,这让看重实利的农民在思想上对变工集体种谷始终持怀疑态度。区长要用行政手段处理破坏规约者王克俭,撤掉其行政职务。区长用德性话语的批评代替对王克俭做思想认识的说服工作,区长的处罚对王克俭内心并不起作用,却把当初宣传的种谷自愿变成了强迫,不断说要讲民主的干部却在实际工作中首先违背了民主精神。当区长直接定王克俭为"坏样"时,区长的话语逻辑就变成了只要不按照新政策参加劳动的人都是"坏样"了。王克俭这样的农民只关心来年庄稼的收成,收成是他们赖以生活的基础,他们没法去顾及长远利益,那就都成"坏样"了。面对区长对自己的撤职,王克俭感到很庆幸,但他又感觉自己真诚热爱新社会,自己不是"坏样",因此他又做了辩解。他让大家回忆当初自己当村干部时为村里所做的好事,列举了好多事例。这位为自家事都不惹人的村干部为了王家沟的利益,惹恼过白家沟的村干部。然区长最后强制打断了王克俭辩解,"坏样"的定性让王克俭在乡村失去了道德地位,在后来的组建互助组时受到排挤,这是王克俭所没想象到的。乡村社会是一个熟人社会,不能得到村人对自己道德的认同,单个家庭无法在乡村内生活,王克俭突然感到了极大孤独,最后主动入了合作社。不过留下的问题是,王克俭并不是因为对合作社的认同而入的社,对他入社起作用的实际是乡村伦理。

二 集体化与新生活理想

同为村干部,王克俭被认为是思想落后干部的代表,积极热心村政工作的王加扶、王存起等被作者塑造为新人典型,在塑造这些新人时,作者突出了他们各自不同的方面。作为土生土长的本村人王加扶、王存起,柳青突出他们一心为村的道德品质,对外来老师赵德铭,作者突出其知识分子特点,是他给乡村带来外界现代生产的思想认识,而对赵维宝,作者突出了他敢想敢做的年轻人气质。这样一群年轻干部,彼此取长补短,带领王家沟走向理想新生活。

王家沟理想生活最后是在新人王加扶的想象中呈现出来的,当王加扶把王克俭"团结"到变工队后,王加扶脑海中浮现了集体种谷后带来的现代生产、生活方式想象:

> 圆满的成功使他想起从乡政府开会回来那天夜里,在现在这原地方他们第一次讨论组织种谷时,和赵德铭争论组织的方法,他所说的话。那时,他说老百姓不能和军队、学校以及机关生产比;而现在,他脑里却自然而然浮起了军队、学校和机关生产的一片景象来了。他们一大群人上山掏地,一齐干一齐歇,镢头在空里乱飞,土地在他们脚底下迅速改变着颜色,由浅灰到深褐,这片景象不久将实现在王家沟的山头上来了。春耕时因为活杂:耕地的耕地,纳粪的纳粪,碎土的碎土,所以十来个人一组,人还是乱散在地里;而现在一组一组连同点籽娃娃都有十几二十个人,排成队安种谷了,锄头的一起一落,手脚的活动,使人想到自卫军的操练。人们将以一种全新的劳动姿态来点缀那些黄秃秃的山头,山头上坟墓里长眠的他们的祖先,倘若真有英灵,他们不会怀疑这是否他们曾用汗水混合着眼泪灌溉过的

土地吗？想到这里，王加扶压抑不住他的兴奋了。"几时咱们和公家人一样，"他说，天真地憧憬着，"一村就是一家，吃在一块，穿在一块，做在一块。种地的种地，念书的念书，木工是木工，石匠是石匠，管粮的把仓，管草的捉秤。六老汉照旧打钟。存恩老汉识几个字，要是他愿意，就让他给咱们写账，克俭哥给四福堂讨了半辈子租粟，对粮食有经验，给咱管仓库，他和存恩老叔对，在一块办事也相宜……"众人听了，嘻嘻嘿嘿地笑着，截断了他的话。"还有哩，你们等我说完嘛，"他一本正经宣布着他对未来的理想，"咱也办上个俱乐部，识字、读报、开会全到那里去好了，不要像而今一样，大小一点事全跑到学堂里来了，老碍着教员的事，烟灰给他磕得满窑都是。咱学延安绥德的办法，也办它个把托儿所，把娃娃们弄到一块，讲究卫生，看我的三栓这几天拉稀屎拉成甚样子了？再说没娃娃拖累了，叫我那个死顽固婆姨也抽空儿住上一期训练，至少到延安参上一回观，看她有个转变也没？你给她说是说不进去……"他越说越有劲，好像喝醉了的人一样，说不完。

在王加扶的想象中，未来王家沟的生活要实现的是集体规模化的现代化生产，人们的劳动完全被高度组织起来，并进行了精细化分工，这种生产方式完全不同于原来延续几千年的小农自由散漫的生产方式。同时生产方式的变化又带来生活方式的变化，集体生产带来集体生活，在物质富裕后将实现精神生活的丰富，这种想象中包含了作者对未来新中国的构想。小学教员赵德铭直接指出王加扶想象的就是社会主义社会，其思想源于苏联建立的社会主义社会，也就预示了新中国未来的社会主义道路。不过，在《种谷记》中柳青对这种未来社会主义的想象还抱有一定的清醒认识，就在王加扶这样的想象引得小说中的人们如痴如醉时，柳青安顿了赵德铭的一番话来说明这种社会生活实现的漫长性：

> 他开始拿理论来克服他们对未来社会的过早的陶醉，首先指出中国革命是长期的，曲折的，复杂的，这是他从书本里学得烂熟的一条。其次，他说王加扶所说的那些办法是苏联已经实行了的，那是社会主义：集体经济，集体劳动；而边区今天是新民主主义：个体经

济，集体劳动，而且还做不到普遍。从新民主主义到社会主义需要多少年，他说恐怕毛主席也说不准。

新人叙述中，虽然王家沟未来的社会理想是通过王加扶勾画出来的，但作者在王加扶身上彰显的更多是他个人的道德品质，而不是思想认识。小说多次写到王加扶因忙于工作而无法顾及家庭，以至于引起家庭矛盾的细节，以突出他的德性。王加扶本是穷苦人出身，分地后家中共有五垧地，一头毛驴，大儿子拴儿也能顶半个工，王加扶也有自己的兴家计划。但当了王家沟农会主任后，心思就全放在了工作上，就顾不上发家计划和家庭了。婆姨整天抱怨穿衣吃饭问题，甚至三儿子得了严重的痢疾，王加扶都不顾及，反而批评老婆思想落后，这其实就是行政主任王克俭不热心村政工作的主要原因。① 王加扶对家庭虽也有愧疚感，然而更多地还是认为老婆思想落后，小说的这种叙述实际体现出的是一种男性话语，女性操持家庭生活的艰辛全被遮蔽了。家庭重担全落在老婆肩膀上，无论庄稼种收，还是家里挑水，孩子看病，王加扶都没尽到丈夫责任，即使如此，小说叙述者和小说人物仍一道认为是老婆思想落后：

> 他对她心冷意凝。走着，他由不得想起有一回区委组织科长到村里来，党的小组检讨会上众同志对他的批评。谈到他的缺点，他们想了半天，觉得都好，只是：第一婆姨落后，他"工作"起来扯他的腿……和婆姨"矛盾"了半天之后，他走着又给自己加上一个缺点：就是他心太软了，不忍打他的婆姨，一看见那一帮娃娃，想起家里那么多事务，他的火性便自消自灭了；可是他始终认为：当和婆姨说不通理的时候，打她几下还是必要的，而他连这一点也办不到……

---

① 王克俭不积极于村干部工作的一个很重要的原因是他以前做过甲长，知道这种工作的性质，因此王克俭的问题并不简单是思想落后的问题。小说没有过多地体现村干部的家庭问题，而丁玲的《夜》、周立波的《暴风骤雨》都注意到了这一现象。村干部并不属于国家公职干部，无薪水，生产与工作常发生冲突。柳青在小说中触及这一现象，但没有深究问题，反以此来凸显王加扶的道德，掩盖了干部工作与自家生产之间的矛盾。

这一段话的叙述，本是要通过王加扶自认的缺点来表彰他为工作的忘我，但也是在这段话中我们看到作者所要塑造的新人本质，就是要把小我完全无保留地投入集体革命工作中，革命者不再属于自己家庭，只属于革命工作，甚至为了这种革命工作，都可以动手打认定是落后的老婆。这种写法后来成了新中国文学中塑造新人的标准写法，登峰造极后这些新人就逐渐没了普通人性，全变成了抽象的道德化怪物。王德威在论丁玲《我在霞村的时候》说"做了女人真倒霉"①，认为党的革命运动中女性地位及价值并没有真正得到重视，在柳青小说中女性也是被规训的沉默者，被任意涂画而发不出声音。作为乡村革命的代表者，无论是区委组织科长，还是村干部王加扶，他们都认为只要参加工作，就要抛开小家，全身心投入社会工作，然而又要老婆养家糊口，老婆会因为不满变成扯后腿的人，这样在革命者眼中，家中的老人小孩都会成为革命工作者的包袱，人情伦理不见了，这样的革命让人怀疑其最终意义。不过，《种谷记》中王加扶后来在看到自己孩子病危时还是流露出了做父亲的愧疚，王加扶形象在40年代还没有被完全规范化。

小说中最具有现代思想的新人是小学教员赵德铭，是他给乡村带来了苏联现代农业生产方式的想象，是他不断传递给王加扶各种新的思想认识。然而，也许是因为整风运动中对知识分子的批评改造，柳青突出的是土生土长的、农民出身、不识字的王加扶，有意降低了知识分子赵德铭在王家沟工作中的重要性。但即使如此，我们仍能看到，除过王加扶去寻找代表着党的程区长外，在王家沟内部工作中，赵德铭就是王加扶工作思想的引导者。赵德铭在县城上过中学，初在城关小学教书，后调王家沟，原想争取到延安学习后再投身乡村建设，乡村需要干部，边区政府号召"学校与生产教育两大运动结合"，县上要把农民"组织起来"参加变工，赵德铭对这种新型生产方式充满想象，积极参加工作。王加扶一开始并不理解县上要求统一种谷的意义，是赵德铭的鼓动、谋划、扶持让王家沟开始了变工种谷。在最先遇到组织困难时，是赵德铭解决问题，提出解散所有原小组重组变工组的变工方案。赵德铭让农民组织起来的方式让村里的

---

① 王德威：《做了女人真倒楣——丁玲的"霞村"经验》，《想像中国的方法——历史·小说·叙事》，生活·读书·新知三联书店1998年版。

自卫军排长赵维宝感觉这种新颖的生产方式就像自卫军编班一样，也让王加扶觉得全王家沟的农民就像军队、机关和学校一样被组织起来了，而小说结尾王加扶对王家沟未来社会的想象其实就是赵德铭这种组织方式的拓展。

与赵德铭想法相近的是赵维宝。赵维宝当了排长就觉得自己和别的农民不同，"一身农民穿戴，赤脚片子打着绑腿，破夹袄的腰里结着皮带，又留着文明头"。这是一个非常年轻、对新事物有热情的人，在分区培训回来后观念发生巨大变化，他不再把自己当农民看，上山种地也结着皮带，扎着绑腿，背着他那一杆装火药和石子的土枪。在他的领导下，王家沟自卫军（全是二十上下的年轻人）都跟他学。他不光带来了外面新的生活方式，更带来了城里学来的对未来新生活的想象，生活、生产都要被组织起来。不过他像脱离生产的干部和学生模样留起来的头发，让他爸犯嘀咕，嫌众人笑话，要他剃掉，而赵维宝好像没听见一样，反认为父亲那个旧脑筋需要好好改造。王家沟年长的村民瞧不上赵维宝，他们认为只有读书做官的人才可以离开乡村成为城里人，其余人对城里人生活方式的模仿都是一种自不量力的傻帽。然而这位模仿城市生活的赵维宝的思想观念，正与从城里来的小学教员赵德铭的思想相近，两人共同为想象中的新社会而积极工作，不顾村人的嘲笑。

比较王加扶、赵德铭和赵维宝三位新人可以看出，王加扶更熟悉乡村社会的熟人性质，乡村工作的开展不光靠行政命令，还得靠自己的德性和人情关系，而赵德铭、赵维宝更像是乡村外来的革命者，为了实现乡村变革在工作中少了乡村人情。在讨论集体种谷方式上，赵德铭和赵维宝就希望采用强硬手段推行集体种谷，而王加扶担忧王家沟的工作难以如此整齐，"人家是哨子一吹，站起来便可以分组，因为全给大家生产；而王家沟呢？各人为各人，他说服一个不愿变工的人参加变工队之难，好话得说几毛口袋"。这里体现了乡村内外两种开展工作方式的不同，一种缓和，一种强硬。柳青以赵德铭所理解的新社会思想为王家沟描绘了未来社会的想象蓝图，但在工作方式上认同了王加扶比较温和的乡村方式。而到《创业史》，作者所认同的不再是熟悉农村生活及人情世故的王加扶这样干部的工作方式，而是直接赋予新人梁生宝外来新的思想价值和强硬的工作方式，强调新观念对乡村世界的强制性变革，在这种对变革精神的标榜中乡村生活中的人情、伦理、日常生活等内容逐渐被压抑了。①

三 合作化中的现代象征

1. 打钟制度与时间观念

王家沟要实现集体种谷，得把农民全部组织起来，这并不是一件容易的事，农民生活生产自由惯了，并不认同集体生产方式。组织集体变工，村里立公约，为了各家上地行动统一，要建立打钟制度。这种公约方式、打钟制度、一致行动的生产方式，再加奖惩，确实极大地提高了乡村的生产效率，这种生产方式完全效仿的是一种现代大工厂的生产方式。这一生产方式改变了乡村原来的自由时间、自由生产方式，让原来慢节奏的生产加快了节奏提高了效率，生产者明显有了时间观念、组织意识和效率观念。为了时间准确，老汉王存富把打钟当成了自己一桩非常严肃的重任，为了防止众人乱敲乱打，他规定无论行政、农会、变工队、自卫军、识字班或是妇女们开会要打钟，都得经他的手，那插在钟眼里任烧香叩头的人拿起来乱敲的打钟枣木棒现在被他带在身边，黑夜睡觉都放在枕旁。鸡叫以后，老汉坐起来等到天明，马上捏了那根枣木棒到大门外边那老槐树下打钟，钟声让原来静寂的山村统一活跃了起来：

> 王家沟无论谁，不管睡醒没有，都从臭被里醒来了。一会儿，到处都是开门声，披头散发的婆姨首先端了尿盆子出来，倒进茅坑里，抱了柴禾回去，村里竖起一柱一柱清早的炊烟来。学生娃揉着发麻的眼皮到学校去上早操，受苦人赶着驴，捎着耧子、耙、镢头和种籽上地了，有的提着桶到井沿去。新的一天照旧开始了。

王家沟的人们在钟声中一齐起来了，开始新的一天，也是开始了一种新的生活。原来乡村的生活，人们每天的劳动一直是日出而作，日落而息，一天的时间是看日头的高低，劳动是自由自在的。在一年四季中，随着庄稼下种、成熟再到收获，年复一年，这样的生产和生活方式形成了人

---

① 柳青的小说创作从《种谷记》到《创业史》明显有一个从重乡村伦理人情到重革命、意识形态变化的过程，而周立波的小说创作从《暴风骤雨》到《山乡巨变》正好将其颠倒了过来。

们稳固的生活价值，而打钟让人们每天的生活都有了新的统一安排，被赋予了新的意义，而且这每一天的生活又被计划在一年的工作任务中，每年的工作又被安排进更宏大的国家生产任务中，这样的时间观念逐渐把每个人原来只有个人意义的生产劳动跟国家的现代化建设联系在了一起，个人的劳动被赋予了宏大的价值。当把个人的劳动放在这样的时间中时，个人的劳动价值逐渐在发生变化，每个人不再是单个个体的人，而成了有组织的人，每天的劳动都被赋予了社会价值，同时每个人的劳动价值也发生了变化。

2. 众声喧哗的会议

新的集体生产方式，牵涉每个人利益，如何把县里传达来的有关新生活、新生产方式让人们认同，并确实给村民带来实际好处，召开民主会议商议合作种谷是最初的工作。小说详写人们在会上对变工的看法和不同意见，组织者也让村民公开发表自己的不同看法，在众声喧哗的会议叙述中作者尝试着建构乡村民主会议方式。虽然我们在《暴风骤雨》的讨论中就注意过这一问题，然而柳青笔下的乡村会议更加生活化、乡土化。会议中，会议主持人明确让反对集体种谷的王克俭等人发言，虽然他们的看法并未被采用，但也是用辩论的方式最后来做决定的，甚至会议上被斗争的地主王国雄也发了言，只看旧皇历的王存恩老汉也说了自己的看法。这些人都被看成是思想落后的人，是王家沟的老人，他们虽未能说出有积极意义的看法，但无论是会议，还是小说叙述，都给了他们说话的空间，让他们表达了自己的感情思想。由于作者并没有把这些人物概念化，细读这些老人的话，我们看到的是乡村传统思想价值的延续。

王存恩老汉主动要求发言，他认可变工，但认为定死种谷日子是不可取的，因为种谷日期要看天气，这种说法并无什么新奇，但他的话是针对县上农业工作计划定得过细过死而说的：

> 谷雨剩不几天了，众人不要瞎闹吧。冯县长我晓得，他老人倒是个好劳动，可是他本人从小念书，后来学织毯子，长那么大，手没挨过镢把，他能指示好这号事吗？你拿些毛问他去，他晓得做甚用合适。我看定期种好了，众人的福气；种坏了哩？公家为了咱，不是反倒害了咱吗？……

王存恩老汉的话先肯定了县上统一种谷的良好出发点，但委婉批评了这种瞎指挥，这种批评更直接是对赵维宝、赵德铭等人不顾及王家沟实际情况、只听从县里指示工作方式的一种批评。这是乡村经验对外来行政命令的一种抵抗，直属于新政权领导的乡村干部自是会漠视乡村内部的这种话语，王存恩老汉的声音非常微弱，不过在这样的书写中我们在王存恩这样的老汉身上看到的并不是顽固保守，而是对外来新思想价值的不迷信。虽然赵维宝这样的村干部对王存恩这样的老汉一点都不尊敬，感觉王存恩老汉活的年代跟自己前后错着好几百年，旧瓜皮帽下还拖着一条老鼠尾巴一样又细又短的辫子，然而就这样一位年轻人看着奇怪的老人，不怕众人笑话，坚持要说出自己的想法，"他怕因他的沉默而铸成大错，很对不起全村的人"。在王存恩老汉身上我们感到更多的是对传统道德的坚守，对新生活方式他并不能一下认同接受，但也不直接反对，而是一点点观摩、理解，感觉是有益于村子的事他会维护，不利于村子的事他会站出来反对，而不管别人对自己的态度。在历史变动中，这样的人物更多是维护了乡村伦理价值的健康和生命，尽管在当时的革命者看来他也变成了阻碍新社会发展的保守力量。

另一个发言的老人是打钟的六老汉王存富，他顺着王存恩老汉的说法解释了种谷时间不能直接定的原因，强调选择适当时间的重要性，在小说叙述中他是一个认同新生活的人，不论是小说中的村干部，还是叙述者都明显对其抱有一定尊重①，不过值得注意的是他讲的一个非常传统的民间故事：

"有一天，龙王和财神一块走路……路遇三个受苦人变工掏地。天旱。一镢头一块大土圪塔，半天敲不烂。财神说：'龙王，你下点

---

① 在赵树理40年代的小说中，老年人思想成了年轻人斗争的对象，但是在50年代后期到60年代小说中，老年人身上传承的乡土经验和伦理道德又成了赵树理肯定的内容。赵树理是在对农村生活变革有了深切体验后才把早期对青年变革思想的肯定和对老年人保守思想的批评，转变成对青年盲目变革性思想的批评和对老年人坚守乡村伦理精神的赞颂。《种谷记》中柳青并没有完全把老年人塑造成思想落后的对象，对年轻人工作中的冒进思想也有一定警觉，王存富老汉还是一位支持集体种谷并认同新社会理想的新人形象，而《创业史》中的梁三老汉就完全变成了中间人物，以其去凸显年轻人梁生宝的革命意识。

雨吧，看受苦人可怜的……'龙王说：'雨不由我，要玉皇老爷准许才行。钱由你管，你给他们一点，他们不掏地也过好日子了。'财神摇头，说：'我怕害了他们。'龙王奇怪，问：'给他们钱怎是害他们哩？'财神说：'不信你看看。'过了一会儿，地里果真掏出一罐银子，三个受苦人不掏地了，坐下商量怎么办。都说要等黑夜拿回家分，白日怕露了风，就打发一个人回家带饭，他走后，那两个又商量。这个说，'等他担饭来，咱把他弄死，咱两个二一添作五。'那个说：'对。'……带饭的到地里放下担子……猛不防给他们扣倒，一会儿就不出气了。掩埋了他，他们才吃饭。吃过饭不大会儿，两个人可又鼻子口里出血。眨眼工夫全死了……"六老汉最后说："你们好好变工，我打钟都是有劲的；七零八落，我打起钟也没劲了。"

这个故事本是委婉地批评大家在变工中玩心机的个人打算，变工出的主要难题就是如何解决每家每户利益的平衡，由于大家都关注于自身利益反而忽视了生产本身，对利益过分强调滋生出了恶的想法。这一故事中蕴涵了朴素的乡村民间伦理，然与外来革命伦理并不一致，这显示了作者写作时对朴素乡间生活伦理的模糊认同。

3. 集体种谷与新生活想象

作为王家沟的劳动模范，行政主任王克俭本来不愿意变工，不认同集体种谷的生产方式，他有一头大驴，家里又有劳力，不愿别人占他便宜，更不愿别人种坏自己的地，用坏自己的驴。但作为王家沟的行政主任，尽管心里非常抵触县上统一种谷的要求，面子上又不得不参加变工。王克俭没地方说的话只好半夜对老婆说，他很怀疑村里干部们实施县上指示的程度，因为上边一再说自愿，而他们却想着各种名堂要把人都"逼"到变工队。在王克俭看来，这些干部们的工作不仅弄不到好处，到头来恐怕把全村都搅成了冤家对头，人们就像是"为了一块骨头互相咬得皮破血流，满嘴是毛"的狗：

> 工作人员之所以不顾一切地发展变工，那是为了朝他们的上级显功，因此你向他们提出任何变工的困难和弊端，都是枉然的；而村干部是老百姓，自己还种着地，每天受苦累断筋骨，不知他们哪里来的

那股劲？减租算账说是为了日子过不了，扑在前边还有理由，这变工又是为了甚么呢？"说不来！"他最后叹息说，"他们真像是吃了迷药了……"

王克俭实际批评的也是赵德铭和赵维宝这样的干部，认为他们为了工作成绩而不顾实际生产困难，工作作风简单，他不能理解组织变工集体种谷的重大意义。那么新政府为什么非常重视这种种谷的集体生产方式，甚至不顾许多农民的反对，这是因为这种生产方式中包含着新的价值观念。小说中程区长说过一句话："集体劳动不仅是改变劳动方式，而且改换人的脑筋。"从乡村内部说，集体生产方式改变了传统个人分散的生产方式，大大提高了生产效率，从意识形态层面说，经济基础的改变才能带动社会意识形态的变化，集体劳动将改变人们的生活和思想认识，这是实现未来社会主义集体经济的最初步伐。新政府以及村干部们要通过这一集体种谷的方式，把乡村内自足的生产组织到国家的生产生活中去，最终形成人们对新中国想象共同体的认同。乡村世界内的普通村民，主要关心的是他们物质生活的变化，因此他们会主动支持、积极参加有利于他们物质生活改善的工作，但会消极抵抗不能给他们带来物质实利的思想政策。对于王克俭这样物质生活正在逐渐好转的农民来说，他感激共产党给他带来土地，但也更加珍惜这来之不易的生产资料和个人物质利益，因此即使代表新政权的村干部以各种各样的名义来启发劝说，他仍难以放弃自己对生产资料的占有权和个人的发家梦，他的形象代表了更多"跟跟派"的农民，感激新政权时又对新政权干预农事持一种观望抵制态度。对这一问题的解决，作者叙述的重心不在合作社的经济优越性上，而在新社会建设者的德性感召力上，因此柳青有意压制了王克俭式农民对物质实利的欲望，也压制了合作社的经济效益，而展现的是王加扶个人的道德品质，集体种谷对乡村的效益问题被直接转变成对新社会构想共同体的认同，农民最为关心的集体生产的物质利益问题被淡化了出去。小说最后，在王加扶不懈努力下，王家沟除了王国雄一个人，其余人都参加了变工队，圆满地实现了集体生产，王家沟的村民像军队、学校和机关一样被组织起来，在对毛泽东的歌颂中，在对解放区的歌唱中，奔向王加扶想象中的未来新农村，这是一个大团圆的结尾，也是一个德性胜利的结尾，然而却不是集体生产方式本身的胜利。

四　乡村现代中的问题

柳青在《种谷记》中展现了王家沟对未来社会主义生活的初步设想，塑造了一群奔向新生活的年轻形象。不过，《种谷记》也留有对历史复杂性的个人思考，让最初社会主义新农村想象遗留了一些重要问题。

首先，教员赵德铭对乡村改革中文牍主义产生怀疑。赵德铭的大量时间是在填写各类区县要求的表格，对这些表格他有很多不满，他并不是对乡村改革工作有不满，而是对其中一些不切合实际、没有多少意义的工作任务有不满，有些表格"今儿来信今儿就要，你说就算不要调查，也要填得及啊。他们是只管自己方便，不知道旁人作难；我看他们自己下来，也不见得眨眼工夫就现成。我补抄行政弄丢了的那些农户计划时，听说有很多不按正月里的计划种了，你说点灯熬油费纸张，订得这农户计划有甚用？"要数据准确就得占去农民大量劳动时间，农民对这样的工作一点都不支持，赵德铭抱怨说：

> 你计划的好，老百姓没这个习惯嘛。现在要调查谷地的垧数，短不了召集各户长。今后响召集吧，唉，你叫六老汉把钟打烂，也叫不全人！顶早也要等天黑，有三家两家不在家，你还不要等回来补上？你说怎么赶急啊？

乡村现代化过程中出现了文牍主义、官僚主义。赵德铭认为工作越到下边越难办，上级文件一层层像屋瓦一样盖下来，谁在村里工作谁就衬底，他很怀疑大量报表的现实意义。

其次，农民抵制的乡村过多会议。乡村中大量的会议，在传递一种民主形式时，又侵扰了农民的农事生产与日常生活秩序。被动员的农民不愿意来开会，即使到了会场也是匆匆草率表决，希望早些结束会议好让他们有足够的时间休息进行第二天劳动。当越来越多的会不能解决实际问题时，农民不来参加会议，村干部只好占用大家晚上的时间，会常开到十二点，这让白天辛苦的社员受不了，好多会议场中有人太辛苦睡着了。本来是强调民主形式的会议，并不为群众认同，人们反而希望有人独断做主，或者以各种理由搪塞不来参加会议。在现代社会之前，国家权力意志最终到达的末梢是县衙一级部门，县衙的主要功能是收缴捐税和处理诉讼，对农民来讲，一年中只要完成国家捐税外便再没有强制要完成的任务，到了现代社会，国家权力意志延伸到了乡村内部，乡政府到村社成立的党支部，把国家意志传达到最基层时，这种延伸增强国家意识的传达贯彻，也大大增加完成国家地方任务的成本。在乡村内，除了收缴农业税任务，还有乡村建设、思想动员，兼职的乡村干部在完成这些任务时明显感到了国家在进行乡村建设时也给乡村增加了负担，同时乡村内的农民也产生了强烈的抵制情绪。

再次，乡村内经验和乡村外行政命令产生矛盾。这一问题体现在种谷日期的确定上，由于往年种谷时期拖得太长，很多农户种得不合时宜，产生了不足苗现象，县上要求定期集体安种。县上指示的出发点是良好的，但问题是恰当的种谷日期要根据天气而不能县上说了算。乡村内种谷有乡村经验，而乡村外来干部唯冯县长指示为准，搞纺织出身的冯县长并没有多少种植经验，由冯县长来定种谷时间进行集体种谷是要全县种谷冒极大风险。如果现代生产方式不顾实际生产经验而唯守上级领导命令，越是集体化、规模化的现代生产冒的风险就越大。原来分散的农业生产方式的确从生产效率上来说比不上现在变工集体生产方式，但就农业种植经验来说，乡村外县政府直接干预乡村内农事生产极有可能导致瞎指挥。这里，乡村外来的现代生产方式和乡村内部经验的错位冲突，给村干部制造了困难，听从上级指令就会和乡村内老农们发生冲突，认同乡村经验就不能完成上级指令。会议上王存恩老汉提出定时种谷的不合理，不为干部赵维宝认同，王存恩非常生气地认为这是不讲民主讲"黑主"的会，"要是不叫人说话何必叫来开会呢？" 40 年代以来的乡村书写，强调外来革命思想对乡村世界的改造，因此小说叙述的话语权多掌握在新干部们手中，《种谷记》中的赵维宝们在会议中强制性地限制了乡村内老农们的话语经验，在乡村貌似的改变中实际掩盖两者沟通的可能性。

最后，人们怀疑集体种谷的意义。因听信王国雄挑拨，受王克俭提前种谷影响，好些人对集体种谷计划有些动摇，有些干部提议第二天就集体种谷，但第二天并没有适合的雨水，这里集体种谷的提议仅仅是为了完成上级安排的任务而不考虑农民种谷的收成，这样的工作只对上级负责而不顾农民利益。县里种谷时间的选择并不具有科学性，主要强调的也仅仅是集体种谷形式而已，是为了实现程区长说的用集体劳动生产方式改变人们思想、认同新政权共同体，但仅仅为了改变人们的认同而不重视集体劳动给农民带来的实际利益，这样的运动带来的并不是乡村真正的现代。农民首先关心的是来年庄稼收成，没有庄稼丰收其余一切都没意义，在并没有看到实际效益时光靠宣传想象，并不能吸引农民走上合作化道路，因此小说虽写了人们的集体种谷，但这种规模化生产的基础是相当薄弱的。一有人提前种谷，原来集体种谷方式就被动摇，出现私自种谷者后，集体种谷组织者王加扶、赵德铭等人首先想到的是如何用强制手段处理破坏决议的人，农民自愿参加的集体种谷变为一种强制性劳动。① 只有当区县乡社的干部们将工作重心真正变为增加农民生产收入、改善他们生活质量时，新政党的社会理想才能被乡村社会所接受，也才能真正教育王国雄、王克俭等人思想，这应是现代乡村革命的核心价值。

　　《种谷记》是20世纪40年代乡村小说中最初想象社会主义合作化生产方式的小说，不过作为柳青早期小说，小说书写还未被完全纯净化，叙述者的个人思考和小说中浓郁的乡土气息，让小说仍浸染了部分人情伦理，小说中并无剑拔弩张的阶级斗争，正如曾在国统区的茅盾评价赵树理的《李家庄变迁》是写出了解放区土地改革过程的民主和温和一样②，《种谷记》的最后也引用秧歌"边区的天，是明朗的天"来说明解放区合作化运动的民主温和，人物无论是同意变工还是反对变工，这里并无血腥斗争，多有村人的温情，人们只在道德层面上疏远和亲近某些人，但在情

---

① 这样的细节在赵树理的《"锻炼锻炼"》中有更为细致的表现，副主任杨小四用诱骗的方式解决农民出工不积极的问题，头天说拾"自由花"，第二天农民到了地里成了强制性的劳动，结果"小腿疼""吃不饱"被诱捕，罪名是偷了社里的棉花。

② 茅盾说："《李有才板话》让我们看见了解放区的农民生活改善的斗争过程和真相，使我们知道此所谓'斗争'实在温和得很，不但开大会由群众举出土劣地主的不法行为与侵占他人财产的证据，同时也让地主自己辩护。近来有些人一听到'斗争'两字便联想到杀人流血，凄惨恐慌（这都是听惯了反动派的宣传之故），遂以为'改善农民生活'乃理所当然，而用'斗争'手段则未免'不温和'；哪里知道解放区的'斗争'实在比普通的非解放区的地主老爷下乡讨租所取的手段要'温和'了千百倍呀！"对国统区读者强调解放区"斗争"的"温和"性、民主性，茅盾是要达到"解放区的天是明朗的天"的宣传效果。参见茅盾《关于〈李有才板话〉》，《群众》第12卷第10期，1946年9月29日。

感上仍显现的是同一村人的乡情。虽然小说重心在现代生产方式将会给人们带来的变化上，但同时也保留了乡村的人情伦理，而这样的内容，在中华人民共和国成立后的乡村建设小说中逐渐被净化了。

第二节 《高干大》：干部革命主体意识与合作经济

《高干大》是欧阳山1947年发表的一部长篇小说，与同年出版并获得很高评价的《太阳照在桑干河上》《暴风骤雨》相比，本部小说的评价要低些，或许是因为未能完全符合当时及后来文艺评价中的政治标准，表现了长期以来不被重视的经济工作。黄修己认为《高干大》是"根据地所出的最优秀的长篇"①，在21世纪重新阅读《高干大》，小说塑造的新人高干大朴素、执着的革命理想让人敬佩，同时小说触及的革命进程中经济变革问题及其领导权的复杂问题让人深思。

一 "抗旨"村干部的主体意识

《高干大》叙述20世纪40年代初期延安任家沟自发组建合作社的历史，塑造了性格鲜明的高生亮。20世纪60年代《高干大》再版，欧阳山说：

> 我仍然非常爱我描写过的那个主要人物高干大。他不是一个凭空想象出来的人，也不是一个实实在在、真有其人的人。他不是一个负了很重要的责任的人，也不是一个十全十美的人。然而他是一个真实的人，一个可爱可敬的人，一个从贫瘠的土壤生长起来的英雄人物。他的关心群众、联系群众、处处为群众打算的思想性格是永远不会过时，永远不会成为历史的陈迹的。②

高生亮身上体现出了普通农民被革命思想所激发出来的朴素的现代革命意识，然与同时期小说中新人那种只单纯接受外来革命思想不同，高生

---

① 黄修己：《中国现代文学发展史》，中国青年出版社2008年版，第450页。
② 欧阳山：《高干大·再版序言》，人民文学出版社1960年版，第1页。

亮在接受外来革命思想时,明显带有自身主体性,自觉坚持为群众服务原则,站在乡村内,对外来不符合革命价值的思想进行了自觉抵制和抗争,这种抗争中体现出的主体性是同时期及后来小说新人身上所没有的一种精神气质。同时期小说新人如张裕民、赵玉林、郭全海、王加扶、李有才等都是党教育出来的新人形象,在塑造这些新人时作者或展现这些人物思想的转变,或直接呈现他们的新人本质,都强调外来革命思想对乡村价值的改变。与这些新人不同的是,高生亮在接受了外来的革命思想后站在乡村内对有损乡村利益的思想进行了抵制。小说叙述注意到了乡村内人物对外来革命思想的思考,高生亮这个土生土长的乡村内干部在认同合作社为群众服务的思想后就坚守这一朴素革命价值,对各式各样以革命、政治名义侵害群众利益的思想行为进行了抗争,这种自觉的坚守和抗争让他成了一个具有历史主体性的新人物,这一人物的出现开创了乡村内土地革命后继续革命的可能性。

与同时期小说新人相比,高生亮身上的主体性,首先体现在实践和坚守自己认同的革命理想。与同时期新人一样,高生亮也是在党的教育下成长起来的革命干部,作为土地革命中翻身的贫苦农民代表,他也感激中国共产党给自己带来了尊严、生活希望,他非常真诚地把自己的生命投入了中国共产党领导的乡村革命中,成了带领乡村民众奔向新生活的新人物。不过与单纯对党感激、完全服从上级指挥的新人不同,高生亮在革命工作中不光具有一定革命意识、革命理想,更在实践工作中有了自己对革命的认识,他并不单纯服从上级决定,而是坚守自己当初认同的革命原则,当看到上级的决定没能解决群众实际问题,甚至给群众利益带来损害时,他坚定地站在了群众一边,修正上级领导思想,即使受到抵制和打击也不放弃自己最初的革命理想,这种认识和坚守让高生亮开始具备一位现代共产党员的历史主体性。高生亮不再是一个普通的乡村干部,而是生活在农村仍具有继续革命主体意识的党员,这种革命主体性让他身上带有了一种强有力的开拓进取精神和反思意识,也让他比同时期小说中缺乏主体意识的新人在思想认识上高出一层。

其次,自主探索合作社的经济价值。高生亮作为一名新人,始终坚持自己工作为群众服务的宗旨,通过民办合作社,他要解决群众生活中的迫切问题,给大家带来实际利益。赵玉林、张裕民、王加扶等面对的斗争对象是地主恶霸，斗争阵营清晰，斗争关键时刻有掌握思想理论的干部做靠山，而对高生亮来说，他要斗争的是群众生活的穷困。广大农民的穷困问题不是靠思想动员可以解决的，官办合作社主任任常有管理的合作社，不光没有改善人们的生活反而造成了人们负担，面对小孩、妇女因病和迷信惨死，高生亮自觉站出来，感觉自己作为一名党员有责任去解决人们看病难、生活贫困、负担太重的各种问题。为此，他和农民开办民办医疗合作社，坚决和郝四儿这样谋财害民的巫婆神汉作你死我活的斗争，甚至和合作社主任任常有、区长程浩明这样拥有权力和革命话语权的领导者进行斗争。是农民现实生活的困苦刺激着他不顾任常有的诟骂、程区长的批评而坚决兴办民办合作社，灵活的办社方式让合作社效益、影响都超过官办合作社。程浩明从意识形态的角度出发批评高生亮合作社是资本主义性质的合作社，甚至扣上办了群众不满意合作社、合作社反政府的大帽子时，真正给高生亮办社力量的是广大农民对自己工作的认可和自己朴素的革命理想——为群众服务。

再次，是对革命目的的反思和对上级领导错误干涉的抗衡。如果高生亮仅是一个道德化人物和乡村能干人物，他并不具有更多的新人价值。高生亮面对的最棘手问题并不是工作难做，而是革命阵营中领导干部对自己工作的抵制打压。面对巫婆神汉们，高生亮毫不惧怕，不顾性命地与郝四儿肉搏，然而面对主任任常有、区长程浩明这样拥有权力和革命话语权的领导者及他们各种方式的阻挠，高生亮委屈、生气，几乎没有办法。由于只是合作社副主任，高生亮无法扭转合作社半死不活的局面，面对上级领导区长程浩明的偏见他更是毫无办法，他可以跟任常有吵架，但在程浩明那里根本没有说话权。要坚定自己的办社思想，就得重新思考自己作为一名党员的革命意识。从共产党领导的乡村革命进程来看，农村革命新人张裕民、赵玉林等领导农民斗争村中恶霸地主，消灭了旧社会中最明显的剥削和不平等，革命重心在阶级斗争；《种谷记》中王加扶等革命工作者开始带领群众走乡村合作化道路，用先进生产组织方式来提高乡村劳动的生产效率，开始了阶级斗争后的经济建设。与王加扶革命工作相近，高生亮开拓的灵活多样的办社方式，也是从经济层面来改变群众的贫困生活。高生亮的民办合作社不光给大家解决了迫切的问题，如医疗卫生、高额的赋税，也开始增加人们的收入，如办纺织厂、运输队，甚至开始办私塾注意教育。但是高生亮遇到的大困难却是来自革命阵营内部,来自上级领导。是坚决服从上级的工作领导而不顾农民的实际生活困苦,还是为农民解决实际困难而抵抗上级领导对他办合作社工作的压制,高生亮选择了后者。这并不是单纯地站在乡村内的农民利益立场上,而是对自己的革命思想进行了反思的。作为一名老党员,在参加革命之初高生亮就树立了解放被压迫、被束缚者的革命理想,他不能在革命取得阶段性胜利后就转变为只向上级负责而背弃自己当初革命目标的"跟跟派",革命后社会重建中更要强调革命为谁的根本问题。高生亮的思考和坚守让其敢于坚持自己的认识,抵抗上级领导的错误思想,这一点是高生亮精神主体性自觉的最为重要的体现。也因为如此的认识和坚守,面临大困难,高生亮以敢于创新、坚持真理的气魄,形成了其区别于同时期农村新人的可贵品质。

二 合作社的经济革命

1941年边区经济生活陷入困境,边区政府开展大生产运动,大力提倡合作社运动,以集中有限的物资财力支持战争,合作社缓和了根据地的财政困难,但在组建合作社的过程中发生了命令式的强制摊派股金,按村按户征收,强迫社员入社现象。官办合作社缺乏民主作风,合作社盈余被充入行政开支现象普遍,出现了被毛泽东批评为"合作社的事业不是面向群众,而主要是面向政府,替政府解决经费"[1]的问题。1942年,陕甘宁边区政府建设厅提出"克服包办代替,实行民办官助"的方针,开始整理合作社,提出"真正合作社"必须是"广大群众的经济组织,必须是集体互助的经济组织,必须是群众自定的组织,必须是社员的权力组织"[2],各地取消了行政式强制组织合作社方式,取消了摊派入股,政府在尊重合作社独立自由权基础上,加大了对合作社的扶持力度。欧阳山就是在参加了延安南区合作社工作之后写了《高干大》,高生亮的民办合作社就是民办官助合作社,这种具有革新性的经济组织方式的出现体现了农村经济的现代变革。

---

[1] 毛泽东:《关于发展合作社》,转引自吴藻溪《近代合作思想史》,棠棣出版社1950年版,第916页。

[2] 转引自张曼茵《中国近代合作化思想研究 1912—1949》,上海书店2010年版,第357页。

与任常有的官办合作社不同，高生亮的民办合作社，第一，合作社领导权不在政党，也不在某个人，而在全体社员。由于是民办的，社里章程、活动也是社里自己安排，合作社各项工作由社员自己根据现实需要决定，合作社不受政府干涉，也无对政府服务的负担，因而具有充分的办社自主权和灵活性。合作社社员都具有平等选举权来决定社里重大决定，平等性调动了大多数社员的参与意识，避免合作社变为少数人所控股的组织。第二，高生亮民办合作社目的是服务群众，非为政府服务。合作社办社的初衷首要是解决群众现实生活问题，其次才是赚钱分红。高生亮首先办的医药合作社就是要解决孩子、妇女死亡问题，后来虽然替政府解决了公债、公盐、公粮问题，但首要出发点是为了减轻农民的沉重赋税问题，而不是为政府服务的。后来办纺织厂、消费社、跑运输，也是为了赚钱改善群众贫困生活。合作社要为群众服务，高生亮这样的民办合作社才更靠近合作社这种经济组织方式的本来价值。第三，民办合作社吸收股金灵活多样。高生亮不光吸收农民闲余资金，也吸收财主商人资金，同时聘请各种有经商能力、懂纺织技术、懂医术等各行各业的能人，共同发展合作社。任常有、程浩明一直强调入股资金的性质和社员身份问题，因而认为高生亮民办合作社带有资本主义性质，而高生亮强调民办合作社的发展和壮大将能惠及更多农民，不是为少数服务。第四，在服务群众的基础上服务政府。高生亮民办合作社在解决群众过重税收负担的同时，并没漠视政府的困难，合作社用自己的办法解决了政府派下来的公债、公盐、公粮等任务，也有力地帮助了地方经济的发展。

高生亮办合作社不是官派的，但他认为自己办合作社也是在做革命工作，不过不是作阶级斗争，而是在革贫穷与落后的命。中国共产党领导的政治革命不光是要斗争帝国主义、地方军阀、封建主义，也要革贫穷落后的命，要真正打倒贫穷和落后就必须发展生产经济，必须搞社会主义建设，因此高生亮的革命理想仍源于党那里。在合作社工作中，高生亮具有突出的经营和管理才能，办合作社大刀阔斧，吸收资金打破常规，起用能人不问出身。

但是，就合作社本身来说，小说也存在一些模糊不清的问题。首先，高生亮的民办合作社究竟是怎么赚钱的？小说中对其没有说明，只在最后非常简单地说合作社按当初的承诺给社员分了红，而合作社替本社社员交大量抗日公债、公盐、公粮赋税的钱，还有其他方面的大花销是从哪里来的？其次，民办合作社是如何吸引他人来入社的？小说中村民愿意给高生亮办的合作社入股，一方面是看重高生亮做生意的能力，但更看重的是他的道德力量，大家相信他不会骗人。高生亮是不会骗人，但他的道德并不能保证他办的合作社就一定能赚钱分红。当高生亮把民办合作社赚的钱大量用在为村民服务上，来说明民办合作社没走资本主义道路而走了社会主义道路时，这样高福利的合作社来年如何进行再生产，如何吸引资金重新入股合作社呢？如果说普通农民参加合作社主要是为了抵御社会风险，那些拿大额股金的商人财主参加合作社就不是为了共同抵御风险，而是为了赚钱。当民办合作社大量资金多用于大众服务时，大股金商人财主的利益就会受损，他们会不愿参加民办合作社，民办合作社的发展壮大就成了新问题。合作社盈利后，如何既让股民能够分到高额红利，又能够对社会进行高福利服务，并进行下一轮的再生产，这是一个难以解决的矛盾，小说叙述者有意回避了这一问题，从这样的角度看，小说中任常有、程区长对高生亮民办合作社性质的质疑又有一定合理性。

三　为民与唯上的干部革命意识

　　高生亮民办合作社是为了解决群众现实生活中的迫切问题，他挑着货担走村串巷，在收合作社股金的过程中了解到很多村中孩子生病死亡、无医可就、合作社不作为、大家不愿给合作社交股金等问题。病死了孩子的王银发质问高生亮："在大热天里，挑着你那副货郎担子到处串，为的给老百姓谋利益，发展老百姓的经济。是不是？可是我要问你：老百姓的娃娃，养下一个死一个，怎么也养不活，他们的经济发展了有什么用？"正是面对农民对合作社干部的这种质问，高生亮要担起革命干部的责任自办合作社，开药铺请医生，干成了第一件实事。但是高生亮的民办合作社首先遭到主任任常有的坚决反对，他指责高生亮没有收来合作社股金，并认为"收股金好比收账，要心狠嘴滑脸皮厚"，要不顾农民意见和生活困难。无法从道理上说服高生亮后，从干部要服从上级领导的行政角度任常有批判高生亮：

> 咱们这合作社是一份公家的生意。咱们这合作社不是一份私人的生意。咱们是有组织的，有领导的。……上级叫咱们怎么办，咱就得去办。……上级给咱动员了五千块钱股金，叫咱去收，咱就得去收。……这是上级给咱们的政治任务。给了咱，咱就得去完成。不必讨论，不能推托困难，不许讨价还价。

任常有这样的干部也看到合作社不仅没给村民带来利益反而带来负担的问题，但仍认为应该遵守上级决定，完成上级交给的任务。从乡村内部来说，任常有的工作没有顾及乡村内人们的利益，因此在乡村熟人社会中受到了强烈排斥，然而站在革命政党的角度来说，任常有这样的干部是优秀的干部，没有这样无数基层干部们的工作，怎么能收到新政府维持日常工作和军队进行战争的物资经费。因此，任常有和高生亮的冲突并不是由于两者工作能力、工作方式的不同引起的，而是站在政府立场和站在乡村立场的不同引起的。从革命本意来说，新政府的工作必须和乡村利益保持一致，否则就会失掉当初革命的合法性。但是在合作社主任任常有、区长程浩明这样的老干部眼中，工作首先要对政府负责。在对上级负责，对政府负责的工作意识中，这些革命干部逐渐丧失了一个革命工作者的革命最初立场，变成官僚体制中"唯上"机器，眼中不再有群众利益。

高生亮坚决反对这种不顾群众实际生活的"唯上"工作，不怕领导对自己戴帽子上纲上线的批评，坚持民办合作社的为人民服务意识，与任常有形成鲜明对照。支持高生亮工作的区委书记赵士杰曾对高生亮工作有一指导：

> 布尔什维克之所以强有力，就是因为他们与自己那生育，抚养和教导了他们的母亲，即群众，保持着联系。而只要他们与自己的母亲、与人民保持着联系，则他们就有一切可能依然是不可被战胜者。

赵士杰教育高生亮，工作永远不能脱离群众，只有实现革命目标才能算是革命事业的胜利。但问题是，有时会出现为了名义上革命事业的胜利而没能保证为人民服务的革命目标的情状，这样革命的合理性就会出问题。任常有、程区长本身也是认真负责的干部，他们的工作将是保障军事斗争取得胜利的基础，但同时这样的工作暂时又没能保障民众的利益，甚至会侵害农民利益，区长程浩明在革命名义的工作中明显带有官僚作风，对高生亮的工作打官腔，用拖延的方式来阻拦高生亮自办合作社。在小说叙述中，高生亮到区上说明自己的工作想法，程区长想了半天，做出苦恼的样子说：

> 是的，一切的情形咱们都明白。不过，咱们再调查一下。咱们再研究一下。中央叫咱们调查研究嘛！你那个办法，一时好像行得通的，可是在原则上有问题。莫说咱们一个区决不定，就是咱们一个县也是决不定的。你顶好再忍耐几天……还有，再和老百姓商量，多多商量。再和合作社的人商量。……多商量总能把事办好。至少，你得拿你的新办法去说服人家。

掌握着话语权的程区长，自己没有调查又强制地认定高生亮办合作社不符合农民意愿，高生亮只有闭上自己的嘴巴。革命工作中，最能消磨革命者斗争意志的并不是敌人的力量，对其可以面对面真刀真枪地斗争，但是面对官僚体制的消耗，高生亮进入了鲁迅说的"无物之阵"，他难以找准对手心脏，在无休无止、模棱两可中消磨了自己的革命意志。无法在理论上说服领导，现实问题不能等待，高生亮想方设法地以实际工作效绩来斗争官僚思想，让空谈的革命者露出原形。

任常有、程区长，面对高生亮民办合作社的实际成绩被迫认同高生亮的工作，但是心中难以接受，就开始采用见不得人的手段要把高生亮民办合作社整垮。任常有首先让乡文书云飞给自己出主意，要给高生亮扣上资本主义思想、无组织甚至反革命的帽子，并威胁高生亮说："要是在苏维埃时代，我们开个群众大会，就能给你判个死罪……你违反了合作社的原则，你违反了上级的领导，简直就是个反革命！"高生亮一心一意想给群众解决实际问题，任常有却把心思花在如何给高生亮使绊子、搞破坏上，这让我们看到任常有这样的"唯上"干部开始完全丧失革命原则性，变成了权术玩弄者。当高生亮毫无防备地进行民办合作社建设时，没想到自己工作的最大阻力来自阵营内部。程区长因为高生亮没有服从自己的领导，直接准备动用手中行政权力要撤掉他的副主任职务。高生亮不服从上级领导错误的决定，遭受到打击报复，小说叙述体现了当时日常革命工作的复杂性。后来赵士杰调解，让高生亮的民办合作社试办一年再说，实际上是支持高生亮民办合作社，用事实说话。高生亮民办合作社的红火，让任常有官办合作社的股金再也收不上来，任常有到区长面前以生病回家休养为由要区长程浩明处罚高生亮，程浩明却准许他回家，出于报复高生亮，任常有竟硬是拆散自己女儿任桂花和高生亮儿子栓儿的恋爱，把女儿许给了搞迷信的郝四儿，结果造成女儿婚后的被毒打。在任常有身上，我们难以看到革命者的革命意识，更没有革命者的胸襟，一旦得不到上级领导的器重他们就会意志消沉完全放弃自己的工作意识，甚至泄私愤打击报复异己者，完全失掉一个普通人的价值操守。作者最后把任常有、程浩明的工作作风理解为官僚主义、教条主义的体现而进行批评，实际上是简化了革命工作过程的复杂性。

在同时期同类新人身上，高生亮最为可贵的地方就是其具有这种主体性精神，虽然他还是一个认识不高的革命干部，但在接受了最初革命理想后，就坚决把中国共产党为解放劳苦大众的革命理想融化在自己的工作实践中，不单纯听任上级领导的要求，而是和自己不认同的革命思想进行了斗争。外来革命理想启蒙了高生亮，之后他在乡村内用这种认识又抗拒了外来的不同于这种价值的革命思想。但在抗拒中，如何又能保证自己认识的绝对合理性？因此，小说中的区长程浩明一直都怀疑高生亮民办合作社的社会主义革命性质，由于在思想上对这一新生事物大家认识并不清楚，因此任常有和程区长对高生亮民办合作社性质的怀疑就具有了合理性。就合作社本身来说，合作社并非单纯营利机构，而是在自愿原则上建立的以优化社员经济利益为目的一种经营形式，本着合作自愿、自主和自助的原则，为了共同目的互相帮助，在城乡经济不平衡、社会贫富差距急剧扩大、资本和劳动对立日趋紧张的现代化进程中，合作社的出现克服了社会底层劳动者个体力量分散和弱小的缺点，抗衡了大企业组织的剥削，保护了弱势劳动者的利益，因此在价值取向上具有社会主义性质。在发展合作社过程中，任常有、程区长一直强调合作社的这种社会主义性质，任常有最先反驳高生亮时说："你那个办合作社的好办法，我已经听过多少回了。你找几个东家，把钱凑在一道做生意，赚了钱就大家分走，——那干脆大家合伙做生意就是了，够得上一个合作社么？"高生亮民办合作社的确也吸收了三个财主两个商人，不过高生亮通过规定每个社员选举权的平等来防止了这种可能性的出现。而程浩明作为党的革命干部，对高生亮民办合作社抓住不放，深层涉及的是中国共产党对经济和意识形态领导权的重要问题。

同时期小说中的新人张裕民、赵玉林、王加扶等，在各自的斗争工作中都取得了胜利，他们虽也都遇到自己解决不了的问题，但他们最后都找到了自己的上级领导，这个代表着党的上级干部会把党的、同时也是完全正确的思想价值或工作方法教授给他们，最终解决问题，因此对他们来讲并没有处理不了的问题，并没有不清晰的问题。不过这样完全依赖于代表着党的上级领导来解决问题的方式，会让这些新人逐渐放弃自己对革命工作本身的思考，工作中一旦没了上级领导的指示或是遇到新问题时他们就会不知所措。《高干大》中原来合作社主任任常有和区长程浩明就变成了这样只知道服从上级指示却不知创新工作的干部。当然在同时期这些新人这里，党所代表的革命思想是唯一正确的，小说叙述中也没有不清楚的问题，也就不需要革命干部在自己工作实践中提出建设性意见，因此他们都没有像高生亮这样遇到继续革命中出现的问题，因此对这些新人来说接受外来革命工作并坚决地执行任务就是好干部。但是一旦上级领导工作思想出现问题，这样缺乏主体性的干部也就无法辨别并对其修正。从小说中我们看到，原来合作社已经出现严重问题，入股给农民带来经济负担，自愿形式变成强制摊牌，合作社被群众骂为"活捉社"，"把人民都捉定了"。出现这样严重问题，主要责任并不在任常有这样的干部身上，因为当时的合作社本身是一种还处在尝试中的新式经济组织方式，本身存在一些问题，这需要合作社管理者——政府及其基层工作者共同对其完善。而政府对其的完善也有赖于任常有这样基层干部反映问题、尝试探索、提出建设性意见。

欧阳山说自己喜欢高干大这一人物是因为他是从贫瘠土壤生长起来的新人，"关心群众，联系群众，处处为群众打算的思想性格是永远不会过时"[①]，黄修己教授也曾说"高干大的形象比之张裕民、赵玉林、郭全海、吕站长、三喜等都要深厚敦实，这是解放区创作中难得的一个先进形

[①] 欧阳山：《高干大·再版序言》，人民文学出版社1960年版，第1页。

象","《高干大》把40年代解放区农村经济战线上的思想斗争写得相当深刻,实在难能可贵"①。高生亮身上确实彰显了一种朴素的一心为群众服务、勇于创新不惜抗拒上级领导的主体精神,这种精神让其成为40年代乡村小说新人形象中独特的这一个。同时小说围绕合作社思想和领导权问题的论争,引出了政党革命的复杂性,《高干大》的这种思想探索让小说充满了丰富性,并不是小说结尾所说的"主观主义,狭隘经验主义(也即教条主义),和官僚主义"所能简单概括的。

---

① 黄修己:《中国现代文学简史》,中国青年出版社1984年版,第432页。

第四章 "识字""讲卫生""改造": 乡村日常生活的现代想象

20世纪40年代解放区小说内容大多数集中在表现革命战争和乡村土地改革方面,带有强烈的意识形态。不过在书写乡村现代时,作家并不能完全褪掉自身的知识分子身份,对乡村世界的书写偶尔也会流露出非意识形态化的书写,在小说内留有裂隙,让我们看到了作者有意识对农村新生活的建构想象的同时,也看到了他们心目中的原有的乡村现代景象。细读这些小说中留有的作家潜意识中的乡村现代景象和建构新生活图景的不一致性,更能感知乡村现代想象的复杂性和多样性。

第一节 "识字"与集体化

一 识字学习与新生活想望

康濯1945年写的《我的两家房东》,主要讲一个乡村女性在新社会通过学习提高觉悟和一个二流子解除了婚约并实现自由恋爱的故事,这类故事类似于赵树理的《登记》。不过40年代的赵树理小说中并没有城乡视角,而《我的两家房东》的叙述者就是一个乡村外来的干部,小说叙述中出现的城乡叙述视角,让作者在城乡之间强调外来思想对乡村内思想的启蒙性,识字学习成了这种启蒙的一种表征。

小说叙述者"我"是乡村外来的一个知识分子干部,"我"的原房东拴柱,是一个常跟"我"学习文化的农村进步青年。其实拴柱如此积极主动地学习在很大程度上是为了配得上他心爱的姑娘金凤,金凤是邻村女青年,也喜欢识字学习,为了能够跟金凤看齐,拴柱努力地识字学习。在乡村内部来讲,拴柱和金凤对于识字学习除了表现出对外来新生活的向往外，并没有什么特别的其他认识，因此对"我"这位认识字的公家干部，无论是穿着打扮还是生活方式都特别关注，识字学习表明的是对乡村外城市生活的一种认同。

"我"搬到新房东的家里，房东小孩金锁对"我"这个外来陌生人充满了好奇，首先吸引他的是"我"的大红洋瓷茶缸，后来他又翻看"我"的文具、洗漱用具、大衣，竟还大胆地拿起"我"的牙刷就往嘴里放，还有牙膏，这些城市日常生活中的平常用品对乡村孩子产生了极大吸引力。同时，"我"这个城市来的、闲了就看报读书写东西的知识分子更是吸引了房东姑娘金凤的注意，金凤正在与拴柱谈恋爱，她感兴趣于"我"身上带有的城市气息，头天"我"在院中看报，她就偷偷打量"我"，晚饭后拿出准备好的小白本子和铅笔要"我"给她写名字，表明自己要跟"我"学习写字。

在康濯这里，乡村青年的学习文化，不光关乎着对乡村外面生活的向往，也关乎着乡村内生活的新变，更关乎着对新政权下新生活意识的认同。拴柱与金凤这样的青年认字学习就是思想进步的一种表现，金凤喜欢拴柱是因其思想进步，是青救会主任，金凤送给拴柱的礼物就是一本白报纸订的本，而且还要看拴柱笔记。喜爱金凤的拴柱要思想进步，要跟金凤达到一样的思想认识，就得努力识字学习。在这样的努力学习中，这些青年接受了政党革命的政治意识，开始把他们在乡村的工作价值和政党的价值追求联系在一起。因此，"我"这位乡村外面来的革命知识分子，在知道了金凤和拴柱的恋爱后，非常注重他们思想的变化，这种变化带来的是他们对党、革命、社会这些乡村外新事物的认同。无论是他们所兼任的乡村工作还是他们学习认字的积极态度，小说中的金凤、拴柱都成了乡村中最先认同政党革命思想的新青年。

不过，就拴柱和金凤两人来说，他们对自己的识字学习并没有这样自觉的认识。他们的学习热情，更主要的还是源于通过识字学习两人可以公开相见，在识字学习中他们可以名正言顺地在一起交流感情，可以让他们在一起自由恋爱，同时学习识字也可以让他们明白"双十纲领"中有关婚姻的具体规定，为自己的自由恋爱找到法律根据。因此，我们在小说中并没有看到他两人识字学习的内容，看到的只是两人通过在"我"跟前的识字学习来互相传递感情。拴柱每次来问"我"学习就是为了见金凤，两人的爱情就传递在那些学习所用的本本、铅笔、字典等物件上，两人的爱恋没有农村人看重的物质要求和有关未来生活的打算，青年人的恋爱发生了变化，这种变化是在对外来乡村生活方式的认同中产生的。金凤和拴柱这种学习识字目的，在一定程度上"冲淡"了叙述者"我"在乡村"学习"上所要承载的社会意义。因此，小说叙述者把这一意义实现放在了让更多乡村女性摆脱原有旧婚约的束缚上，金凤的姐姐的不幸婚姻也成了"我"要关注的对象，是"双十纲领"给她们不幸的婚姻生活带来了希望。"我"的宣传讲解帮助了金凤与其姐，改变了更多乡村青年的婚姻观念，用城市来的思想观念来启蒙乡村青年就显得非常重要，"我"这个知识分子就具有了承担这种责任的价值。

潘之汀的《满子夫妇》[①]，讲解放区乡村中一对刚结婚的夫妇通过识字教育改善了夫妻关系的故事，也是一个表现新村新貌的故事，不过触及了一个很微妙的问题——夫妻关系这一纯粹的家务事。

小说里年轻夫妇周满子和王玉莲的关系"简直不如路人"，二十二岁的周满子是个老老实实的好庄稼汉，王玉莲是个心灵手巧的十七岁小媳妇，按说两人不应该有感情隔膜，但由于周满子过于憨直，王玉莲羞涩，两人之间根本没有什么思想情感的交流，这才导致了两人情感隔膜以及对彼此的不满意。家中两人不说话，婆婆担忧，寻求教员帮助。教员让玉莲给满子教字，用这种方式增进了两人情感的沟通，解决了夫妻问题。小说故事简单，主题明朗。

不过细读小说，王玉莲的问题并不能单纯依靠这种识字学习的方式就能解决，她的问题是由一个自由自在的小姑娘变成了一个被困在家庭中的小媳妇而带来的。小说中交代，王玉莲娘家在延安县一个大镇上，那里有许多商店、小工厂，还驻有部队、学校，在娘家的时候，她很活泼，常有学校的女生教她唱歌，跳秧歌舞，她是一个很欢乐的女孩子。但是到了周满子家，她突然变成了一个不跟他人说话的人，二十二岁的周满子不知如何与她沟通，而五十一岁的周老太也没有话与她交流。在这样的环境转变中，王玉莲失去了往日的快乐，被锁在了一个陌生的家庭中，没了原来的自由自在，这让玉莲不知所措，只知道做些家务，封闭了自己的心灵，任

---

① 潘之汀：《满子夫妇》，《解放日报》1945年9月14日。

别人怎么问都难以打开她的心扉。真正改变了玉莲的是村里组织的冬学集体活动，参加周家沟冬学，让玉莲重新回到了青年人群体生活中。她一下子活泼了，学习积极主动，也有些话说了。在这样变化的基础上，教员让玉莲给满子教字，满子主动配合，学习中夫妻问题得以解决。这里真正起作用的，并不是什么学习内容带来的新思想，也不是玉莲思想觉悟的提高，而是集体学习的这种方式让她重新感觉到了在集体中生活的自由自在。周满子、王玉莲参加年轻人的集体活动，在集体活动中，两个年轻人的心被拉到一起，情感关系才逐渐好起来。这一细节说明，农村的冬学实际上为乡村青年人提供了一个可以在一起生活、劳动的公共空间，在这样一个空间中，除过学习劳动，彼此之间也建立了感情并增加了对集体的认同感。

  不过，在这里小说也遮掩了周满子和王玉莲的另一种隔膜——精神上的隔膜。从结婚之前的经历看，玉莲在少女时代就已经接触了一些在乡村看来是新颖的生活方式，比如唱歌、跳舞，接触了部队学校的人，这让玉莲在乡村显出与普通女孩的不同。不过玉莲这样的爱好并不为乡村所认同，乡村女孩不该这样抛头露面，爱好这些东西会被看成不安分守己的表现，这样的爱好会坏了乡村女孩的品性。相比而言，周满子并没有这样的少年生活经历，从他与玉莲的简单对话和处理问题的简单方式可以看出，他是一个对男女关系不知怎么处理的青年，因此玉莲与满子的深层隔膜来自两人不同的生活经历、不同的情感思想渴求。小说里，周满子积极主动地上冬学、认字，王玉莲接受周满子的过程就是周满子自觉努力地向王玉莲所看重的自由生活方式认同、靠拢的过程，不过作者并没有看重这一点，而是简单地收束了小说，认为是学习让满子和玉莲在思想觉悟提高后解决了夫妻问题，实际上是遮掩了深层问题。无论是学习也好，还是外出参加集体劳动也好，乡村年轻人喜欢集体生活方式，在集体中他们被认同，被接受，也在集体生活中建立感情，因此主要是集体的生活方式对年轻人充满吸引力，而不是学习内容吸引了青年人。我们在赵树理的《孟祥英翻身》、丁玲的《太阳照在桑干河上》、林漫的《家庭》等小说中都能看到年轻人参加这种自由集体生活的热情。乡村中新嫁过来的年轻女性，面对憨直木讷、缺少感情生活的丈夫无法交流，再加上一个旧式婆婆的严厉管束，感到苦闷，正是家庭外的集体生活让她们从家庭中解脱出来，重新找到了一片自由的天空，又获得做姑娘时的自由感。在这些小说中，这些女性正是在新政权的鼓动下从传统家庭中走出来参加集体学习或劳动，重新感觉到了自己的自由存在，这是一种新的转变，在精神层面她们像男性一样获得了一定的自由空间。集体活动部分地改变了满子与玉莲的情感隔膜，学习也让他们的精神健康明朗，外面新的价值思想逐渐传进传统乡村世界，王满子不再是赵树理《登记》中用毒打来改变自己妻子的张木匠，而是开始与妻子交流。无论是两人的直接交流，还是通过学习识字方式的交流，可见乡村青年夫妻之间的情感交流逐渐加进了新品质，不再是女随夫，或一言堂式的粗暴。在这样的交流中，两人丰富的情感逐渐展现出来，婆婆也不再是恶婆婆形象，家庭开始变得和睦，乡村生活在细微处逐渐发生了变化。

二　集体化与女性解放的错位

40年代小说中多有女性走出家庭参加集体活动的场景，以表现集体化过程中女性的被解放。参加集体识字和集体劳动，妇女们的夫妻问题解决了，家庭中的婆媳矛盾被解决，看似不再有什么问题，此时期及后来小说中也多这样来写女性的解放。但这里仍遗留有问题，集体活动如识字、纺线等，确实让这些女性从单调的家庭生活中走了出来，多了活动的空间，但这种集体活动一旦不是为了生产，或者不是为带着新思想去改变家庭中成员认同新政权的思想时，这样的集体活动也会出现问题。林漫的小说《家庭》中，媳妇在家庭中地位的变化实际源于给家中增添了经济收入，但小说叙述者后来强调的是媳妇组织集体纺线的快乐，这并不能给家中带来额外的经济收入，反而这样的工作会占去她的劳动时间，影响她纺线的经济收入，不过作者并没有去深究这样的问题。[1] 丁玲小说《太阳照在桑干河上》对农村中的集体识字就有一种非常个人化的书写，这种看

---

[1] 林漫的《家庭》也是一篇表现婆媳关系的文章。生活艰难，婆婆、丈夫把无处宣泄的愤怨转向了家庭中最弱势的媳妇，后来媳妇纺线为家庭带来收入，改变了自己在家庭中的处境。不过这篇小说的特殊处在于，媳妇的纺线并不单是为家庭增加收入，而是因为后来集体纺线劳动勾起了她对做姑娘时美好生活的回忆。"这调子一响动，妻就说不出的心里畅快，好像又回到六年前作姑娘的时候了。姑娘们坐在一块纺线是最有趣不过的，一边纺线，一边说这说那。"纺线让媳妇重新走出家门，和别的年轻媳妇在一起，重回到过去自由自在的生活。媳妇的这种自我认同与婆婆、丈夫等人对她的评价并不相同。婆婆、丈夫看重她纺线增加家庭收入的价值，媳妇不单看重家庭收入，还看重集体劳动的自由自在和快乐。集体劳动、生活、娱乐方式，让妇女们有了一个可交流情感的空间，这个空间让她们确认了自己的存在。

法是通过妇联主任董桂花表现的：

> 她一个一个的去找寻，她才发现还留在班上识字的，坚持下来了的一半都是家里比较富裕的人，那些穷的根本就无法来，即使硬动员来了，敷衍几天便又留在家里，或者到地里去了。只有这些无忧无愁的年轻的媳妇们和姑娘们，欢喜识字班，她们一天来两三个钟头，识三四个字，她们脱出了家庭的羁绊和沉闷，到这热闹地方来，她们彼此交换着一些邻舍的新闻，彼此戏谑，轻松的度过一个春天，而夏天又快完了。这时只有董桂花这妇联会主任一人是显然的同她的群众有了区别，她第一次吃惊自己是如何的不相宜的坐在这里。她虽然还不算苍老，不算憔悴，却很粗糙枯干，她虽然也很会应付，可是却多么的缺乏兴致呵！她陡的有了一种奇怪的感觉，她不懂得她为的是什么？这些年轻女人并不需要她，也不一定瞧得起她，而她却每天耽误三个钟头坐在这里。从前张裕民告诉她说妇女要抱团才能翻身，要识字才能讲平等，这些道理有什么用呢？她再看看那些人，她们并不需要翻身，也从没有要什么平等。她自己呢，也是一样，她和李之祥是贫贱夫妻，他们也很安于贫贱，尤其是多少次濒于饿死的她，有现在的日子，也就该满意了，当然他们并不能满足，他们还有希望，他们欠了十石粮食的债，他们还需要一点点财富，他们最怕的是秋后还不了债，日子就要过得更操心更坏，如今她坐在这里有什么好处呢？唉，张裕民吹得多好，他硬把她拉到这妇联会来，他老说为穷人做事，为穷人做事，如今为了个什么穷人，连自己还要更穷了呢。

这一段描写消解了解放区乡村识字工作的意义，也解构了五四以来知识分子对乡村文化输入的想象。对乡村青年来说，识字并没有提高文化认识，其只是乡村女子可以从家庭中逃离出来的一种借口，脱离劳动，在这样热闹的地方轻松嬉戏，董桂花看到了乡村中所谓识字的实际状况，也开始对自己的工作意义产生了怀疑，她对乡村中这种集体生活方式有了自己的认识，并不完全认同上级干部的看法。如果不能给大家增加实际收入，这样的识字、集体活动方式给乡村带来的不是新意识，反而会是一种不安于本分的浮夸，这样的生活方式恰是乡村所抵制的。怎么能保证村中自由谈恋爱的青年男女不变成乡村中不务正业、不守本分的二流子呢？这一问题在崔石挺1946年作的《俊英》中有所触及。①

小说中的农村妇女俊英，经八路军干部的教育，变成了一个村里的模范媳妇："和婆婆说话，多咱也是笑嘻嘻地，说一句话叫两个娘。婆婆疼闺女，她说'该疼，娶了也是咱刘家的人'，婆婆疼小儿，她说'数着兄弟小，又念书，该这样'，她整天纺线织布，织完了再纺，纺完了又织，喂牛喂猪，一点也不闲着。"这确实是一个乡村中的好媳妇，孝顺老人，体贴幼小，更勤于劳动，人们说："俊英又变好了，比以前会过日子！"在夸赞俊英时人们也称赞八路军对俊英的教育有方。让人好奇的是，受教育前的俊英是一个怎样的女性呢？原来俊英出身悲苦，十七岁嫁给刘家，受婆婆气，公公还想占便宜，丈夫蒙在鼓中对她也不好，俊英整天围着锅台、磨台转，受了委屈无处说，病了也没人管，后来八路军来了，了解情况后要把俊英从家庭中解放出来。村里成立妇女识字班，识字唱歌很热闹，俊英也去了，婆婆不敢挡："她天天不拉，到了很用心，心里很喜欢，她大小头一回这样喜欢。"后来俊英胆子大了，开始不受婆婆气，但没有想到的是，这样解放出来的俊英却变成了乡村内的"女二流子"。小说这样叙述：

> 俊英觉着有了"仗势"，又加上西院里她三婶子在背后挑唆，日子长了，可变了样，——变得不好了。越待越懒，光把上识字班看成正事，有活，婆婆不支不干，有时支也不干。早晨不叫不起，婆婆不敢管，不敢骂，也不敢叫她儿子来管，她怕冯珍，她拍挨斗。气在肚子里装满了就哭，哭不该死的老伴，哭老天，常哭。

后来村庄里还兴起了扭秧歌，吃了晌午饭，庄里识字班唱歌，锣鼓也响起来，多年不出大门、不敢见人的大姑娘小媳妇都被吸引到了八路军组织的这些活动中，部分加入八路军队伍中，而俊英完全变成了秧歌迷，以参加革命的名义不再从事家里和地里的劳动，开始好吃懒做，只顾打扮外

---

① 周立波在《山乡巨变》中塑造的盛淑君，一直不为陈大春接受。就是有这样的顾虑，参见第六章第一节中的论述。

出快活了，完全成了另外一个人：

> 俊英成了识字班的小组长，扭得更欢，唱得更带劲，外边唱，家里唱，明知道婆婆嫌烦还是唱。走着道唱，走着道扭。

> 俊英的打扮也比从前变了，头梳得铮明，穿着花鞋，走起道来直看脚尖，把头发一撩一撩的，花格子的粗布裤褂，一天一换，两天一洗。整天手里拿着一本妇女识字课本，吱吱呦呦的唱着，串了西舍逛东邻。特别是她和冯珍出庄演了一次戏后，回来心更散了，心更变了，嫌家里受拘束，嫌丈夫，"土孙"不进步，光知道干庄稼活。在家里闷不住，安不下心，活不摸，饭懒沉做，只有扭秧歌唱歌不嫌烦，梳头洗脸洗衣服不嫌烦，她黑夜白天想着一个事——离开这个破家，到外边乐活一辈子，跟冯珍去。

甚至后来发生了和丈夫打架的事件，

> 有一天婆婆没在家，丈夫嫌饭做得晚了，骂了一句，小两口打起来，俊英的力气大，把丈夫压倒底下，丈夫是个"孙不服"，爬起来就反冲锋，又叫俊英用指甲把他的脸抓破了。婆婆回来也没敢说么。以后，更不理一理丈夫，丈夫黑夜打更回来，累死也叫不开俊英的门，只有到娘的屋里睡。

闹完丈夫闹婆婆，婆婆诉苦被俊英听到，告诉了区妇救会干部冯珍，革命干部支持俊英斗争婆婆，俊英心想反正不打算过日子了，干脆临走给她弄个"死王八乱江"，联络了全庄一百多个妇女，找婆婆要斗争她，婆婆吓得哭，小叔子吓得叫，丈夫没敢露面，晚上婆婆家里母子三个哭了半宿。

本来是要通过识字、扭秧歌这样的集体活动把在家庭中受压迫的妇女解放出来，没想到翻过身来的俊英比婆婆更厉害，俊英身上的恶被激发出来并且不可遏制，这是进入乡村的革命者所没有想到的。俊英何来这么大的胆量和能量就能压制婆婆呢？革命干部冯珍并没有教给她们怎样新的思想认识，在代表着新人的农村妇女俊英和革命干部女性冯珍的言行中我们也看不到什么新的道德思想，只看到的是她们凭借强势武力对家庭事务的直接压制和干涉。冯珍这位革命干部两道"恶眉"，滚圆的眼，说起话来快口子，不带个老实样，对俊英的婆婆一说话就像有气，没个好腔。婆婆害怕冯珍，更害怕她身后所依靠的势力，因此怕了冯珍的婆婆再不敢对俊英怎么样了，没了管束，俊英变成了农村中一个嚣张的女人。同时期洪林小说《李秀兰》也塑造了类似的一个女性，在新天地里感到生活幸福和欢乐的李秀兰，整天沉浸在扭秧歌、演戏等热闹活动中时，却也滋生出了不爱劳动爱热闹的不良价值认识，这种异变却是乡村革命者没有预料到的。

在这类小说叙述中，问题的最终处理都是让这样积极过了头的青年女性去县城受教育，改造思想认识。俊英被交给了比区妇救会革命干部冯珍更高级的县上干部，在学习三个月后变成了农村中的新人，改正了所有毛病，"再不溜门子，像个新娶的媳妇，唱歌也有时有晌了，再不那样迷。有活抢着做，用不着婆婆支，是事婆媳俩商商量量。家里的活是她干，地里的活也是她干，晚上还熬眼，婆媳俩，两辆纺线车子一齐转，一齐响"。俊英在县中学学到的是什么呢？"不劳动，就是二流子"，"妇女不会劳动，就得不到真正平等，真正解放"，一个庄户媳妇不劳动，成天扭秧歌、唱歌、演戏，是错误的。小说重新开始强调劳动价值，开始重新认同本来就是乡村中固有的价值观念。俊英回到乡村，重新孝敬公婆、爱护小叔子、尊重丈夫，在绕了一个大圈后，重新得到人们的认可。小说最后还有一个婆婆考验俊英的细节，丈夫回来，婆婆指使俊英去为丈夫做好吃的东西，俊英显得非常的听话顺从，我们再也看不到俊英身上撒泼耍赖的一面。但遗留的问题是，在这样重归乡村伦理秩序中时，俊英在这一圈革命过程中到底受到了怎样新思想的教育呢？当俊英非常自觉地重新回归到自己当初恪守的道德伦理时，孝顺婆婆、恭敬丈夫时，我们反而看不到俊英身上任何的新质了，仿佛在革命的名义下俊英重新回到了过去的生活礼制秩序中。

当我们把《我的两家房东》《家庭》《满子夫妇》《太阳照在桑干河上》《俊英》等小说中常写的这些革命干部领导下的识字、参加集体活动场景放在一起比较时，感觉到集体化的过程并不是那样简单就可以实现的，如果没有现代生产方式的改变，简单的生产新方式还不足以带来乡村生活的现代化，乡村现代的想象需要在建构社会主义合作化生产的小说中重新建构。

第二节 "讲卫生"与乡村新生活

在五四启蒙话语中，乡村生活是落后萧条、充满愚昧的。《讲话》后，农民成了战争的主力军，叙述乡村的知识分子成了被教育的对象，城乡关系发生置换，不过乡村现代的思想价值仍需从外而来，在城市生活的映照下，"讲卫生"成了乡村日常生活发生细微变化的一个表征，体现在40年代解放区书写乡村的小说中，不过叙述者对这一表征的叙述态度却是犹豫含糊的。

一 孙犁对"卫生"问题的两种叙述

《山地回忆》中有一乡村女孩跟城里来的革命干部争论卫生问题的场景。冬天早上"我"在结冰的河边洗脸，一位下河洗菜的女孩说"我"把水弄脏了，后来女孩来上河洗菜，"我"揶揄说女孩子真讲卫生，女孩反嘲笑城里来的"我"是"装卫生"，这一嘲弄引起二人有关卫生的争论，显现城乡文化差异。女孩强调乡村内的卫生是真卫生，而外面来的革命干部们的卫生是假卫生，嘲讽"我"代表的城市卫生。不过即使在强调乡村内的卫生时，这位乡村女孩对乡村外的世界也充满了向往，"女孩形象的动人，很大程度上却有赖于作品所写她对一些新事物的向往，像新式织机、洋布等等，甚至连她对战士刷牙的嘲弄，也透着对山外文明（城市）带来的新奇事物的向往"[①]。在"我"的意识中，将来的乡村生活自然是要按照乡村外城市生活的文化价值来规划，因此当女孩嘲笑"我"是用一个饭缸子盛饭、盛菜、洗脸、洗脚、喝水时，"我"辩解说这是因为现在"物质条件不好，不是我们愿意不卫生。等我们打败了日本，占了北平，我们就可以吃饭有吃饭的家伙，喝水有喝水的家伙了，我

[①] 邵宁宁：《城市化与社会秩序文明的重建——中国现当代文学中的"进城"问题》，《兰州大学学报》（社会科学版）2008年第1期。

们就可以一切齐备了"。不过，孙犁小说叙述的目的并不是有意在这里通过卫生问题来表现城乡差异，对乡村生活进行五四启蒙式的批判，而是要对乡村生活进行赞美。因此，我们在小说叙述中看到，这位没有刷牙的乡村女孩有着"整齐的牙齿洁白得放光"，女孩一家人的身体都很健壮，"又好说笑，女孩子的母亲，看起来比女孩子的父亲还要健壮。女孩子的姥姥九十岁了，还那么结实，耳朵也不聋"。孙犁写乡村女性，除过外貌体态，更重要的是展现她们心灵的美好，作者由衷地赞美战争中这些女性的为家为国意识，从内心世界来说，他认为这些乡村女性才真卫生，心灵真健康。

不过在另一篇写农村妇女的小说《看护》中，孙犁再次写到卫生问题时，作者的叙述态度又不一样。十六七岁的乡村女孩刘兰，不愿做童养媳，被动员做了一名小护士，因要看护受伤的"我"，来到了一个村子中。村中妇救会主任刘四以为刘兰是大夫，就给刘兰说到自己的妇科病和村中妇女养不活孩子的事，刘兰学着城里大夫的说法说这是由于不讲卫生的原因导致的。在乡村内的人看来，说着各种时兴革命语言的刘兰就是一位城里来乡村的人物，孙犁这样的小说叙事安排是想来写出这位乡村女孩在革命队伍中的变化。然而要注意的一个细节是，小说对两位一掠而过的农村妇女的叙述笔调却明显表现出了叙述者对其的厌恶情感，这又流露出作者对乡村情感的两面性。这两位妇女是"我"受伤后派来做饭的，但在"我"的眼中，"她们都穿着白粗布棉裤、黑羊皮袄，她们好像从没洗过脸，那两只手，也只有在给我们和面和搓窝窝的过程里才弄洁白，那些脏东西，全和到我们的饭食里去了。这一顿饭，我和刘兰吃起来，全很恶心"。这里的描述充满了对这些妇女的厌恶，无论是穿着还是容貌。一面强调革命是为了挣扎在社会底层的民众，一面又对他们报以厌恶的态度，这里的阶级感情变得模糊。当然单纯从卫生角度来看，"那些脏东西，全和到我们的饭食里去了"的这一顿饭让"我"恶心纯是一种自然的生理反应，不过如此描述乡村农妇体现出的正是城市知识分子对农村妇女不卫生的一种厌恶。正是这顿饭后，刘兰这位农村女孩要"我"教她认字，她好给这些妇女讲有关卫生的课，她已经有了这种卫生意识。后来刘兰真办起了讲习班，每天晚上把十几个青年妇女集中在老四屋里讲卫生问题。小说中乡村妇女说："你看刘兰多干净！""我们向你学习！"然后小说叙述者说:"从此,我看见这些妇女们,每天都洗洗手脸,有的并且学着我们的样子,在棉袄和皮衣里衬上一件单裤。我觉得刘兰把文化带给了这小小的山庄,它立刻就改变了很多人的生活,并给她们的后代造福。"在这样叙述中,作者明显认同小说叙述者"我"的认识,是"我"这位乡村外的人给乡村带来了卫生,带来了文明,反过来乡村内人们的生活就是不卫生、不文明的,这种叙述回到了五四知识分子对乡村叙述的价值判断中去,带着批判的眼光。孙犁小说多塑造战火中的乡村年轻女性"极致的美",这是知识分子对乡村生活的一种美化,上面小说细节中出现的成年乡村妇女并不是孙犁笔下特别关注的对象,而是需要被教育启蒙的对象。

单纯从思想上来说,五四乡土小说开始的对乡村的批判确实直指乡村思想的愚昧落后,但这些批判者是站在乡村外的。站在乡村内部来说,这些女性的生活及思想状况只能是那样一种现状时,简单的同情除了标榜自己的道德高度外对乡村并没有任何意义。针对知识分子对乡村这种浅薄的道德同情和批判,生性宽容温和的乡土小说家赵树理有一篇非常愤怒的文章《平凡的残忍》,来批评革命文艺者鄙视农民的吃穿、鄙视农民长年累月不洗脸、不剃头的卫生,他把这种态度称为"平凡的残忍"。赵树理愤愤地写道:

> 某年的旧历年关,我和一批同伴行军至某处,大家商量起吃菜问题,我提议买一些金针海带。某同伴几乎笑掉了牙齿,冷冷然曰:"看吧!山西菜又出来了!"
>
> 某同伴一见到吃南瓜或和人提起吃南瓜之事,总要反复说明南瓜在他的故乡只能喂猪。
>
> 某工作人员,叙述平顺人所喝之汤曰:"一把玉荚面,调一点臭酸菜,每顿剩一点在锅底,第二顿把水添进去",他还说"这是正经味"。
>
> 住,不要零零碎碎往下举了,这些事在各位读者脑子里或者还不乏其例吧!
>
> 金针海带在山西如我这等人的心目中,确实认为可以过年;南瓜据说在某些地方也确实不是人吃的东西;平顺人所喝之汤,就如我这等人,喝起来也觉着不大可口,上例的发言人倒也没有造谣情事,说

的也是实话,只是在态度上都犯了一点无心之错,因而从另一个观点看去,好像有点残忍("残忍"这一词或许太重,但也再找不到个适当的字眼。姑用之)。

贫穷和愚昧的深窟中,沉陷的正是我们亲爱的同伴,要不是为了拯救这些同伴们出苦海,那还要革什么命?把金针海带当作山珍海味,并非万古不变的土包子;吃南瓜喝酸汤,也不是娘胎里带来的贱骨头。做革命工作的同志们,遇上这些现象,应该引起的是同情而不是嘲笑——熟视无睹已够得上说个"麻痹",若再超然一笑,你想想该呀不该?

记得抗战初期,某士绅在一个群众大会上骂群众道:"日本人敢欺负中国,就是中国太不像样。看你们一个一个的样子:头也不剃,脸也不洗,纽扣也不扣……像这样的国民,如何能不受人欺负呢?"好像是说:"日本人打进来的原因,就在于一般中国人不剃头不洗脸云云。"这道理自然不值一驳。你试把那些不剃头不洗脸的任何一位,从小就送入苏联的托儿所,一直养到大学毕业,管保穿西装吃西餐住洋楼坐火车都成了他的生活琐事,何劳某士绅侃侃训斥?

不过我们不能把我们的后一代都送到苏联的托儿所。苏联在二十五年前也和我们一样,正在贫穷和愚昧的深窟中自求振拔,经过苦斗,才有今日的局面。目前正在我们抗日根据地吃南瓜喝酸汤的同伴们,正是建设新中国的支柱;而以金针海带当山珍海味的我,还马马虎虎冒充着干部,为将来新中国计,何忍加以嘲笑?

我们的工作越深入,所发现的愚昧和贫苦的现象,在一定时间内将越多(即久已存在而未被我们注意的事将要提到我们的注意范围内),希望我们的同志,哀矜勿喜,诱导落后的人们走向文明,万勿以文明自傲,弄得稍不文明一点的人们坐也不是站也不是也![1]

---

[1] 赵树理:《平凡的残忍》,《赵树理文集》(第4卷),中国工人出版社2000年版,第1547—1548页。

单纯粉饰乡村,如后来中华人民共和国成立后的部分农村题材小说,是虚伪的,然而简单地以鄙夷的或同情的态度书写乡村,也同样是虚假的,这都是一种站在乡村外的对乡村世界的书写。乡村在中国社会现代化的过程中一开始就被定位在了落后愚昧的地位上,而这也是现代化的逻辑思维方式。如同在东西方文明冲突中强调东方文明的独特性一样,在城乡冲突中乡村世界也有它自身的独特性,只有站在城乡两面的角度上,才能更清晰地看到冲突过程中城乡各自的独特价值,而不是简单对对方的否定、代替。这样在40年代,乡村叙述的话语权就成了一个非常重要的问题。

在对乡村的叙述中,孙犁是在城乡价值之间摇摆,一方面是站在乡村外用现代文明、革命思想来批判乡村、改革乡村;另一方面是站在乡村内部肯定乡村的伦理秩序,人性美好,孙犁在这两种生活秩序之间摇摆。在小说《看护》中,孙犁真正要批评的是心理出了卫生问题的知识分子的"我"。享受着乡村女孩刘兰悉心照料和村人特殊照顾,"我"却为村中送不出去一份联络的信而大发脾气,摆自己的老资历,甚至要动手打人,却不考虑大雪封山、群众无法完成这一任务的实际困难。最值得回味的是,当"我"这个领导着刘兰的、代表着革命思想的干部质问刘兰"我们跑到这山顶顶上来,挨饿受冻为的谁呀"时,刘兰冷笑着反问:"你说为的谁呀?""挨饿受冻?我们每天两顿饱饭,一天要烧六十斤茅柴,是谁供给的呀?"这里"我"标榜自己革命是为了这些农民,自己就理应受到农民的照顾,但正如刘兰所质疑的,不顾农民利益的革命到底是为谁而革命呢?这再一次显示了革命者的立场问题,到底是站在了革命服务对象一面,还是假借了革命的名义实质上仍是站在了乡村的外部呢?无法说服这位普通乡村女孩的"我"开始强调话语权,"是我领导你,还是你领导我?"如果回到了强制性的话语权这里,乡村外的革命叙述话语自然会战胜乡村内的话语。虽然孙犁注意到了这样的问题,但他并没有深究这一问题,因为这样的问题与当时主流革命话语会有冲突,因此他在让这位小说叙述者"我"的道歉中塑造了这位女看护任劳任怨的美德,深藏了乡村叙述的话语权问题。

二 葛洛《卫生组长》：城乡叙事的三种话语

葛洛《卫生组长》①描写接受党和政府新思想的卫生组长老乔和固守乡村价值观念的村民由于"讲卫生"而导致的矛盾，显现出城市文化与乡村传统之间的冲突。这种冲突深层是五四启蒙意识、无产阶级革命思想以及乡村自身价值认同三种不同话语资源的冲突，体现出作者在对待乡村文化与城市文化时情感价值的暧昧摇摆。

1945年抗战胜利前夕发表的《卫生组长》，并没有正面反映抗战，而是书写了解放区乡村面对现代卫生文化时发生的变化。接受延安新观念、新思想的老乔来村里当卫生组长，感觉村里卫生脏乱、村民不讲卫生，"村子里到处都是牲口粪，满年四季不打扫，人们天天都不洗手，不洗脸，吃着不干净的东西。婆姨养娃娃，就跑到牲口圈里去养。什么时候得了病，就请神官马脚来治"。于是卫生组长满怀热情带领全村人搞卫生，"每天，我前庄跑后庄，后庄跑前庄，发动大家来讲卫生"，并努力破除农村中的封建迷信陋习。如果小说内容仅就如此的话，这就是一个比较老套的小说故事，但这篇小说的独特处在于小说一开始，就叙述出了村民们表现出的对老乔工作的应付姿态，大家走走形式、敷衍了事，让小说内蕴发生了变化。全村要卫生大扫除，"老半天，大家才一个一个地来了"，后来，"我"婆姨生病，烧得尽说胡话，妈和丈母娘却以为婆姨是中了邪，想请村里的法师来驱邪，卫生组长老乔对村人"不讲卫生"的陋习和观念深恶痛绝却束手无策。虽然小说后来通过延安医生"治病救人"让大家了解了讲卫生的意义，"这样大家都信了医生，顽固脑筋慢慢转变了"，但人们对老乔通过讲卫生而宣传的新社会意识仍持一种犹疑态度，村民与卫生组长间由"讲卫生"而引发的城乡矛盾问题并没有解决。

1. 城乡文化冲突

小说《卫生组长》中存在着一个"动员—改造"的结构模式："自上而下的动员，自下而上的回应。"②乡村外面来的卫生组长老乔进入乡村，首先是调动干部和积极分子"动员"村民，"满庄跑，东叫西叫"，目的

---

① 葛洛：《卫生组长》，《解放日报》1945年5月12日。
② 蔡翔：《国家/地方：革命想象中的冲突、调和与妥协》，《当代作家评论》2008年第2期。

只有一个，动员大家"讲卫生"。而从一开始的"动员"到强硬的"改造"，即从讲简单的卫生习惯到对群众思想的改造时，外来思想就受到了乡村内思想的消极抵制。村民对"讲卫生"这一行为由于不理解便也不认同，依然按照原有生活方式生活。由"讲卫生"引发的村民与卫生组长之间的矛盾实质上是农村固有的生活方式和文化与城市新兴生活方式及文化之间冲突的外化表现。从现代医学角度出发，通过讲卫生来改善和创造合乎生理、心理需求的生产环境、生活条件，可以增进人体健康、预防疾病。但在卫生组长这里，"讲卫生"却不仅仅是生活习惯的改变，它还被赋予了超出医学范畴的内涵，它所指代的是对来自城市的所谓先进、文明生活方式和价值观念的认同。卫生组长老乔要求村民讲卫生的最终目的，是要他们接受来自城市的文化观念及其生活方式。很明显，在当时社会政治背景下，城市文明充当了改造乡村政治结构的文化标准，因此卫生组长老乔"动员"村民讲卫生的工作则被有效地纳入对乡村"改造"的工程中去。然而，千百年来历史造成的城乡差距、城乡价值观念的不同，又是无法通过简单的"讲卫生"这一行为就可以消除的，因此即使村民口中同意老乔的讲卫生，在动员中可以保持村庄三天大扫除时的干净，但过后乡村又恢复到了原来模样。而当老乔代表的城市文化进入乡村，由"动员"变成强制"改造"，直接干涉农村固有的精神生活时，就必然产生城乡两种文化之间的矛盾与较量。

  首先，卫生组长老乔代表了现代城市文化。卫生组长老乔作为接受了党和政府新思想的一名农村新人，热心拥护来自城市的文明观念并坚定地认同这种思想价值，他在解放区卫生运动中严守职责，不怕困难，不怕讽刺打击，积极接受新事物，带领全村人民讲卫生。看到村民家的"剩饭没有盖，惹得苍蝇嗡嗡的，就找东西把饭盖上"，主家婆姨在炕上说"吃它吃去，朝廷爷封的它那一口粮么，谁能挡住它吃"时，他便耐心地同主家婆姨讲关于细菌卫生的问题。当婆姨生病危急之时，家人想要请神官马脚来医治，卫生组长决绝阻拦："我是全村的卫生组长，众人选举的。就是哪个太岁爷破坏卫生公约，我也要动一动他头上的土！"他拒绝迷信，相信科学，相信从延安来的医生。老乔实质上相信的是来自城市的文化价值观，作为农村干部，他承担着教育和改造"落后群众"去接受城市文明的重担。

其次，重实利的乡村农民成了落后分子。小说中的村民并不认同"讲卫生"，对待老乔的工作敷衍了事、走走形式，老乔讲卫生知识，他们的回应是"不干不净，吃了不害病"，"不要吓唬人吧。我们生来没听说过讲卫生，还不是平平稳稳活了二三十年？我还想活他三二十年呢！"卫生组长批评大家，村民们认为大家都是"跟牛屁股的人"，没必要讲什么卫生。村民们表现出来的对"讲卫生"的排拒似乎显露了他们思想的顽固落后，然而他们并非真正保守落后。当"讲卫生"只是作为一种医学范畴之内的行为时，尤其是在大家亲眼看到讲卫生给村民带来了福利——延安来的医生治好了大家的病后，村民们也就相信医生医术了，相信讲卫生的现实意义了。然而，当"讲卫生"开始代表着一种全新的所谓文明价值观念与生活方式要进入农村时，毋庸置疑，村民仍是难以接受并认同的，他们仍坚定固守着乡村自身的传统文化价值，因为这一"讲卫生"除过医疗卫生本身的意义，另外负载的思想价值是村民们看不到的。抗战即将胜利，新兴的城市医疗卫生技术及生活观念传入农村，社会革命者希望乡村发生"从旧到新"的转变，"新旧对比"的叙述成为验证乡村革命合法性的常用叙述模式，当村民们面对铺天盖地迎面而来的各种"改变"时，他们并不完全是欢欣雀跃的，面对未知定数的新事物，他们只注重眼前已经验证过并可获得实际利益的事物，于是在乡村外的动员者看来这样对待新生事物的村民就成了"落后"分子。

再次，在城乡价值较量下，乡村文化固守者发生了似是而非的"转变"。作为现代城市文化的代表者卫生组长老乔，从医学范畴要村民接受"讲卫生"这一生活观念，并要用"讲卫生"所承载的城市文明来改造乡村文化和人们的生活方式。乡村内的村民，最初遇到"讲卫生"这一新兴事物时，怀疑排斥，在经历了延安医生治病救人的事实后逐渐开始认识讲卫生的意义。小说最终结局是大家相信讲卫生是有意义的，顽固脑筋慢慢发生转变，叙述者认为村民们对"讲卫生"的认同便是对城市文明的认同。不过这仍是叙述者的一种理想，表面看来，通过"讲卫生"运动，城市文化观念使村民们再也不能依赖他们以前所深深依赖的迷信和生活方式了，他们的人生价值观在发生转变，但实际上，农民认同的仅限于简单的医疗技术可以治病救人的功效，讲卫生的确是有益于身体健康的，但除此之外的文化价值并没有进入他们的心目中，村民们仍习惯于在自己的生活轨道慢条斯理地蹒跚，日出而作，日落而息，敬畏大自然，对身边的一切新事物，不是亲眼所见，绝不轻信，绝不参与。

2. 文本中三种话语资源的潜在对话

老乔做卫生组长的事是由一个采访者采访来的，这位采访者在小说开头出现了一下就不见了，后来小说中有关老乔的故事全是老乔自己讲出来的，对于"讲卫生"这个问题，这位采访者没有发表任何言论，因此小说中出现的几种叙述话语在没有能分出胜负的较量中交织在一起。作者处在城乡文化的矛盾中，以五四知识分子的思想启蒙意识来批评乡村的脏乱差，提倡乡村生活应该讲卫生，但又用《讲话》精神认为即使乡村卫生脏乱差，农民的内心又是干净的，乡村内部对卫生组长老乔工作的消极抵制又体现的是对乡村自身价值的认同，三种叙述乡村的话语让小说作者的叙述立场也摇摆不定。

首先，是小说中的五四启蒙叙述话语。《卫生组长》中的老乔对乡村生活的描绘和村民的认识并不相同，作为一个受过延安培训的干部，他带着城里人的眼光看待乡村，因此就发现了乡村生活的脏乱差，认定乡村落后，"我们的村子有二十几户人家，大小一百多口人。原是一个很落后的村子，卫生一点也不讲"。他们都是"原封不动的古板脑筋。我劝她们讲卫生，她们把我的话当作耳旁风"。老乔动员大家"讲卫生"，受到嘲笑和消极应付。在小说作者看来，小说中的人们，不光物质生活艰难，而且生活方式落后、精神生活贫乏。生活方式的落后，在农村典型的表现就是不讲卫生。尤其是老乔老婆生病，家里人不信现代医术却信迷信的事件，显现出乡村世界的愚昧落后。作者对乡村原有文化的批判显然借用的是五四新文化的启蒙话语，作者面对"农民"这一形象时，就先验地把农民的知识和经验联系到狭隘、自私、保守、迷信等"农民的本质"上去了。落后愚昧性在小说中被表现为村民们不讲卫生的生活习惯和相信封建迷信的陋习，大家"天天都不洗手，不洗脸，吃着不干净的东西。婆姨养娃娃，就跑到牲口圈里去养"，"什么时候得了病，就请神官马脚来治"。于是，对乡村的改造便顺理成章地发生，这种改造表现在小说中便是卫生组长对村民从"讲卫生"这一事件入手而进行的一系列动员。这一叙述话语的最终结局就是要村民在接受代表城市文化的"讲卫生"生活方式中认同来自城市的文化价值观念，实现对旧乡村的改造。

其次，无产阶级革命话语。五四启蒙话语是批判乡村文化的一种资源，但当时的文艺思想是以《讲话》为指导的延安文艺思想，因此批判乡村文化的五四启蒙话语需要被改造置换成阶级革命话语，农民内心是最干净的，知识分子需要在乡村生活中向农民学习，改造自己的灵魂。于是小说的主要叙述话语又是在无产阶级革命意识导向下的叙述，老乔在村中动员大家"讲卫生"，这是一项政治革命，这一项工作不光是在改变大家的卫生习惯，不光是与村中的封建迷信思想作斗争，更是要让大家认同这种革命干部们带来的新的社会生活方式，要大家认同新政府倡导的各种价值观念。最后是延安来的医生医好了村中传染病，教育了大家，这种叙述中政治话语以其绝对的权威性隐性地让民众得到"认同"。同时，当卫生组长老乔的工作开始脱离村民实际生活时，阶级革命话语就开始"改造"老乔的五四知识分子话语。卫生组长动员村民讲卫生的话语与农民日常生活相距太远，小说叙述中我们可以感觉到小说作者对卫生组长的揶揄和嘲讽。因吃饭期间还不会走路的小孩拉大便在炕上引起老乔对老婆的愤恨时，老乔母亲直接嘲讽说："嗳，看把你高贵的！谁家炕上没有巴屎的？谁家坟上没有烧纸的？当了两天卫生组长，就变得不同凡人啦！再过几天，咱们这个土窑就盛不下你这个神神啦。"老乔身上表现出的这种来自城市的话语、工作方式，因为不贴合农村实际，受到村民非常强烈的抵制和反感。而在作者看来，这种"讲卫生"正该是被改造的知识分子习气。1942年毛泽东在《讲话》中指出："拿未曾改造的知识分子和工人农民比较，就觉得知识分子是不干净了，最干净的还是工人农民，尽管他们手是黑的，脚上有牛屎，还是比资产阶级和小资产阶级知识分子都干净。"[①] 知识分子只有通过改造才能转变阶级身份，才能干净。"讲卫生"只是从医学角度而言，如果带到了思想感情方面来贬低农民，知识分子就成了不干净的、才需要"讲卫生"的被改造对象了。

再次，小说中的乡村话语。在小说中，在五四启蒙话语和无产阶级革命话语外，还有一个乡村经验的话语世界。在小说叙述表层，这一乡村文化被强制性地改造了，但在乡村内部这些外来文化并不能彻底改造乡村文化，乡村文化反过来对外来文化产生了解构作用。小说中，村民们最终是

[①] 《毛泽东选集》（第3卷），人民出版社1991年版，第851页。

从技术层面上接受了"讲卫生"这一行为，但是当触及由"讲卫生"而带来的城市文化观念时，村民们并不接受，他们不接受卫生组长"动员"时所采用的那套城市话语，更不接受城市的生活方式。卫生组长站在乡村外面动员大家讲卫生，让大家接受外来的城市文明，却不能站在乡村内部考虑村民的实际生活状况。乡村卫生习惯的养成是跟乡村生活方式、乡村物质生活水平联系在一起的，无视乡村农民的生活方式和生活水平，即使可以强制性地订出乡村卫生公约、强制性地进行卫生大扫除，也并不能真正改变人们的认识和生活习惯。老乔连自己家人的思想工作都没能做通，他又怎么能做通别人的思想工作呢？乡村自有与农民日常生活息息相关的文化，这种文化不是光一个"动员"工作就能达到"改造"的。如此看来，要通过"讲卫生"来让五四启蒙文化、阶级革命文化来改造乡村文化仍只是乡村革命者的一种美好愿望。对乡民来说，生活并非总是天天热火朝天、轰轰烈烈，城市文化总归要消融在对耕种、收成、土地、牲畜、柴米油盐的平和算计中去才能被接受。乡村承袭了中国几千年的传统文化，在男耕女织的生产模式下农民们恰然自得，生活朴素，面对外来的新价值观念，他们不会盲目决断，告别自己原有的生活方式，也不会认为乡村文化就是落后、愚昧的，相反，他们会以自己的价值理念来判断城市文化。因此当老乔吓唬说不讲卫生会要了人的命时，村民说："我们生来没听说讲卫生，不也平平稳稳活了二三十年？我还想再活三二十岁呢！"当老乔每天早上别的事情不做，先要打盆水用新手巾洗脸，有时候怕洗得不干净，还要拿婆姨梳头用的镜子照一照时，老乔的老婆和母亲就揶揄他，"我们成娃要当新婿呀"，明显表现出对老乔身上这种外来的话语、生活方式的抵制。

　　小说中三种叙述话语互相较量，衍生出丰富意义。小说的主导话语是革命政治话语，不过小说叙述者是先借用五四启蒙话语批评了乡村的落后，同时又借用乡村话语反驳了五四启蒙话语，以期实现读者对革命政治话语的最终认同。但是，斗争封建迷信的强大话语就是五四启蒙话语，因此无论是政治话语还是乡村话语并不能完全否定五四启蒙话语，同样乡村话语内潜藏的力量也不是五四启蒙话语和革命政治话语所能压制掉的。因此小说中这三种叙述话语同时存在并互相碰撞，形成多种取向，以至于小说采访者自己也难下结论，只是努力客观呈现老乔的一番叙述。在这三种不同的话语背后，潜隐着的是作者面对城市文化与乡村文化时对其文明与落后判断的犹豫。五四启蒙话语与无产阶级革命话语尽管是两种不同的话语，却同样来自城市文化，乡村内部话语在被改造中潜在地对抗着外来城市话语。谁的生活方式应该被认同，谁的生活方式应该被改造，关键不在于某种生活方式自身拥有的价值，而在于小说叙述者所认同的话语价值。本小说的作者虽然用主导的革命政治话语叙述了小说，但叙述中的革命政治话语又有些游离，小说叙述明显有了"裂隙"，他对政治权力在农村日常生活中的运作保持着警觉，潜隐地表现出某种拒绝姿态，多种话语的交织对抗让小说显现出了复调的声音。小说《卫生组长》发表于抗战胜利前夕，在当时，社会上的思想意识多元纷呈，文学作品出现众声喧哗现象。面对不同话语，对待城乡文化差异，作者的叙述暧昧摇摆，在小说"裂隙处"的个人叙述使该篇小说呈现出多向度的丰厚意蕴。

第三节　谁改造谁：乡村日常生活的改造叙事

40年代解放区文艺对乡村的叙述，交织着多种话语。随着军事上的逐步胜利，中国共产党领导的文艺工作要求文艺创作能够为革命服务，从《讲话》的发表就确定了"文艺为政治服务""文艺为工农兵服务"的方向。不过在具体执行过程中，创作者不自觉地从小说中遗漏出来的不同于《讲话》要求的叙述话语，让小说叙述留有多处裂隙。

一　乡村经验叙述

解放区新政权建立后，乡村基层工作主要在阶级斗争和乡村建设两方面展开，基层干部在掌握了革命思想和话语后重新进入乡村，改造乡村。在这种改造中，作为革命的受益者——农民，既有对中国共产党和政府的感激，也有对新式生活的疑惧，40年代的乡村叙述者在展现乡村的这一变化时，也呈现了乡村的某种固守。

欧阳山《黑女儿和他的牛》[①]，小说内容是讲落后农民黑女儿在亲身

[①] 欧阳山：《黑女儿和他的牛》，《文艺杂志》1945年第2期。

经历两头牛病死后才相信政府宣传科学知识的故事,从主题看是典型的农民观念转变的小说,故事情节简单。不过,仔细读小说会发现,在看到医学实际效用后农民是改变了对医学的认识,然而他们以实际经验来判断事物的思维方式并没有改变。葛洛《卫生组长》中的村民,也是在亲身经历了医学救人的事实后才开始相信医学的,他们并不以此就认同老乔要在"讲卫生"上承载的城市生活方式和文化,这种以经验来判断事物的思维方式也没有改变。面对外来文化,乡村内的农民要通过实际经验才能接受,而小说中进入乡村的并不仅仅是这些科学知识,小说叙述者是要通过这些技术文明来让乡村社会认同外来社会文明,尤其是带有现代政治色彩的文明时,乡村内最初甚至是抵触的。在小说叙述者那里,对技术文明的接受就意味着对社会文明的认同,然而农民凡事要经验过才得以信任,从这样的角度看,乡村改造就不像小说中那样简易了。

在《黑女儿和他的牛》中,卧石村大量牛因瘟疫而病死,乡上组织给牛打防疫针,黑女儿等一帮农民并不相信打疫苗就能防瘟疫,反而担心牛会被"打"出问题,乡长、区长、工作人员等要求给他家牛打针,他偷偷地赶两牛出村躲避,留一头牛打针,后来两牛死亡,惨痛代价改变了黑女儿的认识。小说本意在表现一个落后农民的思想转变。然而小说中也说黑女儿"要论表现,这个人一贯很积极。交公粮走在前头,有事动员从来不肯做第二,拥军优抗,样样热心",可以看出他并不是个思想落后的农民,只是对打防疫针这一新事物,黑女儿不能在没有实际经验之前就欣然接受,单纯宣传并不能让其相信。黑女儿的牛的确是死于瘟疫,他也亲眼看见打了疫苗的牛活过来了,因此他接受了打疫苗可以防瘟疫的事实,后悔自己当初没相信干部的话,但即便如此,以后遇到新事物,黑女儿这样的农民仍会以这种亲历的方式来改变自己的认识。从这一点上来说,黑女儿这样的农民在后来新社会中还会接受无数新思想观念,但他们并不会失掉自己认知这些思想价值的方式——经验。与之不同,五六十年代文学中的农民已经不需要这种经验后的转变,梁生宝、萧长春那样的新人已经放弃了老农民的这种"顽固"经验,而是直接认同和听从党、政府宣扬的思想、价值。"听党的话、跟党走"成为新人特点时,农民不再有属于乡村内的价值判断方式,也没了对社会现代化进程的批评性认同。

菡子的小说《纠纷》①讲的是寡妇招婿的题材,主要讲的是来顺妈和刘二相爱相依,斗争恶霸楼志清的故事,在阶级斗争的故事中,批判村民旧思想,思考乡村妇女权利问题。《纠纷》中反映出的问题复杂性超过了赵树理《小二黑结婚》,小二黑和小芹恋爱的阻力主要来自恶霸金旺、兴旺的破坏,而来顺妈死了丈夫后不光受到恶霸楼志清的欺压,更被楼志清这样的人污蔑为不洁、不祥的女人,这种关注让《纠纷》更具启蒙色彩。不过小说也写出了乡村普通人对寡妇的同情,在寡妇再嫁问题上显出乡村民间情怀的博大。

来顺妈死了丈夫,无法照顾有三个孩子的家庭,只好雇了一个逃荒的刘二来种地。刘二全心全意地照顾着这个家,帮来顺妈渡灾荒、嫁姑娘,在村人看来他就是来顺家的主人。但由于没有名分,来顺妈和刘二在村中抬不起头来,害怕被宗族中的楼志清撵出村子去,来顺妈亲手掐死了前两个刚出生的孩子。楼志清为村中恶霸,经常欺负孤寡,来顺妈要是和刘二有了孩子,儿子来顺会被楼志清以楼家人身份带走,来顺妈会被卖掉。因此生活艰难多少年,来顺妈和刘二都不敢公开夫妻关系。新四军建立民主政府,楼志清仍想霸占来顺家家产,挑拨楼姓青年要撵走来顺妈,村民既有同情来顺妈的人,也有反对者,而乡长和指导员虽然也支持刘二和来顺妈成家,但迫于楼家人多,要来顺妈一家移到村外去住。正在这样的关节上,村中一位长者——殷超家老奶奶却用最朴素的观念教育了大家,否定了楼志清等人的做法,老人家认为人命要紧,名声反倒轻了。她说:

寡妇头上一个髻,天不管,地不收,我说高低不能让来顺妈住旁边点去。人家坐月子见红的人,哪能蹚这个风浪,受这个委屈!再说,这不明摆着叫她跟小来顺子母子俩拆散么?你们都是年轻男人家,哪晓得做妈妈的对自家一泡尿一泡屎带大的娃子就当个宝,你要把他们拆散,人家就肯么?招夫养子不是他楼家开的头,有什么丢脸不丢脸?!这点脑筋都打不开,我看只要把刘二对人家的好处数数给他们听听,问他们这几年替来顺家苦衣食的是哪个?那几年闹土匪大灾荒的时候,楼家没有给他一颗粮食一寸布,如今倒出来有话讲了,这倒不怕丢脸!

---

① 1945年创作,1948年收入短篇小说集《群象》(光华书店1948年版)。

作为女人，殷超奶奶更能体会到来顺妈生活的艰辛，她批评了男性的偏见，直接揭破楼志清强调楼家名声的虚假。老人的看法没有什么大道理，这仅仅是人命关天的朴素观念，在这里，既不是礼教思想，也非新政思想，而是朴素的民间价值观念一下子点亮了乡民及周围村人的观念。不同于《小二黑结婚》中对新政下自由恋爱的肯定，也不同于《祝福》中对旧礼教的批判，《纠纷》中我们看到的仅是民间朴素的道德伦理。"大家听她这老人家一讲，想想句句是情理，一时提醒了他们"，民主政府的乡村干部们一下子也都认同了殷超奶奶的看法。这里是民主政府认同了乡村民间伦理，也是让乡村民间伦理合法化，承认了寡妇再嫁的合理性。然而恶霸楼志清使用败坏和威胁来顺妈的手段，逼得来顺妈要自杀。对来顺妈来说，最大的伤害莫过于这种对她名声的败坏，出了村子就要骨肉分离，她与小孩都就没了活路。楼志清给来顺妈造成的致命压力，主要还不是要剥夺她的家产，而是败坏她名声后引起的周围人们的眼光和议论才是最要命的，这些眼光和议论正是鲁迅笔下"无意识的杀人团"。不过在乡指导员动之以情、晓之以理的谈话后，在民主会议中大家叙说的都是刘二对来顺家的恩情，人心换人心，乡间的人情伦理最终战胜了陈腐的封建伦理，并进入了新政府话语中。

马烽的《金宝娘》[①]就小说主题来讲，是讲在共产党帮助下身心备受摧残女性的翻身故事，以达到对新政府的歌颂。不过细读小说，显性的革命叙述话语下又溢出了一些男性话语，金宝娘在乡村内的民间伦理话语中得到了同情和理解。在显性革命叙述话语中，妓女改造题材的叙述重心，一般放在通过讲述这些女性的翻身故事和对旧社会的控诉来达到对新社会歌颂的目的上。《金宝娘》中，小说叙述者"我"作为进驻乡村的土地改革工作者，注意到这位近四十岁仍穿一双破旧红鞋的女人，"我"厌恶她，并从房东介绍中知道她是一个"以前接日本人、警备队，后来又接晋绥军"的"烂货"。然而，在后来金宝娘的诉苦中"我"才知道，金宝娘本来也出身穷苦人家，她是根元娘从一个逃难灾民中用五升米换来给根元做媳妇的，长大后受地主儿子刘贵财骚扰，因抗拒不从，丈夫被抓进牢中，出逃后杳无音讯，金宝娘就被送给了日本人、警备队、晋绥军，成了村人眼中的烂

---

① 马烽：《金宝娘》，《晋绥日报》1949年2月28日及3月1、2、3日连载。

货。这种溯源把金宝娘的不幸根源指向地主阶级,小说叙述引出了阶级斗争主题。在了解情况后,"我"主动启发她在大会上斗争地主并分了地,丈夫根元回来与家人团圆,革命胜利。在小说显性叙事中,金宝娘的不幸遭遇成了斗争地主合法性的根源。不过小说中,除了这种乡村外来的阶级斗争思想,乡村内对金宝娘还有两种细微的声音存在,一是对金宝娘的男性叙述;一是妇女叙述,两种不同叙述声音显示出乡村价值的复杂性。

乡村内,最先是房东拴拴这位男性给"我"介绍了金宝娘,"这女人,嗨!不能提了,以前接日本人、警备队,后来又接晋绥军,烂货!""听说以前也是好人家女人,后来因家穷,才做了这事。不过做什么事不能赚碗饭吃。为甚要挑这种丢人败兴营生?我就最看不起这种人!"拴拴从女性贞节的角度来看待金宝娘这样的女性,从道德伦理的角度几乎是完全否定了这个女性的存在意义。其实小说叙述者"我"最先也是如此看待金宝娘的,在大庭广众严厉地呵斥她不要跟自己套近乎。但在乡村中同时还有一种来自女性的声音,她们作为女人更能体会到金宝娘的迫不得已,作为一位没有男人依靠的女性生活的艰难困苦。如拴拴娘就批评了"我"粗暴训斥金宝娘的态度:"唉!那可是个苦命人!你训得人家哭了老半天,还是我劝回去。她哭着说:'我是下贱女人,连个伸冤诉苦处也没!'唉!那小时可是个好闺女,一百里也挑不出一个来。"拴拴和他娘的争论,也显示了乡村内男性和女性对金宝娘遭遇的不同认识。拴拴坚持认为:"我就看不起这种女人,家再穷,也不应该做这种丢人败兴的事呀!七十二行,哪一行赚不了碗饭吃?"拴拴娘说:"你站着说话不腰疼,一个女人家,没依没靠能做甚?"最后"我"把这一问题归结到阶级问题上:"这不能怪金宝娘,这都是旧社会逼害的!在旧社会里,不要说女人,就是男人,被逼走上邪道的也不少。""我"的说法部分遮掩了拴拴和他娘争论中的深层问题,阶级斗争和改造并未能改造这样女性所处的现实处境。因为在阶级话语中斗争的对象是阶级敌人,而金宝娘还要面对男性文化对女性的戕害,后者的杀伤力对这样一位柔弱女性来说远远胜过前者。小说中就说过,金宝娘在"我"来之前就被定为女二流子被改造过,戴纸帽游街,坐禁闭,可是前晌放出来,后晌她又接下客了。这一反复很难让金宝娘在阶级改造中真正变样,拴拴认为这是金宝娘不知悔改的表现,然而就是这样一位大家认为最不顾及名声的女人,最看重的竟然也是名声问题。金宝娘在"我"跟前哭诉说：

"我是个下贱女人，名声坏，活的还不如条狗！谁也看不起，亲戚也不来往了。"……"我这人不人鬼不鬼十来年了，我原初也不是坏女人。"……"我也知道这是下贱事，自己闹上赖病，比牛马的罪也苦，有时想寻死，可是又留不下金宝！孩子跟上我也受了罪，出去街上，人人欺侮。金宝也懂事了，别人骂的话，他也知道说甚，小心眼也受着老大制，儿跟上我也有罪啦！想起来我心锤上滴血咧！"

金宝娘最大的痛苦还不在物质生活，而是精神生活，而"我"认为只要分了地成了家，金宝娘生活就会改变了，但在乡村内，如何才能改变乡村内人们对金宝娘的看法呢？小说没有写，与祥林嫂类似的故事仍将继续，乡村生活仍将继续。

二 知识分子的改造

《讲话》之后，文学中的知识分子诚心改造自己的思想，向农民和工人学习，不过在部分表现知识分子学习改造的作品中也流露出其对农民和工人的改造，这样的作品中作者的叙述立场并不明确，显示出了改造的复杂性。

1.《快乐的人》：整风前知识分子生活一例

舒群1942年发表的短篇小说《快乐的人》[1]，描写了一位来自延安的知识分子教员和一位女学生的恋爱故事，庄启东1941年发表的的短篇小说《夫妇》[2] 写的是一位农民出身军官的夫妻关系，把两篇小说中的情感关系比对起来，可以看到小说作者表现知识分子情感和农民情感的不同，知识分子情感的细腻丰富性可以对照出农民夫妻情感的粗糙性，农民还没有成为知识分子改造的学习对象，而是被启蒙的对象。

舒群的《快乐的人》讲述延安的恋爱故事，"他"曾经是个大学生，来到延安为个人感情而烦恼。作为"邻居"的小说叙述者"我"看见

---

[1] 舒群：《快乐的人》，《谷雨》第1卷第2、3期合刊，1942年1月15日。
[2] 庄启东：《夫妇》，《解放日报》1941年7月2—4日。

"他"在外面独自散步,"把完整的雪面踏出无数错杂的小路",上前询问后被告知是在想自己的诗,其实是在想心中的"她"——一个"年轻的学生",他们约好要会面。面对"我"的询问,"他"保存了自己这一小块私人空间,"我"偷听了他们的谈话,那女孩是来告诉"他"自己将要结婚的消息,"我"半夜还听到"他"的哭声,"我"认为"他为了她而有了隐私,甚至在隐私中失迷了"。作者的本意是略带揶揄的,嘲讽了知识分子的主人公既耽于幻想又自我压抑的性格。"然而,这个人物形象的刻画却又出人意料地展现了一个富于教养的知识分子在情感上的细致与丰富,以至于'他'的自我压抑也变成一种隐忍,来显示更深沉、更宽容的爱。"① 从尊重个人情感的角度看,这位教员把自己初恋的女孩比作自己想象的一首诗,是多么的浪漫与多情,这倒是对所爱之人极诗意的赞美,因为恋爱着,这位青年成了一个"快乐的人",因为女孩将要到来,"他"的房间变得从来没有过的整洁,"好像任何一个单身汉也没有过这样整齐,床上也干净,放着一个干净的枕头。不曾蒙过什么的桌子,也蒙了一块布。这布还是前方的战利品———幅日本的军旗。平常没地方安排的东西,也都找到适当安排的位置。此外,我们常常打五百分的小方桌上,堆满枣子和花生,两边摆好两把便于对谈的小凳子。"在雪地中"他"终于等来了"她","紧张得手脚都找不到适当的位置安放,脸被止不住的笑,快要笑破了。这笑是表示不管笑前受过什么磨难,终于得到报偿",这种私密的初恋情感因"我"的在场而让其更加不自在。但让"他"没想到的是女孩此次前来是来告诉"他"自己将要结婚的消息,面对巨大的情感打击,这位男性克制住了自己的感情,他真诚地祝福女孩结婚快乐,并送走了她。然而在半夜,"我清楚的听到他动作的声音,呜咽以及后来的哭泣。他哭得比受了委屈的孩子还厉害。在这哭泣中,他仿佛是在说,一个人长久隐藏着的爱情,有谁知道呢?仿佛是在说,用整个生命所卫护的一个珍贵的小泡沫,被风轻轻的一吹,就失掉了,不是可悲的吗?"几天后,"他"出现在一个附带举行婚礼的诗歌朗诵会上,并充当了女学生的证婚人:"我祝你们结婚快乐。"因为爱着这位女孩,他给了

---

① 李洁非、杨劼:《解读延安:文学、知识分子和文化》,当代中国出版社 2010 年版,第 231 页。

女孩自由并真诚希望她幸福,为她的快乐而快乐。相比于情感丰富细腻的"他","我"这位揶揄了"他"的小说叙述者,情感世界是荒芜的,因此对他人情感世界多了好奇感,虽然平常"他"是"我"的好同志、好朋友、好同事和好邻居,当他在爱恋中需要私人空间时,"我"却总想介入,探听"他"的秘密。因为他的拒绝,"我陷于沉闷和怅惘中了,因为我在他给我的所有的记忆中,这次是我们相识以来他给我的,最初的陌生的印象"。夜间在别人进入梦乡后"我失眠了","我"偷听了他们的谈话,知道了他们的秘密,并偷偷跟踪着他送女孩回去,还听到了他半夜的哭泣,小说作者在一定程度上也揶揄嘲讽了"我"的同情。

与这篇小说中细腻动情的知识分子感情相对,庄启东《夫妇》表现的是一种非常粗糙的农民夫妻情感。虽然主人公是一个中级军官,然而从文化教养上来说仍是农民,他来延安治好伤,和老婆留在延安一所大学学习。不过从小说叙述的情感立场上,叙述者说"他们都变成大学生了","还是脱不了乡土气",这种学习不脱土气是对出身乡村干部不忘本的一种称赞。军官打仗勇敢,但在夫妻关系中"他对待老婆真是像对待奴隶一样","从前在军队里的时候常常当着朋友的面,伸出脚来,叫他的老婆打绑腿;一不如意,就给她一个耳光,打得她鼻血满嘴流","吃肉的时候,她也不敢先吃,等丈夫吃得差不多了,才敢下筷"。他对老婆,"除了命令或漫骂以外,是很少说话的"。而做老婆的"她"又怎样呢?"她像过惯了这种生活,她觉得生活就应该这样过法的"。她遭虐待的情形被人看在眼里,旁人于是劝她跟丈夫讲理,反抗丈夫的压迫,结果她回到家中像告密者一样"愤愤不平地把这些话全都告诉她的丈夫去了",在丈夫批评后反过来找到她的同学,怨恨地指责说同学是在害自己。这样的描写最终是要达到启蒙的效果,这对夫妻在学习中发生转变,慢慢丈夫想揍人的拳头变得犹豫,老婆开始用书信表达自己的观点,数月后,丈夫对老婆说:"过去,我总以为你什么都不懂。"老婆的回答是:"过去,我总以为你什么都懂得。"《夫妇》成了"粗野武夫怎样被文明感化而终于懂得爱情,愚昧的不幸怎样转化成温馨的喜剧"[①]。

[①] 李洁非、杨劼:《解读延安:文学、知识分子和文化》,当代中国出版社2010年版,第229页。

2.《三个朋友》：整风后知识分子自我改造

韦君宜《三个朋友》① 讲的是知识分子身份的"我"下乡，在与一个农民、一个知识分子、一个地主交往的过程中，如何改造自己、让自己的思想情感融入农民生活的故事，不过流露出来的是一个知识分子自我改造的复杂心路历程。

小说一开始就说明自己是在给北平来的老朋友讲述自己的改造变化，原来城市里来的知识分子现在变了，"如果在街上碰见，真是彼此都不敢认了。不要惊奇，你看我这副样子，像不像你们那里的清道夫？""我"到乡村后接触了三个人，一个是自己的农民房东刘金宽，一个是县城里来的知识分子罗平，一个是附庸风雅的地主黄四爷，最终是农民刘金宽改造了自己。

为了能融入农民刘金宽的生活，"我"最初每天尽自己所能想的办法和他们在生活上打成一片，除了工作，每天和他们一起上山劳动，几个月不刮胡子，和刘金宽住在一起，和他们一起聊庄稼收成等，为此"故意连一本文艺书也不带，当刘老太婆天天用诧异的眼睛看我刷牙时我连牙都不敢刷了"。生活是在一起了，但"我"感觉到"心里总好像有一块不能侵犯的小小空隙，一放开工作，一丢下锄头，那空隙就慢慢扩大起来，变成一股真正的寂寞"。"我"的思想情感空间还是留在城市，城市的女友来信说"成都的情调像北平深巷里听到卖花声"，这样的城市情调、城市爱情在乡村是没有的。"我"的寂寞在收到女友信的当晚达到了最高度，乡村没有城市情调，有的是院子石碾发出的极沉重的嗞唔嗞唔声，是刘金宽女人站在院心发出"唠唠唠唠唠……"叫猪的长吼声，这让"我"感觉"这现实环境和那信简直是个极具讽刺性的对比"，"寂寞既经来了，就不肯去，越扩越大，像一块石磨一样压住我的心思"。"我"不愿意和农民们说话，吃很少的饭，一个人背着手走到院心，"我"太寂寞了。这里的"我"虽然也是主动地融入农民生活来改造自己，但在思想情感上"我"并没有融入乡村的生活中，这里有城乡文化的差异，"我"不是说改造就能改造好的。

正是在这样的孤单中，城市的知识分子罗平被派到了乡下，"我"并

---

① 韦君宜：《三个朋友》，《人民日报》1947年10月2、5日。

不熟悉他，甚至有点讨厌那家伙敷衍应酬的作风，但就因为他是城里来的，"我"高兴得好像孤身一人在遥远寂寞的异乡，遇见了至亲骨肉，非常热情地招呼他，当天晚上特别跑到村合作社去和他睡在一起，东问西问城里的情形："跟我讲讲城里最近开的美术展览会，新来的外国人以至某某人的恋爱纠纷等等。我觉得这些东西到了我的耳朵里真惯熟真滑溜，好像这些才是我自己那个世界里的东西。""我"的内心是属于城市的，即使现在生活在乡村，改造并没有改变自己的城市思想情感。

不过，"我"又自觉意识到自己就是来乡村改造思想的，因此"我"通过回想1937年自己逃避现实的历史来强化自己的这种改造意识：

> 这晚上的情景忽然使我联想到三七年流亡在汉口，曾有过依稀相像的感觉。——朋友！你还记得吗？那一次看电影，我告诉你的一句话，我说："一进了这淡蓝色墙壁的电影院，电灯一暗，银幕一闪，音乐台前爵士乐的调子铿铿锵锵奏起来，我就感觉一种说不出的熟悉的气氛，好象脱离了这个酷热而生疏的汉口，回到自己原来熟惯的一个优美安适的世界。"这句旧话在刘家庄半夜里涌现出来。我猛然觉得好象有一个人站在黑暗地方比着手势嘲讽我，那个人在笑："哈哈！嘿嘿！你原来还是老样子！"我真觉得没有地方以躲开他的嘲笑。

这是知识分子的"我"的一种自觉反省，在反省中"我"想起了使自己受教育的刘金宽，"我"红着脸跑了回去，重新把自己安顿在了乡村中。抛开了自己对城市文化的眷念，回到乡村，质朴的刘金宽以为"我"是操心跌伤的猪娃而伤心，并且告诉"我"他母亲为了多分土地虚报自己年龄的事，这都让"我"感到自己改造的虚假，在"我"眼中农民刘金宽"他站在铺满阳光的山坡上，土地在他的桨子底下一片片开花，高大的背影衬在碧绿的空间，格外显明。好像一根大粗柱子，在青天和大地中间撑着"。农民刘金宽内心的质朴让其在"我"心中显出了高大的身影，也衬出了自己的渺小。不过这样的认识仰视，仍是知识分子属性的，是"我"发现了农民刘金宽的高大，而刘金宽是不会这样看待自己的。因此，在与刘金宽的生活中，是知识分子的"我"在不断反省自己的革命意识中改造了原来的"我",并不是农民刘金宽改造了"我"。

"我"更深层的改造发生在与地主黄宗谷划清界限的斗争中。地主黄宗谷是"我"在城里认识的,最初见他"我"心里有点紧张,"因为那家伙有一个出名的脾气,专爱考人。不论哪个工作人员见了他,他总是说来说去就把肚里那一套搬出来了。什么《左传》呀唐诗呀,弄得县上许多干部都怕见他。他们几个老头子组织了一个诗社,县上都称他们做'文化界'"。黄宗谷用自己掌握的古诗文占据了对文化的言说权,大多数干部没有多少知识文化,传统观念中就天然地对有文化的人抱有敬畏感,同样在拥有文化后也会产生优越感。因此,"我"作为知识分子的干部,面对自己不知的文化自然心存敬畏,但同时又因自己拥有文化而具有优越感,因此"我"就被黄宗谷这样的所谓文化人轻易地拉成了同僚,成了黄宗谷的朋友。黄宗谷故意把"我"当成知己似的,一见面就"咱们念书人""咱们这些人",把他作的诗给"我"看,要"我"批评,甚至要"我"同他唱和几首。"我"的旧学基础薄弱,一方面害怕在他面前露马脚;另一方面又要应付黄宗谷为革命干部争得脸面,"这使我又隐约的觉得,别人没法和他们攀交,独有我能,而且能谈得来,能称为朋友,这却是一桩能耐。我曾为这感到暗暗的得意"。孔乙己不愿脱下自己的长衫,因为那是读书人的象征,穿得再脏再破那也是区别他与短衣帮农民的标志,在"我"的内心深处最难改造的实际就是这种标志着读书人的长衫情结,"我"和地主黄宗谷交朋友就是表明了自己这种读书人的身份。因此初到刘庄,"我"就拜访了黄宗谷,受了他满够交情的招待。不过在和刘金宽成了朋友后,"我"才看到了黄宗谷的两面脸,一面是给县上干部看的;一面是给乡下农民看的。"我"既做了黄宗谷的朋友,又做了刘金宽的朋友,在刘金宽领着租户到黄宗谷家查租子时,"我"这个在两边摇摆的知识分子终于站到了农民的立场,这里起作用的不是自己与刘金宽的个人情感,仍是自己的革命意识。"我"是在对城市文化的抵制后,对读书人身份的弃置后,终于改造成了一个无论是生活还是思想情感都扎根在乡村的干部,同时"我"也用自己的亲身经历来告诫刚刚到达乡村的城市知识分子,并且以此教育他们。

《三个朋友》是用自我反省的方式批评了知识分子的城市情调和对读书人身份的眷念,反思是深刻的,不过在对乡村的书写中,叙述者并没有用启蒙眼光来看待乡村，也不是用乡村文化来教育叙述者，最有力的改造着知识分子"我"的话语其实是知识分子自己掌握的革命思想，是在不断对自己革命意识的强化中"我"才逐渐克服了自己的小知识分子的局限性。

3. 纺线：作为一种改造方式

方纪创作的《纺车的力量》[①] 也是一篇表现知识分子自我改造的小说。小说从大学电机工程专业毕业的沈平"坐在纺车跟前生闷气"开始，面对原始木制纺车，他整整一个上午都没能纺出一条完整的线来。小说以叙述知识分子沈平面对最简单、最原始的机械装置时一筹莫展、彻底败下阵来，来质疑所谓先进技术及高等教育在乡村的无用。现代机械专家坐在原始纺车面前，却无法轻松搞定落后的纺车，纺车让高高在上、自我感觉良好的知识分子形象轰然倒地。面对自己难以驾驭的纺车，沈平觉得自己的劳动是浪费生命，但在理性上他又不断强调这是在改造自己的思想，和劳动人民相结合，并以此批评老袁纺线只是"丰衣足食"的目的。但就算有如此认识，他脑子里总是难以排除"不如多看点书好些"的想法。从精英知识分子的角度出发，在一个安定繁荣的社会环境中，沈平这样的知识分子能够给社会创造更多的财富，脑体倒挂是社会极不正常的体现。因此在40年代延安物质技术条件极端贫乏的环境中谈知识分子这种无法实现的工作条件和自身价值，并没有多少实际价值，只有先放下知识分子身段投身到现实自己力所能及的工作中，投身到革命中，知识分子才能发挥那个时代他们最大的社会价值。因此，对知识分子而言，延安时期的纺车，除了具有延安开展的大生产运动方面的意义外，更有改造知识分子思想意识的意义。"几百部纺车都开动起来，到处听见嗡嗡的声响。像置身在一所巨大的养蜂场里。"在这样的环境中，沈平逐渐认识到纺车对自己思想改造的意义："我一坐到纺车前，就感到知识分子的渺小和劳动人民的伟大！""从这一架小小的纺车里，你可以认识现实，认识生活，认识劳动的一切意义……"不过沈平的这一认识仍被认为是肤浅、抽象的，仍是一种小资产阶级思想的体现。小说中的先进人物小于简单而有力地教育他，"把一份实际工作做好，就证明了自己思想的改造"，也就是纺好

[①] 方纪：《纺车的力量》，《解放日报》1945年5月20、21日。

线，只要纺好线就算是解决了思想问题。小于并没有告诉沈平如何解决这个思想问题，只是强调实际生产，而小说中的工人老李则从技术层面教育沈平，要提高纺线效率就要有技术。不过这两人对沈平的教育反让沈平这位高级知识分子感到迷惑了，"他没有想到在这样一架原始的纺车上还有技术"。要是谈技术，沈平所掌握的现代科学知识不正是为了提高技术吗？沈平的纺线是为了改造自己思想的，现在自己要学习的对象却要自己提高技术，而对技术来说最有发言权的应该是沈平这样的知识分子而不是工人老李。

实际上小说对知识分子的改造正是从这里开始。老李的当头棒喝让沈平醒悟到自己在内心深处没有把纺车放到崇高位置上，完全没有认识到这原始的纺车里面竟然藏有技术，他重新把注意力转向"技术"层面，运用自己专长的知识，对纺车进行了精细的技术改造："锭鼻换了铜钩——铜和铁的摩擦系数最小，这一点他是很懂得的。锭葫芦去掉了，弦线直接放在锭子上；这就加大了车轮和锭子的比例，已经由车轮转一周锭子转七十周，增加到一百三十周了。这就是说，速度加快了几乎一倍。"然而即使如此，他还是始终不能赶上纺线能手的进度和质量，沈平还是败给了没有现代机械知识的普通劳动者。这一失败彻底打掉了知识分子的技术优越感，让他在普通劳动者面前低下自感高贵的头颅。在失败后，他不再把生产劳动当作只为了"体验劳动"，而是在劳动中彻底丢掉了所谓知识分子掌握知识和技术的优越感，在小于面前，他认为自己"我简直不懂，什么叫技术！"这是知识分子不能接受却在纺车面前不能不接受的，这让"我"失掉了自尊，脸红发胀，感觉到了空虚：

> 他发现自己所热衷于以劳动改造思想的努力，却正是自己原来思想的另一形式的表现。这使他觉得可怕——他所要竭力否定的东西，却以一种肯定的形式在他身上出现了！当他揭去自己所加给纺车的那层神秘的外衣，开始坐在纺车前用努力学习技术来代替"体验劳动"时候，他对纺车的那种视为神圣劳动工具的情感一点也没有了。纺车对他，也变成了只不过用以完成生产任务的普通工具。

在这样的认识中，在纺车面前，沈平完全成了没有任何知识和技术可傲人的纺车初学者，要纺线，他必须心悦诚服地承认自己什么也不是，只能认真学习纺线技术，提高生产技术，根本谈不上什么思想改造。一个纺车完全打败了这位能摆弄现代高科技的机械的大学生。这样被打败的知识分子沈平，重新出现在纺车面前，只是默默纺着，他不再去想为什么纺线了，只知道这样纺就是了，自己以前所学习的知识技术都成了没有意义的东西，因此在休息期间别人都在谈论自己纺了多少线时，他都不再关心自己的纺线了。虽然小说最后重新给予沈平成功，让他在竞赛中获胜，让沈平站出来现身说法，但这样的结局不是重新对另一种技术的认可吗？这样的技术还对沈平有多少吸引力呢？不过小说中对知识分子沈平的改造，在瓦解掉知识分子的知识技术的同时，却在用另外一种知识和技术来代替，在让其重新学习的过程中把自己的思想意识规约在新的思想价值秩序中，沈平自觉地听从了先进人物小于、老李的教导，不再有自己的思想意识，加入生产竞赛当中，重新学习知识和技术，重新重视比赛，并陶醉在这样的比赛中，此时他原来作为一名知识分子思考的那些重要的思想改造的问题都不存在了，他曾经作为一名大学生所拥有的现代知识和技术都不存在了，而是变成了一个学习使用纺车的优秀的普通劳动者。这样的改造，非常成功，但这样的改造对社会发展所起的意义就变得模糊不清了。李洁非说：

  《纺车的力量》的意义远远超出了它所取材的那个生活，尽管作为小说艺术并无足道，尽管现在它默默无闻、完全无人问津，但我们认为它应该名留青史，应该在类似于"百年中国文学经典"那样的选本里拥有一个稳定的位置。可是眼下却没有什么人发现它的价值，这是不可原谅的。如此重要的价值怎么可以被忽视呢？纺车，一种至少到黄道婆时代为止便已成熟、定型的机械，硬是把一个现代大学培养的电机专业学生打得落花流水；在纺车面前，沈平平生所学一文不值，或者说他年复一年接受大学教育的结果，是连一架中世纪纺车都对付不了。这意味着什么？知识分子不是以群众的"启蒙者"自居么？那么，请告诉我纺车怎么用吧！须知，这是乡间最没有文化的小媳妇老太太运用自如的工具。你连这样的工具都玩不转，还奢谈什么"启蒙"——究竟应该谁给谁"启蒙"？究竟应该谁做谁的"先生"？

这难道不是一目了然的么?《纺车的力量》的情节所隐含的话语逻辑正是这个。就这样,仅仅一架中世纪的纺车,便把知识分子自封的"启蒙"角色,以及相关的文化的权力关系和等级秩序,从根子上解构了。①

延安的整风运动,就是要知识分子在思想价值上认识到自己知识上的无知、实践中的无用、道德上的不洁,这样才能放下自己的身段融入革命工作中,这样的运动导致了知识分子自身价值的失落。

三 《我的师傅》:究竟谁改造了谁

思基《我的师傅》②也是一篇通过知识分子投身体力劳动让其认识到自己的无能,来达到改造效果的小说,是一篇相似于《纺车的力量》的小说。不过在改造问题上,谁改造了谁的问题并不像《我的纺车》中那样明确。在劳动方式上,木工厂拉大锯的师傅确实改造了"我",可是在谈话方式上却是"我"用"交谈""沟通"方式改造了师傅的火暴脾气,在知识分子的改造问题上,《我的师傅》写出了另一种改造情况。

小说一开始就明确叙述者是一个知识分子,决心要去改造自己"知识分子只会说"的毛病。在大深山里的木工厂,"我"跟一位师傅拉大锯。在劳动过程中,面对大锯这一古老、原始、简单的生产工具,"很文明""很现代"的知识分子"我"难以驾驭,在其面前笨得简直异乎寻常,"时间长了,我仍旧改进不了我的技术",教"我"的师傅本是极耐心、极和善的人,也觉得自己笨得超乎他的忍受限度,终于不耐烦地说"今天拉的时候注意些,你学的时间不短啦"。"我"是来主动改造的,改造时间长了,仍拉不好这么简单的大锯,因此一听批评就失掉了自尊,成了"知识分子就只会说"的典型。在生产劳动方面"我"是完全臣服于"我"的师傅,因为自己一直在跟书本打交道,从来没有摸过大锯,因此劳动工作从零开始。但工作中,"我"这个知识分子的小肚鸡肠,各种各样的小毛病,一点点显示出来。"我"最先也只是在拉大锯的技术上听从

---

① 李洁非、杨劼:《解读延安:文学、知识分子和文化》,当代中国出版社 2010 年版,第 240 页。

② 思基:《我的师傅》,《解放日报》1945 年 10 月 1、2 日。

于自己的师傅，但在内心并不怎么尊重这个比自己都小的师傅，只是因为听说他脾气火爆不愿意弄僵了关系，小心翼翼地应付着他。"我"忍受着用他吸过烟的烟嘴吸烟以表示自己的诚意，不几天就不耐烦了他对自己的要求，不听他对自己的关心，推卸自己拉偏锯的责任。不过脾气火爆的师傅都容忍了，在"我"发烧后冒着寒冷、踩着深雪来回步行十多里请来大夫，细致入微地照料"我"，"我"被感动、被教育。这里拉大锯劳动对"我"的改造并没有《纺车的力量》中那样深刻到让知识分子感到自己完全的无用，没有学会技术的"我"还想回去重新当自己的知识分子。小说中师傅真正改变了自己的是师傅对自己真诚的照顾，是情感，小师傅处处为"我"这位新手安全着想，包容了"我"的缺点，并照顾了"我"，让"我"真正感动，但这并不能在思想上改造"我"作为知识分子的优越感。

相反，在"我"生病期间，师傅讲述自己改造火爆脾气的事，又证明了外来思想对师傅的改造。师傅学木匠养成了火爆脾气，小时学木匠，"那木匠看他小，就常常骂他，打他。他们是伙计，但木匠却阎王爷那么凶的对待他。这样，苦痛地过了两年半，就把他的脾气完全养坏了。好骂人，好赌气。有时还爱动手脚。这样惯了，参加了革命，性子躁的尾巴就常带着一点。"有一次会上，他不愿接受别人对自己的批评，不光粗言相向，还拿烟锅砸人家，准备打架，后来是队长和和气气地跟他好言好语地谈话，让他认识到了自己的毛病。也正是这种认识让他在对待"我"的时候采用谈话的方式，更多细致入微的照顾打动了"我"，也教育了"我"。原来师傅也是被改造过来的，而改造师傅的人所采用的方式正是知识分子所采用的交谈、自我批评、以情动人的方式。同时，在"我"劳动改造中，师傅也明显表现出了对"我"的知识分子身份的看重，初次见面师傅就在"我"这位知识分子身份的徒弟前承认了自己的毛病——火气大，要"我"帮助他，从后面他讲述自己所犯的错误来说，这并不是一句客气话，而是真诚希望知识分子的"我"能像队长一样改造他自己，在一段相处后甚至希望"我"能够教他识字。"我"就是因为识字有了文化才来这里劳动改造，而改造"我"的师傅又对文字抱有敬畏感，后来在"我"的帮助下他就真开始学习识字了，也喜欢唱那些革命新歌曲，在队长批评后更是完全改变了自己的火暴脾气，在学习改造中，师傅变成了一个用文明方式与他人进行交流沟通的人了。

　　当然，小说叙述者是想通过农民出身的师傅教育知识分子出身的"我"，而这位农民出身的师傅的思想情感并不是来源于乡村的，而是来源于代表着革命思想的队长，因此"我"被改造的思想也就不是来源于农民，而是来源于教育农民，或是代言农民的革命思想。"我"是在情感上被师傅所打动，而在思想上"我"是被革命政党干部所教育，因此可以说，"我"并不是被农民身份出生的师傅所改造，而是被掌握着革命思想的领导干部所改造。同样在《纺车的力量》中，改造了知识分子沈平的是附着在纺车上的意识形态，并不是普通农妇对纺车的认识。无论是《纺车的力量》还是《我的师傅》，被改造的知识分子和出身于农民的师傅都要接受代表着革命思想的改造，这才是改造的实质。而师傅和"我"之间情感的交流是城乡文化之间的互相学习，是外来知识分子在感情上对乡村中劳动者亲近的一种表现，也是劳动者靠近知识分子学习外来知识文化的一种过程。40年代小说中知识分子的被改造还是通过知识分子到乡村参加实际劳动生产来实现的，而到了50年代这种改造就明确突出了革命思想的意义。

1949—1962：在乡/望城与社会主义想象

第五章　赵树理：乡村内的城乡想象

　　1949年1月31日，北平和平解放，3月5日中国共产党在西柏坡召开七届二中全会，毛泽东指出："从现在开始，开始了由城市到乡村并由城市领导乡村的时期，党的工作重心由乡村移到了城市。"① 随着中央机关进驻北京，"解放区方向性作家"赵树理也告别了生养他半辈子的太行山区，4月初到达北京。7月2日第一届中华全国文学艺术工作者代表大会召开，周扬的报告《新的人民的文艺》确定新中国文艺将以毛泽东的《讲话》为方向，要求新文艺要用"新主题""新人物""新语言""新形式"为新生共和国塑像，不过又提出"现在我们整个工作的重心已由农村移到城市，如果我们进了城，就忘了农村，那原来打下的那点基础都可能垮台的"②。对于城市生活，赵树理完全是生疏的，"'进城'，不单单意味着地点从农村迁移到城市，也意味着革命的一切方面都发生由'野'至'朝'的转型"③。从乡村来到城市的赵树理对新生活并不适应，无论是城市日常生活还是新文坛，赵树理都是一名"京城里的乡下人"。领导要求赵树理转变创作题材，从写农村改写工厂，希望他能够写出振奋人心的新作来。赵树理也尝试着深入工厂，却发现工人的社会意识与农民很少有相似之处，生活更是迥然不同。赵树理也曾跑到一家小厂去体验生活，搜集素材："他满以为工厂也和农村一样，大家同吃同住同劳动，可以在日常生活中细细地静观默察，慢慢地了然于心。谁知这老一套根本行不通。工人们白天上班，无暇闲谈，晚上回家，各奔东西，简直找不到一个聊天的机会，要想介入都不容易，深入更是无从谈起。他这才觉悟到，作

---

① 《毛泽东选集》（第4卷），人民出版社1991年版，第1427页。
② 周扬：《新的人民的文艺》，《周扬文集》（第1卷），人民文学出版社1984年版，第512页。
③ 李洁非：《赵树理：进城之后》，《中华读书报》2008年2月13日。

家的创作范围有其大致固定的领域，不能听凭行政命令随意改换。"① 在农村，他可以整天跟农民泡在一起，白天聊不够，晚上去人家炕头接着聊，工人八小时上下班，晚上工厂就找不到人了。在"城"里待了不足两年，赵树理不声不响地离开京城，回到晋东南平顺县参加川底村和监漳村的农业合作化生产，在这种下乡与进城的往返中，城乡问题逐渐成了赵树理在新时期思考的问题。赵树理小说问题的转变，也是40年代解放区小说发展到中华人民共和国成立后发生的。50年代的文学作品中，城乡的问题逐渐进入赵树理的视野，虽然在整体格局中，由于作家对城市生活的相对陌生，乡村仍是作家书写的主要空间，不过这里乡村的建设都隐隐约约地有对城市的比照。

第一节　赵树理眼中的城乡

一　消费性的城市

赵树理进京参加完开国大典后，10月26日被安排去社会主义国家苏联参加十月革命三十二周年纪念活动。苏联的行程主要在城市，回国写关于"访苏印象"的文章，赵树理的文章题目却起了个《参观之外》，内容也非大家爱写的异国风光或常谈的革命友谊，重心却在苏联农村影像，苏联社会主义国家的农民生活才是赵树理最为关心的对象。虽然看到的只是在火车、汽车、飞机上见到几点迹象，但这些迹象极大地吸引了赵树理：

> 在飞机上，看到大片的田地，虽然没有庄稼，还看得出用机器大规模耕种的遗迹。过了西伯利亚，就有种着小麦的农场，都是很大的整块，按那附近的房子大小作比例推测起来，每块都在百亩以上。这些麦田上，往往用播种机种成些奇怪的花纹——有的种个圆圈，有的种个螺旋形，有的种成一两个外国字，显见得都是整块种完了之后又加上去的，从此也可以想到他们当时播种时的兴致。……在火车和汽车上，每当车身穿过一丛丛的农村小木房，都使我觉得新鲜：他们的

---

① 戴光中：《赵树理传》，北京十月文艺出版社1987年版，第261页。

房子都是木质的，但不是用木板而是用整段的树身子砌成的。房子的排列也与中国农村不同——没有用四个房子碰起来的方块院子，都是在篱笆中个个独立的。小一点的房子是单独的房间；大一点均分隔为几个房间，向四面开着门窗。门窗的构造虽然简单却也很精巧，可惜白天玻璃反光，晚上又都关着窗帘子，看不见里边的陈列。[①]

作为一个长时期在乡村生活的作家，去参观莫斯科这样的大城市，一定会有许多新奇之感，为什么赵树理不重点介绍莫斯科的城市生活呢？此后十二月在北京市大众文艺创作研究会上的发言《北京人写什么》中，可以看出赵树理对城市的看法：

> 我回国以后，本会要我来讲"苏联近况"，我想这个题目以后是有机会讲的，今天却想谈一谈"北京人写什么"，因为我回北京以后，遇到本会小说组的同志们，曾谈到这个问题，以为老解放区作者下过厂，到过农村，有东西可写；北京人没到过农村，没下过厂，写什么好呢？

从这样的预设中可以看出，新中国文学可以写农村生活的方方面面，可以写城市工厂生产，而城市生活却不是作家书写的对象，因为城市生活是消费性，非生产性的。书写城市，就要按照政治要求——"北京解放后，领导上指示我们：要把这一消费城市变为生产城市"——书写城市的生产性，而不能是消费性。城市日常生活是消费性的，城市的工厂车间才是生产性的。而对城市生产并不熟悉的赵树理，选择了重回乡村生活空间，在乡村中去观察新中国社会主义道路实践，同时对想望城市的乡村青年给予了批评。

二 批评信带出的城乡思考

1957 年 3 月，一个名叫夏可为的青年给赵树理和茅盾同时写信，说

[①] 赵树理：《参观之外》，《赵树理文集》（第 4 卷），中国工人出版社 2000 年版，第 1603—1604 页。

自己创作过百幅美术作品,给地质部长李四光邮寄过自己写的论文《论宇宙生成及太阳、地球、行星、卫星之生成》,给臧克家邮寄过自己写的诗歌,还计划创作一部40万字的小说,但这些研究和创作都没成功,目前情绪低落,希望获得赵树理等人对他精神上的安慰、鼓励和技术上的指导。这位夏可为青年的想法正是当时社会上大多数青年的想法,希望通过文学创作或是学术研究的方式快速成名以便进城调换工作,城乡问题逐渐凸显出来。这种走捷径的方式是赵树理极力反对的,他写了《不要这样多的幻想吧》的回信,要夏可为放弃不切实际的幻想,劝导其努力学习自己的专业知识。此信引起众多社会青年的不满,不到两月,编辑部和赵树理收到上百封反驳责难的信件,赵树理不得已又作《青年与创作——答为夏可为鸣不平者》的长文,指出夏可为这样的青年不安心正当学业,而把主要精力用在四面八方找个人出路上是在追求个人名利。同时期,因女儿工作问题赵树理特别写长信《愿你当一个有文化的青年社员》,劝女儿回原籍参加农业社,"当一个有文化的青年社员",参加农业生产就会"深刻体会到我们的社会主义生产建设现在是个什么阶段,在现有的基础上如何前进,才能深刻体会到生产中任何问题都与自己有着直接关系——即与广大群众有直接关系"①。

后来,赵树理又写了《"才"和"用"》和《"出路"杂谈》两文来讨论乡村青年的进城问题。赵树理说"自从党号召知识分子参加劳动以来,成千上万的下放干部、成千上万的毕业学生参加了工农业劳动,给劳动队伍增加了新鲜血液,给知识分子开辟了极为广大的政治学校,双方都觉得气象一新",知识青年要把自己的知识运用到劳动生产上,经过劳动锻炼,"只有劳动才能创造价值"。在《"才"和"用"》一文中,他特举一个高中生一心想通过高考实现自己专家梦的例子来批评这种进城、留城思想,批评这种青年是"不顾社会需要而只热衷于个人向上爬"的人。那么知识青年如何在乡村中发挥作用呢?

> 知识分子的知识在农村中有没有用处呢?农业生产需要的而我们自己没有的知识和能力固然要学,但把这些传统的东西学会了以

---

① 赵树理:《愿你当一个有文化的青年社员》,《人民日报》1957年11月14日。

后就能完全满意的话,那就不能算是个知识分子。有好多事情急待改进或创始,农民自己苦于没有这些知识不能做到,所以才需要现在的青年知识分子来作第一代的有文化的农民。假如我们只能固守成规,那样何贵乎有我们去参加农业生产呢?农民想简化生产管理手续和账目,缺乏精确计算的知识;要改良土壤,没有分析土壤的知识;要加大肥源,没有分析肥料的知识;要防治病虫害,没有昆虫学和微生物的知识;因为不懂机械原理,有好多小型农具和运输工具不得改良;因为不会测量计划,有好多基本建设磨了洋工;没有病时候不会防病,有点小病也不会自己治疗……所有这一切急待要做的事,一个高中毕业生,如果不向更高一些科学工作者请教,凭自己的知识还不能胜任,不过请教之后可以完成科学工作者的意图,而一个没有入过学的农民,甚而高小、初中的毕业生还不见得能做到这一步。也有些性巧的农民已经能创造出变轴水车、抽水机带磨面等惊人的事物来,一个知识分子,只要能把农村的事当成自己的事,既不怕无用武之地,又不怕做不出成绩来。所谓"屈才"的论调,是站不住的。①

乡村需要有文化的农民,赵树理希望乡村的知识青年能够安心乡村建设。《三里湾》中的灵芝和有翼就是这样的青年典型,小说中赵树理没有让这一对最有文化的青年结合,而是让灵芝对自己曾要嫁的知识青年有翼的念头进行反思,在认识到自己"等级思想"的观念后主动选择了普通农民出身的玉生,以让她的文化知识在乡村建设中能够发挥更大作用,同样,有翼这个知识青年也受到农民出身的玉梅的教育,最后灵芝和有翼这样的返乡知识青年都融入到了乡村的现代化建设中,成了新农民。

《"出路"杂谈》一文更显赵树理在城乡问题上的立场。赵树理认为大多数人的读书就是为了"向上爬",而参加革命的目的是要建立一个"人与人平等的无阶级的社会制度",乡村知识青年认为只有进城才可以

---

① 赵树理:《"才"和"用"》,《赵树理文集》(第5卷),中国工人出版社2000年版,第1808—1809页。

高人一等的认识仍是"万般皆上品,惟有种地低"的旧思想:

> 我们承认农村和城市有差别,而且社会主义共产主义事业中就有个任务是消灭城市与农村的基本差别,不过这种差别的主要标志是在生产规模的大小上,在生产机械化、电气化的程度上,其次才在生活方式和生活程度上。有些青年只愿到城里找"出路",只愿当干部不愿回农村,也有些老人们希望青年到农村以外去找出路,戳穿了底子,这都不过是要去找"职位",找"享受",而对于能为建设社会主义服多少务,则算不到账上。①

因为农村青年想方设法到城里就业的做法并不能解决城乡生活的差别问题,整个社会的发展存在着不平衡,有大小城市的差别,工业城市和非工业城市的区别,还有南方城市和西北城市的区别,同一个城市中各个行业的工作也有区别,这种一心"进城",进大城市,进发达城市的想法会让青年滋生出不安心自己本职工作的思想:

> 假如每个人都不愿意在当时当地的社会事业中尽自己的一份责任,而为了向最高的生活看齐每天在那里搬家、转业、离开岗位去找事,一切社会事业就都会在这搬来转去中停顿了……不安心就地工作的人,不是为了消灭差别而是利用差别来找空子钻……只有在国家工业化和农业集体化的基础上逐步使农业生产科学化、机械化,才是消灭农村与城市差别的基本办法……等到村村有公路、社社有汽车,差别就小得多了。②

农村正在进行的农业合作化就是这种现代化的开始,只有把农村现代化了,才能真正解决城乡的问题,而不是单纯地让乡村中的文化精英全部流向经济文化更加发达的城市,这样只会造成乡村的更加落后和停滞。因

---

① 赵树理:《"出路"杂谈》,《赵树理文集》(第5卷),中国工人出版社2000年版,第1766页。

② 赵树理:《"出路"杂谈》,《赵树理文集》(第5卷),中国工人出版社2000年版,第1767页。

此，从社会发展来说，赵树理看到了社会现代化进程中出现的城乡问题，并认为这一问题的解决不是乡村青年进城，而是要实现乡村自身的现代化，唯此才可以缩小并最终消除城乡差距。而乡村的现代化想象，就是乡村社会主义理想，就是合作化，就是后来的人民公社想象，因此赵树理认为乡村青年的人生理想应该建立在乡村现代化的实现上，而不是简单地涌向城市找一个职业。

三 农村分化的警惕

赵树理1952年返乡后最先拿出的作品是《表明态度》，这是赵树理第一部表现农村互助组的作品，小说批评了农村老干部在土地改革中思想的退坡。小说中的王永富由于不能适应新的集体生产而固守着原有的个体私有生产方式，脱离群体后感到孤单，王永富就是赵树理后来小说《三里湾》中范登高的前身。无论是王永富还是范登高，他们在土地革命中都是积极分子，后来成了乡村干部，却在中华人民共和国成立后的社会主义建设中深切地感到革命的迷茫，因为对新时代乡村革命看不到未来前景，他们把自己的精力投入最为实在的个人家庭的发家致富上，这样的价值选择和社会主义建设相背离，因此他们在新时期成了社会变革中的落后者，正是这样的落后者最为真实痛彻地感受到了社会新的变革。

土地改革运动中出现的互助组生产方式，在自愿互利的原则下互换人工或畜力，共同劳动，这样的生产方式在生产水平极其低下的40年代农业生产中发挥了重要作用，不过在中华人民共和国成立初期在乡村经济已经有了一定发展时，互助组的生产方式不再具有生产优势，农业生产方式急需转变为合作社这种更高级的集体生产方式。但是对于合作社发展，中华人民共和国成立初期的意见并不统一，在1951年春山西试办农业合作社时，党内就出现意见分歧。中共山西省委的意见是，根据山西是老区、已有互助合作基础的实际，主张把老区互助合作提高一步，办成农业生产合作社。这种提高，主要是提高互助组公共积累和扩大合作社按劳分配比重，逐步动摇、削弱，直到否定互助组的私有基础。另一种意见则认为，巩固互助组的主要问题是充实互助组的生产内容而不是逐步动摇它的私有基础。动摇私有基础，搞农业集体化，必须以国家工业化和使用农业机器为条件。

这场争论一直到毛泽东明确表示支持中共山西省委的意见才告结束。① 1951年12月,中共中央发布的《关于农业生产互助合作的决议(草案)》指出:"要克服很多农民在分散经营中所发生的困难,要使广大的贫困农民迅速地增加生产而走上丰衣足食的道路,要使得国家得到比现在多得多的商品粮食及其他工业原料,同时也提高农民的购买力,使国家的工业品得到畅销,就必须提倡'组织起来',发展农民互助合作的积极性。"② 合作化的道路要使农民逐渐摆脱贫困状况,过上共同富裕的生活,中华人民共和国成立后农村面临的首要问题就是防止出现新的两极分化。1951年,由于对合作社存在争议,赵树理把原计划写作的合作社问题在《表明态度》改成了互助组问题,即便如此,小说中的王永富和《三里湾》中的范登高一样,也是在农业生产中出现的走个人发家致富道路的典型,他的道路与社会主义共同富裕道路相背离,成了被批判的对象,而由于王永富和范登高的党员身份,这一问题就显得更加突出。③

贫农出身的王永富,"在解放临汾时候是配合正规军挖过地道炸过敌人的碉堡"的人,任村中武装主任,是共产党员,可谓是老革命了,然而在"经济上也宽裕了,孩子长大了,并且娶了媳妇,便觉得革命成了功,因此又觉着这时候参加互助和担任干部工作都成了累害,只是自己入过共产党,背着个进步名号,有些退坡的话不好说出口来"。《三里湾》中的范登高,也当过农会主席,因为土地改革翻身中多占了土地才被大家叫为"翻得高",但他正是依赖分得好地的底子后来买了两匹骡子跑生意,成了村中的富裕户,因此也不愿意加入合作社,忙自己的生意忘了自己的公事。王永富和范登高的人生追求目标不过是普通农民想实现自己发家致富的个人理想罢了,但是由于他们的共产党员身份,让他们这种农民思想更显眼,这些党员思想的退坡表现出的是社会主义意识在人们心中的模糊。如果乡村不走共同富裕道路,乡村社会将会再

---

① 以上意见分歧参见马社香《农业合作化运动始末——百名亲历者口述实录》,当代中国出版社2011年版。

② 中央文献研究室:《建国以来重要文献选编》(第2册),中央文献出版社2011年版,第451—452页。

③ 柳青《创业史》中蛤蟆滩三大能人之一的郭振山也是老党员、老干部,同样在新时期看不清方向,可见这不是一个单纯的思想问题。

次出现两极分化而导致社会革命意义的完全瓦解。因此，要保证革命理想的实现就不能允许乡村社会出现两极分化，让乡村走向动荡的老路，在这一点上新政权在中华人民共和国成立后的前三十年社会思想中都保持了高度警惕，毛泽东甚至提出"千万不要忘记阶级斗争""阶级斗争要年年讲月月讲"。但光有这一警惕是不够的，如何发展经济改变人们的物质贫困状况才是农民最为关心的问题。虽然新生的国家政权也在改革各种落后的生产方式，但在尝试阶段，未来前景并不十分清晰，这让基层党员产生迷茫感，王永富和范登高一直强调入组、入社的自愿性，久拖着不入就是因为他们并没有看到合作社的优越性，真正能够吸引他们入社的是合作社更高的生产效率，而不是社会理想。王永富和范登高二人的最后入社并不是靠合作社效益的吸引，而是在被孤立和被批判后不得已才入了组、入了社，是乡间伦理与党员意识让他们入了社，单就他们的生产理想来说他们仍然没有入社。

由于王永富不热心互助组工作，不同意儿子小春入组，首先就与儿子闹了矛盾。小春热心互助组工作很重要的一个原因是自己对象腊梅就是组中团员，父亲的这种态度让他在组员中、更重要的是在腊梅面前抬不起头来。其次王永富亲家也因为他不像一个党员而开始疏远他，认为他的思想变坏了。再次，由于不热心组内事务，他开始遭到组内社员疏远，有人提出要开除他出组。为了缓和矛盾，支书李五要王永富在大家面前表明态度，王永富拒不认错，和社员矛盾激化，王永富完全被孤立起来。这种矛盾进一步激化了父子矛盾，王永富要退组，小春一心要留在组内，谁也说服不了谁，儿媳妇腊梅从县里学习回来，更是鼓动小春斗争王永富，闹分家。后来儿子离开了王永富，再后来王永富的武装主任职务也被撤销，村子里没有人理他，王永富彻底生病了。由于没有积极支持互助组，王永富感觉自己被亲人、乡人抛弃了。"永富病了三天，村里没有一个人去问过一声"，这才是最让王永富伤感也是最害怕的，因为乡村社会是一个熟人社会，没了人际关系很难在这样一个群体中生活。王永富的病是心病，是被乡村社会抛弃后引起的病。因此，治疗王永富心病的还是乡村社会中的人情伦理，在人们听说王永富病了之后纷纷表示了同情，支书也劝小春和腊梅这俩孩子去看看老人，亲家李老五两口子也去看望，亲人的关心一下就去掉了王永富的心病，后来更多的社员来看望他，王永富在众人面前既羞愧又感动，不再坚持自己的认识，因为他感觉乡邻们重新接纳了自己，是自己"鬼迷心窍"，现在终于把鬼打跑了。在《三里湾》中，范登高也是只顾自己的小买卖，不同意入社，首先导致的是家庭内部矛盾。女儿灵芝是社里的青年团员，积极参与三里湾的建设工作，因此首先与自己的父亲发生了矛盾冲突，她和有翼相约着要给自己的父亲治病。范登高不顾村里的生产也引起了村民们极大的不满，村里支委专门召开会议讨论范登高的思想，直至县委刘副书记批评了范登高的思想，指出范登高只顾个人发家是在走当初旧社会地主刘老五剥削他人的老路：

> 在旧社会里，你给刘老五赶骡子、我给刘老五种地，咱们都是人家的长工，谁也不知道谁家有几斗粮！翻身时候，你和咱们全体党员比一比，是不是数你得利多？可是你再和全体党员比一比，是不是数你对党不满？为什么对党不满呢？要让我看就是因为得利太多了！不占人的便宜就不能得利太多，占人的便宜就是资本主义思想！你给刘老五赶骡子，王小聚给你赶骡子，你还不是和刘老五学样子吗？党不让你学刘老五，自然你就要对党不满！我的同志！我的老弟！咱们已经有二十年的交情了！不论按同志关系，不论讲私人交情，我都不愿意看着你变成第二个刘老五！要让你来当刘老五，哪如就让原来的刘老五独霸三里湾！请你前前后后想一想该走哪一条道路吧！

刘副书记指出范登高的个人道路将可能导致乡村社会秩序重回人剥削人、两极分化的旧社会，这是当初这些起来参加革命的人在情感上完全不能认同的，因此范登高开始逐渐反省自己的思想意识，虽然还有些犹豫，但最终还是回到了合作社中，一起奔向社会主义。然而遗留的问题是，无论是王永富还是范登高他们最后的入组入社，不再将价值选择建立在农民对物质实利的权衡上，而是转变为对未来生活的期望中，这种期许能不能真正实现要靠未来历史实践证明，赵树理不能给王永富、范登高这样看重个人发家致富道路的人们一个清晰可见的未来。当他在1958年不惜得罪地方和中央的官员指出农村农民饿肚子吃不饱饭的实情时，赵树理不再将乡村的变革寄托于未来，而是描写了一系列具有实干精神的人物形象，那些人物的实干精神部分就源于王永富、范登高这样的干部身上。

第二节　三里湾内的社会主义和人情伦理

一　三里湾内的"社会主义"想象

赵树理曾说明过写作《三里湾》的缘由，在乡村革命由土地革命转向社会主义时，农业生产工作中出现了一些问题：

> 第一，在战争时期，群众是从消灭战争威胁和改善自己的生活上与党结合起来的，对社会主义前途的宣传接受得不够深刻（下级干部因为战时任务繁重，在这方面宣传得也不够），所以一到战争结束了便产生革命已经成功的思想。第二，在农业生产方面的互助组织，原是从克服战争破坏的困难和克服初分得土地、生产条件不足的困难的情况下组织起来的，而这时候两种困难都已经克服了，有少数人并且取得向富农方面发展的条件了；同时在好多年中已把"互助"这一初级组织形式中可能增产的优越条件发挥得差不多了，如果不再增加更能提高生产的新内容，大家便对组织起来不感兴趣了。第三，基层干部因为没有见过比互助组更高的生产组织形式（像农业生产合作社这样半社会主义性质的组织，在这时候，全国只有数目很少的若干个，而且都离这地区很远），都觉着这一时期的生产比战争时期更难领导。①

合作社是更高级的集体生产方式，在没有改变土地所有制的基础上，用统一经营的方式提高了土地、劳力、资金等的生产效率，增加了社员的收入。赵树理实地参加了农业合作社的生产，这种生产方式也得到了中央批准，因此赵树理要通过小说来展现农村中出现的这种具有社会主义性质

---

① 赵树理：《〈三里湾〉写作前后》，《赵树理文集》（第4卷），中国工人出版社2000年版，第1700—1701页。

的新生产方式。

合作社生产方式带有社会主义性质，走社会主义道路的观念需要从乡村外传进来，不过赵树理努力把这种合作化生产方式的产生放在了乡村内部，因此三里湾的新变，小说中是在乡村内部自己展开的，并不是按照上级要求推行的。赵树理要写出乡村合作化道路的自发性，这种角度与柳青、周立波在表现乡村新变时的角度不同。[①]《三里湾》一开始是从三里湾内部、从家务事开始写起的，在人物的对话、生活的描述中才露出了合作社工作，乡村叙述者的眼光一直不曾离开三里湾，站在乡村内看到乡村变化，社会主义想象就带上了三里湾的特色。

1. 《三湾里》内的知识青年

《三里湾》中最具有外来新思想、来宣传社会主义思想的人物应该说是在城里上过学、后来返回乡村建设三里湾的知识青年，赵树理看到了这些青年在生产建设中的重要作用，不过赵树理仍把他们看成乡村内的人物，因此在书写中并没有拔高夸大他们的作用，写出了他们作为乡村中一员积极投身三里湾建设的热情和理想[②]，这些接受了初中文化教育返乡的知识青年在劳动教育中成为扎根乡村、建设乡村的新人。

小说中，这些返乡知识青年中最引人注目的是灵芝。虽然父亲范登高只念自己的生意经，灵芝却是一个同玉梅一样热心乡村建设的知识青年，她和同样返乡参加劳动的知识青年有翼共同担任了三里湾识字班的教学工作，两人相约要教育、争取自己的父母入合作社。赵树理不光写了灵芝作为一位乡村团员对未来新生活的向往，也突出了她作为知识青年在乡村建设中的重要性。合作社要扩大，要分粮算账，一个会计做不过来，合作社书记金生拿玉梅换来了还在互助组的灵芝，在玉生为扩社后的碾场设计场磙时，玉生向灵芝讨教凿场磙的计算办法，大家敬重学习过文化知识的灵

[①] 周立波《山乡巨变》，开头第一节叫"入乡"，突出公元纪年、干部身份、从县委奔向乡村的路径，话语叙述姿态非常明显地强调外来力量将对乡村进行改造。同样，40年代的《暴风骤雨》《太阳照在桑干河上》等小说也都有这样相似的叙述姿态，外来的代表着新生力量的革命干部给乡村带来的革命思想让乡村发生变化，不过柳青的《种谷记》、欧阳山的《高干大》和赵树理的小说中，乡村的变化强调的却是内部自己的变化，外来的新思想和力量促进了乡村内部的这种变化。

[②] 这样的乡村知识青年，在50年代后期的赵树理小说中又多被塑造为不安心工作生产、爱慕虚荣的形象，体现了赵树理的不同思考。

芝。同时,灵芝在与农村入社后的青年玉梅、玉生、金生等的交往中也受到了教育,这些缺乏城市文化知识的农村青年凭着自己对集体的热爱,无论是发明有益于乡村生产的各种器具还是在劳动中体现的热情,都让他们赢得村民的尊重。灵芝被玉梅一家人热心社里生产的热情气息所吸引,感受到了融入集体的快乐,在集体劳动中实现了自己的价值,而父亲一心为己的小家生活在她这里成了没趣的生活。在这样的心灵集体化过程中,这位情窦初开的姑娘,最终把自己的芳心许给了一心关心社里技术革新的乡村青年玉生。

这些在乡知识青年的一个显著特征是他们的价值取向是落在乡村内部的,虽然有翼和灵芝都是从城里返乡回来的,然他们都是甘心待在乡村并建设乡村的,并没有离开乡村去城市的想法。在乡村建设中,他们带有一定的文化知识,但赵树理并没有在他们身上附加后来如梁生宝、萧长春等人身上具有的明显的政治革命意识,赵树理看重的是他们与普通劳动者在一起的劳动热情,集体劳动让他们的文化知识发挥了作用,也让他们在乡村中找到了自己的价值,这样,这些返乡的知识青年成了乡村建设的新生力量。在小说中,赵树理并没有拔高或贬低这些乡村知识青年:

> 这些人,不一定生在贫农家庭,自己对农业生产工作也很生疏,然而他们有不产生于农村的普通的科学、文化知识(例如中国、世界、历史、社会、科学等观念),有青年人特有的朝气,很少有、甚至没有一般农民传统的缺点。一个由半社会主义性质的农业生产组织逐渐向着完全社会主义方向发展,对这样的新生力量是应该重视的——因为社会主义事业的任何部门都是需要一般知识的。[①]

同时,赵树理还书写了这些知识青年之间的恋爱,这种明朗朴素的情感是人性自然的一种显露,他们的爱恋是新农村美好生活的一部分。灵芝和玉生、有翼和玉梅之间的爱情是自由自在地发生的,小说一开始让有翼手把手教玉梅在黑板上写字,被灵芝看见,多了几句玩笑,并没什么流言

[①] 赵树理:《〈三里湾〉写作前后》,《赵树理文集》(第4卷),中国工人出版社2000年版,第1704页。

蜚语,也没男女之大防的思想,大家只是感觉到集体生活、学习、劳动充满了快乐。《三里湾》一开始,就展示了这种青春活泼、有生气的乡村生活新景,爱情生活更让乡村生活显出美好。小说花费了较多笔墨来写灵芝和玉生、有翼和玉梅之间的情感,与城市青年恋爱时卿卿我我不同,他们的情感是在乡村劳动中产生的,多是公开的,无论是一块儿识字学习,一块儿开展团员活动,一块儿上地劳动,一块儿宣传合作社等,他们的情感世界没有太多的私密空间。在劳动、学习、工作、生活的公共空间中,这些可人的年轻人自然地产生了对彼此的爱恋,明朗朴素的爱恋成了新农村美好生活的一部分。

2. 三里湾的劳动热情

《三里湾》中最吸引人的地方应该是小说中呈现出来的集体劳动时的那种热闹气氛,小说中在三种人身上体现了这种集体劳动的热情。第一种人,是在生产劳动过程中具有创造精神的人,如小说中的玉生一家人。原来小规模的互助组建成了大规模生产的合作社,原来的生产方式和生产工具都不能适应了,玉生们产生了改良工具的念头,凿场磙的场景就是一个充满这种劳动热情的场景。先是三里湾的两大能人王宝全和王申伯伯在一起"踢通踢通"地打制凿场磙的钻尖,火光一闪一闪,三个孩子围在一旁玩耍,玉生在另一屋设计场磙推车。场磙洗成,场上试用,吸引好多人来观看,"使牲口的人,觉得很得意,挽着缰绳,扬着鞭子,眼睛跟着骡头转;看热闹的人,也觉得很赏心,看那稀稀落落的骡蹄轻轻从谷穗子上走过,要比一个磙上驾两个小毛驴八条腿乱扑腾舒服得多"。这种创造性的生产劳动激起的是社员们劳动的积极性,有人说:"驾这么大的牲口,碾这么大的场,不论打多打少,活儿做得叫人痛快!"在集体生产中,社员们的劳动就不单单是为了最终增加生产效益,也是为了在这样的创造性劳动中得到劳动的乐趣,他们的创造性劳动价值得到了大家的认同。我们尤其在青年人玉生身上看到了这种忘我的创造精神,他发明的活柳篱笆挡沙法,减轻了湾里土地的沙化,他改造的场里装粮食的六道圈的大漏斗,一次能够定量装好粮食。玉生的创造性劳动赢得了社员们对他的赞扬,也赢得了灵芝的芳心。他自己也在这种具有创造性的集体劳动中体验到了劳动的快乐。

第二种人,是热心维护集体利益的人。这里既有老年人,如王宝全老汉、王兴老汉,也有年轻人,如王金生和王满喜。在集体化过程中,他们对那些不愿加入合作社的人也没有什么私仇,但对劳动生产过程中的不公平、不合理有着明确的看法,对合作社集体生产方式充满了热情,对未来新生活充满希望。王兴老汉给社里种菜,管理菜园有经验,打理菜园如同打理花园一样精细,整日带领着一帮年轻人劳作在菜园。玉生把精力一心扑在生产技术和工具的改进上,父亲王宝全就配合他,打制出了多种新式生产工具。金生作为支部书记全面操心着三里湾的发展,无论是入社问题、生产问题、开渠问题,还是社员的思想问题,都是他关心的事件,他把自己的精力完全投入三里湾建设中,大公无私。赵树理并没在这样一群人身上涂上多么浓厚的政治意识,虽然小说中也触及走社会主义和资本主义道路的论争,然这群人要建立的新三里湾更多是在如何提高生产效率后,如何用充满人情的新乡村生活把范登高、马多寿这样走个人发家道路的乡邻人物带进新生活中,因此他们的劳动生活是明朗、快乐的。

　　第三种人,是正在各小组参加集体劳动的人。劳动充满了快乐,三里湾显现出生机勃勃的景象,这种景象在副区长陪同县里来的何科长参观三里湾时给予了一个整体表现。三里湾合作社有四个劳动组,一组种园卖菜,三组下地劳动。何科长首先参观的是菜园,菜园里蔬菜整齐、长势茂盛,让何科长感觉菜园像花园,园里还有三分实验田。一个菜园,处处体现的是劳动的精细化。何科长参观的第二组,由副村长张永清领导,休息的组员正在听张永清比画他在省里国营农场参观收割机收麦子的场景,他的怪模怪样引得大家哈哈大笑。第三组是魏占魁小组,清一色的年轻小伙正在往社场挑谷子,十几个人,个个好像练把式,一个个相跟着,一块块地里的谷子就被转运到了社场上,如同劳动竞赛,谁也不甘落后。最后看到的是一群妇女组成的生产小组,这里的劳动充满了嬉笑玩闹,十五岁的小袁跟一些未结婚的姑娘们开玩笑,称她们都是将来的军属,引来这些女孩的反击嬉戏。何科长看到的这四组,无论哪一组,组里的人们都劳动着,赵树理关注的不是劳动的艰辛,也不单纯是劳动的效益,他更关注的是在合作化劳动中人们的精神面貌,凸显的是集体化劳动的快乐。技术组的创造性劳动让他们对自己的劳动价值有了自豪感,何科长一说到生产,王兴老人就滔滔不绝,张永清对未来机械生活的介绍让大家对未来合作化大生产充满了期待,魏占魁小组中年轻人的不服输精神,妇女小组的嬉戏，都让读者感觉到集体劳动方式让大家的生活充满了快乐，劳动是快乐的。

后来何科长在山顶再次放眼三里湾的全景，川中是种庄稼的土地，山上是果树，有不少的牛羊群放牧其中，而开渠修水利将为三里湾带来一种新景象。金生等人正在做计划开渠引水，这是一项更大的合作化工作。没有合作社生产方式，就无法实现开渠引水，开渠引水不光人力物资的问题无法解决，开渠要经过的土地问题也无法解决。合作社开渠引水，不光会让三里湾一百二十多亩的沙滩地变成水浇地，更重要的是开渠过程本身就是一个集体化过程，同时也会感染教育不愿合作化的范登高和马多寿等人。如同向导张信所说的，马多寿、范登高等人反对开渠，是因为：

> 他的心眼儿比较多一点。你看！刀把上往南快到上滩中心那地方不是安着一台水车吗？那地方的地名叫"三十亩"，马多寿的地大部分在那一带，水车是他们的互助组贷款买的。名义上是互助组的水车，实际上浇得着的地，另外那四个户合起来也没有他一家的多，不论开渠不开渠，他已经可以种水地了。要是开渠的话，渠要从那个水车旁边经过，要把七个水车一齐架到那里，那样一来别的户就要入社，他就借用不上别的户的剩余劳动力了。叫他入社他又不肯——因为他的土地多，在互助组里用工资吸收别人的劳动力，实际上和雇工差不多。

因此金生等人领导开渠，是实现三里湾全面合作化的重要一步，只有实现了乡村水利建设，大规模的集体生产才能开始。在开渠会议上人们对开渠后三里湾的想象，就成了对未来社会主义生活的想象。画家老杨三幅三里湾的画，集中体现了人们对这种未来新生活的想象，第三幅画中的三里湾是：

> 山上、黄沙沟里，都被茂密的森林盖着，离滩地不高的山腰里有通南彻北的一条公路从村后边穿过，路上走着汽车，路旁立着电线杆。村里村外也都是树林，树林的低处露出好多新房顶。地里的庄稼都整齐化了——下滩有一半地面是黄了的麦子，另一半又分成两个区，一个是秋粮区、一个是蔬菜区；上滩完全是秋粮苗儿。下滩的麦

子地里有收割机正在收麦，上滩有锄草器正在锄草……一切情况很像现在的国营农场。

在这幅被标为"社会主义时期的三里湾"的画中，未来三里湾的建设涉及绿化、交通、电力等问题，村里房屋翻新，地块布局被规划，产粮区和种菜区被区分，劳动开始使用机械。这种想象中，最为突出的是对未来新生活的规划意识，对生活环境的规划强烈体现了人们对自己未来生活的建设意识。中华人民共和国成立七十多年后的今天，三里湾中这种对乡村现代化的设想已经在大多数农村实现和正在实现，无论是农民们最初最关心的农业生产机械化，还是村庄中的"楼上楼下、电灯电话"，乡村交通也基本实现拖拉机和大卡车的通行，生态问题在近些年也开始被重视。从乡村现代化想象这一点上来说，当今乡村的发展变化正是沿着当初这种想象发展而来。历史经验也告诉我们，对乡村这种现代想象的实现，单靠个人的力量是根本无法达到的，同时单靠乡村自身的自由缓慢发展也是难以实现的，因此集体化、合作化的生产为实现这一未来图景起到非常重要的作用。为着实现这一目标，三里湾全部进入了合作化生产方式中，小说最后交代马多寿一家和范登高一家也入社，合作化任务完成，人们的生活将奔向一种新的方式，这种想象在当时来说是一种非常具有现代性的想象。虽然后来人民公社的生产方式出了问题，但我们并不能因此否定当初文学中想象出来的这种生产方式的合理性，恰是在这些文学作品的想象中，我们看到了年轻一代主动改造几千年难得变动的老乡村、奋不顾身奔向未来美好生活的激动人心的热情，这种对未来美好生活的想象、投身其中的建设热情在哪个时代中都是令人向往的。

3. 青年心灵的集体化

合作社扩社后需要新的技术、新的人际关系、新的时间观念、新的生活方式，在生产生活方式的改变中，人们逐渐认同集体化，认同社会主义道路。识字、集体劳动、社团生活会，将农村青年组织了起来，这种集体生活生产方式为他们带来精神世界的充实感和愉悦感。集体生活生产方式为青年们提供了聚在一起自由交流的场合，与传统农业社会中以个体农户作为生产单位相比，这种集体方式给人们带来前所未有的感受，尤其对于青年妇女。曾经很少与外人接触的青年男女现在在日常生产和生活中，就可以自由地与家庭和宗族以外的青年有更多的联系。从传统家庭生活中走出来的女性,在每日的集体劳动和集体政治活动中会有一种欢聚的感受,同龄人之间、同性之间乃至异性之间的交往与互动前所未有地加强了。

在《三里湾》中,首先聚集青年人在一起的是村中的扫盲班。虽然小说中说乡村识字学习班推行得并不理想,小说中人们左等右等,两个班只来了学习的九个人,以至于识字课没能上起来,但问题并不是青年不愿意来参加这种扫盲班,而是此时赶上的正是农忙季节,多数乡村青年晚上顾不上来学习,只有像灵芝、有翼这样家里农活不紧张的青年才来上扫盲班。在互助组时期,热心这种学习的农村青年多是家里农活不忙或是来凑热闹的青年男女,这种情况在丁玲《太阳照在桑干河上》中就有过具体的描写。

《三里湾》中青年人心灵的集体化主要表现在乡村劳动中。这不光表现在玉梅、玉生、灵芝、有翼、满喜这样积极参加劳动的年轻人身上,也表现在这个集体劳动场景中其他人身上。有两个劳动场景,一是何科长视察三里湾各个劳动小组时看到的场景;一是在打谷场上看到的情景。何科长在视察时,在菜园看到一帮年轻人跟王兴老汉学习种菜,张永清劳动间隙谈论未来机械收割机也吸引了一大帮青年人,魏占魁一组的年轻人更是在比赛着从地里往社场里挑麦子,妇女组的劳动充满了嬉笑玩闹。劳动在年轻人这里不是艰辛的,而是充满快乐的,是集体的劳动方式让这些青年有了更多与别人交流、娱乐的机会,也让他们的精神变得开朗起来。在这群为集体而劳动的青年人中,玉生是一个代表,他把自己的全部聪明才智都投入三里湾的建设中:

> 他是个百家子弟,什么事也能伸手。他分内的事是那些药剂拌种,调配杀虫药,安装、修理新式农具,决定下种时期、稀密,决定间苗尺寸……一些农业技术上的事,不过实际上做的要多得多——粉房的炉灶、家具也是他设计的,牲口圈也是他设计的,黄沙沟后沟几百根柿树也是他接的……在生产技术上每出一件新事,大家就好找他出主意。他聪明,肯用思想,琢磨出来的新东西很多。

这样的劳动让他忘我,也让他感到劳动的价值和快乐,在为集体的劳动中赢得人们的尊重时,也赢得了灵芝的爱情。

第二个劳动场景是在打谷场上，三块场地，一块合作社碾场，一块互助组给马多寿家碾场，还有一块是袁天成单户碾场。三块碾场场景比较，让入社的社员明显感觉到了集体归属感。合作社场地上，正在试用玉生他们洗好的三个新场磙，由于社扩大，原来适合小场的石磙现在要洗得适合大场，好多人围在大社场边看实验，高大肥壮的骡子驾着新石磙，看到集体的丰收，人们都很高兴，与互助组相比，这里吸引人们心理的是大规模生产方式和劳动的热闹性。与之相比，马多寿家和袁天成家的互助组碾谷场面就冷清多了，马家只有马有余一人翻晒谷子，两头毛驴又不能来碾场，马有余埋怨家里人做事没打算，只好临时借范登高的骡子。合作社社场碾完场卸了骡子，二十来个社员七手八脚忙起来，攒起堆来扬过第一遍时，马家谷子才碾好，等到马家场上攒起堆来，社里的谷子已经筛扬第二遍了。互助组里袁丁未见合作社里做活条件好，干活有劲，又听说光莱园子收入每户平均就能分到差不多一百万元，便羡慕地要明年入社。而个人碾场的袁天成，只有他十三岁的孩子帮他，袁天成一个人挑，一个人攒堆，一个人扬场，完全忙不过来，只有求亲戚马有余帮忙。三块场地碾谷，气氛完全不一样，这让众多入了社的年青社员感到了集体劳动的自豪感。

青年一代人很快就认同了这种集体生产方式，并接受了外来新的思想价值观念，乡村中普通农民对集体生产方式的认同则是从乡村价值判断出发的，合作社生产方式提高了劳动生产效率，更重要的是加入合作社后，农民感觉自己的背后还有一个社为其撑腰，社成了他们精神的一个归属地，三里湾内的世界逐渐改变，富裕的马多寿、范登高也最终融入了合作社，奔向共同富裕的社会主义道路，在这种叙述过程中，体现出的是乡村内浓浓的人情伦理。

二 三里湾内的人情伦理

《三里湾》中没有压迫剥削他人的恶霸地主，赵树理说"富农在农村中的坏作用，因为我自己见到的不具体就根本没有提"[1]，站在乡村内部，

---

[1] 赵树理：《〈三里湾〉的写作前后》，《赵树理文集》（第4卷），中国工人出版社2000年版，第1711页。

赵树理看到的不过是两种对未来生活的设想，一条道路就是走合作化的社会主义道路，另一条是马多寿、范登高他们要走的个人发家道路。这两条道路的冲突并不在阶级层面，而是在道德伦理层面。对于走前一条道路的农民，赵树理极力凸显他们为集体、为整个三里湾发展而无私奉献的精神和对未来新生活的想象。对马多寿和范登高这样只顾自己小家的人，赵树理并没有丑化他们，而是写出了他们真实的思想情感。

马多寿家原是一个大户人家，土地改革后已经不再占有太多土地，他们对金生领导的新政权并没有阶级仇恨，自己大儿子在城里当干部，三儿子马有喜参军，自己也算是军属人家，小儿子马有翼成了村里的青年团员。从小说描写中，我们看到马多寿自己也下地劳动，二儿子还跟满喜一样是一个劳动好手。马多寿、老婆以及二儿子、儿媳妇不愿入社，主要是担心自己在入社后利益受损，他们的地能浇上水，自己又有大牲畜，自己的人也能干活。他们不愿入社，阻止儿子有翼跟灵芝、玉梅这样热心社里工作的人交往，害怕儿媳妇菊英分家，这都是一个普通人家老人会有的正常心理。就是马多寿老婆"能不够"，私自挑拨小俊和玉生离婚，准备把小俊娶过来给自己儿子有翼当老婆，也是从私人情感角度出发的，"能不够"对儿媳妇菊英的刁难不过是一个乡村恶婆婆对儿媳妇行使权威的一种体现。到后来，眼看自己经营的这个大家庭要分家，四个儿子三个要走合作化道路时，马多寿和老婆两人的思想才有了真正变化，马多寿说："咱们费尽心机为的是孩子们，如今孩子们不止不领情，反而还要费尽他们的心机来反对咱们，咱们图的是什么呢？我看咱们也不如省个心事，过个清静日子算了！"这种想法与《创业史》中梁三老汉看到儿子梁生宝不跟自己一个心儿走发家致富道路而要带领大伙走集体化道路时的心境几乎完全一样。在新的生产方式面前，老年人不得不退让，跟随了青年人的生活。

小说中还有一段对马多寿收藏"宝贝"的描写，别有意味。青年满喜打扫马家屋子看到了马多寿收藏在一个没门面的旧大柜里的旧东西，有一顶前清时代的红缨帽，还有：

> 半截眼镜腿、一段破玉镯、三根折扇骨、两颗没把纽扣、七八张不起作用的废文书、两三片祖先们订婚时候写的红庚帖、两个不知道

哪一辈子留下来的过端阳节戴的香草袋……尽是些没用东西。

在年轻人满喜看来这些东西全是过时的旧东西，他无法理解马多寿老人收藏这些旧东西的心思，只是简单地认为这是思想落后的表现。满喜这样的年轻人奔向的是新生活，而在马多寿这样的老人眼中，生命已经不再有太多的时光，因此他们的生活不是奔向未来，更多成了对过去时光的一种回忆，而这些在满喜眼中的旧东西正承载着马多寿对自己过去生活的回忆。

在马多寿这里，他开始考虑自己老年的安排。分家后，究竟去谁家养老的问题让马多寿颇为纠结，在老大马有余和老四马有翼两者之间选择时，老两口竟都看上的是玉梅的忠厚，能干活，为了不得罪老大，还特意请村干部来主持会议。这些微妙的内心变化，让读者看到的是乡村中老年人对自己老年生活的一种打算，有切实的考虑，有人情。在没入社之前，马多寿的想法"只是想多积一些粮食，学范登高那样买两头骡子，先让大儿子马有余赶着跑个小买卖，以后等在外的两个儿子也回来了，家产也发展得大了，又有财产又有人，全三里湾谁也不能比马家强"。只是后来菊英闹分家，二儿子有福也来信说要把自己名下的土地捐给村里，四子有翼也要分家，马多寿只剩下了自己老两口的养老地和大儿子有余的土地，在算账之后，确切知道入社后土地和分红的粮食比单干的收入高后，马多寿决定入社了。这里，马多寿的入社有对合作社优越性的考虑，但更多的却是对家庭情感和对自己晚年生活的考虑，人情伦理占了重要地位。

虽然马多寿和老婆"能不够"最初不愿小儿子有翼与灵芝、玉梅这样一心为着社里发展的青年交往，却认为灵芝、玉梅都是过日子的人，后来因看上玉梅的忠厚勤快，而选择跟着有翼养老，这种为自家的打算虽为自私却也合乎人情。在社场劳动中看到玉梅不论拿起什么家伙来都有架势，马多寿心中暗暗夸赞。而作为批评对象的马多寿大儿子马有余外号叫"铁算盘"，虽然他一直跟父亲马多寿站在一起也不愿加入合作社，然他也是一个很能干的乡村劳动者，在他和满喜一块儿打扫下乡干部的房间时，作者有意识地把他和劳动能手满喜进行了比较，"王满喜这个一阵风，做起活来那股泼辣劲好像比风还快；马有余这个铁算盘，算起自己的小账来虽说尖薄些，可是在劳动上也不比满喜差多少。"马多寿在三里湾也是下地劳动的，他的"糊涂涂"外号就是在犁地时唱戏词得来的。虽然赵树理把马多寿一家放置在走个人发家道路而不愿意入社的对象中，然而赵树理还是突出了他们庄稼人的本色——节俭勤劳。

满喜这个普通青年在马家为下乡干部打扫房间时，遭到马有余老婆"惹不起"恶意中伤，他敢于揪着"惹不起"到马多寿跟前要她说清楚，马多寿和儿子马有余赶紧出来赔不是。如此在马家教训马家人，可见马多寿家并没多少威风，不是因为马家人是被斗争过的地主身份，也不是害怕满喜的干部身份，而实是自己儿媳妇不占理，乡村伦理在这里仍起着重要作用。

赵树理在表现马多寿一家时，更多的是把他们当成一个劳动的庄稼户来写。站在乡村社会内部，人与人之间更多的是乡间人情伦理，马多寿这样的富裕户，全家劳动，在价值观念上，也看重劳动本身，只是为自己考虑多些最初不愿入社，成了人们的批评对象。赵树理心目中的新农村是要让全三里湾的人走向共同富裕的道路，因此马多寿这样的人家也是将来共同富裕对象中的一员，而不是被压制、被抛弃的对象，这里显示出的是朴素的乡村伦理。即使像小俊那样曾经撒泼耍赖、不事生产的女性，被玉生休掉后，最后也在认错后和劳动能手满喜重新成立了家庭后，获得了人们的认同。在赵树理心目中，三里湾没有阶级敌人，没有地主恶霸，也没有彻底的坏人，有的只是乡村邻里，有的都是小问题，最终大家都要走向新生活。因此小说结尾，范登高认错，马多寿思想变通，三里湾实现全员入社，合作社新生活开始，大团圆的结尾方式体现了普通乡民的心愿。

小说中处境最为尴尬的人物要数玉生原来的媳妇小俊。小俊不愿伺候公公婆婆，在与妯娌干家务中偷奸耍滑，迫于闹分家影响不好，金生一直不同意小俊提出的分家要求，要让自己媳妇多忍让，这让金生媳妇憋着一肚子的气。然而小俊听了她妈"能不够"的主意为一件绒衣故意跟玉生吵架闹分家，这样分家后小俊就可以完全控制住丈夫玉生了。没想到吵架时，小俊摔了玉生自制的曲尺，被激怒的玉生扇了小俊耳光后坚决要离婚。离了婚的小俊非常后悔，"想起玉生的时候常有点留恋，只是说不出口来"，后来她妈"能不够"就和有翼妈"常有理"商量，要让有翼来娶小俊。这件事要是成了也合了她的心事，小俊想要是能嫁给一个上过中学的人，也算是对玉生的一种报复，没想到有翼死活不同意，有翼看上的恰是玉生的妹妹玉梅。自己要捞的中学生没有捞到手，反让玉生娶了灵芝，小俊自己是"一头抹了、一头脱了"，两头都耽搁，后悔得不得了，又没脸跟别人说，成了没人要的人，只好整天躲在家中哭泣，不敢出门见人。小说中有一段书写就是小俊在地里劳动时看到玉生后的复杂感情，也显出作者的同情：

> 小俊一看见玉生，又引起了自己的后悔，眼光跟着玉生的脚步走，一会就被眼泪挡住了。她偷擦了一把泪，仍然去割豆子，可是豆子好像也跟她作对，特别刺手。黄豆荚上的尖儿是越干、越饱满就越刺手。在头一天他们割的是南半截地的。南半截地势低，豆秆儿长得茂盛，可是成色不饱满，不觉太刺手；今天上午来的时候，因为露水还没有下去，也不大要紧；这时候剩下的这一部分，豆的成色很饱满，露水也晒下去了，手皮软的人，掌握不住手劲的人，就是有点不好办。小俊越不敢使劲握，镰刀在豆秆根节一震动，就越刺得痛，看了看手，已经有好几个小孔流出鲜血来。她看到玉生本来就有点忍不住要哭了，再加上手出了血，所以干脆放下镰刀抱着头哭起来。天成老汉问她为什么哭，她当然不说第一个原因，只说是豆荚刺了手。被豆荚把手刺破，在庄稼人看来是件平常事，手皮有锻炼的人们也很难免有那么一两下子，谁也不会为这事停工。天成老汉见她为这个就哭得那么痛，便数落她说："那也算什么稀罕事？你当什么东西都是容易吃到的？你只当靠你妈教你那些小本领能过日子？不想干了回去叫你妈来试试！她许比你的本领还大点！……"小俊不还口，只是哭得更响一点。

小俊的后悔心酸只有自己知道，和玉生闹分家时的心机和耍泼让人有些厌恶她，但此处的痛哭却又令人同情。因自己的任性失去了美好婚姻生活，未来的生活不知在哪里着落，小俊为自己的行为付出了非常沉重的代价，因此在小俊痛哭自己的生活时，人们已经原谅了她。赵树理没有把小俊这样的人物完全写成合作社发展过程中的反面人物，而是把他们写成合作化过程中后来跟上来的乡邻，仍充满了感情。村里的人们没有因为马多寿等最初不愿意入社就完全排斥他，在马多寿愿意入社后大家仍是热情地接纳了他。同样，小俊认识到自己的错误后，乡邻们也是重新接纳了她。好心的大年老婆看到了小俊在村中的尴尬和内心的后悔与痛哭，主动关心了她，并给她和满喜牵了线。满喜在看到小俊认错悔过的态度后也接纳了小俊。我们在这里看到的并不是阶级意识，而是乡村的人情伦理在改变着人们对合作社的态度。在这里，倒是玉生和小俊的第一次婚姻并没有太大影响到他们的第二次婚姻，对灵芝和满喜来说他们更看重自己爱人的人格品质。这样，随着马多寿、范登高、小俊等人的入社、重新结婚，三里湾全面走上了合作化道路，这是新生活方式的胜利，也是乡村人情伦理的胜利。

第三节　想望城市的文学青年

《三里湾》中塑造扎根乡村、建设社会主义的青年群像，为当代读者展现了城乡现代化过程中乡村青年的新精神面貌，然城乡问题，并不像灵芝、有翼那些返乡青年所反映出的那样单纯。这一问题后来随着赵树理在1957年的一封回信《不要这样多的幻想吧？——答长沙地质学校夏可为同学的信》而引发社会讨论，为此赵树理还写有多篇文章和两篇小说《卖烟叶》和《互作鉴定》来谈论他重新思考的乡村知识青年所遇到的城乡问题。在这些小说中，乡村知识青年不再与《三里湾》中的青年相同，而成了乡村中的文学青年，想望城市，不安心农业生产，甚至谎话连篇，逃避乡村劳动，这样的乡村知识青年完全失去了建设乡村新生活的追求，成了赵树理小说中的批评对象。

一　热爱文学的乡村文学青年

不管是《互作鉴定》中的刘正，还是《卖烟叶》里的贾鸿年，二人虽然年龄和接受的教育有所差距，他们都是乡村中的文学青年，共同爱好文学，这一身份在当时语境值得思索。

《互作鉴定》中的农村青年刘正，写信给县委书记，叙述自身所处的"不堪境遇"。自己作为一个"诗人"在这里受到讽刺，受到不公待遇，恳求把自己调离农村，"情愿到县里扫马路、送灰渣……做一切最吃苦的事"。《卖烟叶》中的农村青年贾鸿年也有一个文学梦，他写了一本二十来万字的小说,忙于文学创作,无心于农业生产。乡村知识青年不安心农业生产,热心文学,深受当时社会价值取向的影响。当时,乡村知识青年想成为城里有公职单位的人,文学创作是一条捷径。80年代路遥小说《人生》中高加林进城最初的身份就是通讯员,阎连科小说《受活》中养父给柳鹰雀指示的升迁道路的第一步也是当公社通讯员,写作能力是乡村青年被调进城的重要条件,文学创作是显示这种写作能力的主要方式。赵树理小说中的刘正和贾鸿年就是抱这样理想的青年,希望通过自己的文学创作引起上级领导的重视,从而实现自己被调进城里公职单位的人生理想。另外,50年代中后期文学创作的稿酬极高,引发全国性的青年写作狂潮,大量不甘心从事农事工作的乡村青年被吸引着投身文学创作。中学生刘绍棠一夜成名、一夜暴富的故事,强烈刺激着中学生的神经,"好多中学生,寄来许多从自己的日记本上、作文簿上撕下来的作业,还有的是在课堂上潦草写成的诗"[①],希望能够见诸报端引起各公职单位部门的注意。

　　刘正给县委书记写信诉苦的方式完全相同于中学生夏可为给赵树理等人写信的方式,希望自己的遭遇和文学才华能够得到某位领导的注意和赏识,让自己的工作环境发生变化。赵树理并不完全反对青年的文学热情,但他反对脱离群众生产实践的文学爱好,他认为作为乡村中一位有文化的知识青年,第一位的应是从事生产劳动,而不是从事文学写作,一味强调自己的知识青年身份就会脱离实际生产劳动。刘正就是这样一个试图要逃离乡村生产劳动的乡村知识青年,没有把自己定位在做一个乡村中有文化的知识青年,把自己的文化知识运用到乡村建设中,而是想方设法地凸显自己的文化知识以引起领导注意,以便寻找机会从乡村生产劳动中逃离出去。刘正一旦有了逃离乡村的思想,就不能再安心于自己的本职工作。小说中,他给县委书记写信,一天跑三四趟到公社打听有没有自己的回信,生产劳动的事就完全耽误了。刘正思想的变化带来了他与周围人们关系的变化,他抱怨周围人对他的不理解、排挤,甚至开始为了自己的目的撒谎骗人,完全失去了一个普通人应有的信誉。

　　和刘正的"诗人梦"相比,《卖烟叶》中的贾鸿年看重文学,有更功

[①] 阎志吾:《编辑的功绩、错误和苦恼》,《文艺报》1956年第4期。

利的想法。看到文学创作可以迅速成名和获得经济利益后,贾鸿年不仅创作诗歌,还写作了一部二十多万字的小说。虽然,贾鸿年在写给王兰的万言书中描绘山水的语句让人读着也有淡然生香的味道,如"远处的流水高山,近处的绿槐庭院","夏天之际的月朗风清之夜,我们靠着岸边的短墙设个座儿,浸润在溶溶的月光和隐隐的飞露中,望着淡淡的远山,听着潺潺的流水",然这样的语言并不是他对生活情感的真实表达,而是为了欺骗王兰。一旦写作不能让自己发达,他就欺骗爱护他的老师、对他的舅舅落井下石,为了自己的目的不择手段。同刘正一样,他的文学追求是要放弃乡村劳动生活,用这样的手段实现自己的追逐名利的目的,这样的文学创作在赵树理看来是没有任何实际意义的。因此,不管是觉得周围都是陷阱而神经敏感的刘正,还是表里不一专会骗人的贾鸿年,在赵树理看来,这样的文学青年代表的是在时代巨变中投机取巧的一类青年,他们虽受过教育,却不是乡村现代的建设者。

二 逃离劳动,想望城市

刘正和贾鸿年这样的知识青年并没有用所学的文化知识来建设乡村,更没有创造乡村新生活的热情,他们向往的是城市的物质生活,要逃离乡村劳动,城乡问题凸显出来。

由于思想上不安心于乡村生产劳动,刘正开始用各种办法来逃离生产劳动。在给县委李书记写了一份言辞恳切的信后,他几乎每天都跑一趟公社,"公社离大队要十多里的路程,去公社一趟要耽误一大晌",队里宣布任何人不得无故旷工,刘正就说自己关节炎犯了要请假,后来在加高拦河水坝的劳动中,刘正以此为借口不做挖抬土石的工作,无奈的队长只能让他去捡水渠里的树枝,这样简单的工作刘正也没能做好,一心想着自己的诗歌创作,让水湿了衣服,人们嘲讽他为"一厘诗人"。这种不愿劳动最后变成了什么工作都不做,队里调他到养蜂场,他不听养蜂场主任的劝告被蜂蜇了,却把责任推给他人,后来又被调去做木工,拉了几天大锯就厌烦了,再后来要被派去砂锅窑做砂锅,他又认为这样的工作和自己的理想相差太远。刘正不安心生产劳动,任何工作都不愿意做,虽然口口声声说自己愿意到城里干任何劳苦的工作,实际上只想进城。

《卖烟叶》里贾鸿年也自称体弱多病,也用生病的方式逃避生产劳动。在写长篇小说时他便以生病为由请假，称自己一病不起。队里锄地和铡草两项工作挤在一块正忙的时候，贾鸿年以给舅舅请大夫的借口，跑到城中做投机倒把的生意。刘正觉得他所处的环境不温暖，认为进城才能实现自己的人生价值，而贾鸿年更看重的是投机倒把谋取实际利益。虽然二人口头上都在说社会主义建设中人人平等，但深埋在他们脑海的是特权意识和自私思想。

和贾鸿年相比，刘正的思想还只是个人认识错误的问题，他躲避生产，从深层来说只是人生态度的问题。在乡村建设中他没有脚踏实地，觉得自己是知识分子，没认清自己的人生位置。而贾鸿年年龄比刘正大，学识比刘正高，这使贾鸿年的思想认识比刘正要复杂得多。他先想通过文学创作的方式实现和刘正一样的人生目标，而在稿件被退回来无法走这条捷径之后，又想通过父辈一样的投机倒把迅速赚钱。这位留在乡村中的知识青年不是走向建设乡村社会主义的道路，而是走向了乡村的旧道路，要通过欺占他人财产的手段以达自己发家的目的，这样的发家会导致乡村社会的不公。因此贾鸿年作为青年人表现出来的不是个人思想认识错误的问题，而是旧思想的问题。虽然贾鸿年这样的青年是乡村中的少数，但这种思想却在乡村中有着深厚的根基，清理掉这样的思想根基是乡村革命得以顺利前行的保障，赵树理看到了这样的问题，然对问题的解决却显简单。小说中，随着公安力量的介入，贾鸿年投机倒把的事件败露，但怎样才能真正解决贾鸿年的认识，并不是简单的事，《三里湾》中范登高的问题又在这里出现，而柳青则在小说《创业史》中在三大能人身上对这样的问题进行了更深层的思考。

三 谎话连篇

由于不安心劳动，要逃离乡村，赵树理笔下的这类乡村知识青年的道德就有了问题，主要表现在撒谎方面。刘正写给李书记的信中撒了五次谎，分别是：自己的学习机会被干部子女抢走；同学陈封为讨好队长而在大会上对他猛烈攻击；陈封讽刺他的文学梦，想篡改他的文学作品；被黄蜂蜇伤是主任父女为了排除异己；一厘工分是众人对他的排挤。在生产劳动中，刘正更是以自己身体患有关节炎为由逃避生产。同样，作为"高才生"的贾鸿年更是说谎成性，他用尽心机骗得同班同学王兰的芳心，利用老师的好心为自己的投机倒把赚取资金，他的谎言无处不在，无孔不入。刘正撒谎，抱怨，逃避劳动，想进城，暴露出的是他对自己知识青年身份的错误定位。因为自己是乡村中稀少的初中生，是读过书的人，便认为自己应该成为城市里的公家文职人员，而不该在乡村参加体力劳动。小说特意写到他对县委王书记的瞧不起，王书记鼓励青年学生参加乡村劳动锻炼，他便认为王书记"土头土脑，小天小地，没有大志，只懂种地"。刘正把自己当成知识分子，觉得受过教育的自己就不能和浑身黄土味的农民相提并论，觉得一个生产队对他来说是大材小用，他应该有更大的舞台来施展自己的才华，做出一番让人人称道的大成绩。为了实现这样的个人功名，刘正在现实无法满足自己欲望的条件下，在抱怨中开始编造谎言，期望得到上级领导对自己的提拔。

贾鸿年的说谎与刘正相比有过之而无不及，他的谎话很圆滑，陷他人于困境，阴险恶毒。他假说队里买骡子缺钱，向李老师借了一百块钱，而这钱成了他投机倒把的资本，如果不是被人发现，他或许真的会因这一百块钱而实现他霸占别人房产的梦想。李老师是他的授业恩师，对他青睐有加，但他在为实现自己的自私梦想时，不惜把自己的老师牵扯到投机倒把的活动中。他倾心女孩王兰，但对待爱情他不是坦诚相待而是步步为营地来骗取这个女孩的感情。他隐瞒自己的家庭成分，在想让王兰去自己家时便极力颂扬家乡的美丽，在想让她同自己结婚时便用万言书的形式来阐述自己的"理想"，他想用文学创作的方式让这个美丽单纯的女孩为自己倾倒。在卖烟叶事件东窗事发后，他嫁祸于自己的舅舅，希望舅舅能够一人承担此事。贾鸿年这一类知识青年身上的问题，很难在短时间的学习教育中改造过来，这样一类人物和赵树理在40年代所塑造的小昌、小旦等有些类似，充满了乡村流氓习气。

50年代开始的社会主义现代化建设，城市工业化需要乡村经济的支持，乡村在生产方式实现合作化时在物质文化生活上并没有得到应有建设，城乡差距急剧拉大，乡村人口大量流向城市，但又带来城市的巨大负担。赵树理意识到城乡差距导致乡村知识精英向城市流动的社会问题，然而他单纯地强调乡村知识青年留守乡村的劳动热情和德性，并不能从根本上解决乡村青年向城市流动的社会问题，因此对城市的想望在后来的小说书写中仍顽强地不断隐现出来。

第六章　周立波：乡村内外的想象

1946年10月，周立波到东北参加土地改革，写出反映中国乡村土地革命的成名作《暴风骤雨》。1949年中华人民共和国成立，周立波进城，1951年到1954年，响应时代要求，周立波转向自己并不熟悉的工业题材，创作《铁水奔流》，"我曾听到党的七届二中全会的决议的传达，受了启发，一进城，就想了解和反映工人生活和工业建设"①。然而转型后周立波并未能创作出成功作品，《铁水奔流》虽然修改六遍仍非优秀之作。1955年农业合作化运动高潮兴起，毛泽东发出作家下乡的号召。周立波夫妇响应号召，携女从北京市迁到了湖南省益阳市郊区桃花仑乡的竹山湾安家落户，周立波去附近大海塘乡参加建社工作，担任乡互助合作委员会副主任，以此生活为基础，1956年6月开始酝酿写作《山乡巨变》。对乡村书写，50年代的周立波在努力寻找一条属于自己的道路：

> 他既不是走赵树理及"山药蛋"派作家的纯粹"本土化"，在内容和形式上完全认同于"老百姓"口味的道路；也区别于柳青及"陕西派"作家理想主义的方式，努力塑造和描写新人新事的道路。他是在赵树理和柳青之间寻找到"第三条道路"，即在努力反映农村新时代生活和精神面貌发生重大转变的同时，也注重对地域风俗风情、水光山色的描绘，注重对日常生活画卷的着意状写，注重对现实生活人物真实的刻画。也正因为如此，周立波成为现代"乡土文学"和当代"农村题材"之间的一个作家。②

---

① 周立波：《〈铁水奔流〉的创作》，《周立波文集》（第5卷），上海文艺出版社1985年版，第660页。

② 严家炎主编：《二十世纪中国文学史》（下册），高等教育出版社2010年版，第61页。

第一节　国家意识与乡村情感

一　下乡/返乡者眼中的风景

《山乡巨变》第一节标题为"入乡",明确强调国家意识进入乡村的强势姿态,一批在城市接受新思想教育的干部奔赴乡村开始发动农业合作化运动,与《三里湾》从家务事写起不一样,《山乡巨变》一开始就明确强调了这种国家意识对乡村的主动变革:

> 一九五五年初冬,一个风和日暖的下午,资江下游一座县城里,成千的男女,背着被包和雨伞,从中共县委会的大门口挤挤夹夹拥出来,散到麻石铺成的长街上。他们三三五五地走着,抽烟、谈讲和笑闹。到了十字街口上,大家用握手、点头、好心的祝福或含笑的咒骂来互相告别。分手以后,他们有的往北,有的奔南,要过资江,到南面的各个区乡去。

小说中的主人公邓秀梅也是被派遣到乡村发动合作化运动的一员,不过这位进入乡村并将要改革乡村的女性却并不完全是一个乡村外来者,她本来就出生在她要去宣传推行合作社工作的清溪乡,因此对邓秀梅个人来说,这次下乡也是一种返乡。这种双重身份不光是小说人物邓秀梅的,也是小说作者周立波的,因此乡村书写就既带上了明显的外来者变革乡村的意识,同时也因有着对乡村世界的熟悉,小说多了份乡村情感。在显性叙述中邓秀梅代表着外来的国家意识,在乡村日常生活中她又会亲近认同乡村内的文化价值,而这种亲近和认同会在无意识中悄然改写外来的思想价值。《三里湾》的作者赵树理站在乡村内书写合作化期间乡村发生的社会主义变化,然而重心在重建他心目中理想的乡村道德秩序和人情伦理,作为早期书写合作社的小说,在被肯定的同时也被批评[①]。周立波《山乡巨

---

① "作者对于农民的力量的这一方面似乎看得比较少,至少没有能够把这个方面（转下页）

变》中外来国家意识和乡村情感纠缠较量，同样展现了乡村社会主义建设的复杂性和丰富性。

这种复杂性首先表现在邓秀梅入乡过程中看到的各种风景的描写中。邓秀梅返乡，首先看到的是家乡资江边的风景，描写中透露出的是城市知识分子对乡村幽静、安逸生活的欣赏：

> 节令是冬天，资江水落了。平静的河水清得发绿，清得可爱。一只横河划子装满了乘客，艄公左手挽桨，右手用篙子在水肚里一点，把船撑开，掉转船身，往对岸荡去。船头冲着河里的细浪，发出清脆的、激荡的声响，跟柔和的、节奏均匀的桨声相应和。无数竹排和竹筏拥塞在江心，水流缓慢，排筏也好像没有动一样。南岸和北岸湾着千百艘木船，桅杆好像密密麻麻的、落了叶子的树林。水深船少的地方，几艘轻捷的渔船正在撒网。鸬鹚船在水上不停地划动，渔人用篙子把鸬鹚赶到水里去，停了一会，又敲着船舷，叫它们上来，缴纳嘴壳衔的俘获物：小鱼和大鱼。

抒发了这样的些许情思后，小说马上回到了邓秀梅肩负的乡村工作意识上，说明邓秀梅现在还不能要孩子，"现在要工作，要全力以赴地、顽强坚韧地工作一些年，把自己精力充沛的青春献给党和社会主义的事业"，小说开始明确强调女主人公入乡的革命意识。小说叙述中，入乡路上的邓秀梅开始思考如何在清溪乡开展农业合作化运动，这个由党中央决定、从省里传达到县里、并要在乡村开始的任务，国家话语明确，随后路边进入邓秀梅眼睛的景色也因之而变化，首先入眼的是路边一个土地庙，土地庙的颓败暗示乡村将要发生巨变。半路上遇到盛佑亭，邓秀梅直接进

（接上页）充分地真实地表现出来。就是在他所描写的农民中的先进人物的形象上也显然染上了一些作者主观的理想的色彩，而并没有完全表现出人物的实在的力量。因此，在他作品中所展开的农民内部或他们内心中的矛盾就都不是很严重，很尖锐的，矛盾解决得也比较容易。作品中的许多情节都没有得到充分展开的机会，而故事就匆忙地结束了。这样，就影响了主题的鲜明性和尖锐性，影响了结构的完整和集中，使作品在思想上和艺术上没有能够取得更大的成就。"周扬：《建设社会主义文学的任务——在中国作家协会第二次理事会会议（扩大）上的报告》，《文艺报》1956 年 5—6 期合刊。

行工作调查，了解了人们因听说合作化风声而变卖生产物资的动向。在这样的叙述中，作者要凸显邓秀梅的工作热情，刻意去掉了这位返乡者对自己故乡的个人情感，邓秀梅在显性叙述中是一个外来干部，而不是一个返乡者。

不过即使如此，作者熟悉的乡村风景仍会不时进入邓秀梅的眼中：

> 虽说是冬天，普山普岭，还是满眼的青翠。一连开一两个月的白洁的茶子花，好像点缀在青松翠竹间的闪烁的细瘦的残雪。林里和山边，到处发散着落花、青草、朽叶和泥土的混合的、潮润的气味。……邓秀梅生长在乡下，从小爱乡村。她一看见乡里的草垛、炊烟、池塘，或是茶子花，都会感到亲切和快活。她兴致勃勃地慢慢地走着。一路欣赏四围的景色，听着山里的各种各样的鸟啼，间或，也有啄木鸟，用它的硬嘴巴敲得空树干子梆梆地发出悠徐的，间隔均匀的声响。

熟悉亲切的故乡景物吸引着居住在城市中的邓秀梅，让她流连忘返。在这样的景物描写中，我们看不到邓秀梅作为国家干部入乡时的强硬姿态，而感到的是一位多情的、情感细腻的女性对故乡的细腻柔情。清晨去盛佑亭家，看到的农家小景也让邓秀梅觉得亲切：

> 邓秀梅远远望去，看见一座竹木稀疏的翡青的小山下，有个坐北朝南，六缝五间的瓦舍，左右两翼，有整齐的横屋，还有几间作为杂屋的偏梢子。石灰垛子墙，映在金灿灿的朝阳里，显得格外地耀眼。屋后小山里，只有疏疏落落的一些楠竹、枫树和松树，但满山遍地都长着过冬也不凋黄的杂草、茅柴和灌木丛子。屋顶上，衬着青空，横飘两股煞白的炊烟……看见有人来，禾场上的一群鸡婆吓跑了，只有三只毛色花白的洋鸭，象老太爷一样，慢慢腾腾地，一摇一摆地走开，一路发出嘶哑的噪叫。一只雪白的约克夏纯种架子猪正在用它的粗短的鼻子用劲犁起坪里的泥土，找到一块瓦片子，当作点心，吃进嘴里，嚼得崩咚崩咚响。

这幅乡村山景，色彩明媚，环境安逸，是邓秀梅的眼光还是周立波的心境？哪里突然来的这样悠闲自在的心态？从第一节邓秀梅入乡开始，小说叙述一直凸显的是邓秀梅作为乡村外来者领导农业合作化运动的干部身份和心境，邓秀梅关心的不是这样的景致，而现在不时逸出的如此风景，只能是来自周立波对自己故乡的一种深情回忆。这样的笔调在让小说叙述充满一种乡村诗情画意的美感时，也在一定程度上淡化着邓秀梅所代表的外来干部的政治使命意识。从今天的阅读效果来看，小说吸引人的并不是邓秀梅所承载的乡村外政治意识，而是小说中体现出的这种浓浓乡村风情。杜国景说：

> 《山乡巨变》和其他短篇小说，之所以今天仍有巨大的阐释空间，与其说是艺术风格的魅力，不如说是因为他对"地方性知识"的发现、叙述，与国家政治制度变迁之间，仍存在着潜在的对话关系，"地方性知识"的生成与辩护仍有迹可寻。表面上，山乡村落社会的"地方性"文化基础虽然曾被国家制度文化所动摇，但地方习尚、制度、语言，尤其是地方社群、地方文化形态的思维与行为逻辑、内在的文化心理等等，仍不时从合作化意识形态的规训中逸出，直至以"地方性"顽强抗拒着中央政权的"普遍性"秩序。这便使合作化小说的意义生成，多了一种可能性……周立波对清溪乡合作化运动的兴趣，与其说在政治原理方面，不如说在这种具有连带性的社群心理方面。他所津津乐道的，是乡村婚俗、童趣、礼节、迷信、中草药。还乡期间，农民吵架、送亲、小孩满月都会让周立波津津有味地去凑热闹，或直接上门去"打贺三朝"。[①]

二 乡村会议与娱乐

不像一般小说强调外来干部的工作能力和思想，小说叙述中邓秀梅进入乡村召集的第一次会议开得很不成功，她失去了之前与村民交流时那种流利的语言和自信心。作为城里来的、代表着国家意识的外来者进入乡

---

① 杜国景：《合作化小说中的乡村故事与国家历史》，中国社会科学出版社2011年版，第243—244页。

村，周立波为什么要给邓秀梅这样一个不利的开头呢？这是一种乡村内视角对外来工作者的一种叙述，显出周立波对乡村文化具有自身独立性的认同。小说中的第一次会议：

邓秀梅看看笔记，开始报告了。初到一个新地方，不管怎样老练的人，也有点怯生。邓秀梅脸有点热，心有点慌了。眼望着本子，讲得不流利，有几段是照本宣科，干枯而又不连贯，没有生动的发挥和实例。房间里肃肃静静的。人们拿出本子和钢笔，准备记录。但过了一阵，听她讲得很平淡，口才也不大出色，有几个人的精神就有一点散漫了。有人把本子和钢笔干脆收起来，大声地咳嗽；有一个人把旱烟袋子伸到煤油灯的玻璃罩子上，把火焰吸得一闪一闪往上升，来点烟斗；坐在灯光暗淡的门角落里的那两个后生子，"思想开了小差了"，把头靠在墙壁上，发出了清楚的鼾声；坐在桌边的陈大春，顺手在桌子上响了一巴掌，粗声猛喝道："不要睡觉！"睡觉的人果然惊醒了，不过不久，他们又恢复了原状。

邓秀梅传达的农业合作化，作为一种现代生产方式，是要变动中国几千年来的小农经济，然而乡村干部们对此并没有多少热情与认识，邓秀梅讲得不生动，乡村干部们学得不积极，甚至带有抵制情绪。乡党委书记李月辉看出邓秀梅的窘态，提议休息一会儿，大家就一哄而散，跑到两边房间里去玩牌、拉二胡，自娱自乐。为了缓解尴尬气氛，李月辉建议邓秀梅也玩会儿纸牌，会议的严肃性被乡村生活的自由性取代。邓秀梅作为乡村外来指导工作的干部，第一次会议没能按照自己设想的实现动员青年干部的目的，而是被李月辉代表的乡村生活方式所同化。对邓秀梅召开的第一次会议，周立波并没有详细叙述邓秀梅所传达中央思想的重要性以及具体内容，却用大量笔墨来书写邓秀梅会议失败后被乡村青年如何拉到打牌游戏中的场景。玩扑克牌的场景，在一般小说中都被安置在反面人物身上以显示他们生活的堕落，对娱乐的认同会削弱革命者工作的严肃性。但在《山乡巨变》中，李月辉不光认同这种娱乐，还让邓秀梅这位外来干部也参与其中，周立波用两页多的文字来描述这一打牌场景。这样的一种描述让小说叙述立场一下子回到了乡村内部，邓秀梅报告的重要性被冲淡，乡村生活自由自在的面貌显露出来,乡村青年面目活灵活现。这些青年打牌娱乐的细节在邓秀梅第一天初到清溪乡时就看到过,当天会议前先到的青年也玩牌、看小人书、拉胡琴、唱花鼓戏,乡村青年的生活并不单一,反而是自由自在的、快乐的,只有站在乡村内才有这样的认同,而这样的场景在后来的农村合作化小说中再没有出现过。

打牌拉近了大家与邓秀梅的关系,第二次召开会议,邓秀梅努力用乡村内的一些事件来打通大家的思想,会议逐渐引起大家兴趣,不过这一改变是乡村干部李月辉建议后的结果,这再次显示了乡村外来工作者邓秀梅并未能按照自己的讲话方式来开这个会议,而得不断努力融入乡村内部来,在这样的融入过程中,邓秀梅一开始就得由国家意识向乡村情感妥协,而不能在"入乡"的过程中直接对乡村发号施令。比较会议第一节和第二节,邓秀梅和乡村内干部的关系并不一样,在第一节中虽然邓秀梅讲得不流畅,但大家如同小学生一样,有人还拿出笔准备做记录,在话语权上邓秀梅明显占主导地位,而到了第二节中,邓秀梅的发言就开始不断被打断了,邓秀梅的话语权威性不在了:

"你们乡里有个盛佑亭,小名叫面糊,是吧?"大家都笑了。邓秀梅继续说道:

"亭面糊是一个好人……"

"田里功夫,他要算一角。"盛清明插口说道。

"他是你的嫡堂阿叔嘛,当然好罗。"陈大春跟他抬杠。

"我盛清明内不避亲,外不避仇,好就说好,不好归不好。田里功夫,他比你耶耶还强一色。就是有一点面糊,吃了酒,尤其是有点云天雾地。"

"这亭面糊,解放以前,从来没有伸过眉。"邓秀梅接着说道:"他住在茅屋子里想发财,想了几十年,都落了空。解放后,他一下子搬进了地主的大瓦屋,分了田,还分了山。他脚踏自己的地,头顶自己的天,伸了眉了,腰杆子硬了。但是,他的生活还不怎么好。"

"是呀,去年,他还吃过红花菜。"盛清明说。

"这是为什么?"邓秀梅发问,随即又自己回答:"这是因为小农经济限制了他,只有这点田,人力又单薄,不能插两季。"

"他家人口也太多，除开出阁的，大小还有六个人，小的都进了学堂。"盛清明又插口说。

"清明子，"李主席温和地笑着忠告道，"依我看，你还是让同志先讲，有你讲的时候的。"

邓秀梅入乡的第一次会议，本来是要传达中央精神，而在第二节中，不断有盛清明、陈大春等的插科打诨，不得已李月辉才出面制止了这种随意散谈的方式。盛清明、陈大春的插话抬扛是典型的乡村聊天方式，而邓秀梅在这里采用的是会议话语，不应该随意插进这样的玩笑话，这显示出两种话语方式的冲突。

不过周立波并没有让这样的话语方式完全自由发展下去，而是很快重新调整到了对邓秀梅所讲话语重要性的强调中去了：

> 邓香梅举了亭面糊的例子以后，她的报告引起了大家的兴致，都专心地听，用心地记了。会议室里，鸦默鹊静，只有那口小白钟发出嘀嘀哒哒的，很有规则的微响，间或，透过后边屋里的亮窗子，从后山里，传来一声两声猫虎头的啼叫。邓秀梅情致高扬，言语也流利一些了。她畅谈着小农经济经不起风吹雨打的道理，以及农业合作社的种种优越性。她提起了毛主席论合作化的著名的文章，涉及了中共合作化的历史和经验。她准确而又生动地传达了县委三级干部会的精神和毛书记的报告的要点。

邓秀梅在会议后期重新用传达精神的方式掌控了话语权，乡村会议的自由不见了，话语重新回到了乡村外国家话语中。在《山乡巨变》的书写中，多有这样的例子，一面是周立波非常自觉地强调邓秀梅所代表的乡村外来话语的国家意识，另一方面又把大量笔墨放在自己熟悉的乡村生活自由的描写中，作者在两种叙述话语之间穿梭，在让外来话语合法化时也呈现了乡村内生活的丰富性。

会议本来是一种乡村外面传入的一种新的议事方式，周立波在《暴风骤雨》中非常看重这种方式在乡村民主建设中的重要性，不过在《山乡巨变》中，乡村内这样会议的民主性仍未建立起来，乡村会议或成了一种对上级布置任务的传达和政治思想的学习，或成了大家闲聊娱乐的聚会。小说中特别写到邓秀梅在传达了乡村开展合作社运动的精神后，妇女主任对合作社女社员的一次动员会议：

> 妇女主任把那屁股上有块浅蓝胎记的她的孩子，按照惯例，放在长长的会议桌子上，由他乱爬，自己站在桌子边，做了一个简短的报告，号召大家支持合作化。她说：做妈妈的要鼓励儿子报名参加，堂客们要规劝男人申请入社，老老少少，都不作兴扯后腿。她又说：姑娘们除开动员自己家里人，还要出来做宣传工作。

村子里男人们的思想还没有打通，妇女们的思想就更难打通，妇女主任对合作社女社员并没有做认真详细的解释，而是一个"简单"的报告，光"号召"是没有力量的，对妇女主任来说她组织了这样的会议，传达了上面的精神，她的任务也就完成了。她讲话中的那些要"妈妈劝儿子""堂客劝男人"等的说法不会产生任何实际效果，"老老少少，都不作兴扯后腿"更没力量，对妇女主任来说，她该做的做了，该说的也说了，至于效果怎样那就不是她的事了，这样的会议就成了大家的闲聊会：

> 讨论的时节，婆婆子们通通坐在避风的、暖和的角落里，提着烘笼子，烤着手和脚。带崽婆都把嫩伢细崽带来了，有的解开棉袄的大襟，当人暴众在喂奶；有的哼起催眠歌，哄孩子睡觉。没带孩子的，就着灯光上鞋底，或者补衣服。只有那些红花姑娘们非常快乐和放肆，顶爱凑热闹。她们挤挤夹夹坐在一块，往往一条板凳上，坐五六个，凳上坐不下，有的坐在同伴的腿上。她们互相依偎着，瞎闹着，听到一句有趣的，或是新奇的话，就会哧哧地笑个不住气。盛淑君是她们当中顶爱吵闹的一个，笑声也最高，妇女主任的报告也被她的尖声拉气的大笑打断了几回。

一面是严肃的主题，号召参加合作化，另一面又是如此不严肃，在大家眼中，这样的会议就是大家聚在某个地方的聊天会，整个会议就在大家的游戏打闹中结束了。这样的书写一方面显示了农村合作化工作的形式化问题,另一方面也显示了乡村妇女会议上的自由自在。而这种对乡村自由自在生活的描写应是周立波内心对乡村生活的一种深层认同。周立波在晚年有过一段对自己乡村生活的回忆:

> 湖南农村冬天的夜里,有些人家生一炉柴火,左邻右舍都走过来,围在炉边,大家随便地谈天,从年成聊到风俗,从真事扯到鬼神,天南海北,古往今来,随意乱谈。在这一些谈片中,就蕴含着文学的珠宝。这种闲话会增加生活的知识,也能引起人们的幻想,还能使你熟悉当地人民的习惯,心理和语汇。①

从城市返乡的周立波不由自主地会被这样闲谈的自由公共空间吸引。这样的场景在《禾场上》也有,南方农村夜晚的场景,劳作一天之后的乡亲,饭后集聚在禾场上聊天,"禾场"既是娱乐休闲的场所,也是交流感情、信息的公共空间,当作者将目光聚集在自己非常熟悉的家乡生活风俗风景时,流露出的是作者对故乡的亲近感和温馨感。赵树理在晚年时也非常怀念这样的生活空间,并在小说中多次书写这样的乡村自由文化空间②,同样在丁玲的《太阳照在桑干河上》中也有类似的细节③,突出的都是乡村内生活自由散漫的快乐。

---

① 周立波:《周立波文集》第5卷,上海文艺出版社1982年版,第629页。
② 60岁的赵树理,在文章《回忆历史 认识自己》中就特别回忆到了自己儿时在农村八音会的生活情景:"我生在农村,中农家庭,父亲是给'八音会'里拉弦的。那时'八音会'的领导人是个老贫农,五个儿子都没有娶过媳妇,都能打能唱,乐器就在他们家,每年冬季的夜里,和农忙的雨天,我们就常到他家里凑热闹。在不打不唱的时候,就没头没尾地漫谈。往往是俏皮话联成串,随时引起轰堂大笑,这便是我初级的语言学校。"相类似的场景我们也多在赵树理小说中看到,如《盘龙峪》中十二个农家小伙的结拜唱戏,《李有才板话》中村西大槐树下、李有才窑洞里、打谷场上大家的闲谈,《刘二和与王继圣》中六个放牛娃在山坡上的纵情演戏等。在这些类似的空间中,普通乡民才有完全属于他们自己的、自由自在的话语、文化,赵树理也在这样的文化空间中培植了自己"自由"的创作精神。
③ 丁玲小说《太阳照在桑干河上》妇联主任董桂花看到的农村妇女识字场景:"这些无忧无愁的年轻的媳妇们和姑娘们,欢喜识字班,她们一天来两三个钟头,识三四个字,她们脱出了家庭的羁绊和沉闷,到这热闹地方来,她们彼此交换着一些邻舍的新闻,彼此戏谑,轻松的度过一个春天,而夏天又快完了。"见小说"妇联会主任"一节。

三 姑娘们的宣传工作

为了让村民认同合作社，不光邓秀梅召集会议学习，妇女主任专门开会传达，村里还组织成立了一个由青年姑娘们组成的妇女宣传队。不过在姑娘们积极工作时，小说叙述中也有一些驳杂的声音，集体组织中这些青年在走街串巷地宣传工作时，也是在自由自在地游戏聊天玩乐，她们在村中的这种自由举动引来村中老年人的批评。

姑娘们宣传队的具体工作是：一组用广播筒分头到各村山顶去喊话，一组是写标语、编黑板报。而对合作社来说，她们并不能有什么新的认识，但是作为接受的工作，上面让她们怎么说她们就怎么说，以致这样的宣传并不能起到多少效果。然而，即使如此，姑娘们积极性仍很高，因为这样的集体活动让大家走出了家门，自由快乐，有了青年人自己的活动团体，小说中盛淑君就可以在这样的集体活动中自由地对她喜欢的团支部书记陈大春表达爱慕。

每天早晨喊话的姑娘在山顶上用清脆嘹亮的嗓音和简短有力的句子，宣传农业合作化的优越性，不几天嗓子就喊哑了。而村中年纪大些的人批评这帮姑娘们的活动，"晓得吃了什么迷魂汤罗？""一大群没有出阁的姑娘，天天没天光亮，就跑到山上，晓得搞的么子名堂罗？""都是淑妹子一个人带坏的，一粒老鼠屎，搞坏一锅粥。""会出绿戏的，你看吧！"甚至有人把盛淑君的这种举动理解为是她母亲影响给她的。原来盛淑君父亲当过牛贩子，父亲一出门，在家的母亲就"走东家，游西家，抽纸烟，打麻将，一身打扮得花花绿绿。高山有好水，平地有好花，不免就有游山逛水，拈花惹草的闲人"。这样的人在乡村中名声不好，盛淑君出生在这样的家庭中，很难说不受其影响。这才是团支部书记陈大春为什么既喜欢她又不让她入团的深层原因，陈大春反感盛淑君在众人中的爱笑调皮，看不惯盛淑君在众人面前那种在农村普通人看来超出女孩规范的开放开朗，他担心盛淑君会成为她母亲那样的人。虽然周立波要把盛淑君写成一个积极向团组织靠拢的青年，但这种阴影一直存在于陈大春心中。由于盛淑君的出众，其母亲名声的不好，盛淑君的工作并没得到大家的认同，大家反认为是盛淑君带坏了村中姑娘。但对盛淑君来说，一是自己工作是得到干部身份的邓秀梅支持的，也就是得到了官方的认可鼓励，一是这样的工作和自己的喜爱对象、团支部书记陈大春的工作是一致的，这样自己才有资格和陈大春平起平坐来谈论爱情，因此她完全是积极主动地参加这一工作。

这些姑娘们不同寻常的举动，首先引起村里男性青年的格外注意，尤其是对清溪乡最漂亮的盛淑君。小说中这样介绍盛淑君：

> 这位姑娘的面庞很俏丽，体质也健康，有点微微发胖的趋势。她胸脯丰满，但又没有破坏体态的轻匀。在家里，因父亲去世，母亲又不严，她养成了一个无拘无束，随便放诞的性子。在学校里，在农村里，她像一匹脱缰的野马，欢蹦乱跳，举止轻捷。她的高声的谈吐，放肆的笑闹，早已使得村里的婆婆子们侧目和私议，"笑莫露齿，话莫高声"的古老的闺训，被她撕得粉碎了。她的爱笑的毛病引动了村里许多不安本分的后生子们的痴心与妄想。他们错误地认为她是容易亲近，不难到手的。符癞子也是怀着这种想法的男子中间的一个。因为已经到了十分成熟的年龄，他比别人未免更性急一些。

盛淑君吸引村中男青年们的并不是她的思想认识，而是她的身姿美貌，是她无拘的性子，这样的举动挑动的是乡村青年的情欲，这种挑动是既不为乡村传统文化所容忍，也不为新社会伦理认同。盛淑君首先吸引了乡村青年"符癞子"符贱庚，这个人从小不争气，道德不好，人都讨厌他，年满二十五岁仍未找上对象，家里父母双亡，也没有兄弟和姐妹，但他最喜欢的就是盛淑君：

> 在乡里所有的姑娘里，符癞子看得最高贵，想得顶多的，要算盛淑君。在他的眼里，盛淑君是世上头等的美女，无论脸模子、衣架子，全乡的女子，没有比得上她的。事实也正是这样。追求她的，村里自然不只符癞子一人，但他是最疯狂，顶痴心的一个。平常在乡政府开会的时候，他总是坐在盛淑君的对面，或是近边。一有机会，就要设法跟她说一两句话。这姑娘虽说带理不理，但是她的爱笑的脾气又不断地鼓励着他，使他前进，使他的胆子一天比一天大了起来，终于在今晚到山里来邀劫她了。

盛淑君在村里的举动,挑拨了符贱庚的欲望,他不顾两人合适不合适,在村子中偷偷观察盛淑君行踪多日后,终于在一个天还未亮的早晨,在没人的山顶上截住了盛淑君,表达自己的爱慕。遭到盛淑君的拒绝后,他以在村里胡说两人在山顶见面为由威胁盛淑君与自己再次见面,爱慕的表达变成了威胁。盛淑君担心符贱庚添油加醋,歪曲真相,引起陈大春的误会,便设计羞辱了符贱庚一番。村里有人认为教训得好,也有人认为这是盛淑君自己行不正站不端引起的,陈大春就是后者这样的心理,在听到这一事件后非常生气。他一面被盛淑君的这种美貌和妩媚所吸引,但另一方面又为她的生活举止所困扰。

不过小说作者,要把盛淑君塑造为一个乡村中的新女性,因此不顾这种家庭影响,村人评价,大春担心,直接站出来说盛淑君这样的女子"在外表上,她继承了母亲的美貌和活泼;在心性上,却又秉承了父亲的纯朴和专诚",纯洁化了她后来的工作热情。但这种合法性的确认,仍不能让盛淑君在陈大春面前理直气壮,由于自己父母名声不好,她在自己心爱的陈大春面前不由自主地心发虚,甚至害怕。不是害怕陈大春的脾气,而是怕自己所爱的人对自己家庭和自己生活有另一种看法。虽然陈大春不提这方面的问题,但就是不让她入团。后来是在邓秀梅、李月辉的干预下,盛淑君积极主动地承担各种工作,才在思想上跟陈大春靠近,更多接触了陈大春。为了爱情,为了让陈大春能够看上自己,盛淑君积极努力地工作,然这样积极工作中她对自己工作本身并没有多少自己的认识,只是为了喜爱的陈大春能喜欢自己。盛淑君们的宣传工作效果并不理想。深入落后家庭,要让群众接受合作化宣传的内容,首先她们自己对政策要有清晰的认识。盛淑君们是直接带领宣传队给落后农户门上、窗户上贴标语,不认识字的菊咬金老婆把她们贴的宣传标语"小农经济怕风吹雨打"听成了"小龙怕风吹雨打",她想不通蛇怕什么风吹雨打,菊咬金回来气得撕了标语,他也想不通盛淑君的这些标语内容,可见盛淑君等人的宣传流于了形式。

我们回过来再看符贱庚对盛淑君的举动。他是真心地喜欢盛淑君,只是不知道盛淑君已经喜欢上了陈大春,才有了前文那样拦截盛淑君进行表白的直接举动。而在盛淑君看来,符贱庚这样身份的人喜欢自己就是对自己的一种羞辱。符贱庚威胁要把事情吵开去让盛淑君妈妈、陈大春等知道，也不是真要盛淑君对自己就范，而是因为盛淑君根本就没有给符贱庚表述自己感情的机会。符贱庚是村中对盛淑君爱得最疯狂和痴心的一个人，因此他宁愿在受了盛淑君欺骗上山被众姐妹捉弄侮辱后，在张桂秋拉扯到盛淑君母亲名声不好来侮辱盛淑君时，他仍然维护着盛淑君的名声，并没有去败坏盛淑君。在被盛淑君羞辱后回去的路上，符贱庚仍喜欢盛淑君：

> 他心里还是十分怀念盛淑君。回家的路上，看见山边边上落了好多松球子，他不但没有不快的感觉，反而有种清甜的情味涌到心上来。盛淑君的手拿起松球打过他。重要的是她的那双胖胖的小手，至于松球子，却是无关轻重的。而且，她为什么不拿石头，偏偏拣了这些松泡泡的松球子来打呢？可见她很体贴他。这不叫体贴，又是什么呢？想到这里，他得意地笑了。

符贱庚痴情于盛淑君，只不过是一种单相思罢了，然而小说叙述却在一定程度上丑化了这种情感，把他的爱恋漫画为癞蛤蟆想吃天鹅肉的喜剧，让盛淑君嘲弄。符贱庚对盛淑君的爱可以被盛淑君拒绝，这是盛淑君的权利，但是不应该遭到嘲弄。在后来叙述中，由于这种道德的预先判断，符贱庚成了乡村中被嘲笑丑化的对象，小说有意让符贱庚跟离婚的张桂贞发生情感联系，在丑化张桂贞中，突出刘雨生、盛淑君这样支持乡村农业合作化运动干部和团员情感道德的纯洁和高尚。然而细读小说，在张桂贞对刘雨生、符贱庚对盛淑君情感仔细品味中，反而感受到的是乡村中普通人的真诚人情。

第二节　乡村干部的婚姻

乡村干部的婚姻和工作之间的矛盾一直是凸显乡村干部奉献精神的一个焦点，这一矛盾首先出现在丁玲的小说《夜》中何明华身上，后来《太阳照在桑干河上》中的张裕民、《暴风骤雨》中的赵玉林、《高干大》中的高生亮、《种谷记》中的王加扶、《三里湾》中的金生、《创业史》中的梁生宝、《艳阳天》中的萧长春等干部身上都有这样相近的书写模式，乡村干部公而忘私，老婆只顾小家思想落后，而书中忽略掉了这些干部家属在乡村工作中付出的巨大牺牲。《山乡巨变》中乡村干部刘雨生也面临着这样的问题，不过周立波并不仅仅突出刘雨生的无私奉献，老婆的落后，而是在乡村内视角中还看到了乡村干部刘雨生对老婆的深厚感情，也看到了刘雨生老婆张桂贞情感要求的合理性，周立波写出了乡村干部婚姻生活的复杂性。

从盛佑亭口中得知，乡村互助组工作不好做，组长刘雨生愿意吃亏、老婆跟其吵架、一天到黑地忙开会工作也难做好，人们嘲笑村社干部刘雨生是"外头当模范，屋里没饭噉"，"模范干部好是好，田里土里一片草"。乡村不脱产干部都面临着这样的问题，忙了公事，误了家事，家庭重担全落在老婆身上，自然引起家庭情感矛盾。刘雨生老婆张桂贞和刘雨生为此天天吵架，后来跟刘雨生离了婚。对这样的问题，外面来的干部邓秀梅的看法与乡村内人们的看法并不一样，她看重的是刘雨生为集体的工作热情，在思想上表彰刘雨生，却并不顾及刘雨生的家庭生活，乡党委书记李月辉在给邓秀梅介绍中也说刘雨生"做工作，舍得干，又没得私心。只是堂客拖后腿，调他的皮"，全都突出的是刘雨生干工作的奉献精神，不见刘雨生的实际家庭生活问题，结果导致了刘雨生的离婚，并把责任全归结到了张桂贞身上。不过，小说中乡村内的叙述话语总在不断地抗拒着这种乡村外来话语，让小说在这一问题的叙述上显出另一面。

一　两种叙述中的刘雨生婚姻

对新人乡村干部刘雨生的叙述，小说中一直充斥着两种话语——以国家意志为指令的集体话语和以家庭伦理为依托的个人话语。乡村外来话语，突出刘雨生无私奉献、积极工作的忘我特点，这样的特点也是刘雨生的上级领导、县里派来指导工作的邓秀梅所称赞的；但是另一方面，面对自己的老婆，刘雨生的痛苦无奈又让作者的笔调回到了乡村内部，对刘雨生的生活充满了同情。两种话语前者是显性的，后者是隐性的，前者话语看似力量强大，然仔细阅读，后者话语力量在很大程度上战胜了前者话语，这种较量显示了周立波在乡村内外话语间的摇摆。

清溪乡唯一的互助组是刘雨生领导的互助组，由于他为人态度好，互助组没有散，现在邓秀梅要建立更高级的合作社，他不知该怎么办，他怕被选为社主任,家里老婆跟他吵闹离婚,这让他对未来工作有些心灰意懒。虽然他也用党员身份要求自己,要积极争先,不能消极落后,即使家庭会散板,然而在思想上他并没有想通乡村合作社的意义,他只是坚定地服从了上级工作任务的安排,结果导致自己的婚姻出现了问题:"从那以后,他一心一意,参与了合作化运动。张桂贞看他全然不问家里的冷暖,时常整天不落屋,柴不砍,水也不挑了,只想发躁气,跟他吵闹。刘雨生每天回来都很晚,吃了饭就上床睡了,使她根本没有吵架的机会。"后来家里没了米面,刘雨生回家发现锅里没菜没饭,他也只是忍饥挨饿吹灯睡觉。生活无法过,第二天老婆借了三升米做了饭,带孩子回了娘家。尽管如此,作为共产党员的刘雨生仍要去做合作化工作而没去照顾自己家小,虽然凸显了基层干部工作的艰难和其奉献精神,但这样的人物也变得不食人间烟火,难以在乡村内被认同。即便如此,刘雨生对自己付出巨大代价的工作,认识仍是模糊的,上级邓秀梅要他做合作社工作,虽然自己内心并不愿意,仅怕挨批评,说自己不像个党员,最终选择了工作而放弃了老婆。刘雨生虽然党性突出,但这种党性是盲目的,"不能落后,只许争先。不能在群众跟前,丢党的脸。家庭会散板,也顾不得了……"

与之比对,落后的张桂贞反倒现出普通人的人情人性来。看到这样全然不问家里柴火、米面的丈夫,张桂贞想和他谈谈,刘雨生连这样的机会都不给张桂贞,每天晚归,吃完饭就睡觉,甚至在没了柴火、米面后也不吭一声,自己忍饥挨饿,熄灯就睡,孩子和老婆已全然不在他的眼中。这样不顾自己老婆孩子的丈夫,却被外来话语认同为是为集体而无私奉献的新人,这在乡村世界内是不能被理解与认同的。这样的人物在后来的塑造中越来越极端化,就逐渐变成了一个个不讲人情伦理的人物,如《艳阳天》中的萧长春与《金光大道》中的高大泉。这样的人物在赵树理的小说中是不存在的,但却成了后来小说中无私奉献者的想象范本。不如此异化不足以显示出革命的纯洁性和高尚性,这样的人物只剩下了作者理念,没有了人性。

周立波一方面要根据时代要求塑造新人形象,但另一方面对乡村生活的熟悉和亲近,让他在乡村内情感基础上对落后人物张桂贞的描述多了同情。虽然小说也说张桂贞是一个"只顾享福的,小巧精致的女子,看见丈夫当了互助组组长、时常误工就绞着他吵"的落后妇女,甚至让乡村内感谢政府的盛佑亭也顺着邓秀梅的话说张桂贞是一个"只想吃松活饭人",但小说中张桂贞第一次出场时的场景显示了一个乡村女性生活的凄凉无助。家里无米无柴,刘雨生回家没吃饭就睡了,也不给张桂贞谈话的机会。第二天早上张桂贞招呼孩子穿好衣服,牵着他到邻居家借了三升米,回来煮了,又炒了一碗韭菜拌鸡蛋,一碗擦菜子,侍候刘雨生和孩子吃了,痛哭一场,回娘家了。刘雨生考虑到了老婆不在自己生活的苦楚,然而他依然选择了自己的工作,又去参加邓秀梅宣传发动办农业生产合作社的会了,对张桂贞没有一丝妥协。在这样的描述中,刘雨生眼中只剩下自己的工作,无情无义,张桂贞却是重情重义,迫于生活的无奈她才离开刘雨生,这里打动人心的不是刘雨生的党性意识,而是柔弱女性无告的痛苦。在这样的离开中,张桂贞并没有违背乡村传统妇德,她离开刘雨生在乡村世界是能被理解的,同时她对自己生活的主动把握显出了这位乡村女性的主体性。

张桂贞和刘雨生两人感情深厚,刘雨生不顾家庭,张桂贞无法生活才最终坚决地提出了离婚。刘雨生并不愿意离婚,老婆走了孩子没人管,更何况老婆也没什么出格的问题,刘雨生为此心中也很愧疚。他对张桂贞也有很深的感情,张桂贞回本村娘家,刘雨生担心路上不安全、怕张桂贞寻短见,出去寻找,哀求张桂贞不要离开家,哀求邓秀梅和李月辉给自己说情。邓秀梅和李月辉开会回来,刘雨生眼泪汪汪地希望这二人能帮帮自己,劝回自己老婆。但邓秀梅和李月辉二人,不仅没想办法帮助刘雨生,反而鼓动刘雨生和老婆离婚,认为这是张桂贞寡情。实际上,他们二人在对待自己家庭的态度上,也都认为家庭情感和生活是个人的,只会影响工作,作为干部应该把全部心思投入在工作中,不能考虑个人的家庭和情感。也正如此,我们看不到邓秀梅这位女性的私人情感生活,她下乡来后就和自己爱人分开了,小说中也不写她对自己爱人的思念情感,更没有孩子,李月辉也是这样的人,我们在他们这里看不到家庭和个人情感,看不到他们的亲情、私人生活,他们就是刘雨生的榜样,而这样做的结果首先就是让刘雨生的家庭破裂。刘雨生有孩子,他不愿意孩子没了妈妈,他割舍不下自己的老婆,这让他非常痛苦,他不能像邓秀梅、李月辉那样毫无牵挂,恰是在这样的痛苦无奈中我们看到了乡村干部工作的艰难和他们的情感深处的酸楚,但是这样的情感在显性叙述中看来正是乡村新人要克服的。最后刘雨生恳求二人去劝劝自己老婆，邓秀梅想着要会会这位坚决提出离婚、有问题的落后女性，就答应了刘雨生的恳求，但她和李月辉的劝告结果以失败告终，不是他们说服了张桂贞，反而是让张桂贞问得无言以对，张桂贞的质问又代表了乡村内话语对乡村干部生活的认识。

邓秀梅第一次见到的张桂贞是"一个小小巧巧的女子"，"瓜子脸"，"黑浸浸的头发莲蓬松松的"，"眉毛细而弯，眼睛很大；耳上吊双银耳环；右手腕上戴个浅绿色的假玉镯；身上穿套翡青的线布棉紧身，显得很合身"，这是乡间一个好看的女子。邓秀梅和李月辉两人重见张桂贞，李月辉首先把离婚的责任全推给了张桂贞，批评张桂贞提出离婚，说离婚区上没通过，以此来取消张桂贞离婚的合法性。不过张桂贞离婚意图非常坚决，认为登记不过是一个手续，上头准不准自己都要离婚，主意坚决。李月辉认为刘雨生一心为工作，是少有的好丈夫，他以此来批评张桂贞离婚的不对，而张桂贞从家庭角度出发，认为刘雨生心里没有家，也不体贴自己，家务全推给自己，生活难以维系。她质问李月辉："工作，工作，他要不要吃饭？家里经常没得米下锅，没得柴烧火，园里没得菜，缸里没得水，早起开门，百无一有，叫我怎么办？去偷，去抢？"来做劝导工作的干部李月辉，难以体谅一个女性支撑家庭的艰辛，再次批评张桂贞过日子浪费，不够勤快，是个懒婆娘，给张桂贞火上浇油，李月辉的这种教训姿态让张桂贞直接讽刺刘雨生是被乡上干部哄骗瞎了眼，两人的对话让李月辉当不成好人，教训没起作用，反而碰了一鼻子灰。

李月辉和张桂贞的对话是两种话语的较量，李月辉站在工作层面把离婚的问题全推在张桂贞身上，他在表扬刘雨生工作的踏实能干时，是带着教训的口吻来批评张桂贞的。但是张桂贞要的却是小家庭的生活和个人情感，这是乡村内的价值选择。面对张桂贞的问题，李月辉认为这是家庭事务，自己管不了，实际上是在逃避张桂贞的具体问题，最后他从身份上认为与贫农身份的刘雨生结婚比与财主儿子结婚划算，认为是张桂贞沾了刘雨生的光，因为做财主儿子的婆娘是要挨批斗的。面对这种不考虑生活实际的教训话语，张桂贞甚至说自己宁愿嫁给财主儿子挨批，也比跟了刘雨生"受这活折磨好一些"，因为她要的是一个能够对她知热知冷的人，一个温暖的家庭，而不是一个阶级名声的虚名。在这样的交谈中，李月辉在张桂贞面前完全败下阵来，邓秀梅更是无话可说，本来应刘雨生恳求来给张桂贞做思想工作的她竟连一句话都没说，只好回去。因为在张桂贞面前，邓秀梅根本无法用家庭外的政治价值观念来解决两人家庭内的问题，这也显示了表面上非常有力的乡村外来的革命价值观念，在面对乡村内部家庭价值观念时的软弱和无力。李月辉、邓秀梅、刘雨生这些人在众人面前、在工作面前用一些宏大价值观念来教育普通百姓，但在面对张桂贞这样一个普通农妇的这种家庭内要求时，话语却没有多少分量，甚至无言以对。两人在回去的路上，依然用政治思想的标准来分析这一事件，猜测张桂贞是受了哥哥张桂秋的支持来闹离婚折磨刘雨生，这样一桩普通的家庭离婚纠纷在他们的猜测中带上了政治意图，简单的事件被复杂化，因此二人不是在做劝说，反而要让刘雨生坚定离婚的决心。受此影响，张桂贞在区上开离婚证明时，刘雨生竟然改变了原来对张桂贞的感情，狠心地说自己没有对不起她的地方，伤心的张桂贞不禁大哭，恰是在这样的哭诉中我们看到张桂贞对刘雨生很深的感情：

她哭起来。伤心一阵，用手扯起罩衣角，把泪水擦干，又说："这一向，你越发不管家里了。我一天到黑，总是孤孤单单地，守在屋里，米桶是空的，水缸是空的，心也是空的。伢子绞着我哭。他越闹，我心里越烦，越恨。"

这样的哀怨中显出了一个女人的孤单、无助，生活困难，未来无望，这样的哭诉都不能令刘雨生这样的丈夫动容。即使张桂贞说得很坚决，然而在签离婚协议时，她也是犹豫的：

张桂贞看见他哭得伤心，又看见他用颤动的手，拿起钢笔，准备写申请，她的心一时也软了。她想起男人平日的情意，他的没有花言巧语的本真的至性，她也想起他们的三岁的孩子，她的眼睛湿润了，心也微微波动了，但她念到自己的辛苦，操劳，寂寞和凄清的生活，心又硬起来，"不，我不能回头。"

张桂贞并不是如李月辉说的那样是一个水性杨花的人，也没有看不起刘雨生的意思，内心深处恰有深情，然而问题是刘雨生并不能给予她想要

的那种普通人应该拥有的一个普通家庭和情感。即使签了离婚协议,她仍然关心着刘雨生,她叮咛刘雨生:

> 我去了,省得你心挂两头,不好专心专意搞工作。伢子把得你妈妈去带,一定会比我经心一些,你换洗的褂子小衣,我都洗好清好了,放在红漆大柜里。

真正要分手了,在张桂贞这里反而没有了抱怨,有的是不尽的细微体贴、细细的交代,这种体贴只有深爱刘雨生的人才能做到。从这样的细节中,我们再一次看到张桂贞对刘雨生的深情,她希望获得的仅是一个普通人家的感情和生活,希望刘雨生能够顾及家里,顾及自己的感受,但就这样一点要求刘雨生都满足不了。在刘雨生看来,只要自己参加党的工作,老婆就理应伺候自己,照顾家里,而不能要求自己对家庭尽责,可以说在这样的工作意识中,刘雨生成了不讲普通人情物理的乡村"新人"。

然傍晚回到空无一人的家中,刘雨生还是后悔自己的离婚:

> 他一个人回到家里的时候,太阳落了,天色阴下来,小小的茅屋里,冷火悄烟。他无心做饭,一个人坐在屋前一棵枇杷树下的一捆稻草上,两手捧着脸,肘子支在膝头上,在那里沉思。……眼睛望着墨黑的远处。他还是在盼望他的负心的妻室会意外地回来。……送李主席走后,刘雨生回到冷火悄烟的屋里,他的心又涌上一股冰彻骨髓的寒流,饭也不舞,和衣困在床铺上,用手蒙住脸,好久睡不着。他思前想后,心绪如麻。

这样的心理描写呈现了一个男人的孤独、惶惑、伤心,也让读者思索刘雨生这样选择的合理性。乡村工作不还是为了美好生活吗?但是刘雨生为之付出的工作却破坏了自己的婚姻和家庭,但他并不自知。在李月辉、邓秀梅等人眼中,刘雨生如此痛苦是其软弱的表现,他应该以一个党员的标准参加更多工作,而不应该沉溺在个人情感世界中。

在刘雨生与张桂贞的离婚过程中,现在的读者不是被李月辉、邓秀梅身上那种一心为工作的精神所感动,反而被小人物张桂贞身上的哀怨、忧伤、寂寞所感动,刘雨生个人的痛苦让人动容,他们之间流露出的真情是普通世人之间共有的情感。小说作者想通过刘雨生最后克服这种个人情感更加卖力地参加工作,来表彰以邓秀梅为代表的乡村干部的革命意识对普通人情感价值的改造,但从客观阅读效果看,这种真实的细节描写中流露出的却是乡村普通人身上的朴素情感,这种看似柔弱的夫妻情感颠覆了表面上宏大有力的政治话语。在这场离婚叙述中,不是邓秀梅等代表的外来思想话语获得胜利,而是张桂贞为代表的乡村人情伦理获得了胜利。

张桂贞回娘家,娘家已没了父母,只有哥嫂,虽然哥哥张桂秋还护着妹妹,但嫂子一点不给其情面,只说风凉话,"嫁出门的女,泼出门的水,只有你们家姑娘,崽都生了,还有这副脸,回娘家长住……"张桂贞只好以泪洗面。但就是如此生活困窘,当后来邓秀梅再劝张桂贞与刘雨生破镜重圆时,张桂贞仍是非常坚决地拒绝了邓秀梅的提议,重新思考自己的婚姻:

> 张桂贞没有做声,也不哭了。她想他的本真,至诚,大公无私,都是好的,但对自己又有什么用处呢?她所需要的是,男人的倾心和心意,生活的松活和舒服。他不能够给她这一些。这个近瞅子不分昼夜,只记得工作,不记得家里。跟着他,她要穿粗布衣裳,扎脚勒手地奔波,到园里泼菜,到山里搂柴,脸上晒得墨黑的;十冬腊月,手脚开砖口,到夜里发火上烧,一到山里去,活辣子松毛虫,都起了堆,想起这些,身子都打颤。无论如何,刘雨生人品再好,她也不能回去了。但在眼门前,她到哪里去?嫂嫂指鸡骂狗,伤言扎语,家里一天也持不下去了;街上的人家,已经来信回绝了。只有符贱庚,这个没有亲事的后生,天天来缠她。他不挑红花白花,也好象愿意听她的调摆。但是,别人为什么叫他癫子,这个小名好难听。她一想起,抛下了孩子,改一回嫁,落得一个这样的收场,又伤心地哭了。

做思想工作的邓秀梅不明白张桂贞心思,还在一个劲地劝张桂贞与刘雨生重合,显然是不明白张桂贞离婚的真正原因。直到张桂贞再次明确断言自己跟刘雨生恩断义绝后,邓秀梅才无奈地离开。张桂贞要的是一个普通人的家庭生活，邓秀梅要刘雨生做一个只知工作的革命干部。张桂贞的个人条件并不差，就模样来说，小说多次说到她的小巧标致，而从与刘雨生的感情来看，这也是一个非常重感情的女子，在乡村中并没有什么不好的德行。张桂贞宁愿选择在村子里名声不好，尤其在政治思想上无法和互助组组长、未来合作社社长的刘雨生相比的符贱庚，也不愿意重新与刘雨生和好，这是张桂贞没有眼色吗？小说叙述认为张桂贞离了刘雨生是想嫁到城里去享福，没想到城里没嫁成又离了刘雨生，是落得个"扁担没扎，两头失塌"。如果真是这样，那为何邓秀梅来劝解让两人复婚时，张桂贞还是坚决地选择了符贱庚呢？由此可以看出，选择符贱庚是张桂贞的慎重决定，在她眼中，就是符贱庚这样的男人都比刘雨生强，因为符贱庚能给她一丝家庭的温暖，这样的结果是邓秀梅、李月辉不能理解的。

二　普通村民与乡村干部的婚姻叙述

1. 符贱庚与陈大春的恋爱比较

在张桂贞的嫂嫂口中，符贱庚"难得的是他并不挑精，年纪轻，气力足，性子真，人口又简易，上无大，下无小，一过门就当家立户，凡百事情都听你调摆"，张桂贞也认同嫂嫂说法。在嫂嫂的牵线下，符贱庚和张桂贞有了多次接触，从两人见面谈话的羞涩来看，两人并不是乡村那种在男女关系中随便厮混的人，反倒像是才刚刚开始恋爱的模样。符贱庚喜欢张桂贞，想方设法地见张桂贞，但见了面又不知说什么好，张桂贞虽然心中也认同嫂嫂让其考虑符贱庚的提议，然当符贱庚来时也是不由自主地脸红要躲出去。张桂贞选择符贱庚是非常慎重的，同样符贱庚也不是随便见女性就纠缠的无德青年。符贱庚曾经喜欢过张桂贞，但张桂贞嫁给刘雨生，两人就再没有任何联系了，后来他对盛淑君有感情，而且感情真挚、热烈、专一，他喜欢盛淑君的时候也没有和别的女人厮混过。是在盛淑君拒绝自己并且张桂贞已经离婚后，符贱庚才重新与张桂贞接触，符贱庚与女性的接触在乡村社会中是符合德道规范的，只是由于没能支持刘雨生的互助组便被扣上了落后的名声并被丑化，但即使如此，小说中符贱庚也没做多少具体的道德败坏的事。这样看来，符贱庚和张桂贞这样的人物反而都是感情专一的人，相比之下，乡村新人盛淑君和陈大春之间的爱恋反而没有了张桂贞与符贱庚之间的这种真诚质朴。

盛淑君和陈大春恋爱的场景是在一个夜晚的山上。一开始陈大春就感觉到了盛淑君对自己的感情，但他却一再故意装不明白，不给盛淑君一个明确答复。这让盛淑君不得已以更加直白的方式探问陈大春对自己的看法，甚至盛淑君几次都想离他而去。为什么陈大春这样有意拖延？前文中我们知道陈大春对盛淑君爱在村中嬉闹玩笑有看法，更因为盛淑君母亲的问题而对盛淑君的感情有顾虑。不过在两人接触后，这一问题就解决了，而陈大春一直还不给盛淑君明确答复的原因竟然是这位团支部书记心里另有打算：

  一来呢，正如李月辉说的："他走桃花运。"村里有好几位姑娘同时在爱他。有个大胆的，模仿城里的方式，给他写了一封信，对他露骨地表示了自己的心意。这种有利的情势，自然而然，引起了他的男性的骄傲和矜持，不肯轻易吐露他的埋在心底的情感。二来，在最近，他和几个同年的朋友，共同订了一个小计划，相约不到二十八，都不恋爱，更不结婚。为什么既不是三十，也不是二十五，偏偏选了二十八岁这个年龄呢？他们是这样想的，等他们长到二十八岁，国家的第二个五年计划完成了，拖拉机也会来清溪乡，到那时候，找个开拖拉机的姑娘做对象，多么有味。

原来陈大春并没有完全看上盛淑君，他不光还在挑选，更要挑选一个更加洋气的开拖拉机的姑娘。在这里，陈大春的择偶标准最重要的并不是两个人的感情，而是外在的东西，如容貌、政治思想、工作等，这让他和盛淑君的恋爱一下失去了情感基础。虽然盛淑君非常喜欢陈大春，然而陈大春并不是多么热心，以致两人相谈的结果是盛淑君都感觉没了恋爱意思：

  两人站起来，出了柴棚，一先一后，往山下走去，树间漏下的月光在他们的身上和脸上，轻轻地飘移，盛淑君走在前面，头也不回，她一边在齐膝盖深的茅草里用脚探路，一边想心思，她想，一定是她的家庭，她的早年声名有些不正的妈妈，使他看不起。想到这里，她伤心地哭了，但没有出声。

在这样的恋爱中,盛淑君火热的感情被浇了冷水,陈大春反而显得不够光明磊落,他对盛淑君的感情并不是真纯的。没想到,下山路上,盛淑君不提防被滑倒的瞬间倒在了陈大春的怀里,这种身体的亲密接触陡然激发了陈大春对盛淑君的激情,两人缠绵在一起。小说叙述中要把两人情感的发生写成一个自然而然的过程,可仔细阅读,两人情感的发展是由意外身体接触来推进的,两人之间的感情因素反而被冲淡了,远远没有符贱庚与张桂贞之间那样真诚朴素。

2. 盛佳秀与刘雨生的婚姻

小说叙述后来还是为农业合作社社长刘雨生安排了一位媳妇,不能让刘雨生因为忙社里的工作最后离了婚破了家。小说让农家妇女盛佳秀喜欢上了刘雨生,但是在刘雨生与盛佳秀谈感情过程中,前面刘雨生与张桂贞的矛盾问题并没有解决,小说叙述又出现了不一致的问题。

盛佳秀结过婚,才二十三四岁,被男人抛弃,最初也不愿入社,是干部眼中的落后分子。邓秀梅第一次见到的她"体子壮实,两手粗大而红润,指甲缝里夹着黑泥巴,一看就像一位手脚不停的、做惯粗活的辛勤的妇女",邓秀梅有意让刘雨生接近盛佳秀,除过让刘雨生给盛佳秀做思想工作让其入社外,还想促成两人的婚姻。盛佳秀不愿入社,同大多数人一样是怕社里不仅不能给自己带来好的收入,反而会减少自己的收入。刘雨生给盛佳秀做工作,两人都没了家庭,有相同遭遇,都是被抛弃的,因此彼此之间有一种深切的同病相怜的感触。刘雨生对盛佳秀的解释沟通劝说,让盛佳秀对刘雨生个人产生了感情,而刘雨生对盛佳秀也有这一意思,小说叙述就这样让盛佳秀入社的同时让农业合作社的社长刘雨生重新建立一个家庭,这样才能实现入社不光是一项工作,也是给人们带来幸福新生活的叙事目的。不过仔细品味两人发生情感的过程,刘雨生与张桂贞之间出现的矛盾就被掩盖起来了。

这里首先的问题是,邓秀梅原来不是批评张桂贞思想落后拖了刘雨生的工作,这次怎么就愿意让刘雨生去接触这样一个思想落后的妇女呢,成家后刘雨生面对家庭的问题会不会再次出现呢?刘雨生并没能教育过来张桂贞,更重要的是刘雨生认为自己在与张桂贞的感情纠葛中并没有任何对不起张桂贞的地方,也就是说即使他重新与盛佳秀结婚,他也不会改变自己只顾工作不顾家庭的价值选择。而盛佳秀选择刘雨生,首先是从感情上选择的，两人同病相怜，然而刘雨生在婚后并不能给盛佳秀体贴的感情；更重要的还是盛佳秀并不愿意入社，刘雨生如何让其改变原来的思想入社呢？小说掩藏了这样的问题，而是理想化地认为在刘雨生的教育下盛佳秀发生了变化，这种变化不光是改变对入社的认识，更是要接受自己不顾家庭的工作选择，这样的结局更多是作者的一种理想化书写。

在刘雨生与盛佳秀的情感接触中，有三个情节值得细读：一是盛佳秀入社思想的变化；二是刘雨生对盛佳秀的感情；三是刘雨生眼中的张桂贞，这三个情节的细读中我们看到的是文本内的裂隙。刘雨生与盛佳秀之间缺少恋人之间的真情，盛佳秀这样的女性再次被刘雨生乡村外话语所规范，反而没了张桂贞那样乡村女性的自主认识。首先，邓秀梅、刘雨生让盛佳秀的入社不是通过做通思想，而是利用了盛佳秀对刘雨生的感情。盛佳秀一直不入社是对社里将来生产不放心，邓秀梅让刘雨生来给盛佳秀做思想工作，是想利用盛佳秀对刘雨生的好感。刘雨生来给盛佳秀做工作，的确说话方便些，两人早就很熟识，盛佳秀习惯叫他雨生哥，盛佳秀心中也喜欢着这个被老婆抛弃的人，不过两人的对话是错位的。刘雨生希望通过盛佳秀对自己的信任来让她入社，虽然盛佳秀信任刘雨生的人品，但她也看到刘雨生领导的互助组并没有给组员增产增收，刘雨生要她把互助组和合作社分开来看待，认为合作社一定能够办好，但实际上刘雨生不过是在执行上级安排的任务，到底合作社未来会办成什么样子他也不是特别清楚。但是他并没有表示出自己的疑问，而只是动员盛佳秀入社，这怎能让盛佳秀内心真正认同入社呢？连邓秀梅都没有用算账的方式说服盛佳秀入社，盛佳秀怎么能相信刘雨生说的合作社未来呢？对盛佳秀这样一个女人来说，她相信自己喜欢男人的话，然而刘雨生却是从工作角度给盛佳秀许诺了一个他自己也不清晰的美好未来。后来，喜欢刘雨生的盛佳秀不是从家庭收入、信任合作社的角度入社，而是从喜欢刘雨生的情感角度同意了自己心爱男人对自己的动员。如果自己不入社，还怎么跟自己喜欢的这位合作社社长交往成家呢？

其次，刘雨生与盛佳秀谈感情会削弱之前塑造的刘雨生无私忘我的形象，同时刘雨生与张桂贞的家庭问题在这样的恋爱中又不断被搁置了。在前文中谈到，刘雨生在内心还是非常爱前妻张桂贞的，但是他没有照顾张桂贞，才让张桂贞离开了他，小说以此来突出刘雨生这位乡村干部忘我的奉献精神。与盛佳秀交往时，刘雨生同样会面临这样的问题，然而小说后来叙述中，刘雨生竟有了时间和精力来和盛佳秀谈恋爱。这样的恋爱要是早放在张桂贞身上，家庭不就不散伙了么？然而那样的话就无法突出刘雨生为工作而无私奉献的精神了，要是如此理解，这里刘雨生与盛佳秀的恋爱又要消解刘雨生的奉献精神，前后比对，小说叙述有了矛盾。刘雨生表面上是在做盛佳秀的思想工作让其入社，但实际上两人是在谈个人感情。头天工作没结果，盛佳秀邀请刘雨生第二天再来，其实盛佳秀因为喜欢这个男人心里已经同意入社了，但她要和刘雨生谈恋爱，因此并未答应入社，要刘雨生第二天再来。刘雨生也能感觉到盛佳秀的意思。第二天晚上赴约，"刘雨生摆脱了别的事情，换了一件素素净净的半新不旧的青布罩褂子，如约按时，到了盛佳秀家里"。两人说的有关入社的话还是头天说过的话，入社的事还没定下，但两个人的感情靠近了，"不知为什么，双方都愿在一起多待一会儿，多说几句话，纵令是说过的现话也好"。从刘雨生精心的穿着打扮，两个人的谈话方式上看，这完全不是在谈工作，而是在谈恋爱了。第二次的谈话结束时，盛佳秀再次提出要刘雨生第三天来跟自己谈谈入社的问题，刘雨生也是痛快地答应了。第三天刘雨生来，"就像往日一样，坐在一把竹椅子上抽旱烟，有一句没一句地谈着家常话"，盛佳秀款款地表露着自己对刘雨生的情思，两个人一来二去，对彼此的感情就明朗多了，盛佳秀明确同意入社，不过强调说是因为看刘雨生的面子，而且把自己将来的生活依靠在刘雨生身上。刘雨生原来无时间照顾家庭和体贴张桂贞才导致了张桂贞与其的离婚，而在这里刘雨生与盛佳秀的交往中却有这么多时间来谈论情感。后来盛佳秀表示同意入社，同时两人也确定恋爱关系后，刘雨生就不再与盛佳秀有这种私密的场景了，张桂贞的问题就要重新上演，刘雨生重新要忙于工作而不顾家庭，盛佳秀又会怎样忍受张桂贞所遭遇的孤苦无依呢？然这一问题已不是作者所关心的了，因此虽然小说给了刘雨生一个圆满的结局，但刘雨生的家庭问题实际上是被悬置起来了。

再次，在盛佳秀面前，刘雨生丑化了自己的前妻张桂贞。当盛佳秀谈到刘雨生前妻张桂贞时，刘雨生把离婚的责任全推给了张桂贞，一反之前对张桂贞的感情态度。在刘雨生的叙述中，张桂贞"不讲理"，"她比是人都恶些"，整天跟自己吵架，不劳动，顽固无法教育，张桂贞被完全丑化了。丑化张桂贞时，刘雨生强调了自己在家庭生活中的无辜和可怜，甚至有了谎言，"我一落屋，自己要煮饭，还要挑水"。在前文中我们知道张桂贞对刘雨生是很有感情的，她的离婚是因为刘雨生不管家事，生活无法维系才跟他坚决离婚的。但刘雨生在盛佳秀跟前描述的张桂贞形象与之前小说中张桂贞的形象大相径庭。与刘雨生对张桂贞名声的这种败坏相比，张桂贞在离婚后都没有说过刘雨生的坏话，心里还有着对刘雨生的好感。把两人做一比较，反现出了这位无私奉献者说话不真实。从这些细节看，盛佳秀这样的妇女期望通过信任刘雨生加入农业合作社，并同意跟刘雨生重组家庭，反而是冒了极大风险，她把自己许给刘雨生，并不能避免张桂贞那样的结局。纵观刘雨生、陈大春等乡村干部的婚姻生活和情感世界，在小说这样有裂隙的叙述中，呈现出的是当时乡村工作者家庭生活问题存在的复杂性。

第三节　乡村内的被改造者

一　盛佑亭：感恩式的入社

　　盛佑亭是小说中最有光彩的小人物，这个被称为"亭面糊"、出身贫苦的农民，因怕被人瞧不起，经常没有目的地吹嘘自己，同时又有一股面糊劲，絮絮叨叨，心地善良，他爱占小便宜，爱出风头，但就是这样的农民先入了刘雨生的合作社。盛佑亭的入社认同到底是怎样的一种认识呢？

　　盛佑亭以贫农身份分了地主的院子，生活安稳一些后不愿意多参加社里的各种会议，对新生的合作化道路，也没有太多兴趣，他想按照自己的想法来过自己现在的生活。因此，对乡政府的会议，他是能推就推，能让家里人代替就代替，后来去开了一次会也没有听干部们讲话，在会场聊天，甚至都睡着了。对干部们的批评，他也是面子上认真认错，实际上骨子里根本不当一回事。这并不是说他思想落后，而是他没有更清楚的认识，他认为这种会议活动没有多少意义。刘雨生、邓秀梅给大家开的多次会议，也没有完全做通大家的认识，对这样的会议大家只认为是一个过场，态度并不严肃认真，台上干部自己也不太清楚，但推行工作又不得不严肃认真,结果是干部使劲卖力,效果甚差,国家政府的政策法令等并不能完全内化到最基层去,让大家心里面接受并化成动力。盛佑亭这样的农民就是一个典型的内心并未认同乡村合作化的乡村小生产者形象。

不过,盛佑亭的房子和土地都是在党领导的土地改革运动中分得的,从朴素的乡村道德感出发,盛佑亭又是非常真诚地感激党,因此对新政府派来的工作人员非常亲切,感觉他们就是为自己这样的人谋利益的人,对党、新政府盛佑亭也是非常信任。他对邓秀梅说:"有时自己不出来开会,到会安心打瞌睡,是因为心里有底,党是公平正直的,不会叫人家吃亏。他是贫农,出身清白,凡是分得大家都有的好处,他站起一份,坐起也一份,不必操心去争执。"从心底来说是政府给了他新的生活,想到政府不会亏待穷人好人,政府要怎样干他就随上怎样做了,这种源于对新政府模糊的感恩意识,恰恰让其放弃了自己的主动性,放弃了对乡村建设工作的主动性。

二 王菊生:单干户的理由

小说中的单干户,如王菊生、张桂秋和陈先晋等人,虽然在道德上被丑化,但他们都是乡村中靠勤劳发家的人,他们不参加合作社并不是因为他们的阶级出身,也不是带有了剥削思想,而是有自己的认识理由。

看重自己利益,不愿意入社,单干户王菊生有自己的理由。小说没有细写他不入社的主要原因,却先从道德上丑化了他,认为他假装关心孝顺满爷,过继后占有房屋土地后,就开始刁难老人。满爷很快去世,继母因娘家的地主身份不敢对这个继子说什么。不过这样的王菊生,在邓秀梅眼中仍"是个一天到黑,手脚不停的勤快家伙",在他家她看到的景象是:

> 她走进柴屋,发现那里码起好几十担干的和湿的丁块柴;走到灰屋,那里除了大堆草木灰以外,还有十担左右白石灰;走进猪栏屋,看见那间竹子搭的,素素净净的猪栏里关着两只一百多斤重的壮猪,还有一只架子猪。

王菊生是一个乡村中非常能干的庄稼人,家道殷实,这样的人正是乡村中受大家看重的劳动能手。然而这样的人却不愿意参加合作社,与别人担心合作社生产效益不一样,他不愿参加合作社并不是因为合作社这种生产方式本身不好,而是认为参加合作社的人要么是缺乏生产能力、缺乏生产资料,需要合作社来照顾的人,要么就是因懒惰而贫穷的农户,他们入合作社一心就是想占合作社的便宜,而自己有大黄牛和生产农具,入社只会吃亏。他并不了解合作社的社会意义和经济意义,只是感觉合作社带有平均主义的味道。作为一个勤快的人,就是在下雨天也要寻事做的人,不愿意和他眼中的这些人一块儿合作。

王菊生这里对合作社提出了一个新问题,就是劳动效率的问题。我们在《太阳照在桑干河上》中看到富裕中农顾涌不愿意参加互助组的原因是因为自己有生产资料,更重要的是自己是勤快人,同样《种谷记》中富裕农户王克俭、《三里湾》中的马多寿、《创业史》中富裕中农郭世福不愿参加互助组也都是出于这个原因,他们都不是地主出身,而是在土地改革后靠自己辛苦劳动改善家业的人,他们看不上那些穷户人的劳动力。王菊生也和他们一样,他不愿参加集体化的生产并不是要反对社会主义道路,更不是阶级问题,而是看到了集体化生产中的效率问题,这样的问题在后来的人民公社中暴露出来,农业集体生产中管理和分配都有严重问题,平均主义大大打击了农民劳动积极性,也大大降低了农村生产效益。

小说中倒是有几位经过慎重考虑并主动入社的人,如李月辉的启蒙老师李槐卿,六十八岁的人,他有一些土地,主要靠出租维持生计。他认为社会主义合作社就是传统文化中孟子讲的"老吾老以及人之老"社会,自己年老不能种地,土地、房屋全部入社,自己将来就可以依赖于合作社了。同样,七十来岁的盛家大翁妈,和一个小孙女生活,家中没有劳力,生活艰难,也是积极入社的人,她认为合作社就是有田大家作,有饭大家吃,希望日后自己的晚年生活在合作社里有一个保障。这些缺乏生产能力的人才更希望加入合作社,因为合作社为更多的人提供一个抵御社会风险的保障。但这里的问题是,加入合作社不是一个道德问题,而是一个经济生产的问题,如果合作社不能带来更高的生产效益,这种保障从哪里来呢?因此,有生产能力的农户在看不到合作社的生产效益的情况下无论怎么说都是无法认同合作社,更重要的是这些缺乏生产能力者的加入,如何提高合作社的生产效益才是合作社最重要的、也是能够说服大家加入合作社的重要因素，但在干部邓秀梅、李月辉、刘雨生这里，这样的思考和认识是缺乏的，乡村合作社仅仅变成了一项上级安排的任务，没了生产优越性的实际内容。

三　张桂秋与陈先晋：勤俭者的入社

张桂秋不愿意入社，偷偷要杀自己耕牛被抓，成了破坏合作社的典型落后分子。他不是富农、地主，也是贫农出身，给地主儿子顶过三回抽壮丁的差，土地改革前生活非常艰难，土地改革后成了乡村中的能干人：

> 经年累月在外跑江湖，秋丝瓜作田自然是个碌碌公，但是整副业、喂鸡、喂鸭和养猪，解放后几年，他摸到了一些经验，很有些办法。他讨了一个勤俭发狠的安化老婆，两人一套手，早起晚睡，省吃省穿，喂了一大群鸡鸭，猪栏里经常关两只壮猪，还买了一条口嫩的黄牯，他整得家成业就，变为新上中农了。

他不是一个对新政府有仇的人，他也感激新政权，只是不相信合作化生产方式能给自己带来好处。老婆是讨饭的，"她能吃苦，肯劳动，一天到黑，不是在屋里烧茶煮饭、缝补衣裳，干种种细活，就是在田里、园里，或是山上，做粗笨的功夫。她的手脚一刻也不停"。两人勤俭发狠，才让自己的生活稍稍改善，合作社却要把他们的牲口和农具充公，因此他只得狠心偷杀自己喂养的大牲口。后来邓秀梅专程给张桂秋算了一笔细账，让张桂秋认识到单干收成不如入合作社收成后，张桂秋就痛快地答应加入合作社了。由此可见，张桂秋的不入社主要的原因仍是合作社的优越性未显示出来。

与张桂秋不同，被认为是顽固老农民的陈先晋也不愿入社：

> 他不爱多话，却非常勤奋。从十二岁起，他下力作田，到如今怕足有四十年了，年年一样；一年三百六十日，天天照得旧，总是一黑早起床，做一阵工夫，才吃早饭。落雨天，他在家里，手脚一刻也不停，劈柴、研米、打草鞋，或是做些别的零碎事。他时常说，手脚一停，头要昏，脚要肿，浑身嫩软的。左邻右舍，看见他这样发狠，都

叫他做"发财老倌子",不过,一直到解放,他年年岁岁,佃地主的田种,财神老爷从来没有关照过他家。

合作社过程中,老人最终加入合作社是一种无奈的选择。大儿子陈大春早就是社里的人了,不跟自己单干,小儿子和小女儿也被动员地与自己离了心,老婆也向着孩子们,他们一个个劝自己要入社,不入社的话就要分家带走自己的土地,自己最为喜欢信任的女婿也来劝自己。想想自己年纪都老了,将来的田地都要留给他们,自己这样强犟着到头来让家庭分裂,还不如遂了他们的心愿,因此他是被迫着入了社。作为老人来讲,看着孩子们长大成家,自己有一个大家庭,但是孩子分家入社,自己将失去这种家的完整性,他也不是认识到合作社的好处后心甘情愿入社的。陈先晋的入社如同《三里湾》中的马多寿,上了年纪,再不入社惹孩子们分了家,生活就没意思了,因此他们的入社是迫于家庭情感。

四　胡冬生:懒汉贫农的叙述

在政治话语中,乡村中不愿入社的是富裕户,贫农户都是愿意入社的。然在《山乡巨变》中就有一个贫农不愿意入合作社,并不是对合作社的效益有疑虑,而是对合作社的生产生活方式有看法,这种看法代表了民间的声音。

贫农胡冬生不愿入社的事是邓秀梅从罗家河主席那里听来的,胡冬生不愿入社的主要原因是:"我这个人懒散惯了,入了社,是不是不自由了?听说要敲梆起床,摇铃吃饭,跟学堂里一样。"这是两种生活生产方式的冲突。无论是乡村互助组,还是后来合作化和人民公社,都是要把农民的生活和生产组织起来。这样一种生活生产方式,模仿城市工厂做工组织方式,每个人的生活生产方式和时间是按计划的,这样组织起来的管理方式明显会提高社会整个的生产效率。无论是西方社会现代化,还是中国社会现代化,就是把原来自由散漫的生产规划起来,改变个人、小作坊式的生产方式为大规模、机械化、有计划有组织的生产方式。这样的规划和组织将极大提高社会生产效率,社会财富迅速增加。但这样现代化或者说工业化的发展过程,在带来社会高速发展增加社会财富的同时,在大工业生产中的个人,却在组织中其自由度被大大限制了,在生产链条上的每个人不再是为了满足个人需要，而是在追求社会利益的需要下，原来的生活开始被规划、被组织。极端的发展就是资本逐利，原来为人服务的生产开始绑架人，为生产而生产，生产中的人不再自由。当然在中华人民共和国成立初期，中国的工业化水平还非常低，农村合作化才刚刚开始，社会面临的主要问题是物质非常匮乏的问题，如何解决人们的基本物质需要仍是社会生产面临的主要问题。因此，这样不事劳动，叫嚷劳动艰辛的声音在当时文学中就变成了游手好闲、懒惰的表征。不过，在同时期也有作家明确感到了这种被组织起来的乡村劳动的艰苦以及对人自由空间的剥夺，如康濯1956年写的《过生日》中就借张小锁之口对这种现代化表征的集体劳动进行过深刻的反思：

> 他们光迷信个劳动，劳动，劳动光荣！反正谁也得拼命劳动，抢工分，抢光荣，抢得象你们社里有事都请不准假，抢得妇女坐了月子也不顾命，抢得媳妇老婆们小产的、闹妇女病的一个接一个！哼，不想想，咱们庄稼主儿谁不知道要好好劳动！可他们这是什么劳动啊！这是瞎胡闹，是白白地拼命！拼的谁家都是一天劳动下来，人人累的个臭死，赶到了家，塞塞嘴，就往炕上一挺，夫妻、父子成天都不说一句话——累得哪有心思说话！赶天明，又去补工分！更不用说咱哥儿们没法儿歇歇聊聊的，亲戚们也都长年地不来往！……什么娱乐也没有……我说这人呀，要光是个拼命、吃饭、睡觉，别余的什么也没有——那能行么？那还成个世道，还象个过日子么？

现代化的集体劳动改变了人们原来的日常生活，如果只强调效率速度，只强调政治、经济目的，劳动者只会变成劳动机器，为了完成各种各样无尽的计划，没了人情伦理，没了生活，没了思想，没了对生命本身的尊重，劳动就完全异己化了。

在小说中，对贫农的叙述，一般在强调他们物质贫困的同时又突出他们的勤劳和德性，他们不是不愿意劳动，而是劳动资料被地主剥削了，以此来凸显阶级属性。然在《山乡巨变》中我们看到的富裕中农们却都是勤劳人家，一些贫农反而成了这些中农看不起的懒惰户，这样的贫农形象和我们看到的多数形象有了区别。小说中的胡冬生就是这样一个在乡村内话语描述出来的贫农形象：

> 有个贫农，名叫胡冬生。解放前，穷得衣不沾身，食不沾口。因为原先底子薄，如今光景也不佳。土改分来的东西，床铺大柜，桌椅板凳，通通卖光吃尽了。左邻右舍，说他是懒汉。他早晨困得很晏才起来，上山砍柴禾，到了中午时节，他回家去，吃几碗现饭，再背把锄头，到田里挖一阵子，太阳还很高，他先收工了。他住在山坡肚里一个独立的小茅屋子里，家里只有一床烂絮被，一家三口，共同使用。他连门板也卖了，到十冬腊月，堂客用块破床单，扯在门口，来挡风寒。老北风把破布吹得鼓鼓囊囊的，飘进飘出，远远望去，活像趁风船上扯起的风篷。

在乡村干部的叙述中，这位胡冬生虽生活贫困，却是一个懒汉，在乡村道德上并不值得同情，土地改革对这样的人并没有起到教育作用。乡村中二流子贫农在熟悉乡村生活的作家笔下也有叙述，如《田寡妇看瓜》中的秋生、《福贵》中的福贵等。同样，在《暴风骤雨》中积极领导土地改革工作的赵玉林、郭全海、白玉山等，《太阳照在桑干河上》中的张裕民等，在参加乡村革命工作之前都有过些赌博、游手好闲、不爱劳动的习性，小说并没有详写他们的前身，也没有写他们的转变过程，而是让其在土地革命来临后就痛改前非，变成革命积极分子，他们的前史是在他人之口中隐隐透露出来的。这样小说在描述乡村中这一类赤贫者时就有了矛盾，在乡村外来革命话语中，赤贫者本应是革命帮助的对象，革命要依靠他们；然在乡村内部话语中，赤贫者并不全是乡村道德认可的对象，赤贫中还有流氓无产者，还有"二流子"，赤贫者并不一定认同革命。这样在《山乡巨变》中，对这样的贫农参加合作社就有了两种叙述话语，在显性叙述话语中强调贫农加入合作社的积极主动和中农的不愿意，是为了凸显两个阶级利益的不同，以达到合作社乡村革命的合法性。但这样的阶级意识的显性划分，简化了乡村利益隐性的差异，在一定程度上遮蔽了乡村建设问题的复杂性。合作社作为一种新颖的同时是先进的生产方式，将提高乡村生产效率，增加社会总财富，无论中农、富农，还是贫农，只要参加合作社都会获益，这样社会才会向前发展。如果把合作社理解为是用这样的生产方式来剥夺中农、富农利益来增加贫农利益，单纯让财富发生转移，缩小社会贫富差距，就社会发展来说，这样的剥夺并不会增加社会总财富，这样的重新分配并没有促进社会的发展。40年代的乡村革命小说还是在强调这种阶级的区分性和社会财富的重新分配来缩小社会贫富的差距，而到50年代《山乡巨变》的乡村革命叙述中，作者开始注重乡村的经济建设的复杂性，乡村内外对贫困户、富裕户的书写开始有了细微的变化，作者不再一味地肯定贫农的德性和生产，也不完全否定中农的勤劳和节俭，在隐形叙述中是对阶级话语的一种弱化，这种弱化展示了乡村革命进程的丰富性。

《山乡巨变》中，合作化运动中人们的关系已不再像土地改革中那样剑拔弩张，作者一面在凸显国家意识，一面又不断呈现乡村情感伦理，我们看到的是下乡的邓秀梅对乡村风景的喜爱，是干部刘雨生工作和家庭的矛盾，看到的是中农们的勤劳节俭，乡村成了一个自足的世俗世界，难以用国家意志去把握。对乡下农民来说，生活并非总是天天热火朝天、轰轰烈烈，革命热情总归要消融在对耕种、收成、土地、牲畜、柴米油盐的平和算计中去，国家意志后退，地方日常生活隐现，在50年代的作品中，周立波的《山乡巨变》保存了属于地方的丰富的乡村经验。

第七章 柳青：乡村革命与城市想望

第一节 想象乡村可能的现代

《创业史》在1960年初版后就引起过较大争议，肯定者认为小说广阔而深刻地反映了中国农村的社会主义革命，并塑造了梁生宝这一社会主义新人形象，批评者坚持认可梁三老汉这一中间人物的丰满性时指出梁生宝形象存在理念化的不足。80年代对这部小说的争议仍未停息，不过随着中国社会工作重心从意识形态转到经济建设，农村新人形象不再是走社会主义道路的梁生宝而成为发家致富的郭振山时，有关《创业史》评价的政治价值开始让位于文学价值，这部在60年代影响巨大的小说逐渐失去光彩，成了诟病五六十年代文学被政治束缚的代表作。不过90年代以来，改革开放在带来中国经济高速发展的同时，也逐渐暴露出贫富分化的社会问题，人们重新开始怀念中国社会主义初期的革命理想，社会公平对弱势群体的保护，《创业史》重新进入部分读者、批评者视野，他们重新解读五六十年代表现中国社会集体化、合作化作品中的现代性。面对21世纪出现的各种严峻社会问题，社会主义初期想象仍具有非常重要的现代价值。从这一角度上来说，在文学乡村中，柳青《创业史》想象了乡村社会主义现代的可能性。

一 革命/作家与社会主义想象

怀着建设新中国乡村社会主义的革命信念，1952年5月柳青这位曾经的团中央高级干部从北京来到陕西长安，1953年3月在皇甫乡安家落户，直到1967年离去，同农民一样在此生活了14年，这样自觉融入乡村建设的作家在中国现代文学史上是罕见的。中国现代文学中影响甚大的乡土文学、左翼文学作家走异路地从乡村来到城市,中华人民共和国成立初期部分心怀建设乡村社会主义理想的作家又毅然奔赴乡村,在躬身实践过程中想象心目中理想的乡村未来,这种姿态本身就体现了极强的革命性。

在皇甫乡,柳青曾用自己的稿费和积蓄换来日本优良稻种引领农民试种,让王家斌领导的合作社一千多亩水稻平均亩产 710 斤,创造了陕西历史上最高粮食生产纪录;1960 年,柳青将《创业史》的所有稿费 16065 元捐给胜利人民公社,为社修建农业机械厂、卫生院,后又预支小说第二部的部分稿费给村里拉电线,如此付出,让柳青自己的生活一贫如洗。作为一名革命者,柳青无论在文艺创作还是在现实生活中都把自己的生命放在了乡村建设上,实践了革命到底是"为谁现代"的价值取向。理解柳青的这种革命信念,才能理解 50 年前柳青塑造新人梁生宝这位一心带领贫穷农户走合作化道路的农村新人的现代品格。武春生在《寻找梁生宝》一文中质问:

> 当年,这一大批年轻的知识分子——瞿秋白、何叔衡、刘少奇、周恩来——他们本来已经是先富起来的一部分人了,他们出身于大家,是公子、少爷、小姐,本可以子承父业,舒舒服服地继续做其地主、资本家,做其人上人,但是他们不,他们背叛了自己的家庭、自己的阶级,舍弃一切,提着脑袋干起了革命,这是为什么?他们的选择又告诉了今天的我们什么?今天,当各色人等都在争先恐后不择手段地争着抢着想挤上"先富起来的一部分人"这驾马车的时候,救中国、救穷人还是不是我们年轻人一代又一代不悔的选择?[①]

在当时的社会现实中,革命党人的柳青们将文学看作自己的革命事业,时刻考虑自己对劳苦大众的责任,在勤勤恳恳、无怨无悔的笔耕中实践自己的革命理想,即使面对的是艰苦的工作岗位,经受的是极端的物质贫乏和持久的心灵寂寞,他们都把自己的生命献给了他们为之革命的对象——那些处于社会最底层的农民,沉潜到底层民众的灵魂深处,用文学展现民族现代化的历史。在 21 世纪的今天,他们应该重新受到我们的崇

---

① 武春生:《寻找梁生宝》,《读书》2004 年第 6 期。

敬。中华人民共和国成立之初,在为之奋斗的革命事业已取得军事和政治上的胜利后,这些革命者踌躇满志、意气风发,对新中国即将揭开的社会主义建设事业充满期待和憧憬,重回故乡的他们要亲手改造家乡面貌,内心深处翻腾着"创业"冲动,革命气概前无古人。对这种"创业"豪情的文学想象,让文学中的乡村气质发生巨变。

1. 乡村社会主义新人想象

不让少数人侵占社会绝大部分的财富和资源,才能防止社会的两极分化,中国共产党在中华人民共和国成立之初就非常警惕这种历史老路,中国农村的社会主义建设就是要避免中国革命最后又重走这种历史老路。梁生宝们带领社会底层农民走与郭振山个人发家不一样的互助组、合作化道路,就是为了在社会发展中避免乡村中新的两极分化。

郭振山个人发家道路,是社会主义革命来临之前所有农民的梦想之路,无论是贫农、中农、富农,还是地主。中国共产党领导的革命如果仅仅进行土地改革而不进行乡村社会主义革命,那么各种成分的农民思想并不会发生本质变化。土地改革时期的革命英雄、党的领导干部郭振山,曾经也有过革命热情和革命气魄,可是他的个人发家道路不是引导大众实现普遍富裕,只会重新导致贫富分化。下堡乡蛤蟆滩二十几户借贷无门的贫困农民在没有国家政策的扶持下只会重新走向变卖土地的老路,重新堕入被剥削的阶级中,那些富农、富裕中农包括掌握村政大权的郭振山们,因占有丰厚的发家资本而会成为新的剥削阶级。仅仅平分田地的社会变革,多次出现在中国历史上,最终迎来的仍是社会阶层分化的复辟,再次迎来社会暴力。没有社会主义革命,中国共产党领导的土地革命的革命意义将很快丧失殆尽。正是在这种形势之下,柳青塑造的青年农民、共产党员梁生宝要挑起互助组重担,坚定不移地走合作化道路。梁生宝带领贫困农民走合作化道路,丰产增收,奔向普遍富裕,要防止农村中阶级的重新分化,使中国革命事业得以继续向前发展。从这一角度出发,梁生宝与郭振山的区别就是革命新农民和所有旧农民的区别,两者的道路指向的就是乡村现代与乡村传统的本质区别。土地革命革了地主阶级的命,农村社会主义革命还要改变旧农民的传统乡村价值观,梁生宝受现代革命思想的培养率先具备了社会主义革命意识,心怀共产党最初社会革命理想,为实现社会共同富裕与现代化而九死不悔。

除梁生宝外，柳青还塑造了另一位乡村青年新人徐改霞，她把自己的人生理想建立在城市工业化革命上。中国城市工业化让部分农村青年进城当了工人，给农村青年提供了另外一种生活天地。虽然改霞是在郭振山的教导下开始想望这个新天地的，可是去城市的意义在改霞和郭振山那里是完全不同的。对郭振山来说，进城当工人更有利于个人前途和生活，比如他安排弟弟进城当工人是为了让弟弟在工厂升了技工后往家捎钱，来实现他的发家计划，但是在改霞看来，进城当工人更有意义的是要把自己的工作和社会发展联系在一起，把个人前途与献身于国家工业建设紧密联系在一起。与其他贪图城市里吃的、穿的、用的等现代物质生活的姑娘相比，改霞是被"工人阶级的光荣吸引"并决心要献身于工业建设，心怀理想，因此她看不上不安心农村建设、只贪图城市现代物质生活而进城青年的想法。从这一角度来说，改霞进城参加工业化建设，是与梁生宝在农村参加农业合作化生产一样，虽不在同一个地域空间，但都把个人价值的实现放置在国家现代化宏大理想的实践上。虽然当时城乡经济、政治待遇的差异导致部分农村青年流向城市，这些进城青年被当成不安心乡村劳动的人而受到批评，然而在柳青的《创业史》中，柳青把徐改霞当成和梁生宝一样的理想新人来塑造。由于小说主要表现的是农村社会主义革命的发生发展，因此梁生宝新人形象凸显，徐改霞形象隐现在小说中，但进城参加城市工业化建设的路向也为农村青年实现个人价值提供了另一途径。

2. 乡村现代景象

《创业史》中乡村的现代想象，首先，是农村时间在规划中被赋予了指向未来的意义。韩毓海在《春风到处说柳青——再读〈创业史〉》中认为，《创业史》的一个创新在于将"现代时间观念"纳入小说叙事，并将之运用于叙述中国乡村。[①] 不光是《创业史》，柳青1947年创作《种谷记》时就已经用现代时间观念来规划人们的生活意义，县上要求统一时间、互助种谷子，大家早上就听村里打钟后统一出工，原来自由散漫的生活开始被规划，生产效率提高。可以看出柳青的《种谷记》《创业史》这些以中国农村、乡土生活为内容的小说，在时间叙述上具有明显现代意识。柳青要展现王加扶和梁生宝活动的新"时代"，这个时代的时间是与

[①] 韩毓海：《春风到处说柳青——再读〈创业史〉》，《天涯》2007年第3期。

建设新农村、建设现代国家的巨大任务、使命和浩繁工作联系在一起的,农民们的时间不再是自己的时间,而是被紧密组织进围绕着"劳动和工作"来建设一个新社会理想的空间中。在这个意义上,要完成这项巨大的任务、使命就必须规划和管理时间,每个农民的时间被组织进来后,时间反过来督促每个成员按计划完成自己的任务。在这样的计划中,原来日复一日的时间在被精细化、精确化后,每个时间段都有了自己的任务和意义,不再是随意重复无意义的,这些时间将按计划一步一步指向未来,未来理想的社会生活空间将在这样的时间计划实践中实现。过去时间中的生活,成了现在时间中努力实现未来时间中生活的参照,当下时间中的工作成了将来时间中理想生活形态实现的基础。这样,从"当下"有规划的时间角度去叙述历史和预言未来,从而将历史时间纳入以"当下"为核心而其价值实现在未来的结构中。既然时间意义的实现是指向未来理想社会的,当下生活就必须为实现未来生活理想而努力工作,而不是停在当下,享受现实时间中的生活。

其次,农民被组织起来,进行规模化生产。当现实生活方式和价值选择都指向未来理想社会时,现代时间观念也带来社会组织方式和生产方式的变化。现代时间观念督促着这个时代每一位成员为实现未来理想社会生活而努力工作,未来历史将告诉现代时间下生产和组织方式转变的现代意义。在这样的时间观念中,如何合理地利用时间而不浪费时间,如何在单位时间中有更高的生产效率,人们的生产方式也随之发生改变。对这种时间观的认同,意味着每个个体都必须把自己的生命划分为秒、分、小时,以面对"时代"提出的使命和任务,以跟上时代的脚步。这样的时间观念中,个人生命不再处于原初自由状态,而是被赋予追求这种未来价值的目标。原来自由散漫的生产方式开始被组织、规划起来,人们不再自由自在地日出而作、日落而息。无论是城市工业化还是农村合作化,所有人在时代要求下,统统被组织进统一时间、统一计划的生产中。全国统一的时间,被放入世界现代化时间中,"赶超英美"、尽快实现国家现代化,成为全国人民共同追求的时代目标。在这样的目标下,1953年写作《创业史》时,小说展现的中国农村要"多快好省"地建设社会主义,是作者完全认同并着力表现的,"《创业史》的诞生,是第一个五年计划(1953—1958)大规模工业化和农村合作化——对于中国传统生产方式和中国传统社会的全面改造的标志"①。从第一个五年计划开始,中国农村和农民祖祖辈辈的生产方式被彻底打破。全村、乡、县乃至国家的农业生产被规划,对具体普通的个体农民来说,按照任务早上打钟统一上工,中午打钟统一收工,劳动生产将按照村里生产计划有步骤地进行,劳动是有目标的,所有劳动被组织起来,所有生产被规划起来,乡村实现规模化大生产。柳青的《种谷记》和《创业史》深刻地抓住并表现了乡村这一具有现代化品格的变化,让小说具有了现代性标志。

再次,时间观念、生产方式的变化带来生活方式变化。祖辈静态的生活方式,在这种时间观念和生产方式的改变下被改变,"勤俭创业""劳动光荣"的崭新伦理被确立起来。千百年来乡村生活方式一直是慢节奏的,无论外面如何变化,乡村都遵循的是自己的时间、生活节奏。而在柳青小说中,村民们的生活一派忙碌,乡间地头,到处是梁生宝们劳动的身影,农民们热衷于劳动增产,春节过后两三个月中赌博、喝酒打发时光的农民变换成了争分夺秒学习识字、劳动的新人,整个农村在高度组织起来后,二流子和不事劳动的人无处藏身,全被组织进合作化生产方式中,农村出现前所未有的劳动新景象。在国家社会主义理想引导下,农村合作化把原来如同马铃薯一样散落的农民强有力地组织起来,在共同生产劳动中想象未来新生活。

最后,创造新社会的想象。蔡翔说:

> 只有在一个大工业的社会环境中,或者以大工业为自己目的诉求的社会,才会对"组织"有着如此强烈的要求。因此,所谓的"集体主义"的话语实践,我们除了看到它的国家政治的意识形态背景,同时,也必须注意到它的现代的也是工业化的社会含义。②

《种谷记》《创业史》中的新人是农村革命过程催生出来的,也是当时社会主义文化建设中想象出来的,社会主义建设需要这样的新人。柳青谈论《创业史》时说:"我写的是社会主义制度的诞生……蛤蟆滩过去没

---

① 韩毓海:《春风到处说柳青——再读〈创业史〉》,《天涯》2007年第3期。
② 蔡翔:《革命/叙述:中国社会主义文学—文化想象(1949—1966)》,北京大学出版社2010年版,第214页。

有影响的人有影响了，过去有影响的人没有影响了。旧的让位了，新的占领了历史舞台。"① 因此《创业史》的意义，并不局限于中国农村问题，而是要通过一个村庄的变化，来讨论整个中国社会新制度从无到有的诞生过程。在这里，文学叙述的力量，不仅在于重新叙述革命历史，也在于在个人利益、一般观念和社会理想之间，想象出一种新情感基础，一种新型价值，一种新型组织，以便将更多社会部分纳入现代化过程中，王加扶、梁生宝、徐改霞就是在这样的诉求中想象出的奔向未来生活的新人。

二 想象乡村可能的现代

如果求新求变是现代性一种特征的话，对现代的追求也意味着是对多种可能性的追求。在《种谷记》《创业史》中，柳青的社会理想就是要把因贫穷和受苦而处在社会最底层的弱势者变成现代社会中能够平等享受现代物质文明的一员，让小人物也可以参与社会的发展与建构。柳青把自己这种理想的可能性投射到青年农民思想中，塑造了在新生政权建立后出现的王加扶、梁生宝、徐改霞等形象，他们要通过互助组和合作社的方式实现这样的社会想象。中华人民共和国成立初期的乡村社会主义革命不是改朝换代，而是要变革乡村文化权利的深层结构，要"鸡毛飞上天"。郭振山式的革命只是让部分农民在土地革命中分得了胜利果实，但并没有真正改变原来乡村社会稳固的阶层结构。中国共产党在中华人民共和国成立初期走社会主义道路，发动农村去走互助组、合作化道路，培养和引导王加扶、梁生宝这样的新人来建设中国新型乡村的政治领域、权力领域、价值领域，让乡村社会一方面实践规模化的合作化生产以提高生产效率，增加社会财富；另一方面避免规模化生产方式下新的弱势群体的出现，避免新的强势群体对新的弱势者的剥削，让社会财富的增加不是建立在对他人财富的剥夺之上。这样一个保护弱势者利益的乡村秩序，政治空间，让弱势者感到希望、安全，对未来充满想望。毛泽东在1955年说："我们就得领导农民走社会主义道路，使农民群众共同富裕起来，穷的要富裕，所有农民都要富裕，并且富裕的程度要大大地超过现在的富裕农民。只要合作化

---

① 柳青：《在陕西省出版局召开的业余作者创作座谈会上的讲话》，《柳青文集》（第4卷），人民文学出版社2005年版，第321页。

了,全体农村人民会要一年一年地富裕起来。"① "富裕起来",而且要"共同富裕起来"正是中国农民世代企盼的一个理想。

在《种谷记》《创业史》中,王加扶和梁生宝团结的那些贫穷户,除了新政权在考虑他们的利益外,再无人会考虑他们的利益。因此,王加扶和梁生宝们在感觉到中国共产党站在穷人一边后,完全真心诚意地跟着中国共产党,要走社会主义道路。在被别人嘲笑中,如落汤鸡一样从潇潇春雨中头顶麻袋片,身扛"亩产710斤"的新稻种回来时,梁生宝是真诚地把自己的生命献给自己认识的新生社会:

> 这难道是种地吗?这难道是跑山吗?啊呀!这形式上是种地、跑山,这实质上是革命嘛!这是积蓄着力量,准备推翻私有财产制度哩嘛!整党学习中所说的许多话,现在一步一步地在实行。只有伟大的共产党才搞这个事,庄稼人自己绝不会这样搞法!②

梁生宝的这种感触不是空洞的,而是经历过整天饿肚子的穷苦生活后的真心表白。在乡村社会主义的道路上,他不顾道路泥泞挫折,步履蹒跚、跌跌撞撞,然而却无怨无悔,这种生命激情让我们感到建构乡村现代生活的强大生命力。为了实现乡村生活的现代化,人们的共同富裕,梁生宝自觉地把自己的生命价值融入实现乡村社会主义的国家理想中。从这一角度说,《创业史》塑造的新人与《三里湾》《山乡巨变》的新人有本质区别,梁生宝们是在实践乡村社会主义的国家革命,而金生、玉生、灵芝和李月辉、刘雨生等是在乡村人情伦理基础上变革乡村生活。杜国景认为《三里湾》《山乡巨变》在反映农业合作化运动时,并没能将个人创业的理想完全转变为对社会主义创业者主体身份合理性的确认上,《三里湾》把扩社、开渠过程中的矛盾作为工作中的问题来反映,《山乡巨变》以自上而下的合作化运动结构小说时,个人创业主体向集体创业主体身份的转换痕迹过于明显,而柳青《创业史》中的梁生宝、徐改霞认为农村合作

---

① 毛泽东:《农业合作化的一场辩论和当前的阶级斗争》,《毛泽东选集》(第5卷),人民出版社1977年版,第198—199页。

② 柳青:《创业史》,中国青年出版社1960年版,第247页。以下本小说中的引文全出于此版本,不再注。

化和城市工业化道路是历史的必然选择并自觉实践,他们创的才真正是社会主义大业。①

农业合作化运动将终止中国乡村数千年的个体劳动形式,包括附着于这一劳动形式之上的政治、经济、道德等各种社会、文化结构,将带来一个史无前例的新社会秩序。"共同富裕"的理想让柳青投身乡村合作化运动,他的文学创作也包含了创造新世界的想象冲动。蔡翔认为,合作化这一集体劳动方式并不单是中国乡土社会传统的互惠互利劳动形式,也是一种借用城市工业化组织方式对乡村关系的全新改造,是中国革命对苏联"集体农庄"的另一种创造性想象。② 在把原来散漫的中国农民组织起来后,运用现代科学技术和管理技术进行大规模现代化高效生产,成了柳青文学想象中乡村未来现代生活的远景。1953年柳青年仅37岁,在中华人民共和国成立初期深入乡村建设,雄心勃勃,内心涌动"创业"豪情,他把自己的这种社会理想投射到了梁生宝、徐改霞这样的农村新青年身上,让他们去实践这种前无古人的乡村现代想象,气魄非凡。

洪子诚在《中国当代文学史》中这样评价柳青:

> 柳青等更坚定地实行表现"新的人物,新的世界"的决心,更重视农村中先进人物的创造,更富于浪漫主义理想色彩,具有更大的概括"时代精神"和"历史本质"的雄心。③

从而也更符合社会主义现实主义的要求,因而也对后来的合作化小说的写作产生了更大的影响。

2006年7月5日雷达先生在《光明日报》发表论文《当前文学创作症候分析》,认为当前文学"缺少肯定和弘扬正面精神价值的能力",部分人群的精神生态趋于物质化和实利化,腐败现象蔓延,道德失范,铜臭泛滥,20世纪90年代以来的小说较为普遍地告别了虚幻理性、政治乌托

---

① 杜国景:《论农业合作化小说中的创业叙事——以〈三里湾〉〈山乡巨变〉〈创业史〉为中心》,《贵州师范大学学报》2005年第4期。

② 参见蔡翔《革命/叙述:中国社会主义文学—文化想象(1949—1966)》,北京大学出版社2010年版,第248页。

③ 洪子诚:《中国当代文学史》,北京大学出版社1999年版,第93页。

邦和浪漫激情，部分作家或者走向实惠主义的现世享乐，或者走向不问政治的经济攫取，或者走向自然主义的人欲放纵；在告别神圣、庄严、豪迈而走向日常的自然经验陈述和个人化叙述时，也出现浮躁、自我抚摸、刺激、回避是非、消解道义、绕开责任、躲避崇高等的普遍精神姿态。① 在"症候"分析基础上，雷达先生特别强调作家与时代的关系，呼吁强化肯定和弘扬正面价值的能力。而对未来生活的想象，不光是新世纪文学所缺乏的，也是当今整个社会所缺乏的，没有这种想象，就没有建设的动力，人们的行动就是盲目的。从这一角度说，柳青等小说不光是从价值取向上塑造社会主义新人形象，也从想象力上在努力构建乡村未来现代生活秩序。

虽然这种对未来新社会的想象与追求，仍是对未来一种可能性的追求，社会主义仍是一个具有未来性的社会理想，对这种可能性的追求仍会有风险，实现想象的过程中可能会有各样的新问题，但即使如此，这种想象中为保护弱势者利益的价值追求却是任何时代都不会过时的。

当"社会主义新农村建设"再次成为党工作的重中之重时，我们需要重新回忆社会主义中国现代化建设之初的乡村社会想象，重新发掘50—60年代文学中对未来社会最初想象的价值取向。韩毓海说：

> 对于中国来说，不搞现代化、不搞工业化、不搞市场经济，就不能发展，从根本上说也就没有出路。但是，在现代化和市场化的过程中，如果不保护弱势群体，扶助老弱病残孤，而是听任他们被毫无保障地抛入工业化、市场化的汹涌波涛中，那么工业化、市场化就不可能搞成功——如果说工业化、市场化就必须以牺牲穷人、牺牲农民、牺牲老弱病残孤为代价，那么，我们还要中国革命干什么？②

在新世纪社会主义新农村建设中，我们需要更多梁生宝这样的新人，能够把社会中的弱势者团结起来，带领大家走互助合作道路，维持中国农

---

① 雷达：《当前文学创作症候分析》，《光明日报》2006年7月5日。
② 韩毓海：《春风到处说柳青——再读〈创业史〉》，《天涯》2007年第3期。

民的生存，避免农民彼此间围绕着有限的资源进行自相残杀，避免乡村资源被市场资本的鲸吞。组织起来，走集体创业、共同富裕的道路，以农业产业化和农村生态化对应全球市场的挑战，在今天需要更大的气魄和想象力。

第二节 家史与阶级意识

一 梁家家史叙述

《创业史》题叙交代了梁家家史，来表明共产党领导革命到来之前梁三老汉这样农民发家的不可能性，小说中多有这种家史新旧对比的叙述模式，家史叙述中明确的今昔、新旧对比凸显了新社会秩序的价值。不过被讲述的家史，不光有因贫困而响应支持共产党革命的农户家史，如梁三老汉、高增福、任老四等人的家史，小说中还有曾经贫困后来发家又不愿意支持政府新政的农户家史，如郭振山、郭庆喜、郭世富，还有祖上就是富裕户的姚士杰等人的家史。作者要在物质占有的两极分化中来突出阶级意识以及乡村革命的合理性，梁三老汉的家史叙述是确认乡村革命发生合法性的一个典型。然而就梁家家史来说，《创业史》研究者多注意题叙中梁三老汉发家的不成功史，却忽视了梁三父亲的发家史，我们把这种发家史再往前做一推移，小说依靠家史叙述来表明阶级意识合法性的叙述就有了另外意味。

小说题叙中交代梁家家史的叙述时先提到的是梁三的爹，也就是梁生宝爷爷的创业史：

> 梁三小时候，他爷从西梁村用担笼把他挑到这个蛤蟆滩世界来。他爹是下堡村地主杨大财东的最讲"信用"的佃户，一个和现在的梁三一样有力气的庄稼汉。老汉居然在他们落脚的草棚屋旁边，盖起了三间正房，给梁三娶过了媳妇。老汉使尽了最后的一点点力气以后，抱着儿子梁三可以创立家业的希望，心满意足地辞别了人间。

之后小说叙述重心放在梁三家史上，梁三接连死过两回牛，后来媳妇也死于产后风,他不仅再租不到地,连他爹和他千辛万苦盖起的那三间房,也拆得卖了木料和砖瓦,梁三只好一个人住在他爷爷留下的草棚屋里。后来在逃难人群中接纳了生宝娘和生宝,重组家庭后夫妻勤苦劳动,十年仍未立起家业,生宝为避免再被拉成壮丁逃进终南山,梁家院落不再有大牲口,仅靠梁生宝不定期从终南山里捎回来的一点钱度日,老汉、老婆、闺女和童养媳妇过着饥寒光景,添了白发的老两口像土拨鼠一样静悄悄地活着,不再提成家立业的事。小说欲通过梁三和儿子生宝两代人的创业失败史来说明旧社会农民发家的不可能,以此来比对将要展开的新社会想象。不过,细读梁三和生宝发家史我们会注意到,梁三的赤贫主要源于小家庭大牲口的死亡和家人的病患,而社会动荡又造成了生宝的逃亡,阶级剥削在这里并不明显。也因为如此,梁三父辈的创业却不是失败的,虽然小说叙述的重心在以梁三创业的失败来达到对旧社会的否定和对新社会的期望意图,然文本中泄露出来的信息中却展示了梁三父辈创业的成功,让文本叙述在梁三创业史和梁三爹的创业史之间出现了裂隙,文本内容显得复杂起来。

从梁家的家史来看,梁三祖辈到蛤蟆滩时一无所有,原来也是种地主的地,然梁三的爹却可以靠自己的"信用"和勤劳最终在蛤蟆滩盖起三间正房,并给梁三娶过媳妇。这一家史细节说明在梁三父辈的社会时代中,梁三这样的人是可以通过勤劳实现发家梦想的,反过来说在梁三父辈的历史中,地主阶级并不是导致梁三这样佃户不能盖起三间瓦房的主要原因。梁三父辈的时代和他的创业史,难以被整合到上述否定旧社会创业、展望新社会创业的历史话语中。

这样,由于梁三父亲作为一个外来户靠自己辛勤劳动曾经盖起过三间正房并给梁三娶过媳妇,因此梁三认为靠自己的勤劳来实现发家的梦想就不是空中楼阁。梁三自己发家历史的不成功,可以说明梁三所处社会时代的不合理性,然而与梁三父亲所处时代和梁三儿子辈所处的时代相比,就会出现两种社会时代。梁三父亲的时代,梁三父亲这个蛤蟆滩的外来户凭着自己的勤劳可以盖起三间正房,这样的社会时代就是庄稼人的理想时代。同样梁生宝的时代也是要让天下所有的农民都能过上温饱富裕生活的时代,这更是一个理想的社会时代。把梁三老汉的时代和生宝所处的新社会时代相比就会得出梁生宝要走新社会道路的合理性,但同样把梁三的时代和其父辈时代相比就会得出父辈社会价值及社会秩序的合理性。在梁三这里，父辈那个时代是靠勤劳可以安家乐业的时代，而在生宝这里，共同富裕的新社会才是理想社会。因此在新时期，梁三认为自己的发家梦并不是不可实现的，他希望能按照父辈经验在重建自己房子时赢得村人尊重，他没有经历过生宝认同的未来新社会，因此他的期望是回到父辈的时代中去。对生宝来说，他没有经历过爷爷时代的生活，在父亲梁三时代按其父亲教导的方式发家失败后，他加入中国共产党要去实现另外一种社会理想。这里就有了两种发家理想，梁生宝的共同富裕道路和梁三个人发家道路，两者的冲突显示出来的就不是中华人民共和国成立后的新社会价值和梁三所处旧时代社会价值的区别，而是梁三父辈时代社会价值和梁生宝新社会时代社会价值的冲突。在这两种社会理想的冲突中，简单的新旧社会对比并不能说服梁三老汉这样的农民放弃自己父辈经历过的社会理想而认同儿子这种未来理想性的社会价值。不过，小说叙述并没有给两个时代社会理想的平等较量，小说叙述忽视梁三父辈发家历史，在呈现出梁三时代发家理想的失败后就完全肯定了梁生宝所走合作化道路理想，否定了梁三的发家理想，同时也就否定了梁三父辈时代的社会价值。这样的简单化的旧社会、新社会的对比，遮蔽了梁生宝作为历史新人要承担的历史任务的重大性。

梁生宝作为社会主义革命新人，他要斗争的不光是梁三老汉时代的价值观念，也不光是梁三父辈时代的价值观念，而是要跟所有的农民思想较量，因此梁生宝需要被塑造成一个全新的社会新人，他的社会理想将代表着一种全新的未来社会理想，而社会主义这种全新思想便要成为梁生宝这位新人的思想资源。

梁生宝这样一个新人要改造梁三、梁三父辈那样的农民，单纯靠一种社会思想并不能改变农民们的认识，这种对未来社会的想象要得到大家的认同，必须落实在农民物质生活的改善上。因此，改变梁三老汉这样农民思想的，是社会主义给社会带来的发展变化，需要更先进的生产关系、生产方式和更公平合理的社会分配方式。梁生宝带领农户们走互助及合作化道路，用一种集约化的生产方式提高生产效率，这是在仿效西方社会近现代发展过程的农业生产组织方式，而且梁生宝带领农户走的规模化的生产方式一定也会取代梁三老汉的个人生产方式，即使这个现代化过程在不同国家和地区的进展速度并不相同，但这是历史发展的大趋势。虽然中国乡村生产关系和生产方式的现代化进程在中华人民共和国成立初期起步后，在60—70年代出现问题，80年代又重回个人生产方式中去，但全球现代经济发展体系中个人化的小生产方式明显处于劣势，这样的问题在21世纪显得更加突出。在市场竞争中，合作社从很大程度上起到社会安全阀和稳定器的作用，缓解了社会矛盾，并把社会上的弱者纳入到了人类可持续发展的进程之中。[①] 2013年"中央一号文件"[②] 明确提出，"鼓励和支持承包土地向专业大户、家庭农场、农民合作社流转"，"家庭农场"概念首次在中央文件中出现，"家庭农场"将改变原来单户小农生产方式向现代规模化、合作化、商品化的农业生产经营方向发展。2014年2月24日《人民日报》发表标题为《全国家庭承包耕地面积1/4已流转》的文章中提到，全国"经营面积在50亩以上的专业大户超过287万户，家庭农场超过87万个"，可见发展"家庭农场"成为国家提高农业集约化经营水平的重要途径。从这样的语境看，梁生宝所代表的生产关系和方式在今天来讲仍是具有指向未来的现代性。

《创业史》中，作者意图通过梁三发家痛史来说明新社会的政治合理性，然而只有政治合理性和社会生产发展合理性融合在一起才能真正改变梁三老汉这样农民心中的价值认识。因此，梁三老汉和梁生宝在发家理想上的冲突，在上述角度来说，并不是新旧思想的冲突，梁三老汉认同的是父辈劳动生产的价值观念，而梁生宝认同的是建设新社会的政治意识，两者并不在一个层面上，单纯的政治意识很难改变农民心中通过经验得来的价值观念。小说中，梁生宝在与梁三老汉及其他农民发生矛盾时，梁生宝这样的革命干部总认为是农民思想落后，并没有认识到政治意识与农民利益的距离，两者难以沟通。但是，没有现代政党的政治革命，即使现代生产方式代替了旧有分散的个人生产方式，现代生产方式又会产生更高程度的"剥削"，这样的生产方式会重新让梁三老汉陷入贫穷。

---

　　① 参见张晓山等《合作经济理论与中国农民合作社的实践》，首都经济贸易大学出版社2009年版，第130—131页。

　　② 《中共中央国务院关于加快发展现代农业进一步增强农村发展活力的若干意见》，人民出版社2013年版。

二 乡村三大能人的阶级属性

郭世富、姚士杰和郭振山被乡民认为是蛤蟆滩三大"能人"，他们个人发家，成了蛤蟆滩富裕户，成了人们羡慕的对象。小说一开始，郭世富在三合头瓦房院前又盖楼房，姚士杰和郭振山被邀请坐席。在多数人还不能解决温饱时，郭世富、姚士杰的出场明显带有阶级意味。不过在家史叙述中，郭世富父辈有和梁三老汉父辈相似的家史，这在一定程度上又消解了这种富裕带来的阶级意识。①

郭世富父辈也是穷苦人出身，"那弟兄三人当年跟老郭从下堡村西边的郭家河，移住到这蛤蟆滩来，在财东家的地上打起四堵土墙，搭成个能蔽风雨的稻草庵子，就住下来了"，当初也是穿着现在贫困户高增福穿的那种开花烂棉袄，租不到足够的稻地只好给人家卖日工，拼命地干活，连剃头的工夫也没有，"毛茸茸的长头发里夹杂着柴枝，两手虎口裂缝里渗出鲜血来。女人们在冬天穿着单裤。孩子们不穿裤子，冻得小腿杆像红萝卜一样"。从祖辈上来说，郭家比梁家来蛤蟆滩晚，因此在梁三父亲给梁三盖了三间正房并给其娶妻时，郭世富父辈还是贫农。从阶级属性看，这样的家史突出的反而是他们的无产者属性。不过，在梁三这一代，梁三因老婆病逝，死了大牲口败了家，没能再发家，而郭世富靠租种军阀韩师长四十八亩稻地买马拴车成了大庄稼户，郭世富的这种发家与梁三父辈相似。那郭世富怎么就有了与梁三老汉不一样的阶级属性呢？是因为中华人民共和国成立初期郭家已是"二十几口人的大家庭，几十亩稻地的庄稼主，在三合头瓦房院前面盖楼房了。前楼后厅，东西厢房，在汤河上的庄稼院来说，四合头已经足了"。这是从财产多少上来确定郭世富的阶级属性的，小说叙述认为郭世富在发家后收买了每年破产庄稼人的地，并在转租中多收新佃户的租子让其成了蛤蟆滩的一个大户，这种转租带有了剥削性质。郭世富的生活是梁三老汉所羡慕的，梁三是由于返穷才没能成为郭家这样带有剥削性的富户。从这样的角度说，家庭出身并不能决定当时人物的阶级属性，阶级属性是现有财产和获利方式决定的，郭世富因为多占

---

① 小说中发家的人物还有郭庆喜、梁生禄和冯有义，他们的富裕程度快赶上郭世富家，在分土地之前他们也都是穷苦庄稼人，主要是通过勤苦劳动和节俭才发家的。

有土地因此具备了多收租子和倒腾粮食的能力，其收入带有了不劳而获的性质。梁家和郭家就家史来说，父辈并没有多大区别，都是外来贫困户，发家是后来的，两家发家都靠勤苦劳动，因此郭家本来并不具有先天的阶级属性。社会变迁中，这些原来贫苦的庄户人家后来发家成了大户，他们后来财产获得的方式具有了剥削阶级属性，他们的出身并不能成为阶级属性的判定标准。这样的话，揭示这些富裕者财产获得的方式是展示他们阶级性的重要方面，在《创业史》中富农姚士杰放高利贷，富裕中农郭世富在集市上倒腾粮食，这才是他们获取财富收入的主要手段，而不是生产劳动。因此梁生宝乡村革命的目的就是要通过互助合作的生产方式来提高农民抵抗借贷和粮食交易中的被剥削。不过合作社的这一优越性并未被作者充分地展示，作者把对郭世富、姚士杰的展示重心放在个人品德的卑劣上，在让村民从德性上否定他们时，并不能建构出现代乡村生产关系以及在此基础上将建立的社会秩序。这种德性评判，难以避免那些从革命中获得地主物质财富的农民，在将来不变成郭世富这样通过物质财富剥削他人的新权贵。《创业史》中触及了这种家史叙述中的历史复杂性，但却又放弃了历史复杂性的深入探索，而是将梁生宝走合作化的道路放在简单的新旧社会的对比中，将不认同梁生宝道路的人物道德丑化，掩盖了这些富裕户发家的部分合理性，也弱化了这些富裕户发家过程中隐藏的剥削性。

　　在乡村革命小说中，原来出身于贫穷人家后来发达的人物有多种类型，有通过自己勤劳节俭发家的，如丁玲笔下的顾涌、柳青笔下的王克俭；也有依附在旧权贵上发家的，如丁玲笔下的钱文贵、赵树理笔下的小昌、柳青笔下的郭世富；还有依附在新政权上发家的，如赵树理笔下的范登高、柳青笔下的郭振山等。这三类人的特性又可以融合，如王克俭、范登高、郭振山这样干部出身的发家者既在共产党领导的土地革命中获得了利益，也利用自己干部身份在后来工作中为自己谋利，同时他们又是非常节俭勤劳的劳动能手。同样像钱文贵，在旧社会依附于旧权贵，在新社会也想依附于新政权。这些原本是贫农出身的人物都极容易变成新的权贵者，丁玲、赵树理在40年代小说中深入发掘了钱文贵、小元、小昌等阶级属性的转变。然而在50年代以后的作品，为强调贫农阶级属性的纯洁性，小说作者都有意回避了贫农出身者阶级属性转变的问题，在让阶级对立意识更加明显时，失去了对阶级属性转变这一复杂问题的深入发掘。

蛤蟆滩的第二个能人是郭振山，最初也是租种他人土地的人，土地改革期间斗争地主积极，斗争会上吼得地主尿过裤子，被人叫作"轰炸机"，1949年入党的老党员，后成了村里代表主任。不过在乡村革命建设中，无论是在活跃贷款还是斗争富农们给国家交售粮食方面，郭振山的阶级属性也不纯粹。

在"活跃借贷"问题上，郭振山和郭世富较劲，小说欲显示两个阶级意识的较量，然在历史叙述中两人关系复杂。当年郭世富给村民转租军阀韩师长土地要多收租子时，是郭振山带头揭开了郭世富虚报租子的事实，后来郭振山成了穷佃户心中领袖，郭世富怀恨在心。然而，蛤蟆滩解放后郭振山成了村农会主席，郭世富怕他斗争自己，就对郭振山大献殷勤，在郭振山建小学、筹粮救济困难户等工作中积极配合捐物捐粮，让郭振山工作成绩突出，郭振山也照顾郭世富让他做了村民代表，阶级斗争的意识不见了。郭振山虽答应郭世富春荒借贷在当年秋后还清，实际上郭世富也知道自己借出去的粮食是有去无回，借粮仅仅是为支持郭振山工作。但老这样吃亏郭世富也不愿干，因此在领到土地证后他不再支持郭振山工作，以向任老四讨要前两年借去的十斗粮食来拒绝再给困难户借贷粮食，郭振山因完不成工作任务而恼羞成怒，两人关系重新紧张。从这样角度看，显性阶级意识冲突变成强权者对富有者的摊派，富裕者的自主捐献实际是讨好掌权者，情况复杂。土地改革结束后郭振山不是带领村民通过劳动生产来解决村民生计问题，而是想继续通过吃大户方式来完成上级要求任务，郭振山这样的乡村革命者并不能建立起理想的新的社会秩序。因此，我们在小说结尾再次看到郭振山带领村民冲进姚士杰家中，要通过武力方式强逼姚士杰交粮时，郭振山到底是出于阶级斗争还是为了个人目的呢？他的这种工作方式和目的，引起了大户们的强烈抵制，带来的是大户们对新政权政策合理性的质疑。再到后来，郭振山再次要吃大户让郭世富出粮食时，郭世富开始反抗，两者矛盾加剧，这时两者之间的矛盾已完全不是阶级属性的问题了，而是革命者权力异化的新问题了。

小说中乡民眼中的另一能人是姚士杰，在小说叙述中他被安置在乡村社会主义革命的反面。如果说上文郭世富、郭振山的家史叙述能够说明父辈的无产者出身并不能决定其后辈一定能成为现代革命者的话，那姚士杰的父辈身份也就并不能完全决定其后辈姚士杰的阶级属性。不过在小说叙述中，姚士杰的属性却是父辈身份定性的，姚士杰"爷爷是清朝末年死的。稻地里只有少数六十岁以上的人见过姚老汉，说是死于一种奇怪的慢性病——'财痨'。姚士杰他爹，差不多所有蛤蟆滩的新老住户都知道外号叫'铁爪子'，意思是剥削人残忍。"姚士杰的爷爷、父亲是剥削者，因此姚士杰也一定属于剥削阶级，因此他就应该道德败坏，勾引素芳，而且仇恨村民和共产党，这是小说叙述的逻辑。但在小说叙述细节中，我们看到在新社会，姚士杰也不过是一个普通村民，"他平生的理想，是和下堡村的杨大剥皮、吕二细鬼，三足鼎立，平起平坐，而不满足于仅仅做蛤蟆滩的'稻地王'"。这种理想其实也是许多村民的理想，不过大家并不能实现这种理想罢了，我们并不能就此让其与普通村民相区别。新社会中姚士杰这种理想在国家政策规约下不能实现，由于他曾经多占有地和放高利贷，他被孤立起来了，感到孤单，也恨村人和新政权：

> 工作人员在群众会上，还一再地公开宣传孤立富农，要求他的左邻右舍和他划清界限，防止富农的破坏活动。唉唉！解放前，全蛤蟆滩的公事，都从他姚士杰口里出。他从稻地中间的路上走过去，两旁稻地里干活的穷庄稼人，都停住活儿，向他招呼。土改把他翻到全村人的最底层，整个蛤蟆滩是一家，姚士杰独独是另一家。这种对待使他满肚子气。他心中不光恨共产党，而且恨蛤蟆滩的每一个拥护共产党的庄稼人。

没有实现自己的人生理想，反而被全村人孤立，这才是对姚士杰最大的打击。乡村社会是一个熟人社会，每个人都生活在宗法关系中，姚士杰等于被这个熟人社会抛弃了，村中的每个人都可以鄙视他，瞧不起他，这让姚士杰在村人中抬不起头来，不光没了尊严，更没了对自己存在价值的认可。

因此在确认到土地改革结束，自己的生命财产是安全的之后，姚士杰亟须取得成就带来乡村社会中他人对他的重新尊重，从这样的角度出发我们才能理解姚士杰主动给困难户借粮的初衷。本来按照姚士杰的父辈价值原则，姚士杰是不应该给无法渡过春荒的困难户借粮的，同时他也不愿意把自己的粮食拿出来给郭振山做人情。但是他却在看到郭振山无法解决困难户的问题时，主动地给困难户借粮，小说叙述认为姚士杰的这种借粮带有险恶用心，是要用这种方式来挤垮新政权在村中的威信，以解自己心头之恨。如果是如此目的，那郭世富为什么不借粮食给困难户，却要到集市上去高价卖粮，姚士杰的粮食就是在集市上借给困难户的，他本是可以高价出售赚钱的。他与郭世富不同的地方就在于自己是被完全孤立起来并遭到鄙视的对象，因此他要用这种方式重新换回人们对自己的接纳以至尊重。因此在困难户高增荣主动来自己跟前借粮时，姚士杰认为郭振山在村中对困难户已经没有吸引力了，他要把自己变成一个热心帮助困难户度春荒的人，富有同情心和互助精神的人。姚士杰一变为慷慨的人，对来借粮的人，他都是做出痛快的笑脸，不愿意跟其谈半天客套话，而是直接问来访的人是否借粮。姚士杰痛快地给村民借粮，通过与村民重建乡邻关系，在村民对自己的感激中，姚士杰感觉自己在村中不再被孤立起来，成了受人们感谢的人：

  他觉得村巷里遇见的人，看他的眼光似乎也变了，似乎没有从前那么强烈的敌意了。虽然全蛤蟆滩一百多户人里头只有两个人向他求借，这使他略微有点失望，但他对形势的变化，基本上是满意的。

  赢得村人感激，姚士杰很快乐，这种快乐感染了其母亲和老婆，大家都同意给这些困难户去借粮。后来他与郭世富合伙买回百日黄稻种，他们在村中吆喝着分给村人，希望通过自己的行动在村中庄稼人中能够引起好感、尊重和感激，建立起自己的威望。他和郭世富内心根本不服气郭振山，但惧怕郭振山的权力，他们要与梁生宝互助组一比高低，这里并没有什么阶级意味，而强调的是增产。在这样的细节中，我们看到姚士杰和郭世富是想融入乡村秩序中重新获得认同，他们只是在生产上不服气梁生宝互助的单干户罢了，并没有什么阶级意识。

  虽然小说叙述中把梁生宝们的互助组生产在积极售粮中跟国家建设的政治主题联系了起来，但是这种响应国家建设城市工业化号召、忽视农民实际生活困难改善的积极售粮，明显是作者个人的意愿想象。售粮中，村干部给富裕户订交售数目，梁生禄、郭庆喜、郭世富这些富裕中农都售了粮，而姚士杰抱着售粮自愿的原则坚决不售，甚至宁愿去坐监牢。他愿意把粮食借给度春荒的困难户，知道是有去无回，却不愿意去售给国家，国家在姚士杰这里并没有多少认同感。这种做法的结果招来的是仇富村民对他的批斗，两年前土地改革中他所害怕的事情又发生了，四面八方的村民涌进姚家，在群众力量面前，姚士杰的抵抗不堪一击，他的抵抗甚至要搭上性命，但正是群众的这样胜利，说明了新社会秩序的想象并不是朝向未来讲法理讲人情的社会秩序走去，与赵树理、丁玲、周立波等人在40年代小说中着力对现代社会秩序的建设相比，那种对富裕地主阶级属性的粗暴斗争反而破坏了对未来理想社会秩序的重新建设。

三　梁三老汉的梦

梁三老汉在中华人民共和国成立初期分了土地后做过一个很普通也很温馨的梦，这个梦中有普通农民的多重需求。梁三老汉梦见自己是一个三合头瓦房院的长者：

> 穿着很厚实的棉衣裳，腰里结着很粗壮的蓝布腰带……后院里是猪、鸡和鸭的世界。前院，马和牛吃草的声音很响。管理着所有的家畜和家禽，对梁三老汉来说，活儿已经不轻了。但他不把这当做劳动，而把这当做享受，越干越舒服。猪、鸡、鸭、马、牛，加上孩子们的吵闹声，这是庄稼院最令人陶醉的音乐。梁三老汉熟悉这音乐，迷恋这音乐。

梁三老汉梦想的第一要义，是对温饱的需要。无论是对三合头瓦房的期盼，还是穿新衣，有家禽牲畜，都是对最低生活保障的一种期盼，《暴风骤雨》中落后农民侯殿魁、花永喜的梦想正是如此。就这样的一个普通梦想，在动荡的社会中却难以实现，梁三老汉和梁生宝两代人在中华人民共和国成立前并没能改变自己的生活处境。共产党建立的新政权要实现的共同富裕理想，首先要实现的就是梁三老汉这样的梦想，这种社会追求让梁生宝对新生政权产生了各种想象，对未来生活充满了希望。但是这种共同富裕的社会理想并不能在短期内实现，甚至不是靠一代人可以实现的，小说把实现这一理想的可能性寄托给未来社会。在对未来生活秩序的想象中让梁三老汉认同梁生宝带领困难户的创业精神，小说结尾，梁三老汉不再想象自己的发家梦想。然遗留的问题是，梁三老汉这些农民在后来的历史中，这一梦想的实现仍是曲折的。

梁三老汉梦想的第二个层次是家庭天伦之乐。在家庭中，孩子孝顺，自己勤于劳动，那些家禽牲畜和孩子们的吵闹声是最令他陶醉的音乐。然而梁三感觉生宝渐渐不成个庄稼人了，他不热心自己的创立家业，在别人埋头生产时，生宝却只热心官家的事，只要一听说乡政府叫他，丢下手里正干的活儿，就跑过汤河去了。梁三老汉赌气地叫生宝为"大人物""梁伟人"，生气于当儿子的生宝不管家事，甚至眼中根本就没自己这个爹。因为生宝去郭县买稻种没有跟自己说一声，老汉非常生气，在家里朝生宝妈大发脾气，说是母子俩合伙要灭了他，把自己当雇佣伙计。生宝妈并不明白问题出在哪里，认为是王书记让生宝去买稻种的，终于导致了梁三老汉的爆发：

"他为人民服务！谁为我服务？啊？"老汉冲到老婆面前来了，嘴角里淌出白泡沫，瞪着眼睛，咬牙切齿地质问。"三岁上，雪地里，光着屁股，我把他抱到屋里。你记得不？你娘母子的良心叫狗吃哩？啊？我累死累活，我把他抚养大，为了啥？啊？"老汉冤得快哭起来了。

好像一个什么尖锐的东西，猛一下刺穿了生宝妈的心窝。她瞪着眼睛惊呆了。随后，她哇一声哭了。她丢开吵闹的老汉，冲进街门，趴到草棚屋的炕沿上，呜咽啜泣去了。老汉第一次在不和的时候，拿二十几年前的伤心事刺她，她怎么也忍不住汹涌的眼泪啊！

梁三老汉心痛的是把儿子养大了，他不仅不跟自己一条心，更重要的是眼里没了自己，又因为是养子，老汉付出了更多心血，生宝更应该贴心自己，现在生宝离家的事只给母亲说，竟给自己连说都不说，这让梁三老汉感到心寒，因此才说出这样伤害生宝妈的话。在普通家庭中，这本来不算什么大事，孩子出门给母亲说了也就算是给父亲说了，虽说礼数不够周全，但在梁三老汉这样一个特殊家庭来说，敏感的梁三老汉感到母子两人与自己有了距离，这才让他委屈心痛。随着生命的衰老，梁三老汉更希望能被自己千辛万苦养大的养子体贴照顾，自己老年的依靠就是生宝了，但生宝恰恰不愿意给老汉说离家的事，怕老汉阻拦，这样做法极大地伤害了梁三老汉。老汉的发火又伤害了老伴，就因为自己和孩子是被梁三从逃荒难民中收留下来的，老汉也不把自己和孩子当外人，这位女性是带着感恩的心情来服侍梁三老汉的，她唯恐自己的不周让老汉有疑心。因此当梁三老汉明确说出娘俩不把自己当人的这层意思时，生宝娘深深地被刺痛了，委屈得说不出话，一个人哭泣去了。曾经相濡以沫、在最困难生活中都扶持着走过来的老夫老妻如今却要这样的彼此伤害，根子全在生宝对老人心思的不理解，对老人的体贴不够。但在小说中，小说叙述者和小说人物并没有理解梁三老汉的这种感伤，只是认为这是梁三老汉蛮不讲理的表现，因为是旧农民因此就思想观念保守，才会发这样无意义的脾气，小说叙述就这样把梁三老汉家庭中的情感纠葛简化成了新、旧思想的冲突。因此，即使发生这样在梁三老汉和生宝娘看来非常严重的事时，生宝后来也并没有表现出对梁三老汉情感心理的注意。生宝做事不和老父亲商量，他们一个不愿说，一个更是不愿问，生宝越是忙公事，老人越感到失望。站在集体角度说，生宝带领大伙脱贫致富让人崇敬，站在梁三老汉角度说，一辈子辛苦，如果连自己一手拉扯大的孩子都不能够亲近自己，还有谁能让他享受天伦之乐，安度晚年呢？在看郭世富架梁时遇到郭二老汉，梁三老汉羡慕郭二老汉儿子郭庆喜对老人的孝顺，"想起养子生宝对自己的不孝敬来，冤得简直要落下泪来了"，无处诉苦的老汉一个人去坟上祭奠死去的生宝童养媳，梁三老汉一直把这个苦命的孩子当成自己的亲闺女，想到自己的悁惶不禁又痛哭一场。而这些细微的人情冷暖都不为生宝注意，也在叙述中被忽略了。

梁三老汉梦想的第三个层面是人格尊严的问题。郭世富盖新房架梁，梁三老汉也去看，他只能和郭二老汉一起说话，没想到成了场地上人们取笑的对象，小伙子孙水嘴可以随意嘲弄梁三老汉盖不起新房，一个中年人更是恶意去抓老汉的破毡帽，梁三老汉就像是咸亨酒店中孔乙己一样被大伙嘲笑取乐。生宝眼中没有老人，老人在生宝童养媳坟上悁惶时，甚至被自己侄子梁生禄凭借富裕中农的地位训斥，认为公公哭儿媳是丢了他姓梁的脸面。贫困的生活境况带了屈辱的人格，尽管年龄和辈分在村人中高出，就是因为没有家业，在村中他人面前，梁三老汉就成了任人欺辱的对象。也正是这种屈辱感，梁三老汉一直热心着发家梦想，想通过盖起三间瓦房来在村中争到他人对自我人格尊严的确认。这样屈辱生活的折磨才是他深层发家梦的精神动力,只有创起自己的家业来,才能改变这样受人欺辱的地位,获得人格尊严。小说结尾,梁三老汉盖三间瓦房的梦并没实现,但却让他穿上了生宝建议做的新棉袄,并让他在黄堡街上赢得人们的尊重,在排得长长的队伍中人们让老汉先打了豆油,"梁三老汉提了一斤豆油,庄严地走过庄稼人群。一辈子生活的奴隶,现在终于带着生活主人的神气了",好似实现了老汉的人格尊严确认的梦想。不过仍遗留了问题,如果梁生宝不能带领穷困户改变生活的物质窘境,乡村世界仍不会认同生宝这种未来的生活理想,同样梁三老汉的被尊重就带有了人们看重"梁主任"这一"官"位的味道,作为灯塔合作社的主任,"梁主任"在村民眼中作为乡村官员的形象超过了作为一个庄稼人的形象,梁三老汉的人格尊严也就不会真正获得,他获得的不过是"子贵父荣"的传统人格。

第三节 乡村社会主义革命者

《创业史》中革命最积极的人物并不是梁生宝,而是穷困户白占魁,不过小说把白占魁描绘成了一个有极强功利目的的人物,这个人物的革命积极性和郭振山最初的革命积极性有相似之处,郭振山后来在获取了革命好处后思想"退坡";梁生宝最初参加革命的道路与白占魁和郭振山有些相似,但革命理想不同,如何在小说叙述中想象出生宝革命道路与白占魁、郭振山革命道路的不同,是作者塑造新人的重要思考问题。重新观察白占魁和郭振山的革命思想,我们就有了对生宝革命道路的比对意义。

一 二流子白占魁的乡村革命积极性

白占魁在村民眼中是个半路庄稼人,蛤蟆滩解放前国民党抽壮丁,有人买壮丁去顶替,白占魁就卖过自己五回,他是一个处在社会底层的无产者,不过他不再是普通农民,身上带上了游民习气。土地改革中白占魁疯狂地积极革命,其目的却是当村干部。由于在国民党部队中当过兵,无论他怎样积极都没能当上村干部,后来在蛤蟆滩卖零工,又不会劳动,"套磨子反插了磨棍,好像牲口可以用头顶着磨石转似的;他给人家犁地,什么时候掉了铧,他也不知道,发觉后遍地用手刨着,寻找埋在土里的铧"。分了土地后也不好好劳动,跟自己情妇上集进馆子大吃大喝,后来要在村里重新闹革命:

> 去年冬天查田定产的工作组到村里的时候,他从民政委员孙志明那里取来传话筒,满村吼叫:"二次土改呀!人都甭进山哩!"他挡住秋收秋播后要进山担木炭、运木料的困难户不让走,满蛤蟆滩鼓动大伙,把姚士杰和郭世富都补定成地主,他们的"油水"比"瘦"地主还厚。

这一人物首先值得注意的是,白占魁的革命思想在二十几户困难户中非常具有代表性,无论是任老四还是高增福,他们监视富户,理直气壮地要富户们拿出粮食来,遗憾土地改革工作的结束,流露出来的都是对富户的仇恨和想直接分富户财产的想法。土地改革后的任老四、高增福这样的村民,仍然认为分富户财产是合法合情理的,他们监视到姚士杰往外偷运粮食就要冯有万带枪去抓,并报告郭振山要开审判姚士杰的大会。当郭振山按政策讲土地改革已经结束、解除对地主财产冻结的政策后,高增福很是不理解,感到自己前途迷茫,光景难混,伤心掉泪:

> 在苍苍茫茫的夜色中,高增福独自在黑糊糊的麦地里灰色的小径上回家。他想到自己心上的人,长眠在丈二深的土地里,又想到好象一块什么东西似的,被丢在草棚屋炕上的可怜才才。他想到两户中农不愿入他的互助组的冷清,想到半月以后没有粮食吃的苦境。他鼻根一酸,眼珠被眼泪罩了起来。但是他咬住嘴唇,没有让眼泪掉下来。他眨了几下眼皮,泪水经鼻泪管到鼻腔、到咽喉,然后带着一股咸盐味,从食道流进装着几碗稀玉米糊糊的肚囊里去了。

小说写得非常感伤,让人同情高增福,但是为什么高增福会伤心地掉眼泪,在旧社会不是也过来了吗?这里的伤心类似于一个孩子被母亲抛弃后的伤心。经历旧社会困苦生活后,共产党领导的土地改革让这样农户感到了被关爱的温暖,有了被政府撑腰的自信,现在土地改革结束了,他感觉到自己如同被抛弃了一样无人关心，因此他渴望有一个新的权威家长来关心自己的生活，希望能通过党的关心再分富户们家财。这种分富户家产的思想与阿Q梦中闹革命的想法非常相近——土地革命就是把他人财产占为己有，高增福他们并不理解土地革命的政治意义和建设未来社会理想的意义。倒是郭振山劝导高增福的话非常重要："兄弟！共产党对穷庄稼人好是好，不能年年土改嘛！要从发展生产上，解决老根子的问题嘛！"这样的话中包含着对高增福这样农民自主生产的期望，而高增福这样的农民在失去权威家长后就不知如何自己生活了，因此郭振山的话让高增福感到"从心里往外凉，直至浑身冰凉"。这样的农民在思想认识上并没有生成主体性，因此他们总盼望着有一个新的家长来带领他们生活，梁生宝就成了他们的一个"天然首长"[①]，梁生宝要带领这样一帮没有主体意识的农民走社会主义道路，实现社会主义理想的艰难程度就非同一般。

其次白占魁的革命积极性体现出革命意识的复杂性，他的人物形象消解了乡村中阶级斗争中意识形态的纯洁性。在前文中我们就讨论过郭世富等能人出身穷困庄稼人的问题，他们的阶级属性并不是由出身来定的，而是可以转变的。白占魁也出身穷困人家，然而他成了小说叙述中为乡村道德所不认同的人物。如果说穷困人中有些人的道德并不能被乡村道德伦理所认同，那这些人的阶级属性又怎么来确定呢？《创业史》的叙述话语明显受阶级话语指导，在这样话语中地主是奸诈、邪恶，剥削他人的阶级，相对以农民为主的无产者道德淳朴，具有革命精神，这样阶级斗争才具有道德合理性和经济合法性。但是白占魁这样人物的出现会解构小说中这阵线分明的阶级冲突，既然农民无产者中有这样蜕变的和道德败坏的人物，反过来地主阶级中有没有道德好些的人物呢？这样的问题在40年代小说中大量出现，虽然小说的显性叙述中有非常明确的阶级话语，甚至作者都不惜站出来直接论述，但是在赵树理、丁玲、周立波、欧阳山、柳青的小说叙述中还是能够非常明确地看到有关这一问题的细节，前文我们谈过赵树理小说中出身穷困者小元的蜕变问题，而《李家庄的变迁》中就有一个乡村中和地主李如珍一样有家产的人物——富顺昌杂货铺掌柜王安

[①] 这一说法源于秦晖对农民思想的分析，参见秦晖《田园诗与狂想曲——关中模式与前近代社会的再认识》一书第七章"农民的塞文与农民的万代"中的有关分析。

福老汉，他完全是站在穷困的没权势的铁锁一边，并在抗日中捐出了自己所有家产，赵树理把他塑造成了一个开明绅士形象，但从阶级属性上来说他也会被定为地主的。这些人物的出现让小说中强势的阶级话语显出裂缝。这样的人物在40年代小说中多有，显示了革命想象的复杂性，而在50年代小说中少有，显示革命意识的纯洁性。

再次，任老四认为白占魁是收破烂的，不是正经庄稼人，但在逐利和依赖政府这一点上两者并没有区别。下堡村二十几个困难户在信任政府会解决自己贷款度荒的问题同时，也是"理直气壮"地等待着干部们对自己的帮助，他们一点都不担心政府会不管自己，在郭振山和卢支书开会毫无办法解决问题时，小说写道：

> 这二十几个人说什么也不散去。除了依靠共产党和人民政府，他们不想走其他的门路……他们坐在教室里不走，理直气壮地想依靠共产党和人民政府。因为他们是用褴褛的衣裳里头，跳动着的心脏发出的全部心力和热情，支持这个党和她领导的政府的啊！
>
> 看！在教室的东边，乡支书卢明昌和郭振山，黑糊糊地站在一块苜蓿地里，热烈地谈着什么。他们准定是在想办法：也许商量要改日重新召集群众会吧？也许商量用农业贷款接济春荒吧？也许……总之，他们不会不向大伙做一番交代，就走掉的。还有，梁生宝把唯一到会的富裕中农，胆小殷勤的铁人郭庆喜，拉到教室西边的桃树林里去了，民兵队长冯有万也跟去了。你看他俩在昏暗中，一左一右把铁人箍定，蹲在一棵快要开花的桃树底下，恨不得压倒铁人，给他脑子里灌输什么思想。他们准定是要他接受他们的什么建议吧！
>
> 蛤蟆滩的两个共产党员，在分头为贫雇农翻身户活动着，他们为什么不耐心地等待呢？他们尤其把希望，寄托在代表主任郭振山身上。他会有办法的，他的脑筋是非常灵敏的。比起郭振山来，姚士杰和郭世富算老几？他们对郭振山的信赖，是他们对共产党信任的具体表现。他们不习惯于考虑许多抽象的道理，他们是最实际的人。
>
> 他们坐在教室里汽灯的强光下，非常地安静。安静是内心平静的表现，因为他们不急不躁。尽管父母的血液和童年的环境，给了他们不同的气质和性格，但贫穷给了他们同一个思想、感情和气度。这使

得二十几个人坐在那里，如同一个人一样，纯朴的脑里，进行同一种思索，心情上活动着同一种感受。

在这么大段的引文中，我们看到叙述者一方面在展示农民对共产党的信任感以说明新政权的得民心；另一方面也展示出了这些困难户对政府的"等靠要"的依赖思想。这种思想用白占魁的话说出来就是"反正他毛主席不叫饿死一个人"，"土改吃地主，活跃贷款吃富农和中农"。白占魁的话中充满了一种无赖气，他就是要赖在共产党身上，因此宁愿扔下自己收破烂的生意，以一个赤贫户来让政府救济。虽然白占魁的这一姿态遭到了任老四的诘难，甚至他被从救济的对象中赶了出去，但是其余困难户依赖共产党的自信心不也是这样吗？在他们指责白占魁不还借去的粮食时，任老四在生宝组织生产下有了一点现钱后也没有想着去还欠郭世富的粮食，反而因为郭世富提及此事要和郭世富闹事去，他们还想在分了地主的家财后再去分富裕中农、富农的家财，从这一点来说他们的思想跟白占魁的思想没有任何区别。他们对新政权一面依赖一面充满感激，不过这种感恩的情感也会在这种不断依赖中削减从而变成"理直气壮"，把政府对自己的救济变成政府对自己应负的责任时，他们也就变成白占魁这样的人，开始抱怨政府。

白占魁争取贷款确实如高增福所说，根本就没准备还，借了就可大吃大喝，因为他是困难户，当贫困成了一种资本时，农民自己生产的主体性就被消解了。困难户多是白占魁这样思想的农民，这也是郭世富、郭振山这样的富裕户不愿和这样的困难户一起互助的原因。高增福作为人民代表"理直气壮"地等待救济，也"理直气壮"地赶走了白占魁，这些三年中每年都要借贷的困难户凭什么就可以自己借粮而不容许别人借粮？白占魁即使真的是在借粮食后大吃大喝，但也靠收破烂维持着生计，小说中也写到白占魁向姚士杰借过粮食，可见生活贫困是真实的。而二十几户贫困户又是什么原因在借贷之后还如此困难呢？小说没有交代，会不会也像白占魁一样呢？在小说中这些农户是在梁生宝的带领下开始增加收入的，如果他们是勤劳的，那就应该像梁生禄、郭庆喜那样不至于陷于赤贫。从这样的角度说，梁生宝的互助合作社要带领这些人奔向新的社会主义的困难就更是不一般了。

梁生宝如何才能改变白占魁、任老四这样农民的思想呢？如果白占魁、任老四这样的农民真正从心底里认同了梁生宝的革命道路，其他村民会更加认同梁生宝的革命道路，而在乡村世界中，最具有阻碍社会主义意识的正是梁生宝带领的任老四这些人物的思想，他们在生活穷困中会认同梁生宝道路，但他们并未像生宝那样认同未来的社会理想，只有梁生宝对他们生活的关心对他们是有利的，他们才愿意跟上梁生宝。而真正的问题会发生在他们改变了自己生活处境后，到达了富裕农户的生活状况后，他们还能不能像生宝一样去关心别的农户，这些看重眼前利益更是在逐利的农户的革命积极性正如白占魁的想法一样，他们身上有更多的阿Q习性。

在互助组退组风潮中，白占魁却是非常坚决地要加入梁生宝的互助组，他认为这正是一个好时机。这让梁生宝非常意外，白占魁答应遵守组里的一切条件，这种痛快让生宝生疑，组里所有成员都不同意接受白占魁，生宝也不愿意要，但白占魁的诘问却句句在理。白占魁本是穷苦人出身，土地改革期间革命积极，现在愿意入组，并同意改正自己大吃大喝的毛病，"堂堂的共产党员，一个白占魁能赖住你吗？"从建设社会革命理想秩序的层面说，生宝的互助组也带有改造二流子的任务，但是如何改造？小说让白占魁加入了互助组，白占魁的思想改造过程并没有展开，如果白占魁就是想靠革命的积极性获得部分权利的话，怎么改造他的思想呢？白占魁进互助组半年时光，与生宝共同获得了互助组的丰收并向国家售粮，俨然变成一个新农民，即使如此，在小说叙述中白占魁仍是"为了熬好名声争取将来能当干部而好好'表现'了半年的"，这种警惕让他不可能当上村干部，那将怎么延续他"表现"的积极性呢？如果他真的当上了村干部，他的个人的目的性就会显露出来，他就会变成郭振山那样的村干部。从这样角度说，白占魁对乡村革命的态度代表了不少农民的思想，对他们思想的改造才是深层改变乡村社会秩序的重要问题，如果没有经济的、文化的、思想的改造认识，乡村革命在白占魁这样的农民心中并不能生根发芽。

二 干部郭振山革命意识的"退坡"

小说中的郭振山被描述成一个思想退坡的党员干部，土地改革结束后只顾个人发家不热心革命工作了。但仅仅是个人发家的私有意识让他失去了工作热情吗,这仍是个值得思考的问题。同时期,王蒙小说《组织部新来的青年人》中刘世吾被认为是官僚主义代表,但王蒙自己说他"着重写的不是他工作怎样'官'僚主义,而是他的'就是那么回事'的精神状态"①,到底是什么原因让刘世吾从一个热血青年变成了一个"冷血"干部呢?王彬彬认为刘世吾走了与林道静、江玫与露沙等同样的革命道路②,郭振山同样是在革命后失去了革命热情,开始敷衍工作。

郭振山本是一位精明、敏锐、能干的乡村干部,"蛤蟆滩流行一种私下的议论,认为论办事能力,郭振山不在乡支书卢明昌之下;郭振山光是户大口多,贪家事,才没脱离生产"。在乡村中,是他首先敏感到城市工业化建设将对乡村劳动力有巨大需要,因此预计到改霞进城的可能性并坚持要改霞读书做好准备,后来改霞的确实现了自己进城当工人的理想。但是对梁生宝的互助组工作,郭振山明显不热心,"弄好哩,能解救贫雇农的一些困难",他并不认为生宝搞的互助组是"社会主义的萌芽"。两种思想让徐改霞不知所从:

> 二十一岁的农村女团员,自恨只有一股投向社会事业的热情,却没有判断这个问题的水平。梁生宝对呢,还是郭振山对呢?开头,改霞以为代表主任对生宝互助组冷淡,是因为生宝没和他商量就把大事揽回村了。他们不融洽,经过解释,会消除的。现在,她恍然明白了:代表主任对互助合作的看法根本不同。也许郭振山是对的!你看,乡村里庄稼人都不情愿搞互助组嘛。"社会主义"这个名词,庄稼人嘴里说起来,还很别扭、很生涩,好多人只会说"社会",不会说"社会主义"。这大概就是生宝的努力被人讥笑的原因吧?

两种不同认识让徐改霞感到迷惑、惶恐和感伤,又引起她的警惕和质疑,她不知在郭振山和梁生宝两者之间如何选择。不过在小说中,柳青明确要突出梁生宝合作化道路的正确性而先在地对郭振山思想持了批评看

---

① 王蒙:《关于〈组织部新来的青年人〉》,《人民日报》1957 年 5 月 8 日。
② 参见王彬彬文章《林道静、刘世吾、江玫与露沙——当代文学对知识分子与革命的叙述》,《文艺争鸣》2002 年第 2 期。

法，因此隐藏了徐改霞对这一问题的更深思索。

郭振山是1949年入党的老党员，在对待改霞进城当工人事件上，郭振山像一位大哥哥一样关心着她，他既考虑到了青年团员进城当工人的革命意义，把这一工作和国家工业化建设联系在一起，同时也为改霞个人的人生考虑，认为城市需要有文化的青年人来建设，改霞进城能有更大发展空间。是郭振山教给了改霞上学、抗婚思想，也给了改霞一个走向城市的梦想，郭振山改变了徐改霞这位乡村女孩的命运。在改霞这里，她不光崇拜郭振山，还感激郭振山，为这个精明庄稼人对她兄长般的关怀，"他把一个无依无靠的寡妇的女儿，引导到下堡乡五村的政治舞台上来，使她这个农村闺女，尝到了她所没有梦想过的社会斗争的生活滋味"。然而小说又一直暗示郭振山这种做法是别有用心，不过小说结束也没有明说这种别有用心是什么，即使改霞放弃了第一次进城准备考工人的机会回到乡村时，郭振山只是感到惋惜并没有什么别的想法。这里突出的倒是郭振山对待城乡关系上的态度，乡村青年除过考学和当工人的途径外，再没有进入城市的机会，而当时的社会优先发展城市，在社会现代化过程中乡村的人们对城市生活普遍持有向往心理。郭振山看不上梁生宝领导的互助组乡村革命，但看重城市的现代工业化革命，虽然两者都是社会现代化的表征，但城市的优先发展让他认为改霞进城的意义远大于跟上梁生宝在乡村参加互助组。从这一角度上看，郭振山的认识要比梁生宝深刻得多，梁生宝带领农户走合作化道路是乡村现代化的一种体现，然他是把这一工作放在对党工作任务的完成上，也是放在朴素的共同富裕的社会理想上，并没有自觉地把自己的工作放在整个社会现代化的进程中，郭振山看到了这一点，并坚定地鼓励了改霞，让她进了城。

除过对城乡差异和社会现代化的认识差异，就乡村革命来说，郭振山的确表现出了革命热情衰退的问题，革命后如何继续保持革命激情呢？小说中的梁生宝对革命充满了激情，为了理想可以奋不顾身，无论是买稻种分稻种，还是后来又带领大伙进终南山砍毛竹，充满了创业豪情。问题是当初郭振山土地改革中斗争地主时也有这样的革命豪情，为何现在就思想退坡呢？如果他单纯是为了自家利益的话，那他也就不仇恨不支持活跃借贷的郭世富、姚士杰等人，同样他也不会带领农民冲到富农家威胁姚士杰售粮了。郭振山一直都在强调自己的在党性，强调自己并没有脱离党。对活跃借贷运动的认识也是到位的，郭振山用自己的语言表述了他对动员的认识：

> 他用自己的语言，从贫雇农虽然分了田地，但生产的底子很差，说到要是村干部不组织余粮户给他们借贷，他们势必要受各村余粮户的剥削。他还说：眼时互助合作还没大发展哩，政府要是放任不管，贫雇农又没站稳脚跟，那就会重新欠债，卖掉分来的土地……等等。

可见郭振山对自己工作认识是很清楚的，不过小说叙述者认为郭振山是说一套做一套，因此紧接着揶揄了一句"你看他讲得多明确"，这里的问题是为什么郭振山这位老党员不愿意去照自己所说的去做呢？历史的复杂性在于，梁生宝的互助组合作社在小说中取得了胜利，但梁生宝原型在现实生活中却失败了。这种历史结果能否说明郭振山对历史复杂性有一种模糊的认识呢？

郭振山没能完成农村活跃借贷的工作，因为富裕农户不愿意直接拿自己的粮食去接济困难户，这一问题其实梁生宝也没法解决，不过他是通过组织大家生产的方式来让困难户度过春荒的。郭振山没能完成活跃借贷工作并不是郭振山的问题，小说中也说别的村乡也没能解决这一问题，因此才突出了梁生宝带领农户生产自救的意义。因为郭振山没能完成好这一工作，梁生宝工作突出，郭振山后来受批评，他也感到委屈，面对不再愿意借粮的富户姚士杰和郭世富，他"开始感觉得，离开了惊心动魄的社会革命运动，他个人并不是那么强大"，因此更加强调自己的在党性，只有当自己依附于党的集体时，他才能找到精神的依托，也才能找到自己的位置，这样的认识让他后来承认错误，努力按照上级要求开展工作，不过这时的郭振山，就像是《高干大》中合作社主任任常有、区长程浩明一样，工作更多是对上级工作任务的执行和政策的传达，丧失掉了工作的主动性，同时也就失去了革命热情，刘世吾等人的问题出现了。

郭振山思想退坡产生的另一个问题是他个人的发家思想，梁生宝的回忆揭开了村代表主任郭振山的发家历史。在土地斗争中，是郭振山搜出了地主吕二的地契，当面斗争，因此在斗争结束后在别人提议下分得了最好稻地。对这一做法虽有些人认为是郭振山占了大伙斗争的功劳多分了土地，但在强调阶级斗争积极性的土地改革运动中，郭振山仍占有了优势。郭振山这样在土地改革中新富起来的人不在少数，周立波《种谷记》中村干部王克俭也是这样先多分土地后来先发家的人，《太阳照在桑干河上》中文采明确注意到了土地斗争后分地过程中宗法关系、村干部关系对分地公平性的影响，《暴风骤雨》中积极斗争地主的张富英在当了农会主任后，一个人把持了村政权为自己谋私利，《李有才板话》中的小元当了武装主任后，也可以接受地主阎恒元的物质收买，派遣民兵给自家干活。《三里湾》中，马有翼特别就范登高的发家过程有过说明，他以开玩笑的方式指出灵芝爹范登高的发家，就是因为在土地改革分地时占便宜积下的底子，让他能很快地买到牲口，发家成为村里富裕户。"就是因为翻身翻得太高了，人家才叫他翻得高"，虽然范登高老婆解释说："其实也没有高了些什么，只是分的地有几亩好些的，人们就都瞎叫起来了。"《三里湾》中范登高的得利是隐蔽的，他在土地改革中优先占有的"既得利益"完成了"原始资本"的积累，用马有翼的话说，范登高能够买来用于商业活动的那两头骡子，就是因为"那时候不是没人要，是谁也找补不起价钱。登高叔为什么找补得起呢？还不是因为种了几年好地积下了底子吗？""原始资本"的获得乃至继续积累，则可能使这一群体在乡村中形成新的利益集团，并开始背离社会主义继续革命的要求。《创业史》中，土地改革后郭振山这样的翻身干部在最初获得优于他人的物质条件后，凭借自己的勤快劳动，很快就在众村民中富裕起来。梁三老汉有句对生宝的抱怨，"人家当党员有利，你当党员尽吃亏"，来说生宝和郭振山的不一样。这种利从何而来，小说并没有多写，但是联系《暴风骤雨》中张富英的不当得利来说，很难说这些当初革命积极分子在拥有了一定权力后不为自己的发家谋取私利。郭振山后来受到了批评教育，但并未能彻底改造好思想，他可以不再买地，不再投资做生意，这并不是因为他接受了卢明昌的教育，而是在与郭世富、姚士杰的较量中他更加明确了"在党"的重要性，"为了自己、自己的婆娘和娃子们，郭振山必须在党！"不过对这样复杂的问题，柳青并没有深入探讨。这种为了自身利益的"在党"状态，才是他思想退坡、革命热情衰退的更深层原因吧。

三 新人梁生宝的想象及其不彻底性

梁生宝是现代文学中一个崭新的农民形象，他既不同于鲁迅、茅盾笔卜麻木、愚昧、贫困、愁苦的旧农民形象,也不同于赵树理笔下的小二黑、小芹、李有才等乡村新农民形象,他一开始就具有对新中国、新社会、新制度的认同意识,在此基础上他能够认识到乡村合作化运动的政治意义、社会意义,怀着"共同富裕"的社会理想,他自觉地带领农民实践乡村合作化。在此认识基础上,他带领农民度春荒,买稻种,准备肥料,实施密植技术,进终南山砍毛竹,不仅仅为了个人收入的增加,更要通过集体合作化的道路来证实集体生产的优越性,最终证明走社会主义道路的优越性,实现"共同富裕"的共产党社会理想。梁生宝的这种社会理想让他与中国文学中所有农民形象有了区别。梁生宝身上带有的崭新社会主义思想,具有的作为社会主义革命事业带头人的无产阶级政治觉悟,让他的乡村社会主义革命带有了创造新社会的气魄和豪情,也让梁生宝成了中国文学史中一个健康、明朗、朝气蓬勃的崭新农民形象。

在下堡乡的青年人中,只有梁生宝有这种社会理想并要去实践它。梁生宝到郭县买稻种,春雨中"他心中燃烧着熊熊的热火——不是恋爱的热火,而是理想的热火。……除了他们的理想,他们觉得人类其他的生活简直没有趣味。为了理想,他们忘记吃饭,没有瞌睡,对女性的温存淡漠,失掉吃苦的感觉,和娘老子闹翻,甚至生命本身,也不是那么值得吝惜的了"。有批评者认为梁生宝这种理想是虚假的,但作为受苦受难后被共产党革命理想所鼓动起来的青年,梁生宝为了自己心中社会理想而奋不顾身,我们并不能简单以现在的社会思想情感评判梁生宝当初建设新农村的激情和理想,梁生宝身上的激情实际上也是柳青这样革命者的理想,如果要否定这种文学想象的真实,也就意味着要否定柳青等参加乡村革命工作者的革命理想了。像郭振山这样的乡村革命者,在革命后逐渐出现思想消沉时,青年梁生宝要投身这种革命事业中,也许多年之后梁生宝也会面临新的问题而变成郭振山这样的人,然而我们在梁生宝当初的身上看到一种创世豪情。与乡村中读书青年相比,与革命者郭振山相比,与农民们的个人发家思想相比,梁生宝并不是一个虚假人物。每个社会发展阶段中,没有这些理想主义者,社会就没有向前发展的动力,梁生宝的主体意识的确不够明确,他的思想还不够现代,单凭一腔热情是建设不了社会主义的,但是梁生宝为共同富裕而做的努力和想象是不可以被否定的。

生宝的稻种买回来分给大伙时,要的人多而稻种少,郭世富也看上这种稻种，想用一斗五元的价格来购买生宝一斗二元六角分给大伙的稻种，但生宝明确说自己不是稻种贩子。如果光惦记自己个人的发家，梁生宝买来的稻种就能赚好多钱，但是生宝的理想不是自己富裕，而是要带领自己的互助组贫农共同走上富裕的道路，因此他并不为眼前个人小利所动心，甚至给自己留的稻种都少了一些他也心甘情愿，这都是因为他心中有更大的社会理想。梁生宝的这种无私也被当今的有些人诟病为虚假，如果仅仅从一个普通农民的思想来看，梁生宝的确难以有这样的思想，但是梁生宝是有社会理想的新人，为了实现自己的社会理想，他的这种思想和举动就有了合理性。小说中高增福在新社会中，生活困顿，虽然也得到了政府活跃借贷的帮助，但女人难产死后他的生活几乎难以为继，带着一个四岁的孩子又当爹又当妈。在看到郭振山专心自己发家不热心大伙工作，甚至连姚士杰偷着往外村运粮食的事都不管时，高增福这样的农民感觉到自己前途茫茫，往后的光景难混，自己很难保住分到的六亩稻地。武装革命斗争胜利了，在革命中获利的干部们不再热心社会革命，高增福这样农民的生活并没有得到根本性的改变，他们的未来生活仍是没有希望的。正是在这样的社会处境中，梁生宝的出现，给高增福、任老四这样赤贫的农民重新点燃了生活的希望。即使这种希望的光是微弱的、摇曳的，但是梁生宝们不顾一切地去实践了，无论未来的风险如何，这种勇气，这种对弱者的救助在哪个社会时代都是令人感动的。同样当我们看到自己非常贫困，甚至连稻种费用都是欠梁生宝的任老四特意提出要多考虑生宝买稻种时的花销和误工费时，自己没有现钱还生宝，但在心里感激着生宝，也主动地关心着生宝的家庭的矛盾，关心着生宝与父母的矛盾时，这种相濡以沫的深情是令人感动的。梁生宝的奉献换来了互助组成员的真诚感激，现出乡村中浓浓的人情味。如果一味地把梁生宝当成一个普通农民，梁生宝的做事行为的确就和现实中的农民有很大差距，但是柳青一再说明自己要写的是一个受到党的思想教育的新农民形象，梁生宝是一位有着社会理想的新人形象，从这样一个角度出发，梁生宝的一系列思想行为就合乎逻辑了。为了自己的社会理想，他并不在意个人得失，他更看重的是自己社会理想的一点点地实现。

正是怀有这样的社会理想，新人梁生宝身上，首先凸显的是他为集体利益奋不顾身的德性。小说中他甘愿受苦去给大伙买稻种的一段文字很是动情：

> 他头上顶着一条麻袋，背上披着一条麻袋，抱着被窝卷儿，高兴得满脸笑容，走进了一家小饭铺里。他要了五分钱的一碗汤面，喝了两碗面汤，吃了他妈给他烙的馍。他打着饱嗝，取开棉袄口袋的锁针用嘴唇夹住，掏出一个红布小包来。他在饭桌上很仔细地打开红布小包，又打开他妹子秀兰写过大字的一层纸，才取出那些七凑八凑起来的、用指头捅鸡屁股、锥鞋底子挣来的人民币来，拣出最破的一张五分票，付了汤面钱……尽管饭铺的堂倌和管账先生一直嘲笑地盯他，他毫不局促……相反，他在脑子里时刻警惕自己：出了门要拿稳，甭慌，免得差错和丢失东西。办不好事情，会失党的威信哩。

出于阶级责任感、克己奉公的思想，"办不好事情，会失党的威信哩"的想法体现出他质朴的农民气质和鲜明个性。

其次，是梁生宝对乡村革命的现代认识。回来分稻种少了自家的，引起梁三老汉的愤怒，生宝给他做工作，来说明合作社革命的重要意义：

> 咱分下十亩稻地，是吧？我甭领导互助组哩！咱爷俩就像租种吕老二那十八亩稻地那样，使足了劲儿做。年年粮食有余头，有力量买地。该是这个样子吧？嗯，可老任家他们，劳力软的劳力软，娃多的娃多，离开互助组搞不好生产。他们年年得卖地。这也该是自自然然的事情吧？好！十年八年以后，老任家又和没土改一样，地全到咱爷俩名下了。咱成了财东，他们得给咱做活！

梁生宝说的这段话指出了合作社要实现共同富裕避免社会重新分化的社会意义。在小说中，农村已经出现卖地现象，梁生禄家买了河对岸瘸子李三一亩多地，郭振山也准备买地。在政治斗争刚刚取得胜利后，农村就出现了旧有现象。土地改革中分了土地的人家在遇到生活困难时，被迫重新开始卖地。梁生宝互助组中的高增福、任老四都是生活困难的人，是梁生宝互助组的帮助让他暂时渡过了生活难关。这一问题早在中华人民共和国成立初期的李准小说《不能走那条路》中有明确说明，在当时引起极大反响。梁生宝带领贫农们所走道路要实现共同富裕的社会理想，这一社会理想是中国共产党当初革命的社会理想，这一社会理想在 21 世纪的今天来说尤为重要。如果不朝着共同富裕的社会方向走去，中国社会的发展将走向柳青、李准们担心的严重两极分化，失去健康秩序，出现新的动荡和破坏。从这一角度说，梁生宝所代表的社会理想仍是我们今天要去实现的社会理想。不过，也要注意梁三老汉发家的合理性，他辩解说："咱不雇长工，也不放粮。咱光图个富足，给子孙们创业哩！叫后人甭像咱一样受可怜。"梁三老汉认为自己通过劳动生产来发家是合乎道德的。但是小说中的富农姚士杰放贷、中农郭世富倒卖粮食获取了更多的社会价值，如果这样的不当得利得不到限制，梁生宝的互助组照样胜不过姚士杰、郭世富这样的牟利者。因此梁生宝接着教育梁三老汉：

> 庄稼人，地一多，钱一多，手就不爱握木头把儿哩。扁担和背绳碰到肩膀上，也不舒服哩。那时候，你就想叫旁人替自个儿做活。爹，你说：人一不爱劳动，还有好思想吗？成天光想着做对旁人不利、对自个有利的事情！

梁生宝对富裕农户将来可能变成剥削者持高度警惕，梁三老汉发家道路可能会走上这样的状况，郭世富、郭振山都是穷人出身，后来变成富裕者后带有了这种不当得利的性质，因此在肯定梁三老汉劳动创造财富的基础上又如何避免占有财富者对其他弱者利益的侵占，涉及的是一个重要的社会公平问题，这仍是当今 21 世纪的社会问题。

再次，是梁生宝组建了新的生产方式互助组。无论是互助劳动还是进山砍毛竹，只有集体规模化生产才能提高生产效率。困难户难以渡过春荒，郭振山活跃借贷无望，梁生宝带领二十多人接了七百五十元做扫帚的合同，解决了困难户的春荒问题。单个农户是无法完成这样的工作任务的，梁生宝有这样的认识受启发于大王村的集体生产：

> 以王宗济农业生产合作社为骨干，全村的互助组与窦堡区供销社订了一万把扫帚的合同，仅仅一个多月的工夫，就要赚回五千块钱。不光全村的口粮、换季的布匹不成问题，稻地用的皮渣、油渣、化

肥,都已经订好货了。县、区、乡各级干部走进大王村,看不见一个贫雇农衣服破烂,或者为生活困难和生产困难愁眉不展,只见全村男女老少都忙生产。……

大王村的生产被组织起来,呈现出一定的规模化发展,合作化生产初步实现了人们的温饱,人们开始干副业经济了。梁生宝介绍的大王村例子极大地刺激了大家的劳动热情,对大家来说,这是物质利益的刺激,钱的巨大吸引力让组员认同互助组的生产方式,但对梁生宝来说,他更关心的是这种组织起来的互助生产方式将能实现他的社会理想,他的互助组不是私人合伙做生意,而带有了社会主义性质。

又次,在集体生产中培养集体意识。在梁生宝组织下,十六人进终南山砍毛竹,梁生宝在一行人进山后的集体生活和劳动方式中感受到心中萌生的社会主义意识。梁生宝先和其他两人在山中找好搭棚子的地方,盘好锅台烧开了水,当砍毛竹的人们回来吃过干粮后,十六个人就开始搭茅棚,扎茅草,搭马架,大家一起动手:

> 没有人挑轻避重,嘴噘脸长。所有的人都表现出自觉的认真和努力。工作开始以后,领导人立刻变成普通劳动人,参加做活了。生宝看见,大伙对于修盖这十六个人的共同家舍,人人都是非常重视的。要是山外的村庄里,给任何私人盖棚,这种全体一致的精神,是看不到的。即使是贫雇农,没有共同利益和共同理想把他们的精神凝结在一块,他们仍然是庄稼人。谁用工资也换不来他们给自己做活的这种主人公态度!

在这种劳动中,梁生宝感觉到的是大家积极参与的意识和平等意识,大伙这种亲密无间的情绪深深感动了梁生宝,让他对生活有了新认识:

> 以前,他以为要改造农民,好嘛,在近几十年内,准备着年年冬季开通夜会吧!现在,他看出一点意思来了,改造农民的主要方式,恐怕就是集体劳动吧?不能等改造好了才组织起来吧?要组织起来改造吧?……这帮人为啥这样团结?为啥这样卖力?这部分人为啥这样

甘愿听旁人指使？那部分人为啥理直气壮地指使旁人？人和人中间，这是一种啥关系？

曾经为地界问题吵闹到乡政府的王生茂和铁锁王三两人现在正在面对面配合着绑橡檩，梁生宝认为这是集体劳动中的协作精神让他们团结到了一起，是集体劳动让这十六个曾经是分散的农户紧紧团结在一起。这种组织起来集体砍毛竹的方式极大地提高了劳动生产效率，引得别的三三两两进山者羡慕。其他进山者由于没有组织，都是三两人搭个伴进山砍毛竹，生产效率极低，当进山三天后梁生宝他们的第一批扫帚运到茅棚店时，店主惊讶得半天合不上嘴，集体劳动让梁生宝的思想发生了变化。

最后，反思干部工作方式。因为梁生宝具有共同富裕的社会理想，他才看不上父亲的发家梦，更看不上郭振山、郭世富的生活富裕，在黄堡街看到两兄弟为争夺去世兄长家的土地时，他感到的是乡村旧有价值观念的丑陋，更加坚决地要去实践自己的人生理想，改变乡村社会秩序。当梁生宝把自己社会理想和国家理想联系在一起，个人利益就显得不重要了。当然梁生宝的思想并不是他个人的，是受小说中不断出现的卢明昌、县委杨副书记和区委书记王佐民教育的，这些教育让梁生宝对一般干部的工作有所反思。譬如乡长樊富泰的一些做法和认识梁生宝就不认同，"俺的樊乡长说俺爹扯我的腿，对不起共产党，是忘恩负义，是没良心，不像个贫农样子。俺爹为啥不像贫雇农样子？"这倒不是光因为樊乡长批评的是自己的爹，而是这种干部要求农民感恩于共产党的做法本身就有问题。① 对这一问题，县委杨副书记和区委书记王佐民还有过讨论，王佐民就提到过这样的现象：

譬如有个别乡长，在群众会上竟然这样讲话："没有共产党，你们怎能分到地嘛？共产党号召互助合作，你们对互助组不热心，还闹自发！把良心拿出来！"

---

① 这样的论调在浩然的小说中常常看到，无论是萧长春还是高大泉以及他们周围的人，对别人都有这样的要求，从这一点上说，柳青的认识是深刻的。

这一段对话，批评了干部要求农民对共产党感恩的思想，是一种对党形象的新认识。这样的感恩并不能让这些农民在现代的生产方式中产生建设现代生活秩序的意识。柳青借区委王副书记的口指出了问题的实质：

> 这号干部真没出息！他们不思量我们党的一切号召，都是为了群众的利益。除过群众的利益，并没有我们党自己单另的一种利益。所以我们党提出的一切号召，土改也好，互助合作也好，都要在群众觉悟的基础上搞。要群众觉悟，这当然要麻烦啦。要做许多教育工作啦。没出息的干部，不爱做教育工作，就向群众讨账。我给你分了地，你还不响应我的号召吗？……他们根本不考虑：我们党的工作基础，永远是群众的觉悟，不是群众的感恩！

王佐民在这里重申共产党革命的合法性是必须建立在与大众利益一致的基础上的认识，强调现代政党的服务性，批评了这种强制要求农民感恩的工作意识。这样的思想教育了梁生宝，也让他更加坚信自己的工作不是让村民从感恩的角度来认同自己的互助组，而是要从生产实际效益的层面来吸引不同意加入互助组的农民加入互助组。这样的吸引在后来浩然的小说中就变成了强制性的斗争，不加入者要么就是忘本，要么就会变成阶级敌人。

不过，要吸引农民，榜样要真实可靠，而不是想象性的塑造。这样小说本身的想象性就与小说内在追求的真实性有了矛盾性，从文学的角度说小说是要塑造一个理想的新人形象，从小说内部来说主导思想又在强调人物形象的真实性。《创业史》一出版，肯定者认为塑造了一个全新的农民形象，批评者认为新人梁生宝是个虚构人物，具有"三多三不足"弱点。[①] 然

---

① 严家炎认为梁生宝形象"写理念活动多，性格刻画不足（政治上的成熟的程度更有点离开人物的实际条件）；外围烘托多，放在冲突中表现不足；抒情议论多，客观描绘不足。'三多'未必是弱点（有时还是长处），'三不足'却是艺术上的瑕疵。"这一形象"还没有充分以其形象的高大丰满和内容的深厚而令人深深激动和久久不忘"，"在土改后互助合作事业的初期，实际生活中梁生宝式的新人还只是萌芽，而像他这样成熟的尤其少"，"作家在塑造梁生宝形象方面似乎并不是时刻都紧紧抓住人物的性格和气质特点。为了显示人物的高大、成熟、有理想，作品中大量写了他这样的理念活动：从原则出发，由理念指导一切。但如果仔细推敲，这些理念活动又很难说都是当时条件下人物性格的必然表现。"严家炎：《关于梁生宝形象》，《文学评论》1963年第3期。

而，评价梁生宝这位新人，不应该只采用现实真实性，而更应看重文学的想象性。从文学想象性角度说，梁生宝是一个正在实践社会、国家理想的一位新人，具有超前性，在文学史上，塑造一个想象性的、未来性的新农民形象要比塑造一个当下性的、真实性的梁三老汉这样转变式的人物要困难得多，意义也要重大得多。① 不过，从文学艺术真实性上说，我们还需要注意的是这个想象新人缺乏"前史"，梁生宝是个天然的中国农村"新人"，这种没有思想认同过程的新人身上又会遮蔽掉许多真正问题，让作者塑造时现出想象的不彻底性。比如说上文中所谈的干部要求群众对共产党感恩的问题，革命积极分子白占魁革命思想与生宝革命思想的冲突问题，梁生宝合作社生产优越于郭世富单干的问题，郭振山的革命思想认识转变问题等，柳青注意到了这些问题但又轻易地放过去，这让梁生宝的胜利轻而易举，遮掩了现实真实与想象之间的各种复杂问题。小说中梁生宝对农民大众的教育问题也被简单化了，梁三老汉最后挺起脊梁的自信是来自"梁主任"的实践社会理想的德性呢，还是来自"主任"的干部身份呢？

这种不彻底性在梁生宝新人的塑造上也明显表现出来。首先，梁生宝作为榜样对大量农民思想转变所起的作用有限，互助组农民对梁生宝产生的更多恰是感恩情感，而对生产方式并没有自觉认识。许多贫雇农即使分到土地，也难以抵御各种风险以至会重新陷入生活困顿的境地，春荒期间农民把希望寄托在新政府的活跃借贷上，村干部动员村内有余粮的富裕户借出多余的粮食来，富户郭世富、姚士杰、郭庆喜怕被斗争，被动地拿出过一些粮食，郭振山说是当年秋后还，实际都是有去无回。1953 年领了土地证的郭世富、姚士杰都不再借粮，困难户生活难以为继，二十多户聚集在郭振山跟前要粮，郭振山毫无办法。然而困难户仍"理直气壮"地想依靠共产党和政府，自己不去积极生产自助，却把大量精力放在对富户家庭的监视上。高增福白天晚上监视姚士杰，虽然发现了姚士杰偷运粮食的事实，但自己劳动生产也没怎样进行，自己生活成了政府问题。梁生宝家境贫困，买稻种也拿了些钱来，整天忙互助组事，妹妹上学，父母两人

---

① 这一说法参见阎纲《函致〈创业史〉及农村题材创作讨论会》，《文坛徜徉录》（下），人民文学出版社 1984 年版，第 611 页。

都六十多岁，已不是好劳力，他家的生活问题是怎么解决的呢？40年代赵树理、周立波、丁玲等人小说中都写到乡村干部干工作与自家生计的矛盾冲突，要完成上级安排的催粮要款工作只有少做自家生产，这就要求干部要有厚实的家底，即使如此家产也会消耗掉的。《太阳照在桑干河上》中的地主李子俊就是这样的人物，《种谷记》中王克俭因此原因不愿当村干部，只有劣绅愿意当村干部是因为他们可以通过诉讼、截留公产等方式谋取私利，《小二黑结婚》中的金旺兄弟，《李有才板话》中的刘广聚，《太阳照在桑干河上》上的钱文贵，《暴风骤雨》中的张富英等都是这样的人。可以说在40年代小说中塑造新人时出现的问题，在塑造梁生宝时被遮蔽了。梁生宝一句"有党的领导，咱怕啥"便遮盖了所有问题，新政权并不能直接解决这些农民的生活问题，因此要靠梁生宝来带领生产，最终问题还是要回到生产上。从生产角度说，这二十来户村民都把梁生宝当成救命稻草，依靠梁生宝，如果不能激发出他们创业劳动的主体性，他们仍是只会依靠救济而没有劳动自主性的人。梁生宝要把卖荸荠的钱借给互助组，梁三老汉不放心，生宝说进山回来就还，说法和郭振山活跃借贷时给富户们的说法一样，梁三老汉抱怨说："像任老四那号半老汉，养活着一串串娃子。嘴是无底洞，又填不满的。借的时光说还，还的时光没钱。"有了一点余钱后不愿给郭世富还账的任老四，怎能痛快地给梁生宝还账呢？这样的帮扶并不能让这些穷困户生出自己应对生活困难的能力，反而会滋生出对梁生宝的依赖，对政府的依赖，这是后来的社会历史证明的，一些吃救济粮的困难户、一些受国家扶助的贫困县在长期享受了待遇后反而不愿意脱贫致富。40年代小说还在努力表现农民思想的转变，虽然并没有完全说清楚这种转变的深层原因。[①] 这种转变的书写体现了作者对问题的思考努力，也让我们看到了转变中出现的各种问题。而梁生宝的性格发展在省去自己思想认知的发展过程时，也遮蔽掉了40年代小说中暴露出来的问题。梁生宝在对新共同体认同过程中如何避免《高干大》

[①] 多数人物是出于对共产党的感恩而参加共产党号召的乡村工作的，如《太阳照在桑干河上》的张裕民，《暴风骤雨》中的郭全海、《种谷记》中王加扶等人，也有人物是出于乡村伦理，如《种谷记》中的王克俭是在村人都不跟他一块互助之后他才感觉到自己在乡村中被撇单的害怕中入组的，而《三里湾》中的范登高是通过党干部的直接批评干预让其思想改过的，然而少有人物是真正理解了合作社的政治意义。

中任常有、程浩明在工作中因只服从上级领导而导致的盲视问题呢？梁生宝也在不断寻找一个类似于"大家长"或"保护人"角色的权力组织，恶霸可以被除，地主可以被打倒，但生宝心中的依附心理很难破除。

其次，在对待女性的态度上，在梁生宝新人想象上更显出他无意识的传统旧思想。梁生宝一直在和徐改霞谈恋爱，改霞是一个成长中的新女性，她不认同父亲给自己包办的婚姻，通过各种理由推延婚期，在1950年推行《婚姻法》时解除了婚约。她进学校念书，积极参加农业劳动和社会活动，大胆、主动地接近生宝。但面对这位美丽、聪慧的女孩，生宝却躲躲闪闪，态度暧昧，由于得不到生宝的确切答复，改霞远走他乡要进城当工人。改霞是位有自觉平等意识的农村女孩，然而改霞的主动追求让生宝感到不自在和压抑。每当改霞主动接近生宝时，他都闪烁其词，以工作忙为借口一再推脱，深层原因在于改霞上过三年级学以及有进城想法，这都让生宝感到自卑。在生宝心目中，他想要的对象是刘淑良那样的女性，身体健壮能够劳动、生育，孝敬父母，更重要的是能够服侍自己，实现自己人生理想。因此他满意于刘淑良的农村劳动妇女身份，看重她的大脚和大手，看重她的温柔敦厚，孝敬公婆，最重要的是能够顺从自己。从对徐改霞和刘淑良二人的取舍可看出，梁生宝对妇女的评价仍不能抛弃传统妇女的妇德，梁生宝并未对封建男权文化的伦理道德进行有效的清理。而在对待素芳的问题上，生宝的传统陈腐思想让其显出了可怕的一面。赵素芳十六岁时被一个饭铺堂倌引诱怀孕，被卖给了贫农王瞎子的弱智儿子拴拴，父子俩用毒打方式打掉了素芳怀的孩子，继续用毒打方式打顺从了素芳，素芳如同生活在地狱一样。蛤蟆滩解放以后，素芳对新人生宝有好感，渴望被解救，然而生宝对素芳的这种好感"气得冒了火，很不客气地申斥她：'素芳！你老老实实和拴拴叔过日子！甭来你当闺女时的那一套！这不是黄堡街上，你甭败坏俺下河沿的风俗！就是这话！'说毕气恨恨地走了"。素芳被人诱奸，本是受害者，被强迫嫁给弱智人再遭毒打，她更是受害者，然而生宝认为她是一个道德败坏的女人，也就是说她道德败坏是由于她身体的失贞，身体失贞便意味着心灵失贞以及道德败坏。被训斥后素芳就很害怕这个厉害邻居，好长日子都躲着不敢见生宝的面，后来生宝还以村干部身份大白天教训过素芳一顿，素芳给别的村干部哭诉自己的非人生活，没有参加群众和社会活动的自由，生宝硬是违背他宣传的关于自由和民主的主张压制了素芳的这种诉求。

再次，梁生宝的互助组优越性未能充分展现。在对待农民思想改变的问题上，乡村内的农民比乡村外来的干部看得更清楚。当县里秧稻苗的技术员到生宝互助组来推广秧苗技术时，不愿入互助组的富裕中农郭世富和梁生禄很快就学了技术员方式秧起了苗，当梁生宝从郭县买来高产的"百日黄"稻种后，富农姚士杰和郭世富就商量着也去郭县买来更多稻种，当看到施用化肥的效果后，这些地多者一点也不犹豫马上就采用化肥了。因此，郭世富等这些农民思想并不保守，只是他们看不到互助组合作社的优越性，甚至感到合作社不合乎自己利益，因此采用各种方式抵制互助组以及合作社的生产方式。但是正如任欢喜给技术员韩培生说的，他认为不愿入组的梁生禄学习秧苗技术并不是什么思想进步的表现，而是因为有利可图，其实这才是吸引农民入互助组的主要原因。因此，梁生宝的互助组要吸引农民入组，关键的问题不是思想教育的问题，而是互助组实际生产优越性的问题，如果农民看到、感到互助组的实际好处，不用思想教育他们也会主动跟过来的。但是生宝从终南山回来后，互助组生产在小说并没有展开书写，直接写到丰收，互助组最重要的优越性没能完全展示出来。八户人家组成的互助组到底是怎样生产，生产结果是怎样战胜郭世富和姚士杰的，小说中并没有看到。当卖扫帚的互助组员每人赚一点钱后，有人开始想退出互助组，梁生宝讲的红军革命故事并不能打消大家退组思想。组织起来进山砍毛竹的生产方式显现了集体生产的一些优越性，但从山里一回来，梁生宝并没有巩固住这种优越性，单纯彰显生宝的德性并不能解决大家实际生活问题。八户组员中，王拴拴老实，听从老父亲要求退了组，任老四、郭锁、冯有义有了动摇，最后只剩生宝、任欢喜、冯有万和高增福了。梁生宝动员大家不要退组的方式，并不是说明和展示互助组优越性，而是要求大家要感恩，引起他们的愧疚感，在引导下任老四说不入互助组"对不起党，对不起毛主席，对不起订计划的王书记，对不起生宝！"生宝的这一工作方式正是前文提到的区委书记王佐民批评的工作方式。如任欢喜对技术员韩培生说的，只要有利可图，别说是贫农，富农也会跟上来的。但是梁生宝并不能保证互助组的丰收，任老四等担心的也是这一问题，生宝并没说明丰收的可靠性，而是认为任老四这样的农民仍是思想落后的农民，因此他故意激将说任老四不信任自己，从德性角度要任老四这样的农民认同自己的互助组。任老四感激政府,也感激为大伙无私奉献的生宝,迫于这种报答恩情的想法他最后决定跟梁生宝走互助的道路,"好!是崖,任老四要跟你跳一回!"他心里并不十分信任梁生宝的道路,只是出于道德感情。任老四入社刹住了其余组员退组现象,但怎么打通他们给国家售粮意识呢?任老四1950年贷了国家救济款,后两年都是靠郭世富借粮才能度过春荒的,这样困难的农民好不容易能吃饱后怎能马上把剩余的一点粮食拿来交给国家呢?1953年第一个五年计划开始,农业生产要支持城市工业化,粮食大量被城市收购,农民生活状况并没有得到好转,任老四个人生活并没有随梁生宝互助组变好过一些,原来的预想并未能实现。在给国家交粮时,八户曾经度不过春荒的贫困户的实际生活状况全然不见了,而是直接让任老四这样的困难户主动向国家售粮,他们的私人生活在小说中不见了。合作社优越性未能充分显示,梁生宝的新人形象想象也失去了坚实根基。因此新人梁生宝的问题并不是不真实的问题,而是想象还需进一步深入、丰厚的问题,这样的新人想象本应在后来的文学中继续发展,却在后来强调派性斗争的文学中失去了想象的空间。

第四节　乡村女性对城市的想望

如果说梁生宝是《创业史》中想象的最新农民形象,徐改霞则是乡村想象中最具现代主体意识的女性形象。与生宝一样,改霞也具有改造社会的理想和实践理想的豪情气概,不过改霞人生理想的空间不在乡村而在城市,对进城的想望促生出了其与生宝不同的主体意识,这种主体意识的萌芽隐现出的是乡村社会的深层现代化。与梁生宝主要是听从党的指导不同,改霞身上体现出一定程度的主体思考意识,尤其在处理自己与生宝的恋爱关系和进城的认识上,改霞形象展现了对社会现代化的另一种想象,改霞对城市工业化的想望展示了与生宝所走乡村合作化道路不一样的社会现代想象。

一　乡村女性的自主婚事

《创业史》中的改霞是乡村中出现的具有自觉主体意识的农村青年,虽然这种意识也是逐渐形成的。在柳青笔下,改霞一开始就显示出了与农村普通女孩不一样的心思和认识。改霞不愿遵从包办婚姻，在拖延中等到了新《婚姻法》的颁布，主动争取解除了婚约，上过三年小学并接受了新思想的她要自由挑选对象，想找一个思想进步、生活有意义的青年。在多数同龄农村青年女性结婚、生孩子、做家务、忙生产劳动时，二十一岁的改霞还在上学，希望"出嫁以后不做普通的农家妇女，继续参加周村的各项社会活动"。这样的想法大异于乡村女孩的人生理想，她不愿过传统女性的生活，她对自己未来的生活充满了想象。

不过改霞这样的女子在乡村中并不为中老年人看好，就因为她的不安守本分。无论是她的抗婚，还是后来参加土地改革在大庭广众前抛头露面，还是对生宝的主动追求，对乡村青年来说，这样举动让她与一般女子不一样，有巨大的吸引力，但也会被认为是轻浮女子。《三里湾》中的范灵芝、王玉梅，《山乡巨变》中的盛淑君都是村中吸引好多青年人目光的女性，不过这些女性并没有进城机会，也就没有城乡问题。不过盛淑君在村中宣传工作引起青年爱慕时也会挑起男性青年的情欲，改霞在村中的这种形象、气质一面吸引了新人梁生宝，同时也引起村中好些读书青年的爱慕，引起当地村干部孙水嘴情欲式的追求。

改霞解除婚约后，因为人长得"漂亮和风韵"，吸引得好些青年吃饭和睡觉都受了影响。有好多青年托人来说媒，这些青年都是"富裕、和睦的家庭里的诚实、聪明的小伙子"，其中有小学教员、乡文书、中学生等，"看中她的，都是有些文化的青年"。介绍人说只要改霞同意，她提出的一切合理条件都会被满足。这些青年不光看中了改霞俊俏的模样，也是看到了改霞这位女性与其他农村女孩不一样的风韵。这种风韵源于改霞的读书和参加社会活动，

> 改霞啊！改霞啊！你也许是汤河上顶俊的女子，也许并不是哩！要是你不参加社会活动，要是你没有到县城去当过青年代表，要是你没在黄堡镇一九五一年"五一"节的万人大会上讲过话，那么，一个在草棚里长大的乡村闺女，再漂亮也不可能有这样大的名气和吸引力吧？

改霞的风韵不是风骚，改霞身上有与单纯在乡间长大女子不同的气

质，这种气质风韵源于外来的城市文化的影响，是这种新气质吸引了乡间青年，当然这也在一定层面上显示了乡间青年对外来城市风尚的认同。这种吸引乡村青年的外来"风韵"让作者对改霞描绘的笔调有点暧昧，因为在乡村内部，在代表了乡村伦理价值观念的梁三老汉那里，他认为改霞这样新式青年女子的"风韵"在吸引乡村青年时会带坏乡村风俗，如同《山乡巨变》中的盛淑君在村中做宣传时挑起了青年人的情欲一样，梁三老汉甚至不同意自己闺女秀兰和她一块儿上学，他认为这样的女子会勾引坏了生宝的。在改霞还没有推掉婚约、生宝童养媳还没死时，生宝确实就喜欢过改霞，不过迫于乡村道德压力两人都有所克制，为了让两人情感合法化，在改霞推掉婚约后生宝的童养媳也就死掉了，生宝可以不再良心不安地喜欢改霞了。他所喜欢的除了改霞的俊俏模样外，也同样被其风韵所吸引，由于自己没有读书的自卑，生宝在心底喜欢改霞时也担心这个漂亮有风韵的女孩子会看不上自己。不过，小说作者为了凸显生宝扎根乡村的正义性，有意遮蔽了改霞身上的这种乡村外来的"风韵"，把其他有文化青年对改霞的追求放在了对改霞容貌的单纯追求上而否定了。

　　小说是通过一直如兄长一样关心改霞的郭振山来批判这些青年价值的。这些有文化的求婚者的思想在郭振山看来都是落后的，改霞妈看好郭世富在县城上初中的儿子郭永茂，郭振山批评他对乡村工作不积极，指出这些来提亲的青年虽然有文化，但他们家庭"净是些富农、小土地出租者、奸商和富裕中农"，改霞要是嫁过去，只能整天伺候公婆，不能参加村里的社会活动，这不是改霞心中的理想生活，因此他劝导改霞妈不要再让这些提亲的话灌到改霞耳朵里。这些话是郭振山阻止改霞妈撮合改霞和郭永茂婚姻的一种说辞，郭振山看重的并不是这些青年的思想意识，如果是这样的话，为何他也不赞同改霞与梁生宝的情感，梁生宝是村中思想最靠近党的一位青年。深层的原因是，郭振山想让徐改霞能够从乡村中走出去，他感觉到改霞是乡村中少有的读了一点书接受了新思想的一位女子，希望她能够将来在城市中发展。因此，郭振山不断教育鼓励改霞，要让改霞变成乡村中一个新女子，参加社会活动，到县城当青年代表，在黄堡镇万人大会上讲话，这种生活经历让改霞不再安守于母亲的教导，强烈地渴望着自身解放，要到新生活中去。

　　面对这样一位乡村中异样的女子，梁生宝看取的是什么呢？"凭良心说，他喜爱改霞富于表情的大眼睛；他喜爱她说话很好听的声音；他喜欢她走路很好看的身段和轻巧的脚步！"生宝看重的这一层面其实也是所有追求改霞的男性都喜欢的。不过作者又有意区别了生宝与其他青年的不同，"生宝更喜欢改霞的另一面：聪明、有志气和爱劳动"，还喜欢的是抗婚的勇敢，对集体的关心，待人的大方，梁生宝认为"她的这种意志、精神和上进心"合乎自己所从事的社会事业发展要求。不过细究这些看法，生宝眼中的改霞不光有漂亮的外表，而且是一个能够成为合乎自己事业发展的人，这里并没有考虑到改霞本身的思想情感要求。因此当改霞试探性地提出自己想进城当工人时，生宝马上变了脸，感觉到两人之间没了感情，原因就是改霞进城将不能成为自己的贤内助了。改霞是为了参加城市的工业化而进城当工人的，梁生宝有追求自己社会理想的权利，同样，改霞也应该有追求自己理想的权利。改霞在面对两人的感情时还有更多的痛苦犹豫不决，但是在梁生宝这里，一旦改霞不能成为自己的人，立马就不再与改霞说话，虽然小说一再强调说："改霞既然有意思去参加祖国的工业化，生宝怎么能够那样无聊？——竟然设法去改变改霞的良好愿望，来达到个人的目的！为了祖国建设，他应该赞助她进工厂。"但是实际上生宝并不能克制心中的不畅快，而是充满了气愤，生宝最好的朋友有万对改霞的态度其实就是生宝的态度，"她改霞才念了几天书，就想上天入地！"从这样的角度看，生宝与改霞的情感基础并不牢固，就像高加林与巧珍、与黄亚萍等人的关系一样，在现实生活面前，情感并不是最重要的，这样的后果并不是作者有意识要表现的，但正是与生宝的相对比，反而显出了改霞这位乡村女性不同凡响的一面。

二　乡村女性的城市想望

郭振山对城市生活的描绘开启了改霞这位乡村女孩对城市新生活的想望，一旦有了这种想法，改霞就再也战胜不了进城渴望，虽然小说中对改霞的进城也有几次的延宕，但改霞的心已经是属于城市生活了，也正是在这种想望中她感觉到了自己与生宝爱情的不平等，让改霞有了女性的主体性意识，最终离开了生宝决然地奔向了自己想望的城市新生活。

《创业史》中是郭振山最先感到了城市现代化建设对乡村劳动力的需

求，因此他不断给改霞灌输进城参加城市工业化建设的思想。当二十一岁的、上过三年级的改霞因年龄大上学思想有些动摇时，是郭振山给改霞指出了进城道路，他认为旧社会没有上学机会，新社会有了就要珍惜，新社会缺少有文化的人。如果仅如此认识，郭振山思想也不过是传统的学而优则仕而已，实际上郭振山是从国家现代化建设需要出发，把进城和城市工业化联系在一起。郭振山告诉改霞，国家"一五"第一年，"到处开工厂，开矿山，修铁路"，"工程越来越用人手"，"上面一帮又一帮朝乡村要人"，"我听说很多的军事人才都转到工业方面去了。地方干部也是要了又要，永要不够"。郭振山在这里给改霞呈现出的是一个全新世界，不光对农村世界来说是崭新的，对乡土中国来说也是全新的，"工厂""矿山""铁路"这都是社会工业化建设的图像符号，这些符号也早就出现在晚清新小说想象中，出现在茅盾笔下吴荪甫对未来社会的想象中，出现在了50年代的小说想象中，也出现在21世纪的现实生活中。工业化是社会现代化的核心，《创业史》中几乎只有郭振山有这样的意识，但在彰显梁生宝乡村变革重要性时小说有意识淡化了城市工业化想象。郭振山直接透露说西安城新建纱厂要上万工人，这将是改霞进城的好机会，因此他要改霞好好学习文化，等待时机。郭振山给改霞设计进城道路，他希望改霞将来能够改变农民身份，他给徐改霞描绘出了不同于生宝革命道路的另一种现代化图景，这一图景开拓了改霞眼界，让这位农村姑娘有了新的人生理想。改霞在郭振山开导下有了与农村女孩完全不一样的想法，这一想法让改霞渴望进入新生活天地，让她人生轨迹发生重大变化，改霞生活理想空间不再是黄堡街，而是朝向了现代城市新生活。

这样，读了三年书的乡村知识青年改霞，与普通乡村读书青年有了不一样的人生追求。在县城中学读书的郭世富儿子郭永茂喜欢上改霞并写了一份情书，在用大量笔墨来赞美改霞时，他也劝改霞不要早早参加乡村工作耽误学业：

> 你有啥必要性参加丈量土地的工作呢？这工作，咱村内能做的人根本很多。你利用暑假寒假的时间，在家中自修，把小学六年的功课五年赶完，考中学多好呢？我很想到你家帮助你赶功课，见你和一些无知无识的村干部满田地跑，心中实是难受。……目前社会改革已经

基本上完成了，祖国大规模建设开始了。党的政策是首先发展工业，所以乡村的现状怕要维持几十年，才会变化。我家生活比较富裕，只要你答复我的要求，我父亲同意供你上中学……

不管永茂的这些话是抄袭报纸也好，还是真心话也好，这段话中给改霞指出的道路就是进城。同样是进城思想，改霞认同郭振山的说法却厌恶郭永茂的说法。在郭振山劝导中，进城是参加城市工业化建设，是响应国家号召，当然私下也有让改霞进城改变生活的想法。这样叙述写出改霞进城的合理性时，也是在批评乡村普通青年读书单纯是为了进城找一份好工作的功利思想，他们共同成了反衬扎根农村建设乡村者梁生宝的形象。生宝的妹妹秀兰说郭永茂说的这些话不像是新中国青年说的话，在秀兰眼中新中国青年模样就应该是梁生宝式那样一心建设乡村社会主义的形象。如果说梁生宝是乡村新青年形象，城市新青年形象并不是郭永茂这样的只想找一个理想工作的形象，而应是徐改霞。

不过对改霞来说，离开乡村，离开自己心爱的生宝，她并不能义无反顾，小说中的动人处莫过于改霞这样一位乡村少女在面临着城市新生活的吸引和离别自己心上人之间的痛苦抉择。从郭振山给她灌输了进城当工人的想法后，改霞一直就陷入思想矛盾中。在乡村，改霞仍在学校当一个三年级学生，而生宝已经带领互助组员进行劳动生产了，从一个团员、一个乡村新青年来说，生宝社会活动的意义远远大于改霞在学校中的学习。因此从新人思想角度说，改霞是用仰慕的眼光看着生宝的，她爱慕生宝，情愿把自己许给生宝，在乡村实现建设农村的现代理想。这样升学对二十一岁的改霞就没有多少意义，这也是改霞不愿继续上学的原因，她要和生宝一样参加生产劳动。另一方面说，就算不考虑团员新人因素，在乡村二十一岁的改霞还未成家，读书本身也就成了问题。但在郭振山引导下，改霞放弃参加农业生产的想法，继续坚持读书，就是在等待进城当工人的机会，离开乡村，进城参加城市工业化建设，同时也是生活在大城市中，和城市青年结婚成家，生活将是另一种模样。进城意味着放弃她与生宝的爱情，改霞非常痛苦，改霞一直没有定下主意，一直想见生宝要谈谈，不过实际上自郭振山给改霞规划了进城想法后，这一想法从一开始就已经战胜了她和生宝的爱情，只是在乡村伦理道德上，改霞并不能一下子就割舍自己对生宝的感情。改霞与生宝的乡村式爱情遭遇到的是进城这一现代化的社会变迁,在乡村情感和现代进城的抉择中,后者强大力量会战胜前者的道德伦理,因此改霞与生宝的爱情纠葛深层表现出的是乡村社会伦理与社会现代进程的冲突。不光是徐改霞在乡村情感与现代进城的选择中选择了后者,80年代路遥的小说《人生》中高加林也是在刘巧珍感情与进城中选择了进城。因此说,徐改霞进城,是中国20世纪社会现代化进程中大多数青年的价值选择,在要离乡进城的过程中他们都会有各种情感、伦理的牵挂,但最终他们还都是怀着对未来现代新生活的梦想冲向了城市,在这一过程中,改霞的痛苦是短暂的,更多的是对未来新生活的憧憬。虽然在柳青来说,他要在小说中塑造安心乡村生产并领导乡民追求新生活的梁生宝,因此让改霞的离乡充满了更多的情感纠葛,不过在现实生活的体验中,改霞是会义无反顾地踏上进城路途的。

小说中有大段对改霞这种矛盾心理的描写,一方面改霞努力在把自己进城的想法合法化,认为自己的进城并不是单纯地离开自己家乡的不安分表现,而是要到大城市里去参加国家工业化建设,以想望社会主义幸福美景的青年团员身份来说,参加城市工业化建设是最理想的实现个人价值的工作。同时,改霞又以社会上已经有许多军队干部和地方干部在转向工业,"参加工业已经变成一种时尚"为自己进城找到合理依据。在思想上找到这些价值依据后,改霞又强调自己进城并不是贪图城市的物质享受,再次寻找进城的合理性:

> 下堡小学多少年龄大的女生,都打主意去考工厂了。她们有一部分人,热烈地谈论着前两年住了工厂的女同学所介绍的城市生活:吃的什么、穿的什么、住的什么、用的什么、看的什么……团支部委员改霞从旁听见,扁扁嘴,耸着鼻子,鄙弃这些富裕中农的姑娘。她们要多俗气有多俗气,尽想着"楼上楼下,电灯电话"!改霞考工厂不是为了这些;她从画报上看到过郝建秀的形象,她就希望做一个那样的女工。新中国给郝建秀那么可怜的女孩子,开辟了英雄的道路,改霞从她的事迹受到了鼓舞。

在改霞与他人的比较中将进城合法化时,改霞还在为离开生宝而痛苦：

>　　既是这样，她就应该快活起来了，为什么难受呢？
>　　她还是难受，别扭。她考虑：她这样做，算不算自私？算不算对不起生宝？她从生宝看见她的时候，那么局促不安，她断定生宝的心意还在她身上。而她呢？要是她当初就不喜欢生宝，那才简单哩！不，她现在还喜欢他。这就是压在她心上的疙瘩！不是青翠的终南山，不是清澈的汤河，不是优美的稻地，不是飘飘的仙鹤，更不是熟悉的草棚屋……而是这里活动着一个名叫梁生宝的小伙子，改霞才留恋不舍！

只有这种舍不得的情感越强烈，她离开乡村梁生宝的道德负疚感才能得到缓解，虽然这种去向是已经在她潜意识中打定了的。不过在这样叙述中，我们终于看到了徐改霞本身对城市充满的向往而不愿留在乡村中的真实想法："要不是这里活动着一个名叫梁生宝的小伙子，改霞才不留恋这里呢！"一旦有进城机会，改霞这样的姑娘就会进城，同样，如果给梁生宝也有进城当工人的机会，梁生宝会不会像高加林一样也会进城呢？这不是柳青关心的问题，他是要想象出一位扎根在乡村去实现乡村合作化现代生活的农村新人，在这一点上柳青不提供这样的问题来影响这个新人形象的纯洁性。

三　对望城女性的暧昧态度

终于如郭振山所说，城里的工厂来乡村招工了，改霞有了进城机会，不过无论是改霞本人，还是乡村工作者，甚至作者对乡村青年进城的态度都是暧昧的。当西安国棉三厂招女工的通知到了下堡乡时，

>　　乡政府的大院子，拥挤着满院的闺女们。满眼是两条辫和剪发的脑袋在蠕动，在那几棵古老的苍柏底下，是人潮和头发浪。竟有这么多人考工厂啊！原来都是在心谋着这一着，嘴里不说哪！好紧张！有的姑娘拍着大腿，顿着脚，惋惜自己没穿新衣裳来。有的姑娘当下扯下头绳，找人帮助梳头、编辫，好像国棉三厂的人，就在下堡村哩！

城市对乡村青年充满了极大诱惑，由于国家户籍管理造成城乡差距，乡村青年只有通过参加高考或招工考试的方式可以进入城市。在青年们的心中，进入城市的生活将完全是另一种模样。虽然在小说叙述中，改霞的进城被叙述为是进城参加城市的工业化建设，但在表现上，她并没显示出与其他乡村姑娘的差别。因此当改霞这位乡村中的青年团员，这位乡干部们看重的女子出现在招考现场时，乡党支部书记卢明昌非常惊奇，他心目中的如生宝一样具有这种改造乡村理想的青年女性改霞现在也要进城，他要问一问改霞的想法，而改霞自己也不好意思面对党支书，只好装作没听见，混在人群中逃跑了。改霞自认为是去参加城市工业化的，也是参加社会主义建设工作的，怎么现在就感到不好意思呢？虽然小说中一直在强调改霞的品性、思想，在乡村青年中具有的新质，然现在她自己也感觉自己是在逃离乡村，她的心向往的是代表着现代生活与未来想象的城市生活。这样的想法在孙犁的《山地回忆》中那位给外来干部补袜子的女孩身上就有了，在康濯《我的两家房东》中谈恋爱的拴柱和金凤身上也有，再后来的赵树理在小说《互作鉴定》和《卖烟叶》中专门讨论乡村青年的进城问题，80年代之后这一问题成了社会的一个大问题。虽然进城问题是中国社会现代化进程中不可避免的趋势，但正如卢明昌担心的是，这种流动中造成的是乡村建设人才的流失：

> 唉！一九五〇年抗美援朝，把土改中锻炼出来的一批好青年团员，参军走了。今年这回纱厂招人，短不了又要把一批没家庭拖累的优秀女团员拉走。这农村工作，要是来个大运动，可怎办呀？

在中国现代化进程中，乡村输送了大量优秀的青年去建设社会主义城市，但乡村缺乏能够扎根的优秀人才，这种城乡差异问题即使到新世纪的今天仍没有较好的解决。在国家提出新世纪新农村建设的背景中，梁生宝这样在乡村建设现代生活的新人更显重要。

改霞到了城里后对自己的进城思想有过认真的反思，这种反思的结果是否定了自己进城的合理性。一进入城市中，改霞"犹如一滴水落进渭河里头去了"，立刻被满街满巷走来走去的闺女群淹没了。城市的工业化大量吸引了农村青年，工业化对青年的吸引力大大超过了当初的土地改革。城市的现代化远比乡村的合作化更有规模，有气魄，更加火热。改霞没想到的是，报名的考生已经突破了三千人，而分配给县上的名额只有二百八十人，这让改霞对自己要失去了信心。她首先想到的是如果考不上如何有脸面回村见人的尴尬，生宝和秀兰兄妹俩会怎么看自己呢？重要的不是参加什么城市工业化的建设，而是面子上下不来，就像高加林怎么回村。小说并没有这样安排，而是重新把改霞放进了参加城市工业化建设的价值序列中，给了她进入城市的机会，放掉了城乡问题。甚至小说让改霞反省到了郭振山教育她思想的功利性：

> 当初，在下堡村蛤蟆滩稻地的草路上，代表主任第一次鼓动她参加国家工业化的时候，她觉得郭振山所说党团员比群众优先进工厂是正当的；因为她想：一般的乡村闺女不愿意离开家乡。现在，在这样多和她一样想进工厂的乡村闺女里头，她一下子觉察出这是一种自私心理。难道她入团的动机，是为了比群众占便宜吗？她对郭振山土改中挣得一等一级稻地的事，现在看得比当时清楚了。

虽然小说是想通过这样的反省来批评郭振山的功利思想，把徐改霞进城的思想推到了郭振山的诱导上，以纯洁徐改霞的进城思想，然而这种撇清并不能去掉改霞进城的实质是对城市生活方式的想望。首先这种进城思想是郭振山给她灌输的，现在她明确认识到进城的功利性，那么多农村青年女性都来报考，本身就说明了这一进城岗位并不是简单的进城建设社会工业化，更实质的是对城市生活的渴望才让那些根本没有上过学，更不是什么青年团员的青年来竞争进城的岗位，这让徐改霞对原来进城是来参加城市工业化的理想大打折扣。

在意识到郭振山教育自己的功利思想后，徐改霞开始考虑乡村青年大量进城现象的合理与否。并不是考不上，由于郭振山的教导，改霞的提早准备，她在这群考生中占有很大优势，但是现在的改霞思考的不是自己的命运问题，而是城乡建设中青年何去何从的问题。在反思中，作者进一步强调她思想的纯洁性，改霞开始后悔自己进城的选择，要重回乡村。小说中又出现了一位能够引导改霞思想的人，团县委干部王亚梅，虽然王亚梅没有直接否定改霞进城当工人的想法，但是她看重的是建设乡村的梁生宝以及他的工作,并强调了县上几位首长对梁生宝的喜欢。这种喜欢中自有一种价值导向,就是要乡村青年要像梁生宝一样安心扎根乡村建设乡村,暗含的是对改霞选择进城思想的批评。但这里的新问题是,当初郭振山说的建设城市化也是国家五年规划中的重要内容,城市现代化并不能单靠城市来完成,还需要乡村的大力支持,不光有物质的,也有人力资源的支持。郭振山的说法也不是自己编出来的,是从报纸上学习来的,怎么就梁生宝走的道路就成了被标榜的,而改霞进城参加城市的现代化建设就成了问题呢?在这种厚此薄彼中,明显突出的是小说作者对改霞进城思想的微讽。无论是在城市还是在乡村,只要为社会建设做出贡献都应该是被认同的,但在柳青的叙述中逐渐把一位原来热衷于城市现代化建设的新人形象转变成了自私的进城者,改霞的新人特质不再显现,而成了一个不安现状且被乡村所抛弃的人。为了纯洁建设乡村的思想,改霞放弃进城考试重新回到了乡村,这本应得到乡村社会的肯定,改霞是一位可以走出乡村但仍坚持回到乡村参加乡村建设的青年女性。但是在小说中,重回乡村的改霞却感到的是羞耻,自己进城的想法被看成对城市生活方式的向往,而她要去建设城市的理想却全被遮蔽。为什么《人生》中的黄亚萍和张克南在城市生活就是理所当然,对他们没有要求去建设乡村的想法,而高加林要进城的想法就被看成不安守本分呢?小说中的这些县城中的干部们为什么就不希望乡村青年进城参加城市工业化的建设呢,而只是在改霞跟前强调梁生宝的扎根乡村建设乡村的社会理想呢?当然从社会的平衡发展来说,城市也不能大量地接收乡村中的劳动者,但这并不能成为城市工作者批评乡村青年进城想法的理由。梁生宝实践的是乡村的合作化之路,改霞进城实现的是城市的工业化,两者一样是国家需要的,因此青年在城乡之间的流动本没有什么高下之分,但在小说叙述中进城的青年就被叙述成贪图城市生活、不安心乡村工作而受到批评。赵树理专门写小说《互作鉴定》《卖烟叶》来批评有进城想法的青年,《创业史》中的改霞虽然部分地认同城市工业化,但与扎根乡村的梁生宝相比中还是被隐隐批评。

王亚梅的一番话暗含了对改霞的批评:

> 工业建设需要人,是个事实。青年们积极参加经济建设,也是个事实。不过看起来,大多数闺女家是不安心农村,不愿嫁给农村青

年……党中央和国务院有个教育农村青年不要盲目流入城市的指示哩,昨天才到咱县上。国棉三厂招考的公示,已经下去了,来不及做工作了。这回算得了经验,下回再不会这样搞了。

改霞不正是符合国家城市工业化建设需要的人么,而且郭振山就是按照城市的需要培养了改霞,有一定文化基础,更重要的是具有建设城市工业化的思想,改霞不是为了改善自己生活和找对象来的,那这样改霞不是完全可以理直气壮地参加考试,把自己的工作同样投入和梁生宝一样的国家建设中去了么,那她为什么还要脸红?改霞的进城背景正是中华人民共和国成立后的第一个五年计划时期,城市刚开始建设:

> 西安市郊到处是新建筑的工地,被铁丝网或竹板篱笆圈了起来,竞赛红旗在工地上迎风飘扬。衰老的古都,在一九五三年春天,要开始恢复青春了。马路在加宽,同时兴建地下水道和铺混凝土路面。城里城外,拉钢筋、洋灰、木料、沙子和碎石的各种类型的车辆,堵塞了通灞桥的、通咸阳古渡的和通樊川的一切长安古道。……县城南关,滈河左岸的渭原面粉厂,滈河右岸的渭原轧花厂,都用冒着浓黑煤烟的高烟囱和隆隆震耳的机器声,迎接这个来自终南山麓稻地草棚屋的乡村闺女。县城北关,陇海路的滈河铁桥,用它宏伟的钢板混凝土结构,渭原车站的机车用它的汽笛声,迎接这个一心投身城市劳动的乡村闺女。

无论是工厂,还是铁桥、汽笛,一幅与乡村生活完全不同的生活场景展现在改霞的面前,改霞有了当工人的豪迈感,要把自己的工作和国家的这种工业化进程融合到一起。然而在乡村内,这样离开乡土的进城思想是受到乡村价值否定的。因此,改霞总有一种挥不去的道德愧疚感,无论是对自己心爱的人生宝来说,还是对培养自己的乡村干部来说。当县里的干部王亚梅委婉的批评时,出于道德的不安,改霞在犹豫中又选择了返回乡村。徐改霞的返乡在作者的叙述中是为了延续她的进步思想,作为团员要她应主动抛弃个人情感而参加社会建设,返乡更加纯洁化了改霞思想,让改霞可以和生宝一样成为建设乡村的青年中的新人榜样，但是在改霞有关进城问题的反思上，她却反成了被批评的不安分守己的女性，后来遭到了梁生宝的拒绝，最后成了一个反衬梁生宝的被批评对象。

后来王亚梅再次解释不让乡村青年大规模进城的原因是"猛一下把团员抽空了，会影响农村工作；另一方面，会引起群众有意见"。这一说法和卢书记看到改霞进城时的感慨就一模一样了，因此，从想象新人的角度出发，是柳青让这位可以进城的农村女孩重回乡村，建设乡村，让改霞在对自己青年团员身份的检讨中，重回乡村。

但是如何才能让那三千名农村青年像想象的改霞这样同意重回乡村呢？王亚梅提出了城乡差异的问题：

> 眼下，工人比农民挣得多，所以才会有盲目流入城市的现象。改霞，你参加了整党学习？参加了？那么你知道，将来消灭了城乡差别的时候，才能没有人不安心在农村的现象。社会是复杂的，人的觉悟不齐嘛……

靠思想觉悟可以在文学想象中让改霞重回乡村，但是在现实中城乡待遇的巨大差异仍会导致乡村青年向城市的流动，没有城乡待遇的平等，单纯的这种思想动员并不能起到多大的作用，这种流动不光当时不能做通青年的思想，在心理上也不能完全打消人们进城的想法，因此在改革开放，户籍管理稍有松动时，就有高加林这样的青年不惜用各种手段来进入城市，90年代以来，农民工进城更是成了中国社会现代化进程中最大的城乡之间的人员流动。这种流动已不是户籍制度可以阻碍的，随着城市工业化，随着小城镇建设加速，越来越多的乡村青年进入城市，即使在城市中他们仅仅是一个过客，他们也要奋不顾身地冲向城市。

四　望城中生出的女性主体性

但徐改霞回乡村后，并没把王亚梅的思想——青年团员要带领群众走合作化道路——原原本本地教给乡村青年，小说突出的是她对梁生宝感情的忠贞。回乡后，对改霞的评价重新回到了乡村道德伦理中，而不是现代青年思想的评价中。但是就改霞来说，重回乡村的她已经不是一个乡村女子，更多了城市女性的气质。

在没有进城机会之前，改霞脑海中评判梁生宝的并不是新生活理想、合作化思想，而是乡村价值标准，改霞看重的是生宝的容貌，道德，是个人情感：

> 她把生宝当做她理想中的人儿。她也说不上生宝的脸盘、眼睛、眉毛、鼻子和嘴哪点吸人；因为生宝的相貌，实在是很平常的。生宝——他的心地善良，他的行为正直，他做事的勇敢，同他的声音、相貌和体魄结合成一个整体，占有了咱改霞闺女的爱慕心。哪管他是谁的儿子、有多少地产和房屋、公婆的心性好坏呢！"不挑秦川地，单挑好女婿。"要是两年以前，两人都像现在这样便当，天王老子也挡不住改霞到生宝的草棚屋做媳妇去！妈呀，舆论呀，梁三老汉不高兴的脸孔呀，比起蕴藏在她内心纯真的爱情，算得了什么！她才不在乎呢！改霞嘴里说不出一套爱情的道理，但是她心里的爱情，比那些会说一套道理的中学生、大学生还要热烈、绵密和真切呢！

这一段心理描写展示了改霞真实的内心世界，改霞喜欢生宝的容貌、品德，而不是作者赋予生宝身上的社会理想，对于互助组、合作化、社会主义道路这样的新意识形态，作为乡村中才上小学三年级的徐改霞来说她并不十分清楚。

但是当改霞认真地思考了自己的进城思想，并从城市返回到乡村时，改霞身上渐渐有了城市女性的气质。这种气质强烈地表现在她返乡后与生宝的交往中，以及对她和生宝感情的重新认识中。她现在要像城市女子一样主动地向生宝表白自己反思后的思想，主动地向生宝表达对他的感情，而不再是羞涩的让生宝来追求她。因此，改霞不再听从母亲对她的管束，主动地在生宝每天要经过的路上等待着与生宝的见面。在等待的过程中，改霞想象着自己和生宝见面的场景，这一场景完全是城市化的：

> 当她和他一块在田间小路上走着的时候，她将学城里那些文化高的男女干部的样子，并肩走路。

不光是要大胆地对生宝表达感情,更重要的是改霞逐渐生有一种强烈的主体意识,与生宝的平等意识。在进城之前,改霞都是仰视着自己心目中喜爱的生宝的,因为梁生宝的事业受到政府、党的支持,生宝在改霞的心目中就是一个英雄的模样,身上罩着光环,而现在改霞想到自己的革命理想和他一致时,不再将他当成伟人而是当成了自己要一起生活的对象。连续等待了五晚,改霞终于等到了和生宝讨论爱情的机会,两人傍晚散步在路上,

> 改霞的心情是兴奋的。她和他并肩走着,勇敢地用自己的海昌蓝布衫的窄袖,去接触生宝"雁塔牌"白布衫宽袖。夏夜的微风把她身上的雪花膏气味,送到生宝的鼻孔里去。

改霞不光是与生宝肩并肩地走着,身上还有意搽了带有香味的雪花膏,这明显是城市女孩才有的一种打扮。改霞完全是主动地对生宝表白了自己对他的爱意,甚至把自己的手放在生宝的衣袖上,用自己的大眼睛直视着生宝,这种接触和大胆,是传统乡村女孩没有的。但是小说中的生宝克制住了幸福感,认为自己与改霞的感情会影响到互助组工作,拒绝了改霞的这种爱意,推说两人的事到秋后再说。改霞没想到会是这样的结局,这一打击彻底坚定了改霞离开乡村的决心。徐改霞第一次离开乡村是听从了郭振山的教导,而这次是自己决定的,生宝在感情上的拖延彻底斩断了改霞对乡村的依恋,进一步促生出了改霞的主体意识。改霞在对自己与生宝感情的反思中,认识到自己这样强迫生宝得到的感情并不是幸福的,改霞第一次对自己和生宝未来的生活幸福产生了怀疑。这种怀疑中萌生出的是改霞强烈的主体意识:

> 改霞想:生宝和她都是强性子年轻人,又都热心于社会活动,结了亲是不是一定好呢?这个念头,自从五月之夜不愉快的幽会中从她脑里萌起以后,她就再用铁镊子也夹不出去了。她想:生宝肯定是属于人民的人了;而她自己呢?也不甘愿当个庄稼院的好媳妇。但他俩结亲以后,狂欢的时刻很快过去了,漫长的农家生活开始了。做饭的是她,不是生宝;生孩子的是她,不是生宝。以她的好强,好跑,两

个人能没有矛盾吗……在狂热的时候能放任自己的感情冲动，在冷静下来的时候，改霞也能想得很远，很宽。

改霞不再是乡村女孩，改霞不再留念对生宝的仰慕，更不愿意去过婚后的平庸农村妇女的生活，她有对自己生命价值的思考，反思后的改霞第二次离开乡村，这次她走得不再有任何的犹豫。改霞这一认识的艰难成长让她具有了现代主体意识，也让她成了中国文学中非常独特的一个女青年形象。虽然梁生宝是小说中主要突出的新人形象，但是与改霞对人生的认识相比，改霞的主体意识明显要比生宝自觉和强大。改霞从乡村中走了出来，走向了城市，也是走向现代生活，成了城市现代女性：

> 改霞像全国所有的工人、军人和出外干部一样，给家乡的庄稼人写回来了信，要求乡亲们把余粮卖给国家，支援工业化，走互助合作的道路，特意问到生宝互助组的成就。铸工学徒改霞的信和军人梁生荣、电工郭振江的信一样，是在村民大会上朗读的。

乡村中的一位不屈于环境的女子走了出去成了城里人，也成了一位现代新人，这种新在于她开始对自己的生活有了自己的认识。

但是改霞的离乡进城，却一直不为乡村干部们所认同，在改霞第一次进城考试中，乡支书卢明昌就表示了不赞同，后来青年团县委干部王亚梅委婉地批评了改霞，生宝也是不认同的。在前文说过改霞最终是要去城市的，这是社会现代化进程中乡村优秀青年的必然选择，因为国家在城乡发展中并没有给城乡平等的待遇，而且社会现代化的发展也首先是城市的现代化。但50年代中国城市现代化才刚刚起步，城市还不能解决大量乡村剩余劳动力，只能用户籍进行限制，道德价值取向上号召乡村青年扎根乡村，梁生宝这样的青年就成了理想化的优秀代表，改霞的这种进城就会被认为是贪图城市物质生活的青年形象的选择。虽然小说叙述在努力把改霞放在城市现代化的语境中，但小说中对改霞的进城一直有两种声音，在改霞进城后，代表党的区委书记王佐民最终定性说"改霞有点浮，不像生宝那样踏实"，而卢明昌并不认同王佐民"说改霞自负太甚"的评价，两人评价的不同恰好显示了作者柳青在对待这个人物的矛盾性。一面他尽力突出改霞进城是参加城市现代化建设的合理性，但另一方面对改霞进城思想的肯定自然会削弱生宝坚定地扎根乡村建设乡村的榜样意义，因此他又通过干部的口来批评改霞的进城思想。但这种批评又是没有多少力量的，反而改霞是在进城、主动回来后重新奔向城市的过程中，再次突出了改霞进城的合理性。作者感到了改霞进城的合理性，但又要彰显生宝的价值，显出了柳青在城乡问题上的矛盾性。城乡问题后来在路遥的《人生》和《平凡的世界》中仍是乡村青年面临的一个重要问题，高加林的进城在乡村道德中被认为不安分守己的表现，但在孙少平身上作者明显又肯定这种进城意识，作为现代化进程中的一个问题，进城问题是20世纪现代文学中的一个主题，也是今天仍在探讨的话题。如果从社会现代化的进程来说，无论是改霞还是生宝，他们都是在奔向现代生活的，但是改霞是在主体意识的逐渐觉醒中奔向现代生活的，而生宝是在外来思想的引导下奔向未来生活的，只有两者的结合，让个人主体意识和国家意识相一致，未来的社会理想秩序才有可能建构。单纯的个人意识的觉醒，并不能建设出理想的社会秩序，20世纪90年代以来强调个人意识和个人利益，结果社会道德人心沙漠化，在对个人利益的强调中缺乏了对社会集体利益的关心，但单纯地强调国家社会集体利益而没有个人主体意识。柳青在《创业史》中不光塑造了梁生宝这样光辉的新人形象，也塑造了改霞这样光彩的新人形象，奔向未来生活，还需要不断想象出未来社会的理想新人。

第八章　日常生活与城乡关系的现代想象

第一节　在乡：日常生活中的心灵集体化

1949年新中国的成立，并不意味着中国革命事业的终结，变革社会日常生活才是社会主义建设的真正开始。新的社会秩序需要建立在对新文化的认同上，社会主义意识不仅存在于客观社会生活中，也存在于文学的象征性表达中，具有未来正义性的社会主义成为文学中的"想象共同体"，文学中的日常生活就更具有了象征新社会主义的未来性、想象性。我们如果将中华人民共和国成立后十年左右的这段文学作为一种时代的象征性话语，注意文学与日常生活的表达、象征关系，那这一段文学在想象中国文化政治、建构社会主义价值、变革日常生活时，就具有新颖的现代性。

一　恋爱与入社

20世纪40年代解放区小说中的恋爱书写，主要是在批评包办的旧恋爱观、宣扬自由恋爱观，爱情书写承载对新政权文化的认同。中华人民共和国成立后农村青年的恋爱，主要是在对劳动、对集体的确认中达到对社会主义价值的认同，如《三里湾》中灵芝和玉生、玉梅和有翼的恋爱，《山乡巨变》中陈大春与盛淑君、《创业史》中梁生宝和徐改霞的恋爱，主要承载着对互助组、合作社集体的认同。这三部长篇小说典型地书写了社会主义价值在乡村年青恋爱过程中的产生和发展过程，不过同时期另一些短篇小说在书写乡村青年恋爱、建构社会认同时的情况要更复杂一些。

师陀的《前进曲》[1]，主要讲述的是精明、勤快的老农朱克勤，由于

---

[1]　师陀：《前进曲》，《文艺月报》1953年第12月号。

儿子恋爱问题不情愿入社的故事，其中儿子大宝入社并不完全像梁生宝那样有非常自觉的社会理想，而是因为大宝喜爱的二梅要大宝加入合作社。与上三部小说恋爱叙述不同，《前进曲》展示了大宝恋爱过程中在集体外的孤单感以及在爱情、亲情之间抉择的痛苦感。

小说中的老农朱克勤，家境富裕，坚决要走单干道路。二十三岁的儿子大宝，地里场上的粗细活全会干，心灵手巧，又上过三年小学，待人和气。有这样的条件，父亲朱克勤应对他找对象的事不操心，然而大宝喜欢的二梅，因大宝家是单干户，要取消两人的婚事。天旱，村里农业合作社一帮青年人在一起车水栽白薯，一起劳动的青年人笑声歌声不断，大宝干自家活儿没意思，心思全跑到合作社那边去了，因为他心爱的二梅也在那里。合作社是集体劳动，年轻人在一起干活，笑着、闹着，很是热闹，大宝不能参加这一群体，感觉到自己被撇单了，让二梅瞧不上。二梅要大宝争取他父亲参加合作社，痛苦的大宝晚上找乡村干部（"我"）来谈心，诉说不想待在家里的痛苦，"我"去做二梅思想，因为在"我"看来，大宝和二梅的恋爱关系不应因大宝家不入合作社而结束。然而二梅坚持要大宝加入合作社，因为她不肯将来被关到大宝家里当媳妇。在她看来，只有大宝家加入合作社才有她的未来生活，她才不会去过过去媳妇们的生活。二梅把入社和自己未来生活联系在一起，在恋爱中强调乡村女子的独立地位，这是农村中少有的一种新颖认识，二梅认为参加合作社比她去给大宝当一个传统贤惠妻子更重要。然而大宝夹在父亲和二梅中间左右为难，虽然自己愿意加入合作社，但他又不愿意伤害父亲。看着二梅和一帮青年社员白天在一起劳动，晚上围在一起唱歌跳舞，自己却孤零零地被晾在一边，大宝痛苦地选择了离家出逃。他不愿意见二梅和她那一帮男女社员热热闹闹地干活、娱乐，自己被撇单，也不愿和父亲发生冲突，他离家出走了。大宝的出走一方面极大地打击了朱克勤，他在后悔中同意加入合作社；另一方面也让二梅伤感，她流泪思念远去的大宝，期盼大宝来信。谁也不知道大宝回不回来，小说结尾没有明说，恋爱故事以悲剧结束。

这篇小说渗透出来的悲凉气息在整个五六十年代同类作品中是极少有的。作为工作员的"我"一反其他作家笔下精明干练、解决农民问题手到擒来的干部形象，面对大宝的问题显得束手无策。"我"既没有能力劝说老朱克勤入社，又没有能力说服二梅改变结婚条件，第二年秋天"我"返回村子再看到朱克勤时,他一下子苍老得"身上的皮肤又干又皱,几乎是贴到骨头上的;脸上皱纹很深,原来只有几根惨白的胡子,现在白了一大半"。小说在凄凉和沉重情绪中结束,"我"不再有原先劝朱克勤入社时那样肯定、乐观的精神,面对这样意料外结局颓然无语。

朱克勤不愿入社是一个经济问题,并不是思想问题,他看不清合作社的好处。"我"给他做工作,先从生产治家谈到天时、地利、人和,从旧社会谈到新社会,从互助组谈到合作社,但都谈的是思想问题。朱克勤认为社里欠银行的账,土地耕种不够好,他也不满意合作社生产经营现状,认为自己种的白薯比社里种的好,自己单干并不比社里差,都是在经济层面考虑问题。"我"认为经济问题是暂时的,将来合作社生产会显出优越性,但这是一种未来预设,"我"并不能确切回答"到社会主义还有几年"的问题,不能给朱克勤算出合作社实际经济收入的优越性。"我"说服不了朱克勤,但儿子大宝的出走却给了他致命一击,在悔恨中朱克勤自动要求入社想以此换回儿子的谅解,能够回家。儿子的出走彻底击垮了朱克勤,作为父亲,他再大的努力辛劳,最后都还是为了能给儿子一个他认为美满的生活,但是现在儿子并不接受自己的这种辛苦单干,自己的坚持不仅不能给儿子一个幸福的生活,反而造成了儿子恋爱的失败以致离家出走,自己的这种单干坚持、辛劳还有什么意义呢?入社风波引起的这种家庭变故,让人意料不到,朱克勤深感凄楚、悲凉并转向妥协,这并不是对合作社的妥协,而是一个老父亲对心爱儿子的妥协。"与当时绝大部分同类题材作品不同的是,《前进曲》不是在对美好生活的描述或乐观想象中结束,它的结尾部分笼罩在老朱克勤失去儿子的凄凉氛围之中。朱克勤在经济利益诱惑和亲情破裂的双重压力之下入社,其形象的寓意是非常丰富的。"[①]

刘真的《春大姐》[②]也写新式爱情故事,意欲通过青年人恋爱来书写对集体的归属感,又与《前进曲》截然不同。

李玉春跟她母亲相依为命,到了谈婚论嫁的年龄,她母亲根据自己人

[①] 吴俊、郭战涛:《国家文学的想象和实践:以〈人民文学〉为中心的考察》,上海古籍出版社2007年版,第94页。

[②] 刘真:《春大姐》,《人民文学》1954年第8期。

生经验要给玉春寻找一个好婆家。她母亲看上南村赵家，赵家有地四十亩，两处宅子，两头大黄牛，五口人，没小姑大姑，嫂子人好，女婿赵九喜更是能写会算，伶俐可爱。赵家也早看上玉春，认为玉春模样俊、伶俐，又能干，是难找的好儿媳，赵九喜也喜欢玉春。两家大人都满意对方家庭，也看好两个孩子，没想到玉春心里早爱上了邻村青年刘明华。李赵两家父母看都重对方家庭的经济条件和对方的身体条件，而玉春看重刘明华的社会理想。玉春认为"明华是农业社的社员，社是叫人们走到社会主义去的，到那时，不分穷富，只要你能劳动，都能享幸福"。玉春把自己的生活寄托于未来预设的理想，因为相信未来社会理想，她积极投身现实工作。这里的玉春和明华明显带有了新人特点。凭什么就相信未来生活理想一定能实现呢？他们相信入了社，会有好日子过，在这样的基础上，玉春相信明华走的路不会错，因为明华的路就是政府提倡的路。但问题是，未来农业生产合作社到底具体能实现一个怎样的未来社会，玉春并不清楚，因此她也不能说服母亲放弃对她自主婚姻的反对。

仔细分析这样一对新人的恋爱，会发现两人之间的爱情不过是玉春对明华的一种仰慕。玉春自己是一名青年团员，而明华是南村团支部书记，玉春所在村子没实行合作社，明华所在的南村已经进入了合作社，因此玉春把明华当成学习对象。仰慕明华的玉春不能和明华思想平等交流，她就给他做了一双鞋，送他实用东西，这样爱恋中的两人变成了玉春对明华的服侍。母亲并未能阻止住女儿的选择，代表新政权的干部们支持了这样的婚姻，小说结尾看似大团圆。

小说作者刘真并未深究这种恋爱中的传统性，而把小说重心放在集体力量对玉春恋爱的支持和对玉春娘的抗争上，让玉春深深感到了集体的归属感，让恋爱小说呈现出新主题。

对乡村姑娘玉春来说，她从心底里更羡慕的是刘明华合作社中社员集体劳动的快乐：

> 玉春看见他们成群结队的妇女和小伙子们在一块，又说又笑，还不觉累，就把一大片地锄完了，锄的又快又干净，她真是眼气的不得了。他们干累了休息的时候，她常常看见明华指挥着大家唱歌，也常见他抽空就拿出小本子来写字，看书。

明华社里青年一起劳动，一起娱乐，大家感觉有自己的活动空间。而在玉春来说，她单个劳动，没青年人和她一起玩，感觉到孤单，这才是她深层的想亲近明华以及其合作社的真正原因。在南村骡马大会上，玉春穿着自己最心爱的花衣裳和丝线绣花鞋，打扮得漂漂亮亮，在戏楼前去见刘明华。这样大胆的举动，引来老年人非议，也引来了青年人喝彩。王大娘、玉春娘们认为玉春是让刘明华这些青年人给教唆坏了，赶紧要想办法阻止玉春和刘明华的自由恋爱，而秀芳等青年人也联合起来想办法帮助这一对青年人，这样玉春和刘明华个人的恋爱问题变成老年人和青年人两个集体之间的问题。在《小二黑结婚》中，小二黑和小芹自由恋爱是个人抗争，最后在外来区长——政府权力的介入下问题得到解决。而在本篇小说中，玉春和明华得到的支持来自村中青年人的力量，在与母亲为代表的老年人群体较量中让玉春对集体有了依赖感。媒人王大娘采用说谎造谣加威逼的手段要玉春嫁给赵九喜，自然不起丝毫作用，青年人采用"蘑菇"战术，一会儿让两青年小伙去拖延玉春娘，一会儿又让另两个姑娘来劝说，从早上磨到天黑吃过饭，这些青年人虽然除过宣读《婚姻法》也讲不出什么能让玉春娘信服的道理来，但是也在玉春娘跟前磨叽走了媒婆王大娘，玉春娘也没办法。最后玉春直接拿出早办好的结婚证，结果惹恼了玉春娘，她不光对玉春发火，对这帮青年人也发了火，挥动着笤帚把向每一个青年的头上打来，"没有一个好东西！都给我滚！滚！滚！……"一伙人被打跑，较量没分出胜负，两派斗争陷入僵局。不过在这样斗争中，玉春感觉到了集体力量的强大，她不再听从娘的安排，而是要依靠集体力量来实现自己的内心想法。其实这个青年人的集体背后更有团支部、新政权意识。有这样力量的支撑，与自己母亲闹翻，玉春并没无家可归之感，从家中出来不带任何东西，而是直接去找刘明华的社，这个社就是她的新家。老社长赵金山和社员们接纳她，老社长也理解玉春母亲硬逼玉春嫁给赵九喜是没看到社会主义农业合作社的未来前景而担心玉春将来受穷，才逼迫玉春离开刘明华的，不过社长也没有具体讲述这个新的社会主义到底是个什么样子，何时会实现，怎么实现，而是直接给二人举行了一个没有父母参加的婚礼，玉春的亲人由原先的高堂父母变成了代表新生村政的干部社长，新房由社员布置，礼物由社员送。这样的婚礼中，明华直接说"这就是咱们的社，这就是咱们的家"。在这样叙述中，玉春和明华完全抛开了个人家庭，但同时也抛开了亲情伦理，玉春嫁给明华是嫁给所属集体——合作社，个人情感、生活空间全交给了公共合作社，父母亲情不再重要，他们有了自己新的精神父母。

不过，即使他们的婚姻得到了青年人的认同并成了事实婚姻，社员们还叫玉春和明华骑上社里两匹最肥、最漂亮的红色大马游街，民兵队小伙子们在前边打鼓，吹号，以教育老年人（如玉春娘这样的人），然而玉春娘的思想还是难以打通。小说最后写到，玉春娘去看玉春时仍然看重的是住房、嫁妆、收入，因为这是两人将来生活的保障，只有这些才是切实的。在这样角度上来看，玉春母亲价值观念仍没有改变。小说结尾也有对未来生活的想象，然历史还是证实了玉春娘实际经验的重要性，玉春和刘明华这样没有人生经验的青年，他们的理想图景与现实生活还有很大距离。

二 老与少的冲突

中华人民共和国成立后农村无论是实行合作化还是推行人民公社，入社过程是这一时期每个农民都要经历的一个心理转变过程，一方面出于感恩对党抱有高度的认同感，但另一方面交出刚刚获得的生产资料又是每个农民难以接受的事实。林斤澜的《擂鼓的村庄》[①] 讲的就是这样的入社故事，小说的重心不在老农的最终入社，而在入了社农民心理的艰难变化过程上，展现了历史变迁中人物内心的深度。

老农民刘有余，从道理上也认为是新政府政策让贫农过上了渐渐好转的日子，作为翻身户吃饭穿衣都惦记着政府恩情，但现在要让他把刚刚到手的土地、牲口等生产资料加入合作社，他想不通，不断提出不入社理由。他要社里拨两个工帮自己把盖房子的架子支起来，登记劳力时让儿媳妇只算半个工，登记土地时去掉了两亩旱地，后来又借种点蔬菜为由留了自留地，借口家中做饭要去掉媳妇半个工，最后连入社的两头驴也赖掉了。这是一个对合作社不放心的老农民。

青年人小杨有句话："我在家里干活，越干越没意思，没有理想，没有前途。"把自身价值的实现放在集体村社发展上，个人发家致富在这些

[①] 林斤澜：《擂鼓的村庄》，《文艺学习》1956年第1期。

青年人看来是没了理想和前途,小说中青年人把个人价值的实现预设给集体社会的发展变化上。在他们眼中,劳动由属于个人而转变为属于集体,劳动具有时代意义而不再具有个人意义。这种价值观在梁生宝、刘雨生、王玉生等中华人民共和国成立后的新人身上得到充分展示,他们已经没有了对生产资料的个人感情,精神上也没有对生产资料的依赖感。在他们眼中,生产资料如土地、牲口等所象征的是一个显示新意义的载体,这些生产资料只有在集体化劳动中才有价值,是"集体的力量让他们第一次认识到,他们不再是为土地而存在,土地是为他们而存在的,从土地的束缚中挣脱出来才意味着解放的实现。他们存在的意义不再是个人的,而是在集体劳动中"[1]。因此这些新人确认自己存在意义的方式是对集体的认同和憧憬,在集体劳动中他们感受到归属感和存在感,而不再是对生产资料的个人占有。这种对自己的认同感与传统农民的自我认同完全不同,个人不再在土地中寻找依赖,而是在集体、政府、国家中寻找个人存在意义。

然而在老农民刘有余眼中,实现个人价值的主要方式要靠个人的勤劳致富,土地、牲畜这些生产资料,不光具有重要经济价值,也是他们精神上的依赖,是他们存在方式的一种体现。由于经历了社会动荡,他们有自己对社会历史的看法,看重的是建立在个人价值利益基础上的社会价值。这样的价值观让刘有余在点头赞成入社的同时,又以各种理由把土地、牲口、人力一点点地从社中退了出来,他们从自己所经历和听说的历史中,认为这些生产资料只有掌握在自己手中才是最切实可靠的,在刘有余为入社问题四次往返合作社的过程中我们看到的是入社农民心理的艰难变化过程。

秦兆阳的《亲家》[2],讲述的是公公与媳妇之间的矛盾,矛盾起因是公公不同意媳妇大俊参加村里集体活动。生活环境发生变化,做媳妇的大俊要去上冬学,要去开会,要去加入青年团,公公认为媳妇整天不在家中待着尽往外面跑,没有媳妇样。但公公对这些公家提倡的生活方式又不能有批评,只能把不满撒在家中的日常琐事上,如抱怨大俊做饭时用的柴火多了,烧的水热了凉了。大俊认为自己是农业合作社的社员,就应该积

---

[1] 路文彬:《论"十七年"中国乡村文学中的土地意义之变》,《中国现代文学研究丛刊》2011年第12期。

[2] 秦兆阳:《亲家》,《农村散记》,人民文学出版社1954年版。

极响应国家号召，积极投身到社会主义建设中去。公公感觉她不像是个儿媳妇，矛盾就发生了。

投身合作社劳动对大俊为什么有这么大吸引力？这是因为大俊参加集体活动在一定程度上是为了逃避家庭束缚："你就不想，三四十亩地，全靠俺俩种，简直比给他老两口抗长活还不如。……哼，要入了社，集体干活儿，哼！"参加集体劳动便可逃脱家里束缚，这样的青年不光有大俊、小俊，还有小俊嫂子，"自从成立了社，就再也不住娘家了，天天下地干活儿，还有说有笑的"，青年人都想去社里参加集体劳动而不愿再待在家里。

小说全文站在青年人立场上来写，但也注意到老年人情感。在这样一场社会变化导致的两代人的不和中，老年人明知自己的劣势，自觉就败下阵来。老人最感伤的还是小儿子要与他闹分家，为此他甚至打了儿子，这样的生活让老年人的感情无可寄托。老人最后同意入社，不过是出于小一辈的"逼迫"。"我这一辈子，为了么？可就是，还不是为了他们小人？说我过日子刻薄人，说我爱唠叨人，说我顽固，可就是，可我为了谁？我明明知道他们不领我的情，明明知道没什么意思，可我还是要这么过，一辈子惯了，有什么法子呢？"老人满怀无奈与酸楚，这样的情怀却不为青年人注意。对老年人这种转变过程中艰难辛酸心态的捕捉，成了这篇小说的一个特点。

当然对于集体，乡村老年人并不是一概不认同，林斤澜《春雷》[①] 中讲述的是父女思想冲突，但不是新旧思想冲突，而是两代人在认同集体生产中产生的新冲突。《春雷》中，女儿田燕和父亲田十方都入了社，田燕是一个热心集体的农村新青年，田十方入社当队长对社里交下来的任务都能够保质保量地完成，是一个务实的干部，"干活上遇见个二把刀时，他就自己做给那人看。遇到耍奸取巧的主儿呢，告诉给党团员。他说自己学不会抬杠拌嘴。"与之前小说中大多写与子女有思想冲突的老农民相比，田十方已经加入合作社中了。即使如此，他仍与女儿有思想上的冲突。因为田十方每天拿十分的工分，女儿听到别人议论，认为父亲自私自利。田十方非常生气，因为自己拿十分工分，并不是为了实利，而是看重自己当

---

① 林斤澜：《春雷》，作家出版社1958年版。

队长的带头作用。他认为做队长要有能力，自己实际干了十分的工作，他要通过十分工分来在村中青年中树立劳动榜样，因此自己拿十分工分心安理得。这一点也经大家核实，因此田燕的批评一下惹恼了父亲田十方，感觉自己在年轻人中没了脸面。两者冲突激烈，田燕甚至闹得要和父亲分家，后来干脆进城参加拖拉机手的培训去了，一年没回家。田燕离家出走，田十方十分后悔与女儿发生冲突，"争这一分半分的干什么，闹得众叛亲离，身背后叫人指点得脊梁骨痒痒的。究竟工分也不顶事，社里多打了粮食，工分才值价"。女儿出走让田十方妥协，放弃了十分的工分。这样的结尾有点像《前进曲》中朱克勤的转变，不过《前进曲》结尾是悲剧式的，《春雷》是喜剧式的，一年后女儿开着拖拉机回村，田十方主动示好，表现父亲的慈爱，女儿主动给父亲买酒做饭，两人矛盾消散，问题的解决并不是靠思想认识，而是家庭情感。

《春雷》中，田燕真正战胜了田十方的是小说中的拖拉机，因此乡村中出现的拖拉机具有了象征意义。面对这个象征社会现代化的机器，女儿田燕驾驶得游刃有余，而老父亲却没了任何权威，拖拉机的到来让田十方在自己的女儿面前真正彻底败下阵来。

一年后回来的田燕与原来大不一样，她"穿一身厚敦敦的蓝色工作服。戴双白手套，脖子上缠着紫红的围巾，映着尖溜溜的下巴颏绯红"。这完全是一个城里女工形象的打扮，在田十方面前，田燕一脸严肃，发动拖拉机的声音甚至吓得田十方打了个哆嗦，在人们全围着拖拉机"锣鼓领头，彩旗开道"时，田十方被挤到后边去了。在这样一个象征现代化的机械面前，田十方的干活能力、威信全不见了，人们眼中只有田燕和她驾驶的这个现代机器，机器种地的速度、效率和质量，都让田十方感到自己原来在青年人前可凭借的劳动能力都不再具有吸引力了，他在青年人中失去了权威感。

在这里，打败田十方的不是田燕的思想，而是现代机械拖拉机。拖拉机作为一种现代生产工具的标志，其入村带来人们对乡村生活秩序认同的变化，田燕这些青年，运用现代机器，怀着对集体生活的向往，开始挣脱家庭束缚，挣脱传统伦理道德束缚。在这样的变革中，田十方这样的农村老人不得不从心里认同新的生活、生产方式以及价值观念。看着青年们都围在田燕身边听她讲城里故事，未来生活图景时，田十方彻底感觉自己该认同女儿思想了。

三 乡村劳动改造

"劳动"在同时期文学中也是一个想象集体的重要话题,劳动一方面是肯定劳动者的存在价值、主体尊严,体现劳动者主人翁地位的一种重要方式,另一方面也以此在创造一个新的"生活世界"。40年代小说中的劳动书写,多表现在经济层面上对人物家庭地位的改变,如在林漫的《家庭》、赵树理的《变了》《传家宝》等小说中,劳动让媳妇在婆媳斗争中获得家庭地位,妇女走出家庭,参加社会劳动,获取个人权利。而到50年代小说中,劳动让青年从家庭生产中解放出来,在社会生产中将"家庭"与"国家"、社会联系起来,在社会主义社会,劳动者成了劳动的主体,劳动不再是为了自己的生活资料,更重要的是为了集体和国家,劳动变成了实现人生价值的实践活动。

不过,黄子平指出五六十年代的劳动不光是保障劳动者"尊严"的一种方式,"'劳动'还可以作为一种惩罚和改造的手段存在"[1],当劳动成为人们从事社会生产中积极与否的评判标准时,劳动又时常在拆解着劳动者的"尊严"。秦兆阳小说《改造》[2]书写的是土地改革过程中老农范老梗以乡村朴素情感和劳动价值观对小地主王有德的劳动改造,被改造者艰难痛苦的心理、思想变化过程是该小说的重心,与同时期以阶级意识解释劳动改造的小说不同,体现了劳动改造的另一种可能性。对阶级话语、乡村话语、王有德孩童话语中对劳动的多种理解,显现出作者对劳动价值的多重思考。

这篇小说发表后立马遭到严厉批评,编辑部检讨刊物"战斗性不够","揭露新旧事物的矛盾还不够深刻",没能充分表明"提倡什么,反对什么"的立场,批评《改造》"没有写出构成这个地主的生活基础——剥削"。为回应批评,秦兆阳写《对〈改造〉的检讨》[3],在承认没有写出阶级意识的问题下,深挖自己小说写作初衷、写作过程及自己思考,在

---

[1] 在《当代文坛》2012年第5期发表的黄子平《当代文学中的"劳动"与"尊严"——在中国人民大学的演讲》,讨论了这一问题。
[2] 秦兆阳:《改造》,《人民文学》1950年第3期。
[3] 秦兆阳:《对〈改造〉的检讨》,《人民文学》1950年第6期。

不断解释检讨中亦含有辩解意味。首先是说明写作初衷。"在抗战以前，在旧社会的生活中，我看见过一些寄生虫的生活。在解放区农村斗争中，也得到一些地主生活的印象。由农村进入城市以后，对市民层中某些人的生活形象也有些感触。一想到'爱劳动'应该成为人民新的道德观念，就使我想写一篇反对寄生虫、刻画在新社会中不劳动的可耻和没有出路的作品。于是就决定选择一个'小土瘪财主'来写。"可见地主王有德形象并非虚构，有生活依据。其次是说明写作内容。"选择一个地主、或者说选择像'王有德'这样一个地主来反映寄生虫的特点的主题思想。"由于一提到"恶霸地主"或"刻薄鬼"等字眼，大家会马上联想到地主的剥削"本质"。为摆脱这种僵化写作，秦兆阳重写范老梗对王有德的劳动改造以及王有德在改造中思想情感的痛苦转变。再次是对改造艰难性的认识。阶级斗争强迫地主的改造只能"改造一个不劳动怕劳动的地主使其开始劳动"，但却无法"改造一个地主的思想意识"，秦兆阳不重强制性改造，而重范老梗对王有德思想意识的改造。从这样认识角度说，秦兆阳的《改造》写出了"当代文学史上一个罕见的地主形象"[1]，也凸显作者对"劳动"改造的独特理解。

首先老农范老梗是用乡村情感、伦理，而非阶级意识改造了地主王有德。土地改革以后，王有德抗拒劳动，生活成了问题，新社会不允许不劳动的人存在，王有德被迫接受劳动改造。不过在阶级话语和乡村话语中，对王有德的改造方式并不一样。阶级话语中，因王有德地主身份，对其改造就该采用强制手段。罗溟引用《中国人民政治协商会议共同纲领》中对地主阶级要"强迫他们在劳动中改造自己，成为新人"的要求，批评小说中对地主"说服、感化"的改造方式。[2] 但小说中对王有德阶级斗争的效果并不理想，村民并未能用阶级话语来斗争王有德。历次斗争中，人们认为王有德只是个废物蛋，没办过什么大坏事，因此并不是一个十恶不赦的恶霸地主，人们批斗他是认为他半辈子没干过活，虽然农会主席范老梗批评其寄生性，但也无法将批斗上升到阶级理论上去。这样的阶级斗争未能深入王有德内心，他一概接受了别人说自己是"喝穷人血长大的"、是"寄生

---

[1] 郭战涛：《当代文学史上一个罕见的地主形象——秦兆阳小说〈改造〉细读》，《当代作家评论》2008年第2期。

[2] 罗溟：《掩盖了阶级矛盾的本质》，《人民文学》1950年第2期。

虫"、是"废物蛋"的批斗，地主被斗倒，然而在思想上他并未被改造。

王有德实际上是被老农民范老梗所采用的乡村方式和乡村价值给改造成了一个自食其力的劳动者。土地改革后村里人人劳动，王有德成了村干部眼中唯一一块烂木头，干部无论是以收回仅剩的八亩土地来威胁，还是以不劳动是最没脸的人来激将，抑或是拿不劳动连老婆也不当男人看的事来羞辱他，王有德除过口中"嗯啊"答应并不见实际劳动。在干部说服、威胁、激将、羞辱等方法不管用后，范老梗出于乡村道义坚决要来改造他。在他眼中，斗倒了的地主王有德不再是阶级敌人，而是自己同村乡邻，他要王有德和大家一起进入新社会，这一感情体现了乡村伦理道德的宽厚。起先范老梗企图通过说服、教育、感化的方式来改造王有德，晚上跟他睡在一起劝说，白天帮他耕地，连续三天。虽然范老梗并没能改造王有德，但毕竟如范老梗说的"人有脸，树有皮"，王有德内心还是起了变化，他跟他娘商量着夜里偷着下地，只是对劳动艰辛的不适应让王有德泄了气，甚至动了死的念头。后来王有德放下脸面来卖油条，范老梗认为这是一种不务正业的表现，正面说服教育感化不成，他又采用从反面羞辱激将的方式促其改变。他发动全村人都不买王有德的油条，让一帮小学生在墙上写羞辱性儿歌并围住他念，发动全村妇女在小街里、大门小门里、识字班上课的院里、合作社里、油坊里羞辱他不劳动，这让王有德不敢在街面上晃荡，感觉"简直是无路可走"。王有德被逼得内心起了极大变化，然而变化结果不是朝范老梗预想方向发展，羞辱激将激发了他对村人的仇恨和报复心理。没粮可借、可吃，任人羞辱，无路可走的状况让王有德滋生出邪恶想法，以前没干过多大恶事的他竟然放火烧村里的庄稼。其破坏行为并未得逞，他被抓后关进了一间墙上写满标语的空房间。这次范老梗先让王有德挨饿反省，连续饿了三天三夜后，王有德感觉自己是被人们彻底遗忘了，活不了了，这才重新回味起范老梗当初劝他"最苦莫过于挨饿"的话。当范老梗拿着饽饽罚他在小学里搬砌院墙的土坯时，王有德就乖乖开始努力劳动了。王有德的劳动量由少到多，逐渐锻炼出劳动的体力和信心。范老梗为感化王有德，与其一块搬土坯，并告诉他干部们为改造他和帮助他娘所做的真诚努力，大家的关心让王有德终于感到了不劳动的羞耻，也促其真心反省，认识到自己抗拒劳动更深层的原因是他骨子里瞧不起这种费力吃苦的劳动。王有德开始努力改造，十天努力劳动后，王有德开始在自家地里割麦子,村里不再有不劳动的人。范老梗用淳厚的乡土人情,在不离不弃中最终改变了对自己生命都没了信心的王有德,让其回到了乡村道德伦理的秩序内。"范老梗们的行为呈示给我们一种极具价值的选择可能性,他们身上散发出的浓烈的人道主义情怀突破了阶级斗争思维模式的狭隘而在人类生存的冷酷处境中熠熠生辉"①,显示出劳动改造的另一种可能性。

其次,小说显现了王有德孩童般世界中的劳动观。由于作者不想描绘"想当然"的阶级本质,注重于小说人物改造过程中情感思想的艰难转变,因此作者真实展现了王有德的日常生活状况,而王有德的日常生活又呈现出孩童化和成人化两种状态,不同状态中对劳动有不一样的理解。

在未改造前,从心理和生活状态看,王有德是个未长大的孩童。在成人眼中,他从小被娇生惯养,不光不会劳动,也无法与成人世界接触,成了村人眼中的"笑话字典""废物蛋"。但王有德有自己的生活,他喜欢让范小春剃头搥背掏耳朵,喜欢赶庙会到旧货摊寻觅古怪玩意,喜欢在不过桌面大的小花园里种"指甲花"和"鸡冠花",喜欢雕刻带小鸟的手杖让他娘拄着,这些在成人世界看来没什么意义的事在王有德看来却别"有意思"。与成人生活相比,王有德快乐而自由地活着,在慢节奏中享受生活乐趣,一切想法只听从自己内心的快乐。土地改革运动的到来让王有德被迫离开孩童世界进入了成人生活中,由于没干下伤天害理的事,失去家财后的王有德并未在运动中受到人身伤害,但王有德感觉"好像连自己的魂儿也失去了一样,成天价坐也不是站也不是,觉得到处都是空空洞洞的",他再也不能过以前孩童时自由自在的生活了,被迫要进行生产劳动。被关起来后,除过生理上的饥饿,王有德渐渐失去了活下去的念头,不过院外街上有人们吆喝牲口的声音,妇女的聊天声,赶集人们的谈话声,隔墙李老成和老婆的嬉闹让王有德开始羡慕他们生活的自由自在。不过王有德所羡慕的李老成的快乐,在当时小说中显得非常独特。

小说采用王有德的视角和感受,回忆了李老成分了土地之后的生活变化,与同时期大多数作品表现分土地之后卖力劳动的快乐不同,王有德回想到的是李老成和老婆子日常生活的快乐,这种快乐不是劳动本身的快

---

① 郭战涛:《当代文学史上一个罕见的地主形象——秦兆阳小说〈改造〉细读》,《当代作家评论》2008年第2期。

乐。在王有德眼中这对从前愁眉苦脸的老夫妻"如今却变成了一对'老来红'、'老天真',时常互相假装生气,你对我挤眼睛,我对你努嘴,你骂我一句,我推你一掌,有时两人打着打着还追到街上来"。李老成夫妇的生活返回到孩童世界中,他们是在闹着玩自己的生活,这种"闹着玩"的生活正是王有德心目中的生活。"这些时王有德常提着油条篮子到这疯老头子家里去闲坐,不是去看老头子忙着磨豆腐卖,也不是去看老婆子拉风箱煮豆腐浆,也不是专为了看他家那十六岁的漂亮闺女纺线,是为的看老两口子装疯样儿。"王有德不羡慕他们的劳动,羡慕老两口生活的"天真"。现在被关起来的王有德想象外面两人"闹着玩":"好像看见那老头子在前头故意弯着个腰儿慢慢地跑,跑着跑着忽然扭起秧歌来,那老婆子象只鸭子似的,屁股歪歪歪,小脚儿东东东,后面跟着一大群孩子,嘻嘻哈哈,绕着村子跑了半个圈子,回到家里以后,那十六岁的小闺女就倒到娘的怀里,撅着小嘴撒娇说:'娘,看你跟俺爹,这么大年纪了还尽闹着玩,叫人笑话!?'"这完全是一种孩童化的、自由自在的生活。从这个角度说,王有德被劳动改造,是成人生活方式对孩童生活方式的强制替代,是孩童世界中快乐自由的劳动被成人世界中的生产性劳动所代替,而这种代替中失掉的是生命个体的自由自在状态,正是这样一种自由自在生命状态的被强制替代让王有德感到劳动改造无比的艰难痛苦。秦兆阳对王有德这种生命状况的描绘,展示出作者对劳动生活的另一种观察。

最后,小说中有三种"劳动"价值观在矛盾冲突。王有德在"劳动"与"饿死"之间最终选择了劳动,体现了范老梗朴素劳动价值观——"劳动获得食物而生"和"不劳动不得食而死"的胜利,然小说中有关劳动的多种叙述话语仍在互相冲撞。一方面,阶级话语通过劳动价值观念来赋予劳动者在政治、经济方面的主体性价值和社会地位、人格尊严,但同时劳动在阶级话语中也是一种改造,还是一种惩罚。"上级号召全村不要有一个不劳动的闲人",在政治、经济层面对劳动价值的肯定鼓动了大家劳动生产积极性的同时,在贴满的"反对懒汉""在新社会不准吃闲饭""谁不劳动谁饿肚子""只有劳动才能改变你的地主成分""消灭寄生虫"标语中,在村干部对王有德的劳动改造中,劳动并未让被改造者王有德获得社会地位和人格尊严,而是"劳其筋骨,苦其心志",让其不再是新社会的寄生虫。黄子平在和蔡翔讨论这一问题时认为对王有德改造中的劳动变成了惩罚,

"这带来了劳动跟尊严之间的非常吊诡的关系"[1],这种"吊诡的关系"不能从内心世界改变王有德对孩童生活的向往。另一方面,在乡村话语中对劳动价值的肯定是乡村"德性"传统的体现。范老梗这位在劳动中获得乡村尊严的人物,坚持要改造王有德,他理解的劳动就是要每个人通过劳动来养活自己,不劳动而占有别人劳动成果是可耻的,他用饥饿、感化、帮助等方式让王有德能够参加体力劳动,把他从死亡边缘拉回到了乡土社会道德伦理秩序中,体现了乡村伦理道德的厚重。但复杂的是,王有德最终的劳动仍是在为了养活自己的基础上认同了劳动,而不是在对生命存在状态的思考上认同这种劳动的,他心目中的劳动还是孩童世界快乐自由无功利的劳动,如种自己的小花园、给母亲雕刻手杖,看李老成夫妇闹着玩,劳动不单是为了生存,而是生命的需要,在缓慢节奏中,在"有意思"劳动中实现对生命的自在体验,这样劳动中的生命才是属于自己的。小说结尾范老梗说过"不劳动就活着没意思",当劳动真变成生命中一种必不可少的需要时,劳动就不再是异己的,而是自由快乐的。

当然小说中表现出的王有德孩童世界中的劳动观仍是一种美好设想,对其的实现必须建立在物质极大丰富的基础上,而不是建立在对他人劳动成果的剥削基础上。因此,在土地改革时期,在大多数劳动者还在为物质生活而艰辛劳动时,王有德这样的生活是需要改造的。但同时需要我们注意的是,我们并不能因为王有德需要被改造就可以忽视王有德认同的劳动生活的意义。在物质生产的基础上,劳动是为了让生活更加美好,让生活更加"有意思",让生命更加自由丰富多彩。

四 劳动中的时间

对社会主义想象,很重要的一个方面是对时间的重新认识。在普通村民的概念中,时间是循环往复的,就像四季轮回、庄稼生长、日起日落,时间并不指涉未来。而在现代性概念中,时间是线性的,有过去和未来,通过过去和现在的对比可确认现在的合法性,通过对未来的展望来将现在的工作价值预设在未来的秩序中。社会主义价值观作为一种全新的价值体

---

[1] 黄子平:《当代文学中的"劳动"与"尊严"——在中国人民大学的演讲》,《当代文坛》2012年第5期。

系就是在这样的时间序列中对未来社会理想的一种预设,这种未来性预设的存在,为革命斗争确定了合法性和动力。中华人民共和国成立后小说的叙述都具有这种未来指涉性,对这种未来社会秩序价值的想象预设,是其文学作品现代性最显著的特征。在端木蕻良的《钟》和焦祖尧的《时间》中,日常生活中的人们开始有了准时意识和对时间的追赶意识,时间意识体现了对未来生活的新想象。

端木蕻良短篇小说《钟》[①] 中的小闹钟就是对现代生活秩序的一种隐喻。村里建起集体农庄后,开始以生产队为单位组织耕作,全体庄员每天早晨五点半要像工厂那样打钟上工,这种向现代化生产方式的模仿中有了生产的时间意识,有了生产效率意识。这样的生产方式与原来单个家庭日出而作、日落而息的自然生产方式有了不同。农庄积极分子胡大叔等人,由于他们的时间意识与现有生产时间不一致,对新的生产时间感到非常不适应,"庄稼人的时间是按烟袋锅计算",胡大叔等人老赶不对上工时间点,不是早了,就是晚了,以至每天晚上翻来覆去睡不踏实,老惦记着队里打钟。

打钟上工,集体劳动,是一种被组织起来的生产方式。这种生产方式极大地提高劳动生产效率的同时,也把个人用时间机器牢牢地控制起来了。因怕迟到,胡大叔和胡大婶早早就在听庄园里钟声,最先听到的是第四大队的钟声,然后是第三队的,以为迟到的胡大叔飞奔到了地里,却找不到一个人,后来根据朱长林的钟表才知道是自己到早了。在朱长林看来,作为现代庄员,生产集体化首要标志是庄员的准时上班,准时意味着不浪费时间,其次要统一劳动、定质定量,这是工人阶级思想的体现,他认为胡大叔没有这种时间意识,自然也就没有这种工人阶级思想。正因为朱长林有着代表现代生产管理方式的时间钟表,朱长林也占据了话语权,他用钟表所显示的时间,批评小艾虎他们上工晚来五分钟,是没有工人阶级意识的表现。实际上朱长林买表并不是什么阶级意识的体现,而是不愿意早来。但是无法掌握现代时间的胡大叔在朱长林批评下受到极大打击。为了解决不能准时上工问题,胡大叔花大钱买了一个闹钟。闹钟不光可以让他准时上工,更重要的是"到时候叮铃铃一响,叫他起来干活,简直和在工厂一样了"。胡大婶也感觉只有按时上工才像是工人上班,钟表给

---

① 端木蕻良:《钟》,《人民文学》1954 年第 9 期。

他们带来了准确的时间感,同时准确的时间感带给他们工人身份感,他们不再担忧迟到,或被人说是没有工人阶级意识了。准确的时间感,改变了胡大叔的生活,当他独自走在田里,只觉满眼清新,什么都是美的。

有了钟表后,虽然可以准时来上工了,如他说的"如今是工人啦,工人能捉住时辰",但胡大叔并不满足于准时。在一次劳动过程中,胡大叔、山西雁、苏兴旺等人在耕地播种时,担心会有六级大风,他们你追我赶抢时间,把第二天干的活儿都干完了,时间在这里又是不准时的,而是可以被抢回来的。胡大叔在准确掌握了时间后,工作中更想让时间落在自己后面,他要和时间竞赛,提高生产效率。小说中有一细节,在最初买来闹钟时,胡大叔搓麻绳:

> 他手搓一下,绳子就长一截,秒针也就走过一个小格。他想秒针走一小格我要多搓一两下,我就会比现在快一两倍。想到这里,他就快搓,要把秒针拉下。他越做越快,忙得满头大汗,眼看已把那秒针拉下,心里真有说不出来的高兴。

朱长林和艾虎商量要给各个小队都买一个表,让大家都能准时出工,而胡大叔却认为每小队买表"能给庄上增加多少工时",开始有了强烈的效率意识。朱长林等本来是准时来上下工的,免得来早了,多干了活自己吃亏,但在胡大叔等人看来,抓住时间就能获得更多时间。乡村实行集体生产,准时出工就是为了提高生产效率,现在胡大叔等人,在掌握了时间后,更要赶超时间,在有限的时间里干更多的工作。[1]

《钟》中的小闹钟具有了丰富的"现代时间"和新社会秩序的隐喻,

---

[1] 与这篇小说中的时间意识一样,焦祖尧短篇小说《时间》也写了矿工季艾水父子对时间的这种理解,工人季艾水父子对时间的不同的理解造成两代人冲突。老季给小季买了一块手表,希望儿子掌握时间,珍惜时间,为厂多做贡献;小季戴着父亲给的表,懂得了"守时",准时上下班,也不愿多为厂里多耗费一点时间。老季没收了小季的手表,感慨于自己旧社会受的苦,认为在新社会就要以矿为家,要忘我工作,珍惜时间,儿子却没有把对工作的认识上升到社会主义建设的高度,他的时间观就是在上班下班时遵守时间规定不要迟到早退。在与父亲的交流中,儿子渐渐把自己个人的工作观融入了父亲教育的为社会为集体的工作观中去,明白了父亲只争朝夕建设社会主义的时间观念。把个人的时间融入集体国家的时间中,把个人的价值融入集体的价值追求中,把现在劳动的价值放置在未来理想社会的实现上,是这篇小说中的"时间"意识承载的意义。

计算时间的闹钟的出现,改变着胡大叔一家以及村中人们的生活、生产以及他们的思想。有了钟表计时的时间观念后,庄园中的人们就不光是一起准时出工,更重要的是胡大叔、季艾水他们要"捉住时辰",他们要像工人阶级那样提高工作效率,在他们内心深处,时间感的变化也是社会的变化。①

五 小集体与大集体

作为农民,集体意识的养成首先是对村社的认同,而不同的村社之间仍有利益冲突,如何在认同村社利益的集体上再认同不同集体、更高集体的利益,仍是新人集体化价值观中的新问题。一般小说中的利益冲突多表现为个人与集体的冲突,地主阶级和劳动大众的矛盾冲突,李准的《冰化雪消》和葛洛的《浇地》的独特性就在于表现利益集体之间、小集体与大集体之间利益的博弈与认同的复杂关系。

在李准短篇小说《冰化雪消》②中,个人与集体的矛盾变成了小集体与小集体之间的矛盾。郑家湾的老红旗农业生产社和新成立的红光农业生产社就不断发生矛盾冲突。红旗社是县里树立起来的一个典型,享受到了各种支持,既能贷款、贷肥料,又有干部帮助,引来了各区的参观学习。而红光社没有这样的待遇,因此在发展中不得已与红旗社有了冲突。这里暴露出来的问题是,在树立典型模范时社会资源分配的不均衡。树立模范典型是为了树立大家学习的榜样及方向,但在树立典型模范中由于资源分配不均以及非模范典型的利益受到忽视,以至于典型模范难以学习。

两个社直接的矛盾冲突是红旗社青年嘲笑红光社的态度引起红光社社长的不痛快,同样辛苦工作的红光社成员并不能享受到与红旗社一样的待遇。因此对于接待上级布置的安排几个区里的劳模去郑家湾参观的事,红旗社副社长刘麦闹非常积极,在积极准备迎接,而红光社社长却非常消极,甚至故意不配合工作,致使这次参观工作并没有取得良好效果。红旗社的生产条件优于红光社,在竞争中红旗社成员自是感觉到了优越感,也

---

① 这种被规划的现代时间意识,在柳青的《种谷记》和《创业史》中有更宏大的表现和认识,见前文第三章第一节中"合作化中的现代象征"和第七章第一节中"想象乡村可能的现代"的相关内容的论述。

② 李准:《冰化雪消》,《长江文艺》1955 年第 7 期。

处处想显示这种优越感,这也是对自己红旗社价值的一种认同。但这种显示,势必造成对生产条件不如自己的红光社的挤压,因而也遭到红光社社员的反对,以致两社的矛盾越来越突出,逐渐演变成了两社成员的意气之争。红旗社社长郑德明对红光社好意的提议,得不到红光社的认同反被冷嘲,红旗社故意逼迫红光社还回借自己社的二百三十根椽子,以致红光社要锯掉才长到一把来粗的小梧桐树,而在河滩上开荒争地时,两社社员几乎为土地打起了架。虽然最后郑德明以批评自己社里副社长刘麦闹缓和了两者之间的矛盾冲突,但实际也挫伤了刘麦闹的劳动积极性。在与红光社的竞争中,刘麦闹显示出了极大的劳动热情,但这种劳动热情又刺伤了红光社社员。如果不与红光社竞争,势必会降低红旗社社员的劳动积极性,如果竞争又会损害红光社的利益。红旗社不与红光社争利,最终实现共同发展符合社会主义的价值追求,但不争利又不能促进两个社的发展。因此当红旗社社长郑德明提出让红光社多开荒地时,遭到了红旗社成员的极大不满,为此刘麦闹甚至要不当副社长,痛哭一场。红旗社和红光社矛盾冲突的首要问题是社会资源分配公平的问题,其次是共同发展与竞争发展的冲突。按照社会主义公平原则,会保护弱势的红光社缩小其与红旗社的差距,但是这样的结果又是以打压红旗社的竞争积极性为代价的,李准在这里提出了社会发展过程中不同利益群体之间关系的新问题。

对这一问题的解决,作者是把两社小集体的利益冲突放在更大的乡、县的共同发展中来解决的,这一解决模式再次回到了公私利益冲突的模式中。在李准的《不能走那条路》中,宋老定个人发家的理想最终要融入集体发展中,同样红旗社和红光社之间的问题,相对于乡、县的发展来说就变成了具有私人性质一样的小集体,他们各自的利益最终都要汇入到具有更大公共性质的大集体中。类似红旗社和红光社这样利益集体之间冲突的问题普遍存在,比如乡与乡之间、县与县之间、东部与西部之间、城乡之间以及部门与部门之间、行业与行业之间,利益的冲突如何公平化,同时又不抑制利益集团的竞争性,这样的问题在80年代之后明显凸显出来。作家看到这些农村小利益集体之间的不公平性和竞争性,把问题的解决转向上一级部门,用小集体和大集体之间的利益关系来理顺两者之间的关系,这样两个社之间由原来的竞争关系变成了互相帮助关系,郑德明让红旗社的大车帮别的社拉了谷子,后来各社作为回报也给了红旗社帮助,在这种互相来往中逐渐消解了彼此之间的怨气，然这种德性式的方式并不能深层解决利益集体之间利益冲突的问题。

葛洛的《社娃》[①]，描写的是两个生产队在浇水过程中的利益冲突问题，再次凸显了利益集体之间的矛盾冲突。姚村生产队由于没有积极响应上级抗旱动员，导致队里几百亩的秋庄稼面临绝收的危险。公社从新近成立的机耕队里调来一台拖拉机带动水泵准备在永丰大渠提灌浇地，拖拉机长是姚村人们养大的社娃。但在谁先浇地的问题上，姚村生产队和刘庄生产队发生了分歧。姚村生产队队长陈明山认为社娃是自己队里出去的人，更重要的是自己把他从小拉扯大的，因此认为社娃给自己队里先浇地肯定是没问题的。虽然陈明山跟社娃谈了好多乡里乡亲的感情，也让社娃很是感动，但在浇地的先后顺序上，社娃仍是坚持了原则，乡情让位给了原则，队长陈明山被惹恼。如果小说仅此而已也可以算是一篇完整的小说，可以表现新的价值原则和亲情的冲突来体现新旧思想的冲突。这篇小说的独特性在于，它继续写出了在浇地过程中姚村生产队和刘庄生产队的冲突。

管理区的田支书回来后，决定最先给姚村队浇地，因为姚村队庄稼旱得最严重，可机器抽水到渠里，由于姚村水槽修得不坚固，经不住水头冲击，水渠被冲垮了无法修补，只好把水接到刘庄队水槽上，大家抢修水渠。给刘庄浇地一半后刘庄地也出问题，刘庄的一些地没有整平，低洼处已是一片汪洋，而高处地水又上不去，人们忙着疏导水流仍无法浇透地。这时姚村水渠已修好，刘庄队长跟姚村队长陈明山协商看能不能先浇姚村的地，等他们平整土地后再浇，但这一要求被陈明山拒绝。原来姚村陈明山听信农民姚天保主意，一面等晚上下雨，另一面要第二天天明好浇地时再浇地。在这里，陈明山无论是先争取早浇地，还是后来的迟浇地，都是为了姚村的地，是为自己集体着想的，并不考虑刘庄等的浇地情况，这样，陈明山的集体便只剩下自己领导的姚庄，没有了更大的集体，这样的集体仍是一种私有小集体思想。小说以此事件来批评类似陈明山这样干部的小农意识，让社娃和田支书在更大集体利益层面考虑浇水问题来教育陈明山，是对更高层的社会主义意识的认同。小说中有一社员对陈明山的批

---

① 葛洛《社娃》，《解放军文艺》1960年第11期。

评说明了这一问题：

> 他这个人，给群众办事是一个心劲，可就是老毛病至今不能改：遇事总怕姚村吃亏，总想给姚村多争些便宜。他就没有仔细想想——如今我们大家都在一个公社里，啥叫吃亏，啥叫占便宜，还能用过去那老眼光去称去量吗？

小说最后是批评了陈明山这种只为自己集体谋利益的私有思想，陈明山也认识到了自己的不对，想到的是刘庄夏种时候对自己借玉米种的帮助，认识到："天下农民是一家嘛，何况如今成立了人民公社，自己的心里哪能只装着一个姚村呢！"小集体利益的问题最终划入了对更大集体利益的认同中，也就是对社会主义价值的认同。小集体与大集体的关系最终仍以虚化的方式解决，社会主义大家庭的集体优越性表现仍欠丰富。

第二节 望城：城乡关系的现代想象

中华人民共和国成立初期小说题材多集中在农村，城市是或隐或现地出现在乡村书写的背景中，多数作家还没有获得城市生活写作经验，城市生活对他们显得陌生，再加上对城市的不同态度，因此中华人民共和国成立初期在城乡关系的书写中，以乡村为主，城市仅是乡村的一种参照对象。不过，城乡在不同作家的想象中呈现出不同关系，作者们也并非一味认同乡村文化而对城市价值采取批判态度。这一时期的乡村小说中，多书写乡村青年对城市的想望，对渴望通过婚姻、学习和调动工作来进城的想法普遍给予了批评，对城市现代技术和文化又持有想望态度。想望城市的乡村青年只有将以城市为代表的现代技术和文化带回来建设乡村才能被乡村世界认同，如果离开乡村进入城市不再回来则要被严厉批评，城市青年被鼓励下乡参加生产劳动，这种生产劳动带有对城市青年改造的意义。对乡村生活现代变革的书写和对城市想望的书写都是社会主义价值想象的一种表现，探析不同城乡关系书写的复杂性，可以看到当时作家对社会主义现代化过程的不同理解。

一　多重城乡关系

汪曾祺的《羊舍一夕》① 是对童年经验中城乡关系认识的书写。这是一篇很独特的小说，小说中没有乡村红火的劳动场景，也没有城市的喧嚣紧张气氛，只有四个乡村孩子坐在一起，自由自在地叙述现在生活，想象自己未来生活。有人要守在乡村，有人要进城，在舒缓随意的行文中流露出对童年消失的感伤和对城乡生活的思考，城乡在小说叙述中地位是平等的。

小吕十四岁，在果园当工人，他"登上高凳，爬上树顶，绑老架的葡萄条，果树摘心，套纸袋，捉金龟子，用一个小铁丝钩疏虫果，接了长长的竿子喷射天蓝色的波尔多液……"成年人看来累人的爬树活，在他看来如同玩游戏。以游戏心态去做果园工作，小吕觉得快乐。老九放羊，别人认为放羊不好，会把人变懒，他觉得放羊时可以看到好风景：

> 羊群缓缓地往前推移，远看，像一片云彩在坡上流动。天也蓝，山也绿，洋河的水在树林子后面白亮白亮的。农场的房屋、果树，都看得清清楚楚。一列一列的火车过来过去，看起来又精巧又灵活，简直不像是那么大的玩意。真好呀，你觉得心都轻飘飘的。

他更陶醉于"抓鸟吃肉，上树摘果"的趣味。留孩常到厂里去看望丁贵甲，好奇于厂里的事物。年龄最大、经验最丰富的丁贵甲也是童心未泯，18岁的他仍喜欢"摸鱼，捉蛇，掏雀，撵兔子，只要一声吆唤，马上就跟你走"。这些乡村孩子生活在童年时代，自由自在，但随着成长，想象自己未来的生活，在城乡工作的选择中他们要离开自己的童年时代了。

四个小伙伴在一起考虑他们的未来成人生活，小吕要留在果园，留孩去农场当牧羊工，老九想成为一名炼钢工人，丁贵甲要去参军。无论是留乡还是进城，他们的价值选择也是当时青年对城乡的一种价值选择。不过在这种想象性的选择中，留乡和进城都是参加社会现代建设的一种价值选

---

① 汪曾祺：《羊舍一夕》，《人民文学》1962 年第 6 期。

择，城乡并没有等级区别。

年纪稍大的老九和丁贵甲具有强烈的进城意识。老九在舅舅和父亲影响下要进城当工人，他渴望自己能像电影里和招贴画上的工人一样，"戴一顶大八角鸭舌帽，帽舌下有一副蓝颜色的像两扇小窗户一样的眼镜，穿着水龙布的工作服……戴了很大很大的手套，拿着一个很长的后面有个大圈的铁家伙"。丁贵甲自幼吃苦，他早就打算要去参军。不过老九和丁贵甲在决定进城时，对乡村生活仍有留恋。他们在乡村中度过了自由快乐的童年，城市生活是被组织起来的，相比而言，反而是留在乡村果园的小吕和留在牧场放羊的留孩，保持了生命的自由状态。小吕仍可以自由穿梭在果林间，以游戏心态去面对繁重农活，留孩也可以看到老九放羊时看到的风景，体会到"抓鸟摘果"的乐趣；而老九和丁贵甲进城，不管是当工人还是参军，都将有严明的纪律约束，他们要融入成人世界，童年自由状态在踏入工厂、军队时消失，留给他们的只有多年以后的回忆。《羊舍一夕》这篇奇怪的小说，在对流逝童年生活的回味中，在一定程度上对现实生活中重速度、效率的现代生活有细微的反思。

茹志鹃《静静的产院》[①]中既有对城市价值的认同，也有对乡村情感的理解，在谭婶婶和荷妹的微妙关系中触及的是乡村话语在城市文化前的不平等性。

谭婶婶本是一个乡村妇女，开办产院让她对城里的卫生文化有了认同，在形成她新的价值意识时也让她成为乡村中一个新人。通过进城学习和建产院，谭婶婶接触了现代卫生文化和现代医疗技术，确认了自己产科大夫的新身份，在村中到处宣传卫生科学。如城里医院的医生一样，她会打针、作产前检查、量血压、抽血、缝线、拆线，她甚至模仿城里大夫把自己脑后那个发髻剪成短发，大家见了她都带有了一种前所未有的敬意。谭婶婶对自己身份的认同不光源于思想和能力，还有自己建成的全新的产院，刷白的产院，雪白的电灯，敞亮的产房，各种器械，面对按照城里医院建成的产院，谭婶婶"恨不得立时来一个产妇，她真想在电灯光下面接生，就像在镇上，在城里的医院里一样"。在把自己变成城里大夫模样时，她的价值观也在变化，她不再满足于个人物质追求，而把自己的工作

[①] 茹志鹃：《静静的产院》，《人民文学》1960年第6期。

与为大家服务联系在一起,她为自己是一个对大家有贡献的人而感到快乐与幸福。在她这里,劳动的意义发生了变化,劳动不再是个人谋生的手段,而是为社会做贡献的工作,她自觉地为集体忘我地工作,这种认识让"劳动者成了劳动的主体,劳动不再单纯是为自己的生活资料,更重要的是为了集体和国家,劳动变成了实现人生价值的实践活动。因而,劳动者变成了社会的主人翁"[①]。谭婶婶对自我的认同和对劳动价值的看法,都是从乡村外的城市学习来的,在这里乡村外的城市文化和价值观带来了乡村现代卫生意识的萌芽,谭婶婶认同外来城市的现代文化和现代技术并努力模仿实践。

然而就在她盼望的新人荷妹从城里培训完回到产院工作时,谭婶婶却和荷妹产生细微冲突,这种冲突表层看似是新旧思想、城乡价值的冲突,深层却是城乡不平等意识的体现。

《静静的产院》一开头就在营造乡村的现代化场景,产院在灯光照耀下放着光,河边电动抽水机和俱乐部无线电收音机的声音都传得很远,球场电灯下青年突击队还在打球。在有电、机械和文化活动的乡村现代背景中,城里来的产科医生女孩荷妹"啪的一声扭亮了电灯",强有力的照在谭婶婶眼前。与乡村谭婶婶相比,荷妹对产院里这些在乡村看来新鲜的东西很是熟悉,在谭婶婶领她参观产院时这位城里来的大夫发现了产院的许多问题。带着对城市文化和医疗技术的权威感,荷妹自造自来水洗手,特地给谭婶婶做了一顶白护士帽,带领产妇做产后体操,为产院带来了更新的东西。与谭婶婶相比,荷妹身上更充满城市气息。谭婶婶和荷妹都是认同城市文化宣传卫生知识的人,都具有工作的主人翁意识,然谭婶婶无缘无故地对青年助手荷妹对产院的改造感到心烦意乱。这是谭婶婶对荷妹代表的城市现代技术、观念的拒绝吗?

谭婶婶与荷妹之间的细微冲突是城乡不平等观念的体现。荷妹是城市来的产科护理人员,掌握着更新的科学卫生知识,因此在产科专业知识上,她更具有权威性。小说中,荷妹问的两个专业问题就让谭婶婶失去了在产院中的权威地位。第一个问题是遇到产妇不顺产的危急情况该怎

[①] 朱鸿召:《延安日常生活中的历史(1937—1947)》,广西师范大学出版社 2007 年版,第 57 页。

办，谭婶婶自己处理不了这种情况，只能给城里打电话，而荷妹可以独立处理产妇不顺产的危急情况。第二个问题是"洗手"的事，这对谭婶婶来说完全是个新问题，她根本就不明白荷妹为什么忽然问这个，而荷妹知道洗手是接生的卫生要求。这两个问题让谭婶婶在荷妹跟前失掉了有关接生的话语权。谭婶婶给荷妹讲述产院的建设过程，展示各种医疗器械来说明产院的发展，然荷妹对这些并不关心，她只是在用城里医院的标准来看待谭婶婶建立起来的这个产院，这样荷妹看到的更多的是产院中存在的问题，却看不到谭婶婶辛劳工作的价值，这就有了价值冲突。谭婶婶是要给荷妹展示乡村产院的发展过程以及在这个过程中自己工作的贡献，荷妹却是直接用城里医院的医疗标准来衡量这个乡村产院的医疗标准，在这样的错位中，谭婶婶感觉荷妹没能看到产院发展中自己工作的成绩，而荷妹感觉到的是谭婶婶产院工作中存在好多需要改进的问题。荷妹的态度让谭婶婶生气，"二丫头，这里不能和城里那些大医院比"。她把抽屉一只一只关好，不想再给这姑娘说什么看什么了："跟她没什么可谈的，早些打发她去睡觉。"谭婶婶感到心里很"郁闷"，城乡价值观念在这里显出差异。

多有批评者认为这是保守思想和进步思想在谭婶婶头脑里的斗争冲突，笔者认为谭婶婶对新技术、新观念是接受的，她不能接受的是以荷妹为代表的城里人对以谭婶婶为代表的农村人的那种根深蒂固的偏见、看不起农村人生活的那种不平等的态度。不可否认，荷妹所带来的新技术和新理念是先进的，但她所带来的城里人天生的对农村人不平等的认识伤害了谭婶婶。虽然荷妹知道的东西比谭婶婶多，但谭婶婶在当时的社会历史条件下建立起一所乡村产院已经很不容易，她应该受到尊重。荷妹初到产院，造"土自来水"，让产妇做操，她没有跟谭婶婶协商，想怎么干就怎么干了，对谭婶婶的劳动视而不见，这里夹杂着对谭婶婶看不起的成分。之所以会出现这种事与愿违的局面，是因为谭婶婶、荷妹对城乡文化地位的认识上存在着尖锐的矛盾。

在荷妹看来，"城市"里的东西都是先进的，"农村"的一切都比不上"城市"的，所以她一来产院就毫不保留谭婶婶在产院所做的工作，在产院里做起自己心目中的事情，将谭婶婶好不容易建起来的产院弄成了荷妹心目中所认为的产院。当然从技术、医疗水平上来说，荷妹的确带来了新技术，但同时荷妹也因这种技术优势产生了对乡村谭婶婶的不尊重，因此谭婶婶感到失落。即使如此,谭婶婶并不是保守落后的乡村农妇,小说最后也写谭婶婶主动向荷妹的学习,在荷妹的技术指导下,谭婶婶洗手消毒,成功地接生出婴儿,学习新的知识技术,实际也是对城市代表的现代价值的再次学习。产院的变化,是乡村现代化过程的细微表征小说所表现的既不是谭婶婶对新技术、新观念的拒绝,更不是城乡社会价值冲突,而是在现代化追求中以荷妹为代表的新人在宣传新技术、新理念的时候带来的对以谭婶婶为代表的旧人的那种不尊重和偏见,从文学话语来说就是城乡文化的不平等。在五六十年代城乡书写中,城市多为消费性的,当涉及思想文化技术时又肯定城市对乡村的改造性。茹志鹃在1960年写《静静的产院》时,敏锐地感觉到了城乡文化的这种不对等性。

马烽的《韩梅梅》关注返乡知识青年问题,马烽通过塑造韩梅梅的形象来想象返乡知识青年在乡村的新生活,体现了对城乡关系的思考。小说讲述的是一个没有考上中学的女学生回农村参加农业生产的故事,是对留守乡村的叙述,也是对乡村新女性的一种想象。十七岁女孩韩梅梅没考上中学回村,立志要做一个有文化的农民。先是喂养社里六十四头猪,养猪的活又脏又累,别人瞧不起。作为一个受过教育的高小生,恰恰是不安于现状的精神让她总想去改变现在的生活状态,不过她的不安于现状不是想进城,而是想改变自己在乡村中的生活状况,这是返乡知识青年身上一种非常可贵的革新精神。韩梅梅养猪,读报学习经验,在她的提议下改变了猪圈卫生,降低了猪的死亡率,也改变了人们对养猪工作的认识,村民也开始认同外面的文化知识。后来,韩梅梅到省城去参加更高级的养猪培训,这样结局的一种叙述其实是马烽的一种理想化叙述。返乡知识青年的确只有把自己所学的文化知识运用到劳动生产中,才能发挥作用,这是赵树理、马烽等对乡村知识青年的期望,但在实际生产中,知识青年在学校所学习的文化知识可能并不能直接服务于乡村生产,而知识青年又自认为自己比普通农民高人一等,或是不一样,结果很难脚踏实地的学习农业生产知识,倒是这些知识青年身上体现出的强烈的不安于现状的变革意识是推动乡村变革的重要力量,这种不安于现状的精神只有在积极参加生产劳动的过程中改进农业生产技术,改变乡村生活观念时才能被认同。韩梅梅并不是直接把自己在学校所学的知识运用到了生产劳动中,而是在主动参加生产劳动、积极学习乡村生产经验过程中才产生了这种变革意识,这才是她身上体现出的独特性。乡村的变革不单需要有文化的知识青年，更需要这种能够参加生产劳动并有变革意识的知识青年，这才是作家们想象的乡村新青年。

与韩梅梅的留守乡村不同，小说中还有一个奔向城市的乡村青年张伟，他遭遇的是另一种生活状态。张伟也没有考上高中，看榜回来后不愿见人，认为乡村劳动没前途，便去省城太原找事做，当过勤务员，也当过机器厂工人，都嫌工作脏、累，不自由，认为"还不如种地哩"，最后又返回村中，这一形象反衬了韩梅梅返乡参加生产劳动的合理性。

马烽创作这篇小说的初衷源于1954年春天《中国少年报》和《中国青年报》对其的约稿，两报约其写一篇反映高小毕业生参加农业生产的小说，"我了解到高小毕业生轻视劳动，不安心农业生产的现象相当普遍，甚至有的因为考不上中学，悲视失望，心灰意懒"[①]。虽然《韩梅梅》中，已没了对这些乡村知识青年留守乡村的惋惜情绪，并通过对进城青年张伟经历的书写再次肯定了韩梅梅扎根农村的价值选择，不过作者还是认为，这些有一定文化的返乡者由于难以解决在生活工作中遇到的问题，以至他们难以在农村中长久留住，城乡问题的深层原因暴露出来，小说重心放在这些回乡知识青年面临各种问题的解决上，恰是对现实生活中不能解决这些问题的一种设想。

二 望城与返乡

在大多数乡村青年的意识中，城市生活代表着未来新生活，乡村生活落后没有前途，如何让这些想望城市的青年安心乡村劳动生产，五六十年代小说在想象着扎根乡村建设青年榜样的德性时，也在讨论着如何让青年在思想认识上安心农村工作，作家在涉及这一问题时，有对望城青年的教育，有对被迫返乡青年的批评，有对乡村未来生活近景的想象等。

秦兆阳的《在田野上，前进!》[②]，在写农村青年的爱情、入社思想中也触及城乡复杂关系，体现的是对望城青年的思想教育。农村姑娘周梅仙对农村青年栓子最终变心，并不是出于感情，而是价值选择，她不愿意嫁

---

① 马烽：《关于"韩梅梅"的覆信》，《文艺学习》1955年第7期。
② 秦兆阳：《在田野上，前进!》，作家出版社1956年版。

给一个庄稼汉,不愿意一辈子在庄稼地上劳苦,嫌弃栓子家的雇农底子,她的理想是嫁给一个城里人,在婚姻关系上明确体现出对城市的向往。小说中像梅仙这样向往城市,不愿意嫁给农民的姑娘在农村大有人在,她们要么想嫁城里干部、工人,或者想到城市里去找事情做。县长张学意识到这不是个小问题,"要是姑娘都不愿意待在农村里,小伙子们就都要像栓子似的不安心,还靠谁在农村里建设社会主义呢?"但张学简单地认为这是乡村教育不够的原因,其实单纯靠德性教育并不起作用,这只不过是身居城市者的一种官方话语,而乡村青年吴小正指出了问题症结:"他们青年团里面进行过爱国主义的教育,增加生产的教育和有关农业技术的教育,也开过苏联集体农庄的图片展览会……可就是对于农村社会主义前途的教育没有办法进行得很具体和很有说服力,青年们都觉得集体农庄好是好,可不知道那一年才得到。"这才是关键的问题,"青年们都觉得集体农庄好是好,可不知道哪一年才得到",鲁迅说过:"我要借了阿尔志跋绥夫的话问你们:你们将黄金世界的出现预约给这些人们的子孙了,但有什么给这些人们自己呢?"① 对青年的教育不能只依靠思想动员,怎样让他们在农村切实感受到未来生活的希望才是核心问题,谁能解决这一问题呢,乡村社会主义的实际变革不能只预约在未来,谁能真正给予乡村青年这种切实的希望呢?

小说中尝试解决这一问题的是乡村干部张俊。他没有直接给青年做思想工作,而是先举了比较安心乡村工作者,如青年贞妮儿、王香儿等的例子,然而贞妮儿这个最坚韧地留守于乡村的年轻姑娘,对城市的想象是:

> 我没到过城里什么地方,可我听见人们说过,那儿是个不长草儿的地方,也连个透气儿的地方也没有,尽是房挤房车挨车,连走道儿都不敢放大胆地走。哪有俺们乡下畅快,俺们这儿多好,春天夏天到处是青枝绿叶,秋天一眼看去没个挡头,又守着一条河,说夏凉,我就爱在河堤上走道儿,我爱悄悄跑过去吓唬小鸟儿,还有你们想热天夜里在瓜棚里一躺,在大宽场上一躺,风儿嗖嗖的,蛤蟆咕咕,那儿

---

① 鲁迅:《头发的故事》,《鲁迅全集》(第1卷),人民文学出版社2005年版。

有多好。活儿累,生活苦,咱又不是资产阶级,要是没有什么活儿,我还痛苦呀!还闷得慌。

这位乡村青年对城市现代生活没有一点意识,而她还是一个乡村青年团员,她不明白乡村改革的现代思想就是源于现代城市,城市才是现代文化思想的发源传播地,是现代科技的中心。她心目中的乡村充满诗情画意,没有乡土小说所展现的人们生活困苦、思想闭塞、生产落后、效率低下的问题,明显的这个乡村不是贞妮儿的,是作者美化想象的乡村。

在肯定了扎根意识后,张俊又纠正了贞妮儿对城市的误解,将城市与乡村建设联系起来,描绘了乡村的近期未来。他认为将来农村需要很多领导干部和专门人才,如农业家、会计人员与电器工程师、拖拉机手等,这些专业技术人员都要到大学生、中学生中去找,也要到庄稼小伙里去找。这一说法中,乡村被放置在服务于城市的地位上来肯定其价值,乡村并不具有独立的价值,城市文化价值高于乡村文化价值,结果这样对城市的介绍让这些安心乡村的青年"瞪着眼,红着脸,谁也说不清自己的心里是什么味儿,谁也不知道自己的脑子想些什么"。张俊的这种说法与其说是让青年安守乡村,毋宁说是逃离乡村。张俊的这种价值判断是来自城市的,并不是来自乡村的。如何解决吴小正说的问题,要给乡村青年很具体有说服力的社会主义前途构想,小说中张俊给这些乡村年轻人描绘了社会主义前途:

> 省里面正在规划一个根沿曲龙溪的水利计划,明年冬天就可能有一部分工程要开始动工。几年后,就可以从这里坐小火轮直到省城;河西边的大堤会变成汽车路;路西边的地里,尽是一条条的渠道,人们可以随着自己的意愿引水浇地,到那时就再也不会有水灾旱灾了。另外,还要在这条河上游山地里修发电厂。

这里对未来乡村建设的设想建立在乡村即将开始的在交通、水利、能源等方面的基础建设上,这种规划的实施才会真实地对乡村建设带来现代化变革,这样乡村建设的理想规划不再显得遥远、模糊,而是具体、可实践了,也才能部分地解决乡村青年留守的思想问题。

秦兆阳的《玉姑》① 中，作者对望城青年采用的就是一种批评了。乡村女性为了实现进城愿望，采取婚姻方式，追求城市青年。小说中的区委书记何文洁，是城里人，下乡时吸引了乡村女孩玉姑的爱慕，玉姑希望能通过婚姻进入城市。在玉姑眼中，何文洁有文化，"瘦高个儿，白净脸盘，又浓又黑的眉毛，黑白分明的很秀气的眼睛，平常全身的衣服穿得干干净净，举止动作很优雅，说话的声音柔和而清楚"。玉姑的眼光一开始就不是用乡村中的恋爱审美价值来选择对象的，诸如对方的德行、能劳动的身体等，而是被这位城里青年的城市身份吸引，她认同的对方体貌都跟乡村生活无关，如"瘦高个儿""白净脸盘""干干净净"的衣服，"柔和"的声音、"秀气的眼睛"，这不光是一个城市青年，而且是一个文职干部，更像一个城市知识分子，这样的城市青年天然地对农村女性具有吸引力。然而这里的问题是，玉姑是乡村中心眼儿、模样儿最拔尖的姑娘，更重要的是她还是一名高小毕业生，有一定文化程度，是一个接受了现代革命新思想的共产党员。如果这样优秀的乡村女性一心想望着城市的话，也就是所有乡村青年女性都对城市生活充满了这种想望，只是只有少数有一定资格的人才能够进入城市，无论是靠考学、社会关系，或者是婚姻等，而大多数人只是心怀想望而无法实现罢了。在这样的眼光中，乡村女性明显是仰视着城市文化的。

不过，对玉姑的感情，何文洁选择了保持距离，即使玉姑与普通村姑相比有威信、有气质，更有美貌与热情，然而在城市青年何文洁心目中，玉姑仍是一个普通农村姑娘，即使玉姑比较明确地表达了对何文洁的爱意，何文洁还是控制住了自己感情的冲动，将两人的关系限制在男女同志之间，玉姑对城市青年何文洁的感情不过是春梦一场。其实从始至终，在两人关系中，玉姑一直就处于被动地位，等待着城市青年何文洁对自己的接纳，而掌握着主动权的城市青年对玉姑也不过是一场游戏罢了。

在秦兆阳的这两篇小说中，无论是周梅仙，还是玉姑，她们只是对城市有一种模糊的向往，最终也没能到达城市，还是无奈地待在了乡村。从作者在小说中展示的城乡关系来看，乡村在城市面前是被动的，如同玉姑对待何文洁一样。不过，康濯的小说《水滴石穿》和《春种秋收》中的

---

① 秦兆阳：《玉姑》，《新港》1957 年第 7 期。

乡村女青年则是到了城市,最后又被迫返回了乡村,再次说明了乡村青年城市想象的不可靠,对城乡关系的理解要更加深刻。

康濯小说中乡村知识女性对城市的想望有两种层面:一是对城市物质生活的想望;二是对城市现代技术、文明的想望。这样的问题在同时期大量作品中都得到表现,不过康濯小说的独特之处在于,他不是单纯地将这一问题放在想望城市的乡村女性的价值观上,而是将这一问题的思考放在了返乡女青年的城乡价值观上,与那些还在乡村想望城市的知识女青年相比,这些离开乡村走进城市,并在城市有了不同遭遇后返乡的女青年,对城乡问题有更深切的感受。这些返乡的女青年有两种类型,一类是被迫留在了乡村,仍在想望着城市;另一类是想望城市后最终守在了乡村。前者有《水滴石穿》中的张小柳,后者有《春种秋收》中的李玉翠,对这两类人物的思考体现出康濯对这一问题的深刻思考。

《水滴石穿》[①]中穿插描写了一个城市失败者被迫重新回到农村的故事。乡村女孩张小柳初中毕业没考上学,只好回到乡村在互助组里当会计,三个城市来的初中同学来农村参加"打铁火",他们"都穿上山地农村要算摆阔气的皮鞋",穿戴上男同学是"棉夹克和栽绒帽子","女学生是紧身小袄与鲜绿的头巾",小柳被他们的"时尚"装扮和"迷人"气派深深吸引,开始不再安心劳动,学习嫁接技术也不再用心,开始与乡村的男朋友整日吵架,因为她心中产生了进入城市的想法。后来张小柳抛下男朋友离开乡村去城市找工作了,然而在一段并不成功的"城市冒险"之后,小柳又被迫无奈地回到了农村,要与男朋友和好,这是一个高加林的早期版本故事。通过这样的小说,作者来教育乡村青年要安心农业生产,不要对城市生活产生不切合实际的幻想。然而小说中留守在乡村的女青年申玉枝这样反问张小柳:"你如果考上学校,进了工厂,找了称心的工作,或是你那个好同学跟你一直好下去,你还会想起他?你还会回来?"这是一个不需要回答的问题,小说本意是要说明张小柳最后应该返乡,教育乡村女青年要安心乡村生活,但申玉枝的反问体现了张小柳返乡的无奈,再次暴露了城乡生活严重的不平等,这些乡村青年只是没有办法进城,只要有机会他们仍会想方设法地离开乡村进入城市的。

---

① 康濯:《水滴石穿》,《收获》1957 年创刊号。

张小柳是被迫回归农村仍想望城市的乡村女性青年,《春种秋收》①中的刘玉翠也是从城市返回乡村的,不过最终认同了乡村生活。小说中的高小毕业生刘玉翠,在学校当过团干部,有知识,有长相,虽然没考上中学,却有想去城市的想法,一方面"城市的妇女当中,有田桂英,有郝建秀,有抗美援朝的光荣女护士,有说不尽的远大前途"。这些英雄榜样,让自己的进城合法化。另一方面她也醉心于"城市的电灯电话,高楼大厦;花衬衫,洋裙子,妇女们的头发听说都是一卷一卷的",想通过婚姻走进城市,来追求个人前途,其进城带有私人性质。这种进城想法让她不安于农村的生活方式,认为农村的生活方式是停滞的,艰苦的,没前途的。因此在上学改变命运的路不通后,她转向了婚姻,希望嫁给一个外边来的干部,把自己带出去,去追求自己对城市生活的梦想。在这样的思想下,她眼中的周昌林是"一辈子待在个老山沟里,初小都还没有毕业,只会个笨劳动,没出息的人",因此她拒绝了媒人说媒。

刘玉翠寻找着机会,喜欢上了一个从城里来的县青年团副书记,虽然他对玉翠也有意思,但这个外来者最后去省城学习,离开了农村,作者怕这样书写丑化干部形象,有意识解释说"去省城学习是组织决定的",让刘玉翠失去了进城机会。即使失去了依靠干部进城的机会,玉翠对城市生活还是充满了幻想,这一次想象是把自己的进城合理化,她想象自己的进城是去城市学习新知识新技术,她要成为"中国的第一女拖拉机手将军"。后来刘玉翠重新有了进城机会,她不是去城里学习知识技术,而是因为城里百货公司的干部看上了她,只要她同意就可以实现城市生活梦想。不过小说没有延续一般的叙述套路,而是描写刘玉翠的思想转变,让其主动拒绝了这一被认为是单纯贪图物质生活的进城想法,选择扎根乡村。这样小说就有两种进城叙述声音,单纯想改变生活处境的进城想法是一种不安分守己的表现,变革乡村建设而向城市学习文化技术的进城是被认同的。

小说中漂亮的刘玉翠未能进城,下地劳动重获乡村接纳。从这点上说,她是在经历了城市的遭遇后并看到了自己只能待在乡村的现实后,才能真正安心于乡村生产劳动的。没有能够进城,有了城市经验的刘玉翠与普

---

① 康濯:《春种秋收》,作家出版社 1955 年版。

通的乡村女性有了很大不同，对自己的生活不再听天由命，而是有了改造乡村生活的新意识。同样是劳动，在劳动间隙刘玉翠看书、读报，有着强烈的学习城市文化，先进技术的想法，她把学来的新技术运用到种地上，体现出明显的不安于现状的特点。后来在听说和她一起高小毕业的一个女青年在城市里找不到工作时，她更加确认了自己留在乡村的正确性，这时的她是完全心甘情愿地留在农村，并同意与乡村青年周昌林结合，共同建设农村。

　　刘玉翠先有强烈的进城想法，后来进城与百货公司干部的交往让她重新返回乡村，返乡后刘玉翠的乡村日常生活不再与城市文化相隔绝，恰是对城市现代文化和技术的接受让她这样的乡村青年对乡村生活产生了更加强烈的变革意识。他们虽然生活在乡村，但在精神上并不完全认同乡村旧有文化，吸引他们的仍是外来城市文化，乡村生活发生细微的变化。如刘玉翠和对象周昌林两人上地劳动时一同看的那张报纸《青年报》就是一个象征。这张报纸吸引了一心向往城市生活的玉翠，报纸这样的文化载体并不属于农村，玉翠与昌林两人就报纸上的内容大谈国家的第一个五年计划，这些谈论内容和学习方式恰是对外来城市文化的认同，这些返乡的知识青年只是人生活在农村而心在城市文明的青年，这样的青年身上有一种强烈的变革乡村的意识。

　　一张报纸，把城乡联系起来，通过读报学习类似的方式，让青年安身于农村，安心接受外来城市文化，不过这种认同中仍有价值的分裂。小说中刘玉翠和周昌林依靠新式科技种田，在城乡关系中，显示出外来科技的进步，乡村从属于城市，然而从文化属性上来说，乡村在这样的关系中会失去自足性，乡村文化需要被改造，而这是一个复杂的问题，作者看重城市的技术，却并未涉及文化属性上城乡的关系。无论是昌林种田时使用的拌种、施肥、密植新技术，还是玉翠进城买化肥，青年完全认同城市技术文明。后来在生产中感觉到自己文化知识的不够，回想起自己在中学学习的时光来，想象着重新进城学习城市才有的文化和技术，以实现自身更大价值，这里重新滋生的进城想法与最初的进城想法不再相同，而得到了乡村的合法性认同。因为此时自己的进城不再是对城市物质生活的渴盼，进城是为了学习、提高自己，将来重回乡村参加建设。城乡关系中，青年的进城只有在这样的价值基础上，才具有合法性。

不过这样的认识并不是从刘玉翠自己心中产生出来的,刘玉翠并不具备这种思想区分能力,这种思想源于党的干部化身——在省里受训的团委书记。在县城里刘玉翠与其讨论过城乡问题,副书记曾在下乡时批评过玉翠不安心农村生产,然而在后来讨论中又认为城市工人生产效率要远远高过乡村农民生产效率,在认同城市生产高于乡村时,玉翠更加矛盾,进城从事工业生产不正具有合理性么?对此问题副书记有一段叙述:

> 咱们盼着国家建设得更快更好,这当然应该。不过,你好比现在城市就忙得了不的;生活也高,吃的东西比农村贵,住房都挤得要命……可咱们有些农民却把城市看成个捡洋捞的宝地,不知道建设国家也得建设农村,也得靠咱们多办合作社,多打粮食来支援……咱们有些青年甚至还看不起自己生长的农村,看不起自己的邻居兄弟!就在国家建设得热火朝天的紧张时候,他们可还在闹情绪!他们没想到在农村里负起建设的责任,这才是国家的和自己的远大前途……

这段文字中,这位副书记首先强调了城市优先发展的合理性、重要性,明确说明农村要支援城市建设的服务地位。他批评的是农民进城对物质生活的追求,但玉翠认为既然城市建设需要工作者,那么青年进城的想法本身也就没有错,更重要的是城市是先进文化的代表,虽然有国家的原因不可能让大批农民进城,但吸收优秀青年进城建设城市也不应该有错,这样读书上中学进城的想法也就是光明正大的。乡村读书青年的这种想法被副书记认为是闹个人情绪的表现,认为乡村知识青年就应该只安心于农村建设,他并没有解决玉翠心目中的矛盾。

要让青年安心于农村,便要让农村有一种价值追求能够让其扎根农村,这种新的价值又不是农村自己产生的,是外来现代文化要赋予的,乡村文化渐失独立自足性。这样的矛盾性也导致了作家在表现城乡文化时总在不断摇摆,一方面强调乡村青年要扎根农村,但谈到乡村的未来建设时又肯定的是城市文明中工人阶级的先进性。副书记正是用自己所拥有的城市话语限定了乡村话语,在批评乡村青年的不安分时,自己却留在城市生活文化中,并没有真正进入乡村生活文化。刘玉翠在与副书记的对话中,是没有资格重申自己进城的合理性的,她也没有属于自己的明显能够代表乡村文化的话语资源,在这样话语中乡村成了城市文明规范下的乡村,并不具有独立性。玉翠只有接受团委书记的思想教育,因为她所向往的就是城市文明话语,这种话语规范了乡村话语,也就规定了玉翠在城乡关系中的位置,她只能去城市学习技术后重回乡村,建设乡村支援城市。在这样的关系中,乡村知识青年不断进入城市学习先进文化技术,再回到农村中进行生产劳动,然后支援城市建设,乡村自身的重要性、独立性不见了,乡村被编织进了城市话语中。

《水滴石穿》中张小柳进城的失败经验令她羞愧难当,面对申玉枝的诘问,张小柳只有可怜地祈求被乡村接纳,"我要回到农村,要劳动,要建设社会主义,要挽回我过去丢了的前途!""我没脸,我实在不想白天进村啊!"然而,张小柳的"这种羞愧之中有着复杂的深意,这既是对自己过去弃绝乡村行为的羞愧,更包含着一种被城市拒绝而不得不重返乡村的羞愧。因此,小说的最后虽说农村最终战胜了城市,但这种胜利很难说是乡村伦理的真正胜利,而毋宁说只是一种'虚妄的胜利'"[1]。同样,《春种秋收》中刘玉翠最后留守乡村,看似是认同了农村价值取向,不再进城,实际上恰是乡村话语的失败,她自愿待在乡村同样是被规范进了城市话语所规范的乡村话语中去了,她们只能身在农村,心在城市,一直处在精神分裂的状态中。小说最后周昌林自认为自己加入了党,就成了工人阶级的先锋队,把自己当成了一名工人,完全改变了自己农民的身份,这种改变再次意味着精神上的进城,而城乡的现实隔离问题仍是实在的。

三 下乡与改造

在城乡关系的书写中,除过对望城青年的思想改造,还包括对下乡城市青年思想的改造问题。

周立波的短篇小说《张满贞》[2] 就是一篇乡村话语对城市话语改造的小说。在乡干部融入乡村的过程中,小说表现了国家话语、城市话语对乡村生活的隔膜。小说中二十六七岁的张满贞作为整风工作组组长来到乡

---

[1] 徐刚:《"交叉地带"的叙事镜像——试论十七年文学脉络中的路遥小说创作》,《南方文坛》2012年第1期。

[2] 周立波:《张满贞》,《人民日报》1961年10月15日。

村,在小说叙事者"我"眼里,这位玻璃厂厂长有着明显的城里人身份和国家干部身份。晚饭后在公社食堂门口闲聊,张满贞就会谈起玻璃的好处,因为玻璃生产能替国家赚很多的钱,"你要晓得,在我们的生活里,没有玻璃是不行的呀"。张满贞在与大家的闲聊中立马会把自己的工作与国家利益联系在一起,然而对于乡村民众来说,他们更看重的是眼前的实际生活利益,因此有个小伙直接就顶撞了一句:"你能拿玻璃当饭吃吗?"顶得张满贞无话可说,谈话常常就这样终止。这种冲突源于说话双方使用的是两套话语系统,张满贞代表的是一种来自城市的国家话语,从管理者的角度来说话多了教导口吻,而那位冒失青年代表乡村大众日常话语,自由自在,因此对张满贞的话语总是充满对抗,这两套话语难以交融,以至每次两者之间的谈话一碰撞就中断,无法进行下去。

张满贞很忙碌,晚上总是开会到深夜,白天要不就下去做调查,要不就在房间研究材料,她穿着蓝斜纹布制服,偶尔出来闲聊两句来休息休息,但与大伙之间的聊天总是不流畅。一次下乡路上,"我"和张满贞、那位常说冒失话的青年三人同行。在路上,"我"在灰蒙蒙的雨织的帘子里,感受到的是乡村自然的美景:

> 雨落大了。粗重的点子打在三把红油纸伞上,发出热闹的繁密的脆响,跟小溪里,越口里的流水的哗声相应和。从伞下了望,雨里的山边,映山花开得正旺。在青翠的茅草里,翠绿的小树边,这一丛丛茂盛的野花红得像火焰。背着北风的秧田里,稠密的秧苗像一铺编织均匀的深绿的绒毯,风一刮,把嫩秧叶子往一边翻倒,秧田又变成了浅绿颜色的颤颤波波的绸子了。

这是一幅美丽的田园图画,充满了鲜艳的色彩,更充满了生机,对这种美景的欣赏流露出"我"对生活美的感受。但对这样的美景,玻璃厂厂长张满贞突然说"今年不会烂秧吧?"这是一种管理者意识,她没在意雨中自然的美景,担心的是庄稼收成问题。而那位乡村青年只是抱怨,"这种鬼天气,哪个晓得啊?""依得老子的火性,真要发他脾气了。"张满贞由此强调工业生产的可靠性,认为农业生产还是要靠天气,引起乡村青年的反驳,"那你为么子要离开工厂呢?""我"怕两者顶起来,忙用不相关的话岔开他们的争论。这里三种不同话语,有文人气的"我"对自然美景的欣赏,有社会管理者对生产的担忧,有乡村基层工作者的抱怨,三者声音交织在一起,谈话总不流畅。

张满贞在铁路新铺的枕木间,发现一块沾满泥水和煤渣的石英石,将其当宝贝一样地擦干净,并给我们介绍玻璃的专业知识,国家的需要,城里工厂的生活,而"我"和生活在农村的冒失青年面对这样的谈话都无话可接续。在这样的国家话语、城市生活话语中,"我"和农村的冒失青年没有了话语。然而到大队部的一件事让这位青年找到了回击城市张满贞的话语。公社来了一个脚被玻璃划伤的农民,脚板边正在流血,玻璃对农民的伤害让玻璃厂长张满贞的脸一下子红了,乡村青年嘲讽说:"你要晓得,在我们的生活里,没有玻璃是不行的呀,尤其是平板玻璃。"城里先进科技制造的玻璃划伤了乡村村民的脚,国家需要的玻璃却深埋在农田里给耕地的农民带来了潜在的危险。这次受伤事件让张满贞不再单纯强调玻璃的重要性,而是一连给市里和玻璃厂打电话,建议他们通知有关各方面,不要把玻璃碎片、瓷瓦碴子等随便丢进垃圾里。玻璃伤人事件,让张满贞反省自己的价值认识。在国家层面、城市生活中,玻璃之类的生产用品的确是重要东西,但是这样的东西并没有直接给乡村带来实际利益,反而给乡村带来了破坏,在乡村的村民们并不会关心了解玻璃之类工业产品的重要性,这又是一种乡村话语。

小说在表现这种国家、城市话语对乡村生活的隔膜后,让张满贞要融入乡村生活中。而融入的过程并不直接是思想认识改造,而是张满贞被城市下放了,市委直接免掉了张满贞的厂长职务,让她待在乡村担任村社职务,张满贞在身份上真正成了一个乡村村民。经历这一事件后,张满贞才开始进入乡村生活,参加农业劳动,和大家闲谈不再用国家、城市话语,开始谈论大伙关心的庄稼收成,乡村内的人们才开始接纳她,之前这位城里来的面庞严肃的女子现在变得可敬可亲,有妇女们来攀扯私房话,曾经爱抬杠的乡村青年开始关心她,张满贞被乡村所接纳,她逐渐喜欢上了这里的山山水水,一草一木,大家相互间的谈话散漫而轻松,不再有隔阂,她被乡村景致迷住了。在这样的有关城乡关系的叙述中,不是国家话语、城市话语、现代技术战胜了乡村话语,而是乡村话语改造了城市、国家话语,周立波的《张满贞》写出了一个不一样的城乡关系。

李准短篇小说《芦花放白的时候》① 讨论的是在城乡之间徘徊的知识青年的价值选择问题，谴责了一个遗弃自己农村妻子、喜新厌旧的干部。这里既有乡村话语对下乡知青的改造，也有对进城知青忘本的批评，城乡关系呈现出了乡村话语对城市话语的胜利。

小说一开始的书写方式很值得注意，卫生部门女青年刘瑞英要下乡，小说不是从城市女青年对下乡意义的认识开始，而是从她的爱情生活开始，乡村青年活动场景一般是在公开的劳动场景中，而小说一开始展现的是刘瑞英非常私人化的爱情信件，明显带有了城市青年情感特色。用信件方式来交流感情，作者完全展示信件内容，展示的是人物的非常私密的内心世界。另外，小说中花费了大量笔墨来写刘瑞英接到男朋友写来情书时的激动心情，细腻心理世界也是区别于乡村女性的情感的。在刘瑞英下乡去芦花村的路上，小说有大量景物描写，再次显示出这种城市知识分子的情调：

> 这时正是初冬天气，地里秋庄稼已经收割完毕，在晴朗的太阳光线照射下，黄褐色的土地显得更加辽阔、平整。嫩绿色的麦苗像透明一样微微颤动着，棉花棵的叶子慢慢从深红变作黑紫了，树叶子都飘落在地上。在路旁，有几棵柿树，叶子落光了，鲜红的柿子却挂在疏落有姿的枝头上，远远望去，真像一树光彩夺目的红梅花。
>
> 刘瑞英顺着他的手看去，果然白茫茫一片，村子的周围尽是芦苇塘。这时正是芦花盛开，雪白的芦絮在密集的芦苇杆子上摇曳着，和村子里的树枝上黄叶配在一块，构成了一幅秋色正浓的图画。

这是一段用城市人眼光观察乡村景物时才能感受到的乡村景色，是知识分子情趣的表达。从这些方面说，《芦花放白的时候》的书写方式明显是在用城市意识书写刘瑞英的下乡，采用的不是乡村价值。

同时期大多数书写乡村空间中恋爱的小说，男女双方并没有太多的个人空间，男女感情的发生多在劳动工作中，并且强调的是彼此的思想觉

---

① 李准：《芦花放白的时候》，《奔流》1957 年第 1 期。

悟，如《三里湾》《山乡巨变》《创业史》等代表性小说中的恋爱故事的发生，乡村恋爱不是建立在情欲、财产、容貌等之上，主要是建立在德性和思想认识上，唯其如此，恋爱关系才能获得当时小说叙述的合法性，单纯的恋爱故事会被批判为小资产阶级情调。从这样的角度上说，《芦花放白的时候》一开始就采用城市青年单纯情感恋爱的方式来叙事，就已经显示了作者对这种男女恋情的不认同。

在爱情标准上，刘瑞英最先看重的是男朋友何干在机关能讲话、处理问题果断、性格不平板、衣服干净又朴素这些外在的特点，并不是他的德性和思想。而下乡改变了这位城里姑娘的城市恋爱观。

下乡后，刘瑞英去的乡村正是何干老家，才知道何干进城后就与自己原来的乡村妻子离了婚，见到何干前妻后，她才知道了乡村人们对这一婚姻的评价。在下乡过程中，她才看穿何干这位吸引城市姑娘男性的本来面目，也认识到了自己恋爱观的问题，是乡村恋爱观在改变自己的城市恋爱观，城乡关系在恋爱中颠倒了过来。

在何干的介绍中，他的前妻不光是个爱占便宜的道德上有问题的人，更是个地主成分的女人，由于自己和她没感情才跟她离了婚。然而，刘瑞英进村了解到的情况与此相反。刘瑞英进村就遇到了何干儿子耀祖，这是一个性情孤僻忧郁的六七岁小男孩。最初刘瑞英认为何干隐瞒自己还有个孩子的事，是何干怕自己接受不了才隐瞒的，因此还是原谅何干的，但她见到的何干前妻并不像何干说的那样是道德和出身都有问题的人，而是一个端庄善良、贫农出身的人。她和一个老实能干的农民重新成了家，家里人口多，三个小孩，两个大人，还有一个老奶奶，生活过得很艰辛，虽然如此，继父对耀祖如同自己亲生的孩子一样，一家人的德性感动了刘瑞英。何干不光欺骗了自己，而且从来没有关心过自己的亲生儿子，更污蔑前妻的道德和身份，这让刘瑞英在感动于何干前妻一家人的温暖时，对何干的品德产生了极大厌恶。从耀祖娘的叙述中刘瑞英才知道，何干上学进城有了工作，就看不上农村出身的老婆和孩子了，推说是父母包办两人没感情。何干对自己撒谎、对孩子无情、污蔑前妻，让刘瑞英看出了进城干部何干内心的丑恶，毅然断绝了两者的关系，同时也感动于乡村村人内心的纯良。

小说在这一故事后面隐含着对城乡的价值判断，城市来的刘瑞英在城市中认同的恋爱,就是小说开头那样的与何干之间非常私密的个人情感,她最初沉醉在何干对自己的甜言蜜语中,沉醉在个人的小天地中,沉醉在肌肤相亲中,炫目于何干的外表、头衔和人们的评价。而到了乡村后,她城市中的恋爱价值取向发生了巨大变化,在乡村中刘瑞英的个人私密情感空间逐渐转移到乡村公众空间中。到乡村后刘瑞英住在了何干前妻家中,看到了何干儿子耀祖的聪明伶俐,感到了耀祖的母亲对公婆的孝顺,对丈夫孩子的关爱,还有对自己的热情关心,她深感这个家庭成员之间的相亲相爱,这一亲身感受完全改变了她对何干的看法。小说花大笔墨来写耀祖的继父谢乐,这位农村汉子喜爱耀祖胜过自己孩子,他怕没了父亲疼爱的耀祖在家中受委屈,甚至不顾老母亲的生气而给耀祖买了绒衣。谢乐也是一个对村里事务很积极的村干部,待人真诚热情,对工作负责。在这篇小说中,一者是下乡受了教育,一者是进城变了良心,作者用乡村的价值人情伦理批评了城里自私的爱情伦理,城乡关系发生了变化。

吉学霈《留下的和逃走的》[①] 是一篇对下乡知青嘲讽的小说,城市知识青年无法融入农村生产劳动,城市话语在乡村话语面前明显处在被改造的地位。

小说中的李为民是刚从农学院毕业的大学生,被分配到农村来做技术指导员。作为城里来的农学院毕业生,来农村参加农业生产,应该正是所学有所用,李为民原来也准备把自己所学的知识运用到农业生产中:"在学校读书时,他曾经充满了美丽的理想,打算将来毕业后,长期住在农村,和农民一块生活,一块劳动,以自己学到的知识,来改变农村的面貌。"在他的想象中,"农村是很美的:那清清的流水,绿树成荫的街道;广漠无垠的田野;鸟声啾啁的树林",在思想认识上他也知道农村生产技术落后,他要把自己全部知识教给农民来改变乡村。无论是对乡村的情感还是对自己工作的认识,李为民都不失为一个怀有崇高理想的新青年。而到农村后,实际生活打破了他在城市时对乡村的想象。

来到乡村的李为民有诸多不满,首先是嫌弃农村的卫生条件太差,"满街的灰土,被鸡扒烂了的粪堆,柴柴棒棒扔一院";其次是认为农民不近人情,没给自己安排条件好些的房子,自己住房"墙也不刷,窗子

[①] 吉学霈:《留下的和逃走的》,《三月里的风云》,上海文艺出版社1959年版。

也不糊；弄不好房顶上还有灰尘落下来呢"；再次是感觉农民不懂感情，也不温暖，对自己照顾不够；最后是工作头疼，无法和农民沟通。这些不如意让李为民深感城乡区别之大，他感到灰心、失望、焦躁、烦闷，产生了想逃走的想法，整日觉得自己好像被扔掉的一个孤儿孤苦伶仃。李为民不能融入农村生活中去，他对乡村生活的判断实际上是采用了两种标准，一种是对乡村的美化，乡村充满诗情画意，用知识分子情趣想象乡村，另一种是知识分子对乡村的改造意识，乡村破败落后需要改革。在李为民身上，用理想的乡村来对应现实的农村世界时，他投身乡村改革的理想就被检验出了真假，他投身乡村的理想只是一种虚设的理想，在这样的城乡关系中，城市话语被批评。

不过作者在批评知识分子李为民对乡村的逃离时，又遮蔽了下乡知识青年把现代思想和科学技术带入乡村来改变乡村的重要性。由于作者只想批评下乡知识青年身上不安心农村工作的问题，这使得他对知识分子的价值认识不足。李为民作为城里来的技术指导员，他从城市里带来的思想和技术并没有在农村中得到利用，这一方面是李为民的思想问题，他只想返回城里，而另一方面，乡村干部也没有积极主动地让李为民在生产中发挥作用。从小说中知道，李为民刚从城里来到乡下，生活环境发生变化，因此需要一个适应过程。在这一过程中，需要乡村干部支持照顾，如果李为民的抱怨为实情，他到乡村后的生活问题还不是重要的，重要的是他的价值并没有得到乡村干部的重视，这让李为民感觉不到乡村对他的需要。作为农学院毕业的大学生，在提高乡村生产技术方面，他应该能起很大作用，然而乡村干部并未重视下乡知识青年的重要性，作者也没认识到李为民这样的知识青年下乡的意义，单单是丑化了进入乡村的知识分子的面貌，也是当时语境中对城市文化的一种偏见。

第九章　别样的现代化叙述

在对乡村、城乡关系的书写中，并不是所有小说都非常明确地表现了新旧思想的冲突，有些小说中新思想也不是完全战胜了旧思想。部分作品的作者站在乡村世界内部，书写乡村现代过程中外来现代话语与乡村价值的冲突，如生产积累与生活消费、政治体制与乡村权益、现代技术与传统德性、社会新制度与乡村人情等之间的矛盾，注意到现代时间、速度、效率对乡村自在劳动的束缚，通过对乡村人情、日常生活的认同，反思乡村革命的现代性，体现了乡村现代过程的复杂性。

第一节　新与旧的暧昧

一　身入社，心茫然

西戎短篇小说《王仁厚和他的亲家》[①] 讲述的仍是入社问题，不过小说的复杂性在于，其写的是入社后的思想矛盾问题，比起此一类小说书写，西戎对入社后农民心理的体验更加深入，身入社、心在外的心理状态体现了合作社建设过程中的新问题。

王仁厚是一个中农，对合作化运动既不积极参加，也不反对，社里大伙认为他自私、落后、"脚踩两只船"，他不管别人的说法，只管自家过日子。正因为感觉自己自食其力，没干过损人利己的事，身正不怕影子斜，因此他不怕别人的各种说法。合作化的风浪让他晕头转向，人虽入了社，可心里还是茫然的，一年多过去，社是社，他是他。他只信任身边两个人，一个是村支部书记老段，在他眼中，老段是好干部，作风正派，工

[①] 西戎：《王仁厚和他的亲家》，《火花》1958 年第 3 期。

作能力强；另一个是他亲家罗成贵，家庭富裕，过日子会打算，开大油坊，两辆胶轮大车跑买卖。对这两个人，王仁厚看重前者的品德，看重后者的能力和眼光，有事总和这二位商量。但这二位并不是一条道上的人，老段要走社会主义合作社道路，虽然在道理上说得过去，但在现实生活中难让王仁厚信服，而亲家要走个人发家道路，确实能带来眼前利益，又总让王仁厚心不踏实。在这两人拉扯中，王仁厚个人生活理想逐渐呈现出来，他只想在满足温饱的基础上能够自由劳动，虽然他后来做检讨，但他的想法代表了当时许多农民的普通愿望。

王仁厚认为高级合作社影响了个人生活，"为啥一定要搞高级社呢？这几年，互助组不就挺好吗？活儿大伙一块干，打下粮食各归各家，要是搞起社来，地、牲口都入到社里，这个人的光景还有个啥闹头？"对这样的疑问，村支部书记老段只有一个答复："现在只有一条路，要走社会主义，就得搞社，不然就要走到资本主义的思路上去。"这一说法对王仁厚来说并没有什么实际意义，对于什么是社会主义道路，什么是资本主义道路，他根本不清楚。老段认为"社会主义是毛主席的号召，毛主席是叫人过好日子的，这条路子不会出错是真的"，这是一种典型的感恩式信任，这种认同在40年代解放区小说中多有表现，也是梁生宝等新人物的思想认同方式。虽然信任领袖带领大家走社会主义的道路，但自己心里终究不明白。王仁厚强烈的个人意识使他对老段的这种解释并不满意，想想要"一下子，要把闹了几辈子的一点家底子，一盘端走，我还看不见好处在哪里"，这种"我还看不到好处"的意识，让他把目光转向亲家罗成贵寻求帮助。

罗成贵看出社会发展大趋势，因此主动入社，但在心里他并不愿意入社，只是暗中做自己能做的生意。他给王仁厚的分析是客观的，他也认同新政府土地改革的意义，土地改革给王仁厚带来了好处，废掉了佃约旧债，王仁厚生活状况得到了改观。不过他并不认同合作社，土地改革给农民抽了砖头换枕头，合作社是抽了枕头换砖头。王仁厚认同罗成贵看法，一方面感谢政府土地改革给自己生活带来的变化，现在自己是"不缺牲口，不缺地，打的粮食，年年有余，我谋算着，再过个一年半载的，也买它一辆胶皮轱辘车，赶上，痛痛快快地过一过'车马'瘾"。王仁厚的生活理想，不过是在实现温饱的基础上能够用自己的生产资料进行自己心爱的自由劳动。与梁三老汉等人看重温饱和天伦之乐的理想稍不同，王仁厚在此基础上还有了对劳动自由的理想，这是实现个人价值更高一级的标准，然而合作化阻碍了他自由劳动的理想。

合作社要把单个农民的自由生产组织起来，在社会现代化方面来说，组织起来的大规模生产是生产现代化的一种标志，这种生产方式将极大地提高生产效率，但新问题是，这种新的生产方式对个体生产者却带来强制性的限制，社会分工在提高社会生产效率时也极大地限制了单个生产者的人身自由。因此合作社工作在王仁厚眼中，"瞧那个乱窝劲儿，下地一窝蜂，到了黑夜，因为评工分，你多啦，他少啦，争吵半夜，这哪胜个人单干自在呢？"以致他看到社里的一切都不入眼。社里第一次分红让王仁厚收入减少，这让王仁厚感觉入社吃了亏，产生强烈的退社思想。

老段来做思想工作，首先，从阶级角度定性王仁厚雇人干活具有剥削性质。合作社否认私有劳动资料的价值，土地本身不具有收益，王仁厚劳力少就分得少，这种按劳分配原则不为王仁厚信服。其次，老段说到社里集体劳动的优越性让王仁厚对退社又举棋不定。改造土地，兴修水利，让土地增产，都是集体劳动结果，这些工作是个人无法完成的。最后，通过王仁厚几代人难以实现发家梦的历史来说明合作社的合理性。老段认为王仁厚几辈人的车马梦不能实现的原因是旧社会制度的不合理。老段启发王仁厚，让其认识到旧社会个人的勤劳节俭并不能发家致富。在这样的启发下，王仁厚回忆了自己在旧社会受到的各种经济打击，大牲畜死亡、家人病葬、自然灾害、战乱摊派，回忆让王仁厚心生胆怯，"天灾人祸，谁知道什么时候落到头上呢？一旦落下来，就受不住，过去的路是走过的呀！要想活得像个人家，难呐！"正是这种个体小家难以承受的，也是难以预料的天灾人祸，让缺乏社会保障的小家庭很容易陷入生死线上，很难再谈他们的车马梦想。在一个缺乏有力制度保障的社会中，单个家庭即使再勤俭节约，也难以应对这些自然灾难以及生老病死甚至战乱造成的经济打击，只能自生自灭。只有社会生产力发展，社会保障能力逐渐增强，单个家庭才能提高抵抗社会风险的能力。老段给王仁厚描绘的理想社会，就是要靠合作社规模化生产提高生产效率，以实现社会保障功能。面对这种社会理想，王仁厚心眼里也开始感到新生活的好处。但问题是，这些美好生活图景并不能马上实现，合作化生活会立马让王仁厚失去唯一的经济依靠：

> 解放以后，实行了土地改革，搞互助组，政府发放贷款扶植生产，我是翻了身了，这六七年，光景年年上升，不缺吃，不愁穿，过的像个人家了，我以为再闹几年，买点地，买套马车，我的理想这下可能实现了，可是没想到要实行合作化，这条路又走不通了，这叫我怎么办呢？以后的路往哪里走呢？这份家业还闹不闹？我真不知怎么办了。

土地改革工作和互助组生产方式的确提高了王仁厚的生活水平，赢得了他心底的认同，但合作社要让他交出生活依靠的土地，把自己命运依托在集体上，无论老段怎么说都无法说动王仁厚。

罗成贵的粮食生意很快就见到了实际利益，然而老实本分的王仁厚不敢去做倒卖粮食犯法的生意。罗成贵是个没有道德底线的人，他认为只要有利可图的事就值得冒险去做，他是一个生意人，利最重要。而王仁厚是一个本分农民，认同勤劳节俭发家致富的价值观。王仁厚看重个人的发家致富，然而并不认同罗成贵的发家致富方式，对社里的事也非常冷漠：

> 社虽然搞得不错了，我还是提不起劲来，在外面看见地里的庄稼，不心爱了，有猪有鸡在地边糟蹋苗子，也不想管了；看见路上的牲口粪，踢一脚也就过去了；每天队长叫我下地，总觉得不是给自己干活。社里的大事小事，我都不关心。说我是在关心家，也不是，走进家门一看，牲口不在槽上了，家具不在房里了，心里便凉了，这光景还有什么闹头？从前干活浑身是劲，有个目标，如今心里是一盆糨糊，算了，该节省的不省了，吃罢，或长或短，先挣个每天肚儿圆再说。

合作社生产和生活方式中出现了新问题，合作社生产并不能调动起王仁厚的劳动积极性，而是消磨了他的劳动积极性，合作公有化让其失去了生活的价值和意义，勤劳节俭的传统价值观不见了，合作化生产在王仁厚这里不仅没有产生积极效果，反而造成了消极影响。

最后老段代表主流阶级话语定性王仁厚有当地主的思想，认为王仁厚手有余钱后定会买地从而导致社会分化，这一说法着实让王仁厚睡不着觉。去剥削别人并不是王仁厚这样农民的人生理想，李准《不能走那条路》中宋老定也只是想提高自己生活水平，但这种追求在老段看来会滋生出阶层分化，因而对物质财富的占有报有极高警惕。在老段的定性面前，王仁厚不能再坚持自己的认识，失去了辩解的能力，被迫认同老段对未来社会的预设：

> 以后的路，只有一条，社就是家，锅里有了，碗里也就有了，社搞好了，国家、社员都不愁没好日子过。……给后辈儿孙，什么也不用留，今天是新社会，只要教会他劳动，一切财富都有了，用不着为他们发愁，今天有集体的力量，就是遇到点风险，也不会一个人跌跤了。

社真的能成为家吗？国家真的完全能保障每个人的生存需要吗？这在王仁厚这里怎么也想不通，他也看到新社会带来的生活变化，然而完全要放弃对自己的依靠，把命运完全交给并不清晰的集体，也许比回想起以前社会所受的经济打击更加让其胆怯。小说触及了王仁厚的这种胆怯，却用老段的话语遮掩了王仁厚的这种胆怯。

秦兆阳《刘老济》[①]也书写农民入社转变的艰难，刘老济的转变更多也是屈服于主流话语的压力，而非自己的思想觉悟，历史变迁验证了老农刘老济认识的合理性。在《刘老济》中，"秦兆阳的本意，是挖掘老一代农民如何摆脱因袭的历史重负，走上新生活轨道的意义。但他所注意到的'转变'，已经在不经意间透露了'合作化'话语暴力的肆虐"[②]。

小说中刘老济是一个老农民，新政权让他获得了土地和牲口，他也参加过互助组，也心怀感恩，但对自己不清楚未来的合作社并不信任。同普通老农民一样，要让他入社，不光要在思想上打通他，还要让他看到合作社的实际好处。小说就是书写年轻农民和村社干部如何让其最终入社的故

[①] 秦兆阳：《刘老济》，《秦兆阳小说选》，四川人民出版社1982年版。
[②] 杜国景：《合作化小说中的乡村故事与国家历史》，中国社会科学出版社2011年版，第137页。

事。从小说主题来说，这篇小说并没有特殊之处，不过值得注意的是积极农民、干部对刘老济的思想工作方式。为了打通刘老济的思想，专门召开了针对刘老济的讨论会，特殊之处在于这一讨论会强调的是辩论会的自由性，以自由的辩论，达到对刘老济思想的教育，而不是如上文《王仁厚和他的亲家》中那样老段用阶级话语直接强迫王仁厚在思想上认同入社的合理性。

小说开首强调这次会议的自由性，以达到刘老济内心对入社思想的真正认同："这是一个'打通思想'的会议。没有主席，也没有记录，更没有什么'会议程序'，是个漫谈会，但也有两个中心人物——刘凤阶和他的父亲。"二十多岁的刘凤阶原也是普通农民，也不识字，自学一两年，成了全省的模范宣传员之一，年前受过十天"互助合作训练"，回来后开始宣传农业生产合作社。面对刘老济，他们自由讨论中的思想辩论就显得非常重要。

这个会议是精心准备的，参会的其他人都像在演戏，让刘凤阶故意对农业生产合作社的各个方面发出疑问，然后让别人给以解答。从形式上来说，这是教育刘老济的一种好方式，起码没有强迫盖大帽子。刘凤阶先抛出的问题是集体生产如何避免成员之间的利益冲突的问题："哥儿弟兄们在一块儿过日子，还要抬杠吵架闹分家呢，咱们大伙儿，你姓张，他姓王，能团结得好吗？"别人的回答中有"自愿互利""发扬民主，自我批评"的政治话语，但这些说法并不能保证刘老济怀疑的利益分配公平问题，因此就有一个中年人具体以自己家为例来说明利益的分配，"我们家，土地比较多，劳力只有一个。可我有一匹牲口，大伙决议，牲口先不折价归公，先私有伙用，社里给租用费，这样我也得益。这么着，土地不剥削劳力，劳力也不剥削土地……"但是没想到的是他的这种解释也出了问题，村长立刻否定了他的"劳力剥削土地"的说法，认为"只有土地剥削劳力"的问题，不过对于自己这一说法，村长也觉着自己说不清。而另一社员李德才直接简单地将单干比作坐牛车，将互助组比作坐马车，要刘老济回答是坐牛车好还是坐马车好。整个讨论过程一问一答，看似形式民主，却像是一场闹剧，就连这些来给刘老济做思想工作的社员自己都思想不清楚，还怎能做通刘老济的思想，他们对合作社的认同恰是自己思想不成熟的一种盲信。

会议开了半天，刘老济并不应战，会议渐渐带有了要强迫刘老济表态的意思。李德才这位对合作社最没有思想认识的人发言最多，有四次发言，而且每次发言"都得站起来，弯着腰，挥着手，用破嗓子直接冲着刘老济嚷叫，而每次总是这么几句话"，他不喜欢对刘老济做思想工作，而要刘老济直接表态。在这种每次发言站起来挥胳膊嚷叫的会议方式中，民主自由不见了，强迫性开始出现。看到刘老济不说话，李德才"甚至走到刘老济紧跟前，冲着他的鼻子，用炸破耳朵的声音嚷起来"，刘老济还是不说话，"大伙终于忍不住了，好几个人都站起身来，抢到老济跟前，像吵架似的，一片声嚷嚷起来"。在如此的强势面前，半天不说话的刘老济"忽然把烟袋往炕上一搁，一把拉住儿子凤阶的胳膊，哭起来了"。他哭诉自己不入社并不是不感激共产党，而是担心合作社弄不好，"垮塌下去"回到过去的苦日子：

> 你们有口杂面汤喝，可不能忘本！可别随随便便地把日子糟践了！我还能活几年？我怎么也挨不着饿，我情愿光有口杂面汤喝，不想吃白面馍。我是为你们着想。道理都好，可我总是不放心，怕你们一个计算不到，垮塌一下，把日子塌下来了，你孩子家眷一大堆，可怎么过呀！……

对过去苦日子的回忆哭诉，让大家沉默了，闹剧变成了哑剧：合作社，连自己都弄不明白，就有百分之百的把握吗？刚刚过去的苦日子谁不是记忆犹新呢？这一番哭诉中，刘老济人生经历养成的价值观要远远强大过这些年轻人的价值观，这些年轻人的话语反而显得软弱无力。正是因为自己比他们经历过更加困苦的生活，才知道现有生活来之不易，他珍惜现有的生活，害怕变革会再次失去现有的生活。无论是自己的经历还是年龄都让他不愿去冒风险去变革现有的生活。刘老济内心的这一看法，让大家沉默下来，这里乡村内价值认识战胜了外来话语。

面对这种尴尬场面，老头王老春的一番算账说动了刘老济。然而小说也说这个翻身农民"对共产党和人民政府的各种政策，总是无条件地拥护"，这种"无条件"的拥护也暴露出这位农民对"共产党和人民政府的各种政策"的真谛不会理解。但就是这样一位农民却熟练地运用历史、社会、阶级话语给刘老济算了一笔账，从自己爷爷受苦受穷勤俭节约最后仍未能实现个人发家致富的历史说起，回忆了自己父辈在旧社会所遭受的天灾人祸，生老病死，点明是共产党领导的革命给农民带来了新生活。但就是如此明晰的革命话语中也未能说明合作社的优越性和可实践性，只是从德性角度认为社会主义就是有福同享有难同当，并再次提出土地买卖可能出现新地主，这样的话语再次回到上文老段给王仁厚扣大帽子一样，要强迫刘老济就范。

在如此的思想打通工作中，在看似民主自由的会议中实质上有的是思想压迫，在如此巨大的压力下，刘老济被迫接受了入社，他没了选择的退路。这里，依靠多少年生活经验养成的自信、务实、沉稳性格的刘老济不是真正地发生了思想转变，而是被迫地屈服于外在的这种语言、意识形态的压力或是暴力了。

刘老济最后被迫地把未来生活对自己的依靠转移到了对集体的依靠，失去了自主权。原来自己的房院、地里的庄稼，这些物质让刘老济拥有安全感，也让他拥有幸福感，而现在这一切全都要进入公社，他要把自己的安全依靠全交给公社集体，如果集体真能保障每个个体的安全幸福，那么个人的争夺又有多少意义呢？摆脱这种物质束缚，农民将具有追寻生命更高层次的需求，农民的生活将发生本质性的变化，这种变化是几千年农村社会中不曾发生过的。但这一理想的实现必须建立在坚实的集体保障基础上，如果这一集体并不坚实，不能保障农民的物质需求，这样一种新的生命追求需要会马上跌入现实生活中连温饱需要都不能保障的地步。60年代以来，当农民的温饱需求都不能满足时如何奢谈农民的精神追求，刘老济的担心却不幸应验了历史发展的曲折性。

在打通刘老济思想的会上，还有一位沉默的叙述者，他一直在观察着、思考着、体味着刘老济的入社过程。一方面他作为打通刘老济思想工作的权威者，认为刘老济就像是从土里刨出来的、生长了数百年的老树根，思想难以改变。但另一方面，他又对刘老济会议上入社的表态一言未发，他也认为刘老济的入社非常勉强，思想没有打通。第二天，等到叙述者终于有机会和刘老济单独在一起时，他看到的是一个失神的、叹气的、流泪的、但又说着主流入社话语的刘老济，"我"不禁对他产生了难以安慰的神情：

我觉着他对于农业生产合作社的事情了解的还不够清楚,以为这就是一步迈到了社会主义,实行土地公有制,想着给他解释解释。可我刚刚说了个开头,就发觉他并没有注意听我的话,却不住地抖动着胡子,他是在自己跟自己说话呢。……我的南方口音和书本上的词句使他听不懂,不能像谈家常话一样,把新的道理讲给他听。我只好沉默着。我们就这样沉默着坐了很久。

刘老济已经失去了可以和自己交流的对象,"我"也无法再和他进行交流,只能沉默的陪坐,一直到刘老济"拖着笨重的棉靴子,走了"。刘老济苍老蹒跚地离开的场景,让小说充满了悲凉之感。虽然在小说的结尾,刘老济最终同意加入合作社,并对象征私有化的"地界"发表了一番议论来说明自己认识的转变。但如果我们仔细分辨,刘老济说的这些话语实际上已经不是他自己的话语了,与前面改造他的刘凤阶、李德才、王老春等人说的话语一样,这些话语充满了时代色彩而少了个人情感。而有意味的是,小说最后说刘老济的思想是老农民王老春做通的,小说叙事者"我"也特想知道王老春是怎么做通刘老济的思想的,但小说叙事偏偏将此问题留成了悬念。刘老济思想如何发生真正转变,如此重要的问题,叙事者为什么不讲出来呢?在小说中,叙事者"我"作为最有文化和思想、对合作社意义最有发言权的人,却在整个改变刘老济的讨论中是失语的。刘老济到底是怎样发生了思想的转变,变得模糊起来了,这样的结局让看似单纯明朗的叙事变得耐人寻味起来。

二 传统德性与现代技术

马烽的《一架弹花机》①,表层叙述的是一个新旧观念冲突的故事,深层涉及的是现代技术与传统德性之间的复杂冲突。张家庄的宋师傅靠手艺弹棉花,赢得人们尊重,过着自由生活。没想到徒弟张宝宝从省城给供销社购买来了一架比弹花弓弹棉花快十来倍的弹棉花机。城里现代机械和乡村传统手艺在徒弟和师傅之间形成冲突。徒弟劝师傅转变观念使用机器,宋师傅因为一使用机器,他引以为傲的手艺就不再有价值,而更重要

---

① 马烽:《一架弹花机》,《文艺报》1950 年第 12 期。

的是还得放下师傅威严向徒弟学习,因此他很不满意,认为徒弟"忘本,把自己苦心教给的手艺丢开不管,硬要去弄什么机器,干那些邪门"。

张宝宝和宋小娥都劝宋师傅采用机器弹棉花,他们不能理解宋师傅这种守旧的态度。其实,宋师傅对工作的评价标准与张宝宝等人并不一样,他在弹棉花工作中看重的是自己的手艺和信用,而不是单纯的效率,在他的这一信用中还蕴含着他与村民之间的浓浓人情。宋师傅不光是有名的"老把式",花弹得均匀,蓬松,没有一点夹生,更重要的是他弹棉花从来没喷过水,偷过棉花。他不光是一个弹棉花的师傅,还是一个热爱生活、给人们生活增添快乐的人:

> 宋师傅是个顶喜欢耍笑的人,爱和人们开个玩笑逗个趣,村里不管大人小孩都很喜欢他。不管甚地方,只要有了宋师傅,就特别显得热闹了。因为他经常沾着满身棉花毛,人们就给起了许多外号。什么"老棉花"啦,"棉花姑娘"啦的一大堆。但不管你叫他个甚,宋师傅也应承。

他与村中年轻姑娘的玩笑、扭秧歌时的耍笑,与二蛋娘的说笑,都显出他与村民之间的浓浓人情。因此,最初新机器在村中受到抵制,面对这个没有把握的新事物,人们认同的仍是宋师傅可靠的手艺,信任的是宋师傅的德性。

不过,现代机器生产最终代替手工劳动这是社会发展的必然规律,更重要的是现代机器生产在提高生产效率时,也会带来价值观念的变化。张宝宝不光从省城带来了代表现代技术的弹花机,成了村里第一个使用机械的人,在给小娥带来的礼物中蕴含着变革乡村的新价值观念。张宝宝从城里给小娥捎来三样东西:一个红梳子,一个圆镜子,一本蓝色硬皮笔记本。前两者是女性用来打扮容貌的,是物质层面的,笔记本明显是对一种新思想价值的表征。在乡村价值体系中,女孩子的美注重的是天然的美,是朴素的美,而张宝宝拿来的梳子、镜子,是一种有意识地对容貌美的追求,这种对外貌美的有意识追求更是城市女性的一种价值追求。一个乡村女孩对"笔记本"的喜爱,就像铁凝小说《哦,香雪》中的香雪对铅笔盒的模糊喜欢一样,是模糊地对城市文化的向往,张宝宝从城市给小娥捎来的这些东西传递的是乡村青年对城市文化的向往。

张宝宝用机器弹棉花，小娥这个乡村女孩不由自主就被新机器所吸引，家中有事没事，总想跑到张宝宝弹棉花的房间去，并不完全是去看自己的心上人，更多是看这个新机器怎么弹棉花。小娥看到新机器的效率，就开始认为父亲手工效率不如张宝宝机器效率，劝说父亲学机器弹棉花，爹的地位和张宝宝的地位在小娥这里有了变化。不愿服输的宋师傅与徒弟比赛，尽管将弹两遍的棉花弹三遍，然与机器生产相比，手工弹棉花还是费时费工成本高。在看到机器生产的高效率低价格后，人们也以各种理由把棉花转给了徒弟张宝宝，宋师傅的生意比起以前开始大大减少，到最后没棉花可弹，彻底失败。宋师傅的失败本来是输在效率上，但是连带来的是人们对他评价时价值标准的变化。宋师傅不光失了生意，也失了人们对他的敬重，连女儿都不再看重他了。重实利的人们很快认可机器生产，并将尊重的目光转向新师傅张宝宝，宋师傅一下失落了。宋师傅的手艺是经过多少年练出来的，信用也是经过多年积累起来的，年轻人张宝宝的机器上并没有多少手艺的磨炼，更没有多少信用的积累。这样一个机器的进入，宋师傅感觉自己与徒弟、女儿和村民多年维系起来的乡村感情很快就要塌陷了。

宋师傅的痛苦并不为年轻的小娥、张宝宝所理解，宋师傅在他们眼中变得古怪起来，难以理解。面对现代化机器带来的自己在村中地位的变化，当初支持乡村革命的宋师傅未想到革命现在革到自己头上来，宋师傅深深感觉到了乡村发生的革命。

这篇小说的独特处，首先在于作家没有像一般作家把问题简单处理成新旧思想的冲突，而是深入人物内心深处，深入社会伦理价值深处，通过宋师傅抱头痛哭那令人感触的场景，书写这场变化中人物感受到的撕心裂肺的伤痛。宋师傅伤心的不单单是徒弟的机器抢走了自己的生意，更重要的是人们不来他这里弹棉花，宋师傅感觉不到自己存在的价值了。当初种棉花，宋师傅响应党的号召，做榜样为大家做指导，成天东家出西家进的，虽然非常辛劳，但是感觉到别人对自己的需要，帮助别人让他感觉生活的快乐，后来又是他给村里的人弹棉花，带领大家开展纺织运动，打破敌人经济封锁，对社会做出了巨大贡献。这种贡献让他赢得人们尊重，被全村人选为劳动英雄，受表彰，上过报。但是现在自己认同的价值,却被一架弹花机的到来而改变了,宋师傅不再是人们需要的人了。社会现代化的过程中,机器生产必然替代手工生产,这是历史发展的必然方向,是任何个人的力量无法抗衡的,然而这种替代中带来的社会伦理关系的变化却又是新的问题。宋师傅受到的巨大伤害是自己所认同的那些他一直坚守的乡村的价值伦理,在一架弹花机的到来后就要坍塌了。

其次,在面对表征现代化胜利的机器时,作者却又转过来重新肯定乡村社会中延续的伦理价值,对乡村社会的现代化带有一定的反思。宋师傅没了棉花可弹,在二蛋娘串门时谎称自己病了,引来许多村人看望,原来冷落的房间一下热闹起来,徒弟张宝宝和合作社主任张老大晚上也来看望,真情关怀让宋师傅重新感觉到自己在村人心中的位置,在逐渐化解掉宋师傅心中的怨气时,也触动了宋师傅内心的转变。这里促成他转变的并不完全是现代机器的生产效率,而是乡情、亲情。后来在宋师傅女儿和徒弟张宝宝更多的关心、谈心中,宋师傅逐渐同意学习机器弹棉花,也有了对新生事物要不断学习认识的价值观念,最终认同现代化力量,小说结尾合作社主任张老大对宋师傅的谈话就包含了这种新价值观念。张老大在先肯定了宋师傅原来对社会的贡献下,强调了宋师傅种棉花、弹棉花中的学习变革意识,引导宋师傅能在弹花机事件上转变观念,"活到老学到老"的现代价值观念最终获得了宋师傅的认同。不过,学习,问题是向谁学习了?向代表着外来现代新思想文化和技术的城市学习是一种学习,同样学习也包括对乡村内传统价值观念的学习。在技术方面,乡村传统技术自然不如城市现代技术,但是在文化价值方面,外来的现代文化并不一定就胜过乡村内传统文化价值,向乡村内传统价值的学习也就意味着抵制乡村外来的现代化。因此这里的学习仍是复杂的,这样小说中宋师傅的那个梦就带有了特殊意味。在宋师傅生闷气的时候,他梦见张宝宝的弹花机为了提高生产效率把大家的棉花都弹坏了,挨了区长的批评。这一个梦,实际上表征出的就是宋师傅对张宝宝工作质量和信用问题的担忧。小说先花大量笔墨来写宋师傅弹棉花的手艺和他的信用以及人们对他的认同,后写他们在机器面前的转向,宋师傅看重的信用等价值观并没有在张宝宝身上得到体现,机器效率、生产质量和生产信用之间的冲突便成了一个现代化过程中的新问题。

三　生产积累与生活消费

李准的《冬天的故事》①批评了一位不相信群众、处处想管束住农民的乡村干部，在这样的故事中呈现出乡村在发展过程中生产积累与生活消费之间的矛盾冲突。周村在发展副业计划中，由于陈进才在管理中对乡民使用手段、心机引起人们抵制，付酬方式没能调动起大家劳动积极性，小说叙事深层涉及乡村资金积累后是继续发展还是提高农民生活水平的矛盾问题，从这样角度看，《冬天的故事》是一篇复杂小说。

陈进才确实是乡村中的一位大能人，不光有发展副业的精明头脑，也有理想和计划，不过他的这些理想计划在实施过程中出现了许多问题，导致了他理想实现的失败。首先出现的问题是给村民是否多支一些日常花销用钱。邻庄开物资交流会，好多社员想从社里支借些零花钱，但是陈进才极力压缩村民多支钱，要支十块的只给两三块钱，为此甚至不惜撒谎。在社长陈炳文在的时候一天要支出二百元，而陈进才想方设法总共支出去的钱还不到八十元，这种做法引起大伙的反对。钱是社员自己的，按理社员多支一些也没问题，陈进才不应该如此抠门，这钱放在社里也不能成为他自己的，他也不是守财奴，可为什么他就不愿意把这些钱支给大家呢？支借钱的宽严显示出陈进才和陈炳文对社里现钱的不同认识，陈炳文认为钱是大家的，大家要用自然是合情合理，就应该完全支给大家。但在陈进才眼中，社员把这些钱支出去主要用在了赶会上，也就是日常不重要的消费上，而不是生产上，这是一种消费而不是一种生产投资，他要把大家的钱抠在社里是想经营更大的农副业生产，以便创造更大的收益，"他知道用这一批钱买成磷肥或者别的化学肥料，追施在麦田里，能增产多少粮食，要是用这一批钱经营社里副业，他也知道这一个冬季能给生产社赚多少钱"，并且县委书记为社里副业确定过一个目标："只要到春节时能赚到三万元现钱，一冬一春社员生活保险不成问题，并且可以给高级社打下基础，买化肥、农药就不发愁了。"因此，在陈进才的眼里"不能把这几个钱拆零散"，而且要努力赚够三万元的现钱。这正是一种大规模经营的现

---

① 李准：《冬天的故事》，《李准小说选》，四川人民出版社1981年版。

代商业意识，小说中其他人都没有这种意识，大家都想的只是立马把丰收的粮食换成生活消费用品而没有扩大再生产意识，即使是社长陈炳文也没有，他更像是一个老好人，缺乏对农业社的发展规划和实践。从长远来说，要改变乡村的状况，急需陈进才这样有长远眼光的农业社领导者。但这一点却不被作家看好，也不为小说中人物认同，反而认为陈进才的抠门造成了他与群众关系的紧张，在小说中批评了他。

为了能够给社里积蓄够三万元发展农业生产，整个冬天陈进才都在想各种各样的办法。陈进才在生活中处处能发现副业商机，副业对农业社的农业生产起着极大的资金支持作用，农业社里也意识到冬天副业搞得好不好直接关系到明年庄稼能不能增产，社员们的收入能不能提高的重要问题，因此陈进才在这个农闲的冬季千方百计地发展本社的副业。在赶会中，妇女们最爱百货布匹和小吃摊，而他去找的是供销社的人、土产公司的人，和他们聊天中他能得到好多有关经济的消息，同时瞅到好多商机，也正是在这次赶会上，他为自己社里谈妥了一笔做一百张学生用桌的生意。在听到供销社要和农业社订加工豆腐的合同后，他在夜里三点钟起床约上村里做豆腐能手去供销社谈妥生意，这一生意要是做好，一天磨一百斤豆子还能养十二头猪，社里要是喂上二百头猪，猪粪还能保证一千亩小麦亩产三百斤以上，磨豆腐的粉浆还可以喂牲口，这简直就能实现一个养殖链生态。后来又听说挑拣烟叶每斤能多卖一角钱，社里就有几万斤烟叶，这可以给社里的妇女们找下了好活计。经他发现可行的副业生产有十三项之多，经过认真思考，在社务委员会上他介绍了每一项副业的经营方式、利润和经营这些副业的有利条件，如果这些计划完成，将实现在这一冬季赚三万多元的计划。这既是一个宏伟的计划，也是切实可行的计划。

但在揽到副业进行具体运作时，却出现了问题。村民劳动不积极，生产计划未能按时完成。小说叙述者认为这是由于陈进才未能很好地动员社员组织生产，由于陈进才对社员不放心才导致了社员不合作。给卫生学校做课桌，陈进才本来看上了村里几十棵杨树，可村民怕社里不能给现钱，不愿意把树卖给社里；社里木工组认为自己的技术到城里收入比在社里高而进城去了；妇女们挑烟叶也是三天打鱼两天晒网，后来干脆给运输公司打零工割草去了，结果影响到磨豆腐的男人们也去往运输队挑干草，虽然收入并没有磨豆腐高，但是给现钱，大家各顾了自己眼前利益，并不关心农业社未来发展，最终课桌没做够，豆腐没能按时送，小猪饿得哼哼叫，烟叶也没能挑多少，陈进才急得病倒了。小说结尾社长陈炳文从县里党校学习回来，批评了陈进才的工作手段，思想"落后"，然而这种批评并不为陈进才认同，陈进才认为是村民思想落后未支持自己的工作才导致了问题，到底是谁思想"落后"呢，这是值得仔细分析的一个问题。

陈进才未能实现工作计划的问题，主要出在他在发展副业的过程中想多给社里提留一些、少给社员兑现钱的工作思路并不为村民认同。陈进才关心的是合作社未来的发展，不是眼前的个人小利益，但是作为普通农民来说他们只关心眼前实际利益，在看到社里不愿给自己支钱来满足日常生活的需要时，他们或进城找工作，或干别人的给现钱甚至钱少的工作，也不愿意干社里工作。如果真的能够按照陈进才的计划，完成他设想的这些工作（这些工作都是陈进才认真考虑过的，可以在社里完成），合作社的生产和生活水平都会上一个大台阶，但是私人利益的诱惑让村民放弃了对社的建设，陈进才的理想未能实现，大伙新生活也未能实现。陈进才痛心地感觉到自己思想和他们思想的不一样，相比而言，陈进才预设的是未来的理想社会，是需要现在勤俭节约建设才能实现的，而村民看重的眼前的实际生活，要立马能够改变自己的生活水平，这种消费消费掉了未来社会建设的基础。他们只想"赚几个钱往自己腰里装"，却"不往社里交"，因此陈进才认为村民思想落后。但是这一说法受到了社长陈炳文的批评："合作社是大家的合作社。富裕了大家有份，办穷了大家也有份，'大河没水小河干'。'锅里有米，碗里有饭。'大家的事，就和大家商量么。把问题和他们摊开，咱们社里今年分红，一家分的粮食、钱都有数么，问问他们，看这是合作社优越性不是？要是大家说是，那么下边怎么搞，看大家怎么说。""我们搞副业目的是什么？还不是巩固集体，用副业来支援农业。归根结底，还是发展生产，提高社员生活，支援国家建设。这一点社员比你清楚，你自己思想落在社员后边了！"陈炳文的批评并未对接到陈进才的想法上，正是为了提高社员生活水平才要发展合作社，陈进才对社员抠得非常紧。小说结尾，陈炳文的批评让陈进才目瞪口呆，"大家你一句我一句说着，正在谈的热烈中间，进才忽然伏在被子上哭起来。这使大家吃了一惊……"这里又有谁能理解陈进才的理想。陈炳文并未能提出更好的动员组织办法，社里发展的问题被遗留下来。缺乏对未来社会的想象和对未来社会的建设，社会将缺乏发展的动力，也意味着社会生活水平的难以提高。虽然这一时期的社会理想由于政治原因并未能实现，但改革开放后的经济建设同样是在对未来社会的想象中进行的。

第二节　乡村现代与人情伦理

一　乡村新制与人情伦理

　　赵树理的《"锻炼锻炼"》、吉学霈的《两个队长》、西戎的《赖大嫂》是三篇典型地书写乡村恶姑形象的作品。在一般评价中，认为这些小说是批评讽刺了乡村合作化过程中一些蛮不讲理的落后妇女形象。重读这些作品，在义正词严的小说叙述层面下我们品味乡村建设中社会新制度与乡村人情之间发生的冲撞。乡村干部一面要维持农村社会的公平问题，但另一方面社会制度与政策又在一定程度上没能保障社员利益，引起了乡村干部与社员之间的冲突。

　　在赵树理小说《"锻炼锻炼"》[①]的显性叙述中，"小腿疼""吃不饱"等被写成了投机取巧、不劳而获、好逸恶劳的"懒汉"形象。在社会主义社会价值体系中，劳动不单是为自己获取生活资料，更重要的是为集体和国家创造财富。"人人爱劳动、能劳动、会劳动"成为社会主义制度下的新劳动伦理，与之相对，"不劳而获"在新的社会伦理中是一种罪恶，"好逸恶劳"是剥削制度影响下的错误思想。如何将懒惰散漫的农民改造和重新塑造为积极生产的劳动者也是乡村社会改造的重要内容之一。

　　在《"锻炼锻炼"》中，执行这一改造任务的人物是农业社副主任杨小四，他认为社员思想觉悟有问题，因此要整治"小腿疼""吃不饱"，用贴大字报、辩理、定罪等形式，利用各种新设制度法规整治了"小腿疼"。从形式上看，与"小腿疼"的谩骂与胡搅蛮缠相比，杨小四的方式文明多了，贴大字报没点名，"小腿疼"来吵架时他说要讲理，定"小腿

[①]　赵树理：《"锻炼锻炼"》，《火花》1958年第8期。

疼"偷花的罪也是有根有据。但是"小腿疼""吃不饱"的问题深层来说是乡村社会劳动分工和劳动报酬不合理不公平才出现的问题。从小说中可以看出乡村生产中，妇女们的劳动积极性都不高，农民物质生活低下，劳动带有一定的强迫性，正是这样的劳动情状产生了一些农民的消极抵抗。杨小四给"小腿疼"出了大字报，引来"小腿疼"的谩骂，在这一看似民主的过程中体现的是掌握着话语权的乡村干部对农民话语的压制。

在"小腿疼"大闹办公室一节中，杨小四掌握着话语权，更掌握着武力，他要利用制度权力整治他眼中的落后群众。本来就具体上工问题而言，"小腿疼"的确不占理，但"小腿疼"等劳动积极性不高的问题却不是单纯通过副主任杨小四等人这样的说理方式可以解决的。"小腿疼"这些群众不愿意积极上工的根本原因并不是懒惰，而是由于当时的农村政策本身出了问题。农民粮食分配不合理，劳动报酬低，农民生活待遇低下，使一些觉悟不高的妇女出工率低，小说中说全社平常就有"大半妇女""装病、装饿、装忙"不出工。但是乡村干部，要执行国家政策，要强迫农民劳动，"小腿疼"这样以消极方式反抗的农民就被看成了破坏生产分配公平合理性的代表而被整治了。乡村干部杨小四，作为干部他只是执行上级政策，在执行过程中只看到的是农民工作的不积极性，杨小四是一个典型的眼中只有上级任务，而没有群众利益的唯上干部。

"小腿疼"以消极误工的方式表达她们的反抗，最终被干部利用法律和武力所制服。陈思和说："这是一篇赵树理的晚年绝唱，他正话反说，反话正说，明眼人都能看出，他揭露的仍然是农村基层干部中的'坏人'。那些为了强化集体劳动和割资本主义尾巴的基层干部，不但作风粗暴专横，无视法律与人权，而且为了整人不惜诱民入罪，把普通的农村妇女当作劳改犯来对待。"[①] 赵树理曾在1956年《给长治地委××的信》信中，向领导坦诚地表白了他对当时农村现状的认识和看法，在列出当时农业社存在的七大问题中，第一条就是关于农民饿肚子吃不饱的问题，他说：

每人每月供应三十八斤粗粮，扣购细粮，不足维持一个人的生

---

① 陈思和：《中国当代文学关键词十讲》，复旦大学出版社2002年版，第147页。

活——有儿童之户尚可,只有大人的户不敢吃饱或只敢吃稀的,到地里工作无气力……不论说什么理由,真正饿了肚子是容易使人恼火的事。在转入高级社的时候,说了好多优越性,但事实上饿了肚子,思想是不易打通的……试想高级化了,进入社会主义社会了,反而使多数人缺粮、缺草、缺钱、缺煤、烂了粮、荒了地,如何能使群众热爱社会主义呢?劳动比前几年来紧张得多,生活比前几年困难得多,如何能使群众感到生产的兴趣呢?①

在这封信的末尾,赵树理认为这些问题之所以产生,其中很重要的原因就是:"有些干部的群众观念不实在——对上级要求的任务认为是非完成不可的,而对群众提出的正当问题则不认为是非解决不可的。又要靠群众完成任务,又不给群众解决必须解决的问题,是没有把群众当成'人'来看待。"② 用此可见,《"锻炼锻炼"》中赵树理对"小腿疼"和"吃不饱"的理解与同情多于对她们的嘲讽。

这种同情隐性地体现在王聚海对社员的态度中,王聚海化解干群矛盾冲突时明显多了乡村人情。王聚海是一位了解群众思想,有一定群众工作经验、讲究工作方法的农村基层干部。他当干部前就好给人化解争端,当了干部后好研究每个人的"性格",主张按性格用人,遇上社员有争端,他在中间赔笑脸,生产动员,知道哪个媳妇爱听人夸她的手快,哪个老婆爱听人说她干净,几句话就能说得她愿意听你的话,这是一位对乡村熟人社会非常了解的干部。因此在杨小四与群众的冲突中,是他的斡旋没有让干群矛盾升级。他当初就反对杨小四给"小腿疼"和"吃不饱"出大字报,当"小腿疼"与杨小四在办公室起冲突时,是他拦住了"小腿疼",尽力避免事件的升级,当支书王镇海和杨小四想捆绑"小腿疼"送乡政府法院时,是他拦住了人们,把话题转到最重要的生产工作的布置上,用平稳的方式缓和了干群之间激化的矛盾。作为农村基层干部,在处理不是重大是非的人民内部矛盾时,社主任王聚海在那种年代,能以生产为重,

---

① 赵树理:《给长治地委××的信》,《赵树理文集》(第4卷),中国工人出版社2000年版,第1736—1738页。
② 赵树理:《给长治地委××的信》,《赵树理文集》(第4卷),中国工人出版社2000年版,第1736—1738页。

能以人情为重来处理人民内部矛盾,对维护乡村社会的发展和稳定起到了重要作用。①

不过在吉学霈《两个队长》②中,副队长刘全有与王聚海处理问题的方式看似相似却并不相同,正队长刘镇起和副队长在对待魏三婶时表现出了不一样的工作态度,体现出了两者对乡村新制和人情伦理的不同认识。

魏三婶的羊吃了队里麦苗,被十七岁的记工员刘快活逮住,按照大伙制订的麦田管理制度,每只羊要罚一块钱赔偿队里损失。魏三婶是有名的"疙瘩头",吵起架来撒泼耍赖,能连闹三天喉咙不发干、舌头不打结,全村人都怕招惹她,给她送了个绰号叫"人人怕"。年轻的刘快活想借此整治一下这个"人人怕"以正村规,把问题交给了两个队长。

五十多岁的副队长刘全有一听说刘快活把"人人怕"的羊逮来了,既害怕也碍于情面,忙躲了起来,丢下只有十七岁的记工员刘快活来应对局面。魏三婶丢了羊,气势汹汹地骂到了队部,先要直接牵羊,被刘快活拦住,要公事公办,魏三婶便直接去跟刘快活抢羊,无奈刘快活年轻灵敏,羊未被抢走,只好回去搬救兵。随后,刘快活与刘全有有一段关于制度和人情的对话。刘全有认为在执行这些规章制度时应该首先懂得定制度的精神,"这主要是让大家警惕一下,把羊圈起来就行了,你以为当真要罚款吗?"刘全有要刘快活相信魏三婶的思想觉悟,教育她几句,往后不再违犯就行了,这听起来确实要温和民主得多,实际上刘全有和刘快活都知道魏三婶就是一个"赖大嫂",她根本听不进去这种教育思想,刘全有不过是用这种和稀泥的方式赶紧平息事件,不要再让魏三婶来闹事。刘快活知道这样做的结果肯定会让村里新定的规章制度流于形式,因此他故意把皮球踢给副队长刘全有,让他去送羊并给魏三婶并做思想工作,害怕魏三婶也知道结果的刘全有,连忙用其他事推脱了。

后来队长刘镇起回来,他也认为应该在坚持规章制度的基础上教育魏三婶,与刘全有不分事实理屈和稀泥的方式不同,他以谈亲情说事理的方式最终让魏三婶认同了自己错误。魏三婶第二次来,是刘镇起接待的。一开始魏三婶还是使用撒泼耍赖的方式,冲进队部先造声势,两手拍膝盖,

---

① 《山乡巨变》中的李月辉,被人戏称为"婆婆子",在工作中与社员也多有这种乡情而被乡村认同。

② 吉学霈:《两个队长》,《人民日报》1962年1月7日。

长一声短一声地叫着说自己日子没法过了,刘镇起既不说话,也不拦她,一直让她叫足闹够了,才给她搬凳子,端茶水,恭恭敬敬地和她拉家常说事,给足了她情面。这一局面让魏三婶无法耍泼,手足无措,她安静坐下后,刘镇起才以说理方式说事,并对她进行说服教育。

两次冲突,魏三婶都是来势汹汹,结果不同,第一次刘快活以制度硬碰硬,赶走了魏三婶,并未解决问题;第二次刘镇起用乡村的人情礼序让魏三婶安静坐下来,魏三婶也不得不认错。与上文《"锻炼锻炼"》中的杨小四相比,刘快活要在乡村中确立新的乡村制度,但没有人情的润滑,很容易引起干群冲突,但是刘全有不问事实一味和事,不光村中秩序不得维护,还会产生新的冲突。刘镇起在坚持乡村新制的过程中强调了乡村人情的重要性,让我们看到乡村现代的过程并不是单纯地执行政策,还有情感,动之以情,晓之以理,乡村变革还有对传统人情伦理的重新认同。

西戎的《赖大嫂》[①],本意在嘲讽乡村一位爱占便宜的妇女,不过站在乡村内部细读小说,小说也多有对赖大嫂同情的地方,体现出浓浓的乡村人情伦理。

小说的显性叙述中,赖大嫂是一个爱占便宜、撒泼耍赖的农村妇女。赖大嫂有过两次养猪经历,但两次赖大嫂都贪占社里小猪和饲料的便宜,最终没有完成养猪任务。第一次养猪,赖大嫂只为占队里一百斤猪饲料便宜,领了猪饲料三个月后谎称猪病死了,第二次养猪是为了占队里小猪崽的便宜,喂养到半大直接自己杀着吃了。赖大嫂不光尽占社里便宜,还常撒泼耍赖。赖大嫂养的猪满村乱跑,拱坏别人的麦秸垛,啃人家的秋庄稼,大家提意见,立柱妈好言相劝,反招来赖大嫂破口大骂,民兵队长立柱决定用制度教训赖大嫂。立柱在山药地逮到赖大嫂家正在拱山药的猪娃,赖大嫂上门叫骂,放声干号,要在胡搅蛮缠中赢得不明真相的大家的同情。她的耍赖引得立柱要扇赖大嫂的耳光,赖大嫂害怕,骂骂咧咧地走了,去找别的干部理论。后来在立柱妈的说情下让儿子还回了赖大嫂的小猪,乡村人情胜过了村里规章制度。

我们看到,在以上三篇表现农民和干部冲突的小说中,面对撒泼耍赖的农村妇女,干部在解决问题时多受乡村内部人情的影响,在激化矛盾后

---

① 西戎:《赖大嫂》,《人民文学》1962年第7期。

也会采取强制措施或寻求国家权力机关、法制机关强制解决问题，这里有乡村内部人情和外来规章制度的冲突，作者要凸显新的规章制度对乡村秩序的改变，然而这种制度的执行中仍有深层的问题需要探讨。

《两个队长》中由于反映的问题仅仅局限在魏三婶的羊吃了队里庄稼这一问题上，就这一具体问题来说，队长刘镇起工作方式既解决了问题而且方式恰当；然而《赖大嫂》和《"锻炼锻炼"》中，小说反映出来的问题并不单是小猪吃庄稼和"小腿疼"偷懒不上工的问题，而是由于当时劳动报酬分配政策不合理以至没能调动起她们生产积极性，或是农民在生产中不理解生产政策等而滋生出来的问题，因此无论是干部杨小四还是立柱对待群众的方式并不能从深层解决她们的思想问题。

赖大嫂，她其实是一个勤快的妇女。第一次没好好养猪是因为猪养大后要归公社，第二次赖大嫂不相信猪养大后归自己的政策。因为总是对队里政策不放心，"她觉得不喂吧，怕将来真的收入归己，自己吃了亏；喂吧，又怕办法变了，来个收入归公怎么办？"当她看到立柱妈养猪赚了钱后，非常后悔自己把小猪给吃了，因此求丈夫去说情，又拉下老脸求人家立柱未婚妻春桃姑娘给自己留个小猪崽，要第三次养猪。赖大嫂巴结、讨好丈夫，看脸色，央求丈夫，去社里领来一只小猪。后来对领来的小猪照顾得非常细心，这背后体现出的也是一位普通农家妇女的心态。赖大嫂对待养猪的态度是随着养猪政策的变化而变化的，如果政策并不惠民，怎样的工作方式都不能调动农民的劳动积极性，甚至惠民政策出台时，群众仍还存有犹疑心态。同样《"锻炼锻炼"》中，"小腿疼""吃不饱"也不是偷懒妇女，当说到可以给自家捡拾"自由花"时，她们前天晚上就积极商量，第二天早早上地，非常勤快。"小腿疼"等人不愿意上地干活，主要原因是认为集体干活收入少，问题仍是农妇劳动积极性并没有被调动起来的问题。因此即使立柱、杨小四等用各种手段给她们安上各种罪名，强制她们接受了制度的惩罚，但她们内心深处仍不认同这样的生产和分配方式。赖大嫂是在亲见了养猪带来的实惠后从心底里开始认真养猪的，而"小腿疼"等村民被制度政策所制服，劳动变成了劳改。乡村现代的过程是制度化的过程，但这里更重要的是这一制度政策的建立到底是否建立在服务大众的基础上，是惠民的，还是与民争利，这才是问题的关键。

在乡村世界中，赖大嫂重新开始养猪，村人宽容地接纳了她，作者也没有把赖大嫂的问题上升为阶级斗争问题,没有渲染赖大嫂与国家、集体的对立关系,而是将问题的解决放在了邻里关系中。在赖大嫂和立柱母子之间的、没有阶级斗争内容的"争吵"中,赖大嫂自私自利思想、损公肥私行为受到的是乡村道德的评判,小说充满了乡村世界的人情伦理。在赖大嫂周围,有许多充满了乡村情感的人物,如副业组长立柱妈,遇到赖大嫂的耍赖,宁愿自己吃点哑巴亏,也不愿和其争嘴斗舌。根据她的生活经历对赖大嫂这种人"轻不得,重不得、要慢慢来",虽然赖大嫂两次养猪都是无理取闹,她并没有因此去责怪和厌弃她。赖大嫂的丈夫赖永福,一个性情温和、朴实善良的老好人,不爱多说话,他并不惧怕赖大嫂,而是实在不愿跟她纠缠,当赖大嫂央求他去领小猪时,虽也厌恶赖大嫂贪占便宜和耍赖的毛病,但在赖大嫂不断央求下,也同意去给组里说说给她再抱来一头小猪。养猪姑娘是立柱媳妇,虽然赖大嫂与立柱有过冲突,她也没有完全冷面相对赖大嫂,只是用玩笑的方式嘲讽了一下,也就同意了赖大嫂的第三次养猪。生产队长的"人性很绵善",赖大嫂真正认错,也就"可以通融"了。最后小说虽然仍在强调养猪的公约制度,但更多的是人们对赖大嫂的接纳,是乡村温情改变着赖大嫂的赖脾气。在这里,人物之间不是鲜明的新思想与旧思想、正确与错误的斗争,而是乡村道德和温情感化着赖大嫂。

另外,作者也并不是一味嘲讽赖大嫂,在赖大嫂哀求着要喂养第三头小猪时,笔调带有了同情色彩。曾经什么事都要占便宜的赖大嫂看到立柱妈养猪卖了钱,真是又嫉妒又后悔,为了重新再养一只小猪,一改耍赖撒泼的模样,赔着笑脸求了好多人,让人可笑时也让人可怜。听说队里老母猪又下了一窝猪娃,好多人都抢走了猪娃,考虑到自己前两次养猪的态度和跟立柱吵架的情况,她担心自己再也抱不来小猪养了。即使如此,她还是要试试,先是给丈夫放下身段,第一次在自己丈夫前堆起笑脸,"连说话的音调,也降低了好几度",求自己一贯不给好脸色的丈夫去给立柱妈说说好话。丈夫跟前没结果,实在忍不住挂念,明知养猪的立柱媳妇春桃不会给自己好脸色看,她还是偷趴在了猪圈矮墙上,去看了那一群胖乎乎的小东西。春桃并不愿意理睬这个村里的"人人怕",知道她想抱养小猪,对话也没好听的,弄得好大一会儿两人无话可说。赖大嫂只好去求立柱妈,到场边麦秸垛边和立柱妈拉家常套近乎,带着乞求的神态求立柱妈，红脸赔情道歉，实在待不住逃离而去了。回去后无奈的她只好和自己丈夫吵架，心情坏到了极点。从这些地方去看，赖大嫂并不是不知廉耻，只是对自己小家来说，养小猪是对家庭有利的，她才这样不惜低三下四，在这样的姿态中赖大嫂失去了往昔的威风，反让人同情可怜。在这样的情感中，村人逐渐开始重新接受她，主动给她抱养了小猪，让她感受了社里的温暖人情。当赖大嫂再次抱来小猪时，她将小猪"抱起来，搂在怀里，眉开眼笑"，夸口说要喂成三百斤，不再和丈夫拌嘴，小说在喜剧结尾中洋溢的是浓浓的乡村人情。

二　合作化与亲情

蔡天心《初春的日子》[①] 讲的是落后父亲和进步儿子思想冲突的问题，儿子接受新思想、党的教育坚决要走合作化道路，小农观念深重的父亲不想走这样的道路，最后代表先进思想的儿子战胜了思想落后的父亲。这种题材的小说在当代小说中有许多篇，不过本篇小说的独特处在于作者书写两者的冲突时，突出了父子两人的情感冲突以及老人情感的变化。

小说中，五十多岁的老父亲孙万福，如今有地有牲口有劳力，儿子懂事，儿媳孝顺，两孙子乖巧，日子过得红火和美，儿子明山到区里受训回来忙着去搞农业合作化，不热心家事，老人开始有些不满。更让老头不愉快的是儿子明山和他说起话来，开口党怎么样说，闭口组织意见，他觉得儿子不听他话了。对这种状况，儿子明山没能平等地与父亲进行思想交流沟通，而是预先判定父亲生产方式和思想观念是落后的、错误的，这让老父亲不能接受，也是抵触儿子思想的根基。儿子不理解这一点，只是在父亲的倔强态度中认为老父亲是一个老顽固，两者亲情受到损害，老父亲生气，受伤害：

> 老头子越听越有气，原来儿子正是背着他在进行建社的事。而且在说到他时，就好像家是他当的一样，一口就说死了，连点余地都不留。他没有看见过这样做儿子的，眼睛里好像没有他这个爹了，连商量都不和他商量，把他蒙在鼓里，到时候硬拿鸭子上架，这象什么

---

① 蔡天心：《初春的日子》，《人民文学》1954 年第 7 期。

话？老头子真想一下子冲到屋里去，给他一个下不来台。

后来明山解释是"人家现在很多村子都建立合作社了"，自己是当干部当党员的，要带头带领大家走合作化道路，这样的说法并不能做通老父亲的思想，因为老父亲看不清合作社的优势。为此儿子批评父亲是"各顾各，自己疮疤好了就忘了疼，翻了身就忘了本"，这一"忘本"的说法激怒了父亲，也刺伤了老父亲的心。老父亲认为儿子是批评自己私心忘本是为了自己个人，在家庭内部批评他私心，这极大地伤害了父亲的情感。而儿子批评父亲私心是在社的层面来说，父亲私心是为了自己一家人。两者思想没能有效沟通，造成彼此伤害，在这样误解中父亲受到严重伤害。孙万福老汉想不通儿子的这些说法，主要还不是参加不参加合作社的事，而是儿子对自己的这种不理解，他非常难过，感觉自己生活失去了意义。由于舍不得两个孙子，他不能和儿子分家，他决定要把家里值钱的生产农具带到女儿女婿家去，女儿还是亲生的，女婿也算半个儿，还有外孙子，这个家已经不再是他原想的家了，亲情逐渐在消逝。在往女儿家走的路上，"老头子一阵心酸，他感觉自己有点像那只孤单的老乌鸦，也不知是被风刮的，还是怎么的，他突然流下眼泪来了"。

对合作化，在老实勤快的女婿规劝下孙万福老汉的态度有了些变化，但即使如此，老人这种变化中更看重的是家庭内的亲情而不是对合作化的认识。女儿家日子过不下去，背上富农崔二大爷的债，要把地典当给人家，老汉眼中"百里挑一的好庄稼人"的女婿参加合作社来渡过难关。女婿是老人信赖的半个儿子，"连崔成这样人，也去加入合作社"，老人态度逐渐有了转变。其实对老人来说，"对于全区合作化不合作化倒不怎么在意"，他在意的是女婿"他为什么有困难不来找他丈人呢？难道女儿秀英也没有提醒他，他还有一个可以拉帮他一把的老丈人吗？看来他的一场心思是白费了，人家的眼睛里并没有看得见他，也没有想倚靠他"。无论是对儿子还是对女婿，老丈人看重的是家庭成员之间的亲情，看重的是女婿女儿对自己的需要，他愿意多帮助他们一把。因此，同样是参加合作社，由于儿子没有和自己商议就直接代替了自己，让老人觉得自己在家失去了应有的地位，在儿子眼里失去了存在价值，这让老人痛苦；但在女婿这里，在感觉到合作社能够帮助他们渡过难关改变生活时,他不光对其参加合作社没有生气,反觉是一件好事。因此,老父亲和儿子明山之间的冲突看起来是是否同意加入农业合作社的问题,实际上是儿子和老父在家庭中的亲情问题。老父亲看重亲情和自己在家中的存在价值,而儿子忽视了父亲对亲情的重视,以致伤害了父亲的感情。

  孙万福对合作社的态度是一点点转变的,在这种转变中儿子对父亲的亲情起了决定作用。女婿入合作社改变了老人对合作社的坚决反对态度,而在火车站拉货的经历和儿子的关心,在让他亲身体验到社会的变化时也感受到了儿子对自己的关爱。去火车站拉货是孙万福生儿子气赌气去的,去后才知道拉货也有组织,同时也听说了几家富农赶着四五辆三套马大胶皮车抢生意被堵回去的事。要不是组织起来的运输合作站出面,普通拉货的就没生意可干。原来脚行被少数人把持,抬高脚钱,一般拉货的挣不到钱,公家材料运输不及时又受损失,合作站建立新秩序,大家都有生意做,孙万福受到教育,逐渐能够接受合作生产,逐渐理解儿子、女婿的选择,认识到合作的意义。但对孙万福老汉来说,让他伤心的并不在是否参加合作社,而在儿子对自己的态度。老汉一直不能释怀儿子对自己的批评——"忘本""私心",他也受苦半辈子、不知吃了多少亏,也打心眼里感觉新生活的美好,并不是儿子说的那样"各顾各""忘了本""有私心"的人,这种道德评价让他受伤害。因此当儿子到县城来劝他回家,来决定入不入社的问题时,他不愿一下子把自己的心里话说破,只含糊其辞地说自己是不管事的人,直到儿子认错说"咱家的事,也要等你老回去拿主意呢""咱家的事,哪一桩不是你老说了算啊"时,老汉心理的疙瘩才慢慢解开,重新感到儿子对自己的尊重和认同,憋屈的闷气就消散了,回了家。儿子明山和父亲之间的矛盾从根本上讲并不完全是入社与否的矛盾,而是在合作社过程中年轻人对父辈思想价值是否尊重的感情问题。因此小说结尾,作为执行合作社的干部党员,儿子也认识到了自己的问题:

  他不禁自责地想到,爹直到今天还不认识农民必须组织起来的意义,自己也不能不负一部分责任。平常老是强调忙,忙,老是想先把别家人的思想打通了再说,自己家的事情好办,所以就从没有跟父亲认真地谈一次。但是现在，他觉得必须认真地、严肃地跟爹谈谈了。

在这里强调的仍是家庭内的亲情，从这一角度上来说，这篇小说书写的重心是在合作化带来的父子之间的亲情伦理问题，并不在合作化问题本身，小说充满人情味。

浩然的《喜鹊登枝》[1]也讲合作化问题，套用了一个乡村青年的恋爱故事，故事情节虽简单，不过与其同类小说相比，这篇小说更多写的是父母对待乡村青年恋爱、城乡关系的态度。

两社修石桥，韩玉凤认识了林雨泉，两人一块儿运石头、搞宣传、算工料成本，一来二去就悄悄地恋爱了。自由恋爱在韩家引起一场大波动，与一般小说不同的是，亲情和合作化意识冲突首先未出现在父母与子女之间，而在老两口之间。母亲对女儿的自由恋爱很不赞同，看不惯女儿风风火火不着家的样子，更重要的是有老焦家二姑娘自由恋爱的前车之鉴。东街老焦家二姑娘闹自由恋爱，却让一个二流子一身制服一双皮鞋，把她给哄弄走了，过门三天半就闹离婚。新式婚姻保护自由恋爱，没有父母把关，自由恋爱却可能是始乱终弃。小说中的这种认识是同时期小说中少有的，从赵树理的《小二黑结婚》开始就宣传乡村青年的自由恋爱，自由恋爱是参加乡村革命的开始，革命加恋爱的复杂性在茅盾《蚀》三部曲、《虹》中多有书写。韩玉凤母亲不同意女儿的自由恋爱，但碍于《婚姻法》，她希望能把女儿嫁给城里供销社的一位股长。因此想让这一对象到家中来相亲，两人相中同意，一分钱彩礼不要，这也算符合婚姻法自由恋爱精神。二姨认为供销社股长"要人有人，要事儿有事儿，成了亲，玉凤往城里一住，再不用在庄稼地受苦了；你们两口子吃缺了，花短了，伸手就有钱用。话说回来，嫁给青春社林家，你们有什么便宜占？前几天我听说：老林家是个穷光蛋，那小子上了半截中学就回家拿上锄把啦，也不知道他犯了什么错误……"在二姨这样的女性看来，婚姻首先要考虑的是生活实际问题，不是感情，这样的看法是这些女性从生活中经验来的。在生活条件还不足以满足大众物质生活需要时，在一个城乡流动、上下层流动空间非常狭小的时代，作为农村中大多数普通女性，她们不能通过接

---

[1] 浩然：《喜鹊登枝》，《北京文艺》1956年第11期。

受教育来改变自己的生存处境,另一种可以改变自己生活处境的方式就是婚姻,乡村女子通过婚姻进入梦想城市,进入相比而言生活层次较高的社会阶层,但是这样的婚姻又要让她们承担可能失去感情的代价。在物质生活条件并不富裕的社会环境中,大多数的女性还是会选择物质生活条件而放弃自己的感情生活,从这样一个角度说,这些女性的婚姻价值选择并没有可责备的。更何况母亲的做法,既考虑了对方工作条件也考虑了男女双方感情,母亲的看法更加合情合理。恰是在母亲和二姨的规劝中我们看到的是母亲们对子女的更切身的关爱,因此母亲特别强调女儿是自己身上掉下来的一块肉,她们不愿女儿像自己一样一辈子在生活上受穷。

不过,韩玉凤的父亲却认为老婆的这种做法仍是变相包办,他知道女儿找好了对象,认为只要对象根正思想好就可以。韩兴老头子重视的是女婿的思想品德,认为抚养子女为的是扎根乡村革命,因此他认为林家穷不穷没关系,要是闺女想嫁给富农他还不同意。在他的标准中,革命思想意识是第一位的,而女儿的婚姻生活是第二位的。把这样的价值观具体化,就是小伙子要思想进步,能劳动,结婚后在农业社凭劳动,将来就能过上幸福日子。他把女儿婚姻和社会建设联系在一起,相信将来农业社会给大家一个幸福的生活。因此在供销社股长和农业合作社会计林雨泉两人中,他直接就选择了林雨泉,实际上也是选择了乡村而排拒了城市。

韩玉凤父母在女儿恋爱择婿问题上的冲突,体现了他们对城乡生活的不同价值观念。在母亲和二姨眼中,城里生活代表了一种物质丰裕的生活,乡村物质生活贫乏,在女儿婚姻问题上,她们首先关心了物质生活其次才是感情。而在父亲眼中,潜含着乡村小伙思想进步、安于劳动,而城里小伙思想落后、贪于安逸的二元对立关系,除过工作条件和物质生活,城里供销社也是一个劳动岗位,在这样岗位上的人也是在为人民服务。但在价值立场倾向于乡村的父亲和小说作者来说,为了凸显乡村青年纯正的思想价值观念,城市小伙就成了反面的被批评对象。在这里,实际上无论是父亲还是母亲,最为关心还不是女儿韩玉凤的情感世界,而是先在价值选择上各自替女儿做了选择。

小说书写农村小伙林雨泉,首先凸显的是他的德性,这是乡村社会评价一个人物的首要方面。林雨泉第一次出场是在与韩兴相撞的路上,骑自行车的林雨泉为了不撞上老人,让自己摔倒在地,路上又给老人介绍高产谷种植经验，热情邀请老人到团支部来做客，老人对其产生了好感，后来在众多人的口中也说明了他的能干和坚持原则。不过需要注意的是，林雨泉的形象凸显出来的并不是一个乡村青年的常见模样，反而是一个城市知识青年模样，这不禁让人感觉无论是韩兴还是小说作者更加认同的是带有城市气质的青年，并不是真正的乡村土气的农家小伙儿。林雨泉第一次出现，骑着自行车，背着书包，里面装着好多本子，无论是交通工具、背着书包的打扮，还是撒在一地的书本，完全是一位有文化知识的青年形象，而不是一个扛着农具去地里劳动的乡村青年。这样一位小伙，韩兴看到的容貌是，中流个子，圆脸盘，两道粗眉毛下边闪动两只很俊气的眼睛，更主要的是"文文雅雅，结结实实"，这里看不到一点乡村青年劳动的本色，感觉到的全是知识青年的气味。社主任的介绍，再一次突出了林雨泉身上的文化气息："林雨泉可是个能文能武的好小伙子，如今担任社里的会计股长，又是联乡会计网的辅导员……"后来一位生产队长拿着给牲口买红缨子和开会吃饭的发票去报销，林雨泉谁也不认就是不报销，小队长生气，老父亲求情，但林雨泉坚持原则就是不报销。在这里，乡村亲情伦理并没有战胜林雨泉的坚持原则的精神，而这种坚持公正原则的精神也恰是外来的，也是朴素的法律意识，即情与理的区分。

林雨泉熟悉高产谷，是村中会计、辅导员，身上充满了别的农村小伙所没有的"文文雅雅"，这种文化素养和"文文雅雅"的气息是从哪里来的呢？这种气息并不是从自足的乡村文化培育出来的，而是靠所受的初中文化教育熏染来的，这种文化熏染是从城市来的。因此，在这样的造型中，在介绍者和作家来说，这位具有农家小伙身份的林雨泉，并没有显出农家小伙的本色，他身上的文化素养和文雅气质更像是一位回乡的知识青年，他们在强调这位农家小伙的文化气息时，暗含的是对城市为代表的现代文化的仰慕和认同，正是来自城市的现代文化给乡村带了新的气息，带来了变革，产生了对新生活的憧憬。乡村变革思想并不是乡村自己产生的，因此在暗含的城乡价值观念中，介绍者和小说作者都是隐性地认同于城市代表的先进知识、思想、技术。韩玉凤父亲和韩玉凤喜欢林雨泉，与其说是喜欢他的建设乡村的思想，不如说是潜意识中对城市青年的喜欢，母亲看重的是城市的物质生活保障，父亲看重的是城市文化知识。

同时，我们在看到对城市为代表的文化的一种仰慕认同中，小说作者和小说中的介绍者又在明确划分乡村价值和城市价值的区别。在对这位新人林雨泉的书写中，作者特别强调他主动放弃了升高中机会的事实，放弃这一机会就等于放弃了进入城市的机会，放弃了农村青年进入城市改变自己农民身份的机会。对这一放弃，小说作者和小说中的人物都对其表示了赞赏，认为这是林雨泉扎根乡村的决心，体现了他建设农村的理想，是一种"有志气"的表现。的确，把自己所学文化知识转化成对乡村建设的力量，是现代教育所迫切需要的，对林雨泉这种放弃城市优越生活条件而选择到艰苦的农村的决定是为当时及当下青年所尊敬的，但问题是，这种决定建设农村的理想并不足以以放弃高中学习为代价。林雨泉仍可以进入高中、甚至大学，在学成之后再为乡村做贡献，那时的贡献会更大，因为他要依靠科学知识来建设乡村，而不单是一腔热情。① 在这里，小说作者和小说书写又明显有一种对知识分子的偏见，对有知识者的不信任，也有对城市文化的排斥。可见，作者对城市和城市为代表的现代文化含有一种既仰慕又疑惧的犹疑态度。从发展乡村的角度出发，乡村需要现代科学知识、思想文化，但是对来自城市的现代科学知识、思想文化又在一定程度上抱有排斥心理。因此我们看到了在对待乡村的知识青年时，一方面在强调他们所接受的新思想和科学知识对建设乡村的重要性，但在另一方面又非常警惕他们身上体现出来的非革命需要的新思想和科学知识，正是这种两重价值观，乡村中的知识青年成了当时小说中一个非常复杂的群体。赵树理在小说《卖烟叶》和《互作鉴定》中对这些青年的进城意识和对现代文明渴望的意识给予了批评，但在《三里湾》中又在突出玉生和玉梅对知识的渴望和学习，构成了一种隐含的冲突，同样柳青在面对徐改霞的进城思想时也是游移不定。《喜鹊登枝》中，最后以两亲家见面，互相肯定对方孩子，赞同婚事为结束，但是城市里的那位供销社的青年根本就没有出现，也没有让韩玉凤在两者之间进行对比取舍，韩玉凤父母两者的择婿观念还没有完全展开就结束了，宣告了父亲择婚观念的胜利，看似乡村价值战胜了城市文化，但深藏的问题仍又不时显露出来。

---

① 在《艳阳天》中，焦淑红就是这样的一个女青年，后文对这样的现象进行了详细分析来说明这种选择的问题，见第十章第四节中"上学返乡与乡村建设"一目中的论述。

三　父辈的乡村世界

这一时期对乡村生活的书写，也有少部分小说不以乡村合作社发展为中心内容，而是书写乡村中的令人感怀的人情伦理，作品中流淌出的人情是一种对传统生活的回忆与怀念，显得别具一格。

刘澍德的《瓜客》[①]本来写于1944年，作者在1957年加补记重新发表，是一篇有意味的小说，在当时来说显得很独特。这篇小说既没有写农村新人新事，也没有批评当时农村土地改革问题，只是写普通人心目中对土地、劳动、对生活的情感，在1957年的背景中发表出来，质朴清新。作者强调增加补记重新发表并不是为了故事的完整，那为什么作者要重新发表这篇小说？这篇小说，没有像20年代乡土小说那样对乡土世界持一种启蒙的视角，批判乡土世界的愚昧思想，也没有像左翼作家发掘乡村世界中的革命力量，也不同于沈从文对乡土世界持一种哀婉回望，而是真诚地回忆了儿时故乡世界中一位令人怀念的亲人。这位亲人是一个农民，是乡村世界中的农民，不是革命话语中的农民，饱含农民的精神情感，朴素亲切，让人怀念。对这样一位长辈形象的书写流露了作者对乡村情感自由生活的想望，也抒发了作者的思乡之情，小说中的乡村是他父辈们的精神家园。

小说从40年代躲避战乱写起，昆明早雨过后的一声卖瓜声勾起"我"对关外家园的思恋，关外那里有自己的父辈亲人，陪伴自己度过快乐童年的瓜客陆昭云就是其中一位。这位不识字的山东人，在二十五岁时离开年近五十的单身老父、结婚不久的妻子和未满周岁的儿子，坐火车到东北，深深地爱上了这一片土地，在吉林同乡赊来粗陶碗盆后走街串巷做生意，他的聪慧和德性赢得"我"祖父的喜爱，被邀到家中来种瓜。"我"十二岁时，瓜客在"我"家种瓜已十个年头，"我"快乐自由的童年就是和瓜客在一起过的。童年时，"我"和堂弟偷瓜被抓，瓜客要下棋赢他才可开园吃瓜。"我"经常去瓜园和瓜客下棋，斗嘴斗智。瓜客是个快乐的老顽童，不光让孩子喜欢，也是南北二屯的大人一致承认的模范：

[①] 刘澍德：《寒冬集》，上海文艺出版社1960年版。

所谓模范，不单指他会种瓜，并且还会处乡里，结人缘。这种嘴头上的生意，很容易得罪人、招是非的。但瓜客在家里种了一年瓜，就和南北二屯的人们，搭得水乳交融。瓜一开园，无论何人初次来到瓜地里，他总是殷勤招待，一面扯家常，讲庄稼，一面把瓜籽盆抬到串瓜地人的面前，摘来最好的香瓜，请他们吃一个够。……人心总是肉长的，自然就受到瓜客的感动，于是有现钱的给钱，没现钱的记账，来来往往，皆大喜欢。西瓜大批熟了时，他总摘下顶好的瓜，挑起担子，亲自送给我们的亲戚们，屯子里的老人们。

人心总是肉长的，瓜客用他的真诚赢得了大家的一片诚意，善意。瓜客务实讲人情，更恪守道德伦理。瓜客并不是一个只说好话讨人喜欢没个性的人，谁一旦动了他的道德底线，他的发怒也非常有个性。有一个混饭吃的中年汉子，被瓜客帮了半年，又来找瓜客想混点钱，但就因为说了一句对瓜客父亲不敬的话，瓜客抄起扁担，狠拍其屁股，让其痛得跪地求饶。一个相熟酒客开玩笑说他与酒店女老板有关系，竟惹得他痛扇人家耳光。

日久生情，瓜客就喜欢上了这一方水土人物，"我"的祖父也认瓜客为干儿子，两人既是朋友又像父子，瓜客就以此地为家不离开了。瓜客种瓜六年未回家，老家来家书、口信盼他，祖父相劝，仍不归。再后来先是堂弟来劝，怒斥他不孝，"你上抛高堂，下舍娇妻，远远跑到关东城，逍遥自在，这就是不孝"，瓜客亲爹来劝，瓜客仍不舍离去反而提议要把父亲、老婆孩子都接到这地方来，气得老父亲没法，"祖宗还埋在山东"，失望之余只好自己回去，埋怨祖父待瓜客太亲，以至于他不想家了。祖父确实把瓜客昭云当成自己儿子一样对待，对瓜客父亲的埋怨，祖父无法辩解，只有苦笑，祖父也劝过瓜客，无奈瓜客舍不得自己的那一片园子。在两位老人为瓜客而争执和埋怨当中，我们也深深感动于老人之间的互相谅解和体贴。十多年后，二十岁的儿子来劝，"这么大的儿子一下子出现在面前，他如同梦醒似的，觉察到离家时间实在太久了。自己来到关东时，比儿子只不过大上几岁，现在儿子也跑来了。看见儿子，不由得想起老父和妻子，同时也想起那片蓝汪汪的大海……他心里忽然涌起了黯黯的乡愁"。儿子委婉地说爷爷老了，家中需要瓜客回去照顾，瓜客却整日对儿子夸赞东北的山川、土地、物产、风俗人情，儿子抱怨这不是自己的家，瓜客生气地执起身边扁担赶走了儿子。最后，是九一八的炮火让二十年都舍不得离开屯子的瓜客不得不离开了屯子。

瓜客作为一个外来的客，怎么也舍不得离去，不为赚钱，只为对这一方水土的热爱，对这一方水土养育的乡人的不舍。他重情重义，热爱劳动，热爱土地，热爱生活，体现了老辈人对生活的理解。这样一种生活却在后来要逐渐失去了，这是怎样一种撕心裂肺的痛苦。但作者没有写自己的悲痛、愤怒，只写了他童年中最美好的回忆，用这样一种美好来打动读者的心灵，让人回味。

《新居——春联的故事》① 是刘澍德另一篇表现这种乡村人情物理的小说。小说写的是甸尾生产队长田乐和富裕中农田喜住房子的事。队里盖起一幢新楼房，分给队长田乐一间较大的房间，既当住宅又当队委办公室，后来田喜说是自己家人多，在搬家时没经同意抢先搬进去了，田乐大方地同意并住了小房间，由于在田喜背后揪出捣乱的富农曾怀宝，让这篇小说变成书写阶级斗争的小说。不过这篇小说中大量书写了富裕中农田喜因村人对他疏远而产生的感情变化。引起田喜变化的是乡村人情伦理而非外来思想价值。

老中农田喜，贪小便宜又小气，胆小怕事、缺少主见。他家里柴草多，家具多，这是他多年积下的家财，这些东西并不值钱，不过却是土地、耕牛入社后身边仅剩的家产，他对此爱惜如命。在富农曾怀宝挑唆下，他抢占了要分给队长田乐住的大房子，但没住多长就自动把房子让了出来。原来年初开会要在大新房中开，头两天开会，为生火把田喜积攒了十年的柴火烧掉了许多，田喜心疼得受不了，攥着拳头忍着，狠狠地咒那些烧他柴火的人，但又要顾全门面不能发作。田喜每年收集些柴火，合作化后对收集柴火尤为积极，因为钱存不起，米囤不起，只好积点柴。但现在就这样烧掉了，田喜吃了哑巴亏，心疼不已，赶紧让出房子给了田乐。但会议还在进行，火还要生，队长田乐对柴火的大方态度换来大家的感激，着实让田喜心生羡慕。大家到田乐家开会，男男女女一齐拥进家里来，男的和田乐聊天，女的跟老乐嫂讲家常，像一家人似的，后来田乐亲

---

① 刘澍德：《新居——春联的故事》，《上海文学》1961年第7期。

自烧火，柴多火旺，田乐家的这种热闹劲让田喜心里很不是滋味。从前，他看不起田乐，因为田乐穷，但如今，他找出了田乐过去的穷根，也看到了他的富有。田乐所获得的村人对他的热情不仅田喜自己没有，也是从前地主家没有的。开会的人，不像围着火，倒像围着他了……虽然田喜是一个富裕中农，非常看重利益，但在他内心深处，更希望获得别人对自己的认可和尊重，正是如此渴求他才非常羡慕田乐在人群中获得的那种被认同、被尊重的感觉。这是一种普通的、每个村民都想获得的一种精神需要。更加刺痛田喜的是会议后几天中大伙自觉地给田乐家扔柴火一幕：由于田乐大方，多烧柴火，大家上山砍柴回来经过田乐家门口时，每人都把手膀弯里夹着的一抱木柴丢在老乐门前。田喜家烧了两个晚上的柴火，田乐家烧了一个晚上，可大家只对田乐家丢柴火，却对田喜就像没看见一样，这深深刺痛了田喜的心，让田喜感觉到村人对自己的漠视。正是这样的道德评判，田喜心生悔意，极力想融入大伙中。小说结尾让田乐出面请田喜到家里做客，来化解他们积了二十年的不和，田喜头一次走进田乐家，在田乐家两口子真诚款待下，望着堂弟和善亲切的目光，确实相信老三是把自己当作堂兄来看待的，想到过去自己在田乐家困难到断炊时也没有给人家借过一把柴火一碗米，现在还跟人家争房子，田喜内心充满了羞愧，主动揪出了诬告田乐的曾怀宝。

这篇小说，背景仍是公社生活，但作者并没标榜大队干部的党性如何，而是写了其如何赢得大家的道德认同，感化爱占便宜者的小故事。小说中流露出来的是浓郁的乡风民情，人情物理，人物的改变完全从乡村传统道德观念出发，看不到剑拔弩张的阶级斗争，读者感觉到的是乡村德性的真诚、细腻，深入人心的脉脉温情，拨动着人物内心最深处细微的情感。

上面两篇小说的感情在刘澍德小说中很少见，作者率性而为，少了些时代的严肃意识，多了乡村人情物理，呈现出了作者真性情和乡村生活的真生气。在对别人看似不值得关注的地方，书写小人物小事件，写出了让我们柔软内心感动的内容。也是在这样的小说中我们看到了作者内心中对乡村价值的认同，对传统伦理价值秩序的一种认同，对普通世人日常情感的认同。在瓜客、祖父，在田喜、田乐他们这些老一辈人的内心深处，他们所恪守的并不是外来的阶级斗争思想，而是深藏在他们内心的传统生活中的，也是我们日常生活中的价值伦理，而这样的价值伦理也确定了他们对自己文化的认同心理。

第三节 对现代化的犹疑

一 科学与人情

社会发展需要现代科学技术，但现代科学话语离开了人的日常生活和情感，这样的科学思想反过来会成为异己的东西。西戎的短篇小说《行医事件》① 思考乡村传统伦理与外来现代科学思想的冲撞。小说中的牛先生是一位医术高明的乡村中医大夫，简单用药就能把一般的病治好，又不摆先生架子，随请随到，看完病也不要钱，人人都说他是个好先生。但这样一位受人爱戴的医生，却因为乡政府成立了卫生所，聘请了三四位从县卫生院派来的年轻西医，县主管部门便因牛先生家庭成分不好，医术不科学，不让他行医，牛先生失去行医资格。有村民小孩生病，诊所几个年轻大夫看不好，村民偷偷请牛先生给看，牛先生被县卫生院干部黄工作员抓住要处罚，由此形成村民和黄工作员的冲突，乡村内外两套话语产生冲突，乡村人情话语排斥外来现代话语。

在代表着政府的黄工作员看来，牛先生没有行医证，县主管部门认为牛先生医术不科学。纯粹从科学这一角度来说，牛先生医术的"不科学"的判定应出于医疗实践，然牛大夫的确看好过一些病人，因此这种判定牛先生医术"不科学"的判定本身就是"不科学"的。其实，这一"不科学"仅仅是一种说辞，深层的原因是卫生院干部重西医，因此就认为牛先生医术不科学、落后，只有这样，才能让村民认同政府确认的卫生所的合法性。然而对于村民来讲，无论中医、还是西医，只要效果良好，就是好医术。但在黄工作员看来，中西医的问题却是一个原则问题，医疗主管部门不允许牛先生用中医方式从医，牛先生为柴大嫂孩子看病就是无组织无纪律的表现，不服从政府管理的表现。无证行医，看起来的确如黄工作员所说是事关人命的大事。但问题是，柴大嫂孩子生病，年轻西医大夫都

---

① 西戎：《行医事件》，《火花》1957 年第 7 期。

没看好,大家都知道牛先生是一位医术高明的大夫,因此柴大嫂央求牛先生看病,甚至身为干部的马乡长也偷偷请牛先生给孩子看病,这样的大夫却得不到行医证。马乡长被揪出来后,不知道该怎样在大家和黄工作员前表态:

> 说牛先生不对,牛先生很受群众拥护,这情形他完全明白;说牛先生对,明明上面有规定,没有行医证不准行医;说群众不该请牛先生,明明牛先生能看了病,而且又不花钱;说黄工作员不该干涉,人家专管这一行,比他知道的多。

马乡长不知说什么好,作为干部要遵守上级规定,作为生病孩子的父亲,他坚持医术事实,因此在话语上他没话可说,但在看病问题上他肯定选择牛先生。对马乡长这样的说法,黄工作员马上上升到原则性上,说马乡长是非不分,坚持要牛先生写检讨,不准再看病。但黄工作员这样的干部坚持所谓的"原则""是非",只是上级的原则是非,他只对上级负责,却不顾村民的病苦,因此在普通百姓柴大嫂看来,黄工作员的"原则""是非"根本不算什么原则是非。她认为如果无证行医是"原则"问题的话,"先要从上面不发给牛先生行医证追起。退一步说,就是是非弄清了,上面规定制度是为了要给群众便利,不能限制了群众"。乡村内部话语完全不认同这种外来话语。

面对黄工作员各种"科学""原则""是非"等现代话语的指责,牛先生左右为难,既无科学话语权,也无法拒绝乡村人情。虽然他也知道自己无证行医不对,可求医的人求他看病,他非常为难。去吧,没有行医证违反政策,不去吧,请医的人苦苦央求,想起爷爷行医为善的话,他对找他看病的人,先采取谢绝解释,实在推不过后再去看病的办法:

> 我的本事不能说高,可是行了三十多年医,也不敢说药到病除个个见效,总是没听人说过姓牛的坏话,说我的偏方落后。盼望上级能有人帮助我,研究研究,哪些对,咱们用,哪些不对,咱们丢了它,给我指个明路呀,不能红白不说,就这么插了亡命旗,一刀砍了吧?

黄工作员口口声声强调医学的科学性，却独独对牛先生的医术效果不做科学分析，而牛先生的这种辩解恰是一种科学精神的体现。"科学"这样的词汇被黄工作员所占有，不是真贯彻科学精神，而是成了吓唬、打压他者的一种武器。

另一方面，牛先生行医与村民结下深厚的人情伦理：

> 再说请的叫的，不是亲戚朋友，就是乡里邻居，谁也有用着谁的时候！人常说：难的不会，会的不难……毛主席讲为人民服务，我这误上工给人治病也是心里愿意为人民服务呀！……我看病，从不收人家分文，这是从我爷爷手上就留下的家规。可是把病看好了，主家要叫小孩认我干爹，过年过节，干儿子们来看望我，带些瓜果来啦，你能说不要收？黄同志，人活到世上，人情总得有吧？你是个明白人，这个理不能不懂吧！

在牛先生看来，自己给病人去除病痛是一种人情，病人对自己的感激也是一种人情，更何况牛先生与病人之间本身又有人情，人活在世就重在人情，这是一种乡村内的价值观念。而乡村外来的干部黄工作员，在执行上级政策时完全没了这种人情物理，工作就是为了完成上级任务，失去了工作为大众服务的本来意义。黄工作员定牛先生给病人瞧病是无原则表现，收受别人礼物是变相剥削，上升到阶级话语，变成了一个缺乏普通人情伦理的怪物。

面对外来话语对乡村内价值的强烈压制，乡村内村民只好用事实说话。青年刘三狗请牛先生给自己孩子看病，黄工作员不顾刘三狗孩子病重问题先要教训刘三狗孩子有病不去镇卫生所的问题，而刘三狗认为政府办卫生所本应为群众办好事，可是卫生所的领导人没有给群众把事情办好，他直指黄工作员：

> 你们这种做法，群众意见可多啦，为啥不多请些中医？你们说中医落后，对，西医能治了病也算，可是他们这些人？不缺鼻子不缺眼，就是缺一样，没本领。年轻人本事不行，好好跟上老医生学也行，既不学，还瞧不起中医，别看这些半瓶不满的把式，看病不行，

架子还都不小,群众三回五回请不到,都照你们这号大夫,我也能当了!

这一批评让这位掌握着"科学"话语的黄工作员无话可说,直接拿出干部权力扣帽子,"你们反对西医就是反对科学,进步",用这种话来压制大家发言。"西医""科学"这些外来话语思想价值本身并没问题,乡村社会的发展需要开放地借鉴现代文化成果,但在黄工作员这里,他所说的西医、科学并不是西医、科学本身,而仅仅是一种词汇,是一种话语权,他是要在这样的术语中给乡村带入另外一种权力话语体系和价值意识。前文中我们讨论过葛洛的《卫生组长》的问题,大家并不反对西医,反对的是这种打着科学、西医的幌子来强占话语权并否定乡村价值秩序的做法。到三狗老婆说孩子昏过去快不行时,黄工作员骑虎难下,不答应吧,救孩子要紧,答应了这脸面往哪里放?三狗痛斥黄工作员身为干部实为人民添麻烦,硬拉着牛先生去给孩子看病,黄工作员一个人在屋里拍桌子大声嚷嚷,最后灰溜溜回县城,代表着乡村话语的伦理价值战胜了所谓"科学"话语的官员强权意识。

从建设社会主义新生活的层面看,外来话语对于乡村群众来说是全新的,这些新观念的进入会改变乡村社会价值体系,但这种变化并不是要彻底否定乡村原有的全部文化观念,农村中根深蒂固的文化价值也不是在短期内可以完全改变的,这更需要社会生产力的发展。在小说中,强调大夫行医证,让大家到政府办的卫生所去看病,强调西医科学性,本身也是为了群众利益,但问题是当这样一种要大家自主选择接受的就医方式被变成了一种强制接受时,群众的反抗力量就聚集起来。黄工作员认为自己掌握"科学"话语权,群众思想落后,没有想到自己的这种强制思想本身就不是现代"科学"的思想。作者对黄工作员工作做法予以批评,对当时语境中打着"科学"思想旗子而行官僚做法的现象给予批评,批评中所借用的话语资源是乡村传统的亲善、人情、人命关天等传统伦理话语。在乡村话语中,我们看到的是一个讲人情物理的乡村世界。善良的牛先生虽然没能办下行医证,但他"善门难关",在实在危急时刻也不怕受到干部们"治罪"挺身而出去给乡亲们看病,他只希望在新社会自己的这点医术还能给亲戚朋友、乡里邻居起点作用,这样一位老先生赢得了乡村的尊重和爱戴。牛先生为柴大嫂孩子半夜看病被抓到了镇政府，柴大嫂不怕得罪县里来的干部挺身而出为牛先生辩护，体现小人物知恩图报的朴素价值观，马乡长在上级干部面前也并没完全随黄工作员意思说话，而是站在保护乡亲立场上，刘三狗更是把大家心里话全倒了出来，当三狗老婆为孩子痛哭求情时，大家一致支持牛先生先去给孩子治病要紧。在这样的一场较量中，乡村村民和乡干部一起用乡村价值观念赶走了只知"科学"死思想的县里黄工作员，让我们感到了乡村的温情，也反衬出黄工作员这样掌握权力和话语权干部的虚伪、无情。

二 时间和速度

社会主义现代化建设的想象，把美好生活预设在未来，为早些实现这种理想生活就要在有限时间中尽可能多地创造社会财富，时间、速度、效率等就是与这种现代化生产想象相关的一些关键词。不过也有作家对相关于现代性的时间、速度、劳动效率等概念有不同书写。

在社会主义建设中，在有限的生命中创造最大化的社会价值是每个成员的价值追求，但这种追求也会异化了生活生产本身的意义。秦兆阳的《两代人》[①] 中就有一个细节，年青的儿子和儿媳为了在农业社生产中争先，让闹钟在每天早晨三点钟叫醒两人，两人比赛着穿好衣服上地参加劳动，当婆婆和公公的心疼儿媳和儿子，"小娟的手背冻肿了，大清也显得清瘦了。白天里，他俩还要去耙地送粪，还有村里的工作，夜里不是开会，就是学习……"婆婆和公公想出的办法是把这个代表着现代时间的闹钟藏起来，头一回藏在柜子里，第二回藏在粮食囤里，都被儿子和儿媳找到了。儿子和儿媳通过闹钟要抓住时间，与时间赛跑，要在有限时间中做更多工作，不顾个人身体状况，是典型的农村新青年形象。然而这里的老人却对这样不顾身体健康的劳动方式并不认同，藏钟意味着对追赶时间观的一种否定，乡村内并不认同儿子、儿媳的时间观。在老人们看来，儿子和儿媳的生活是被闹钟标示的时间所绑架，他们并不认同这样的一种现代化生活。

[①] 秦兆阳：《两代人》，《秦兆阳小说选》，四川人民出版社1982年版。

南丁的短篇小说《检验工叶英》①，写的是生产速度与生产质量的问题，同样对生产中追求的速度和效率意识有所反思。年青的检验工叶英被分配到机工车间去报到，办公室的办事员忙着计算一堆一堆的各种报表，"头昏脑涨，愁眉苦脸"，连叶英都顾不上招呼，而段长一见面首先抱怨的是上级要求的生产进度：

> 进度，进度，妈的！你越是进度，检验员就越是给你挑眼，又是报废，又是退修，她划起红道道、黄道道来，倒是容易得很。这下好，上级批评你完不成计划，检验员说你不合规格，小英子呀，你大叔叫这上下一挤，就挤成肉饼了……

这里涉及的是一个相关现代生产的话题：速度和质量的问题。在同时期文学作品中，不断提高生产速度是现代化的一种表征，但是这篇小说却对单纯的速度追求提出了质疑。车间实际生产进度难以达到上级规定的生产计划任务，矛盾具体出现在生产者对速度的强调和质检员对质量的强调之间。一方面要完成上级要求任务而要提高生产速度；另一方面检验员在这高速度生产中检出了大量废品，以致工段领导和一些工人对检验工抱有很多意见。

段长赵得看重自己与叶英之间从小建立的亲情关系，认为新质检员会照顾自己生产任务的完成，作为新质检员的叶英却要排除亲情干扰坚持工作原则，有关生产速度与生产质量的矛盾爆发。段长赵得隐约觉得问题主要出在强调速度的生产计划上，然车间党委书记唐亮来检查工作认为问题出在工人和段长政治意识薄弱。问题不能解决，赵得着急于计划完不成，对上级要求的进度、数字报表这些最具有现代化表征的对象产生疑惑：

> 特别是对那每天堆在他桌上的报表不满，那报表上的进度和质量两项，是如此地刺痛着他的心，就是这些个阿拉伯数字，使得他脑子混乱起来，心惶惑起来。他回到办公室，看一张报表叹一口气。出废品当然不可原谅，可是，以赵得自己说，这里面也有个客观原因：刚

---

① 南丁：《检验工叶英》，《人民文学》1955 年第 8 期。

刚投入新产品的生产,比平常略多出些废品,并不是很奇怪的事。对废品多这件事,他不是没想过,不是没难过过,可是,他老是叫进度、计划、任务压得喘不过气来,车间找你要进度,责备你拖下了整个车间的计划,装配车间伸手找你要产品,如他自己说的:叫压扁了。哪个小组或是工人拖下了进度,他就要责骂人家一顿没有计划观念啦等等,其实,这都是他挨骂的话。挨了骂,也骂了人,可是,问题依旧没解决。

无奈的赵得与检验员叶英终于爆发严重冲突,他要叶英放宽检验标准,叶英坚持原则,两人不欢而散。最后即使车间党委书记唐亮批评了赵得,速度与质量的问题仍不能被解决。唐亮只是强制性地要求速度,"快"是他批评的核心词,"新的工厂又要建设起来了,这是国棉一厂,明年,后年还要有二厂、三厂,我们这城市要建设成一个纺织工业区。老赵,看见了吧。有谁像我们这样快的建设工业啊!""是快,要不快,我们还算什么工人阶级,还算什么共产党。"他启发老赵工作生产还要快,认为废品多是工作思想观念问题。这种求快意识,是同时几乎所有小说都认同的一种意识,在有限的时间中取得最大的生产效率,但这种不切合实际的一味求快带来的是生产的粗制滥造,导致生产问题频出,从这样的角度来说,这一篇小说中提出的速度与质量的问题对当时冒进的现代化速度问题有质疑,这在同类小说中是少见的。

三 劳动与生活

1956 年康濯创作的《过生日》和胡正写的《七月古庙会》是两篇带有了进一步反思劳动行为的小说。小说对现代化过程中劳动多重价值的思考,显现了历史的复杂性。

康濯的《过生日》[①] 讲述了一对情同手足的兄弟为自己过五十岁生日的故事。两人都是社里劳动的积极参与者,经过地主剥削、日本劳工生活,历尽了劳动者不幸遭遇,在高级农业社背景下,理应认同集体劳动。但事实并非如此,高强度的劳动带来的不是劳动者对生活的自信,由于劳

---

① 康濯:《过生日》,《人民文学》1957 年第 87 期。

动者脱离了自主支配劳动成果的轨道,劳动留给他们的是对劳动价值的迷茫。

张小锁是一个胆小怕事的人,他既想给自己过一个五十岁的生日,又怕儿媳反对,在儿媳上工后竟躲藏在屋里不敢出来。他并不是一个偷懒耍滑的人,相反很踏实、很本分,然而踏实劳动带来的却是亲情的疏远和干不完的活,劳动带来的不是对生活的自信而是失望,是体力上的超负荷和精神上的极度困顿,现实与理想之间的巨大差距让其对宣传的理想生活产生怀疑,"咱老百姓千年万辈传下来的过生日,莫非就得给扔了?"与张小锁性格截然不同的王银柱,可以忍受过生日吃不上饺子,但他不能忍受高级合作社"干部制"不给自己借钱。王银柱借钱,干部们认为"过生日"是迷信、浪费、攀比行为,强调要勤俭节约,然这种貌似公允的劳动价值的强调实际上是否定了劳动者基本的精神生活需要。王银柱愤愤地说:

> 他们光迷信个劳动,劳动,劳动光荣!反正谁也得拼命劳动,抢工分,抢光荣,抢得像你们社里有事都请不准假,抢得妇女坐了月子也不顾命,抢得媳妇老婆们小产的、闹妇女病的一个接一个!哼,不想想,咱们庄稼主儿谁不知道要好好劳动!可他们这是什么劳动啊!这是瞎胡闹,是白白地拼命!拼的谁家都是一天劳动下来,人人累的个臭死,赶到了家,塞塞嘴,就往炕上一挺,夫妻、父子成天都不说一句话——累得哪有心思说话!赶天明,又去扒工分!更不用说咱哥儿们没法儿歇歇聊聊的,亲戚们也都长年地不来往!……什么娱乐也没有……我说这人呀,要光是个拼命、吃饭、睡觉,别余的什么也没有——那能行么?那还成个世道,还像个过日子么?

可以看出劳动并没有给劳动者带来应有的自信,所谓"劳动光荣"只是合作社之间争夺空头名次的一种宣传,导致的是人们精神生活的单一,人情的淡化,高强度劳动让人变成了一种生产工具。现代化的集体劳动改变了人们原来的日常生活,如果只强调效率速度,只强调政治、经济目的,劳动者只会变成劳动机器,为了完成各种各样无尽的计划,没了人情伦理，没了生活、没了思想，没了对生命本身的尊重，劳动就会异己化。

思考同类问题的还有胡正的《七月古庙会》①。农历七月人们生活自在安适，"炎热的夏天刚刚过去，秋天的凉风就要吹来；农民们经过了紧张的夏锄、夏收，丰盛的麦子已经收在家里，那绿油油的秋庄稼也有了指望"。人们吃过晚饭，三五成堆地在打麦场边、树荫底下快活地闲谈今年庄稼，愉快地谈着快要到来的七月十五，但这样的生活被工作组魏同志的到来给打破了。魏志杰奉工作组长之命，来检查生产工作，他满心欢喜地接受了这一个重任，是要做出一番成绩，要在村中展开轰轰烈烈的生产运动。魏志杰一来就召集所有乡、村干部，要了解生产工作情况，但他不满意于乡支部书记的报告，认为干部存在"闲七月"的严重思想问题。可以看出外来干部与村内农民的想法并不一致，对村民来说，他们想在忙碌生活中有短暂娱乐，而在魏同志看来村民不应有任何闲暇时间，应把所有精力都投放到农业生产上去。这样乡村内的农民与乡村外来干部之间有了矛盾冲突。

乡村外来的干部魏志杰认为只有工作、劳动才是有价值的，每天的时间都是被规划起来的，有意义的，"你们不想一下，赶三天会、唱三天戏，会耽误多少生产，一天以一个劳动力锄一亩地计算，全村要少锄多少地？而生产工作又是当前压倒一切的中心任务！"并认为戏曲都是宣扬迷信思想的东西，是和农业生产毫无关系的。然而乡村内的人们也强硬地认为："社会主义是叫人生产得好，生活得痛快，绝不是叫人死死地受苦，连会也不让赶，戏也不让看。"由于权力关系，代表政府魏志杰掌握有话语的话语权，预先强制性地规划了村民生活，在他的话语中村干部对实际情况的反映变成了歪曲反映，群众的要求变成了"少数落后青年的要求"，看戏逛庙会被扣上了享乐主义的大帽子。在魏志杰规划中，要教育群众像机器一样只知生产，不知疲倦，所有时间都要被规划在劳动中。在这种强烈的现代话语中，村民原来生活方式被否定，劳动意义被改变，乡村劳动不再是为了更好的生活，闲余生活全被变成了劳役式劳动。同时，魏志杰还用算账方式来否定看戏的意义，唱三天戏不光要耽搁三天劳动时

---

① 胡正：《七月古庙会》，《火花》1956 年第 11 期。

间,而且村里要损失许多粮食:

> 如果要唱戏,你们每户最少要来五个客人,一个客人每天最少吃一斤粮食,三天就是十五斤,全村四百多户就是——小一万斤。待客还要吃点好的,再加上供应摊贩的粮食,你算算,要浪费多少!

这种算账方式是一种"伪现代"的时间逻辑,借被分割的有长度的时间来否定传统意义上与日月星辰相对应的时间,表面看是一种现代与传统的冲突,其实则是反现代的所谓现代逻辑。小说中的乡支书赵福增认为账不应该这么算:

> 我看这个算法不大恰当。邻近村的客人看完戏会回去吃饭,远处的亲戚朋友呢,就以我家说吧,就是不唱戏的话,每年也总要来往一两趟。至于说大吃大喝,浪费,那我们在什么时候都是要坚决反对的。再说我们这一带的群众都有这个习惯:七月会上要添置些秋收的家具。供销社也接到县上的指示,要通过这个庙会活跃农村市场,咱们为什么不趁这个机会好好开展一下工作呢?

赵福增从乡间亲情伦理的角度出发,强调的是村人之间的情感,而魏志杰看到的只是经济利益,却忽视掉了生产的最终目的是要服务于生活。在看戏逛庙会期间,各家的外孙、闺女都可乘这一节日回娘家看看自己的父母,父母也在家中准备好了好吃的东西盼望半年多没来的孩子,这样的天伦之乐魏志杰看不到的,他只想把外村的力量通过亲戚关系吸引到自己组织的农业生产运动中来。

魏志杰的这种认识与农村现实有很大距离。村里老人、青年人在路口闲谈,看到他之后都躲得不见了,他理解为是大家都积极生产劳动去了;大闺女李兰花穿着一件漂亮的衣服要去在庙会上见好长时间没见的对象,他认为她作为一个青年团员,是要情绪高涨地带动大家去生产。正是在这样的"现代化生活方式"的幻想中,他给县里写信总结自己领导劳动生产的成绩,汇报全村增产的数字。现代化的生活在他的想象中只有劳动生产,只有数字,却没有了人,没有了人情伦理,没有了人性,这样的生活并不是村民们的理想的生活方式，村民们最终开始反抗了。农民先是消极反抗，借请假看病为名到城里去看戏，到七月十五那天干脆敲起锣鼓唱起了戏，摆下摊子做成了会。当魏志杰闻声赶到戏台上阻止时，几个冒失的小伙子公开反抗，要把他当作破坏会场的坏人抓起来。慌乱中，魏志杰掉下戏台，摔伤了脚，村干部们赶来为他解了围。最后是上级领导出面认同群众要求，让魏志杰认错，村民对自在生活方式的斗争取得胜利，小说以喜剧的方式结束。虽然小说最后把这种胜利的合法性最终通过县委一封信来得到确认，把批评的对象仅限制在了干部魏志杰个人的身上，其实魏志杰的认识就是来自上级工作组，村民对生活的理解最终战胜魏志杰对乡村所谓现代化规划，实际上是乡村自在生活状态对用外来现代化生活理想干涉乡村生活的一种胜利，小说思考的是农民这一弱势群体的乡村话语对政治强权话语的反抗。

四 进城还是留乡

表现传统与现代、乡村与城市的矛盾、冲突中不同的人生形态与相应的价值指向，韦君宜的《月夜清歌》[①] 是一篇重要之作。《月夜清歌》所讲述的故事并不复杂，几个从大城市下放农村的文艺干部，在村里发现了一个很有唱歌天赋的女孩秀秀，就竭力动员并创造条件让她去城市艺术学校学习，为她描绘去大城市学习唱歌的未来前景。尽管如此，秀秀母亲、未婚夫却都不同意秀秀去城市，秀秀自己经历了由想去城市变为坚决不去城市的思想转变过程。作者通过下放干部老李对秀秀是否离开乡村去城里学习艺术表达了两可的意见，"在这里面包含着一个新旧变革的重要问题哩。真实意义恐怕很深远……人的思想要解放，的确不那么容易啊！"她一方面用城市眼光来看待秀秀的进城，另一方面又处处以浓墨重彩渲染秀秀在乡村生活的美好，生命的自由。"她干这活儿真是毫不费力似的轻便夭矫。一看马上就叫人感觉到，只有她干活的姿态和这片明丽的果园才相配呢……她唱得很活泼，很轻快，声音简直像是在跳着的，像是在这园里的绿树顶上跳，从这片叶子跳到那片叶子。"作者对下放干部动员秀秀去城里的努力与秀秀最终的拒绝，都采取了赞赏的态度，但最终的价值指向

[①] 韦君宜：《月夜清歌》，《北京文艺》1962年10月号。

仍然倾向于后者,"秀秀当时就是走了,也不会没有前途。不过,我总觉得值得高兴的是秀秀终于留下来没有走"。在进城代表着现代化的价值判断书写中,这篇小说思考着这一城乡问题,书写出了不同的思考。

对秀秀该不该去城里的态度上,下放到农村的文艺干部和在乡村的农民思想发生了矛盾,这是两种价值观的冲突。在乡村内部,对城里来的干部所代表的生活方式和思想意识呈排拒态度,这是一种非常现实的态度。在村里人看来,在下放文艺干部们的影响下,秀秀和这些城里来的人交往多了,首先是外表变了,秀秀的头发样式、头巾颜色渐渐变了,这让村里一些老人和老实的姑娘小伙大不满意。为什么在乡村会为这样的变化而不满意呢?在乡村价值中,首要评价标准在道德层面,对青年人的评价看重朴实的劳动及对老人的孝顺,而不重外在容貌之美,勤劳生产带来物质收益,容貌之美只能挑逗起人的情欲,秀秀的打扮变化会破坏乡村的社会价值取向。

而在乡村外来的下放干部们看来,秀秀的这种改变中蕴含着"新旧思想"的变革,这是城里价值观念正在改变乡村价值观念。老李和任大姐这些城里来的下乡知识分子要完全改变秀秀的生活,送她到大城市北京音乐专科学校去,她们谈论着秀秀的前途,当看到秀秀由于离不开村子,更离不开自己的母亲而犹豫时,就给秀秀做工作,灌输城市价值观念。任大姐们认为进城关系着秀秀一辈子的前途,秀秀将不再是一个农民,而是会成为一个在城里以唱歌为职业的文艺工作者,这样的工作,会改变秀秀的生活。老李用新旧思想的冲突来分析这一事件,提醒秀秀"年轻的人,要用新的代替旧的,用新文化代替旧文化,这本来要经过艰苦的斗争",在思想价值上肯定秀秀进城的合法性。这是一种城市价值,在这种价值观中,城市是新思想、现代化的代表,乡村是落后被改造的对象。秀秀放不下自己的对象农村技术员小黄,这是对感情的看重,而任大姐和老李从性格角度批评秀秀不够刚强泼辣,黏黏糊糊,从为艺术与生活的角度要秀秀抛弃小黄、乡村人情。在两人开导下,秀秀思想渐渐被城里的生活所吸引,"听他们讲起了那远方城市的灿烂景象,学校里丰富得没边没沿的文化海洋,她的眼睛也渐渐亮了。凝神听着,终于轻轻地点着头"。城市文化看似要战胜乡村情感。

小说叙述者"我"也感觉这是为秀秀前途着想,为发现这样一个艺术的苗子而高兴。但是小赵无意中说的一句话，实际上点透了她们为秀秀定制的前途：

> 瞧着吧！将来在北京街上再遇上陈秀秀，咱们就要不认得她啦！……那时候哇，你看她刚从歌舞剧院走出，穿上一件紧腰小袖羊毛衫，一条素罗长裙子，背后再低低地打上一条单辫子，那可就不是今天的陈秀秀哇！

秀秀进城，就是要改变自己农村姑娘的形象和生活方式，彻底变成一个城里人。小赵的说法让小说叙述者"我"突然开始怀疑自己认同的秀秀进城意义：

> 我挤着躺在社员家的大炕上，两边躺的大娘和小孩子都睡得呼噜呼噜的了。我睁开眼望着这农家的房顶，外面有月色，能看见没有糊顶棚的房梁，和一条条的黑黑的椽子。我没去过陈秀秀家，这时忽然想起，她家该也是和这差不多吧？那么，她就要从这里走了，从这里飞起来，就像这村外海棠树上的蝴蝶蜜蜂一样，从花上飞起来，到人海里去了。忽然想起普希金的"驿站长"来，想起驿站长那个跟着城里人跑掉的女儿。

在秀秀去北京之前，"我"又专门去找她，秀秀劳动在果园中，人们正忙着给果树打药，分散在这像海似的绿荫里干活，光听见笑语看不见人影儿。秀秀快活地、自由自在地和自己的伙伴们劳作在果园里，她与小黄的爱情就是在这劳动中产生的，劳动间隙秀秀的歌声给大家带来快乐，秀秀是属于乡村的，她的生活就在这里，她的亲人在这里，在这样生活中，她的生命是自由自在的，乡村才是她生命的舞台，乡村情感伦理最终战胜了现代城市生活对秀秀的吸引。

知道秀秀变卦后，老李把责任归结为是秀秀对象小黄拖了秀秀后腿，骂小黄是"只顾自己"的自私男子，"在这个时代简直还要运用夫权！"小黄是村里的技术干部，是一个乡村中的知识青年，他把自己的生活和价值安置在了乡村。老李、任大姐和"我"三个人，远山近水地绕着弯子给小黄做思想工作,从新旧文化交替、形势需要谈起,再归到城市需要,但小黄认为农村也需要有文艺才能的人,让所有做思想工作的人舌尖打结。老李做不了解释,却只把秀秀不能去城里的原因归结到小黄身上,甚至要小黄以青年团员身份不要限制自己爱人,污蔑终于导致了小黄的愤怒,离身而去,也导致了小黄对秀秀的误解,在这样的冲突中这些从城市来的下乡知识分子的现代思想的合法性荡然无存。

最后是秀秀母亲出场,道出了农村朴素的生活观念,也反衬出了城市来的知识分子所谓现代思想的功利性。六十岁的老大娘,委婉地叙述她对于女儿的看法,首先她从秀秀还是一个孩子的角度,认为女孩子家爱打扮打扮,爱玩玩唱唱,本来也合乎情理,"她跟你们同志们去唱歌儿、学你们梳洗打扮,也有老年人们劝我管管她,我都没理茬,那有什么呢?我知道这孩子心眼儿还是老实的。这些小事只要她心里喜欢吧。谁年轻时候不打那么过过?"其次对留乡还是进城的问题,她并不固守,而是遵从秀秀自己生活的幸福角度:

> 你们要她走,你们说上那大地方好,我本来是舍不得她,可只要她自己觉着真好,也行。不过要象现在这个样儿走,我就情愿她不走,也不能让她走。我们情愿一辈子守在这村庄儿里,也不指望那富贵荣华!……你知道她这几天是怎么过的吗?秀秀昨天哭了一整夜,为的跟小黄吵了一架。自从说起要走这件事,她每天都是拿东忘西掉了魂似的。又说了愿意去,又天天茶不思饭不想的发呆。前天,他们两个本来商量好了,不去了。那一天两个人倒是高高兴兴的了。昨天又不知你们说了什么,小黄跑进我们家就发火了,说他不管秀秀的事了。又说他不"压迫"她。越说秀秀越哭,好像要生离死别似的。请你们说说,这样叫她出去,能有个什么好处?……你们别逼她了!……这么下去,她受不了。我跟你们说实话,尽管她在外头跑跑颠颠,她心眼是老实的。她心里实在舍不了他,也舍不了这村庄。照这样,到了那大地方也成不了什么人才的。我不指望她有那个光采,只指望她快活,高高兴兴过光景就行……我一辈子舍不得弹她一指头,你们说她出去了就有什么大前途,我舍不得她,咬咬牙也认了;可是她自己实在没这个命,没这个福气。你们不懂得,她实在是个乡

村孩子。叫她跟那小伙在一起吧，我瞧着他们挺快活的，自己喝口凉水心里也踏实。我不求你们什么别的……

老大娘首先否定了对城市生活荣华富贵的看重，这恰是城市来的知识分子们最看重的，并不断以这种物质生活来利诱秀秀；其次老大娘最看重的是秀秀生活的幸福、自由状态，而这一点却是最不被为任大姐、老李所看重的，不光如此，任大姐、老李等要实现的其实并不完全是秀秀的理想，而是要在秀秀身上实现他们自己没实现的人生理想，他们自己的人生已经被这种城市的所谓现代的思想束缚，反过来他们又用这种思想来束缚秀秀的人生，她们要把秀秀"逼"进城。把老大娘为代表的乡村文化价值和任大姐、老李为代表的城市现代思想相比较，不是城市现代文化的胜利，反而是乡村文化更具有这种对个体价值的认可，在这样的对比中，体现出小说作者对城乡现代问题的深刻反思。秀秀在乡村生活得快快乐乐，仅仅为了城市的荣华富贵就要失去自己的亲人、爱人，这样的物质生活又有什么意义，让秀秀抛弃自由和自己所爱的人，是物的世界绑架了现实人的生活。因此，老大娘坚决不同意秀秀去北京做城里人，而要秀秀做一个自由快乐幸福的乡村孩子。

"我"后来又听到秀秀唱歌，感觉着乡村生活的自由美好，感觉到了秀秀生命的自由自在，乡村就是人生的一个大舞台，高兴于"秀秀终于留下来没有走。这一次又让我们听到了她这充满幸福和骄傲的歌声"。怎样的生活才是幸福的生活呢？秀秀选择了自己认为幸福的生活，而不是有前途的生活，这是乡村文化对城市生活吸引力的一种抗拒。小说作者进一步思索："我一下子思前想后联想起好多好多事情来。想到秀秀当时如果离开小黄和雨泉村走了，如今会怎么样？甚至还联想到许多与秀秀、与音乐……完全没有关系的事情。黑地里自己想得怅然若失了。可是这些就不必多说了罢。"傅书华认为："这才是作者写这篇小说的真正意图之所在。"[①] 认为这是作者对"以个体生命为本位来判断意义的存在与否的"价值观的一种认可，因为秀秀没有去实现自己的社会价值，而是选择实现自己的个体价值，从生命的个体价值、个体幸福而言，秀秀在乡村做一名

---

① 傅书华：《重读〈月夜清歌〉》，《名作欣赏》2007 年第 9 期。

农民会高于其在城市做一名歌唱家的。在个人价值选择中,与她生命血脉相连的亲人、亲情,自己生命中的喜怒哀乐就成了个体生命存在中的重要组成部分。由此作者是在自觉不自觉中强调日常的、凡人的、个体性的存在形态和价值,也是对代表现代的城市生活方式的一种抵制。

钱理群曾谈到乡村中"大批的辍学生和失业的大、中学校毕业生,游荡于农村和乡镇,成了新的'流民'阶层"[①] 的问题,指出乡村文化的衰败、崩溃,地方文化生活空洞化,农村公共生活形式被瓦解,在纯净大自然中劳作建立的家庭、家族、邻里亲密和睦的关系在蜕变,"乡村生活已逐渐失去了自己独到的文化精神的内涵",乡村不再具有亲和力和皈依感,城市又十分遥远,这样乡村青年的生命存在的根基就发生了动摇,成了"在文化精神上无根的存在"。在这样的现实生活基础上,我们有必要再重新阅读五六十年代这样对乡村生活方式,生活价值思考的作品。乡村社会存在着一套相对而言比较稳定的价值系统,现代化建设并不是单一的"农村城市化",而需要同时进行"新农村建设"。重建中国传统文化,重建乡村文化尊严,要重新确认乡村文化在整个社会、民族文化中的价值和地位,重新确认乡村文化作为乡村教育和整个国家教育的文化资源的价值和作用仍是重要问题。

老李、任大姐,这些城里来的文艺工作者的价值观念里,其实隐含着一种"精英立场",自然地将乡村和农民作为救济和改造对象。这样的乡村观、农民观在今天中国似乎占据主流地位。在现代化话语中,乡村是一个消极、负面的存在空间,运用现代话语不自觉地就会俯视经济落后的乡村,把农民想象成一个落后群体。按照这样居高临下的权势者、成功者立场,甚至以"让农民别太穷了"的心态来看待和对待"三农"问题,就必然将乡村建设变成一个"为民做主"的"救济"的场所和缓和矛盾、维护稳定的政绩工厂,这样"三农"问题就被简化为一个纯粹的物质贫困问题,所谓"新农村建设"也仅仅变成"盖房修路"的慈善之举。而深层次的精神、文化问题就被虚化。《月夜清歌》对这样的"主流"农村、农民观提出质疑,提出乡村文化自身的独立性及价值。

[①] 钱理群:《乡村文化、教育的重建是我们自己的问题》,钱理群、刘铁芳编《乡土中国与乡村教育》,福建教育出版社 2008 年版,第 6 页。

1962—1976：德性/斗争与继续革命的想象

第十章 浩然：继续革命的想象

第一节 乡村革命想象的继续

20世纪90年代的小说在对伪崇高、伪宏大、伪审美的自觉解构中，告别了1949年以来神圣、庄严的政治、革命价值书写，转而以日常经验的个人化陈述追求纯文学的审美理想。然而，内转的纯文学很快被消费文化收缴，在自我抚摸的呻吟中市场让小说变成了情欲混乱、心理变态、感官刺激的展览场，在批评家不知所措时写手和书商已大赚特赚。不满于这种小说自恋，新世纪文学重新发现文学与现实生活的血肉联系，底层书写成了新世纪十年最引作家和批评家关注的共同话题。不过底层叙事数量越来越多，缺乏正面精神价值的肯定和对现实生存的精神超越，其理想形态也没有在批评理论中被正面建构，在向20世纪中国文学寻找资源中，社会主义文学成为其被重新关注的对象之一。50—60年代文学对社会公平、民主价值等的看重，尤其是对工农阶级社会地位的承诺，让社会主义价值意识成了"底层"的一种保护性力量，人格、尊严、正义、勤劳、坚韧、创造、乐观等价值被重新发掘，社会责任感、集体主义等价值被重新肯定。在这样的语境中，重读浩然，就不光是对一位逝者的同情。

在当代文坛上，浩然及其作品被看成一个时代文艺的象征。浩然身为"文化大革命"时期"唯一的作家"，在"文化大革命"期间赢得众人仰慕的光辉，在新时期又被众人贬斥得黯然失色。从1978年主动"隐退"到1989年复出，到1994年《金光大道》四卷本全部出齐，到1998年"要把自己说清楚"，再到2008年去世，浩然及其作品都引起了极大争议。两种尖锐对立的政治立场，决定着人们对浩然个人和文学创作截然不同的评价。批评者以文学"真实性"标准尖锐地批评浩然粉饰了当时生活。不过从文学也可以是对新生活的想象来说，浩然小说又有另一番景象。面对50年代乡村生活，小说中的阶级斗争话语、理念以及各种场景，便成了小说对乡村现代的一种"想象"。赵园说："社会学、政治学意义上的农民，与文化史意义上的农民，都属于'知识者'的乡村、农民……文学中自不会有纯然的乡村真实。"[①] 一代一代的知识者依据自己的学识和情感构筑着自我心目中的乡村，浩然小说提供了他心目中的文学乡村想象。作为新中国历史中成长为作家的一个农民，他的创作是为新中国主体对象——农民服务，书写的作品又为农民所接受，作为这样一个三位一体的作家，他不仅是研究工农兵方向文学的历史标本，也对当下底层写作有启示意义。新世纪底层写作完全不同于昔日"底层写作"的工农兵文学，从赵树理、柳青、浩然这样本身就处在底层、从底层成长的作家写作开始，底层对象经历了从自豪、自信转变成新世纪的心酸、自卑群体的过程，这种变迁让人重新思考"工农兵文学"的含义，浩然等人的文学想象在此应有新的意义。他那些自豪、激情的农民情怀，当时具有的乌托邦想象，作品中的理想主义情怀，仍是我们重读浩然的深层原因。去掉"文革叙述"和"新时期叙述"建构中对浩然的遮蔽，如果我们把启蒙、革命、现实主义、想象的文学，视为特定历史语境中有关中国现代化的不同书写方式，重读浩然，我们面对的是一个人背后一个时代的文学想象。[②]

一　想象乡村革命的文学

中华人民共和国成立以来的文学更多的是对社会主义新生活想象的文学，小说在总体风貌上呈现出欢快、明朗的基调，人物多是对生活富于热情、对未来生活充满美好想象并决心要改变现实的青年，因此整体上呈现出一种明朗、青春、理想化的特点。文学对新生活的想象也是作家对未来生活的想象，评价这种文学想象的标准应是看作家所想象世界的丰富性、宽广性和深厚度，以及对现实生活的超越性。作家真诚地表达对未来生活社会的梦想，用想象的文学方式书写一种全新的未来生活形态，这种书写

[①] 赵园：《地之子——乡村小说与农民文化》，北京十月文艺出版社1993年版，第74页。
[②] 参见程光炜《我们这代人的文学教育——由此想到小说家浩然》，《南方文坛》2008年第4期。

姿态本身就具有现代意味。①

　　从《喜鹊登枝》开始，1956—1962年的浩然小说，所写都是新人新事新风尚。1958年的小说集《喜鹊登枝》赢得叶圣陶、巴人、钟灵的盛赞，叶圣陶在这些小说中看见的是"被革命唤醒的新农村里，受合作化实际教育的新农村里，人的精神面貌怎么样焕然一新，人与人的关系怎么样发生自古未有的变化"②。巴人说，小说集中的小说"每篇都透露着新生活的气息，读了以后，好像自己也下了一次乡，置身于新农村里，看到了一个个精神饱满、积极、勇敢而又活泼的青年男女，也看到了一些笑逐颜开、正直、纯良，从旧生活和旧思想中解放出来的年老一代"③。在这些评价中，批评家看重浩然对农村新生活、新气象的敏锐捕捉和想象，浩然在农民精神、气质、心理、性格的细微变化中来体现崭新的、强大的国家意识对传统乡村的改变。对浩然这样一位从社会底层开始参加社会革命并进行文学创作的作家来说，面对新建国家、社会，如何进行建设是他这样的文艺革命者创作中的激情来源。"我不能回家种那几亩地了，我要参加社会主义建设，让全国农民都过上社会主义的好日子，让全国人民都不破产，让他们的后代都不成为无依无靠的孤儿，而且都成为有文化的人。我要告诉妻子，只有一心一意为这样的理想工作、奋斗，才是有正气、有志气、有出息的人。我要为自己，为我的亲人当这样的人。"④ 这样饱含热情、对未来充满热切渴望的情感成为浩然小说创作的基调。浩然十二三岁时父母双亡，和未成年的姐姐相依为命，家中房子土地被舅父霸占，是代表解放区政府的"黎明同志"主持公道，让小浩然心里对共产党新政权产生了信任感，并参加革命。同样，赵树理、柳青等也是在血与火的考验中投身共产党领导的中国革命，只有理解了这些执着于农村泥土的作家在社会底层的人生经历，以及因共产党革命给农村带来变革而产生的真诚感激，我们才能靠近这些作家笔下中华人民共和国成立初期的新农村想象为什么是明朗的、欢乐的、充满希望的。从建设角度出发，他们真诚地维

---

① 有关"十七年文学"中的理想性，贺仲明有文章《重论"十七年"乡村题材小说的理想性问题》，《文学评论》2012年第2期。
② 叶圣陶：《新农村的新面貌——读〈喜鹊登枝〉》，《读书》1958年第14期。
③ 巴人：《读稿偶记》，《文汇报》1958年4月7日。
④ 浩然：《浩然口述自传》，郑实采写，天津人民出版社2008年版，第124页。

护着这个新生国家、政权，并对未来生活进行美好想象。不过，同赵树理的《三里湾》和周立波的《山乡巨变》一样，浩然50年代的创作并没有在小说中表现阶级斗争主题，而是在努力捕捉生活亮色并让它更加明亮，这样的书写展现着新生活面貌，却未能写出未来新生活的现代新质。直到1960年柳青《创业史》中梁生宝、徐改霞等乡村新人的出现，一种全新的、自觉地把自己的生命价值融入乡村社会主义建设理想中的革命新人才真正出现，浩然《艳阳天》就沿着梁生宝这样的新人路向继续革命想象，创作出了萧长春这样的乡村革命者。

那么，如何理解浩然小说中对生活的美化，甚至"粉饰"呢？在浩然小说中，我们看不到五四乡土小说家笔下凋敝破败的乡村景象，甚至看不到赵树理小说中反映出来的乡村问题，然而浩然写的是他心目中希望看到的、理想的美好生活，从文学想象角度出发，浩然希望这种美好生活能够改变现有不够光明的生活。① 当然我们不能单纯以浩然这种价值取向就肯定浩然小说的价值，但同样我们也不能因此就否定浩然小说为虚假粉饰。从文学想象角度出发，我们要关注的是在浩然小说中他想象的深广厚度怎么样，而不是单从反映现实的真实虚假甚至政治角度对其进行正确与否的德性判断。李辉认为："赵树理总是执着地认定，应该尽可能地根据现实中发现的、感受到的生活来创作，而不是先入为主地根据观念来创作。他的成功源于此，而最终被摈弃也源于此。与赵树理不同，浩然从50年代一开始走上文学道路，就表现出一种全新的创作观。"李辉进一步分析认为赵树理与浩然的本质区别在于，赵树理写的是现实工作中的问题，而浩然写的是生活中的理想，是观念，"观念远比生活更为重要。我想，这样一种将观念置于生活之上的创作方法，恰恰是理解浩然、认识浩然的一把钥匙。有了这样的创作方法，他才有可能适应新的需要，才有可能将'阶级斗争'作为主线来反映农村生活，塑造出赵树理无法塑造出

---

① "文化大革命"前，浩然在介绍创作体会时曾说："我在构思小说时，对在生活中遇到的事情，常常从完全相反的角度去设想。譬如，到商店去，遇到一个营业员态度特别恶劣，甚至挨了骂，但在写小说时，我就设想遇到一个好营业员，对人如何热情如何周到；一个生产队员懒惰消极自私自利，我就设想一个勤劳积极大公无私的形象……"李辉：《清明时节——关于赵树理的随感》，《风雨中的雕像》，山东画报出版社1997年版，第126页。

的新的英雄人物"①。从这一角度出发，浩然60年代的《艳阳天》和"文化大革命"中的《金光大道》等小说对理想生活的想象，就不应单从政治革命的角度去直接否定或肯定，在其中探究浩然这种对新人、新生活、新社会的想象达到了怎样的丰富、宽广、深厚程度就更有意义。

二　革命想象的继续

从对新人的想象来说，赵树理、周立波笔下的人物是乡村内的人物，他们在乡间赢得人们对其认同的是乡间传承多少代的个人道德伦理，然而他们还未获得历史主体性，还未自觉地参加到现代政治国家的建设中去，他们身上的乡村传统伦理意识压过了阶级意识与历史意识。《三里湾》中的王金生、《山乡巨变》中的李月辉等面对走个人发家道路的革命干部范登高和农民王菊生，采用的是乡村社会家长里短式的德性沟通，达到了喜剧性结局，并未能揭示出两种社会理想的本质区别。《创业史》中的梁生宝，既是一个乡村伦理中被认可的德性人物，但更重要的是他具有社会理想，他非常自觉地把自己的生产劳动与建设自己认同的社会理想联系在一起，超越了父辈的小农意识。到浩然的《艳阳天》和《金光大道》中，萧长春和高大泉，为实现自己认同的这种社会理想而奋不顾身，放弃个人财产，完全把自己的生命投入社会建设中，成为带有纯粹想象性特质的理想英雄，人物的这种变化体现出的是对乡村革命现代想象的继续。

在这种对未来生活的想象中，阶级话语是重要资源。在《艳阳天》中，东山坞中阶级对立，街道以阶级势力划分为两半，萧长春退伍复原回乡，战争话语换成农民话语，战士身份换成农民身份，斗争意识不减，决心建设乡村社会主义。在他的意识中，生活就是战场，麦收就是战斗，镰刀、锄镐就是手中的刀枪，他时刻准备着战斗。萧长春、高大泉这样的人物"公而忘私""舍小家，为大家"，但如果他们不能把这种牺牲奉献上升到历史意识的高度，充其量这些人物只是传统伦理道德秩序中令人崇敬的德性人物，是宗法社会中的道德领袖，仍不具备现代社会的新人本质。要把这样的人变成现代中国社会的新人，必须把这样的人物放在中国社会

---

① 李辉：《清明时节——关于赵树理的随感》，《风雨中的雕像》，山东画报出版社1997年版，第127页。

政治现代革命的设想中，塑造出他们自觉的现代政治意识，对未来现代国家、社会的认识。如果没有这种自觉的历史意识和政治意识，他们很容易又会变成《三里湾》中的范登高、《创业史》中的郭振山，一旦他们成为社会中握有重权的人物，单靠德性也很难让这些清官不变成《老残游记》中可恨的清官。如果中国社会秩序不能建立在现代社会制度的基础上，中国社会利益重新分配后并不能实现共同富裕的社会理想，社会革命将在绕了一大圈后重新走向社会分化的老路，革命结局将会背离革命初衷。[①] 要避免"革命的第二天"[②] 问题，萧长春、高大泉就要避免社会重新出现分化，就不能把自己的理想寄托在传统社会中的个人德性上，而是要将其建立在自己对政治革命的认识上，建立在对当初革命理想的实践上，在这个意义上，《艳阳天》《金光大道》都是对《创业史》主题的进一步续写。小说所描绘的乡村从合作化发展到了人民公社，小说叙述的重心从组织起来的劳动生产方式转向阶级"意识"斗争。分配问题上东山坞面临的问题已经由走合作化道路变成了新建共同体内部的思想斗争，马之悦成为范登高、郭振山人物谱系的后续者，萧长春与之的冲突不再单纯是共同富裕与个人发家致富道路的冲突，而是上升到未来社会秩序建构的问题。马之悦支持土地分红的原因并不是"沟北每一户……添个斗儿八升的"，而是要"建立一个以他为核心的东山坞的统治模型，这一模型实际上暗含的是一种地方官僚政治为主导的乡村权力结构"，"应该说，浩然对此问题的涉及，已经关联到社会主义制度（包括这一制度的构成形态）本身有无可能产生新的官僚利益集团"[③] 的问题。从这个角度看，赵树理小说中

[①] 蔡翔认为赵树理、柳青注意这一问题是有现实依据的："这一现实原因即当时存在的干部中的资本主义化倾向，实际上，早在1940年代后期，就出现了党员雇工剥削的现象，而围绕着党员致富的问题，当时党内高层也有过争论"，"核心问题则在于，党员'雇工剥削'的资本究竟来自何处？这就涉及'土改'的分配问题。周立波的《暴风骤雨》中也已涉及这一问题，也就是说，在分配土改'胜利果实'的时候，干部、党员和积极分子常常具有优先选择的权力。"蔡翔：《革命/叙事：中国社会主义文学—文化想象（1949—1966）》，北京大学出版社2010年版，第107页。

[②] [美]丹尼尔·贝尔：《资本主义文化矛盾》，赵一凡等译，生活·读书·新知三联书店1989年版，第75页。

[③] 蔡翔：《革命/叙事：中国社会主义文学—文化想象（1949—1966）》，北京大学出版社2010年版，第109—110页。

充满了大量乡村伦理温情，重建在社会动荡中被破坏的乡村伦理秩序，然而缺少了对未来新社会的想象，柳青、浩然这些作家继续思索了未来社会的秩序以及要继续革命的思想。

社会革命本身任何时候都不会结束，再加上中华人民共和国成立后社会革命道路的弯曲，90年代"去政治化"① 中对社会政治的厌倦，消费文化对社会革命思想的消解，让21世纪以来社会问题大大凸显。1963年5月20日发表的《中共中央关于目前农村工作中若干问题的决议（草案）》明确指出："在机关和集体经济中出现了一批贪污盗窃分子，投机倒把分子，蜕化变质分子，同地主富农分子勾结一起，为非作歹。这些分子，是新的资产阶级分子的一部分，或者是他们的同盟军。"② 从思考"革命的第二天"的问题角度出发，浩然小说想象极具先锋意味，因为浩然当初的想象之敌在20世纪90年代后真正站在了底层大众的对立面。③

在浩然小说中，萧长春、高大泉被塑造成阶级斗争中成长起来的、意志坚强品德高尚的英雄人物而受到诟病，但正如柳青为梁生宝的辩解一样，"这是指导互助合作运动的党成熟了，而不是梁生宝成熟了"④，正因为如此，小说中无论是梁生宝还是萧长春、高大泉，在有了工作思想中的问题后，经过乡、区、县或更高层次代表党组织领导的解释说明后，就又投入革命事业中去了，小说叙述减少对个人精神世界的呈现，突出政党、国家意识，在这种层面上小说才更具有乌托邦意义。

社会主义社会不能建立在小农经济和资本经济基础上，更不能无视在这一基础上产生的贫富分化和剥削现象，为避免这些现象重新出现而走的集体化道路，需要现代政党的引导，梁生宝、萧长春、高大泉等在接受了社会主义理想后就带领大家去实践了。《三里湾》中的王金生、《创业史》中的梁生宝等靠互助组、合作社多打粮食，提高抗自然、社会风险等好

---

① 参见汪晖《去政治化的政治、霸权的多重构成与60年代的消逝》，《去政治化的政治：短20世纪的终结与90年代》，生活·读书·新知三联书店2008年版。

② 江山主编：《共和国档案》，团结出版社1997年版，第199页。

③ 当然，浩然在这一问题上，由于夸大了残余地主阶级、资产阶级这些原来力量的重要性，蔡翔认为是"多少回避了社会主义本身有无可能异化的重要问题，或者说将这一重大问题简单化了"［《革命／叙事：中国社会主义文学—文化想象（1949—1966）》，第115页］。这一简单化，让这一问题缺乏对历史的洞穿力度，没能达到超越时代的程度。

④ 柳青：《提出几个问题来讨论》，《延河》1963年第8期。

处，吸引农民走上了合作化道路，而《艳阳天》中的萧长春面对的问题是从如何分配合作社丰收的粮食开始的。粮食丰收，合作化优越性吸引了人们走社会主义道路的决心，但如何分配丰收果实，如何消费丰收果实才是真正考验萧长春的重要问题。是按照土地多少来分配，还是按照劳动多少来分配？是多分一点，还是多卖一点？多分多卖后如何消费所得？是走郭振山的发家路，还是重新投入社、村的进一步发展中？在获得丰收的物质面前，人们的私欲开始膨胀，因此小说重心重又变成对私有观念的批判，创业难，守业更难，新的革命需要更有气魄的想象。

三　乌托邦情结

浩然终其一生都在写乡村，他把自己四十多年的创作精力都献给了乡村题材的小说，从乡村成长起来的他对乡村充满了深厚感情，新时期以来受他人口诛笔伐，他对自己的小说创作仍不悔改，相信自己小说创作的价值。李敬泽说："浩然属于中国现当代文学中一个边缘而光辉的、很可能已成为绝响的谱系——赵树理、柳青、浩然、路遥，他们都是文学的僧侣，他们都将文学变为了土地，耕作劳苦忠诚不渝。"[①] 在这些作家的乡村创作中，激励作家表达欲望的是他们对心中理想农民集体精神的称赞，是对美好人性的向往，对乡村美好未来的希望，这些希望也给读者带去了想象未来的空间。在中国现当代文学中，这些作品中想象的未来美好生活、主人公精神追求，以及激情澎湃的创世豪情，都让小说世界现出乌托邦光辉。

乌托邦是人类对美好社会的憧憬，在莫尔的想象中社会主义社会是一个人人平等、没有压迫、世外桃源般的世界，后来这一概念的含义藉此扩大为基于某种概念而建构的理想社群形式。就其意义而言，乌托邦的价值乃在于其启发性，对未来社会更加美好完善地想象。在小说中，浩然就是在演绎时代乌托邦，在这样的想象中浩然最终敞亮出了一个怎样的世界，这个世界的启发性意义又是什么，这应该是评价浩然小说创作的一个关键性问题。

浩然在《浩然口述自传》里提到："在所有作品中，我最偏爱《金光

[①]　李敬泽：《我们该不该向浩然表示敬意》，《人物》2008 年第 9 期。

大道》，不是从艺术技巧上，而是从个人感情上。因为从人物故事到所蕴含的思想都符合我的口味。和《艳阳天》一样，当时读者就认为我写二林、彩凤这样的中间人物写得好，但我不喜欢他们。今天，经历了这么多人世纠纷，对这种有点自私，但无害人之心的人是否比较理解呢？但不，我还是不喜欢自私的人。我永远偏爱萧长春、高大泉这样一心为公，心里装着他人的人，他们符合我的理想，我觉得做人就该做他们这样。至今我重看《金光大道》的电影，看到高大泉帮助走投无路的人们时还会落泪。"[1] 这是浩然老年时对自己创作的最后告白，这些人物身上寄托了浩然的精神理想。现代文学中某些形象成了作家的精神投影，鲁迅笔下的"过客"，沈从文笔下的翠翠，巴金笔下的觉慧，汪曾祺笔下的小英子和小明子，都是他们精神理想的一个化身，而不是单纯某个现实社会中的人。翠翠在沈从文那里是一个美好、自然生命状态的存在，是他理想生命状态的象征，同样，萧长春身上所体现出来的天下为公、和谐美善的人性状态是浩然精神世界的理想。与赵树理、周立波、柳青小说中塑造的新人王金生、刘雨生、李月辉还有梁生宝相比，浩然小说中的人物更加具有理想性、精神性，萧长春与高大泉在摆脱个人小集体的物质欲望后，把个人的人生理想建设在实现更加宏大的国家社会主义上。从王金生到梁生宝再到萧长春，人物离现实生活越来越远，在对未来生活的想象中渐具乌托邦意义。

　　从作者创作激情出发，从社会主义想象出发，浩然小说在一定层面上带给读者美好人性、未来社会生活、政治革命的一种虚构蓝图，但是由于受认识生活深度的局限，更重要的是其对社会主义革命的理解部分源于对革命政治意识的简单图解，在对未来社会生活的想象中，他所表达的乌托邦世界不够深刻广阔深厚，并没有完全达到超越时代精神的程度，这在一定程度上造成小说整体思想深度的缺乏，影响了小说艺术感染力。浩然的乌托邦想象不全是对社会主义革命现代想象的新质，而是夹杂了"不患寡而患不均"的农民式梦想，在有田共耕、有饭共食的生活境界中来消灭小农私有意识，发动阶级斗争，这种简单的价值推理削弱了在社会现代化过程中阶级斗争的现代性价值。从晚清开始，知识分子、革命党人无论

---

[1] 浩然：《浩然口述自传》，郑实采写，天津人民出版社2008年版，第238页。

是在文化想象还是在政治革命中，都有强烈地创造自己心目中未来中国图像的激情冲动，为这种现代国家图像的实现无数仁人志士不惜抛头颅洒热血，这种改变旧社会制度的革命性尝试虽然也走过多样的弯路，但这种尝试性、想象性是国家现代化过程中推动社会发展变革的重要动力。这种具有青春朝气的想象动力吸引着一代又一代情愿为社会、国家奉献青春甚至生命的人，尽管时代在变化，但这样对未来社会充满美好想象的激情是任何时代都会吸引读者的。

雷达说浩然是"'十七年文学'的最后一个歌手"，通过"最后一个"看到的东西往往是丰富的。① 从文学真实性角度，对浩然这一类小说的反思在80年代以来已经取得重大成绩，然而从文学想象性角度来看，浩然小说仍需反思。

第二节　《金光大道》：新人德性与新社会想象

1962年9月中国共产党召开八届十中全会，毛泽东向全党全民发出"千万不要忘记阶级斗争"的号召，强调要狠抓意识形态领域的阶级斗争，此后到"文化大革命"，阶级斗争上升为文学主要命题，中国文学的发展发生全方位变化，农村题材小说主要演绎阶级斗争，最有代表性的作品是浩然1964年发表的三卷本长篇小说《艳阳天》和"文革"期间完成的四卷本长篇小说《金光大道》。1962年前中华人民共和国成立后的小说，也有阶级斗争形势的渲染，不过小说的主要内容是放在社会经济文化的建设上，书写乡村的作品，多以歌颂新生活为主要内容。李准的《不能走那条路》、赵树理的《三里湾》、周立波的《山乡巨变》、柳青的《创业史》等作品，虽以社会主义建设中两条道路的斗争为故事推动力，不过富农与贫下中农之间关于两条道路的较量是放在生产竞争上的，无论是老农宋老定想买地，村长"翻得高"范登高一心个人发家，还是老中农马多寿在"刀把地"上做文章，王菊生看不上入社者的懒惰、劳动效率低下等问题，都与生产本身相关。这些小说的重心不在于表现两个阶级的搏斗，而是集中反映社会主义时期发生在人民内部的两种思想、两种生

---

① 雷达：《浩然，"十七年文学"的最后歌者》，《光明日报》2008年3月24日。

活方式的矛盾。柳青的《创业史》中，梁生宝斗争的对象并不是阶级敌人，而是郭振山这样失去了革命热情的乡村党员干部，是郭世福、姚士杰等这样一心想发家和保住自己家产的富农，小说叙述重心在社会主义建设中，梁生宝实践农村合作化道路要体现社会主义道路在乡村社会的自觉发生。《三里湾》中，赵树理站在乡村内部，看到的不过是两种对未来生活道路的设想，金生、玉梅等代表的社会主义道路与马多寿、范登高等代表的个人发家道路的冲突是在道德层面。1962年发出"千万不要忘记阶级斗争"的号召后，以浩然为代表的作家在此后小说书写中不再以社会建设为主，而开始以阶级斗争的想象为内容，《艳阳天》《金光大道》中激烈的阶级斗争主题几乎遮盖了乡村经济生活的方方面面，经济层面开始的问题很快就演变成你死我活的阶级斗争，小说中的乡村经济、生活秩序建设成了展开阶级斗争的背景，失去了独立意义。

单纯从浩然个人的创作轨迹来看，1962年是浩然小说创作的一个分水岭。在1962年开始创作《艳阳天》之前，浩然就创作了大量作品，短篇小说集《喜鹊登枝》对日常生活、乡村情感的书写获得巴人、叶圣陶、艾克思等评论者的肯定，同时他们也批评浩然小说对阶级斗争重视不够，"《喜鹊登枝》这个集子里，我们看不到这一具有根本性质的斗争的生活面貌"，"看不出那社会阶级斗争的历史背景"[1]，"农村的主要矛盾——社会主义和资本主义两条道路的斗争，没有得到有力的反映"[2]，"小说所描绘的农村生活图画中，涉及农村中的阶级关系的还太少，在展开人物性格的社会环境中，较少反映各个阶层相互关系以及它们之间的矛盾"[3]。这样的批评正好说明了浩然1962年前的小说具有浓厚的"泥土味"和"露水气"，而不具有突出的阶级性。面对这种批评，1962年写作《艳阳天》，浩然开始了自己的转变，"这两年来，我不再满足写一些只是'有生活气息'的作品了……我要不断开辟新的路途，从而使作品写得深些、高些、艺术一些。……可是越写越难，越写越苦……我占有了塑造某种形象的材料，我用自己的政治标准去分析它、认识它，我的心里似乎是

---

[1] 巴人：《略谈〈喜鹊登枝〉及其他》，《人民文学》1959年第11期。
[2] 徐文斗：《谈浩然的短篇小说》，《山东大学学报》1964年第2期。
[3] 姚文元：《生气勃勃的农村图画——谈浩然今年来的短篇小说》，《人民日报》1962年10月28日。

明确的；可是'心有余而力不足'，总是心到笔不到，我笔下的形象同我认识和理想的形象，总是有一个很不短的距离。这到底是个什么问题呢？"① "这时候，毛主席在八届十中全会上发表了'千万不要忘记阶级斗争'的伟大号召。一位革命理论家发表评论文章，一针见血地指出，我的作品之所以不能在原有水平上提高一步，关键在于没有把所描写的新英雄人物，放到阶级斗争中去表现。"② 接受这种批评，浩然的小说创作开始以阶级斗争模式想象现实，《艳阳天》就成了一部迎合时代需要、想象农村阶级激烈搏斗的小说。有论者据此认定，"直接推动浩然接受阶级观念作为创作指导思想的，一是政治领袖毛泽东的号召，一是'革命理论家'姚文元的批评"，并认为"文革文学"（特别是浩然的"文革文学"）并不只是由"文革"运动引起的、是由江青一篇讲话发动的文学发展阶段，而是与"文革"前的文学形态有内在的必然性联系。③ 浩然的这种转变带来了1962年前后有关乡村社会想象的巨大变化。不过，细读浩然酝酿多年、倾注心血、一生钟爱的代表作《金光大道》，将其与之前创作的《艳阳天》相比，从文学想象角度看，小说中的阶级意识想象并没有超越《艳阳天》。

一 阶级意识的涣散

浩然小说首先是一种想象性的小说，小说中的阶级斗争话语、理念以及各种场景，便成了小说对乡村现代的一种"想象"，而不是对现实生活真实性的反映，《艳阳天》和《金光大道》的乡村是浩然学识、情感和文学想象构筑的乡村，是他心目中希望看到的乡村。浩然也曾在介绍创作体会时说："我在构思小说时，对在生活中遇到的事情，常常从完全相反的角度去设想。譬如，到商店去，遇到一个营业员态度特别恶劣，甚至挨了骂，但在写小说时，我就设想遇到一个好营业员，对人如何热情如何周

---

① 浩然：《我是怎样学习写小说的》，南京师范学院中文系编《浩然作品研究资料》，1974年，第52页。

② 浩然：《在温暖的大家庭中长大》，南京师范学院中文系编《浩然作品研究资料》，1974年，第42页。

③ 孙宝灵：《浩然的文学道路与文本形态》，社会科学文献出版社2013年版，第53、49—50页。

到；一个生产队员懒惰消极自私自利，我就设想一个勤劳积极大公无私的形象……"① 但是，这里需要进一步分析的是，浩然这种个人的文学想象，是否丰富了对生活的想象。浩然小说的想象由于没能建立在对历史和现实的认识基础上，让他的创作缺乏了对未来"新的世界，新的人物"的想象的深度和广度。把浩然的《金光大道》与《艳阳天》相比，从文学想象角度看，小说中单一的阶级斗争模式限制了作者对阶级意识、乡村现代建设等关涉社会主义现代化建设的重要问题的思考和想象。

首先从对新人阶级意识的想象来看，《金光大道》的想象并不比《艳阳天》丰富。阶级意识是现代中国革命发生的根本动力，中华人民共和国成立之初的阶级意识仍需要文学继续想象②，而在浩然小说中斗争在阶级的名义下变成了派性斗争，反而模糊了阶级的含义。《艳阳天》中，马之悦为首的中农、富农们的社会理想与萧长春为代表的贫农们的社会理想不一样，前者要走个人的、部分人的富裕道路，这是中华人民共和国成立以来全部农民梦想的发家道路，因此在《创业史》中梁生宝要革命的对象并不光是姚士杰、郭世富、郭振山这样的富裕户，最重要的是自己父亲梁三老汉这样贫困农民的个人发家梦。萧长春继承了梁生宝的社会理想，要带领农民走"共同富裕"的社会主义道路。《金光大道》中的主要矛盾仍在这一问题上展开，张金发和高大泉的矛盾冲突最终要落在对阶级革命的认识上，但这里的问题是斗争马之悦、张金发个人发家致富道路的萧长春和高大泉对社会主义革命的认识并不清晰，对未来生活秩序的想象更加模糊，梁生宝那里还有对这一新社会秩序的思考和想象，而到萧长春、高大泉这里更多变成了对上级思想的贯彻执行。萧长春和高大泉这样的新人，由于缺乏"前史"，想象其天生具有革命意识，这反而让他们失去了对未来社会秩序思考和想象的主体意识。

---

① 李辉：《清明时节——关于赵树理的随感》，《风雨中的雕像》，山东画报出版社1997年版，第126页。

② 孙宝灵认为："总结我们文学界的经验教训，不是要考虑跟不跟政治走的问题，而是要思考跟着哪种政治走、怎样走、走得怎样的问题；以及走的过程中是否创造出了新面貌、新局面的问题。所以，《艳阳天》书写阶级斗争不应因为政治上阶级斗争的荒谬存在，只是给予简单的否定，而应得到更为具体的分析。"（《浩然的文学道路与文本形态》，社会科学文献出版社2013年版，第51页）汪晖、蔡翔等人在注意到90年代社会的"去政治化"问题后，提出了"短20世纪的终结"问题，让我们重新思考文学内部的政治性问题。

《金光大道》中的高大泉比《艳阳天》中的萧长春更具有英雄"神性",少凡俗人性。中华人民共和国成立初期的文艺强化"新的人物"的塑造,新人物要"比普通的实际生活中的人物更高,更强烈,更有集中性,更典型,更理想",然而这种理想新人是对未来社会新人的造像,而不是塑造不食人间烟火的"神",新人"神"性的想象对未来现代社会秩序的建设并不具有多少价值。同时这种"神"化式想象,不是丰富了人物形象,反而体现出的是作者文学想象力的贫乏,除过累加在他们身上的传统德性,这样的新人并不具有多少未来性。比较萧长春和高大泉,后者看似阶级觉悟、政治水平上有长足进步,对复杂斗争形式不再需要上级指导,不再有思想困惑,高大泉成了个先知先觉的革命家,比别人站得高,看得远。跟他比较,无论是早于他参加革命的斗争对象张金发,还是同是革命阵营的朱铁汉、周忠等新人,甚至区干部王友清,革命多年、拥有丰富理论知识、胸怀国计民生的谷新民,都与其差距甚远。这样成熟"新人"的出现,实际上是封闭了高大泉这一人物继续革命想象的可能性。

在《艳阳天》中,马之悦形象还能触及革命激情消退的问题和"革命的第二天"问题,并产生继续革命的问题,而在《金光大道》中这样的问题,在高大泉和张金发两派阵线更加分明的斗争渲染中,复杂的革命问题、历史问题都被大大简化了,把《艳阳天》和《金光大道》相比,可以说阶级意识的思考不是深入了,反而是变肤浅了。

其次是对反面人物阶级意识的发掘上,《金光大道》并没有《艳阳天》走得远。两条道路的区别除过对未来社会秩序的不同想象,深层要触及阶级意识建构,这种阶级意识一方面体现在新人身上,另一方面显现在被斗争的对象身上,浩然把这种阶级意识的不同更多是置换成了德性大比拼,阶级斗争变成了派性斗争。把《金光大道》中的张金发和《艳阳天》中的马之悦相比较,就看到人物形象丰满度的明显区别。这两人面对的问题,都是在政治革命胜利后,在农村走什么道路的过程中产生的思想问题。马之悦所涉及的革命历史问题要远远复杂于张金发,对这一形象复杂性的认识,才是认识革命历史复杂性进而深刻建构阶级意识的重要因素。马之悦在政治革命胜利后的不思进取,反映出的不光是革命思想认识不纯洁的问题,更反映出的是《创业史》中郭振山、《组织部新来的青年人》中刘世吾等革命者革命热情消退和"革命的第二天"的问题,这样的问题不是马之悦一个革命干部的问题，而是整个革命过程中都会出现的问题，对这一问题的思考就会产生中国革命需要在中华人民共和国成立后继续革命的问题。这一问题在 40 年代的《太阳照在桑干河上》《暴风骤雨》《高干大》等小说、50 年代《三里湾》《创业史》等小说中都有思考。从这样的角度上看，对马之悦问题的思考才是《艳阳天》中最具阶级意识想象性的内容。只是这样的问题在《艳阳天》中很快转变成对其道德败坏的书写，但到《金光大道》中，张金发根本就不具有这种革命历史的复杂性，而变成了一个只给地主做过长工工头的人物，阶级这一极具现代性内涵的问题变成了小农思想问题，这样的变化，把社会主义革命过程中自身会出现的"革命的第二天"问题，完全转变成了少数人的道德品质和思想认识的问题，张金发的个人功利意识和个人发家思想让他更像一位老农民，阶级意识和属性被淡化。

二　新人德性的神化

对于新人高大泉，作者主要凸显的是他的德性，而不是他建设乡村现代社会的思想认识。高大泉具有庄稼人的优点，如他的性格淳厚，生活勤俭，又具备带头人条件，他经历丰富、见多识广，工作有魄力有能力，善做思想工作，更重要的是热心集体事情，为公众利益不惜牺牲自己利益。这些特点都是乡村内认可的德性，然而要让其成为新人还要突出他先进的世界观、坚定的政治信仰和阶级斗争意识。作为文学史上的社会主义新人形象，这一类人物形象又承载着传统伦理和社会主义新道德。

对新人身上的这种德性进一步分析，我们首先看到的是传统伦理在这些英雄身上的非人化。传统德性的极度宣扬会将吃苦为乐演化为只怕不苦，会将禁欲主义极端化为不食人间烟火，小说中为凸显高大泉德性让其变成了一个"怪物"："他有妻子，但没有夫妻生活；有儿女，但不享受天伦之乐；有兄弟，但没有兄弟私情（对亲弟弟只有阶级情谊）；有朋友，但不受朋友恩义纠缠；甚至不需要休息，几乎不需要吃饭和睡眠。阅读文本的时候，最发愁的就是搞不清他何时睡觉、何时吃饭。"[①] 他自己生活困难，又不是专职的乡村干部可以领取国家俸禄，家中只有妻子一

---

① 孙宝灵：《浩然的文学道路与文本形态》，社会科学文献出版社 2013 年版，第 77 页。

人，但他不光给村中困难户刘祥借过粮食，还给村中其他社员借过钱，我们并未看到他参加家里的生产劳动，这么多借出去的粮食和钱是从哪里来的？后来为了替刘祥还借马子怀的粮食，他倒光了缸中所有的玉米，拿走了妻子积攒的唯一值钱的一小纸篓鸡蛋，如此的慷慨后他自家的吃饭如何应对？传统道德的认同中如果没有对个人价值思想感情的认同，这样的传统道德又跟五四新文化批判的封建旧道德有怎样区别，这样的道德中缺少对现代"人"的关怀。无论是萧长春还是高大泉，为集体利益而无私奉献的程度到了常人不能理解的地步时，想象完全脱离了现实的合理性时，这样的简单造"神"对未来社会的建构性想象并不具有多少价值和意义。

其次是社会主义新道德带有的仇恨意识和英雄的神化意识。《金光大道》第一部中，朱铁汉有一副对联，上联是"翻身不忘共产党"，下联是"幸福感谢毛主席"，以此引出高大泉理解的"翻身"话题，"什么是翻身，什么是幸福呢？""翻身，就是从台阶下边跳到上边来，就是从奴隶变成主人；人活着，自由自在，不再受压迫，不再受剥削，这个该有多幸福！"40年代小说中阶级斗争后的翻身，主要是经济上和政治上的翻身。鲁迅写的阿Q革命后的"翻身"既不是政治上的，更不是思想上，而是社会地位上的，没有思想意识的改变，这种翻身不过是翻烧饼式的社会地位变迁，在高大泉等人理解的当家做主，不受他人剥削压迫的同时，有没有不去压迫他人的思想呢？在高大泉、朱铁汉这些干部随意训斥地主歪嘴子等时，在萧长春等对地主马小辫实行专政时，翻身中的思想认识还没有内化到他们的思想中，他们的心中充斥的是仇恨。

这种阶级仇恨不光表现在对地主的仇恨中，也表现在对富裕户的仇恨中。在小说的引言中，高大泉与弟弟高二林、高贵举与母亲四口人从山东老家逃荒到河北芳草地表姐家，表姐夫冯少怀也是穷苦人出身，凭着勤快精明"转眼之间发了家，拴牲口，雇短工，租地年年增加"，马少怀想法把他们安顿下来，四张嘴也给马少怀添了很大负担。但在小说叙述中，认为是马少怀剥削了四人的劳动成果，"他让高贵举用小车给他推脚挣钱，让高大泉和二林给他放小牛、打猪草，让大泉娘给他缝洗做饭，整夜地纺线织布"，小说叙述一开始就充满了仇恨。这一仇恨，在一个猪食锅被高大泉不小心打破引来冯少怀的责备时，刻在高大泉心里。马少怀的责备引来了高大泉的直接顶撞："不就是个破盆子吗，有啥了不起的呀！""我吃饱没吃饱，也没白吃你的"，"穷人也不能随便让别人欺负！"这样的话语才导致了马少怀的生气："摔了盆子，不许问；我还成了别人，欺负了你？""我何必要当你的仇人呢？有福你去享，没有人挡你的道儿"。寄人篱下的高大泉对马少怀对他们收留帮助并没有感激之情，只认为是马少怀剥削了他们四人的劳动。这种认识并不是高大泉母亲教导的，因为在无数人逃荒的年月，马少怀要找像高大泉这样来帮自己干活的人肯定有许多，只有生活实在过不下去的人才可能出来逃荒，对他们而言只要能有一口饭吃和一个住所，就是最大恩赐了，感激都来不及，怎还会产生仇恨呢？梁生宝和母亲就是在逃荒中被梁三老汉所收留的，一面是梁三老汉没把母子俩当外人看，但另一方面梁生宝的母亲也一直对梁三老汉心怀感激，在《创业史》中我们看到的是乡村相濡以沫的人情，而在《金光大道》中我们看到的是仇恨。高大泉从小对富裕户充满的这种仇富意识并不是建设未来社会的一种理性力量，这种狭隘的仇恨意识反而会限制高大泉这样的乡村青年对现代思想的接受。

40—70年代文学都是在努力表现"新的世界，新的人物"，萧长春、高大泉是浩然竭力塑造的社会主义新人形象，社会主义新人形象要体现社会主义的先进思想认识，问题是高大泉在被竭力造"神"的过程中削弱了新人本质。为了突出高大泉思想认识的权威性，作者让高大泉的革命意识超过了所有人。他天生是一个革命家，对政治有一种超常的敏感和驾驭能力，比别人站得高、看得远，早于他参加革命的张金发，地位更高的区委书记王友清，甚至革命多年、胸怀国计民生、拥有丰富理论知识的县长谷新民，与之相比都黯然失色。高大泉的这种思想认识，也逐渐让围在自己周围的其他乡村革命者失去了存在意义。《艳阳天》中，萧长春身边的韩百仲、焦淑红、喜爷爷、福奶奶等都是对革命工作有自己认识的人物，萧长春不过是众多英雄中最出色的一位，而到《金光大道》中，高大泉成了不可缺少的革命领袖，芳草地的大小事情，都离不开他的英明领导和直接参与。当高大泉成了革命事业、社会主义金光大道上唯一的英雄时，整个社会的发展到底是向前推进了，还是没有变化呢？当整个社会的变革失去了中间人物的转变，"社会主义革命不再是两大阶级阵线分明的对垒，而是一人拉车，一人捣乱，众人或坐车或观望的局面"[①]时，如此宏

[①] 孙宝灵：《浩然的文学道路与文本形态》，社会科学文献出版社2013年版，第77页。

大的社会变革变成了萧长春与张金发个人的较量，整个乡村社会的发展建设完全依赖于一个人时，这样的社会其实就根本没有发生任何本质性的变化，因此《金光大道》中的小说想象在凸显个人"神"性时，完全失去了对社会历史深层变迁的把握。

在高大泉身上，作者想象的是他无尽的工作精力和巨大的身体力量，是他对他人无私的物质奉献，对他人生活的细微关心，在事无巨细的工作中，高大泉恰恰失去的是现代大规模生产中的分工意识，现代管理意识，虽然作者把这样的德性安置在社会主义话语中，但这种想象不过是传统神话中的大力士形象，高大泉对现代的未来社会秩序和思想价值却缺乏具体的想象。中华人民共和国成立初期，对"新的世界，新的人物"的想象，不是要去造出脱离现实生活的神话世界和神话人物，而是要在现实生活的基础上对未来理想社会生活进行想象，为现在的革命描绘革命目标，如果这一前景的想象将来根本无法实现，这样的想象就失去了构建社会主义未来性的价值。从这样的角度来说，《金光大道》中的想象相比于《艳阳天》，对未来生活的想象不是更丰富了，反而是想象空间缩小了。同样，比较60年代以后小说和之前小说中的新世界和新人想象，我们看到的想象新人逐渐演变成"造神"现象，在不断突出政治觉悟、无私品质、强健体魄、社会主义道路信念时，也在不断减弱新人的未来性。

三 未来社会的想象

《金光大道》中，"金光大道"直接喻指社会主义道路，这一想象性的道路在小说中多用修饰性词语描述，但具体道路仍不清晰。高大泉对未来社会的想象源于毛泽东的文章《组织起来》，不过高大泉到底在这篇文章中具体学习了什么内容，小说并没细说。小说直接把高大泉的学习和走合作化道路相联系，将社会主义道路比成"金光大道"，除了感情表述仍无具象。高大泉对未来社会的想望仅仅是"到了那时候，种地使机器，出门坐汽车，黑天用电灯，咱们俱乐部，要盖大剧院……"从城里回来，高大泉把梁海山推荐的《组织起来》的文章带回芳草地，然而他并不能作更详细具体的解释。虽然小说写道，马上就有许多人认同了这一道路，困难户刘祥马上就迎合说："大泉哪，今个我才着着实实地看清，我们真走在金光大道上了！""年轻人听着这些从来没有听到过的道理，一个个睁大了眼睛，细细体会。他们感到：高大泉给芳草地带回来的，不仅仅是庄稼人从贫困变成富裕的金光大道，而且是给他们这年轻的新一代带来了革命人生的金光大道"，"以后不论遇到什么样的艰难困苦，我们一定要在社会主义的金光大道上闯下去！""我们俩是一块从个体单干那个苦海里爬出来的，我们要永远跟党走，走一辈子社会主义的金光大道！"这么多有关"金光大道"的词语，却没有一个能够对这一道路有具体理解和描述，甚至想象。这里的关键是作者把"金光大道"和意识形态的"社会主义"联系了起来，至于"大道"如何，作者也说不清楚，"大道"失去了想象性。

40年代，赵树理小说多关注农民的现实生存问题，丁玲和周立波在书写乡村土地斗争中努力通过开会方式将民主意识带入乡村，柳青《种谷记》想象王家沟的集体生产，这里的想象是比较具体的，是跟生产和生活相关的社会主义生活。到50年代，赵树理的《三里湾》中老梁第三幅画中有对未来社会生活的较具体的想象。

到了《创业史》中，梁三老汉也有自己的梦，希望做三合头瓦房主人，解决温饱问题，享受到天伦之乐，获得人格尊严。然而梁生宝有更宏大的"共同富裕"的社会理想，他组建互助组，进行规模化生产，把劳动生产和革命理想联系在一起。与上文相比，20多年过去，浩然70年代书写的未来社会主义想象，大大减少了对未来生活样式、生产方式的想象。当浩然在《艳阳天》《金光大道》中，把大量笔墨放在萧长春和马之悦、高大泉和张金山等两派人物的派性斗争上时，用传统道德把阶级斗争变成了正邪斗法故事，在把马之悦、张金发等人道德丑化中，大大降低了萧长春、高大泉对乡村未来的建设性想象，严肃的乡村社会主义建设问题置换成了乡村人物德性的较量，这样的书写让小说的现代意义被大大削弱。[①]

[①] 杨建兵在论述《艳阳天》的叙事模式时，认为萧长春与焦淑红的爱情叙事受了传统侠情小说"英雄与美人"模式影响，是传统武侠小说包装的"革命加恋爱"模式，而萧长春对马小辫杀害小石头惨案的侦破借鉴了传统公案侦探小说的叙事模式，萧长春与马之悦两派之间的现代革命意识上的阶级斗争变成了传统意义上的正邪、善恶道德冲突。参见杨建兵《浩然与当代农村叙事》（中国社会科学出版社2011年版）第二章第三节的论述。《金光大道》对传统通俗小说叙事模式的借鉴更加明显。小说创作受传统通俗小说的影响，这种影响反过来也影响了小说中的思想认识。

四　进城学习

如果说社会主义的未来远景是模糊的，《金光大道》为乡村社会也想象了一个现代近景，就是乡村城市化。高大泉要在乡村走社会主义道路的认识，源于党的思想——小说中多次写到毛泽东的《组织起来》，而具体道路是受了城市生产的启发。中国的乡村现代要走城市化道路还是要走乡村自身现代化，这一问题在五六十年代小说书写中有不同思考。浩然在《金光大道》中一开始就让高大泉进城去开阔眼界改变思想，从这一角度来说，高大泉要比《创业史》中的梁生宝、《艳阳天》中的萧长春更有现代眼光和意识。浩然在让高大泉进城时赋予了他怎样的思想认识呢？

在《金光大道》中，进城的想法首先是村民邓久宽提出的，目的是去北京火车站当临时小工，"干上一阵子，挣俩钱过年"，这是大多村民的想法。后来区里干部来动员，认为进城打工一面支援北京建设，一面为社里挣点钱，并没人认识到进城的重要意义在于学习。高大泉进城，却是有这种非常自觉的意识，要去向工人阶级学习，这样城市形象在这些进城农民工眼中发生了变化，

> 过去，像这类的胡同，到处都是垃圾、粪便，还有连庄稼人见了都捂鼻子的臭水沟；如今都变成了平平展展的道路，不要说什么脏东西，连一片纸、一个石头子儿都没有……过去，这类的胡同里，活动着要饭的、叫街的、算命的、打架的、耍酒疯的，乱乱哄哄，吵死人，烦死人。如今，这里安静极啦，除了远处的汽车喇叭，近处院子里传出的收音机唱歌，一点响动没有。偶尔过往的挎篮子买东西的妇女、背书包的小孩子，也是穿戴整洁，满脸笑容。

高大泉到城市首先去的是胡同，这里没有城市霓虹灯、歌舞厅，看不到奇装异服，原来环境脏乱差的贫民生活空间，现在变得像乡村般安静祥和，这让进城的高大泉等对城市没有生疏、陌生、异己感。天快黑了，他们也没有因为地方没着落而感到慌乱，农民吕春江说："天下是咱们的了，大城市也是咱们的了"，刘祥也感慨地说："过去一提大城市，我就又怕又恶心。这回一迈进城门，就觉着到了家一样。"这里的城市对他们

来说已经像乡村般和谐静谧，井然有序，没有陌生感与异乡感，城市生活被乡村化了。因此"这几个来自大草甸子的庄稼人尽管没有找到地方，看着舒适顺眼的一切，心里非常愉快"。在大马路上看到的城市人多车多，讲秩序，人们互相帮助，尤其突出了"解放军战士"抱"小女孩"上车、"警察"带乡村"老太太"过马路、两个骑自行车的人碰撞后互相关照的三个细节来说明城市人的新德性，城市发生变化了。然而在深层来讲，城市仍是陌生的，这群初到城市的人还是在城市迷路了，看着巨大的高楼和车流，邓久宽显出了慌乱，"天气这么晚了，万一找不到，这大城市跟咱们乡村不一样，不花钱住店，别想借个地方安身哪"。周永振也感觉是"这大城市真不如咱们乡下出来方便"。虽然百货公司的橱柜里摆着五光十色的货物，却不是他们能去的地方。

不过，高大泉进城是来向工人阶级学习的，因此对他来说城市并没有陌生感，他很快带领大家到了工地，把这群乡村来的村民引入了城市工业生产劳动场景中去，城市由原来的消费性场所变成一个生产建设空间。在去火车站工地的路上，大家看到的城市景象全是跟生产相关的机械化的纺织厂和面粉厂，在火车站这个新的劳动场地上，呈现在他们眼前的是更具有强烈生产建设色彩的城市景观：

> 铁轨像一个壮汉身上的筋骨错综交叉，不知伸展到山南海北什么地方去；信号灯在天空变幻着颜色，列车喷着云彩一样的浓烟，响着悠扬的汽笛声，来来往往，轰轰隆隆，连老远的树枝和墙壁都随着颤动；人和机械发出的声响，汇成最动听的音乐；装卸工人来往奔忙，各种卡车、三轮车、排子车，出出进进，一天到晚喧闹不止。

一处书写城市胡同，一处描绘火车站建筑工地，两处场景，浩然小说中的"北京"这一城市既具有了乡村一般的和谐宁静，又有现代工业城市的"喧闹不止"，消费性的城市转变为生产性的城市了。

高大泉首先受到的教育是一个老工人工作的拼命精神。工地上，一个老工人在水沟中掏冒出来的地下水，他腰有病，本不能受冷水浸泡，又发着高烧，已两天两夜没休息了，为了工作不顾性命，下半身泡在冰水里，两只手裂着许多小口子，往外边渗着血珠子，别人拉都拉不上来，"我休息不了哇","咱们苦一点,累一点,比起人家志愿军同志在朝鲜战场爬冰卧雪,那不差远啦。搞革命就得拼命呀!"原来担心自己庄稼人笨手笨脚干不了工地活的进城农民,现在明白工作并不需要什么技术,关键是要拼命。受这样的影响,高大泉开始具备牺牲精神:"为了革命劳动,心里边装着国家,这样的劳动太神圣,太有意义了;也只有这样的劳动,才能不怕苦,不怕累,不顾性命。"三个刚进城的农民脱了鞋子和棉裤,就都扑通扑通跳进了带有冰碴子的水沟里开始工作了。在这样的想象中,乡村农民和城市工人,都成了实现宏大社会理想的一个分子,为了社会理想不再考虑个人生命安危。

其次是工人工作的组织意识。干了几天后,周永振感慨地说:"没来之前,听说干工人的活儿,总觉着隔行如隔山,心里边犯嘀咕。这几天一干一看,实在也没啥。""造铁轨、开火车这样的差事,咱们当然搁不上手;装装卸卸,从小就干,全都是科班出身,肯出力气就行了。"在他看来,进城干活还是一个体力劳动,与乡下劳动并没什么区别。然而高大泉却认为城市工人劳动与农民干农活意义不一样:"这儿的活计虽说也是装装卸卸,跟咱们庄稼地完全不一样。它跟全国的建设、抗美援朝战争连在一块儿。咱们三个人都得小心慎重,处处听指挥,事事照工人的样子干,千万不要有一点儿马虎。"个人的劳动被组织进了国家利益中,老工人点透了工人劳动的组织意义,"你们过去是一家一户的小单位干活儿,如今是大集体,半军事化,困难总是少不了的",六十三名工人编组生产,"不仅拼命苦干,还必须高度集中,统一行动,才能够完成上级交给我们的生产任务。为了加强组织性、纪律性,你们这个小组,也要照其他作业组一样,除了高大泉同志当小组长之外,还要选出五大员,就是,学习宣传员、安全技术员、工具管理员、统计核算员、生活卫生员……"工人生产强调管理制度,生产组织,生产效率,集体意识。在工业生产中,每个人的劳动必须被组织进大规模的生产环节中,不再是自己个人劳动。

组织意识带来思想认识的变化,个人意识被统一到了国家意识中。进城后高大泉的思想认识发生变化,高大泉感觉自己不再是为"挣俩钱过年"的庄稼人,而是把自己劳动跟全国建设、抗美援朝战争连在一起的一名工人。他临时获得的这一工人身份让他自觉地对自己身上的"农民意识"进行改造,并进而联想到自己将来在芳草地的工作思路:

跟工人阶级学习，就应当想办法把芳草地的农民从小院子里引出来，让他们向工人老大哥这样，想到全中国，看到全中国；同时作为村政权和党组织应当像老站长、马队长和陈师傅这样，发动芳草地的农民，指挥芳草地的农民，带领他们喊号子，一齐为革命劳动，为革命增产。

经过城市教育的高大泉回到芳草地，就不再是一个普通农民，而是一个建设社会主义的革命者了，在这里城市承载了全新的思想认识和价值选择。《金光大道》中进过"城市"的高大泉，就要用工人阶级意识来改造乡村农民的"农民意识"，也是要改造农民思想深处的土地个体所有制意识。在这样的价值认识中，城市则成了农村重新确立自我的镜像，城市中的工人成了农民学习的"榜样"，城市也成了农村建设的"远大目标"。从这一角度看，乡村生产和思想意识又要城市化。

城市生活乡村化，乡村生产和思想意识又要城市化，城乡差距缩小，这是一种现代生活理想。在城市生产过程中学习组织性、纪律性、计划性，高大泉要把这样的一种生产意识带到乡村去，将对乡村产生巨大改变。这种想象我们在40年代柳青的《种谷记》，以及50年代相关合作化小说中出现过，然而并没有对城市生产进行过这样细致的描述，《金光大道》这样的开头让高大泉的出场带有了一般新人难以具有的现代生产意识。无论是《种谷记》中的王加扶、《三里湾》中的金生、《山乡巨变》中的刘雨生，甚至《创业史》中的梁生宝都没有这种眼界，因此从对乡村现代想象的开始来说，高大泉应是一个有雄伟气魄、有见识有思想的新人形象。而问题是，当高大泉回到乡村世界之后，小说的重心就不再是乡村生产和思想意识向城市的学习，而是转变成了派性斗争，斗争的重心又变成了正邪道德评判，乡村受城市影响的现代性建设问题被压抑了。

第三节 《艳阳天》：落后人物谱系及斗争

一 落后人物的谱系

浩然在《艳阳天》中塑造了一系列反对合作化道路的村民形象，这些形象在作者的价值判断中被定为"落后"分子,与小说中以萧长春为代表的走合作化道路的新人群像相比,这些人物形象丰满、血肉丰富。萧长春的主要对手马之悦,作者在明确表示他革命意识不纯的基础上丑化他的道德时,却体现出了他革命历史的复杂性,在表现马同利的私有意识时却展示出的是中农的勤俭美德,萧长春对马连升的批评牵出的却是乡村利益和国家利益的"冲突"问题,在沉默的马子怀和中农马连福这些村民身上我们看到的更多是小人物的无奈和个人亲情。作者花费大量笔墨来批评这些人物的德性,却反而展示了他们作为普通农民的真实思想情感,这样的思想情感与萧长春的新人品质形成了明显冲突,这种冲突让小说有了认识历史复杂性的意义。

1. 历史出身复杂的马之悦

作为萧长春的对手,作者要把马之悦塑造成一个革命意识不纯、历史复杂、混入党内的坏分子。作者首先要否定他的出身,因此在介绍马之悦时虽然让他也具有了贫苦穷人的经历和特点,如经历小时候的家变,青年时生活的困苦,在成年后具有了能吃苦肯出力气的庄稼人特色,然而这些经历和特征并不能改变他父辈富裕户出身的本质。作者在介绍马之悦家史时特别介绍了他父亲抽大烟的历史,他父亲抽大烟抽掉了家里几十亩好土地,抽掉了东西两层厢房,最后抽死了自己。由此定调,从这样家庭中长大的马之悦就一定不会是一个安守本分的普通农民。小说接着介绍了马之悦成年后的经历,上过京城,下过天津卫,跑过京东十二县,十几年奔波虽没创出家业也开阔了眼界,变成了一个"吃过,嫖过,见过大世面,也练出一身本事"的人,"脑瓜灵活,能说善讲,心毒手辣","东山坞的庄稼人,十个八个捆在一块儿,也玩不过他的心眼儿"。这样叙述中马之悦的形象非常相似于丁玲小说中的劣绅钱文贵。小说如果仅此书写,马之悦在中华人民共和国成立后并不会有立足之地的,然而浩然要把马之悦叙述成混进革命队伍中的隐藏敌人,因此叙述了马之悦的革命史,马之悦复杂的革命历史搅浑了文学叙述中革命斗争双方非常清晰的阵营界限,反而想象出的是中国革命历史本身的复杂性。

马之悦本是乡村一劣绅形象,抗战让他又显出革命性的一面,以至我们很难直接评价马之悦的阶级立场,原来清晰的阶级阵线变模糊了。首先一个事件是抗战中马之悦舍身救村人性命与财产的事。抗日战争中,东山坞处在八路军和日军势力的交叉地带,鬼子的小炮楼安在三里远,烧杀抢掠,穷人富人都不得安生,马之悦被推为村干部,要在日本人和八路军之间讨生活:

> 那时候,在这靠山坡子小村跑公事非常危险,不要说胆小的人干不了,就是那些专吃这行的、最爱揽事的一听都怕。一个村子,没个头行人又不行。马小辫和几个财主一商量,觉着马之悦有胆气,食亲财黑,善于应酬,就保举他当了村长。这种村长要包揽各方面,什么事都得做,哪头的事都得管,白天应付敌人,晚上要接待"八路";一面是假的,一面是真的,真真假假,这个差事可很不容易干。马之悦上任以后,干得相当出色。不论"北山"的、炮楼的、村里的、村外的,他联络得都很好,四面玲珑,八面叫响。他不光会使手腕,又有一副贼大胆。手腕加胆子,使不少人服了他。

这种夹缝中的应付,使马之悦这样的人物在革命胜利后无论怎样说明都证明不了自己革命的纯洁性,也难以成为革命英雄人物。但是马之悦赢得了村民普遍的尊重,因为他曾冒着被砍头的危险挽救了东山坞,在鬼子要一把火把东山坞烧个干净的危急时刻,马之悦挺身而出,据理力争,才打消鬼子疑虑,救下了全村老小。马之悦这一大义壮举不光感动了穷人,也感动了村中富人:"财主们给他庆功,穷人给他送礼,连最吝啬的庄稼人韩百安都抱着自己的老母鸡,送到马之悦的家里。"虽然浩然解构说马之悦的这种义举是因为早得到消息说鬼子来村里要杀人烧村是在咋呼,要是服软反而真会烧村子大开杀戒,因此他只能硬顶,但就算如此,在当时那种夹缝中,没有强大国家军队的保护,只有小人物马之悦冒着生命危险站出来挽救全村老小的性命和财产,因此村民们并不管马之悦的阶级意识,只对马之悦的挺身而出心存极大感激。

第二件事是救治八路军区长的事件。作者以此来说明"马之悦跟抗日政府靠在一起,后来又混进了共产党,又一步一步地走到今天,完全是因为一件偶然的事情造成的",但实际小说的叙事效果并不如此单一。两个游击队员曾经在马之悦家安顿过一个伤员,并威胁说伤员要是有闪失将不会放过马之悦,马之悦忍着惊慌接下伤员,左右为难。"村长家里边藏个八路,这儿离炮楼又这么近,墙有耳朵门有眼睛,万一让日本人知道了,准没有自己的活命;出了危险,伤员有个一长两短,八路那边交不了账。"马之悦后来甚至动了投靠炮楼的主意,结果三个伪军没有抓住游击队员,马之悦又极力保护伤员,用吓唬加打点的方式封住了三个伪军的嘴,压下事情,回家后冒着危险医好伤员将其送到了山里。进山才知道自己救的是本区区长,之后受革命道理教化,开始积极配合八路工作,建立基层组织,送公粮,送军鞋,当先进,探情报,不怕风险,后来东山坞党组扩充,马之悦成了党员。

无论是在日本鬼子的铡刀前挺身而出,还是最后冒着生命危险救下区长,作者都认为马之悦是投机主义者,混在革命队伍中,思想不纯。然而历史本身就是复杂的,作为最初走上革命道路的革命者,不可避免地要经历成长过程,有一个思想认识转变的过程,因此站在历史同情的立场上,无论最初是怎么样的,他们最后都在思想教育中认同革命。而在小说作者看来,中华人民共和国成立初期马之悦出现的所有问题,就出在他革命思想不纯的根子里,马之悦的出身就决定了他的本性。这样的叙述不光抹杀了历史本身的复杂性,也简单化了马之悦与萧长春之间不同的有关乡村社会建设的问题。作者为了保证革命主体和革命动机的纯粹性,以出身论为人物的复杂性定调。与马之悦这样有革命历史的人相比,萧长春的历史几乎是空白的,他对革命的认识全来自部队教育以及回乡后的上级教导,这种教育思想的来源非常纯洁,但却是完全外来的,并没有内化到自己的生命认识中,因此认识也是肤浅的,反而马之悦对社会历史的认识更有历史深度。

中华人民共和国成立初期,作为小人物的马之悦,认为共产党执政,天下终于太平无事,没了过去那种危险,就可以理直气壮地和老百姓往发家致富的道路上奔了,马之悦这种认识代表了经历了长时期社会战乱的所有普通百姓的愿望。作为党员干部,他工作热心,"村公所是他张罗修的,小学校是他从政府要钱盖的;开会啦,出差啦,跑腿误工、劳累一点儿,从不叫苦喊屈"。别人都怕当干部整天跑公事误了自己生产,这样的问题在丁玲、周立波、赵树理小说中都有反映,而马之悦是乐于奉献,县里要表彰马之悦领导互助组里的老实庄稼把式韩百安,韩百安以为是请他当干部而向马之悦求情,甚至跑到山里打柴火三天不敢回家,后来是马之悦替韩百安去城里在会上做典型发言，后被推选为专区劳模代表，回来把临时互助组改成常年互助组，成了风传一时的模范人物。但是这样一位干部并没得到东山坞原党支部书记焦田的认同，他在离任时推荐的却是与马之悦争斗多年的韩百仲，韩百仲的工作能力远不及马之悦，是上级干部区长李世丹的干预让马之悦当了东山坞社主任。上任后的马之悦爱惜李区长和大伙给的荣誉，积极读报、学文件，进县委党员训练班，一些反动的人、落后的人也常遭到他的斥责和批评。在这样的介绍中看，在萧长春回来之前，马之悦已经是一位非常能干的、有想法的、干实事的乡村优秀干部。

与后来社主任萧长春工作相比，马之悦的工作能力也毫不逊色，甚至在工作实绩上也不劣于萧长春。从后文萧长春的工作成绩来看，萧长春在东山坞所做的对乡村内部建设的实事并不多，小说没写萧长春是如何带领大伙生产自救增加农民收入的，只是非常概括地说是度过了灾荒，后来粮食获得的丰收，这也难说是萧长春的成绩，有人说倘若让马之悦继续当社主任，东山坞也能够获得丰收。小说中萧长春的主要贡献是阻挡了社里按地分红的做法，丰产后要多给国家交售粮食，然对社员来说大家并没有增加收入。马之悦这样的干部，甚至梁生宝，还有金生、玉生、刘雨生这样的干部，都带领农民社员为乡村内部创造了实际财富收入，并在建设乡村，每个个体社员增加了收入。萧长春和高大泉这样的乡村干部，他们的工作重心恰在于斗争这种为乡村利益着想的思想，而要他们把利益放在国家层面，多给国家交售粮食才是他们工作的最终目的。因此，马之悦与萧长春的矛盾冲突，并不是个人发家与集体利益矛盾的问题，深层来说应该是乡村利益和国家利益之间发生矛盾冲突的问题。在这样的冲突中，50年代后期的赵树理站在了乡村利益的立场上，在 1959 年作协内部被批评后，犹豫后的赵树理仍坚持了乡村价值立场，批评浮夸风，在 1962 年的大连"农村题材短篇小说创作座谈会"上发出"天鹅绝唱"。[①] 赵树理所认为的问题也并不是两条道路的问题，而是国家工业化对农村经济提取太

---

① 有关这一段历史细节，参见陈徒手《一九五九年冬天的赵树理》，《人有病 天知否：一九四九年后中国文坛纪实》，人民文学出版社 2000 年版。

多的问题①，因此群众认同的是顶得住上级瞎指挥、刮浮夸风的乡村干部，农民认同的恰是马之悦这样的干部，而不是萧长春、高大泉。但是，马之悦这样的乡村干部，由于不能认同集体合作化道路，成了作者道德丑化的对象，在萧长春出场后，就成了全干错事、坏事的形象了，作者丑化马之悦的意识更加明显，甚至让马之悦成了一个没有价值操守的流氓、一个混工作的干部而被否定了。从根本上来说，作为一个基层小人物，对于社会主义道路，马之悦难以有自己清晰的认识，他只是模糊感觉到大多数普通村民认为政治革命胜利后就可以安心当农民过日子了，同时作为乡村干部，上级领导区长李世丹也是这样指导他的工作的，因此，就算马之悦对社会主义的思想认识不及萧长春，也是需要教育的，而不应该直接定性其成为阶级敌人。简单化的阶级斗争书写，遮蔽了乡村社会主义建设的重要问题，对社会主义道路的思考认同变成了强制性认同。

2. 勤俭的马同利

在小说叙述中，凡是赞同土地分红的村民都被认为是思想落后的人，这些人虽被贴上了中农、富农的标签，然而小说叙事中的矛盾处是这些人又是村民中典型的勤俭农民。小说一开始，马之悦为首领的一帮中农、富农与以萧长春为代表的贫农为分麦子的标准问题而展开了纷争，马立本受马之悦指示去联络自己人，小说一方面在把他们写成富裕户时，又写出了他们各自的勤俭。

马立本首先去的是中农"弯弯绕"马同利家，远远就看到马家庄院，

> 按说顶数这一户的房子好，一水是土改后新翻盖的，墙壁是砖边石心，顶上全是大瓦，瓦脊一条龙，上边涂画着图案。就连烟囱都是与众不同的，像小庙，又像亭子。可是，在沟北边，又顶数这一户的院墙不好，全是土打墙，墙檐上压着草。里外不相称。

马同利的新房是土地改革后才盖的，院墙还没有收拾，可见马同利之前也不是富裕农户，他的出身没问题，现在的生活也只是相比于沟南村有

---

① 参见赵树理《在大连"农村题材短篇小说创作座谈会"上的发言》，《赵树理文集》（第4卷），中国工人出版社2000年版。

些没粮户来说要好些。其次马立本看到了立在门口一把锄头和挂着的草帽，显出了主人的极度勤俭：

> 锄杠磨的两头粗，中间细，你就是专意用油漆，也漆不成这么光滑。那锄板使秃了，薄薄的，小小的，像一把铲子，又像一把韭菜刀子。主人用它付了多少辛苦，流了多少汗水呀！这锄靠在门口的墙上，旁边还放着一个草帽子。草帽子是麦秸编的，日晒雨淋，变成了黑色，烂了沿儿，扔在大道上也没人拣！

从这样的一把锄头和草帽可以看出马同利是一位非常辛劳和节俭的老农民，作者的描绘也明显带有了对马同利辛劳的认同。进院子见到的马同利正在菜园除草，让我们看到了一位精心侍弄土地的庄稼人：

> 这个小菜园是相当出色的。主人巧于调度，也善于利用。畦里种的是越冬的菠菜、韭菜、羊角葱；还有开春种下的水萝卜、莴苣菜。这期春菜下来，他就赶快种黄瓜、豆角、西红柿。这期夏菜过后，他又紧接着就种上一水的大白菜。这园子常常是一年收四季。这还不算，他见缝就插针，没有一个地方不被利用，比方，畦埂种的蚕豆角，墙根栽着老窝瓜，占天不占地，白得收成。

种好菜园需要花更多心思，马同利的菜园搭理得非常精致，可见马同利还不是一个单纯在地里下苦力的庄稼人，而是一个花心思于自己生活的人。不过作者如此叙述马同利的勤俭并不是要肯定他的德性，反而是要突出他贪占便宜和吝啬的特性，因此小说继续写道："谁家的鸡要是进了他的院子里来，不下个蛋留下，他就扣在筐子底下不放。过路的小贩更怕他，谁也不敢在他家门口停挑子，他买你五分钱的东西，跟你左磨右蹭，不把你磨烦不罢休；结果，耽误了你的买卖，还得拿一毛钱的东西到手。"这样书写为后文中展示马同利反对萧长春等人按劳分酬和给国家售粮做铺垫。然而这样的铺垫，产生的效果却是让读者对马同利生活劳动勤俭的道德认同。

我们在马同利身上看到的，更多是由于生活艰辛导致的他对细微利益的看重，这种重利跟他个人德性无关。马同利在父辈手里并没有继承来家产，地里产的粮食也是刚够自己吃，是他的能干和勤俭，没白天没黑夜地收拾土地，抽空搞点小买卖才让他有了比别人好些的家境。这样的农民难以愿意把自己土地收益转让给他人，他反对萧长春提出的按劳分红说法，更害怕给国家多交售粮食。后来积攒的一千三百多斤小米被迫交售，再加上土地不分红，自己没了粮食，为了多分点粮食不惜痛打自己十来岁的小闺女假装断粮。

马同利作为一位老农民，只希望能多分点麦子，生活过得宽裕点，他并没有什么阶级意识。因此后来他妹夫跟他大谈什么鸣放时，他并不感兴趣，反而强调天下是共产党的天下，这种情感认同是从自己的生活阅历中得来的，"想想打鬼子，打顽军，保护老百姓的事儿；想想不用怕挨坏人打，挨坏人骂，挨土匪'绑票儿'、强盗杀脑袋；想想修汽车路，盖医院，发放救济粮……，这个那个的，唉，怎么说呢？只要共产党不搞合作化，不搞统购统销，我还是拥护共产党，不拥护别的什么党……""我咬过旧社会的苦瓜尾巴，我受那害受够了，再回去，我真有点怕了……"马同利是通过新旧社会的比较而认同共产党政权的，这种感情很深厚，认同是自觉的。不过在认同现有新政权的基础上，他也希望现有新政权能"改改制度，松松缰绳"，"我就是想能够过个富贵日子"，"就图把地给我，把麦子给我，让我自己随着便过日子"。这样的说法，不光体现的是马同利这样的中农对共产党的感情，也体现的是无数普通农民希望国家休养生息的想法，他们反对萧长春按劳分配的方式，只是从个人利益角度出发，并没有什么阶级层面的对新政权、对社会主义道路的反对意识，更别说什么反党意识，然而在小说后来的叙述中，作者把普通中农对分配方式的不认同上升到了阶级意识斗争的层面，马同利这样的农民变成了阶级斗争对象。同样，小说中萧长春的主要斗争对手马之悦也不具备阶级敌人的特点，马之悦是经历过革命斗争的老党员，在革命胜利后他怎么能去反党呢，即使地主马小辫，在中华人民共和国成立后地主富农已经大势已去时，他唯一可做的就是在现有政权中如何保存自己，这样的体验在丁玲《太阳照在桑干河上》小说中的江世荣、李子俊身上有细腻书写[1]。因此，

---

[1] 参见前文第二章第一节"个人体验的乡村叙述"中的论述。

对萧长春来说，中华人民共和国成立后的乡村工作不是去斗争马同利、马之悦、马小辫这样的人物，而是教育梁生宝面对的梁三老汉、是丁玲笔下的中农顾涌、赵树理笔下的马多寿、柳青笔下的郭世富等普通农民思想，浩然将这样的农民放置在了反对社会主义道路的阶级斗争中，强制性地改造他们，并不能让这样的农民内心心悦诚服。

3. 争取乡村利益的马连升

马立本联络的第二位落后村民是中农"马大炮"马连升。马连升父亲曾给地主马小辫当过管事，自己的一点财产被马小辫贪污，后来打官司破产。马连升也是在土地改革后才重整家业的，他也没有从父辈哪里继承多少家业，因此与马同利一样，他对共产党新政权也是深怀感恩。不过因为自己在土地改革后通过勤劳节俭有了一点家业，合作化过程中被当成斗争对象，这让马连升无法接受认同。这样的问题其实就是丁玲笔下顾涌所面临的问题，顾涌的家产在40年代得到保护，而马连升他们的家产在50年代要被斗争，马连升想不明白，因此抵制合作社。马连升老婆也是一个会过日子的农村妇女，"虽挂个'虎'字，并不凶恶，对丈夫倒是非常地温柔；从来是不吵不闹，连重点的言语都没有，和和气气地就把事办了，也把丈夫给管住了。这女人能算计，会节省，妇女群里百里难挑一"。马立本去找马连升时，夫妇两人正在清理猪粪，完全是庄户人家的劳动把式，即使马立本来说事，老婆也不让马连升停下手中的活，总要给马连升手中一点活干，两口子是闲不下的庄稼人。

对社里按劳分麦子的方法，马连升有自己独特的看法，在大多数人都在乡村内部激烈地讨论到底是按地分红还是按劳分红的问题时，是马连升最先提出保障乡村利益的问题。中农马子怀地不算少，也不算多，因此对社里到底是按土地分红还是按工分分红他并不在意，但是中农"马大炮"的一番话指出了他也会面临的问题：

> 马大炮说，"你行了，别人呢？我们一家子人叠一块儿，也没你屋里人挣工分多。其实，你也别光瞪着眼珠子盯着你那几个工分，没你的好事。土地不分红，麦子打下来，给社员留一点儿，全得卖了余粮，分到你囤里的没有几个粒儿；土地一分红，工分毛了，你瞎干了！"

马连升说出的担忧,并不单是中农、富农的担忧,实际也是贫农的担忧。麦子打下来,给社里留得太少,即使按照工分分红,贫农也不会有太多粮食,而作为中农的自己,工分少,分到的粮食就更少,因此为了自己利益,他们闹腾着要按土地分红。马连升的担忧,也是马之悦为代表的东山坞所有农民担忧的问题,不过在小说叙述中,浩然有意把后一问题转移成了单纯的乡村内部问题,变成了马连升这样的中农和贫农的争利问题,有意淡化了国家利益和乡村内部利益的冲突。在确定分麦子标准时,贫农们都盯着中农富农,对国家汲取粮食持漠视态度,萧长春把本来的教育对象——由广大农民转变成了少数中农和富农。在国家利益与乡村内部利益的问题上,冲突更严重更多的人口应是贫农,而不是中农。从这一点上来说,浩然并没有找准合作化发展过程中真正需要思想教育的对象,而柳青在《创业史》中非常清晰地认识到了这一点,对梁生宝来说自己老父亲梁三老汉这样的普通农民的思想转变才能带来乡村社会的深层转变。

为了斗争马连升的思想,小说专门安排了萧长春与马连升论争的一个场景,两人的对话再次凸显了马之悦等人与萧长春等人之间的价值冲突。论争中,萧长春明确指出按土地分红对劳动者的不公平,马连升强调的是代表少数人的中农利益,萧长春强调的是占大多数人的贫农利益,在这样的话语中,两者冲突分明,马连升话语完全站不住脚。不过从小说后边叙述看,马连升等人并不是要完全按照占有土地的多少来分红,因为就算是土地出租也要承认劳动者的价值,而在小说叙述中马连升成了只强调土地价值而不认可劳动价值的人,这样的叙述彻底取消了土地分红的合理性。即便如此,马连升后来提出了更重要的问题,他认为"是对咱们全村人都有好处的"的问题,这就是国家利益和乡村利益之间关系的问题。他对萧长春说:

> 这件事对你在村里树立威信最有好处啦!按地亩分,粮食都分到户,不像装进农业社大囤里那么显眼,就可以少往上边报产量,少卖余粮;少卖了,大家吃的多,存的多了,粮食可以随意使用了,谁不说你们干部给大伙谋了幸福,大伙不就拥护你啦!你听听对不对?

这一说法表面上看马连升还是要"按亩分粮",然他强调的是乡村利益和国家利益冲突的问题,他希望能给国家"少卖余粮",只有这样"大家才吃得多"。单纯强调小集体利益不顾大集体利益的思想,完全是一种落后的小农经济意识。但问题是,在东山坞多数农民因为前一年遭受自然灾害就出现了饮食断顿、生活无以为继的境况下,更需要国家支援的状况下,还强调农民要多给国家售粮,是无视农民的实际生活境况。小说中,即使是中农、富农的生活也不宽裕,正因为这个原因,中农、富农希望能少交售些粮食,给自己多留一些,那些贫农如萧长春、焦淑红、韩百仲、马老四等乡村合作化积极分子们的生活更加拮据,在这样的生活境况中要给自己少存粮食而多给国家售粮,引起的抵抗就不光是中农、富农了,还有更多的贫农了,然而马连升提出的这个问题被作者置换为了阶级问题在乡村内部被压抑掉了,在小说叙述中马连升的问题不过是当成小农意识而被否定了。

4. 沉默的马子怀

落后农民群像中,中农马子怀两口子"在东山坞来说,是富裕中农里边劳动最好的一对儿,为人处世也比较老实厚道。……马子怀的女人比马子怀大五岁,有四十六七岁的样子。人民币在柜里锁着,她穿的破衣拉花;粮食在囤里装着,她吃的粗粥稀饭,不光为节省,也是老习惯"。作为普通中农的庄稼人,经历过动荡的社会,马子怀感觉自己日子过得并不安稳,对于外面要土地分红还是工分分红的纷争看得多了,只想自己过太平日子,能够以自己的劳动换一碗饭吃,因此他宁愿躲起来。他最担心的是"一会儿锣,一会儿鼓",因此对办农业社,他认为办也好,不办也好,但千万别折腾,他的这种感觉源自生活经验:"他爸爸年轻的时候是木匠,攒了半辈子钱,够买个牲口拴个车了,正是兵荒马乱的年月,票子改了,成了一把废纸。到了马子怀这辈子,赶上了太平年月。土地改革后两年,他就买下一匹小青骡子。那一年,他是想买车的,钱还没有准备齐全,农村就开始搞农业社了。"因此他对农业社完全持一种观望态度,面对萧长春带领的合作社斗争,他干脆躲了起来。马子怀这样的农民是生活中的大多数,他们对合作化运动保持了沉默和观望,最后是随大流,东山坞全部成立合作社,马子怀也就只好入社了。

小说接着叙述说,马子怀很快就心甘情愿了,因为入社后生产年年好，即使去年遭了天灾的收入也比单干强，以此强调按劳分红的合理性和合作社的优越性，不过这也就说明去年即使遭了天灾，村民整体的收入也不应该少，因此就不应该出现缺粮的问题。但是我们在小说中看到有许多贫农是真正缺粮断了顿的，问题出在哪里呢？马子怀是个"能干活、能吃苦"的农民，大多数普通农民为生活所迫就不得不去吃苦，然而与马子怀一样勤快吃苦的大多数农民为何在天灾不太严重的情况下仍出现了无法度过春荒的问题呢？这里的合理解释只能是中农自己的底子要厚些，在交售了公粮后，还可以维持生活，如小说中的马同利、马连升等中农，而那些生活艰难的贫农在交售了大量的国家公粮后就无法维持自己的生活了。天灾的问题让农民更加看重自己的利益而不是国家的利益。从这样的角度来看，大多数中农、富农并不是单纯地抵制合作社，而抵制的是对乡村利益的过度汲取，因此乡村中的严重问题并不是按劳分红还是按地分红的问题，而是乡村利益得不到保障的问题。

马子怀这样农民生活的改善也是在土地改革之后，这也意味着他们生活改善的合法性。他们能改善自己的生活处境，除过土地改革政策，还在于他们对庄稼生产的能干，他们的勤劳节俭。与马同利、马连升等中农一样，他们都在土地改革后靠勤劳节俭改善了生活，却要在合作化时期被迫地把自己用血汗换来的土地、牲口和生产工具入社，如果入社不能给他们带来更多物质利益，那社里按劳分红的分配方式和多交售粮食的观念，都是对他们生产积极性的严厉打压，这种打压等于取消了他们所恪守的传统价值观"勤劳致富"。

5. 恪守人情伦理的马连福

马连福，也因抵制按劳分红被塑造成了落后人物。虽然他是穷苦人出身，小时候要过饭，扛过活，能劳动，后来参加解放军，转业后当了生产队长，顾不了家，以至于吃了上顿没下顿，与萧长春有着相似的经历和处境，在阶级出身上可以说根正苗红。不过，作者要把他塑造成一个失去阶级立场、被敌人拉拢而去的变质者，因此在萧长春上台后，他成了一个站在中农、富农一边替他们说话的干部。

与叙述别的落后者不同，作者在降格马连福个人形象时，把目光投向了马连福的个人家庭。正如我们在前面论述中说的，个人的家庭生活在表现新生活的小说中不是新人的活动空间，而是落后人物的活动空间，在这里，浩然也把斗争对象马连福的活动空间放在了个人的家庭生活中。不过，恰是在这一私人家庭生活空间中，我们看到了马连福对老婆、对孩子、对老父亲的深厚感情，乡村的传统伦理道德在马连福的身上得到了延续，这些生活场景中的个人细腻感情成了小说中最打动人的章节。

马连福当干部无法照料家庭，生活很艰难，小说中第一次写到马连福家是这样的：

> 院子里边旮旮旯旯都是乱七八糟的。猪还没有喂，两只小克朗用嘴巴拱着猪圈门子，吱吱闹。鸡也没有撒，在窝里扑拉着翅膀，咕咕叫。他故意放重脚步，踩的地皮踏踏响，没有回声，他又大声咳嗽一下，也没人搭茬。走进堂屋，更没法儿看，柴禾连着灶膛，灶膛连着柴禾，没个地方插脚。揭开锅盖看看，筷子碗泡了半锅。这叫什么过日子人家，家里家外都没有马连福随心的时候！他满肚子的怒火，顶了脑门子。通通通地朝里走，呼啦一把撩起门帘子，那股子气势，进门就得给媳妇两个大嘴巴子！

马连福当了干部没法照顾家里，家里的老婆正带着一个吃奶的孩子，老父亲成了社里的饲养员，没人能照顾家里，这样的生活场景常在40—50年代小说中乡村干部家庭生活中出现，如《暴风骤雨》中赵玉林、《山乡巨变》中刘雨生的家庭生活，不过后者是为了凸显这些干部为了集体利益而无私奉献的精神，而在马连福这里成了对其妻子不持家的批评。马连福回家并没有打自己的老婆，因为他深爱他的老婆孙桂英，老婆二十七八岁，"细高个子，长瓜子脸，细皮嫩肉，弯弯的眉毛，两只单眼皮，稍微有一点儿斜睨的眼睛总是活泼地转动着；不笑不说话，一笑，腮帮子上立刻出现两个小小的酒窝。特别在她不高兴的时候，那弯眉一皱，小嘴一撅，越发惹人喜欢"。自己的老婆不光长得漂亮，更重要的是她的怀里还抱着一个吃奶的孩子，因此一看到孙桂英，马连福的气就消了，家里断顿不是老婆的问题，马连福感觉到的是自己没有当好丈夫的问题，因此回家没饭吃的他，并没有发什么脾气，而是越发不愿当干部，他只想老老实实地过日子。"这个队长可有什么当头！亏不少吃，罪不少受，骂不少挨，家里外边不成样子，猪八戒照镜子里外不是人，说句话连个屁地方都不占!"在周立波的《山乡巨变》中,刘雨生的妻子张桂贞也是这样一个长得好看,对丈夫有很深感情、顾家恋家的女性,但由于坚决离婚,就被丈夫刘雨生、乡村干部邓秀梅和李月辉以及小说作者看成一个落后妇女。在《艳阳天》中,马连福却在自己的工作经验中感受到的是完全不一样的认识,家庭生活如此邋遢拮据,他没有把责任大男子主义式地归给自己的老婆,而是归给了自己,当村社干部没有照顾好妻儿这才是问题的症结,然而这种完全不同于萧长春式新人的认识被定性为思想落后的表现了,恰是在这样对家庭生活的认识中,我们看到的是马连福对妻子深深的感情。

  马连福不光对老婆有深厚的感情,也对孩子有朴素的怜爱之情。马连福饿着肚子走出家门去找马之悦解决问题,结果看到了马同利打自己小闺女的一幕。为了让众人相信自己家断了粮食,马同利狠心地拿鞋底抽打挑食的孩子,小女儿被打得"狼抓似地叫喊",马连福"娇妻爱子,也最不待见别人动不动就打老婆骂孩子",马连福拦住马同利,痛骂他"没本事打哪家孩子","逞他妈的什么英雄好汉",自己家里都断了顿,而仍要管他家的闲事,在这样的细节中我们看到马连福身上所带有的乡村朴素的对柔弱者的一种自然同情和关爱。为了老婆孩子,在谁面前都不低头的他,宁愿去低三下四地找马之悦、马立本借粮食借钱。

  马连福对父亲马老四的感情更显示了他对乡村物理人情的恪守。马连福本是一名复员军人,回来被推选为生产队长,因此在乡村中是如同萧长春一样受人尊敬的人。但就因为对农村粮食分配的看法不同于萧长春而发生争吵后,父亲马老四认为儿子辱骂了社主任,因此坚决要以家长身份来教训儿子,甚至要打儿子以向萧长春来赔罪。在这样的话语中,马老四作为父亲对儿子具有绝对权威性,同样,在小说叙述中,马连福也承认父亲对自己的这种权威性,因此在马家来说父子之间还是长幼有序。后来在家中,马连福见到了父亲:

> 马连福怯生生地望着爸爸那张皱纹纵横的脸,不知道该说什么好。爸爸突然来到,而且专在门口蹲着等他,他已经把来意猜到了九分。不知怎么,这一眨眼之间,一种骨肉的情感,忽地涌到他的心头。

马连福跟他爸爸的情感是深厚的,在他当兵以前,在他复员回来那一、二年里,这种情感也是深厚的,他们曾经相依为命地走过旧社会那段艰难的路程,曾经用一样的心思,一样的热情度过互助组那段火热的斗争日子;可是,农业合作化以后,他们的心思不一样了,开始抬杠了,到了去年闹了灾以后,他们翻脸了——马连福带头逃荒外流的事儿,成了他们决裂、分家的导火线。这半年多,他们不大在一个桌子上吃饭,不大坐在一起料理家务,不大谈谈知心话儿,亲骨肉很有点像陌路人。马连福还是惦着他的爸爸,自己手头宽裕,做一点差样的东西,也常常给他的爸爸送一些去;爸爸也还是惦着儿子,为他的一喜一怒担心,为他的每一个脚步劳神。不过,怎么着,也不像从前了。你看看,马连福就算做点错事吧,受这个说,受那个刺,已经够呛了,你当爸爸的怎么就一点儿也不体贴体贴你的儿子呢?难道说,别人什么都对,你的儿子一点儿对的地方都没有啦?

马连福也伤心哪,伤心哪!

爸爸偏偏不心疼儿子了,不爱儿子……

在这样的叙述中,我们看到的是马连福对父亲的深深感情,以及自己的委屈。一见面,马连福就"怯生生",他害怕父亲的生气,这是儿子的一种感情,同时面对那张"皱纹纵横的脸"、蹲在门口等候他的情状,让他涌上心头的是"骨肉的情感",又感到心酸,矛盾归矛盾,亲情还是斩不断的。也正是这种亲情,让他又感到委屈,他仍是父亲的孩子,希望得到父亲的理解和关怀。这一段心理描写非常细腻,展示了马连福对父亲情感的看重,也展示了马连福对父亲的孝顺。同样,后来马连福要去工地,父亲相送,临别老父亲给他煮鸡蛋的细节让他感动,马连福"他看到他的爸爸又里里外外地忙着,一会儿抱柴禾,一会儿又舀水,接着,又见小屋子的门口飘出了白色的烟雾;他爸爸刚才跟他说的那些话,还有这几天说过的几次话,不知怎么,听时不怎么动心,这会儿倒像很动心地在脑袋里翻腾起来了。他觉着,爸爸终归是爸爸,还是疼儿子的……"一个成年儿子出门,一个老年父亲煮鸡蛋,浓浓情感,让人感动。而这样的感情我们在萧长春身上是看不到的,媳妇死了三年都没有续上,父亲一直操心着给他找对象,然而萧长春并不怎么领情,对于儿子小石头,萧长春几乎没有尽到父亲的义务,小石头被暗害,萧长春的坚强让他失去了普通人的人情。与其相比,马连福这样落后人物身上的家庭情感反而让人动情。

《艳阳天》中,重家庭情感成了落后人物的标志,不光在马连福身上,在其他落后人物身上也有明显体现,如青年中的韩道满就是一个被认为是思想最不够先进的人。韩道满喜欢围绕着焦淑红的积极分子马翠清,然在马连福与萧长春的争吵中,女朋友马翠清要求韩道满不光要与支持马连福的老父亲划清界限,甚至在必要时可以动手打自己的父亲,面对这样的要求,韩道满在女朋友和父亲之间经过艰难选择后最终仍选择了父亲。同样青年中的马立本为了进步也要与父亲划清界限,但最后还是拆掉了在院中横隔起来的玉米秸搭成的墙,与父亲和好。在这样的父子关系中,起作用的并不是父亲对儿子思想的引导,而是儿子深深感受到的父亲对自己的深情。在家中,父子亲情还在,儿子还是父亲的儿子,父亲还是儿子的父亲。

家庭生活中,落后人物形象马连升、马同利、马斋等人夫妻感情也都很好,如马连升老婆对丈夫非常顺从爱护,"从来是不吵不闹,连重点的言语都没有,和和气气地就把事办了",马同利的老婆和马斋的老婆,都是夫唱妇随的女人,并不是这些女人害怕自己的丈夫,而是这些女性信任自己丈夫的能干,因此才在家庭利益上能够思想一致。小说作者通过这样的家庭生活,要说明的是不光这些男性思想落后,女人也和丈夫一样思想落后,然在书写中作者却又不时显露出家庭中夫妻之间彼此对家庭的操持,这样的一种书写在同类小说中是很少看到的。在新人方面,由于他们的活动空间是在公众场合中,因此他们的身上就很少具有这种个人感情,萧长春和焦淑红很少对自己家庭生活关心,韩百仲和焦二菊的家庭生活是共同学习党章,普通家庭中的日常物质生活是看不到的。当把私人空间和个人的情感全推给落后人物身上时,我们反而感到的是他们真诚动情的人情伦理,同样新人失去了这种私人空间和个人感情世界时,这些高大全的新人就失去了打动读者的真性情。

二 程序与权力的斗争

《艳阳天》中马之悦与萧长春两派斗争中有行政管理权和话语权的争夺,分析这一争夺过程更可以看到作者对现代生活秩序想象的深度和广度。

《艳阳天》中，萧长春与马之悦之间的直接较量，最先体现在生产队长马连福被替换、会计马立本被撤职的过程中，在权力博弈过程中有关组织程序的问题浮现出来。对组织程序的想象应该是小说对乡村政治权力想象的一个重要方面。例如40年代小说中叙述的外来工作组进入乡村时不光进行土地改革，还要把现代思想带入乡村，因此丁玲和周立波等人在小说中非常重视乡村权力运行中的民主问题，《艳阳天》和《金光大道》中也有这样的问题，不过作者在乡村权力问题上，标榜的是萧长春、高大泉这样理想人物道德的清廉，并不是乡村秩序的建设，这样看来，萧长春对马之悦一派的斗争反而需要重新认识。

1. 撤销马连福和马立本的组织程序

由于马连福在干部会议上提出了按土地分红的不同意见，马立本也站在马之悦一边，因此为了能够按劳分红，萧长春要在麦子收获前调整社里干部，以使自己主张的分麦子方案有足够的支持力量。马之悦是区里任命的干部，萧长春无法直接调整马之悦的岗位，但他可以调整社内支持马之悦的两位重要干部——生产队长马连福和会计马立本，让支持自己的焦克礼和韩小乐代替他两人，这个调整将对马之悦势力产生严重打击。调整后的干部群，除马之悦外所有干部就都和萧长春在立场上保持高度一致，萧长春的领导权力将得到极大加强。小说叙述中，由于萧长春是被肯定的一方，马之悦被安置在被否定的位置，因此支持马之悦的马立本有财务问题，马连福也有贪占小便宜的毛病，这样的书写让他们不管是从道德角度还是工作角度来说，他们二人工作岗位的被调整都具有了合理性。但我们在这里考究的并不是这种调整马立本和马连福本身的合理与不合理，而是从调整程序来看这一调整过程是否带有现代组织性。

调整干部的主要目的是打击马之悦的势力，在这一过程中萧长春实际上是采用了一些手段孤立了马之悦，让其失去了权力，但问题是马之悦被孤立，思想并未被教育，其斗争过程带有了宗派斗争意味，这样的干部调整过程并不具有建构健康的基层干部调整制度的意义。

萧长春是东山坞社主任，也是党支部书记，他要占有更大的权力，要斗争马之悦，先要想法免掉马之悦的左膀右臂马连福和马立本。他先和副主任、党支部委员韩百仲交换了意见，"两个人先在饲养场碰的头，在那儿,他们又心见心、心碰心地交换了意见","他们朝办公室走的时候,又商量了会议的开法,也把会议上可能出现的问题,作了充分的估计;这会儿,两个人全是从容不迫地坐在了马之悦的对面"。萧长春要召开调整干部的重要会议,然而并没有跟副主任马之悦通气,马之悦在来参加会议时什么都不知道。不过马之悦早就感觉到萧长春在平常会议中就在使用手腕:

> 自打萧长春从工地上回到东山坞以后,每逢领导干部开会,不要说是研究重要的问题,就是一个小小的碰头会,也要把团支部的几个委员请到座儿上来,起码焦淑红这个丫头是不能缺席的;有时候,萧长春还要拉上几个老头子,摆到会场上充数儿。可是今天这个会议上,就是他们三个人,而且,萧长春还口口声声地说,要在这个会上研究全社的重要问题,还郑重其事地拿出了他那个破本子,拧开了钢笔,看样子,还要作记录。这到底是怎么一回事儿呢?

为何这样重要的会议却只有他们三人参加,是因为会议的结果已在萧长春的掌控之中。会上,萧长春和韩百仲先传达了县上的麦收指示和保卫指示,对这两件事情,三人集体通过,没有异议。在提议召开一个生产队长来贯彻上级指示意见时,萧长春趁机提出了调整干部的问题。他把这个重要问题留在最后说,让马之悦没有任何思想准备,因此在提出免掉马连福队长,让谁来补缺的问题时,马之悦都没看重这件事儿,只当一般的补缺工作。在马之悦还没有想出合适人选时,韩百仲就提出了他和萧长春早先考虑好的自己阵营的焦克礼,马之悦虽极力反对,但是在党委三人小组中,他一人孤掌难鸣,后来他也提出候选人物马子怀,但是仓促的提议也没有多少说服力,他对马子怀优点的肯定不断被韩百仲否定,这才让马之悦突然意识到了韩百仲与往常的不一样,好像脑瓜儿好使了,"水平"也提高了。后来从考虑中农利益的角度,他认为干部不应该全由贫农担任,应该有中农身份的干部,实际上是想提出自己阵营的人,由此引发马之悦和韩百仲的激烈争吵,这时萧长春发言,支持了韩百仲的意见,实现了会前自己与韩百仲的最初设想。看到自己势单力薄,马之悦提出召开全体社员参加的选举会,然萧长春直接否定了马之悦提法,认为只要召开贫下中农会就可以了,强制打断了马之悦对这一事件的论争。后来召集的贫农会,也没有再选举,而是直接宣布结果让大家接受了这一事实,新的生产队长焦克礼就按照萧长春和韩百仲提议上任了。从这一决定看,最终起决定作用的,并不是会议上的这种论争,而是萧长春手中的权力,召开全体"社员选举会"的提议被粗暴地否定。虽然焦克礼确实在小说叙述中,无论是品德还是思想认识都比马之悦所提的人选要优秀,但在这样的推选过程中,新生产队长不是在民主程序的过程中产生的,而是因为萧长春的行政权力大于马之悦,这样的过程与原来区长李世丹直接推选马之悦当党支部书记的方式是一模一样的。东山坞原党支部书记焦田调任,推选韩百仲接任,而区长李世丹信任马之悦,因为李世丹是焦田的上级领导,因此他并没有走什么程序就确定马之悦成了东山坞的党支部书记。作者叙述中,一方面在批评原来区长李世丹任用马之悦过程中的官僚特权;另一方面又对萧长春行使政权力过程中的官僚特权不加批评,明显是采用了两种标准。

第二位被调整的干部是站在马之悦一边的东山坞会计马立本。萧长春和韩百仲早已考虑好了让韩小乐来代替马立本,因此在让焦克礼替代了马连福后,萧长春接着又提出了撤换会计马立本的问题,这更是马之悦没有预料到的。因此当萧长春提出要商量撤换会计的事时,马之悦当即惊慌失措。萧长春怀疑马立本的账有问题,但并没有实际证据,因此想先让韩小乐换掉马立本,再查出问题,彻底打击马之悦。用自己人换掉马之悦一派的马立本和马连福,实现对马之悦权力的收缴,让其在干部组织中失去权力,这样就可以实现分麦子按劳分红的目的。

萧长春提出撤换马立本的问题,马之悦追问原因,萧长春打掩护地说:

> 会计的工作也算暂时安排。根据马立本在斗争里的表现,我们觉着应当让他参加一段劳动,好好改造改造……让他暂时把账目交出来,看看以后的表现再说:好,可以接着让他干;不好,就另选。

由于没有真凭实据,萧长春只好将话说得模糊。真正的原因是马立本支持了马之悦提出的按土地分红的分麦办法,萧长春直接给马立本按上

"不拥护社会主义"的帽子,在萧长春这里只要不认同自己主张的人都可能会被扣上反社会主义的帽子。至于社会主义这一制度,东山坞只有萧长春这位党支部书记有解释权,马之悦这位老党员因为是副主任,也没有话语权。因为萧长春的行政权力大于马之悦,因此马之悦就不能质疑萧长春所扣给马立本的这顶反社会主义的帽子,他只好在撤换马立本的程序上提反对意见,"我也不跟你们争论了,你们全都安排好了,在我面前走个过场,是不是呀,啊?"后来韩百仲站出来以少数服从多数的原则,认为撤销马立本会计职务的决定,"从党支部说,支委可以决定。从行政说,三个主任,两个赞成,多数了!"会议变成了萧长春和韩百仲组成的小团体对单个人的马之悦的斗争,马之悦完全失去了说话的权利和资格。三人会议的过程完全在萧长春的控制中,最终实现了他们预设的目的。不过遗留的问题是,这样的工作方式并不是在乡村建设一种更加民主的权力运行方式,权力的运作会变成一种手段,恶果就会出现,虽然《艳阳天》中没有写,我们早在周立波的《暴风骤雨》就看到了。《暴风骤雨》中,萧祥通过联络贫雇农用会议选举的方式斗争了韩老六,但是在萧祥离开原茂屯后,地主张富英也采用类似的手段拉拢了一帮亲信通过选举的方式,把萧祥树立的干部郭全海赶出了村政权。① 周立波和丁玲在 40 年代书写乡村社会时就注意到了乡村政权建设中的民主问题,并努力让外来的革命者将现代意识带入乡村。新社会下乡村权力运行中,如果新人没有现代组织程序的建设意识,这种行政权力的运行最终只能依靠个人的德性,在问题冲突中不再有思想认识的讨论。因此在乡村社会建设的想象中,更重要的是对这种社会秩序、权力运行合法性的建设。

单纯从人物形象来说,马连福、马立本等人的德性和在工作上的表现是应该被撤职的,但是,在他们的撤职过程中,萧长春和韩百仲们不光要斗争他们,更要建设乡村权力运行的现代程序;同样,单纯标榜萧长春和韩百仲的德性并不能构建乡村社会主义的现代民主秩序,他们难免变成传统清官形象的可能。

对这一问题,40 年代解放区小说和 60 年代小说有很大不同。在 40 年代的解放区小说中,如赵树理的《李有才板话》、丁玲的《太阳照在桑

---

① 详见前文第二章第二节"乡村会议与现代想象"中的论述。

干河上》、周立波的《暴风骤雨》、柳青的《种谷记》、欧阳山的《高干大》等，作者都有非常明确的对乡村社会秩序的建构意识，这其中就包括对乡村干部行使权力过程中出现的程序问题的关注。《李有才板话》中就特别写到投豆选举过程中阎恒元等人使用手段操纵选票数量的事，《太阳照在桑干河上》和《暴风骤雨》中，文采斗争钱文贵，萧祥斗争韩老六，都特别注重斗争方式和过程的合理合法性。浩然的《艳阳天》和《金光大道》，把"革命的第二天"问题重新演变成与假想之敌的阶级斗争，在对马之悦、张金发这样看似反社会主义道路人的斗争中忽视了对未来社会秩序的建设。从这一点上来说，《艳阳天》《金光大道》对社会主义现代化进程中的乡村想象，并没有达到四五十年代小说的深广度。

2. 萧长春与马之悦斗争中的话语权

在撤掉马之悦的两位重要支持者后，小说叙述者让马之悦倒腾粮食、强奸孙桂英、嫁祸萧长春，这些事件在被社员发现后要开大会撤他的职，在撤职这一过程中又明确凸显萧长春的组织程序意识，他认为开除马之悦、撤他的职都要通过支部讨论、上级组织手续才能撤马之悦的职，这样的叙述在显示萧长春工作方式的成熟时，也在教育群众，后来普通村民喜老头也说"家有家法，国有国法，党里有党里的法"，看似有了程序建设意识。不过在对这一问题的具体解决过程中，组织程序的问题重新凸显，话语权的问题需进一步分析。

萧长春把马之悦的问题反映到区里，支持萧长春的领导区委书记王国忠去县里学习，事件只好先由支持马之悦的区长李世丹来处理。区长李世丹在小说中被塑造成一个具有小知识分子习气的干部，为了个人荣誉而患得患失，他认为萧长春反映问题是否真实，自己先不能下结论，需要调查；马之悦和萧长春之间并不存在两条道路的斗争，劝诫萧长春不要把经济问题跟政治问题拉扯到一块儿，乡村出现问题是党群、干群问题。萧长春从阶级属性上认为富裕中农闹土地分红就是阶级属性的表现，李世丹认同中农的群众身份，认为用资本主义和社会主义两条道路来讨论马之悦问题是一种教条主义的表现。在21世纪的今天看来，李世丹在马之悦问题上的认识恰是合情合理的。

但是，萧长春认为李世丹的说法是完全错误的，他认为中农这样的群众只要不拥护社会主义就不再是群众，这样的群体没有说话的资格，萧长春的这种思想认识源于王国忠对其的教育。马连福在干部大会上批评萧长春并差一点酿成打架事件后，萧长春到王国忠跟前寻找经验，王国忠直接把东山坞的分麦子问题上升到了要不要社会主义的意识形态领域，要萧长春坚决地进行斗争，这一点拨一下子让萧长春找到了斗争法宝，开始用阶级话语来分析乡村中出现的各种问题，采用阶级斗争方式，萧长春面临的所有矛盾都看似迎刃而解。即使李世丹这样的自己的上级领导，都可以斗争。因此萧长春对李世丹的说法不是倾听式的，而是斗争式的。两人对话中，我们可以发现，李世丹不断地做萧长春的思想工作，不断以平等的口吻和萧长春谈论问题，而萧长春明显以一种真理在握的口吻说话，强逼李世丹认同自己对马之悦撤职的决定，明显带有话语强权。李世丹无法和萧长春对话，只好搬出组织程序：

> 着急发火顶什么用，由着性子办事儿怎么行呢？马之悦是个老干部，是县里管理的干部，懂吗？动他的工作，特别是给他处分，得通过组织手续，请示县委和监察委员会调查、研究、批准之后，才能决定，不是你萧长春一句话就能处理，也不是我李世丹或某一位乡里领导同志可以随意处理的。

然而萧长春强调的是阶级意识，反过来开始教育李世丹，话语权发生转移：

> 李乡长，从行政上说，我们是上级对下级，可是从党内说，我们是同志。我得给您提个意见：我觉着，您对东山坞的看法，从根子上错了，这很危险；我建议您到东山坞去一趟，住下来，站在贫下中农的这一边，把真实情况摸透了再下结论。

萧长春这里的说话口吻更像是一个上级对下级做思想工作，看起来话语权完全掌握在了萧长春的手中。不过，仔细分析萧长春与李世丹交流的前后话语，可以看到他话语逻辑关系的矛盾性。萧长春先提出马之悦问题严重而要上级直接撤他职的要求，李世丹认为作为领导自己应该先核查事实，然后萧长春搬出阶级话语来压李世丹，李世丹搬出组织程序，并批评萧长春工作方式；面对批评，萧长春转过来批评李世丹没有到东山坞做过实际调查，用李世丹批评自己的方式来批评李世丹，在转移批评时，恰好认同的是李世丹强调的要实际调查的重要性。既然有如此认识，那么在上级没调查清楚前，萧长春就不能保证他的认识一定就是正确的，更不能由这一事件预先定性李世丹的说法是错误的。正如李世丹感觉到的，这里的萧长春，在手中权力扩大、个人威信提高后，如《高干大》中的高生亮也会滋生出自大意识、目无组织纪律的意识，虽然小说并没书写这样的内容，但并不意味着这样的问题就不可能出现。

后来就发生了马同利家的鸡吃社里庄稼被抓、马之悦出面调停被众青年哄闹的事件。事件本身是清楚的，马同利就是要通过这一事件来挑起马之悦与萧长春之间的矛盾冲突，马之悦在解决问题过程中明显偏袒马同利，但在事件中有一场关于组织关系的争吵。马之悦认为萧长春不在，自己作为副社主任，村中的最高领导，有权处置这一事件，但是青年团员焦克礼明确不服从马之悦领导。从组织纪律上来说，焦淑红、焦克礼等团员不认同马之悦做法，可以保留意见，向上级反映问题。如同马之悦虽然不同意萧长春撤换马连福和马立本一样，萧长春仍通过组织程序强制任命了焦克礼和韩小乐。在马之悦还没有被上级撤职之前，他仍有权来处理马同利家鸡被捉这一事件，至于处理合不合理又是另一问题，焦淑红、韩克礼完全不听从马之悦安排，恰是一种无组织纪律的表现。焦克礼、焦淑红怎能确定自己的判断就一定正确呢？面对李世丹，萧长春怎么能肯定自己的认识一定就正确呢？这里面滋生的正是一种清官意识。从后来的社会历史看，萧长春、焦淑红、焦小乐等人的认识标准也出了问题，当然我们是单纯站在后来者的立场上褒贬他们，时代不同认识也不同，除去评价的正确与否，我们更应关注解决问题的程序。无论是当时还是现在，组织纪律和程序制度都是建设现代社会秩序的重要内容，40年代小说中努力建构乡村现代秩序的思想并没有在浩然的小说想象中得到重视。

随后，团员韩小乐、焦淑红与党员马之悦之间的冲突最后再次上升到话语权问题上。马之悦认为韩小乐当队长的身份还没有经过全体社员大会的认可因而是不合法的，焦淑红反驳马之悦说韩小乐是党和群众选出来的，党和群众是属于自己这一派的，马之悦不能代表党和群众。在这样的话语中，马之悦强调的是程序问题，而焦淑红强调的是阶级身份，并以此来剥夺马之悦说话的合法性。而这样的问题在萧长春斗争马之悦的会议中更加明显地表露了出来。在这次三人会议中，萧长春运用阶级斗争话语批判马之悦，而马之悦不断强调话语权和组织程序，两者的论争并不在一个层面上。最后萧长春用阶级话语战胜了马之悦，但乡村秩序建设中的重要的话语权、话语方式、组织程序等内容也被搁置。在乡村社会现代秩序的建设过程中，单纯的道德想象并不能把社会主义这一现代社会理想建立在坚实的社会基础上。在《艳阳天》和《金光大道》中，我们在看到作者对英雄人物道德的完美塑造时，也看到小说中的大众成了沉默的人，无数没有性格和认识的群众在赞同附和英雄的观念时，也被取消了存在性，喧哗的声音映衬的不过是空洞抽象的流行热词，小说中的壮词伟句，也失去了对未来社会想象的意义。李世丹和马之悦认为，有关土地分红、合作社问题、粮食统购统销等的讨论都是党内问题，因此，虽然在思想上有分歧，党内的上级领导区委书记王国忠和区长李世丹都代表着党，同样马之悦和萧长春也代表着党。但是在萧长春、焦淑红这里，上面这些问题都是阶级问题的体现，他们认为只有自己才能代表党，而反对自己的人都不能代表党，因此马之悦以及其上级领导区长李世丹等都不具备党的代表性，而是反党反社会主义的代表，要坚决斗争，要直接把马之悦、李世丹这样的人从党组织中开除。在占据了对社会主义、党的解释话语权后，社会主义、党、阶级这样的重要概念就成了他们自己理解的概念，不容他人质疑，独断专行的作风开始出现。60年代党内高层，对农村发展合作社道路，有关社会主义的性质都有不同认识，社会主义道路是在不断完善中建设的，萧长春、焦淑红等人凭什么就如此确定自己认识的正确性呢，这样的认识方式源于怎样的一种思维方式呢？其并不是源于自己思想认识的深刻性，而是源于对自己德性的确信。萧长春等这样的干部，为实现共同富裕的社会理想而不惜献出自己的一切，但这种德性的追求并不能保证他们认识的正确合理性，浩然越是强调萧长春等的德性，就越认可他们思想政治的正确性，就越看不到制度程序的重要性，同时也就让萧长春等人越容易滑向独断专行的地步。单纯标榜乡村干部的传统德性，会让乡村社会再次回到封建宗法社会秩序上去，社会主义革命的现代意义将会丧失殆尽。从对乡村未来社会的想象来说，浩然的小说应该继续沿着40—50年代小说关注的乡村革命建设问题，继续革命的想象，但他并未将40年代小说中就开始关注的"革命的第二天"问题延续下去,并没有丰富40年代以来有关社会主义的现代想象,貌似的革命话语中标榜传统道德、清官意识,模糊了乡村社会主义现代化建设过程中的重要问题,消解了乡村现代的革命话语。①

这种问题在萧长春斗争马之悦的党内会议中更加明显表露出来。有关马之悦与焦淑红、韩小乐之间的冲突,最后由萧长春出面解决,他凭借自己的最高领导权,以要给马之悦开斗争会而结束。这次严肃的党内会议,充分地展示了萧长春领导的党内会议形式和萧长春斗争话语方式。在会议之前,萧长春就下定决心要"有他没党,有党没他",把自己和马之悦的矛盾定性为敌我矛盾,马之悦完全成了萧长春眼中的阶级敌人。这个会议只有三个党员参加,萧长春、马之悦之外还有站在萧长春一边的韩百仲,萧长春已经以敌我矛盾来看待他与马之悦的关系,而马之悦仍认为自己和萧长春的矛盾是党内思想认识不同的问题,因此在斗争中两人看重的话语内容并不相同。会议中马之悦不断强调的是自己在会议中的话语权和乡村政权中人事任免的组织程序问题,在此基础上才谈论具体东山坞的事件;而萧长春不断在想办法怎么给他落实反党、反社会主义的罪名,达到斗争的目的。

首先争议的是话语权的问题。马之悦一开始就强调自己在会议中先提问题的话语权:"让我先提,你也得马上回答我",萧长春先承认了马之悦的话语权,"这是党的会议,每个党员都有发言权,对你也一样。你就放开提吧,全抖落出来;我们都准备好了,正要回答你!"但是马之悦刚一开口认为自己与萧长春的矛盾是党内问题时,就被萧长春打断,并定性说"这是一个保卫社会主义的会",那谁在保卫社会主义呢?这样的话从萧长春口中说出,就已经确认了他自己的合法性而判定了马之悦的非法性,从而在话语上占据了话语权。由于萧长春是党支部书记,提前占据了"社会主义"话语解释权,马之悦反对萧长春代表的集体化道路就变成了反社会主义的对象,只要扣上这样的帽子,就可以取消马之悦的一切话语权。萧长春对马之悦的斗争,一开始就不是在谈论具体事件,而是用从区

---

① 浩然在20世纪90年代复出,高调标榜自己所造新人的德性,这种姿态非常类似于萧长春等人的思维方式,对自己的文学创作没有反思,对这种占据肤浅道德高度批评社会的话语姿态没有反思。

委书记王国忠跟前学来的阶级斗争话语，直接来压制马之悦所说的具体问题，一旦进入萧长春这样的话语体系中，萧长春就可以代表群众、党，可以直接取消掉马之悦村干部话语权力的所有合法性。在马之悦那里，虽然他也认为自己代表着群众，代表着党，是党的干部，但由于自己不清楚"社会主义"话语，更因为自己是副主任，他无法与萧长春争论这一重大问题，马之悦失败的结局就已经注定。

其次，马之悦强调的人员任免中组织程序问题与萧长春强调的对马之悦扣帽子话语相错位。面对萧长春给自己扣的反社会主义帽子，马之悦只好再次强调自己说话的权利，"萧支书，刚才我说了，你得先回答我的问题！你得……"问题还没有提出，马之悦的话再次被打断，韩百仲说："马之悦，你忙什么？你是这个会议上被批评的对象，你得听我们的！"韩百仲明确强调了自己和萧长春对话语权拥有的合法性，因为马之悦是被批判对象。面对马之悦的要求，萧长春只好认同，让马之悦先来提问题。在获得提问话语权后，马之悦先提出的是对自己权力的剥夺没有经过组织程序的问题，"我先问问你们二位，是经过乡党委，还是经过县委批准的，撤了我的职？"萧长春也承认，"这个手续还没办，哪儿也没批准"，但他却转移问题，"我倒要问问你，你自己把你自己撤了没有呢？""农业社的副主任是搞社会主义的，你马之悦这个副主任搞的是什么主义吗？这一段你都干了多少是跟搞社会主义粘边儿的工作，你汇报汇报！"萧长春回避了马之悦提的有关组织程序的问题，重新把问题转移到"社会主义"的问题上，再次把话语权抓在自己手中，判定马之悦是反社会主义的，并认为不需要通过上级组织就可以撤他副社主任的职。马之悦提组织程序问题，萧长春却谈社会主义意识。即使从思想认识以及马之悦所做事件是真反社会主义，萧长春也没有权力来撤马之悦的职务，因为那是上级组织任命的，也只能由上级组织来撤职，更何况马之悦并不认可萧长春给自己的这种定性，那萧长春凭什么就一定能确信自己的认识判断一定是正确的呢？

因为萧长春转移了马之悦撤职的程序问题，在思想话语方面又先占据了话语权，马之悦只好再提焦克礼任生产队长和韩小乐任会计不合组织程序的问题，"为什么你们撤换会计、安排队长不经过最后决定，不等每一个领导都赞成，就偷偷摸摸地换了？这是什么问题？"马之悦质问的是乡村干部任免未公开透明选举的问题。这些要求正是今天社会建设仍极需坚持的原则，马之悦提议干部的任免要经过全体社员大会，但是萧长春对生产队长焦克礼的任命只是召开了贫农代表会，不光不是全体贫农会议，并把所有中农、富农排除在外。韩小乐当队长并不是大家推举出来的，是由社主任、党支部书记萧长春决定的，在贫农代表会上，面对这样事先定下来的队长，在熟人社会中又有哪个社员会主动出头反对萧长春这位社主任、党支部书记的决定呢？而撤换马立本，让韩小乐任会计则直接是由萧长春决定的，任何程序也没有履行。马之悦提出这一问题，萧长春无法正面回应，韩百仲出来帮腔，说这一事件是"党、团支部、社管委的多数研究的，又跟贫下中农代表一块儿决定的，是在社员会上宣布的"，才圆了场，明显是撒了谎。而萧长春再次绕开马之悦的具体问题，要给马之悦扣"帽子"，他认为自己斗争马之悦是在"纯洁组织"：

> 中国共产党的支部书记，真真切切，一点儿假都不渗真理在手里，一切按着组织手续办事儿，没有什么藏着的、掖着的，所以胆子也就大！……我们党是要纯洁的，我们的组织是要纯洁的，不容许乱七八糟的东西往里混；混进来了，就要坚决彻底地铲出去，一丁点儿也不留！还有没铲出去的，那是因为我们一时半刻没有把他看清楚，并不是说我们允许他们在里边混下去。总有一天，把所有乱七八糟的东西全得铲个干干净净！

这样的话语中，其实已经没有多少具体内容是关涉马之悦所说问题的，萧长春完全以真理在握、自己具有绝对的正确性，判定了对方的非法性。面对萧长春给自己扣帽子，马之悦除了愤愤指出对方的"独断专行"外再无话可说，因为他说的是具体事情，而对方却在不断抢占话语权，在这样的论争中马之悦无话可说。

最后，会议变成了独断专行的审讯。在萧长春认定马之悦的争辩就是"向党进攻，就是造罪"，并扣上"反党、反社会主义的分子"帽子后，马之悦无论如何也接受不了这样的帽子，但是又百口莫辩，只好要萧长春拿出"真凭实据来"。萧长春虽不能直接拿出什么证据，却改变了原来与马之悦的论争方式，而是开始审问马之悦，"我现在要对你提问题了：弯

弯绕这几个富裕中农闹土地分红,全是你主使的!你现在坦白交代!"审问充满了猜测、威逼。萧长春质问马之悦:

> 我从工地上回来的头一天晚上,你把富裕中农找到马连福家,专门商量土地分红,你还亲自找过马子怀,是不是事实?
> 你勾结奸商,私贩粮食,破坏国家的统购统销政策,坦白吧?
> 跟谁勾结?跟县城里的汉奸范占山!
> 放假的头天晚上,地主马小辫到你家干什么去了?你把富农马斋、商贩瘸老五,还有一伙子富裕中农召集到柳镇小茶棚里,又策划什么阴谋?
> 你摆下美人计,怂恿孙桂英拖干部下水,反过来又要强奸孙桂英,你们弄巧成拙,让马立本把你捉住了,你反过来又吓唬孙桂英,这叫什么玩艺儿呀?
> 你想把焦淑红铲走,有这种事儿没有?

萧长春一下子抛出这么多的问题要马之悦立马回答,又让韩百仲故意说要叫焦振茂来对证马之悦偷贩粮食的事,又故意拦住韩百仲说要给马之悦留点转变的余地,威逼加利诱,各种手段都用上了。事实是,这时的马之悦在组织程序上来说仍是东山坞副主任,并没有被上级组织撤职,萧长春哪里来的这样大权力?萧长春这样的审讯怎么不会变成人身迫害呢?萧长春的话语方式,其实就是后来"文化大革命"中惯用的语言方式,充满了专断和偏狭。

面对这样的指控,马之悦仰面朝天嘶喊:"陷害人呀,陷害人呀!""哎呀呀,越说越玄了,你们也不睁眼睛看看,拍着胸口想想,我马之悦堂堂的老党员,能办出这种事儿吗?""我,我为什么要办这种事呢,我疯了吗?"马之悦完全解释不清自己了,实际上是陷入了萧长春给自己编织的语言陷阱中,越说越说不清楚。"马之悦感到头昏脑涨,从脚心往上凉着。那冰凉的汗珠儿,从头顶上往下滚。""马之悦像霜打窝瓜秧。他这会儿想,如果手里边有一颗手榴弹,一拉弦,咱们一块儿全完蛋!"在萧长春话语体系中,马之悦根本没有了说话余地,要不乖乖束手就擒,要么就真要发疯了。会议结束,马之悦完全失败,不是败给了自己所做的事，而是败给了萧长春的话语权和话语方式。但是马之悦的失败，其实就是乡村在现代化过程中那些对乡村建设起关键作用的话语权、话语方式、组织程序等内容的被抛弃，随着萧长春所掌握权力的扩大，他对话语权的争夺、他的话语方式，以及对组织程序的破坏对乡村现代社会不仅没起建设作用，反而破坏了乡村社会原有的正常秩序。

上文分析，并不是要给马之悦这样的干部翻案，而是认为对马之悦的斗争批判方式的合法合理性才会对乡村社会的现代建设有积极意义，没有对乡村社会现代秩序的建设，单纯的道德想象并不能把社会主义这一现代社会理想建立在坚实的社会基础上。在《艳阳天》和《金光大道》中，在看到英雄人物神人般完美的道德时，却感到的是他们对周围群众话语的剥夺，小说中的大众是沉默的大多数，在英雄人物说出某种思想认识时，周围总有无数的没有姓名更没有性格的众多群众在赞同附和英雄的观念，这样的人物完全被作者取消掉了他们的存在，喧哗的众人，映衬的不过是一个个空洞抽象的流行热词。当作者直接在小说中对人物进行个人化的责罚臧否时，更是一种粗暴的话语暴力，小说中充斥的这些壮词伟句，也粗暴地剥夺了读者的独立思考。在众人都在沉默的语境中，小说对未来社会主义的想象，就失去了未来意义。

第四节　知识青年的乡村内外

《艳阳天》和《金光大道》充满了青春气息，小说中青年人身上有一股建设理想乡村社会的激情，这种青春气息是40—70年代乡村小说中共有的，不过需要辨析的是，在《艳阳天》《金光大道》这一类小说中，青年人对未来生活的想象到底建立在一种怎样的生活方式和价值取向上。《艳阳天》中，乡村知识青年的爱情生活从属于革命思想，在认同单一的革命话语时，对乡村外来文化持一种排拒态度，马立本和焦振茂对外来思想的关心变成了对革命思想的抵制，乡村日常生活空间变得偏狭，这样的日常生活想象导致了小说缺乏对乡村未来生活秩序、生活方式、价值观念等的想象。

一　乡村爱情与革命

《艳阳天》中有几段细腻的爱情描写：

焦淑红出了萧家大门口，觉得阳光灿烂，风和气爽。她把那张照片捧在手心里，偷偷地看了一眼，又捂上了。进了自家的后门，站在那石榴树下，她又捧着照片看起来。照片上那威武英俊的革命军人，朝着她微笑。只有这个时候，她才敢于这样大胆地看萧长春，看萧长春的浓眉俊眼，浓眉显示着他的刚毅，俊眼透出他的聪敏，嘴角上挂着一丝笑意，像跟焦淑红述说他对未来的美好甜蜜生活的希望和信心……

焦淑红望着照片，害羞地一笑，把照片按在她那激烈跳动的胸口。她回味着昨天晌午的干部会，回味着昨晚月亮地里的畅谈，特别回味着刚才跟萧长春面对面坐着剖解东山坞的阶级力量，部署他们的战斗计划。她感到非常地自豪。他们开始恋爱了，他们的恋爱是不谈恋爱的恋爱，是最崇高的恋爱。她不是以一个美貌的姑娘身份跟萧长春谈恋爱，也不是用自己的娇柔微笑来得到萧长春的爱情；而是以一个同志，一个革命事业的助手，在跟萧长春共同为东山坞的社会主义事业奋斗的同时，让爱情的果实自然而然地生长和成熟……

这个庄稼地的、二十二岁的大姑娘，陶醉在自豪的、崇高的初恋的幸福里了。

这段文字中，小说作者说焦淑红和萧长春之间的恋爱是"不谈恋爱的恋爱，是最崇高的恋爱"，来说明两人之间的感情是建立在志同道合的革命理想基础上的，不是建立在美貌和个人情感上的，而是一种剥离了个人身体心灵需要、异性吸引的思想认同。不过这种说明又与小说中人物的心理描写相矛盾，在焦淑红大胆看相片时看到的正是萧长春的外貌，"浓眉俊眼，浓眉显示着他的刚毅，俊眼透出他的聪敏，嘴角上挂着一丝笑意"，萧长春的外貌对焦淑红产生着强烈的吸引力，虽然萧长春与焦淑红的爱恋只有放在革命名义下才有合法性，但是两人的感情正是通过两人不断地公开谈论东山坞"阶级斗争新动向"话题而得到表达的。

这里要注意的是两人的爱情想象，浩然给焦淑红和萧长春安排的革命恋爱，并不是建立在两人人格平等基础上的。萧长春是党支部书记，焦淑红是团支部书记，因此在思想认识上焦淑红自然以仰视目光看待萧长春，浩然虽然称两人的恋爱是"同志"式的,但却让焦淑红去做萧长春这位从事"革命事业"者的"助手",焦淑红在萧长春跟前就丧失掉了自己的独立性,一切听从萧长春的指导。在两人关系逐渐明朗后,萧长春就明确表达了让焦淑红给自己当"助手"的这一想法,焦淑红也自觉认同了自己这样的位置。在这样的价值取向上,我们再次看到了梁生宝式的爱情标准,不过只有小学文化程度的徐改霞在进城意识中滋生的主体性,让她自觉反思到自己和梁生宝爱情关系的不平等,并主动放弃了梁生宝,而焦淑红这位返乡的知识青年,却在萧长春面前完全失去了这种主体性,让自己在爱情中失去了平等人格追求,从这一点上来,浩然小说对乡村青年爱情的想象远没有柳青那样深广。

焦淑红对萧长春的明确示爱,首先出现在第一卷第 27 章焦淑红接受上级指示归来时,用的是关怀战友生活与向首长汇报思想的方式。作者用了整一章来书写两人之间的思想感情和对话,虽然两人谈的都是对东山坞工作的思想认识,但小说中少有的大段景物描写却烘托着两个年轻人的内心情感:

夏夜的野外,安详又清爽。

远山、近村、丛林、土丘,全都朦朦胧胧,像是罩上了头纱。黑夜并不是千般一律的黑,山村林岗各有不同的颜色;有墨黑、浓黑、浅黑、淡黑,还有像银子似的泛着黑灰色,很像中国丹青画那样浓淡相宜。所有一切都不是静的,都像在神秘地飘游着,随着行人移动,朝着行人靠拢。圆圆的月儿挂在又高又阔的天上,把金子一般的光辉抛撒在水面上,河水舞动起来,用力把这金子抖碎;撒上了,抖碎,又撒上了,又抖碎,看去十分动人。麦子地里也是很热闹的,肥大的穗子们相互间拥拥挤挤,喊喊喳喳,一会儿声高,一会儿声低,像女学生们来到奇妙的风景区春游,说不完,笑不够……

夏天的月夜,在运动,在欢乐。

两个人,一男一女,迈进这美妙的图画里。他们在那条沿着小河、傍着麦地的小路上,并排地朝前走着。

路旁的草丛长得茂盛,藏在里边的青蛙被人的脚步惊动,扑通扑通地跳进河里去了。在夜间悄悄开放的野花,被人的裤脚触动,摇摇摆摆。各种各样微细的声音,从不远的村庄里飘出来,偶尔,树林的空隙中闪起一点灯火。

他们谁也没说话,各自想着心事,胸膛里都像有一锅沸腾的开水。

这是一段非常优美的景色描写,夏夜的田野地,一个情窦初开的少女跟自己心爱的也是崇拜的男性并排走在小路上,少女内心难以平静,心中有话难开口,无比甜蜜,作者把女孩子的这种喜悦感情融在了朦胧的夜色中。夏夜野外一点也不安静,那"金子一般""抛撒在水面上"的月色随着"河水舞动",河水"用力把这金子抖碎",就这样"撒上了,抖碎,又撒上了,又抖碎,看去十分动人",一面是抛撒,一面是"用力""抖碎",来来回回,反反复复,正是少女对个人情感无限渴望又在不断强力克制的一种情态,"麦子地里"的"热闹"是少女喜悦的情不自禁流露,焦淑红的心情就"像女学生们来到奇妙的风景区春游,说不完,笑不够",就如同路边盛开的野花一样正在渴望心上人的回应。

在这样的夜色中,两个人都压抑着自己的感情,又感受着对方的感情,幸福又不知说什么话语。焦淑红鼓足勇气委婉地向萧长春表露情怀,两人说着思想问题,话语中传达着对彼此的情感态度:

那一块压在姑娘心头的"病",一想到那会儿,就被触动了。她忽然停了下来。

"萧支书,我还有件事儿,没跟你汇报哪!"

"什么事儿?"

"跟社里工作没关系,我自己的。"

"你怎么啦?"

"我……我爸爸和我妈呀,真讨厌!"

"这几个月,他们进步得可不慢哪!"

"我看是一半一半,封建思想还不少!"

"别急,得慢慢来。"

"他们急呀!"

"那好,咱们加把劲帮助他们。"

"还好哪？唉，你不知道，马立本这家伙也太可恶……"

听到这句话，萧长春明白了，笑着说："你要汇报的是这件事儿呀？"

焦淑红不好意思地点点头。

"这可得看你的了。"

"我有一定。"

"有一定好。千万把各方面都考虑考虑呀。"

"你帮我考虑考虑不行吗？"

"这种事情，完全由你做主。我只有一个想头，不管你怎么有一定，要把自己的进步考虑到里边去，把咱们农业社考虑到里边去，这两件事儿是连在一块儿的。"

"你以为我要离开东山坞呀？没那日子。"

"不离开东山坞，你就保险不会退坡，永远都跟我们一块搞咱们的农业社吗？"

"当然啦！"

"那就好啦！"

两个人都沉默下来了，又慢慢地朝前走。

焦淑红，一个从未谈过恋爱的少女，要把自己对萧长春的爱慕表达出来，在父母面前也羞涩的她现在向萧长春这位异性来征求自己的婚姻意见，实际上是非常大胆地表达了自己对萧长春的感情，萧长春虽压抑了自己的感情，先要焦淑红自己做主，又希望她能跟自己搞农业社，也是隐约表达了自己的想法。萧长春担心焦淑红跟马立本藕断丝连，因此不断用思想进步性要焦淑红坚定地站到自己一边，而焦淑红也明确打消了萧长春的各种疑虑，"放心吧。过去我都没有那个意思，这会儿更不可能了"，"我倒觉着，在村子里一边干活，一边跟你们工作，比在学校里学的东西多"。通过思想"汇报"方式表达了自己的感情态度后，焦淑红把话语转向萧长春私人空间，从孩子小石头的角度认为萧长春重新成家的重要性，意思更加明确，不过小说刚一触及这一私人生活空间就马上封住了。

小说再次写到两人的情感交流，是在第二卷第57章，这次是萧长春主动表达感情，在这次交流中我们比较清晰地看到了萧长春的爱情观。把两次两人情感交流的场景和描写内容相比较，会发现有很大的变化。虽然仍是夏夜两个人回家的路上，仍采用思想认识的话语来表达两人的私人情感，不过这一次两人的情感交流时没了景物描写，更没了景物烘托出的那种甜蜜情感，两人的对话充满了政治话语，在这样的话语中我们看清了萧长春期望的自己与焦淑红的爱情关系。开完会后的夜色中，两人又一起回家，路上有了两人独处机会，但没有了对话，焦淑红没有了上次两人之间的那种朦胧甜蜜感，只是用萧长春强调的思想进步性来思考两人关系。一直到了两家门前，是萧长春主动叫住焦淑红，以要给焦淑红思想提意见开始了两人对话。

　　萧长春的问题是从更换干部问题开始的，他对焦淑红说："我得对你提点高要求了"，"你脑袋里装的事儿好像是少了一点儿"，"眼下发生在咱们东山坞的事儿，归根到底是要不要社会主义的问题。你是不是把这句话记在心上了？"然而焦淑红对这一问题并没有认识不清或观点错误的问题，萧长春其实只是以此来引起话题，但焦淑红仍然赶紧寻找自己的不足："真的，过去我在这点上做得太不够了。总觉得上边有你和百仲大叔，下边有焦克礼、马翠清他们一伙子。给工作就干，干个痛快，脑袋里没有主动地装点事儿，没有当好党支部的助手……"就这样在焦淑红家的门口"两人站在一起，谈了好多好多；要说的话，像小风一样地不断，说出来又像鸡毛落地一般轻"。其实焦淑红并没有明白萧长春对自己说这些话的意义，从两人关系上来说，她认为自己和萧长春关系已经非常明确地确定下来了，不需要再说什么，因此与萧长春谈话中，她是以一种接受萧长春对自己思想教育的姿态认真地反思着自己的工作思想的。因此在谈了很长时间后，是焦淑红提醒萧长春要去休息，别的话明天再说。直到这时，萧长春最后才说出了涉及两人私人情感、也是萧长春自己最想说的话："工作上你得帮助我，生活上呢，你也得多照顾着点儿，两方面都需要，头边那个是重点！"工作上，作为团支部书记的焦淑红本身就在党支部书记萧长春的领导之下，关键的是萧长春由这一关系顺势引导出的两人生活上的关系，如同工作上一样，萧长春希望焦淑红也能做自己的助手，服务于自己。萧长春提出的这种关系实际上让焦淑红在以后自己与萧长春的生活关系中处于从属地位，然而小说写道，焦淑红于是立马心领神会，"瞥了萧长春一眼，心头一热，抱着衣服跑进院子"。这样的一个举动，等于是完全认同了萧长春对自己今后生活位置的安排。这里的焦淑红，没有了原先与萧长春谈论感情时的主动性，对爱情的个人想望，完全处于被动地位，不但两人关系的主动权掌握在萧长春手中，而且有关生活安排的话语权也交给了萧长春，焦淑红变成了萧长春生活的"助手"，失去了返乡知识青年的主体性。这样的恋爱关系，我们在《暴风骤雨》白玉山和白大嫂子谈论思想的落后与进步的话语权中看到过，在《种谷记》中王加扶对老婆的看法中看到过，例外的是《山乡巨变》中张桂贞对刘雨生的放弃，《创业史》中徐改霞对梁生宝的反抗。正是认识到了这种不平，认识到对女性价值的轻视，徐改霞最终艰难地，但也是彻底地主动放弃了梁生宝，去追求自己的人生价值了。与徐改霞这位乡村知识女性朦胧的自我意识的觉醒性相比，焦淑红完全被萧长春的耀眼光辉所笼罩而失去了主体性。

在萧长春身边还有一对谈恋爱的青年，韩道满和马翠清，这两人的男女地位倒是不同于萧长春与焦淑红，但是相似的却是占据着思想进步的马翠清要求思想落后的韩道满认同自己的革命意思，听从自己的要求，我们在两人之间看到的仍是一种不平等的爱情关系，在这样的爱情中都是占据革命思想的一方在爱情关系中占据了话语权。青年韩道满憨厚、老实，念过高小，"很能干活，不光有力气，还有股子钻劲儿，庄稼地的事情，他都通门，学什么，会什么，干什么，像什么"，"因为他爸爸的教导，把他的性气磨炼得没有棱角，一天到晚闷着脑袋干活儿，除了家门口以里的事情，很少过问旁的事，心里有话不爱说"，这是一个乡村道德认同的优秀庄稼人，但就是这样一个老实能干的青年在团支部组织委员马翠清看来是落后的人。韩道满喜欢上马翠清，不知如何努力才能讨女孩欢心，马翠清对他又爱又不满意，爱他老实能干，恨他思想落后。其实韩道满思想并不落后，焦淑红提倡的工作韩道满都能积极完成，马翠清认为问题出在韩道满对父亲感情上。马翠清认为韩道满父亲跟马同利这些人一起不支持萧长春工作，而韩道满不斗争自己父亲，这样的父亲将来做自己公公会给自己丢脸，由此认为韩道满思想落后。出于这种考虑，马翠清先是要求韩道满要教育他爸爸："不让他再跟弯弯绕这些人狗扯连环的，你别再替他开会，他再让你学落后的事儿，你就不学，他讲怪话，你就跟他顶，还有……先说这么多吧，看你办到办不到。"在这种要求下，韩道满的思想进步变成了韩道满对父亲的教育,进一步就演变成了对马翠清的言听计从。后来发生了马连福在大会上指责萧长春的事,马翠清要"韩道满当着众人的面把他爸爸狠狠地批评一顿,然后把他爸爸拉回家",在马连福和萧长春发生肢体冲突时,甚至要韩道满敢于坚持"社会主义立场上,不讲什么私情",敢于动手打他的父亲。韩道满犯难,他对父亲有着深厚感情,自己自小死了母亲,是父亲把自己养大的,成年后自己回到家里来,父亲早就不声不响地把饭做熟等着他了,"爸爸一向没有捅过他一个手指头,不知怎的,他怕爸爸,见了爸爸,就变成一只老实的小羊羔了"。是这种深情,韩道满第一次不再听这位团支部组织委员马翠清的话,即便马翠清大骂韩道满:"他们骂支书,要破坏农业社,你不跟他们斗争,你还怕你爸爸,这是什么鬼立场!你还要求入团哪!入个屁吧!得了,我算看透了你。咱俩呀,从此吹台!"一面是自己亲爱的父亲,一面是自己心爱的女友,韩道满最终并没有选择思想进步,而是痛苦地选择了逃离。选择这样一个细节是想说明,在革命和爱情的关系中,新人焦淑红是完全认同了萧长春要她做助手的所谓革命思想,而在韩道满这里,在亲情和进步思想之间,韩道满选择了逃避,实际上是否认了所谓这种革命方式的进步性。当马翠清这样的青年以革命名义,要喜欢自己的男朋友为了阶级斗争就要痛打养育自己多年的父亲时,马翠清这样的乡村新人就变成了一个不讲人情伦理的怪物。

二 上学返乡与乡村建设

合作化题材小说中,青年们对待城乡问题的态度也是对未来新生活想象的一个重要话题。《艳阳天》中有多位接受过初等教育返乡的中学生,如焦淑红、马立本、韩小乐、马翠清、韩道满等。其中,焦淑红作为返乡中学生的形象最为丰满,这样的返乡女青年是五六十年代小说中多次书写的形象,如《三里湾》中的灵芝,《山乡巨变》中的盛淑君,《春大姐》中的李玉春,《韩梅梅》中的韩梅梅等。与此前这些知识青年对待城市的态度不同,焦淑红形象体现了对外来文化知识的一种排拒姿态。

小说介绍中说:"焦淑红是个中学生,前年毕业以后,满腔热忱地回到村里参加农业生产,如今担任着团支部书记。"焦淑红上学时学习用功,作文出色,爱党、爱新社会,入团当班级主席,是一位非常优秀的初中生，父母下决心要供她上大学，却没想到初中毕业后焦淑红自己背着行李回东山坞来参加乡村劳动，坚定地要当一名劳动农民，谁也说服不了。焦淑红主动放弃学业自觉返乡参加农业生产劳动的行为，体现了焦淑红参加乡村革命建设思想的自觉性和纯洁性。焦淑红原来也有当诗人、科学家、教师、医生的梦想，一张糊在墙上当信兜的报纸上刊登的一篇通讯改变了她的想法，通讯介绍了一个劳模当拖拉机手的故事，焦淑红便下决心要用自己学习的文化服务农村建设，不嫁军官，不嫁工人，要扎根农村，在农村找情投意合的人。在这样的叙述中，焦淑红既是返乡的有知识、有劳动能力的乡村知识女性，更是响应国家号召有明确社会理想、建设乡村的理想新人。

不过，如果我们仔细分析，焦淑红这种义无反顾的返乡选择，体现的其实是她对社会主义现代化建设认识的思想贫乏。在社会现代化过程中，城乡差异扩大，无数乡村女孩希望通过考学、招工或是结婚方式进入城市，这一点在《创业史》中有非常明确的表现，焦淑红主动回乡，本应最能体现她作为乡村新人建设乡村的现代性想象，但在作者介绍中，焦淑红返乡仅仅是因为偶尔看到的一篇报道就放弃了上大学的梦想。与徐改霞相比，焦淑红身上凸显的是她的德性而不是她对乡村社会建设的认识和想象。无论是她带领青年人主动看守麦子，警惕不良用心者的破坏，还是与他人开垦试验田，与马之悦斗争，与萧长春谈恋爱，都凸显的是她单纯地对集体利益的关心，却没有体现出她对集体利益的关心是建立在她对未来新社会怎样构想或是认识的基础上。

首先，在焦淑红的认识中，上大学就意味着离开乡村，返乡就意味着单纯听从上级的领导。焦淑红并不能认识到，乡村现代社会的建设恰恰需要城市来的现代思想、文化、技术、机械等，在城市学习了文化和技术的乡村孩子回报乡村的方式会是多种多样的，为什么只有在初中毕业后立马回乡村参加体力劳动，才能体现为对乡村的建设呢？如果没有现代的文化和思想认识，这样的返乡知识青年并不能给乡村带来新的思想和技术。对乡村来说，作者并不认同返乡青年他们的个人能力和思想认识，而标榜的是他们在党领导下的劳动激情，如梁生宝的口头禅"有党的领导，咱怕啥！"同样这些返乡青年听从上级领导的指导、完成上级安排的任务才是最重要的，除此之外，个人的思想反而具有危险性，成为不安守本分的根源,如赵树理小说《卖烟叶》《互作鉴定》中的读书青年,如《创业史》中的徐改霞,《艳阳天》中的马立本等一样。从这样角度来说,焦淑红初中毕业回来在党的教导下就完全可以开展乡村工作,不再需要额外的文化知识,这种认识明显对不同的思想文化持一种警惕感和排斥性。但是如果没有更多的思想文化,乡村返乡知识青年,都是听从自己上级思想而不知思考反省的跟跟派,他们就会变成《高干大》中的任常有,《山乡巨变》中的刘雨生,《创业史》中的梁生宝失去个体主体性。

其次,焦淑红认为乡村建设主要依靠的是体力劳动,而不是乡村外来的文化技术。50、60年代小说在书写知识青年返乡参加乡村建设时,多不突出他们的知识青年身份,而是突出他们的体力劳动,认为他们所学习的文化反而会成为束缚他们融入乡村的因素。建设乡村,不能单凭一腔热情,还须掌握现代科学知识、现代技术,具有使用现代机械的能力,这些知识、技术不是在乡村内部可以学习到的,需进城学习,因此这类小说多会安排这些返乡青年重新进入城市学习知识、技术之后带着现代器械回乡村的情节,如茹志鹃《静静的产院》中的荷妹带来了现代医疗意识,林斤澜《春雷》中田燕开回了拖拉机,马烽《韩梅梅》中女主人公学习到了养猪知识等。这种叙述中,这些当初返乡的知识青年还是认同了城市拥有的现代文化、知识和技术,这里的问题是,他们为何不在当初返乡前就学习这些内容,让他们早早就带上知识文化和技术直接服务乡村呢?从这样角度看,焦淑红主动放弃大学学习后的返乡,恰是一种对乡村现代建设盲视的表现。在小说中后来焦淑红还是认同了萧长春的提议,重新要进城学习开拖拉机的技术,如果焦淑红对乡村建设当初就有这样自觉认识的话,她就不会再认为大学学习对乡村建设是没有意义的了。

最后,焦淑红认为回乡村参加建设一定就比上大学留在城市参加城市建设的社会意义重大。高考是国家在全社会范围中选拔优秀人才以服务国家建设的最主要方式。如果焦淑红能够上完大学,即使是留在城市,即使她的工作远离了乡村社会的具体建设,但她仍在为社会做贡献。从现代社会分工来说,她这样接受过高端科学技术、先进文化训练的人应该对社会的贡献更大,她是国家花钱培养出来的特殊人才而不是大众人才。从为社会主义祖国服务的价值角度来说,国家需要高于一切,这也是小说中萧长春和焦淑红不断言说的话语,焦淑红在初中毕业后主动返回自己家乡参加建设,只能从事一些简单的体力劳动,这是缺乏远大社会理想的体现。当然,作者叙述的目的是要以焦淑红的返乡与那些贪图城市生活而想进城的乡村女孩相对比,但却忘记了他要把焦淑红塑造成一个具有社会理想的乡村新人形象,因此我们把焦淑红和徐改霞相比,焦淑红作为乡村中的知识女青年,她的思想认识就明显低下了。

从以上三方面看,焦淑红主动返乡的举动并不是一种理性选择,而是一时的冲动,她对乡村社会主义建设的认识是肤浅的,她的这种主动返乡意识透露出的是一种小农意识,这样的形象塑造在很大程度上也体现了浩然思想认识的局限性。小说中三次集中书写了焦淑红和萧长春对城乡关系的认识,但是前后对比却有一定的矛盾性,体现了作者对城乡关系认识的不确定。

第一次在萧长春复员回东山坞与焦淑红见面时,焦淑红的上学思想明显被批评。萧长春放弃在部队发展的机会主动回乡领导乡村建设,上初中的焦淑红正期望着自己将来能到更高学府学习以实现自己的远大革命理想。两人见面,焦淑红因嘲讽萧长春返乡而被认为是一个清高、刻薄的女孩,小说作者明显不认同焦淑红的人生理想。第二次,两年后焦淑红初中毕业,主动放弃上学机会回乡参加劳动,两人再次谈到城乡选择,焦淑红坚定了自己的乡村选择,至此焦淑红才开始得到小说叙述者的认同,而那些心系上学思想的乡村青年成了作者批评的忘本对象。不过,第三次,两人再谈城乡关系时,作者开始重新认识城市选择。面对乡村各种问题,萧长春感觉到自己理论知识欠缺,难以解释国家大政方针,萧长春与焦淑红两人在夏夜交流中引出进城学习的对话:

萧长春摇摇头说:"哪有理论呀!要有理论,像王书记那样,我就不会发烦了。对了,等秋后县里办党校,我得好好学学去,没有理论不行了,农村的工作越来越复杂,用简单的脑袋瓜子对付,可危险呀!"

"我倒觉着,在村子里一边干活,一边跟你们工作,比在学校里学的东西多,又实在,进步也快。"

"你可不能满足这个!淑红,实话对你说,我早跟县教育科的陈科长说好了,等到咱们村把这个大灾年完全过去,就保送你上大学……"

"你也想把我铲出去呀!"

"铲出去?想你个美,我不会干那种赔本的事儿。送你上学农业的大学,念完了,你得给咱回到东山坞来。怎么着,东山坞农业社不能有几个大学生呀?道满爱画爱写,好嘛,上美术学校,回来,专门搞宣传!"

焦淑红停住了,用一种吃惊的目光看着这个庄稼人。她的胸膛激烈地跳动起来了。这个领导,对自己的同志是多么了解,多么体贴;对东山坞,对别人都有多好的安排……

萧长春明确提出自己进城学习的重要性,革命思想还需外来引入,同时计划要送焦淑红去上大学,并且强调了大学生在乡村建设的重要性。这里的问题是,在萧长春与焦淑红的第二次有关城乡问题的交谈中,萧长春明确要焦淑红留在乡村而不去城市上学,为何现在又发生了变化呢?实际上,在第二次两人交流时,萧长春还是担忧焦淑红会喜欢会计马立本,会离开自己而进城时,他要焦淑红安心乡村工作;而在明确感觉到焦淑红是真心要留在乡村时,他才开始重新强调进城上大学的重要性,而这样的价值选择正是当初焦淑红的选择,对焦淑红来说,她在萧长春的话语中完全失去了自己的判断力,她先是认同了萧长春对自己的教导要安心扎根于乡村建设,不能有去城市的想法,但是现在一旦自己心上人提出要自己进城时,她这里也没有什么情感认识的矛盾冲突,小说反而说"她的胸膛激烈地跳动起来了。这个领导,对自己的同志是多么了解,多么体贴",这说明她一直就有进城学习的想法,才会对萧长春的这一提法如此激动,认为萧长春是了解自己的,但如果是这样的话,那不正好说明之前焦淑红放弃上大学返乡参加劳动的思想是并不纯粹的,萧长春在之前也并没有完全教育她安心农村生产,这又消解了焦淑红最初主动返乡劳动的新人意义。但是如果没有新的现代意识的进入,不让焦淑红这样的知识青年进一步学习先进的思想和技术等的话,乡村也是很难实现自身现代的。虽然小说是让焦淑红在进城学习后要重回乡村的,但作者叙述中的这种前后矛盾,让作者自己也失去了价值判断。

三 学习外来文化的三种方式

乡村社会对外来文化知识、技术的学习是实现乡村现代转变的重要因素，不过《艳阳天》中的学习又分为三类，作者对不同人学习的态度是不同的，这再次显示了作者对城乡关系叙述的矛盾性。

1. 积极分子焦二菊对革命思想的学习

焦二菊是韩百仲的妻子，积极支持丈夫工作，也是萧长春的核心支持者，后来自学《党员课本》，书中有一句"在中国实现共产主义，是我们党的最终目的，是每一个共产党员的神圣任务……"因对"神圣"一词不理解，让韩百仲解释，这一过程中我们看到了作者所认同的学习方式和学习内容。韩百仲是东山坞三位党员中的一位，他给焦二菊的解释是：

> 神圣嘛，神圣，哎，神圣就是了不起的意思，就是最大、最高、最好、最了不起！打个比方说你就明白了。旧社会咱们受苦的庄稼人认为最了不起的是什么呢？是神仙。村村都有庙，盖不起大庙的穷村，就修小庙，顶不济的也得搭个小五道庙，河边有龙王庙，山上有山神庙，家家都供着神仙，打不起木龛的，糊纸龛，顶不济也得贴张纸儿，挂个布帘儿；多穷多苦，过年过节，也得给它烧上一柱子香。为什么呢？有的人家为了发财，有的人家为了不挨饿、不受穷，为了发财、活命，就求神仙保佑，说神仙什么本领都有，要什么有什么！多了不起！换个字眼儿，就是神圣！那当然是迷信、胡扯，共产党是不信这一套的，信共产主义！到了共产主义，人人都过幸福生活，想干什么，就能干出来，要什么，有什么，怎么走到这一步呢？不求神，不拜佛，发动群众革命、斗争、建设。

韩百仲这位共产党员通过打"神仙"比方，来给焦二菊解释"神圣"一词，是来说明党员对自己革命事业的理解，虽然强调了共产党革命理想与神仙理想的不同，但这种对共产主义的理解却与对神仙的理解差不多。这里重要的不是解释这个词语准不准确的问题，而是要说明为什么"在中国实现共产主义"是一项"神圣"的工作，只有理解了前者才能真正感到实现这种宏伟理想的"神圣"性，韩百仲打了比方，却没有详细说明这一工作的性质,在打比方中其实是失掉了对焦二菊革命思想的教育。这样,夫妻对话中就牵出了第二个更重要的话题:对中国共产党革命事业的理解问题。

焦二菊想入党,抱怨韩百仲没有早些教自己革命思想,而韩百仲解释说自己最初加入党时对共产党革命思想的认识也是不清晰的。韩百仲涨红着脸说:

> 告诉你,从打由北平回到家,跟共产党一沾边儿,我就认定了共产党是咱们穷人的靠山,跟他干没错儿!对书本子上的话,明白不明白不管它,有一条根子我是把住不放了:党走到哪儿,我跟到哪儿,永远不变心!

这一解释自曝了韩百仲最初对革命思想认识的不清楚,他是凭自己的经验认定"共产党是咱们穷人的靠山",但是这种认识方式与普通农民对神仙鬼怪的认识方式是一模一样的。对共产党的认同,韩百仲既不是经验来的,也不是通过思想教育来的,对书本上的思想更不清楚,他就抱定"党走到哪儿,我跟到哪儿,永远不变心"的认识,这种认识中并没有对政党革命现代思想的深刻认识,韩百仲对焦二菊所做的解释中却缺乏这种思想认识,反而在强化这种盲从意识,让焦二菊用盲从的方式认同了革命思想:

> 哎,你这一条,跟我一样!我也没弄明白,可是党指哪儿,就干到哪儿,没二话。别人不清楚,你总清楚,我不是吹大话吧?这么多年,我没走到你前边去,可我也没有让你丢下,总跟着你转了!

焦二菊的这段话,从小说叙述意图来说,是要凸显焦二菊主动向革命思想靠拢的意识,可是作为老党员的韩百仲却强化了焦二菊如同对待神仙一样的对革命思想"神圣"的盲从感。

然而焦二菊又问了另一个有关马之悦的问题:"刚才你说,你入党那会儿还没有把共产主义的事儿弄懂,可是一点一点地弄懂了;那个马之悦跟你前后脚入党的,他怎么就没有弄懂,好像是越弄越糊涂了?"有关马之悦的问题，是焦二菊在先肯定韩百仲思想认识的基础上提出来的，以达到对马之悦的批判。不过要批判马之悦的思想认识，就得确认韩百仲能够用正确的革命思想来批判马之悦，如果这一判断成立，那他为何在上文中不给焦二菊解释清楚中国共产党的革命思想，而让焦二菊只是相信就可以呢？从这样的角度来说，韩百仲对马之悦的批判也是没有多少力量的。韩百仲定性马之悦是把"根子扎歪了"，在否定了马之悦革命的伪装后说："你看他比谁不能说，不能讲？全都不管用。人没跟党站在一条线上，心也没跟党站在一条线上呀！想事儿、看事儿、做事儿，都歪着。"这里韩百仲说的是马之悦的出身问题呢，还是说他当初的立场呢？如果是出身问题，当初有许多先烈正是背叛了自己的家庭后投身到共产党领导的革命事业中来的；如果是当初的立场问题，马之悦的革命经历远远丰富于萧长春、韩百仲这些人，他所坚持的乡村收入分配思想也不过是另一种乡村分配思想。从这一点上来说，浩然本想写出这些乡村革命积极分子的思想觉悟，却在这样的想象中用话语暴力剥夺了乡村新人思想的认识过程，最终导致了他们思想认识的空白盲目性。

2. 中农焦振茂的自主学习

韩百仲和焦二菊，一个党员和一个积极分子，对革命思想的认识带有模糊性，然而在农民群像中，也有个别人物具有这种主体性，其中焦淑红父亲焦振茂就是乡村中有一定自主思考意识的农民。在女儿焦淑红已经完全认同萧长春的合作化道路并反过来批评自己的积极是假积极时，焦振茂有一番反批评：

> 嗨，怎么叫假进步？根本还没认识清，就嚷嚷好，干了半天，不知道对呢还是不对，这种人才是假进步；这种人，准是一天三变，我最讨厌这样的人。遇到没经过的事儿，多看看政策条文，多仔细想想，想通了，应该怎么办怎么办，就假啦？我看这样才最实在的，才是真进步。

焦振茂的这种说法才是理性的，对乡村合作化道路，焦振茂需要不断认识，才能最终认同。焦振茂的这种批评，实际上正是指向乡村中的部分积极青年对合作化道路的盲从，上文中的焦二菊和韩百仲就是这样的人，自己认识并不清楚,却硬性地要让别人认同自己的道路。在城乡问题上,焦淑红和萧长春不也是有许多的变化吗?乡村中大多数青年以及年长农民对萧长春的社会主义道路建设的理解是肤浅的,而在历次的乡村革命运动中,发动起来的积极分子并不一定就能成为乡村社会建设的骨干力量。焦振茂并不是一个思想保守而不愿接受新思想的人,但他不愿盲目地跟风依附于新思想。无论怎样的思想,都要经过自己的思考认识才能真正内化到自己的思想中。然在乡村干部中,又有多少人是在真正认识到了自己的革命工作意义之后才建设乡村的,更多的人是上级怎么说自己就怎么做,并没有多少自己的思考,这样的人才会因思想根基不稳而发生变质。焦振茂这样的中农是不会轻易跟上萧长春的,但一旦他们认同了萧长春所走道路的合理性,就会真正支持他并坚持这种道路而不会轻易改动,乡村社会的进步与变革的根基应该建立在这样群众的基础上。贫困农民对萧长春的道路并没有多少清晰认识,在能获得利益时他们会非常积极,在利益受损时他们也会站在革命的对立面。历次乡村社会变革中,尽占利益的不是焦振茂这样的人,而是那些投机者,也是那些易变者,这样的人在赵树理小说中得到过突出的表现。

为了提高自己的认识,焦振茂不断学习,他的学习不同于焦二菊的盲从,而是自主学习。焦振茂与别的普通农民相比,有一个很不同的特点,他精心收藏从报纸上剪下来的、从杂志上撕下来的、手抄的各种有关"党中央的决议、声明、周总理的讲话、报纸的社论、答读者问,还有通知"等文件。虽然小说叙述认为,他的这一习性源于他原来看黄历的习惯,但焦振茂正是在对不同时期政党各种文件的对比学习中看到新政府工作的变化和延续性,在反复阅读和前后对比这些文件的过程中,他有了自己对国家农业生产政策的判断。焦振茂的学习是自己实实在在的一种需要,不是被动学习:

> 这种嗜好,从土地改革以后就有了。土改以后,虽说全国还没有完全解放,共产党可是已经主宰了天下。旧社会把农民当牲口看,让农民办什么事儿,除了下命令,就是挥鞭子。新政府不同了,大事小事儿都讲政策,都把政策条文交到农民手里。开头,焦振茂不信这一套,《土地法大纲》他都不相信。这个政策一公布,他心里就嘀咕:

这上面每条都对中农有好处,没坏处,就是不知道共产党说话算数不算数。他就站在一边,瞪着两只眼睛看着。结果呢,一宗一件,全是按那个政策条文办的。这一下,焦振茂可心服了。从此,他有了搜集政策条文的嗜好。到了贯彻过渡时期总路线的时候,兴趣更加浓厚。越来越浓,已经浓到"怪"的地步。有一次,他跟他的堂兄弟焦振丛往北京出车,一去一回,走了一夜一天,两个人都累得不得了。回来路过柳镇,瞧见路边墙上有一张新布告,焦振茂跳下车去要看。焦振丛说:"那是保护山林的,咱们那儿又没林,看它有什么用啊?"焦振茂说:"这会儿没用,将来就兴有用。政策条文这东西是连环套,知道这个,也得知道那个,光知道这个,不知道那个,就等于哪个也不知道。"焦振丛想,这种布告,看一眼也用不了太多的时间,就没停下车,一边赶着慢慢走,一边等他。走一节儿回头看看,他还没有追来,走一节儿回头看看,还没有追上来。谁想,走了二十里,到了村,卸了车,吃了饭,又到村口等了一袋烟的工夫,焦振茂才气喘吁吁地赶回来。焦振丛问他为什么耽误这么晚,他说:"布告太长,抄着抄着天黑了,找半天才找到个熟人,借盏灯照照亮……"提起这类的事儿,村里的每个人都能说一段很好笑的故事。他不光搜集政策文告入迷,阅读得也很认真,他能把一个布告、一个政策宣传提纲从头到尾背下来,一字不差。他好学,好问,而且问到嘴,立刻就使。有些下乡的工作人员常常被他追问得张口结舌。开头,人家误会这个中农有意给人为难,等到知道了他的嗜好,不光原谅他,还帮着他"完成任务"。搜集也罢,学习也罢,问也罢,他不是为了点缀,也不是为了显示自己,他这样做的目的挺明确,就是要了解共产党;自己好按着政策条文办事儿。

普通农民对一个政党的了解更多是靠自己的人生经验,但这种经验毕竟是非常有限的,因此有许多事他自己看不懂,只剩下了眼前的利益,只有这利益是最可靠的。但是焦振茂这位农民却开始研读政策,而不是单纯听从领导自己的乡村干部,他要从更高的中央文件中形成自己的认识,这种对一个政党农业政策的理解完全是超越了普通农民。焦振茂的这种习性,已经相近于知识分子习性,他开始了自己的思考与判断。这种主体意识的产生，是避免盲信盲从的基础，从这种角度来看，虽然浩然肯定的是焦二菊这样革命积极分子的学习，批评中农焦振茂思想的落后，但恰恰是焦振茂这类农民的思想学习才真正具有乡村革命的意义。

3. 听收音机的知识青年马立本

在返乡的知识青年中，马立本是唯一站在马之悦一边的人，在小说叙述中，他唯利是图，品德卑劣。他与萧长春共同喜欢上了焦淑红，作者把他作为萧长春相对的反面人物来塑造，以凸显萧长春的道德感情的高尚性。不过，他在东山坞的青年中又显得与众不同，他是小说中唯一通过听收音机来主动了解乡村外面世界的青年，听收音机让他知晓了当时乡村外面关于社会主义乡村道路的争论，因而对合作社分配方式有与萧长春不一样的理解。小说一开始，萧长春从工地上返回东山坞，见到了正在听收音机的马立本：

> 掩着的门轻轻地打开了，萧长春带着满身露水的潮湿气味一步跨了进来。他朝躺着的人看一眼，立刻把那种急躁的神情缓和了，冲到嘴边的话吞住了，一面朝里走，一面问道："马会计，这么晚还没有睡呀？"
>
> 会计马立本没有动，依旧闭着眼睛，得意地说："嘿，快来听听，北京正开鸣放会，大鸣大放，真有意思！"
>
> 萧长春没有听明白，在罗圈椅上坐下之后，又问："什么鸣放会，这么有意思？"

在后来焦淑红与萧长春聊天的回忆中，两人再次提及了马立本听收音机知道了"鸣放会"的事：

> 焦淑红忽然打个楞："哎，你一提，我也想起来了。你回来那天晚上，他就跟我说：城里正大鸣大放，放得非常厉害；还说，党要把办坏的事儿全部改过来。我只当他又犯了小知识分子的毛病，还跟他争论了几句哪！"
>
> 萧长春加重口气说："我还是头一次听到这件事儿！"

萧长春是后来从乡党委书记王国忠那里才知道这一事件的，并在王国忠的教导下认为"大鸣大放"就是要走资本主义道路，因而认为马之悦、马立本等人提"土地分红"的分配方式就是反社会主义道路，因而要坚决斗争。

五六十年代，文件和报纸是联系乡村内外的主要渠道，而收音机在50年代的乡村生活中完全是一个象征现代的产物，就像今天的电视节目一样，承载国家意识形态的教育宣传工作。听收音机的马立本知道了国家党内对农业发展道路的不同认识和论争，但在小说中这一行为被叙述为不安分守己的表现，甚至成了反合作化的罪证。在《艳阳天》三卷中，萧长春和他身边的新人，没人听过收音机上的新闻报道，也没有人看过外面来的报纸，他们所接受的乡村革命思想全部来自上级领导区委书记王国忠，他们对社会主义的理解和认识，小说中并没能够充分展开。

作为一个回乡知识青年，马立本时刻关注乡村建设政策，他关注到了党内思想论争，而其余回乡知识青年都是单一性地认同萧长春思想。在众多返乡青年眼中，萧长春是党支部书记，他代表着党，因此他们不再需要其他外来渠道的思想认识在萧长春这里，他也只认同自己的上级领导区委书记王国忠，他认为自己只要服从上级的领导就行了，而党内的思想论争不应该是自己关注的问题，因此他也不需要再通过报纸、收音机这样的媒体渠道来学习和提高自己的思想认识。但即便如此，小说又说"萧长春自己念的书少，把自己当成老粗，他却十分爱惜有才学的人，对这种人总有一种很自然的尊重和爱护，诸如中学生焦淑红、焦克礼，都是他关心的人物"。萧长春对受过教育的人抱有一种"尊重"，这些青年又把他视为思想的导引者。萧长春对社会主义道路的认识又需要自己具备一定的文化基础，才能理解革命思想和对未来社会主义的想象，这让萧长春这样的人物形象在思想认识上有一定的矛盾性。他一方面贬低乡村知识青年在思想意识上的自我认识，一方面又在不断强调乡村知识青年文化学习的重要性。在焦淑红与萧长春有关学习的讨论中，其实就表露了这种矛盾，不过萧长春对这一矛盾的解决是，乡村知识青年只应该把自己所学习的文化知识应用到乡村具体的劳动生产上，如使用现代机械上，而不应该对党内的不同思想有自己的认识。这样，乡村知识分子只应强调在应用技术方面具有的价值，在思想方面必须听从领导者的领导，不应像马立本那样自己通过听收音机这样的渠道来关注国家政策动向。在东山坞斗争中，焦淑红、焦克礼这样的返乡知识青年在思想上完全听从萧长春领导，而在会计算账方面可以显示自己的知识技能。明白了这一点就可以明白为什么同样返乡的知识青年马立本在作家的书写中最后被萧长春赶出了干部队伍，虽然作者叙述说是由于马立本的贪污挪用公款，但即使没有这些问题，他仍然不会被作者所认同，即使他是"心眼很灵透，文化高，算盘好，工作也利索，在农业社会计里边，算是一把好手"，因为在思想领域他私自收听了收音机，思考了乡村外有关农业生产分配的不同认识，产生了与萧长春不一样的思想。

　　小说中马立本和焦淑红就分麦子要"民主"而发生论争，"民主"这一说法是马立本在收音机里听来的，收音机带来了乡村外面的思想论争，城里的大鸣大放。但在焦淑红看来，党从来就没有办过什么错事，因此根本就不需要整风，她认为是群众中部分人的思想有问题，因此她坚决不认同马立本听来的鸣放思想。在马立本看来，整风就是要重新走群众路线，要发扬民主，因此联系到东山坞，他认为麦子的分配标准应该让大家来决定，而不应该让萧长春个人来做决定。对于发扬民主，焦淑红认为即使开讨论会，也不会有人认同马之悦等人认同的土地参与分红的道路，"不信开个会讨论讨论试试，赞成这种鬼主意的，顶多就是那几户要走资本主义道道的老中农，那算什么群众运动呀？老先生，别又把那股子小知识分子劲拿出来了！"在土地分红这一乡村内部问题上，的确地少的是大多数人，在乡村内部大多数人会赞同按劳力分红，但是焦淑红同萧长春一样，并不提给国家多交售粮食和统购统销的国家政策。这一政策，小说从始至终都没有让群众来讨论过。在这一问题上，倒是马立本有自己的看法，无论这种看法是否合理，起码在当时语境中有着不一样的个人思考。作为后来者，浩然在1964年书写这部小说时就知道了大鸣大放是反革命思想的定性，但是在今天来说，大鸣大放中表现出的对农业生产的认识不过是另一种认识而已。而萧长春和焦淑红，硬性地认为马立本这样的青年就是在走反社会主义道路的青年，认识中充满了偏见，这偏见其实是来自作者的。

　　乡村革命积极分子焦二菊，乡村落后中农焦振茂和乡村知识青年马立本，三者呈现了三种对乡村外来文化的学习方式。与焦振茂和马立本不同，围在萧长春周围的一帮青年人和革命积极分子如焦淑红、马翠清、马老四等人，和围在马之悦身边的一帮反对萧长春的中农如马同利、马斋、马连升等人，他们都是从他们上级领导那里获取消息，因此他们的认识在很大程度上都是依赖于自己直接上级领导的思想认识。萧长春的认识主要来自区委书记王国忠，马之悦的认识又在很大程度上来自他的直接上级领导区长李世丹，萧长春与马之悦之间的斗争中更多是如何战胜对方，缺少了如何更好地建设乡村社会主义的思考意识。在这种较量中，马立本和焦振茂主动学习跃出了被自己上级领导束缚的圈子，而关注着更高社会层面对农业生产的认识，从中形成自己的认识。从这样角度来说，对乡村建设在进行深度思考并理性地进行建设的人物，更多应该是焦振茂这样的人物。浩然把焦振茂写成一个走中间道路的人物，让他最后认同萧长春带领的道路来印证合作化道路的合理性，由于这个人物没有被简单地安置在马之悦和萧长春斗争的阵营中，反而体现出更加丰富的内涵。

40—70年代小说写作中，对乡村社会有自己深刻认识的作家写出了现存历史真实状况和自己对建设未来新社会的想象，如赵树理小说中重构乡村被破坏的人情伦理，丁玲在《太阳照在桑干河上》中发掘钱文贵对乡村秩序的破坏性，欧阳山在《高干大》中对革命工作中"唯上"意识进行思考，周立波在《山乡巨变》中重新关注乡土人情，柳青想象乡村共同富裕道路等等，都是作家对乡村社会主义现代化进程的个人思考和想象。虽然浩然也努力用三卷本的《艳阳天》和四卷本的《金光大道》来书写乡村社会主义道路的发展，他也在不同的历史和场合中说自己是"为农民写作"，但无论是对历史反映的深广度来说，还是从对新生活新世界想象的深广度来说，他的创作除了在德性方面占据话语权外，并未能展示出自己思考与想象的深度和广度来。

尾声　40—70年代社会主义城乡想象的经验记忆与表述方法

2006年，蔡翔在《两个"三十年"》①一文中，将新中国文学以1976年为期，分为前"三十年"和后"三十年"，认为对前"三十年"文学的研究才刚刚开始。这里的"刚刚开始"是指基于90年代以来对中国现实深刻反思、"重新强调社会主义的经验"的研究而言。2007年，汪晖在《去政治化的政治、霸权的多重构成与60年代的消逝》②一文中重提20世纪中国"60年代"，认为90年代以来对"60年代"的拒绝和遗忘是"持续性的和全面的'去革命'过程的有机部分"，"去革命"过程表现为工农阶级主体性的取消、国家及其主权形态的转变和政党政治的衰落等，由此追索，他认为"新型的社会主义党—国体制确立之始，革命政治即面临'去政治化'的侵蚀"，原来党内外的自由讨论和参与革命的政治主体性受到侵蚀，对"60年代"的根本性否定，"取消了任何对当代历史进程进行真正的政治分析的可能性"。如其担心的，如果我们不能客观冷静地认识20世纪中国共产党革命历史的现代性，90年代将不是"短20世纪"的尾声，而会变成"漫长的19世纪"的延伸。

21世纪，无论是从文学研究的角度，还是历史研究的角度，重新面对20世纪40—70年代叙述社会主义革命历史的这段小说，如何进入小说是首要的问题。黄宗智认为40—70年代这一段文学中存在着"表达性现实与客观性现实"的巨大差异③，蔡翔认为对这段文学的认识及评价存在

---

① 蔡翔：《两个"三十年"》，《天涯》2006年第2期。
② 汪晖：《去政治化的政治、霸权的多重构成与60年代的消逝》，《开放时代》2007年第2期。
③ 黄宗智：《中国革命中的农村阶级斗争——从土改到文革时期的表达性现实与客观性现实》，《中国农村研究》（第二辑），商务印书馆2003年版。

着"社会主义叙述的记忆"和"社会主义实践的记忆"之间的差异①。对经历过那段历史的人来说，文学与历史的两种记忆复杂地交织在一起，而对没有经历过那个时代的后人来说，社会主义记忆更多的就是"叙述的记忆"。这一社会主义经验的叙述，在"文革"后80年代"拨乱反正"和90年代文学"二次内转"②的历史语境中，多遭诟病。21世纪社会分化的新问题出现，社会主义经验的叙述重被关注，如何面对和理解40—70年代历史叙述中的"社会主义经验"呢？蔡翔在反思80年代的文学研究时认为："我们不能因为今天对改革的反思，而就此对1980年代持一种简单的否定态度，亦不能因为对社会主义经验的重视，就对1980年代的伟大意义怀有疑虑。历史并不是如此简单，如此的非此即彼。"不过，"这并不是说，1980年代就不能被反思，而是应该怎样反思。我不能同意的，是在昨天和今天之间设置一种简单的推演关系。事实上，现在的左翼知识分子中，大部分都是1980年代思想解放运动的先锋，我们既不能用'昨日之非'和'今日之是'来解释他们的思想发展，也不能用'昨日之是'和'今日之非'来否定他们现在的思想意义。历史就是如此的复杂，但是，我们如果牺牲了历史的复杂性，那么，我们也就失去了自身思想的复杂性，剩下的，只能是不负责任的哗众取宠。"③笔者认为这也应是面对40—70年代文学中"社会主义经验"的一种历史立场。重新面对1942—1976年这段独特的中国文学史，如何能多一些审慎，多一些对文学复杂性的认识，探究这一特殊时段文学社会主义想象的多种可能性和复杂性，才是本研究有意义的内容。

　　在梳理1942—1976年小说对社会主义价值观下乡村的现代想象中，由于能力所限，笔者的研究没能充分涉及小说外面的社会历史，而将主要精力置于考察小说文本内的"社会主义叙述的记忆"，在"叙述的记忆"中，探寻历史想象的复杂性和多样可能性。整体上看来，40、50年代小说就已经注意到上述问题，"革命第二天"的问题为历史叙述者所关注，但这样的问题在60年代浩然为代表的小说中，继续革命的想象因派性斗争失去了思考深广度。浩然小说中的暴力冲突、复仇意识、道德评判，消

---

① 蔡翔：《两个"三十年"》，《天涯》2006年第2期。
② 张光芒：《论中国当代文学应该"向外转"》，《文艺争鸣》2012年第2期。
③ 蔡翔：《两个"三十年"》，《天涯》2006年第2期。

解了40年代解放区小说和50年代社会主义小说中初步建立的乡村辩论的公开平等性、会议形式的民主性等因素,革命和政治意识显现出消退迹象。四五十年代小说中不断建构的彼此倾听交流形式、集体参与意识、政党意识、社会主义意识、政治实践意识在60年代后逐渐消失。如《太阳照在桑干河上》《暴风骤雨》中的会议方式中的民主意识建设,《种谷记》《高干大》中地方与政权之间的关系,《三里湾》《山乡巨变》中地方和国家间利益均衡等问题都是作者所关注的问题;而1962年后,《艳阳天》《金光大道》类的小说,则在暴力化的派性斗争中标榜英雄人物的德性,对乡村伟人的个人崇拜让普通乡村社会失去了对社会历史的理性认识,四五十年代小说中建构的乡村民主意识被消解,群众失去了思考体制的主体性,对思想者扣帽子的"政治迫害",思想分歧的解决方式完全依赖于权力体制,个人的政治主体性逐渐消失,地方和国家之间的矛盾被掩盖。萧长春与马之悦、高大泉和张金发的"路线斗争",由于缺乏保障这些理论和政策辩论持续和发展的制度条件,辩论和分歧最终以权力斗争的强制方式获得解决。从这样的角度看,比较四五十年代小说与六七十年代小说对社会主义现代化进程的想象,小说发展存在的问题并不是"革命化""政治化"的问题,而恰是"去革命化""去政治化"的问题。以浩然为代表的小说创作中,"消解社会自治可能性的两极化的派性斗争、将政治辩论转化为权力斗争的政治模式、讲政治性的阶级概念转化为唯身份论的本质主义阶级观等等"[1]替代了之前四五十年代小说中对社会主义语境中城乡的多种现代性想象。而八九十年代中对40—70年代历史叙述的小说研究,在"文革"后"拨乱反正""文学内转"的历史语境中,否定其小说中的阶级"斗争",质疑人物的德性神化,在强调"纯文学"研究时,在很大程度上又遮蔽了乡村政治、革命的源起问题。

40—70年代小说对社会主义现代化进程中乡村叙述中存在着"表达性建构"对"客观现实"的偏差,这些偏差在意识形态方面不允许被表现,具有党性自觉的小说作者本人主观上也不愿意将其表现出来,重新阅读小说,发掘小说叙事中被人为、有意地遮蔽掉的偏差,分析小说叙事中

---

[1] 汪晖:《去政治化的政治、霸权的多重构成与60年代的消逝》,《开放时代》2007年第2期。

的缝合裂缝,讨论这种裂缝背后的思想认同,有助于揭开小说书写、想象历史的复杂性和多种可能性。小说裂隙显现出作者思想的犹豫不决、摇摆不定。陈思和先生在《60年文学话土改》①一文中论及这种偏差性,从艺术真实性的角度强调作家书写自身的合理性、内在逻辑性,认为"就艺术创作而言,本来无所谓哪种创作方法更'真实'一点","在五四现代审美范畴熏陶下的作家丁玲、周立波等人,即使赞美农民的复仇,也不会赞同民间自发的暴力行为。他们在创作中故意淡化、回避暴力现象的描写是很正常的,除了党的文艺性质以外,还是有现代审美的习惯在起作用,他们的良知不允许去赞美暴力。我们从作家们小心翼翼地处理生活中的真实细节的过程中,可以看到他们的良知仍然在悄悄起作用。"作为一种对新社会秩序想象的文学,单纯以文学对现实生活的真实性反映为标准,并不能完全显现这一段文学的特殊性,但是从文学想象的角度出发,在看到这一段文学中的青春气息、明朗色彩、理想性等特征时,这段文学中作家想象的深广度更应是我们要重新思考的问题。

  同时,当我们把这一段"社会主义叙述的记忆"与90年代以来新历史主义小说家笔下的"社会主义历史叙述"相比较时,问题显得更加复杂。新历史小说家显然注意到了40—70年代小说叙述、想象历史中存在的这种偏差,并在小说叙事中力图重现历史叙述中的偏差,陈思和为此认为"文革"后出现的土地改革书写,"将无法在历史领域保留下来的种种民间暴行的材料艺术地再现出来,将来在官方文件里无法找到的关于人类暴行的历史文献纪录,可能在同时代的优秀文学创作里被保存了下来。这就是艺术真实比历史真实更加长久的道理"②。出于历史意识,这些作家力图重新进入历史,还原、甚至重写某些曾经被有意无意忽略、遮蔽掉的历史细节或者事件。然而这只是问题的一方面,新时期以来对历史的重新书写本身也可能会产生非历史主义的叙述,从而重新导致另一种对历史软弱无力的遮蔽/消解。董丽敏的文章《身体、历史与想象的政治——作为文学事件的"50年代妓女改造"》③,将50年代的《小巷深处》,80年

---

  ① 陈思和:《60年文学话土改》,《南京大学学报》2010年第4期。
  ② 陈思和:《60年文学话土改》,《南京大学学报》2010年第4期。
  ③ 董丽敏:《身体、历史与想象的政治——作为文学事件的"50年代妓女改造"》,《文学评论》2010年第1期。

代的《红尘》,90年代的《红粉》相比较,在20世纪中国禁娼运动的历史脉络中考察了50年代妓女改造的实质后,认为"越接近于当下的文本,其对于'50年代妓女改造'的态度就越是隔膜,在此基础上形成的对于历史经验的回应/处理能力就越差。文学书写——主要是80年代以后的文本与50年代的历史事件之间,存在着明显的断裂。"对于"50年代妓女改造"的文本来说,80年代以后的文学书写与历史事件之间的巨大断裂,再次印证了"叙述的记忆"与"实践的记忆"之间的巨大交缠/冲突而形成的"社会主义经验"表达的困境。因此不光是40—70年代的小说叙述与想象,跟历史有差距,同时当下小说的叙述和想象与历史也有距离。程光炜在论及当代文学学科"历史化"问题的时候,认为最大的问题"是如何面对和理解它漫长历史中的'社会主义经验'问题"[①]。对于当代人而言,"社会主义叙述的记忆"和"社会主义实践的记忆""复杂地缠绕在一起,甚至痛苦地相互冲突。……所谓方法论上的挑战,恰恰也就体现在这里"[②]。为何在"社会主义经验"表达上,"叙述"和"实践"更多是冲突/断裂的而不是一致的呢?因此董丽敏认为"在文学普遍无力回应现实/历史而饱受诟病的今天,这样的断裂无疑是发人深省的"。

从这种"偏差"或是"断裂"的角度进入40—70年代的小说文本,发掘小说中乡村想象的现代性因素和对城市的想望,将看到这一段文学对"社会主义经验"想象的极大丰富性和复杂性。如在40年代的小说中,我们可以看到赵树理小说对乡村现代的本土性想象方式和对乡村人情伦理秩序的重建,丁玲在《太阳照在桑干河上》中土地革命叙述中乡村经验的流露,周立波《暴风骤雨》中对乡村民主秩序的想象,欧阳山《高干大》中干部的革命主体意识的彰显及反思,乡村日常生活的想象中的"识字""讲卫生""改造"的现代性和复杂性等。同样50年代小说中,我们可以看到在乡者赵树理在《三里湾》中对乡村社会主义的想象和对想望城市者的批评,返乡者周立波在《山乡巨变》中缝合乡村内外意识时对乡村人情伦理的潜意识的认同,而柳青《创业史》中在想象乡村可能的现代中,叙述出的是乡村阶级意识和革命意识的复杂性,是乡村望城

[①] 程光炜:《当代文学学科的"历史化"》,《文艺研究》2008年第4期。
[②] 蔡翔:《两个"三十年"》,《天涯》2006年第2期。

女性的现代主体性。还有些小说文本，在叙述多重的城乡关系中，显现出对社会主义现代化进程的反思，40—70年代的小说文本中想象世界变得丰富鲜活起来。

不过面对这些想象，仍需继续思考的问题是在四五十年代乡村现代性想象的小说中，无数农民在土地改革、合作化过程中产生的摆脱被奴役的主体意识和尊严感为什么在六七十年代的文学书写中会淡化，为什么在军事斗争胜利后社会主义建设中，"斗争"的暴力性仍然没有终止，社会主义现代化文学想象中追求的政治民主、言论自由和平等原则等在1962年后浩然为代表的小说中遭到遏制？乡村社会的现代性认识被权力斗争取代，个人的德性、英雄豪杰的行动被强烈凸显，文学想象变成造神运动，无论是人物内在世界还是其活动的社会生活，完全变成了一种封闭、静止、无生命的状态。美国学者莫里斯·迈斯纳曾辨析马克思主义和乌托邦社会主义者的区别，认为："乌托邦社会主义者之所以成为马克思主义者所谓的'空想家'，不是因为他们所追求的目的，而是因为他们缺少达到那些目的的适当的手段。……马克思对乌托邦社会主义的批判在本质上是对乌托邦社会主义者们不了解现代历史的作用的批判，他们不承认历史所强加的限制，也没有估计到历史提供的可能性。"[①] 而这正是六七十年代社会主义现代小说想象中出现的问题，无论是梁生宝、还是萧长春、高大泉，这些乡村社会的建设者都是没有社会前史的新人，由于没有对历史的认识，他们也不能生出对乡村社会建设的主体性意识，只能依靠上级领导思想的教育，人物想象失去了的深广度。而在40年代的小说书写中，改造、建设乡村的新人是拥有丰富社会历史阅历的乡村外来知识分子和乡村能人，如赵树理《李家庄的变迁》中的铁锁、丁玲《太阳照在桑干河上》中的文采、周立波《暴风骤雨》中的萧祥，尤其是欧阳山《高干大》中的高生亮。到50年代小说中，这种新人前史想象的丰富、复杂性就开始减少，《三里湾》中的新人成了青年人，《山乡巨变》中的刘雨生和《创业史》中的梁生宝等人建设乡村社会主义时的前史变得非常简略，然而就是如此，并不意味着小说没有想象历史的复杂性，这些丰富、复杂的内

[①] [美]莫里斯·迈斯纳:《马克思主义、毛泽东主义与乌托邦主义》，张宁等译，中国人民大学出版社2013年版，第5页。

容却在新人要斗争的落后人物、同时也是年长的人物身上得到了充分展示,如《三里湾》中的范登高,《山乡巨变》中的盛佑亭、符贱庚、王菊生、张桂秋、陈先晋,《创业史》中的梁三老汉、郭振山、郭世富等人身上得到了充分想象。同样,在浩然小说中,在作家更加纯洁化英雄形象时,我们却在落后人物谱系中看到他们建立在革命前史认识基础上的对乡村现代建设的不同认识,历史想象的复杂性和丰富性同样逸出了小说叙述的裂隙。"马克思所谴责的乌托邦社会主义思维方式,其特点不是对历史的信念,而是(从 18 世纪法国哲学家那里继承下来的)对一种永恒的理性王国的信念,他们很有自信地假定,这个理性王国一旦获得正确的理解,就能按照乌托邦的理想改造社会历史现实,从而使世界符合于理性的要求。因而,乌托邦主义者特别强调人类的意志,尤其强调那些持有真理和理性的天才人物的适时出现,这些天才人物的思想和行为通过道德的榜样和按照理性的指示形成的社会典范的感召力,会自然而然地吸引人的善良的天性。这些想法反映了他们不能把历史看作一个客观过程,也不能在道德理想和历史事实两者之间建立起任何紧密的联系。"① 40—70 年代小说对社会主义语境中的城乡想象,所出问题正是如此,在越来越强调"斗争"性和新人德性的书写中,乡村社会现代性变迁中的复杂性、丰富性的历史想象在新人身上越来越少,这些新人缺乏对乡村现代的想象和实现的可能性,我们却在小说文本中的落后人物身上、小说文本的裂隙中看到了历史想象的多样可能性和潜在的革命性。我们需发掘 40—70 年代乡村叙述中的多种可能性和革命性想象,整理和研究"20 世纪思想遗产",方能审慎地回应历史,严肃地面对当下。

---

① [美] 莫里斯·迈斯纳:《马克思主义、毛泽东主义与乌托邦主义》,张宁等译,中国人民大学出版社 2013 年版,第 9 页。

参考文献

［美］艾恺采访，梁漱溟口述，一耽学堂整理：《这个世界会好吗：梁漱溟晚年口述》，东方出版中心2006年版。

蔡翔、张旭东编：《当代文学60年 回望与反思》，上海大学出版社2011年版。

蔡翔：《革命/叙述：中国社会主义文学—文化想象（1949—1966）》，北京大学出版社2010年版。

陈平原：《中国小说叙事模式的转变》，北京大学出版社2003年版。

陈思和：《中国当代文学关键词十讲》，复旦大学出版社2002年版。

陈思和：《中国新文学整体观》，上海文艺出版社2001年版。

陈徒手：《人有病 天知否：一九四九年后中国文坛纪实》，人民文学出版社2000年版。

程光炜：《文学想像与文学国家——中国当代文学研究（1949—1976）》，河南大学出版社2005年版。

戴光中：《赵树理传》，北京十月文艺出版社1987年版。

［美］丹尼尔·贝尔：《资本主义文化矛盾》，严蓓雯译，江苏人民出版社2012年版。

丁帆：《中国乡土小说史》，北京大学出版社2007年版。

丁玲：《丁玲全集》，河北人民出版社2001年版。

董之林：《旧梦新知："十七年"小说论稿》，广西师范大学出版社2004年版。

董之林：《热风时节——当代中国"十七年"小说史论（1949—1966）》，上海书店出版社2008年版。

［美］杜赞奇：《文化、权力与国家》，王福明译，江苏人民出版社2003年版。

杜国景：《合作化小说中的乡村故事和国家历史》，中国社科出版社2011年版。

费孝通：《乡土中国 生育制度》，北京大学出版社2006年版。

［美］弗里曼、毕克伟、赛尔登：《中国乡村，社会主义国家》，陶鹤山译，社会科学文献出版社2002年版。

［美］韩丁：《深翻——中国一个村庄的继续革命纪实》，《深翻》译校组译，中国国际文化出版社2008年版。

［美］韩丁：《翻身——中国一个村庄的革命纪实》，韩倞等译，北京出版社1980年版。

浩然：《浩然全集》，中国文史出版社2005年版。

浩然：《浩然口述自传》，郑实采写，天津人民出版社2008年版。

贺桂梅：《转折的时代——40—50年代作家研究》，山东教育出版社2003年版。

贺仲明：《一种文学与一个阶级——中国新文学与农民关系研究》，人民出版社2008年版。

［美］亨廷顿：《变化社会中的政治秩序》，王冠华等译，上海人民出版社2008年版。

黄科安：《延安文学研究——构建新的意识形态与话语体系》，文化艺术出版社2009年版。

黄平编：《乡土中国与文化自觉》，生活·读书·新知三联书店2007年版

黄宗智编：《中国乡村研究》，商务印书馆2003—2006年版。

［美］吉尔伯特·罗兹曼主编，国家社会科学基金"比较现代化"课题组译：《中国的现代化》，江苏人民出版社2005年版。

金雁、秦晖：《农村公社、改革与革命》，东方出版社2013年版。

蓝爱国：《解构十七年》华东师范大学出版社2003年版。

李辉：《风雨中的雕像》，山东画报出版社1997年版。

李洁非、杨劼：《解读延安：文学、知识分子和文化》，当代中国出版社2010年版。

李洁非：《典型文坛》，湖北人民出版社2008年版。

李杨：《50—70年代中国文学经典再解读》，山东教育出版社2003

年版。

李杨：《抗争宿命之路："社会主义现实主义"（1942—1976）研究》，时代文艺出版社1993年版。

李遇春：《权力主体话语—20世纪40—70年代中国文学研究》，华中师范大学出版社2007年版。

梁漱溟：《乡村建设理论》，上海世纪出版集团2006年版。

林默涵主编，魏巍、张学新、沈世鸣副主编：《中国解放区文学书系》，重庆出版社1992年版。

柳青：《柳青文集》，人民文学出版社2005年版。

鲁迅：《鲁迅全集》，人民文学出版社2005年版。

罗岗：《想象城市的方式》，江苏人民出版社2006年版。

［美］马克·赛尔登：《革命中的中国：延安道路》，魏晓明、冯崇义译，社会科学文献出版社2003年版。

马社香：《农业合作化运动始末——百名亲历者口述实录》，当代中国出版社2011年版。

《毛泽东文集》，人民出版社2004年版。

［捷］米列娜编：《从传统到现代——19至20世纪转折时期的中国小说》，伍晓明译，北京大学出版社1991年版。

［美］莫里斯·迈斯纳：《马克思主义、毛泽东主义与乌托邦主义》，张宁等译，中国人民大学出版社2013年版。

南帆：《文本生产与意识形态》，暨南大学出版社2002年版。

欧阳山：《欧阳山文集》，花城出版社1988年版。

钱理群、刘铁芳编：《乡土中国与乡村教育》，福建教育出版社2008年版。

钱理群：《1948：天地玄黄》，山东教育出版社1998年版。

秦晖、金雁：《田园诗与狂想曲——关中模式与前近代社会的再认识》，语文出版社2010年版。

秦晖：《传统十论》，复旦大学出版社2011年版。

《人民文学》1949年10月创刊号至1966年各期。

人民文学编辑部：《解放区短篇小说选》（1942—1949），人民文学出版社1978年版。

宋剑华：《百年文学与主流意识形态》，湖南人民出版社 2002 年版。

孙宝灵：《浩然的文学道路与文本形态》，社会科学文献出版社 2013 年版。

唐小兵编：《再解读：大众文艺与意识形态》，北京大学出版社 2007 年版。

汪晖：《去政治化的政治：短 20 世纪的终结与 90 年代》，生活·读书·新知三联书店 2008 年版。

王德威：《想像中国的方法——历史·小说·叙事》，生活·读书·新知三联书店 1998 年版。

王力：《赵树理与中国 40 年代农村小说研究》，中国社会科学出版社 2011 年版。

王先明：《变动时代的乡绅——乡绅与乡村社会结构变迁（1901—1945）》，人民出版社 2009 年版。

魏本权：《农村合作化运动与小农经济变迁：以长江中下游地区为中心（1928—1949）》，人民出版社 2012 年版。

温铁军：《三农问题与世纪反思》，生活·读书·新知三联书店 2005 年版。

吴俊、郭战涛：《国家文学的想象和实践：以〈人民文学〉为中心的考察》，上海古籍出版社 2007 年版。

吴秀明编：《"十七年"文学历史评价与人文阐释》，浙江大学出版社 2007 年版。

席扬：《多维整合与雅俗同构——赵树理和"山药蛋派"新论》，中国社会科学出版社 2004 年版。

谢迪斌：《破与立的双重变奏——新中国成立初期乡村社会道德秩序的改造与建设》，湖南人民出版社 2009 年版。

杨建兵：《浩然与当代农村叙事》，中国社会科学出版社 2011 年版。

杨念群、黄兴涛、毛丹主编：《新史学：多学科对话的图景》（上、下册），中国人民大学出版社 2003 年版。

于建嵘：《岳村政治：转型期中国乡村政治结构的变迁》，商务印书馆 2001 年版。

余岱宗：《被规训的激情——论 1950、1960 年代的红色小说》，上海三联书店 2004 年版。

曾令存：《学科视野中的 40—70 年代文学研究》，上海文艺出版社 2014 年版。

［美］詹姆逊：《快感：文化与政治》，王逢振等译，中国社会科学出版社 1998 年版。

张鸿声：《文学中的上海想象》，人民出版社 2011 年版。

张曼茵：《中国近代合作化思想研究 1912—1949》，上海书店 2010 年版。

张鸣：《乡村社会权力和文化结构的变迁 1903—1953》，陕西人民出版社 2008 年版。

赵树理：《赵树理全集》，北岳文艺出版社 2000 年版。

赵园：《地之子——乡村小说与农民文化》，北京十月文艺出版社 1993 年版。

《中国新文学大系 1937—1949》编辑委员会编辑：《中国新文学大系 1937—1949》，上海文艺出版社 1990 年版。

周立波：《周立波文集》，上海文艺出版社 1981—1985 年版。

朱鸿召：《延安日常生活中的历史（1937—1947）》，广西师范大学出版社 2007 年版。

本书所引作品内容出自以下文献

丁玲：《太阳照在桑干河上》，人民文学出版社 1956 年版。

浩然：《艳阳天》，人民文学出版社 1966 年版。

康濯：《康濯小说选》，湖南人民出版社 1984 年版。

李准：《李准小说选》，四川人民出版社 1981 年版。

林默涵主编：《中国解放区文学书系》，重庆出版社 1992 年版。

刘澍德：《刘澍德小说选》，云南人民出版社 1979 年版。

柳青：《创业史》，中国青年出版社 1960 年版。

柳青：《种谷记》，人民文学出版社 1958 年版。

马烽：《马烽小说选》，四川人民出版社 1983 年版。

欧阳山：《高干大》，人民文学出版社 1960 年版。

秦兆阳：《秦兆阳小说选》，四川人民出版社 1982 年版。

《人民文学》1949年10月创刊号至1966年各期。

人民文学编辑部：《解放区短篇小说选》（1942—1949），人民文学出版社1978年版。

茹志娟：《茹志鹃小说选》，四川人民出版社1983年版。

孙犁：《孙犁小说选》，四川人民出版社1982年版。

赵树理：《赵树理文集》，中国工人出版社2000年版。

《中国新文学大系1937—1949》编辑委员会编辑：《中国新文学大系1937—1949》，上海文艺出版社1990年版。

周立波：《暴风骤雨》，人民文学出版社1956年版。

周立波：《山乡巨变》，人民文学出版社1958年版。

（注：本著所引作品内容出自以上版本和相关文献）

后　记

2008—2015年，我完成国家社科基金项目"社会主义国家现代进程中的城乡想象——1942—1976年中国小说研究"，后来参与张继红博士主持的国家社科项目"城市化进程中的'城—乡'关系与社会文明价值建构——近三十年中国小说书写研究"，在此基础上于2018年开始国家社科项目"新世纪乡土小说书写与中国乡村社会转型"的研究，本书稿出版的事则一拖再拖，总感觉自己的问题未能得到满意的解决。只不过自己关注的问题一直集中在当代文学城乡关系的书写上，并对其有了一个纵向的整体感知，现在研究新世纪中国乡村的文学书写，就能比照到20世纪40—70年代文学，有一定的历史感，算是最大收获。

新世纪初，社会学研究领域的学者最先认为中国乡村研究普遍存在脱离乡村实际特别是中国现代化建设实践的问题，文学研究领域的部分学者也指出新世纪初的乡土文学书写普遍存在疏离中国乡村新经验、深陷城乡对立矛盾冲突书写的严重问题，无论给乡村唱挽歌或是唱牧歌，静态的审美眼光下难以看清当下乡村社会发生的深层变化。到近十年，文学对中国乡村的书写，渐由启蒙、诗化的笔调转向对乡村日常生活的描述和新乡村的想象，乡村书写在年轻作家笔下多了乡村文化重建的因素。乡村自然景观、现代生活和未来景象的呈现，让文学中的乡村不再单纯是顺应城市发展的被动者，乡村也有吸纳现代文化、创造新文化的主动性，乡村新人让文学的乡村呈现出生机和希望。对美好生活的想象，尤其在脱贫攻坚书写和小康记录文学中成为一笔亮色，想象的乡村重新在变成我们心灵的栖居之所。在这样的乡村书写态势下，回看20世纪40—70年代映射社会主义想象的乡村书写，就能感到两者在精神、价值、审美、情感等方面的诸多的亲合性。

正是这种相似性，让我在翻阅书写20世纪40—70年代乡村中国社会主义现代化进程的这一段文学时，充满了研究的兴趣，同时我也看到了许多过去不曾被注意的作品，感觉到当初文学书写中的有些问题仍是我们今天值得思考的问题，今天部分的乡村书写还未能超越当初的某些问题，这体现了该时段文学想象的丰富性和书写的复杂性。如对乡村人情伦理秩序的重建，对乡村干部、乡村青年主体性的思考，德性标榜叙事的去政治化，"革命的第二天"，识字、卫生、效率、技术等表征现代性特征的话语书写，其或显或隐，充满叙事裂隙，穿透文本，这些话语会变得多义起来。作为一种想象新社会秩序的文学，对乡村社会主义的认同和想象，让这段文学中的乡村充满青春气息和活力，体现出对自己家园的建设意识。今日的中国乡村社会，依旧存在各种的问题，文学书写并不漠视这一现实，同时，美丽乡村更是我们的共同期盼，因此在可期待可实践的基础上想象美丽乡村，也是当下乡村书写的一种重要价值取向，新世纪这样的乡村书写，在更年轻的作家笔下已有较明显态势。

在书稿准备印刷之际，我特别想感谢我的老师张明廉先生和邵宁宁先生，每每自己要完全懈怠下去时，我总能感觉到他们的关注与支持。我也非常感谢程金城先生，陈国君先生，席扬先生，在本课题研究上他们给了我重要的指导和帮助。感谢天水师范学院的马超先生、李志孝先生，宝鸡文理学院的兰拉成院长，给了我宽裕的工作时间。多年来，我和张继红博士进行过长时间的学术交流，我非常怀念那些长夜漫谈的场景，在此特别感谢他对我的诸多建议。最后，感谢本书的责任编辑慈明亮先生，我们未曾谋面，但感觉像多年的朋友，感谢他不辞辛劳的帮助。

郭文元

2021 年 4 月 23 日